学术中国文丛

# 走进古典的过程

程章灿 著

广东高等教育出版社
Guangdong Higher Education Press
·广州·

图书在版编目（CIP）数据

走进古典的过程/程章灿著.—广州：广东高等教育出版社，2022.1（2022.9重印）

（学术中国文丛/张江，王兆胜主编）

ISBN 978-7-5361-7140-4

Ⅰ.①走… Ⅱ.①程… Ⅲ.①古典文学研究-中国-文集 Ⅳ.①I206.2-53

中国版本图书馆CIP数据核字（2021）第211192号

ZOUJIN GUDIAN DE GUOCHENG
**走进古典的过程**
程章灿 著

版权所有 翻印必究

| | |
|---|---|
| 总 策 划 | 黄红丽 |
| 项目统筹 | 靳　辉 |
| 责任编辑 | 刘丽丽 |
| 装帧设计 | 陈智慧 |
| 责任技编 | 吴练武　王丽珍 |
| 责任校对 | 严　颖 |
| 营销总监 | 姚永清 |

出版发行　广东高等教育出版社
　　　　　地址：广州市天河区林和西横路
　　　　　邮政编码：510500　电话：（020）87554153　87551436
　　　　　http://www.gdgjs.com.cn
印　　刷　广东鹏腾宇文化创新有限公司
开　　本　787毫米×1 092毫米　1/16
印　　张　24.5
字　　数　355千
版　　次　2022年1月第1版　2022年9月第2次印刷
定　　价　88.00元

如发现印刷、装订质量问题，请与出版社联系调换。

# 总　序

## 张　江

习近平总书记在哲学社会科学工作座谈会上的讲话指出，当代中国正经历着我国历史上最为广泛而深刻的社会变革，也正在进行着人类历史上最为宏大而独特的实践创新。这种前无古人的伟大实践，必将给理论创造、学术繁荣提供强大动力和广阔空间。这是一个需要理论而且一定能够产生理论的时代，这是一个需要思想而且一定能够产生思想的时代。

习近平总书记的重要论述是对思想理论发展规律的科学论断，也是对哲学社会科学工作者的殷切期望。当前中国处于近代以来最好的发展时期，世界处于百年未有之大变局，两者同步交织、相互激荡。一方面，当代中国比历史上任何时期都更接近中华民族伟大复兴的目标，比历史上任何时期都更有信心、有能力实现这个目标。另一方面，当代世界全球化潮流滚滚向前，逆全球化趋势暗流涌动，各种思潮相互激荡，各种文化相互交融，各种观念相互碰撞，多样性、差异性、复杂性、不确定性正在成为这个世界越来越突出的特征。

这样的时代条件，既为我们的哲学社会科学研究带来许多新问题和新挑战，也为思想理论的创新发展增添了强劲动能，开拓了宏阔空间。在这样的时代条件下，不断推进学科体系、学术体系、话语体系建设和创新，努力构建一个全方位、全领域、全要素的哲学社会科学体系，是坚持和发展中国特色社会主义的一项重要任务，也是当代哲学社会科学的重大使命。在中国特色社会主义进入新时代的今天，中国故事需要更好地被全世界所理解，中国经验需要更好地被现代社会科学所表达，中国学术也需要更好地被世界学术界所倾听。让世界了解"学术中的中国""理论中的中国""哲学社会科学中的中国"，构建哲学社会科学的"中国学派"，恰逢其时，大有可为。

理论的生命力在于创新。创新是哲学社会科学发展的永恒主题，也是社会发展、实践深化、历史前进对哲学社会科学的必然要求。学术创新离不开两样东西：一是必须立足源自于本土经验的学术传统和时代问题，二是必须牢牢把握世界学术发展的趋势和潮流。学术创新更要有批判精神，这是马克思主义最可贵的精神品质。不管是对传统的理论、范畴、体系，还是外来的概念、话语、方法，都要有分析、有鉴别、有汲取、有批判，不要盲目崇拜，不可生搬硬套。尤其是面对西方话语霸权，不应该满足于向"为西方思想作注，为西方学术致敬"，更不应该"以西方的是非为是非，以西方的标准为标准"，必须立足于中华优秀传统文化，立足于中国特色社会主义建设的伟大实践，在世界视野中发现问题，在中国经验中思考问题，让思想理论更具中国特色、中国风格、中国气派。

"学术中国文丛"正是在这样的现实语境和文化背景产生的。丛书希望通过对中国学术传统的资源挖掘与价值再发现，在构建"学术中的中国"方面有所作为，有所贡献。我们坚信，中华民族伟大复兴必将推动知识建构范式的革命，必将带来中国学派的诞生。"学术中国文丛"的历史使命就是要形成具有中国特色、解决中国问题的知识体系，并为人类发展提供中国智慧与中国方案。

"学术中国文丛"的出版，总体而言，具有开拓补白之功，它走的是"文化积累"与"学术建设""学科建构"的路子，其理论价值与现实意义，主要体现在以下几个方面。

一是响应时代主题精神，契合国家文化战略。"学术中国文丛"关注一流专家学者，反映中华人民共和国成立以来国内学术研究最高成果，它的出版对推动中国当代学术文化的发展繁荣，加强中外学术对话，在世界学术体系传播中国声音，展现中国学派，提升中国学术的世界地位，推进中国文化"走出去"，具有重要意义。

二是承接优秀传统文化，增强民族文化自信。文丛植根于中华优秀传统文化，通过深入挖掘中华优秀传统文化蕴含的思想观念、人文精神、道德规范，按照新时代精神，去粗取精，去伪存真，赋予新的时代内涵，对推动中华优秀传统文化的创造性转化和创新性发展，增强民族文化自信具有重要意义。

三是加强学术积累传承，推进高校学科建设。文丛广泛覆盖文、史、哲、经等学科，通过荟萃不同学科学派的经典名作，全面展现中国现代学术体系发展过程，促进学术体系和话语体系创新，推进人才培育，催生学术经典，为各领域研究者提供基础性的经典范本。

总之，"学术中国文丛"的出版，是构建"理论中的中国""学术中的中国"的一部分。中华民族伟大复兴为构建中国学派提供了丰厚的实践土壤，也提供了空前的历史性机遇。"学术中国文丛"的出版，正是将中华优秀传统文化当代化以及进行创造性转化的实践，是增进文化自信的有益尝试。

"学术中国文丛"具有权威性、经典性、时代性、中国性等特点。

一是在作者选取上坚持权威性。为了保证丛书的品质，作者一律选取国内各领域的顶尖学者，并且是资历深、水平高、广受认可、影响力大的作者，做到多中选好、好中选优、优中选精，从根本上保证丛书的高标准和权威性。

二是在内容组织上强调经典性。文丛的遴选标准首要是重视学术含量、学术价值，以学术史的眼光、经典性的标准，采用自选或精选的方法来确定图书内容。入选内容应是均为作者的开山之作、奠基之作、经典之作，必须站得住、立得稳，能成为学术标杆，能经得住历史考验，具有相当的文化积累意义和学术传承价值，在国内外具有较大影响。

三是在写作旨趣上契合时代性。在选材上，文丛优先考虑体现时代精神、富有宏大格局、与国家经济社会发展密切相关的研究成果。

以学术为出发点,以文化为立足点,以中国价值为落脚点,自觉承担起举旗帜、聚民心、育新人、兴文化、立形象的使命任务。换言之,就是要自觉关注时代主题、回应社会热点、着眼于国家战略、融入世界发展大势,不是单纯为学术而学术。

四是在关注焦点上体现中国性。文丛坚持立足中国、聚焦中国,把中国成就和中国经验等重大问题的历史经验和理论阐释作为重中之重,特别是关注反映当代中国经济、社会发展现状趋势经验的具有中国特色的学术成果,以便讲好中国故事,反映中国成就,传播中国声音,分享中国经验,展示中国形象。

"学术中国文丛",值得期待。

2020 年 6 月 8 日

**程章灿** 南京大学文学院教授,教育部长江学者特聘教授,南京大学特聘教授,曾任南京大学图书馆馆长,现任南京大学古典文献研究所所长。兼任全国古籍整理出版规划领导小组成员、中国《文选》学研究会副会长、中华诗教学会副会长。研究方向主要为中国古代文学、中国古典文献学、国际汉学、南京及江苏地方文献与文化等。出版学术著作有《魏晋南北朝赋史》《赋学论丛》《世族与六朝文学》《刘克庄年谱》《古刻新诠》《石刻刻工研究》等多种,另有国际汉学译著《迷楼:诗与欲望的迷宫》《朱雀:唐代的南方意象》等五种,学术随笔《鬼话连篇》《山围故国》《旧时燕:文学之都的传奇》等五种,发表论文、诗作多篇。

本书共收录论文20篇，分上、中、下三篇。作者强调，从事中国古典研究，是走进古典的过程。所谓"过程"，一是指作为研究对象的人物的成长过程；二是指文献的生成过程；三是指文本的造作过程，即作品的题目、韵式、章句等形式结构及意义生成过程；四是指观念的锻造过程，即词汇、术语、意象等演变定型的过程。本书论文从不同角度涉及作为研究对象的人物的成长过程，上篇大多聚焦各类文献的生成过程，中篇大多聚焦文本的造作过程，下篇侧重从词汇、术语、意象等角度窥探语言及观念的形成过程。一方面遥接文史结合与文史不分的传统治学思路，另一方面则试图结合书籍史、文化史以及文章学等研究视角。本书也有意呈现作者作为研究主体的成长过程，是对作者研习中国古典文学和古典文献学过程的阶段性回顾与总结。

# 前　言

　　1979 年 9 月，我考上北京大学，在阴差阳错中被录取到历史系世界史专业学习。那个年代国内高校的历史系中，设有独立的世界史专业的寥寥可数。而当时的北京大学历史系，下设中国史、世界史、考古三个专业，这是比较罕见的（考古专业独立建系，是在我毕业以后）。虽然有专业的划分，但很多历史学的基础课，比如中国通史课程，还是三个专业一起上的。给我们上课的皆为一时名师，例如教秦汉史的张传玺老师，教隋唐史的张广达老师，教明史的许大龄老师，教近代史的张寄谦老师等。唐代小说中常常写到襆子，里面装的是什么，往往神秘莫测。张广达老师来到讲台前，不疾不徐地打开襆包，里面尽是书，有线装的，有洋装的，上课时展示给我们看。40 年后回首畴昔，这一场景记忆犹新。可惜那时年少无知，身在福中不知福，辜负了老师们的教导，虽然偶或向古典的殿堂张望几眼，却既未登堂，更未入室。

　　1983 年 9 月，我负笈南下，考入南京大学中文系，师从程千帆教授攻读中国古代文学的研究生学位，先读硕士，再读博士，博士毕业以后，就留校工作。日常生活，无非是教书、读书、写书。所教、所读、所写，大抵以中国古典文学与古典文献学为中心，可以一并简称为"古典"。本书书名中的"古典"二字，就是这个意思，而书名中的"过程"二字，则语带双关。

　　《走进古典的过程》共收录论文 20 篇，分为上、中、下三篇。近几年，我在不同的场合、从不同的角度，多次提出在中国古典研究中要重视"过程意识"的想法，强调研究者要"走进古典的过程"。所谓"过程"，主要指四个过程：一是指作为研究对象的人物的成长过程，注重这些人物成长过程中的各种人生经历、心理体验以及社会互动；二是指文献的生成过程，注重文献生成的各种形态选择（书籍与石刻、写本与刻本等），文献生产与流通过程中的各种责任者和参与者等；三是指文本的造作过程，注重从文章学角度深入剖析作品的题目、韵式、章句等形式结构及意义生成；四是指观念的锻造过程，注重词汇、术语、意象等在历史中演变定型的过程。强调这四个过程，一方面与强调文史结合、文史不分的传统治学思路一脉相承，另一方面则试图结合书籍史、文化史以及文章学等研究视角。这当然只是极简版的概述，挂一漏万。本书上篇所录六篇论文，大多聚焦各类文献的生成过程；中篇所录六篇论文，大多聚焦文本的造作过程；下篇所选八篇论文，内容稍显庞杂，其侧重点为从词汇、术语、意象等角度，窥探语言及观念等的形成过程。上、中、下三篇中都有论文涉及作为研究对象的人物的成长过程，明眼的读者自不难甄别。

从另一角度来看，《走进古典的过程》可以说是我的一本自选集，可以视为我研习中国古典文学和古典文献学过程的回顾和阶段性总结。其中最早的一篇写于20世纪80年代后期，最晚的一篇刊发于2020年年初，时间跨度逾30年。若是按照年代顺序编排这些论文，那么，个人三四十年来研习古典、一步一步地走进古典的蹒跚足迹，或者会得到更清晰的呈现。除此之外，我还写过一些有关古籍整理与研究、国际汉学以及其他专题的论文，有两本专题论文集正在编辑出版中，本书就不再重复选录了。作为"代后记"附录于篇末的《古典学术的现代化》一文，自道苦辛，希望有助于大家了解我研习中国古典的过程和思路。

最后，感谢"学术中国文丛"主编张江教授，感谢执行主编王兆胜教授，感谢分卷主编陈剑晖教授，感谢广东高等教育出版社总编黄红丽及其编辑团队，感谢本书责编刘丽丽编辑，感谢帮我统一格式的我的研究生陈健炜。若没有他们的信任和帮助，本书不可能有出版的机会，我也没有机会在回顾过往的同时，重新整理瞻望前程的心情。

程章灿
2020年9月1日

| 目 录 |

## 上 篇

《诗集传》纂例举证 /002

作为文本的汉代石刻
　　——读《汉代石刻集成》/023

宋刻《南岳稿》考论 /033

文儒之戏与河翰之才
　　——《文房四友除授集》及其背后的文学政治 /058

所谓《后村千家诗》考 /071

一场同题竞赛的百年雅集
　　——读南海霍氏藏本罗聘《鬼趣图卷》题咏诗文 /088

## 中 篇

三十个角色与一个演员
　　——从《杂体诗三十首》看江淹诗歌的个性特色 /108

题目与诗
　　——谢混《诫族子诗》及其诗史意义新论 /127

读任昉《刘先生夫人墓志》并论南朝墓志文体格 /144

重定时间标准与历史位置
　　——《新刻漏铭》新论 /155
象阙与萧梁政权始建期的正统焦虑
　　——读陆倕《石阙铭》/173
五句体与连章诗
　　——杜甫《曲江三章章五句》体式发微 /196

## 下　篇

郭象"碑论""文论"考 /216
文本与视野
　　——六朝文学研究的两点思考 /228
树立的六朝
　　——柳树与一个经典文学意象的形成 /241
从碑石、碑颂、碑传到碑文
　　——论汉唐之间碑文体演变之大趋势 /260
论"碑文似赋" /280
后论赋绝句五十首 /297
符祐考
　　——论割并年号及其相关的构词问题 /318
尤物
　　——作为物质文化的中国古代石刻 /339

程章灿主要学术著述 /359
古典学术的现代化（代后记）/363

上 篇

# 《诗集传》纂例举证

朱熹《诗集传》大胆破除汉代以来解《诗》者对《毛诗序》的迷信，"废《小序》说《诗》，其传最盛。一时说《诗》者，虽非朱子的传，大概悉受朱子之影响，破旧说而持新义"①。"自是以后，说《诗》者遂分攻《序》宗《序》两家，角立相争，而终不能以偏废。"② 宋以后，《诗集传》流传益广，至今仍是学《诗》者不可或缺的重要参考书之一。

张舜徽先生在《广校雠略·自序》中指出："古人著述不言例，而例自散见于全书之中。后人籀绎遗编，多为之方以穷得其例，信能执简驭繁，持类统杂，施之初学，尤为切要。"③ 本文试图就《诗集传》诸例作粗浅的分析和归纳，以期上窥作者之心，进而作为研治其他古籍古注之借鉴；下助读者明其结构，得其要领。全文分总例、题解例、训诂例、音韵例、鉴赏例五类，每例下列例证若干条，并加按语于其后。④

---

① 胡朴安：《诗经学》，商务印书馆，1930，第 98 页。
② 永瑢等：《四库全书总目》卷十五《诗集传》提要，中华书局，1965，第 123 页。
③ 张舜徽：《广校雠略·自序》，《广校雠略（附释例三种）》，中华书局，1963，第 2－3 页。
④ 本文所引《诗集传》，所据为上海古籍出版社 1980 年新一版。为避烦琐，引证只注篇名，不另加传注字样，亦不一一标注页码。

## 一、总例

凡不专属特定章句、篇章、诗体,而笼罩全书者,统入此类。循总例诸条,可以窥见全书之结构特点。

1. 统举学诗大旨之例

《诗集传·序》:"曰:'然则其学之也当奈何?'曰:'本之《二南》以求其端,参之列国以尽其变,正之于《雅》以大其规,和之于《颂》以要其止。此学《诗》之大旨也。"

按:由此可见,朱熹说《诗》,首先注意把《诗》作为一个有系统的整体,要学者明其大旨。

2. 注释有层次之例

《诗集传》全书二十卷,依原有次第作注,结构严谨,层次分明。首先分析各体名义。《风》别十五国,国下列篇,于各国之始,先为解题,考述各国疆域、历史沿革及诗风特点等等。篇内分章,章中断句,句中注音,句末标韵。每章之末先述标明赋、比、兴之作法,继以名物训诂,嗣乃串讲并分析作意。各章之间以"○"表示区隔。篇末另起一行标出篇名,总结本篇章句之数,并阐释诗之意旨,或分析章法层次,或对旧说作补充辨证等。《周颂》诸诗只一章者,则章句串讲训诂每径系于每句之下。《风》以国为单位,《雅》《周颂》以什为单位。《鲁颂》《商颂》不足十数,仍以国别。每个单位之后,往往附注该单位所含篇、章、句数,有时还对其中各篇内容体系结构及编次作了适当分析。这种附注,《风》诗较为完备,《雅》诗时有时缺,《颂》诗无之。读者可藉此总览该单位诗的形式结构及内容体系。《二南》后注尤其典型地说明了这一体例。要之,《诗集传》注释结构谨严,有多种层次,大致包括如下五方面:一是题解,二是训诂音韵,三是点明作法,四是阐述一诗意(包括章法或全篇结构),五是其他。

3. 探讨《诗经》篇次之例

《鄘风·鹑之奔奔》:"胡氏曰:'杨时有言:《诗》载此篇,以见卫为狄所灭之因也。'故在《定之方中》之前。"

《小雅·南陔》："旧在《鱼丽》之后，以《仪礼》考之，其篇次当在此。今正之。"

《周颂·桓》："《春秋传》以此为《大武》之六章，则今之篇次，盖已失其旧矣。"

《曹风·下泉》："……《诗·匪风》《下泉》所以居变风之终也。"

按：以上诸条，或参考故籍，或引证他家之说，对今本《诗经》篇次有所辨正。

4. 比较各篇进行评论之例

《召南·采蘩》："此诗亦犹《周南》之有《葛覃》也。"

《小雅·黍苗》："此宣王时诗，与《大雅·崧高》相表里。"

《郑风·溱洧》："郑卫之乐，皆为淫声。然以诗考之，卫诗三十有九，而淫奔之诗才四之一；郑诗二十有一，而淫奔之诗已不翅七之五。卫犹为男悦女之词。而郑皆为女惑男之语。卫人犹多刺讥惩创之意，而郑人几于荡然无复羞愧悔悟之萌。是则郑声之淫，有甚于卫矣。故夫子论为邦，独以郑声为戒而不及卫，盖举重而言，固自有次第也。"

按：朱熹认为《诗经》前后各篇主旨有可互相沟通之处，十五国风之间，尤其是《周南》和《召南》之间，可以联系起来解析，而且《大雅》《小雅》也有彼此之间的联系。第一、二条是在比较中求同，第三条是以比较求异。朱熹对郑卫之诗的评论虽未必尽然，他采用的这种辨析异同的方法，却可以加深对诗意的领会，无疑开示了读诗解诗的门径。

5. 标注参见以避重复之例

《邶风·日月》："此诗当在《燕燕》之前，下篇放此。"

《邶风·终风》："说见上。"

《周南·麟之趾》："于（音吁，下同）嗟麟兮。"

《召南》："召，实照反，后同。"

《邶风·旄丘》："说同上篇。"

《卫风·硕人》："庄姜事见《邶风·绿衣》等篇。"

《邶风·新台》:"凡宣姜事,首末见《春秋传》。"

按:此例实际上包含两种类型。一种是已见本书某篇,文同不必重出;一种是参见他书某处,文长不便具引。相同之处是采用参见之法以避免重复,故用"见上""下同""后同""放此""具于某篇""见某书"等语加以说明。

6. 标注"或曰"以存别解之例

《小雅·棠棣》:"况,发语辞。或曰:当作怳。"

《小雅·出车》:"简书,戒命也。……或曰:简书,策命临遣之词也。"

《小雅·杕杜》首章:"赋也。……或曰:兴也。"

按:"或曰"涉及文字校正、训诂、章句串讲及其作法分析等,凡两说均可通或一时难下定论者,则存别解以备考。这体现了朱熹治学矜慎之特点。

7. 解诗注重实证之例

《小雅·斯干》:"旧说厉王既流于彘,宫室圮坏,故宣王即位,更作宫室,既成而落之。今亦未有以见其必为是时之诗也。或曰:《仪礼》:'下管新宫。'《春秋传》:'宋元公赋《新宫》。'恐即此诗。然亦未有明证。"

《小雅·黄鸟》:"今按诗文,未见其为宣王之世。下篇亦然。"

按:重视实证反映了朱熹解诗无征不信、宁可阙疑而不作臆断的严谨的治学态度。

## 二、题解例

题解包括对诗题的解释、史实的引证、背景的说明以及主题的阐述、章句段落的划分等。内容上针对单篇作品,形式上则或在题下,或系篇末。

1. 释篇名来历之例

《小雅·巧言》:"以五章'巧言'二字名篇。"

《小雅·巷伯》："巷，是宫内道名，秦汉所谓永巷是也。伯，长也，王宫内道官之长，即寺人也，故以名篇。"

《小雅·小旻》："《小旻》《小宛》《小弁》《小明》四诗皆以'小'名篇，所以别其为《小雅》也。其在《小雅》者谓之'小'，故其在《大雅》者谓之《召旻》《大明》，独《宛》《弁》阙焉。意者孔子删之矣！"

《周颂·酌》："此诗与《赉》《般》皆不用诗中字名篇，疑取乐节之名，如曰'武宿夜'云尔。"

按：《诗》三百篇，多取其首章首句之文以名篇，如《关雎》《氓》《君子偕老》等，然而亦有例外，如上举诸篇，故另加说明。此诸条所言篇题来历，涉及诗史演进之迹，值得重视。

2. 征之史乘以考其本事之例

《卫风·淇奥》："按《国语》，武公年九十有五……遂作懿戒之诗以自警。"

《陈风·株林》："《春秋传》：夏姬，郑穆公之女也……而征舒复为楚庄王所诛。"

按：此例征引史乘，多数文字较长，故不具引。诗史互证，是中国诗学的一个悠久传统，有助于诗的理解与鉴赏。但《诗集传》在这方面有时也失之牵强，如《周南·关雎》谓"窈窕淑女"，"盖指文王之妃大姒为处子时而言也。君子则指文王也"，即是其例。

3. 诗意不明则从阙疑之例

《卫风·芄兰》："此诗不知所谓，不敢强解。"

《周颂·般》："《般》义未详。"

按：《论语·为政》曰"多闻阙疑，慎言其余，则寡尤"。《诗集传》解诗，可谓信守孔门之教。

4. 诗意不确姑采一说之例

《邶风·式微》："此无所考，姑从《序》说。"

《小雅·鼓钟》："此诗之义有不可知者，今姑释其训诂名物，而略以王氏、苏氏之说解之，未敢信其必然也。"

按：以上二例体现了朱熹解诗慎言阙疑的态度。

5. 诗意未详姑加推测之例

《周颂·载芟》："此诗未详所用，然辞意与《丰年》相似，其用应亦不殊。"

《周颂·昊天有成命》："此诗多道成王之德，疑祀成王之诗也。"

按：这是根据诗篇上下文揣摩体会，而不是捕风捉影、毫无根据的臆测。

6. 别无新解姑从旧说之例

《邶风·式微》："旧说以为黎侯失国，而寓于卫，其臣劝之曰：'衰微甚矣，何不归哉？'……此无所考，姑从《序》说。"

按：《诗集传》虽然破除了对《毛诗序》的迷信，对旧说多有辨正，但凡旧说可取，或无新解可从，则仍择用《序》说，并不拘执，更不将《小序》一笔抹杀。《邶风·旄丘》亦属此例。

7. 辨正诸说以定一解之例

《小雅·宾之初筵》："《毛氏序》曰……。《韩氏序》曰……。今按此诗意与《大雅·抑》戒相类，必武公自悔之作。当从韩义。"

《小雅·雨无正》："欧阳公曰……。元城刘氏曰……。《序》云……。愚按刘说似有理。"

按：辨正诸解，择善而从，学术研究才能循序渐进，结论日趋精确。《诗集传》常见此例。

8. 辨析诗之本义及衍义之例

《小雅·鹿鸣》："岂本为燕群臣嘉宾而作，其后乃推而用之乡人也欤？"

《小雅·皇皇者华》："疑亦本为遣使臣而作，其后乃移以它用也。"

《周颂·闵予小子》："此成王除丧朝庙所作，疑后世遂以为嗣王朝庙之乐，后三篇放此。"

按：在《诗经》流传过程中，人们对诗意的理解与文本的使用，有的已离开本义的范畴，而产生了衍义，亦即引申义。赋诗言志即其一例。有必要划清被时间模糊了的本义与衍义的界限。上述二条考察诗意的历史演变，体现了《诗经》学史的视角。

9. 推测诗之作时并辩证旧说之例

《召南·何彼襛矣》："此乃武王以后之诗，不可的知其何王之世。"

《大雅·下武》："或疑此诗有成王字，当为康王以后之诗。然考寻文意，恐当只如旧说。"

《大雅·文王之什》："郑《谱》此以上为文武时诗，以下为成王周公时诗。今案《文王》首句即云'文王在上'，则非文王之诗矣。又曰：'无念尔祖'，则非武王之诗矣。《大明》《有声》并言文武者非一，安得为文武之时所作乎？盖正《雅》皆成王、周公以后之诗，但此什皆为追述文武之德，故《谱》因此而误耳。"

按：第一条划定作时的大致界限，第二条辩证他说，第三条详细考证旧说之误。确定诗作的时间坐标对理解诗意大有帮助，中国诗学历来重视此点，所谓"知人论世"亦含有此意。

10. 推测诗之作者之例

《邶风·柏舟》："《列女传》以此为妇人之诗，今考其辞气卑顺柔弱，且居变《风》之首，而与下篇相类，岂亦庄姜之诗也欤？"

《大雅·棫朴》："自此以下至《假乐》，皆不知何人所作。疑多出于周公也。"

按：以上二条，第一条根据诗的艺术风格，第二条根据诗的原来篇次，所作推测不无根据。后人为古代作品编年，亦每用此法。

11. 订正章句段落分合之例

《鄘风·载驰》："《载驰》四章，二章章六句，二章章八句。（……旧说此诗五章，一章六句，二章三章四句，四章六句，五章八句。苏氏合二章三章以为一章。按《春秋传》，叔孙豹赋《载驰》之四章……与苏说合，今从之。）"①

---

① 此段引文中的"驰"，原书皆作"馳"，今改正。

《小雅·伐木》："《伐木》三章，章十二句。（刘氏曰：此诗每章首辄云'伐木'，凡三云'伐木'，故知当为三章。旧作六章，误矣。今从其说正之。）"

《大雅·生民》："《生民》八章，四章章十句，四章章八句。（旧说第三章八句，第四章十句。今案第三章当为十句，第四章当为八句，则'去''呱''訏''路'音韵谐协，'呱声载路'文势相贯。而此诗八章皆以十句八句相间为次，又二章以后七章以前，每章章之首皆有'诞'字。）"

《大雅·行苇》："《行苇》四章，章八句。（毛七章，二章章六句，五章章四句。郑八章，章四句。毛首章以四句兴二句，不成文理。二章又不协韵。郑首章有起兴而无所兴，皆误。今正之如此。）"

按：正确的分章，有利于理解诗歌的结构层次，也有助于更好地体会诗意，鉴赏诗艺。朱熹订正章句段落的分合，采用了他人之说，参考了前史记载，从音韵、文势、文理等方面综合考察，用心细密，方法可取。

## 三、训诂例

此处训诂指的是对字词及名物制度的阐释，是章句串讲的基础和前提。训诂是《诗集传》内容的重要组成部分。对《诗经》难字僻词的解释（包括虚词、实词），有关名物制度（包括动植物、地理沿革、物产、礼俗等）的解释，以及诗句文字的校正、章句的串讲等，均归入此类例。

1. 训诂未详存疑之例

《召南》："未知召亭的在何县。"

《唐风·羔裘》："居居，未详。""究究，亦未详。"

《卫风·考槃》："考，成也。槃，盘桓之意。……陈氏曰：'考，扣也。槃，器名。'……二说未知孰是。"

2. 训诂未详加以揣测或姑定一说之例

《周南·苤苢》:"采之,未详何用。或曰:'其子治难产。'"

《召南·羔羊》:"紽,未详。盖以丝饰裘之名也。"

《大雅·文王有声》:"遹,义未详。疑与聿同,发语辞。"

《王风·扬之水》:"甫,即吕也。亦姜姓……今未知其国之所在,计亦不远于申许也。"

按:以上诸条涉及对字词、器物、地理方位等的训诂。后三条有一个共同点,即联系上下文进行合理推测,充分利用校雠学中所谓"本证"。《小雅·都人士》:"'绸直如发',未详其义。然以四章五章推之,亦言其发之美耳。"已明言据上下文推得。《扬之水》虽未明言,但其首章有"不与我戍申",次章云"不与我戍甫",三章云"不与我戍许","甫"之训诂也是根据上下两章文句推得。一方面多闻阙疑,力求严谨;另一方面又尽量努力,作合理的推测,这体现了朱子学术责任心的两个方面。

3. 虚词训诂之例

《周南·麟之趾》:"于嗟,叹辞。"

《邶风·式微》:"式,发语辞。"

《周南·樛木》:"只,语助辞。"

按:《诗集传》对虚词训诂也相当重视。实词训诂之例习见,此处不再列举。

4. 鸟兽草木地名器物物产训诂之例

《周南·关雎》:"雎鸠,水鸟,一名王雎,状类凫鹥,今江淮间有之。生有定偶而不相乱……盖其性然也。"

《周南·关雎》:"荇,接余也,根生水底,茎如钗股,上青下白,叶紫赤,圆径寸余,浮在水面。"

《周南·汉广》:"汉水,出兴元府嶓冢山,至汉阳军大别山入江。"

《周南·关雎》:"琴,五弦或七弦。瑟,二十五弦。皆丝属,乐之小者也。""钟,金属;鼓,革属。乐之大者也。"

《周南·葛覃》:"精曰绤，粗曰绤。"

《召南·羔羊》:"小曰羔，大曰羊。"

按:《诗集传》对词义相近者皆注意辨析，使读者能够更好地理解词义，进而更好地理解诗意。

5. 制度礼俗训诂之例

《周南·桃夭》:"妇人谓嫁曰归。《周礼》:'仲春令会男女。'然则桃之有华，正婚姻之时也。"

《召南·采蘋》:"祭祀之礼，主妇主荐豆，实以葅醢。"

《郑风·羔裘》:"礼，君用纯物，臣下之，故羔裘而以豹皮为饰也。"

《周颂·载见》:"庙制，太祖居中，左昭右穆。"

按:《诗集传》涉及制度礼俗者，以《雅》《颂》篇什为多，因为正如《诗集传·序》所言，《雅》《颂》多是"朝廷郊庙，乐歌之辞"，内容多有关制度礼仪。

6. 兼存异文之例

《周南·卷耳》:"吁，忧叹也。《尔雅》注引此作'盱'，张目望远也。"

《鄘风·桑中》:"弋，《春秋》或作'姒'。"

按:此类校勘异文之处，或征引古代经籍，或引证他人之说，取径甚广。

7. 文字订误之例

《周颂·维天之命》:"假以溢（《春秋传》作'恤'）我。"注云:"恤之为溢，字之讹也。"

《陈风·月出》:"劳心惨（当作懆，七吊反）兮。"

《郑风·大叔于田》引陆氏曰:"首章作'大叔于田'者误。"又引苏氏曰:"二诗皆曰'叔于田'，故加'大'以别之，不知者乃以段有大叔之号，而读曰泰，又加'大'于首章，失之矣。"

按:此类校改有的版本根据不足，正如叶音改读缺乏充分的语音学根据一样。第三条涉及诗题校正。

8. 训诂引当代学者说之例

《鄘风·蝃蝀》引程子曰:"女子以不自失为信。命,正理也。"

《邶风·谷风》引张子曰:"育恐,谓生于恐惧之中。"

按:宋代《诗经》学兴盛,学者专著孔多。朱熹征引的不少是当代人的说法。如上引程子指程颐《伊川诗说》,张子指张载《诗说》。

9. 训诂引前人著作相证之例

《魏风·汾沮洳》:"一方,彼一方也。《史记》:'扁鹊视见垣一方人'。"

《小雅·伐木》:"许许,众人共力之声。《淮南子》曰:'举大木者呼邪许',盖举重劝力之歌也。"

10. 训诂用古今字通假字例

《齐风·卢令》:"偲,多须之貌。《春秋传》所谓'于思',即此字,古通用耳。"

《周颂·清庙》:"无射(音亦,与斁同)于人斯。"

《小雅·南山有台》:"遐、何通。"

《郑风·扬之水》:"女、汝同。"

按:这一例常用的术语有"通用""与某同""某某同""某某通"等。

11. 音训之例

《豳风·狼跋》:"公孙(音逊)硕肤。"章末注:"孙,让。"

《小雅·车攻》:"决拾既佽,弓矢既调(读如同,与同叶)。"

《周南·汝坟》:"于(音吁,下同)嗟麟兮。"

按:清儒钱大昕云"许(慎)氏书所云'读若',云'读与同',皆古书假借之例,假其音并假其义,音同而义亦随之,非后世譬况为音者可同日而语也"[①]。"读若""读与同""读如"皆为兼及音义的训诂,亦即音训。

---

① 钱大昕:《潜研堂文集》卷三《古同音假借说》,陈文和主编《嘉定钱大昕全集》第九册,江苏古籍出版社,1997。

12. 章句串讲引他家说之例

《鄘风·蝃蝀》引程子曰："人虽不能无欲，然当有以制之。无以制之，而惟欲之从，则人道废而入于禽兽矣。以道制欲，则能顺命。"

《邶风·燕燕》引杨氏曰："州吁之暴，桓公之死，戴妫之去，皆夫人失位不见答于先君所致也。而戴妫犹以先君之思勉其夫人，真可谓温且惠矣。"

按：此二条亦涉及对诗意的阐释。

13. 文字疑有脱误之例

《鲁颂·閟宫》："笾豆大房（此下当脱一句，如'钟鼓喤喤'之类）。"

《小雅·沔水》："疑当作三章，章八句。卒章脱前两句耳。"

按：根据全诗结构作大胆推测，不无道理。

## 四、音韵例

音韵例包括音、韵两大部分。"音"指字的注音，"韵"指韵脚字的叶音。

（一）注音之例

1. 用直音法注音之例

《周南·关雎》："窈窕淑女，钟鼓乐（音洛）之。"

《周南·卷耳》："采采卷耳，不盈顷（音倾）筐。"

2. 用如字法注音之例

《大雅·生民》："载燔载烈（如字，叶力制反）。"

《小雅·正月》："载（如字）输尔载（才再反）。"

按：一字有二音，依本音读为如字。张守节《史记正义论例》："如字初音者，皆为正字，不须点发。"[①] 此处第二条尤其明显。"载"字一句二见，前者读本音上声，为如字。后者读去声，另出反切。

---

① 张守节：《史记正义论例·发字例》，附司马迁《史记》卷末，中华书局，1982，第16页。

3. 注声调之例

《邶风·绿衣》："女所治（平声）兮。"

《周南·卷耳》："采采卷（上声）耳。"

按：此例用于一字读音有两个声调者。

4. 用与某同注音之例

《郑风·扬之水》："迋，与诳同。""女、汝同。"

《小雅·鹿鸣》："视，与示同。"

按：此例实亦直音，兼顾释义，参看"音训之例"。

5. 用反切法注音之例

《周南·关雎》："关关雎（七余反）鸠。""窈（乌了反）窕（徒了反）淑女。"

《小雅·采薇》："今我来思，雨（于付反）雪霏霏。"

6. 反切兼注声调之例

《大雅·荡》："小大近丧（息浪反，呼平声）。"

按："丧"的反切下字一时不易找到准确的，故兼注声调。

7. 一字两读分别注明之例

《大雅·韩奕》："百两（音亮，又如字）彭彭。"

《召南·鹊巢》："百两（如字，又音亮）御之。"

《大雅·皇矣》："王（如字，或于况反）。"

《小雅·白驹》："贲（彼义反，又音奔）然来思。"

8. 韵脚两读分别注音之例

《豳风·七月》："一之日觱发（叶方吠反），二之日栗烈（叶力制反）。无衣无褐（音曷，叶许例反），何以卒岁（或曰：'发，烈，褐，皆如字，而岁读如雪。'）。"

《召南·何彼襛矣》："唐棣之华（芳无、胡瓜二反）。""王姬之车（斤于、尺奢二反）。"

《小雅·四牡》："载骤骎骎（侵、寝二音）。""将母来谂（深、审二音）。"

按：二反二音都是注韵脚字音，因为韵脚有两种叶法，故这种注音法多集中出现,并且通常二反、二音、叶二反、叶二音一起出现。

(二)叶音之例

1. 韵脚字只注音不注叶音之例

《秦风·小戎》:"驾我骐馵(之树反,又之录反)。"

《小雅·角弓》:"此令兄弟,绰绰有裕(预、与二音)。"

《小雅·小明》:"昔我往矣,日月方除(去声)。"

《周南·桃夭》:"桃之夭夭,灼灼其华(芳无、呼瓜二反)。"

《曹风·鸤鸠》:"其带伊丝,其弁伊骐(音其)。"

按:这些韵脚字按原读即可使音韵协调,故不注叶音。有些古今音变化不大的韵脚字则连注音也省去,如《魏风·硕鼠》的"鼠""黍""土"等。

2. 韵脚字注音又注叶音之例

《小雅·鱼丽》:"鱼丽于罶(音柳,与酒叶)。"

《小雅·采绿》:"其钓维何?维鲂及鱮(音叙,叶音湑)。"

《周南·葛覃》:"为絺为绤(去逆反,叶去略反)。"

《王风·葛藟》:"在河之浒(音俟,叶矣始二音)。"

《小雅·庭燎》:"夜未艾(音乂,叶如字)。"

《大雅·行苇》:"曾孙维主(如字,或叶当口反)。"

《大雅·桑柔》:"考慎其相(息亮反,叶平声)。"

《邶风·简兮》:"赫如渥赭(音者,叶陟略反)。"

按:这一例中,注音有音某(直音)、某某反(反切)、读如、如字四种;叶音也有与某叶、叶音某、叶某某反、叶某某某某二反、叶如字、叶某声、叶某某二音七种。这两组排列组合,可变化出多种样式。这里列举的只是其中主要的几种。

3. 非韵脚字注叶音之例

《王风·扬之水》:"怀(叶胡威反,下同)哉怀哉。"

《召南·羔羊》:"委蛇(音移,叶唐何反)委蛇。"

按:"怀""蛇"虽然在所注之处非韵脚,但在下文复出时却充当韵脚。遵照注书注前不注后的原则,在前面作为非韵脚字注音时,也附上在后文作为韵脚字而需要加注的叶音。这一例是在特殊情况下的变通。

4. 反切叶音之例

《周南·芣苢》:"薄言采(叶此履反)之。"

《召南·驺虞》:"于嗟乎驺虞(叶五红反)。"

5. 直音叶音之例

《召南·驺虞》:"于嗟乎驺虞(叶音牙)。"

《邶风·终风》:"终风且暴,顾我则笑(叶音燥)。"

6. 一字两叶之例

《召南·驺虞》:"于嗟乎驺虞(叶五红反)(叶音牙)。"

《召南·行露》:"谁谓女无家(叶各空反)(叶音谷)。"

按:同一个字在同一篇诗中有两种叶法,分别注出,可见其主观性很强。

7. 以"与某叶""上与某叶""下与某叶"注叶音之例

《召南·何彼襛矣》:"何彼襛(如容反,与雕叶)矣。"

《周颂·雕》:"有来雕雕(与公叶,篇内同)。"

《大雅·生民》:"上帝居歆(下与今叶)。""以迄于今(上与歆叶)。"

按:叶音之例,"叶"字多在前,如云叶某音、叶某某反、叶某某某某二反等,只有这一例"叶"字在后。"与某叶"所指之字在本篇本章,具体在其上下文的韵脚位置。第三条是明证。

8. 注声调叶音之例

《小雅·小旻》:"维迩言是听(叶平声)。"

《豳风·七月》:"七月流火,九月授衣(叶上声)。"

《鄘风·君子偕老》:"玼兮玼兮,其之翟(叶去声)也。"

《豳风·东山》:"洒扫穹窒,我征聿至(叶入声)。"

按:此例改变原四声读法以求谐韵。

9. 如字叶音之例

《大雅·桑柔》:"靡所止疑(鱼乞反,叶如字)。"

《大雅·板》:"及尔出王(音往,叶如字)。"

按:韵脚字有两读,为使读者诵读时不迷误,特标识"叶如字"。

10. 一韵两叶分别标明之例

《郑风·羔裘》:"羔裘如濡(叶而朱、而由二反),洵直且侯(叶洪姑、洪钩二反)。彼其之子,舍命不渝(叶容朱、容周二反)。"

《秦风·小戎》:"游环胁驱(叶居惧反,又居录反),阴靷鋈续(叶辞屡反,又如字)。"

按:韵有二叶,一般在同章韵脚中同时数见。第一例中"而由""洪钩""容周"是一个体系,"而朱""洪姑""容朱"则是另一系统。第二例则"居惧反"对"辞屡反","居录反"对"又如字";一为去声,一为入声,故分别标明。

《小雅·宾之初筵》:"宾载手仇(音拘,叶求、其二音),室人入又(叶由、怡二音)。酌彼康爵,以奏尔时(叶酬、时二音)。"

按:此例韵之二叶也是各成系统的。

《大雅·行苇》:"酌以大斗(叶腫庾反,或如字),以祈黄耇(叶果五反,或如字)。"

《豳风·鸱鸮》:"鸱鸮鸱鸮,既取我子(又叶入声),无毁我室(又叶上声)。"

按:最后一条虽然只有"又叶入声""又叶上声",其实已包括"叶如字"。因为"子"字又"叶如字",读上声,"室"才"又叶上声";而"室"字"叶如字",读入声,"子"才"又叶入声"。此例是一字两叶例在全篇的贯彻。

11. 纠正误读误叶之例

《邶风·泉水》:"遄臻于卫(此字本与迈、害叶,今读误)。"

《邶风·二子乘舟》:"泛泛其逝(此字本与害叶,今读误)。"

12. 用韵不详存疑之例

《周颂·丝衣》:"此诗或紑、俅、牛、觩、柔、休并叶基韵,或基、鼒并叶紑韵。"

《周颂·烈文》:"此篇以公、疆两韵相叶,未详当从何读,意亦可互用也。"

《大雅·烝民》："天子是若,明命使赋(若、赋,叶韵未详)。"

按:这表明朱熹在叶音时态度还是比较认真严肃的,虽然他在这个问题上失误也较多。

13. 疑诗不用韵之例

《陈风·东门之枌》:"南方之原(无韵,未详)。"

《周颂·清庙》:"《周颂》多不叶韵,未详其说。"

按:"知之为知之,不知为不知。"看来,朱熹即使在颇为人讥议的叶读问题上也未全忘记这一点。

14. 句尾虚词为韵脚特别标明之例

《小雅·常棣》末章:"亶其然乎(就用乎字为韵)。"

《大雅·公刘》第四章:"君之宗之(就用之字为韵)。"

按:《诗经》一般不以句末虚词作韵脚,如《魏风·伐檀》"河水清且涟猗"的"猗",《关雎》"左右芼之"的"之",但也有例外,如上举二例,故特为标出。

## 五、鉴赏例

鉴赏例即对《诗经》艺术的鉴赏,包括对《诗经》中所用创作手法、诗歌结构层次及创作经验的分析总结,对《诗经》永久艺术魅力的探寻。《诗集传·序》云"讽咏以昌之,涵濡以体之,察之情性隐微之间,审之言行枢机之始",即指鉴赏而言。

1. 分析修辞技巧之例

《邶风·式微》:"微,犹衰也。再言之者,言衰之甚也。"

《鄘风·定之方中》:"楚室,犹楚宫,互文以协韵耳。"

《小雅·皇皇者华》:"谋,犹诹也,变文以协韵尔。"

按:这是分析复沓、互文等艺术手段的效用。

2. 分析层次、章法、文势之例

《小雅·裳裳者华》首章:"此章与《蓼萧》首章文势全相似。"

《豳风·七月》首章:"此章前段言衣之始,后段言食之始。二章至五章终前段之意,六章至八章终后段之意。"

《豳风·东山》篇末引《序》曰:"一章言其完也,二章言其思也,三章言其室家之望女也,四章乐男女之得及时也。"

《鄘风·君子偕老》篇末引东莱吕氏(祖谦)曰:"首章之末云……责之也。二章之末云……问之也。三章之末云……惜之也,辞益婉而意益深矣。"

按:第一条用比较法,第二条分析层次章法甚细,第三、四条引他人学说相证。

3. 总结诗之作法有赋、比、兴三种并作界定之例

《周南·关雎》:"兴者,先言他物以引起所咏之词也。"

《周南·葛覃》:"赋者,敷陈其事而直言之者也。"

《周南·螽斯》:"比者,以彼物比此物也。"

按:赋、比、兴的界说,是《诗集传》对《诗经》学的重要贡献之一,至今仍有不小的影响。

4. 每章之末注明所用手法之例

《周南·葛覃》三章之末皆云:"赋也。"

《周南·螽斯》三章之末皆云:"比也。"

《周南·关雎》三章之末皆云:"兴也。"

《小雅·正月》一至三章:"赋也。"四章:"兴也。"五章、六章:"赋也。"七章、八章:"兴也。"九至十一章:"比也"。十二章、十三章:"赋也。"

按:前三条为整篇通用一种手法之例,第四条是一篇之中换用三种手法之例。

5. 分析一章中同时使用多种手法之例

《周南·汉广》三章:"兴而比也。"

《邶风·谷风》首章:"赋而比也。"

《卫风·氓》第三章:"比而兴也。"末章:"赋而兴也。"

《小雅·頍弁》三章皆注:"赋而兴又比也。"

按：前三条为两种手法并用，第四条为三种手法兼用。多种手法并用，在以往的《诗经》研究中注意不够。拘泥于赋、比、兴界说的无休止的争论而不重视其在《诗经》中的具体应用的人，可从中受到启发。

6. 对所用手法有异说兼采二说或存疑之例

《召南·野有死麕》首章："兴也。"或曰："赋也。"

《小雅·菁菁者莪》首章："兴也。"或曰："以'菁菁者莪'比君子容貌威仪之盛也。"

按：具体到各章所用是赋是比抑或兴，朱熹有时亦难以确定。实际上，赋、比、兴之间有时可以相互转化，两解皆通。这种相对性、模糊性是由文学的总体特征规定的。

7. 细析兴有取义与不取义两种之例

《小雅·南有嘉鱼》第三章："愚谓此兴之取义者，似比而实兴也。"第四章："此兴之全不取义者也。"

按：取义之兴则近乎比，不取义之兴则纯乎兴。

8. 说诗以意逆志之例

《小雅·斯干》首章："愚按此于文义或未必然，然意则善矣。"

按：诗无达诂，以意逆志是说诗者的权益。此清人谭献《复堂词录序》所谓"作者之用心未必然，而读者之用心何必不然"[①]。观此例可知朱熹已先会得此意。

9. 征引其他作品与诗相证之例

《小雅·隰桑》末章："言我中心诚爱君子……《楚辞》所谓'思公子兮未敢言'，意盖如此。"

《大雅·文王》首章："盖以文王之神在天……《春秋传》天王追命诸侯之词……语意与此正相似。"

《大雅·文王》第六章："《大学》传曰：'得众则得国，失众则失国'，此之谓也。"

---

① 谭献：《复堂词录叙》，罗仲鼎、俞浣萍点校《谭献集》，浙江古籍出版社，2012，第 21 页。

《鄘风·桑中》篇末:"《乐记》曰:'……《桑间》《濮上》之音,亡国之音也。其政散,其民流,诬上行私而不可止也。按《桑间》即此篇,故《小序》亦用《乐记》之语。"

按:征引的作品包括《楚辞》《春秋传》《大学》《乐记》等书,都是时代较早的经典。

10. 征引后代史事与诗相证之例

《秦风·权舆》:"汉楚元王敬礼申公、白公、穆生……亦此诗之意也。"

《小雅·蓼莪》:"晋王裒以父死非罪,每读诗至'哀哀父母,生我劬劳',未尝不三复流涕,受业者为废此篇。诗之感人如此。"

按:在鉴赏中应用比照方法,引相关史事以相感发,从侧面阐释诗意,显然有助于加深理解。

11. 申述诗旨之例

《卫风·氓》:"盖一失其身,人所贱恶……士君子立身一败,而万事瓦裂者,何以异此?可不戒哉!"

《鄘风·鹑之奔奔》:"胡氏曰:杨时有言,诗载此篇,以见卫为狄所灭之因也。……凡淫乱者,未有不至于杀身败国而亡其家者,然后知古诗垂戒之大。"

《小雅·节南山》:"夫为政不平以召祸乱者,人也。而诗人以为天实为之者,盖无所归咎而归之天也。抑有以见君臣隐讳之义焉,有以见天人合一之理焉。"

按:"诗可以兴,可以观,可以群,可以怨。"朱熹解诗,重视阐发诗旨于后代的垂戒意义。宋儒独重气节,第一条尤为有感而发。

## 六、小结

朱熹作《诗集传》,心中必存体例的观念。《豳风·七月》首章注云"变月言日,言是月之日也。后凡言日者放此",《王风·扬之水》首章注云"兴取'之''不'二字,如《小星》之例",可以证明这一点。对经典著作，特别是古典文学名著，如何注释，注释些什么，并不是一个简单的问题，没有也不可能有一个永恒不变的原则或体例。在这方面，《诗集传》是值得我们参考研究的。作为《诗经》学的经典，《诗集传》的构撰过程不容忽视，本文从其纂例角度作了初步研探。

当然，《诗集传》的体例也不是没有可议之处。如引他书他人之说不详出处，不便覆检；如《齐风·敝笱》"其鱼唯唯（唯癸反）"和《曹风·候人》"何（何可切）戈与祋"，反切上字与被切字不应相同；又如其叶音在韵脚字位置前后上无定准，凭其主观随意改叶，亦有自乱体例之嫌①；解析诗的背景、本事有时太坐实，又缺少实证；有些地方仍能看出"《关雎》后妃之德"的汉儒旧说的影响（如《周南·葛覃》《召南·小星》等篇）。对《诗集传》作更进一步深入细致研究的必要性，也因此而更显著。

[原载《古典文献研究（1989—1990）》，南京大学出版社，1992]

---

① 详细论述，可参看黄景湖《〈诗集传〉注音初探》，《厦门大学学报（哲学社会科学版）》1981年第4期。

# 作为文本的汉代石刻
## ——读《汉代石刻集成》

一

至少从汉代开始，石刻已经成为中国文化版图中一个不能忽视的突出景观。学者们在"惊艳"之余，往往更震惊于它所呈现出的丰富多彩。从其存在形态上说，这些石刻有的是树立于地表之上的丰碑大碣，有的是依山而镌的摩崖文字，还有的则是见于祠堂甚至埋于幽壤的各色刻画，其中一部分甚至图文并茂。从其现实功用上说，它们有的是为祭祀名山大川古圣先贤，有的是为纪念某一公共工程的修建成功，有的是为歌颂某一达官显宦或者当地官员，有的则是为悼念去世的亲人。从书写形式来看，这些石刻更为我们了解汉代文字、书法、文体以及文章，提供了生动的原始资料。从其叙述内容来看，这些石刻文本涉及汉代的政治、经济、教育、宗教、文学、艺术以及社会风俗等方面，也可以说，是以极为丰富的历史内涵、诸多明确的时空坐标，构筑了一座独具特色的汉代文化博物馆。

正因为如此，历代皆有学者对汉碑情有独钟，虽然他们的学术兴趣和研赏侧重各有不同。回首传统金石学历史，就汉代石刻文本之系统研究而言，宋代学者洪适所著《隶释》《隶续》二书和清代学者翁方纲所著《两汉金石记》一书，应当说是最重要也最值得一提的。20世纪以来，这一方面最重要的研究成果，首推高文先生所著《汉碑集释》①，其次则是由日本学者永田英正所编《汉代石刻集成》②。《集成》1994年由东京同朋社出版，属于"京都大学人文科学研究所研究报告"之一。

在石刻研究方面，京都大学人文科学研究所已经形成自身的学术传统，自其前身东方文化研究所以来，该研究所就注意搜集中国石刻拓本，并进行整理研究。京都大学的很多前辈学者，如内藤虎次郎、桑原骘藏等，都参与了中国石刻拓本的搜集和整理。而共同研究班这种在日本汉学界颇为流行的形式，也被引入石刻研究之中。早从1968年4月开始，日比野丈夫教授就主持了为期两年的"中国金石资料研究"共同研究班，除对所藏石刻拓本进行整理研究之外，还对拓片进行写真摄影，制成卡片，以便释读检对和资料检索。1988年4月，在时任京都大学东方部主任林巳奈夫的支持与推动下，"汉代出土文字资料研究"共同研究班在京都大学人文科学研究所正式成立，持续至1991年3月结束。参加者包括相川佳予子、秋山进午、稻叶一郎、江村治树、大川俊隆、大庭修、冈村秀典、狩野直祯、气贺泽保规、小南一郎、佐原康夫、末次信行、杉村邦彦、杉本宪司、角谷常子、辻正博、冨谷至、永田英正、西村富美子、林巳奈夫、藤田高夫、船越信、松井嘉德、籾山明、吉田光邦、吉本道雅、渡边信一郎等27人③，其中不仅有从事历史学的学者，亦有从事文学、哲学、考古学以及文字学的学者。按照共同研究班的工作方式，在每周的研究会上，先由一位成员写出初稿，提交研究班讨论，然后根据讨论意见修改成二稿，最终由编者永田英正统一体例，编成《集成》。总的来看，由于研究班成员具有不同的学术背景，因此，在石刻文本的研读过程中，能够取

---

① 高文：《汉碑集释》，河南大学出版社，1985年初版，1997年修订再版。以下正文中引证此书皆简称《集释》，注中仍用全称。除有特殊说明者外，皆据修订再版本。
② 以下正文中简称《集成》，注中仍用全称。
③ 据永田英正《汉代石刻集成·序文》，《汉代石刻集成·图版·释文篇》卷首，同朋社，1994，第2页。

长补短，发挥共同研究的优势。

　　根据原书编号计算，《集成》共收录汉代石刻 176 种，按年代先后排列，年代不明者附于最后。全书分装二册，一册为《图版·释文篇》，另一册为《本文篇》。对于每一种石刻，《图版·释文篇》先列其标题，然后就其年代、形制、行款、出土时间、原石存佚及收藏情况，作一简单题解，再按原石行款格式，录释文于后，最后附图版。大多数图版乃精选善拓，精心拍照制版，效果较好。从书后所附《图版一览》中可以看出，编者在采集图版之时，多方搜求，取资甚广。打开书卷，但见图版在左，释文在右，正是所谓"左图右文"，极便参照比对。这一编排方式显然寓有编者之用心。《本文篇》包括标题、解说、本文、注释及参考文献五部分。在标题之下，先列一段解说，大抵更贴近石刻文字之内容，与《图版·释文篇》的解题相辅相成。解说之后，是以日语训读文形式出现的石刻本文，主要是为了便于日本读者之阅读。接下来是对石刻文本的注释，这是《本文篇》的主体部分，以日语撰成。最后是有关该石刻的参考文献，其意盖在为进一步研究提供参考。

　　《集成》收录汉代石刻多达 176 种，每一种都附有拓片图版，又详加注释，无论从其数量全备还是从其体例完善上看，它题名为"集成"，都应当说是当之无愧的。在体例方面，此书受洪适《隶释》影响的痕迹较为明显，因此，将其与《隶释》相对比，更能看清其特点。《隶释》"前十九卷荟萃汉魏碑碣一百八十九种，每篇依据隶字笔画以楷书写定，继而进行考释，其中包括对史实的介绍、碑碣石刻的说明、汉隶文字的考证等等。二十卷之后附录《水经注》中的汉魏碑目、欧阳修《集古录》、欧阳棐《集古录目》、赵明诚《金石录》、无名氏《天下碑目》中汉魏部分，作为参证"[①]。在以楷书写定释文并作考释方面，《集成》对《隶释》可谓亦步亦趋，虽然《隶释》的考释更着重于史实考证和文字辨识，而《集成》的考证更侧重字词的注释。《集

---

[①] 中华书局编辑部：《隶释 隶续·出版说明》，洪适《隶释 隶续》卷首，中华书局，1985。

成》中的"参考文献"部分，实际上是《隶释》卷二十之后的诸种附录的缩微与变形。从表面上看，《隶释》所收碑目略多于《集成》，但其基本上只录文字，不附拓本，而《集成》所收则限于尚有拓本传世者，二者收录范围虽有不同，但皆有意求全，后者更网罗了不少宋代以后新出土或发现的汉代各类石刻。从这一方面来说，《集成》不仅名实相符，而且可以与《隶释》媲美，甚至可以补充《隶释》之未备。在一定意义上，我们甚至可以说，《集成》是《隶释》的20世纪更新版。

《集成》之出版在《集释》之后九年，由于二书性质相近，体例相仿，《集释》亦理所当然地成为《集成》最重要的工作基础与参考书。就本文注释部分而言，《集成》与《集释》的关系尤为密切。虽然《集释》所录汉碑只有58种①，其数量只有《集成》的三分之一，但实际上，《集释》所录皆为汉碑中字数较多、内容较为完整，也相对比较重要的品种，汉碑精华已略备于此。一方面，《集释》为高文一人所撰，而《集成》则是成于众手；另一方面，汉代石刻的概念略大于汉碑，因此，《集成》所收多于《集释》也就不足为奇了。除了《武梁祠堂画像题字》和《武氏石室画像题字》之外，《集释》中的碑目悉数见于《集成》。在这些碑目的注释中，后者吸收了前者的成果，并参用其他各家意见，融以己意，故能在前人的基础上有所推进。《集释》中某些未曾涉及或注释不到位的字词，在《集成》中得到弥补和加强。以《刘熊碑》为例，《集成》引《左传》昭公十二年注"五典"，引《淮南子·原道训》注"卷舒"，引《左传》僖公九年注"忠贞"，引《荀子·哀公篇》注"动履规绳"②，皆补《集释》之未及，其训释颇为切当。《刘熊碑》有云："勤恤民殷。"《集释》引《隶释》云："以殷为隐。"③《集成》更进而引《国语·周语》："勤恤民隐，而除其害。"又引韦昭注："隐，痛也。"④ 如此溯源而兼释义，二者相得

---

① 此据《汉碑集释》中的碑目编号计算，书中《武梁祠堂画像题字》分成三篇，《武氏石室画像题字》亦分成三篇，皆分别标号，因此，《汉碑集释》实际所收不足58种。
② 永田英正：《汉代石刻集成·本文篇》，第286、289页。
③ 高文：《汉碑集释》（修订本），第211页。
④ 永田英正：《汉代石刻集成·本文篇》，第287页。

益彰，可谓恰到好处。《刘熊碑》又有"德友归焉"一句，《集释》注云："德友连文，不辞。'友'盖假为'攸'。"① 从句子构造来看，"德攸归焉"似乎顺理成章，但这里的"友"是否一定假借为"攸"，大可商榷，断言"德友连文，不辞"也似乎匆促了一些。《集成》就此提出新的看法，认为此句意为"以德交之友聚集一处"，并引《庄子·德充符》"吾与孔丘非君臣也，德友而已"，证明"德友"连文可以成辞。② 今按：所谓"德友"，即《孟子·万章下》所谓"友也者，友其德也"之意。《魏书》卷四十八《高允传》载其《征士颂》云："仰缘朝恩，俯因德友。"③ 可见，"德友"一词，不仅见于先秦文章，而且直到南北朝时期，仍为人使用，"不辞"之说似不能成立。要之，《集成》不仅对于《集释》有拾遗补阙之功，而且对于我们准确深入地理解汉代石刻文本的语言构成及其背后的历史资源，也有明显助益。在这个意义上，我们甚至也可以说，《集成》是《集释》的扩大版。

## 二

两汉时代，各种经典在京师和地方传播日广，人们对经典表现出持久的学习兴趣与研求热诚，引经据典遂成为文士之惯伎，亦成为汉代文章的突出特点之一。事实上，注明石刻本文引据之出处，正是《集成》一书的显著特点，也是其主要亮点之一。当然，《集成》中的注释尤其是那些新增注释未必都稳妥可信，有时过分求新，亦不免有失当之处。仍以《刘熊碑》为例。碑文"分原而流，枝叶扶疏"句下，《集释》注引《汉书·武五子·燕刺王传》"是以支叶扶疏，异姓不得间也"④。按：枝、支通用，"支（枝）叶扶疏"意指宗族势力强

---

① 高文：《汉碑集释》（修订本），第213页。
② 永田英正：《汉代石刻集成·本文篇》，第287页。按：原书引《庄子》"德友"作"德反"，盖是误植，今径改。
③ 魏收：《魏书》，中华书局，1974，第1082页。
④ 高文：《汉碑集释》（修订本），第208页。此处引文见班固《汉书》卷六十三，颜师古注，中华书局，1962，第2754-2755页。

盛。《汉书》中的这个用例不仅外形与碑文相同，而且其语境亦与碑文相若，加之其作者班固即为东汉人，更足以证明此语为东汉人所习用。而《集成》则仅引《韩非子·扬权》为注："木枝扶疏，将塞公闾。"①单纯从时代上来看，《韩非子》当然早于《汉书》，但是，"木枝"与"支叶"原有区别，在《韩非子》的语境中，"木枝"比喻臣子的势力，"谓臣威权覆主，充塞公闾"②，语意上与《刘熊碑》亦无关涉。如果要强调"扶疏"一词的词源，固然不妨引证《韩非子·扬权》的用例，但是，若从语意契合与语境相近的角度来看，《汉书·武五子·燕剌王传》的用例是无论如何不能删略的。又如《池阳令张君残碑》有文云："处劳辞佚，自后其身。"《集成》注引《论语》及《老子》两个书证，训释"自后其身"之意，又引《隶释》卷十《安平相孙根碑》"换元氏考城令，以塞延伫后我之望"以相印证。③按《孙根碑》所云，谓人民盼望贤君臣早日到来，其典出自《孟子·梁惠王下》："《书》曰：'汤一征，自葛始。'天下信之，东面而征，西夷怨；南面而征，北狄怨。曰：'奚为后我。'民望之若大旱之望云霓也。"与《池阳令张君残碑》所谓"自后其身"无涉，注中添加此节，实有蛇足之嫌。在上述这两个事例中，《集成》的作者似乎有意突出自己的发现，为此着力切割与《集释》的关系，但其结果却是顾此失彼，有些得不偿失了。

在汉代石刻诸品种中，汉碑最为重要。作为一种富于文学内涵的文本，它还是我们考察汉代诗文创作不可或缺的重要资源，虽然它这一方面的价值迄今为止尚未被充分认识到。从文章创作学的角度来看，同一个时代的文本，往往有相近的用典措辞以及表达方式，汉碑亦不例外。以不同汉碑中的文本相互印证，不仅能够加深对碑文及其语境的理解，还可以进而追踪并窥探汉人文章写作表情达意的习惯。《诗经·小雅·六月》："侯谁在矣？张仲孝友。"④ 汉碑中大凡叙及张姓碑

---

①③ 永田英正：《汉代石刻集成·本文篇》，第285、299页。
② 王先慎：《韩非子集解》，中华书局《诸子集成》本，第35页。
④ 高亨：《诗经今注》，上海古籍出版社，2009，第245页。

主之先世，多引此语以显扬宗族声望。《池阳令张君残碑》即有"张仲兴周室""孝友恭顺"之句，《集成》除引《诗经》为注之外，还引蔡邕《郡掾史张玄祠堂碑铭》为证："其先张仲者，实以孝友为名，左右周室。"① 可见一时风习如此。又如《武斑碑》称"立石铭碑"，《隶释》卷三所录《楚相孙叔敖碑》亦云"立石铭碑"②；《西岳华山庙碑》铭辞中有"岩岩西岳，峻极穹苍"，《白石神君碑》铭辞中则有"岩岩白石，峻极太清"，如出一辙③；《鲁峻碑》有"州里归称"句，《隶释》卷九所录《樊阳令杨君碑》亦云"遐尔佥服归称"，《隶释》卷十七所录《赵相刘衡碑》则有"雄俊协服，莫不归称"之句④；《刘熊碑》有"吏民爱若慈父，畏若神明"的称颂，《隶释》卷十所录《陈球后碑》则有"百姓敬之如神祇，爱之如慈亲"的赞美⑤。此类例子不胜枚举。虽然少数地方仍有补遗的空间，如《刘熊碑》"既练州郡"一句，即可引《汉成阳令唐扶颂》"隐练州郡，所临有迹"为注⑥，但总体来看，《集成》中已经确认的诸多类同之例，往往在两件原来可能风马牛不相及的石刻之间串联、建立起了某种联系，这联系有时候是意味深长的。

先举一个例子。《武斑碑》云："孳孳临川，窥见宫墙。"其他汉碑中也有与此相类似的表达句式，如《隶释》卷六所录《从事武梁碑》云："临川不倦。"《隶释》卷十所录《安平相孙根碑》亦云："童冠以营，发愤临川，□诲不倦。"皮锡瑞《汉碑引经考》云：

> 《论语·子罕》："子在川上曰：'逝者如斯夫，不舍昼夜。'"注：包曰："逝，往也。言凡往也者，如川之流。"《论语正义》曰："皇本作郑注，高丽本及《文选·秋兴赋》注，引此注作包，与邢本同。凡者，非一之辞，明君子进德修业，孳孳不已，与水

---

① 永田英正：《汉代石刻集成·本文篇》，第296页。按：蔡邕碑文见《蔡中郎文集》卷九，《四部丛刊》本。又《张迁碑》亦有"有张仲以孝友为行"之句，见《汉代石刻集成·本文篇》第260页，但因此碑真伪尚有疑问，故暂不作为例子举证，参看拙撰《读〈张迁碑〉志疑》，《文献》2008年第2期。

②③④⑤ 永田英正：《汉代石刻集成·本文篇》，第65、250、199、288页。

⑥ 洪适：《隶释》卷五，《隶释 隶续》，第60页。又，《张迁碑》亦有"少为郡吏，隐练职位"之语。

相似也。"锡瑞案：包、郑皆用《鲁论》，或注解相同。此三碑或云"孳孳"，或云"不倦"，或云"发愤"，是汉人解川上叹逝，皆以为进德修业孳孳不已之意，无所谓悟境也。刘氏之说甚是，但未引诸碑为证。①

《集释》和《集成》同样引录的皮锡瑞的这段考述，第一次将三碑文句联系起来，并将其与包、郑注及《鲁论》之说互相发明印证，其眼光之敏锐令人叹服。在皮锡瑞的基础上，《集成》更引《文选》卷十三所载潘岳《秋兴赋》"临川感流以叹逝兮"之语，指出自潘岳之后，此语乃有临流叹逝之意②，可谓百尺竿头更进一步。换句话说，对于"逝者如斯夫，不舍昼夜"这个典实，汉人解读时强调的是"不舍昼夜"，尤其是其中的"不舍"二字，而后人诠释所着眼的则是"逝者如斯"。从前一种到后一种之转变始于何时，因缺少证据，目前尚不能确定。根据《集成》所注，至少可以确认潘岳赋中使用此典时已是临流叹逝之意。③ 在这里，究竟哪一种诠释更符合孔子原意并不特别重要，重要的是，我们从中看到了魏晋尤其是汉代以前，包括经典在内的文本诠释及其利用有相当大的弹性和自由度，包括《孟子·离娄下》《荀子·宥坐篇》以及《春秋繁露·山川颂》在内的诸家对此语"各有阐发"，颇有分歧，但又不约而同地热衷于阐发此语中所蕴含的"深刻的意义"，其理解绝不限于"感叹光阴之奔驶而不复返"。④ 而且，如果我们再进一步细心分析，便会发现此三碑还有一个共同点，即它们的地理位置都在山东。⑤ 由此可以推知，三碑所用"临川"之意与《鲁论》相同并非偶然，而是凸显了一个共同的经典阐释的地理文化背景。汉碑与汉代郡国各地学术的联系，由此露出了冰山一角。

---

① 皮锡瑞：《汉碑引经考》，吴仰湘编《皮锡瑞全集》第 7 册，中华书局，2015，第 584 页。
② 永田英正：《汉代石刻集成·本文篇》，第 66 页。
③ 最近，有学者指出，陶渊明《荣木》诗中"志彼不舍"一句亦用《论语·子罕》"不舍昼夜"之典，"用'不舍'描述修习不舍，和后文的'千里虽遥，孰敢不至'相呼应"，见田晓菲《尘几录——陶渊明与手抄本文化研究》，中华书局，2007，第 171 页。按：如果此说可以成立，则陶诗用《论语》此典仍沿汉人旧辙，也说明两晋之时，对《论语》此典的这两种诠释依然并行而不偏废。
④ 参看杨伯峻《论语译注》，中华书局，1980，第 93 页。
⑤ 《武斑碑》《从事武梁碑》皆在今山东嘉祥，《安平相孙根碑》在山东密州，见《隶释》卷十。

再举一个例子。《池阳令张君残碑》中有"缵乃祖服"一句,《集成》先引《诗经》《伪古文尚书》等书证,释"缵""服"二字之义,又引《隶释》卷一《帝尧碑》"缵尧之绪"、卷六《平都侯相蒋君碑》"君缵厥绪"、卷十一《巴郡太守樊敏碑》"君缵厥绪"等例,说明汉碑之中频见"缵绪"之语①,而"缵服"之语则未见书证。其实,"缵服"与"缵绪"二者结构与意义皆颇相近,"缵服"在汉碑中固然未见书证,但根据笔者所作的检索,在唐以后则不乏用例;"缵绪"一语在汉碑中虽然常见,但在唐以前也并未形成固定的词语形式。无论如何,《集成》搜集缕列汉碑中与"缵绪"相关的多个用例,为我们理解汉代石刻文本的语词环境提供了十分重要的参照。总的来看,石刻是一种将文本固定并确定下来的形式。一方面,不同汉代石刻之间的彼此联系及相互印证,确认了其作为汉代文本的固定性;另一方面,将其与后代其他文本进行比较对勘,又充分展现了汉碑文本自身的活力及其历史流动性。

笔者认为,对于包括汉代石刻在内的各种石刻文献,不仅要着力发掘其中的史料价值,更要努力开发其中的其他意义蕴含。而要做到这一点,首先要读懂、读深、读透石刻本文。以上所述,不过是要强调《集成》对石刻本文注释的重要性,而无意贬低其在史学考据方面的贡献。如果说前一方面属于传统的小学研究,那么,后一方面则属于史学研究。实际上,《集成》在发掘汉代石刻的史料价值方面也做了相当多的工作。为了保证史料价值的准确性,首先要确立石刻的时代坐标,在这一点,《集成》多闻阙疑,态度相当审慎,这也是特别值得一提的。例如《孟琁残碑》,罗振玉《雪堂金石文字跋尾》卷二定在汉成帝河平四年(前25)②,《集释》考其立于东汉和帝永元八年(96)③,汪宁生则定在汉桓帝永寿二三年(156—157)之间④。由于碑文有阙,文献不足征,《集成》罗列诸说而暂不裁定,将此碑列入"年

---

① 永田英正:《汉代石刻集成·本文篇》,第296页。按:《隶释》卷二十引《水经注》所录《王涬碑》,有"缵茂前绪"之语,《汉代石刻集成》漏出此例。
② 罗振玉:《雪堂金石文字跋尾》,《石刻史料新编》第三辑第38册,新文丰出版公司,1979。
③ 高文:《汉碑集释》(修订本),第15—16页。
④ 汪宁生:《云南考古》(增订本),云南人民出版社,1992,第111-112页。

代不明"之列①,足见其审慎。又如《池阳令张君残碑》,对此碑碑主之身份,吴士鉴、端方、方若等人相继有所考证,然而众说纷纭,莫衷一是。② 杨树达、余嘉锡等先生又有探讨,才使得这一问题渐次明朗。③ 但《集成》仍然认为不必急于下结论,故置此石于"年代不明"之列。自顾炎武开始,就有不少学者质疑《张迁碑》为后代重刻,很多书对此点都避而不谈,《集成》却在题下说明中提到此说④,也体现了实事求是的学术态度。

《集成》中之"参考文献"部分,按笔者的期待,应该在《石刻题跋索引》的基础上再作搜集,进一步丰富,才是最理想的。略感遗憾的是,《集成》对这些文献的搜集罗列不够全面,而且,或许是因为成于众手,各篇在参考文献的征引罗列方面详略不一。清人学术笔记中,有不少涉及汉碑考证,例如周寿昌《思益堂日札》卷三就有多条涉及汉代石刻⑤,《集成》中或列或不列,体例不一。近人顾燮光《梦碧簃石言》中也有很多关于汉代石刻的条目,如第8~18页论《汉三老忌日碑》、第18页论《汉朝侯小子碑》⑥,《集成》皆未列为参考文献。诸如此类可参考的文献还有不少。也许,《集成》的本意只是提供简要的文本注释,而无意备录此类文献。但是,从专业研究的角度来说,备列众说并附录题跋出处的笺注体或集注体⑦,无疑有助于进一步提高该书的学术价值。而未来将有更多的分体断代石刻文献笺注或集注著作出现,并将受到学界的欢迎,也是可以预卜的。

(原载《古典文献研究》第11辑,凤凰出版社,2008)

---

① ④ 永田英正:《汉代石刻集成·本文篇》,第274、260页。
② 参看吴士鉴《九钟精舍金石跋尾》甲编、乙编;端方《匋斋藏石记》卷三;方若《增补校碑随笔》;《汉代石刻集成·本文篇》,第274页。
③ 杨树达:《汉西乡侯兄张君残碑跋》,《积微居小学金石论丛》卷六,上海古籍出版社,2007,第445-446页;余嘉锡:《汉池阳令张君残碑跋》,《余嘉锡文史论集》,岳麓书社,1997,第556-562页。
⑤ 周寿昌撰,许逸民点校:《思益堂日札》,中华书局,2007。
⑥ 顾燮光撰,王其祎校点:《梦碧簃石言》,辽宁教育出版社,2001。
⑦ 例如,编号142的《"朝侯小子"残碑》(第293页),碑主姓名及其年代都不能够确定。在这种情况下,如果在注释中对"朝侯小子"的仕履多作一些考索,或者详列相关旧说,对于加深对此碑的认识自有帮助。事实上,1931年,杨树达曾作《汉朝侯小子残碑跋》(《积微居小学金石论丛》卷六,第448-449页),征引《后汉书》《通典》《华阳国志》等史籍,考述汉代朝侯之制,即可征引以资参考。

# 宋刻《南岳稿》考论

## 一、影响南宋诗史及刘克庄一生的《南岳稿》

元成宗元贞二年（1296），著名诗人方回（1227—1305）恰逢古稀之年，回首平生，不免感慨丛生。他以"七十翁吟"为题，用七律、五古和七绝三种诗体分别作诗十首，共三十首。其《七十翁吟五言古体十首》之五云：

> 诗人而寿者，近有数老仙。后有陆放翁，前有曾茶山。亦复有二赵，南塘与章泉。年皆八九十，至今诗集传。南岳五稿出，岂无刘后村。《老妓》《风水僧》，两诗太不然。三生感容堂，晚节尤可怜。虚叟年七十，努力当勉旃。①

诗中的"刘后村"指的是晚宋著名诗人刘克庄（1187—1269），字潜夫，号后村。方回诗中提到的"南岳五稿"，指的就是刘克庄的早年

---

① 方回：《七十翁吟五言古体十首》之五，见其《桐江续集》卷二十二，《四库提要著录丛书》，北京出版社，2010。诗句下有方回自注云："后村《老妓》诗：'却羡邻姬门户热，隔楼灯烛到天明。'得罪名教。《赠风水僧》：'诵得山经如念咒，顶将禅笠去寻龙。'陋句甚拙。容堂，贾似道暮年自称，后村七十以上造朝八座，有诗云：'三生不可忘容堂。'"

诗集《南岳稿》。具体说来，《南岳稿》包括《南岳旧稿》《南岳第一稿》《南岳第二稿》《南岳第三稿》《南岳第四稿》，共五部分，可以总称为"南岳五稿"。"南岳五稿"出于刘克庄手自编定①，收录的是他36岁（嘉定十五年，1222）以前的诗作。② 方回70岁这一年，上距刘克庄去世已经27年。显然，刘克庄的《南岳稿》，给青壮年时代的方回留下了深刻的印象，以致垂暮之年还念念不忘，还记得《南岳稿》中两首诗作的题目。③ 他将刘克庄与陆游（放翁）、曾几（茶山）、赵汝谈（南塘）和赵蕃（章泉）等人相提并论，作为近代高寿诗人的代表。这四位诗人中，只有年辈最晚的刘克庄，可以称为方回的同时代人。因此，方回这首诗中提到"南岳五稿"，在某种程度上也表明，刘克庄这部早年诗集是如何让他的同时代人难以忘怀。

《南岳稿》的令人难忘，还表现为方回在其编选的唐宋近体诗选本《瀛奎律髓》中，选录了多篇出自《南岳稿》的诗篇，其中包括卷二十所选录的《落梅》二首：

> 一片能教一断肠，可堪平砌更堆墙。飘如迁客来过岭，坠似骚人去赴湘。乱点莓苔多莫数，偶粘衣袖久犹香。东风谬掌花权柄，却忌孤高不主张。
>
> 昨夜尖风几阵寒，心知尤物久留难。枝疏似被金刀剪，片细疑经玉杵残。痛叱山童持帚去，苛留野客坐苔看。月中徙倚凭空树，也胜吴儿赏牡丹。④

在这两篇诗作之下，方回有一段长篇附注，详细叙述了《南岳稿》与南宋文学史上著名的江湖诗案的关系：

---

① 宋刻《南岳稿·南岳旧稿》卷末跋："余少作几千首，嘉定己卯自江上奉祠南归，发故笥，尽焚之，仅存百篇，是为《南岳旧稿》。"可见是其亲自编定。
② 参看拙撰《刘克庄年谱》嘉定十五年编年诗，贵州人民出版社，1993，第76-80页。
③ 方回《桐江续集》卷十五《跋徐萤英四世祖神童事（祖名大成）》再次提到《南岳五稿》，诗云："句圆字稳削陈言，诗律吾曹合细论。五稿端能压《南岳》，后村死后有前村。"
④ 方回选评，李庆甲集评校点：《瀛奎律髓汇评》卷二十，上海古籍出版社，2005，第843页。

潜夫淳熙十四年丁未生，二十五为靖安尉。嘉定中，从李珏江淮制幕，监南岳庙以归，诗集始此。初有《南岳五稿》，此二诗嘉定十三年庚辰作，年三十四，时正奉祠家居。后从辟巡广西帅蜀，知建阳县。当宝庆初，史弥远废立之际，钱塘书肆陈起宗之能诗，凡"江湖"诗人皆与之善。宗之刊《江湖集》以售，《南岳稿》与焉。宗之赋诗有云："秋雨梧桐皇子府，春风杨柳相公桥"，哀济邸而诮弥远，本改刘屏山句也。敖腥庵器之为太学生时，以诗痛赵忠定丞相之死，韩侂胄下吏逮捕，亡命。韩败，乃始登第，致仕而老矣。或嫁"秋雨"、"春风"之句为器之所作，言者并潜夫《梅》诗论列，劈《江湖集》板，二人皆坐罪。初，弥远议下大理逮治，郑丞相清之在琐闼，白弥远中辍，而宗之坐流配。于是诏禁士大夫作诗，如孙花翁、惟信、季蕃之徒，寓在所，改业为长短句。绍定癸巳，弥远死，诗禁解，潜夫为《病后访梅》九绝句云："梦得因桃却左迁，长源为柳忤当权。幸然不识桃并柳，却被梅花累十年。"又云："一言半句致魁台，前有沂公后简斋。自是君诗无警策，梅花穷杀几人来。"又云："春信分明到草庐，呼儿沽酒买溪鱼。从前弄月嘲风罪，即日金鸡已赦除。"时潜夫废闲恰十年矣。其诗格本卑，晚而渐进，如此诗"迁客""骚人"、"金刀""玉杵"二联，皆费妆点，气骨甚弱。如《忆真州梅园诗》《次韵方孚若瀑上种梅》"窗"、"庞"之韵至于十首，今无可选。后集梅绝句至百首，谓之百梅，如方乌山、澄孙诸人，各和至百首，颇不无赘，而亦有奇者。惟此可备梅花大公案也。①

这段附注实际上说明了《南岳稿》令人难忘的主要原因：《南岳稿》属于当年杭州书商陈起编刻的江湖诗人诗集丛刊《江湖集》中的一种，由于《江湖集》中的一些诗作被解读为讥讽当时权臣史弥远，

---

① 李庆甲：《瀛奎律髓汇评》卷二十，第843—844页。李庆甲《校勘记》："后从辟巡广西帅蜀"，"按'帅蜀'疑是'帅舶'之讹"，见第853页。

影射其废济王竑而立宋理宗之事，导致《江湖集》被劈板，成为禁书，相关诗人多受牵连。刘克庄《南岳稿》既在《江湖集》中，自然难逃一劫，更重要的是，《南岳稿》中的某些诗句，包括上引《落梅》诗在内，也被人笺注为政治讽喻之作，从而对刘克庄的仕途带来很大影响。据笔者考证，江湖诗案发生的确切时间是在宋理宗宝庆三年（1227）。诗案发生后，不仅《南岳稿》遭到禁毁，时任建阳县令的刘克庄也差点被免职①，整个诗坛也因此几乎噤若寒蝉。方回没有点明刘克庄《落梅》诗哪一句触犯时忌，而与刘克庄同时代的罗大经在其《鹤林玉露》中，指为《落梅》第一首的最后一联。罗大经同时还提到，刘克庄另有一联诗触犯忌讳：

> 渡江以来，诗祸殆绝，唯宝、绍间，《中兴江湖集》出，刘潜夫诗云："不是朱三能跋扈，只缘郑五欠经纶"，又云："东风谬掌花权柄，却忌孤高不主张。"敦器之诗云："梧桐秋雨何王府，杨柳春风彼相桥。"曾景建诗云："九十日春晴景少，一千年事乱时多。"当国者见而恶之，并行贬斥。②

按照行文逻辑，罗大经提到的刘克庄这两联诗，应该同出其《南岳稿》，只是他没有交代"不是朱三能跋扈，只缘郑五欠经纶"一联的篇名。幸而另一位同时代人周密在其《齐东野语》卷十六中，指明此联所属诗篇题为《黄巢战场》，虽然周密所记此联文本与罗大经有三字异文。③

实际上，上引《瀛奎律髓》《鹤林玉露》和《齐东野语》三处，就是现存宋末元初文献中有关刘克庄《南岳稿》以及江湖诗案的最为重要的史料。近30年前，笔者撰作《刘克庄年谱》时，即主要据此三

---

① 参看拙撰《刘克庄年谱》，第98-102页。
② 罗大经撰，王瑞来校点：《鹤林玉露》乙编卷四"诗祸"条，中华书局，1983，第188页。
③ 按：《齐东野语》卷十六"诗道否泰"条引此联，作"未必朱三能跋扈，都缘郑五欠经纶"。见周密《齐东野语》，张茂鹏校点，中华书局，1983，第293页。

条材料考证江湖诗案（亦可称梅花诗案）的起因与经过。① 1233 年，史弥远死，江湖诗案宣告结束。宋理宗亲政，次年（1234）改元端平，史称"端平更化"，被投闲置散多年的刘克庄得以复出，其政治境遇有了明显改善，诗坛也开始复苏。但是，在其后半生三十多年中，他的对手一而再再而三地提出当年的《落梅》诗案，寻找排挤他的借口，作为打击他的由头，好像这是他的政治原罪，乐此不疲。尽管刘克庄晚年的政治地位节节上升，但他对当年所遭受的政治打击一方面愤愤不平，另一方面也心有余悸，对可能面临的诬陷和迫害提高了警惕。从上文所引《病后访梅》九绝句，尤其是其中"幸然不识桃并柳，却被梅花累十年""自是君诗无警策，梅花穷杀几人来"等诗句中，可以清楚地看到刘克庄的这种心理。

总之，《南岳稿》因为牵涉江湖诗案这一南宋诗史上的重要事件而格外引人注目，它虽然只是刘克庄早年自编的一部诗集，却对他的一生影响甚大。刘克庄晚年更加重视收集自己的诗稿，并曾委托亲友编纂诗文集②，这一习惯可以说是早年即已形成的。

## 二、《南岳稿》的名实与构成

宋理宗宝庆三年（1227）发生的江湖诗案，使得《江湖集》被劈板，名列其中的刘克庄《南岳稿》亦成为禁书，逐渐湮没不传。③ 现存的《江湖小集》为后世所出，非复原貌。仅从其中未包含当时影响甚大的刘克庄《南岳稿》一事来看，即可知其与原貌相去甚远。现存刘克庄诗集诸种版本，例如宋刻本《后村居士集》（收入《中华再造善本》丛书）、《四部丛刊》本《后村先生大全集》以及《文渊阁四库全书》本《后村集》等，虽皆收入《南岳稿》，但毕竟经过后来的重编

---

①③ 参看《刘克庄年谱》，第 98–102 页。
② 刘克庄对自己的诗稿是颇为珍重的，他晚年有《明道祠满》诗曰："丁宁稚子收残草，他日笺家要谱年。"见《刘克庄集笺校》第四册卷二十一，辛更儒笺校，中华书局，2011，第 1198 页。关于刘克庄生前文集之编撰，参看《刘克庄年谱》第 240–242、301 页等。

改动，其在多大程度上保持当时原貌，仍有待考核。① 自宋末以降，在历代公私藏书目录中，只有明代《文渊阁书目》卷二著录有"刘克庄《南岳稿》一部，一册"。② 众所周知，《文渊阁书目》是明代杨士奇编撰的明朝秘阁藏书目录，其书在清初已"散失殆尽"，至乾隆时代设四库馆修书之时，更"已散失无馀"，只有通过这本书目，"尚得略见一代秘书之名数"。③ 换言之，四库馆臣对这部《文渊阁书目》中所著录的书目，只闻其名而未见其书，至于明文渊阁所藏《南岳稿》得自何时何地，其详细卷帙如何，更是不得而知。

2006 年，湮没已久的宋刻《南岳稿》忽然重现人世间，引起文献版本学界和古籍收藏界一阵轰动。这是现存唯一一部以《南岳稿》的名目行世的宋刻本。据最早看到此书的专业人士、国家图书馆研究馆员程有庆叙述，他于 2006 年 3 月 8 日第一次看到此书的时候，这部《南岳稿》装成一册，其最初的形态"是旧的蝴蝶装，书背曾经缝连，留有已残断的线头"，显示出宋本装订的特点。而到了当年 11 月 21 日北京德宝拍卖公司对此书进行拍卖预展时，书已经过改装，由原来的一册变成了四册。虽然仍然是蝴蝶装，但是在程有庆看来，"珍贵古籍是绝不能轻易改装重订的，它从里到外，一片纸，一个字，一块布，一根线，都可能具有特殊的文物鉴定力和证明力，一旦遭到破坏，损失是无法估量和弥补的"。"像这册珍本《南岳旧稿》的改装，现代人做的蝴蝶装无论如何豪华，也是没有生命、没有历史的东西。"④ 但是，这并不影响程有庆作出此书为宋刻的判断：从字体上来看，此书"版刻字体是宋末元初杭州地区刻书的风格"，近于欧体；从版式上看，各卷都是"半叶十行十八字，符合宋代著名的陈宅书籍铺刻书的版式，它也就是人们常说的'书棚本'"。⑤

---

① 另一种宋刻，即同样收入《中华再造善本》的《后村先生大全诗集》，是分类编排的诗集，与上述几种基本以编年为主的文集迥然不同。
② 杨士奇等：《文渊阁书目》，《四库提要著录丛书》。
③ 永瑢等：《四库全书总目》卷八十五《文渊阁书目》提要，中华书局，1965，第 731 页。
④ 程有庆：《〈南岳旧稿〉追忆》，载《藏书家》第 12 辑，齐鲁书社，2007，第 56～63 页。
⑤ 程有庆：《〈南岳旧稿〉追忆》，载《藏书家》第 12 辑。按：程有庆虽然称"让我感到有些疑惑的是，这本书的纸张与我以往所见的陈宅书籍铺刻本有所不同"，但是，他并没有因此怀疑此书宋刻的真实性。

在此册《南岳稿》的封皮上，有墨笔书写的三行字迹："南岳旧稿""四卷""希贤斋"，从左到右依次排列，皆为楷体，风格古朴，应出一人之手。所谓"四卷"，实际上包括《南岳旧稿》《南岳第一稿》《南岳第三稿》和《南岳第四稿》各一卷。就此书现存形态而言，"四卷"指的是它的整体，而《南岳旧稿》只是四卷的第一卷，不宜用作这部书的总名。也就是说，世上只有一卷的《南岳旧稿》，而不存在"四卷"的《南岳旧稿》。因此，此册封面既题"南岳旧稿"，就不宜再题"四卷"，否则自相矛盾。稍微了解此书构成的人，应该都懂得这个道理。不过，这也提示我们，题字者所看到的这本书，已非完整的"南岳五稿"，而是缺少《南岳第二稿》的版本。

封面上这三行字迹是谁题写的，暂时无从考证。这或许与"希贤斋"有一定关系。按照常情推测，"希贤斋"很可能是此书的收藏者，但是，此"希贤斋"为何时何人之斋号，也不得其详。据程有庆转述持书而来的张先生语，他"家在福建省福清县。书是家中老人遗留下来的，藏在房梁上，前些年偶然发现，之前无人知晓"。①后来德宝拍卖公司的陈东也在文章中称，此书是在"老宅的房梁上发现的"，老宅"建筑时间估计怎么也在明以前"，并称书主来自福建，但没有确切指明福清。②福清与刘克庄的家乡莆田接壤，《南岳稿》藏于此地一老宅，从地缘关系上看似乎是合理的。除了"希贤斋"三字，书上没有任何有关此书递藏的印记，更无典藏题记。对于一部宋版书而言，这是不同寻常的。总之，此书来历不明，其递藏次第更无从查究。

检索《室名别号索引》，清武陵杨世猷号希贤斋。③考杨世猷，字继之，武陵（今湖南常德）人。清诸生，官县学训导。有《希贤斋文集》四卷附一卷，清光绪二十年（1894）刻本。无论就其世次还是里籍，这个杨世猷似乎都与此本《南岳稿》没有关系。检索《文渊阁四

---

① 程有庆：《〈南岳旧稿〉追忆》，载《藏书家》第12辑，第58页。
② 陈东：《宋刻本〈南岳稿〉上418小记》，载《藏书家》第14辑。按：北京德宝国际拍卖有限公司网页上有署名首都图书馆研究馆员周心慧的文章《宋刊〈南岳旧稿〉赏鉴》，则称"此本发现于成都某君老宅中"。福清、成都二说恐皆不可信，此书来历仍多疑窦。
③ 陈乃乾编，丁宁、何文广、雷梦水补编《室名别号索引》（增订本），中华书局，1982，第34页。

库全书》，找到两位"希贤斋"。一位是晚宋时代的方谊。据元代徐硕撰《至元嘉禾志》卷十三载："宋方谊字宾王，本桐庐人，孝宗乾道四年侍父务德侍郎，徙居是邦之北门，为朱文公门人。文公集中有相与问答语，家有希贤斋扁，亦文公所书也。"① 方谊的年代与刘克庄相近，桐庐也离刊刻《南岳稿》的杭州不远，有可能收藏《南岳稿》，唯方氏为浙江桐庐人，与福建福清相距甚远，其后裔是否徙居二地，也无从考索。另一位"希贤斋"则是明人周贵显。据明刘球《两溪文集》卷六《希贤斋记》，周贵显"有笃行敏学，举进士于乡"，"结书舍于尼山之麓，名之曰希贤斋，请余记，未就而贵显已即世"。② 周贵显的希贤斋在尼山之麓，与《南岳稿》发生关系的可能性更小。

尽管我们无法赞同此书封面的题名，也无法确认此书的传承历史，但是，此书一册四卷，原本属于一个整体，则是可以确认的。首先，方回《瀛奎律髓》卷二十早就有所谓"南岳五稿"的说法。其次，现存诸种刘克庄集，包括《后村居士集》和《后村先生大全集》等，其前五卷即源自"南岳五稿"，也可以印证方回的这一说法。最后，最为重要的是，将此书现存的"四卷"进行比对，各卷版式与字体完全相同。各卷首页第一行顶格刻"南岳某稿"，第二行上空七格刻"莆阳刘克庄潜夫"七字，第三行上空二格刻"诗一百首"，格式也完全相同。凡此种种迹象，都可以证明此本《南岳稿》四卷是按照同一格式、由同一家刻字铺刻印的。从这个角度来看，尽管"南岳五稿"是陆续刊刻，面世时间有先后，但仍可以视为同一诗集的不同卷次。

"南岳五稿"不仅不是一时、一次刻成，而且五稿曾经皆可单行，所以，当时人往往将五稿分开来称呼。今存晚宋人的诗文集或其他文献，对刘克庄这部早年诗集之所以有不同的称名，即与此点有关。若着眼于整体，通常称为《南岳稿》；若着眼于其中某一部分，则用各自的具体名称。例如刘克庄的江湖诗友武衍作《刘后村被召》云："衔上

---

① 徐硕：《至元嘉禾志》卷十三，《景印文渊阁四库全书》本。
② 刘球：《两溪文集》卷六，《景印文渊阁四库全书》本。

官虽显，吟边兴不衰。细评《南岳稿》，远过后山诗。才大人多忌，名高上素知。瓣香吾敢后，幸见召还时。"① 又如另一位诗友邹登龙作《寄呈后村刘编修》云："众作纷纷等噪蝉，先生中律更钩玄。如开元可二三子，自晚唐来数百年。人竞宝藏《南岳稿》，商留金易后村编。倘令舐鼎随鸡犬，凡骨从今或可仙。"② 从"被召"之事以及"编修"身份来看，武、邹二氏的诗作，显然都作于江湖诗案以后，《南岳五稿》早已全部面世，故诗中所谓《南岳稿》应指《南岳五稿》的全部。而许棐《读〈南岳新稿〉》则云："春来游未遍湖山，已是风光一半残。细把刘郎诗读后，莺花虽好不须看。"③ 此处所谓"南岳新稿"，应该是相对《南岳旧稿》而言，很可能是指《南岳第一稿》。当然，另外还有一种可能：相对于前出诗稿而言，所有后出的诗稿都可以称为"新稿"。按照这一逻辑，除了《南岳旧稿》以外，其他各稿都有可能被称为《南岳新稿》。不管怎样，从许棐的诗题中可以看出，"南岳五稿"刊刻各有先后，可以各自单行。

《南岳稿》刊刻之后，刘克庄曾寄送给前辈叶适，以求前辈印可。叶适即作《题刘潜夫诗什并以将行》，以示嘉许。诗云："寄来《南岳第三稿》，穿尽遗珠簇尽花。几度惊教祝融泣，一齐传与尉佗夸。龙鸣自满空中韵，凤味都无巧后哇。庾信不留何逊往，评君应得当行家。"④ 这首诗表明，刘克庄此次寄赠的只是《南岳第三稿》，所以，叶适此诗第一句特别点出"南岳第三稿"。但是，刘克庄此前肯定已将前三稿奉赠，否则，只寄赠新刊的《南岳第三稿》，未免唐突前辈。但从以下各句的称誉来看，尤其是第三句中的"几度"、第四句中的"一齐"来看，叶适题诗是针对《南岳稿》全体而发，诗题中所谓"刘潜夫诗什"，所指也应包括从《南岳旧稿》到《南岳第三稿》的全部四稿。要之，《南岳稿》诸种既可单行，又可合为一书。

---

① 陈起编：《江湖小集》卷九十四，《两宋名贤小集》卷三三三。
② 陈起编：《江湖小集》卷六十九，《两宋名贤小集》卷二七一。
③ 许棐：《梅屋诗稿》卷一，《景印文渊阁四库全书》本。又见宋陈起编《江湖小集》卷七十五，《景印文渊阁四库全书》本。
④ 叶适撰，刘公纯、王孝鱼、李哲夫点校：《叶适集》卷八，中华书局，2010，第121页。

当然，仔细考校宋刻《南岳稿》，也可以发现四卷同中有异。首先，四卷出于不同的刻工之手。此本各卷都是白口，左右双边，单鱼尾。鱼尾上端刻有该版字数，再下为页码，页码下方则记有刻工名。如《南岳旧稿》第二页版心下方所记刻工名为"徐"，《南岳第一稿》十九页版心下记有刻工名"马"，最值得注意的是，《南岳第四稿》第一页版心下端记有刻工名"吕信"。① 吕信是晚宋著名的刻工，曾参与《资治通鉴纲目》《晦庵先生文集》《荀子》等书的镌刻②，徐、马二刻工名字未详。这是各稿陆续刊刻的一条佐证。

其次，各卷编排体例不尽相同。具体来说，《南岳旧稿》分体编录，各体诗以五律、七律、七绝为序③，同一诗体则按作年先后排列；而《南岳第一稿》《南岳第三稿》以及《南岳第四稿》则似乎并不先分体编录，而只以作年先后为序。宋刻《南岳稿》未存《南岳第二稿》，但根据现存宋本《后村居士集》以及《四部丛刊》本《后村先生大全集》所录《南岳第二稿》来推测，原本亦当以编年为序，而不是分体编录。

### 三、宋刻《南岳稿》四卷篇目考校

正如赵前已经指出的，宋刻《南岳稿》尽管每卷首页第三行皆题"诗一百首"，但各卷实际录诗篇数并不相同。④《南岳旧稿》录诗101首；《南岳第一稿》录诗99首，其中有三诗重出，实际录诗96首；《南岳第三稿》录诗96首；《南岳第四稿》录诗97首。也就是说，尽管这四卷都号称"诗一百首"，但实际上没有一卷名副其实。这可以有

---

① 这里根据开明出版社提供的宋本《南岳稿》的扫描PDF文件。此文件中，《南岳第三稿》的版心基本上看不清楚，无法判断是否可能也有刻工名字的标记。
② 瞿冕良编著：《中国古籍版刻词典》（增订本），苏州大学出版社，2009，第192页。参考赵前《宋刻〈南岳稿〉》，载《人民日报海外版》2007年7月16日。按：宋嘉定后，吕信于杭州重刊北宋熙宁吕夏卿校本《荀子》（王肇文《古籍宋元刊工姓名索引》，上海古籍出版社，1990，第351页），其时地均与《南岳稿》吻合。
③ 计有五律35首，七律34首，七绝32首。
④ 赵前：《宋刻〈南岳稿〉》。

两种解释：一是所谓"一百首"只是举其成数，不必拘泥。二是此书经过增删抽换，才导致各卷篇数与卷首标注篇数不符。笔者认为，后一种可能性更大。下面以五稿为序，逐一比勘分析。

宋刻《南岳旧稿》卷首标注"诗一百首"，卷末有两行跋语："余少作几千首，嘉定己卯，自江上奉祠南归，发故笥，尽焚之，仅存百篇，是为《南岳旧稿》。"此跋显然出自刘克庄之手。而在清抄本以及《四部丛刊》本《后村先生大全集》中，这段话被移置于《南岳旧稿》卷首，少数几处文字有改动，最值得注意的是"余"改为"公"，于是，原先的第一人称语气变成第三人称，以显示《后村先生大全集》的编者不是刘克庄本人，而出于后人之手。不过，这两种文本都强调《南岳旧稿》"仅存百篇（首）"。实际上，宋刻《后村居士集》、清抄本、《四部丛刊》本以及《文渊阁四库全书》本中的《南岳旧稿》，所录诗篇都正好是一百首。因此，笔者认为，无论是卷首的"诗一百首"，还是卷末的"仅存百篇（首）"，都应该理解为确切的数字，而非约举整数。如此说来，宋刻《南岳旧稿》录诗101首，就是一个需要认真对待的问题了。

宋本《南岳旧稿》所录第一首《惟扬客舍》不见于《后村先生大全集》。其诗云："久作扬州客，愁来未易禁。颇知边地事，愈动故园心。花谱犹堪续，桥名不可寻。却疑张祜辈，泉下有新吟。"辛更儒作《刘克庄集笺校》时，已经确认此诗不见于清抄原本、《四部丛刊》本《后村先生大全集》、宋刻《后村居士集》本以及《文渊阁四库全书》本《后村集》，虽然这四种版本"于卷首均著明系收自《南岳旧稿》"。① 也就是说，此诗仅见于宋刻《南岳旧稿》，而不见于传世其他各本《南岳旧稿》。② 从内容上看，它应该是刘克庄早年在江淮制置使幕中时的作品。那么，为什么宋刻本《南岳旧稿》有这首诗，而其他各本《南岳旧稿》却没有这首诗呢？这实在是一个很难解答的问题。

---

① 《刘克庄集笺校》第二册，第1页。
② 今按：此诗见宋刻《后村先生大全诗集》卷十"人事门·旅思"，题为《维扬客舍》。

方回《瀛奎律髓》卷十四"晨朝类"选录刘克庄《早行》一诗云："店妪明灯送，前村认未真。山头云似雪，陌上树如人。渐觉高星少，才分远烧新。何烦看堠子，来往暗知津。"诗后有方回自注云："《南岳一稿》第七诗，三四可观，盖少作也。"① 笔者就此作了两项核查。第一，核查上述各本后村诗文集以及宋刻本《南岳稿》，此诗均见于《南岳旧稿》，而不见于《南岳第一稿》。这可能是方回记忆偶疏，将"旧稿"误记为"一稿"，也有可能是在方回的认知体系中，《南岳旧稿》亦可称为《南岳一稿》，因为如果将《南岳五稿》看作一个系列，《南岳旧稿》正是排序第一的。第二，核查各本还可以发现，在清抄本及《四部丛刊》本《后村先生大全集》中，《早行》确实是《南岳旧稿》的"第七诗"，列在其前的六首依次为《郭璞墓》《魏太武庙》《徐孺子墓》《北来人二首》和《北山作》。而在宋刻《南岳旧稿》中，由于卷首多出《惟扬客舍》一篇，《早行》遂成为此稿的"第八诗"。此外，在宋刻本《后村居士集》和《文渊阁四库全书》本《后村集》中，《北来人二首》被《宿庄家二首》取代，而《宿庄家二首》又重出于二书的卷四亦即《南岳第三稿》中。更令笔者讶异的是，在宋刻本《后村居士集》卷一即《南岳旧稿》的目录中，赫然保留着《北来人二首》的题目，而正文中却改成了《宿庄家二首》。② 笔者认为，此乃原书抽换未尽的痕迹，也就是说，《南岳旧稿》原本收录的是《北来人二首》，后来抽换成了《宿庄家二首》。仅据宋刻本《后村居士集》和宋刻《南岳稿》而论，宋代至少已有两种不同的《南岳旧稿》版本在世间流播，它们之所以不同，是因为面对江湖诗案之后的政治压力而作了不同形式的抽换增删。抽换所涉及的诗作《北来人二

---

① 李庆甲：《瀛奎律髓汇评》，第 518－519 页。按：方回谓此诗为刘克庄"少作"，其说是，纪昀评语云："后村老境颓唐，此语有意。"实为无的放矢。
② 宋刻本《后村居士集》和《文渊阁四库全书》本《后村集》皆为五十卷，版本面貌比较接近，但不是完全相同。此亦一证。

首》，与当时宋金战事和边境形势有关，多少有些政治敏感①，但对于这种敏感，各人理解不同，故各本所采取的抽换方案不同。宋刻《后村居士集》是淳祐九年（1249）林希发所编②，时距江湖诗案已久，而仍然有此抽换，令人难解。从异文比对来看，宋刻《南岳稿》属于比宋刻《后村居士集》更早的版本（详论见下文），但也不是江湖诗案发生前的原貌，而是也经过了增删，《惟扬客舍》应是后来补入的。

宋刻《南岳稿》中的《南岳第一稿》总计 99 首，实为 96 首，因为其中《昔仕》《蒜溪》和《黄檗道中崖居者》三首先见于本卷第 17、18、19 首，又重出于第 97、98、99 首的位置，这给人一种临到卷末才发现篇数不够，临时拖来凑数的感觉。同时需要指出的是，在清抄本和《四部丛刊》本《后村先生大全集》中，《蒜溪》和《黄檗道中崖居者》二篇不见于《南岳第一稿》，但被编录在相当于《南岳第四稿》的卷五③，很像是以后来的诗作充数。同样，在宋刻《南岳第一稿》列在第 90 至 93 首的《村居书事四首》，清抄本和《四部丛刊》本却编在卷八，未收入《南岳第一稿》，也像是被拉来凑数的。更重要的是，就《南岳第一稿》而论，宋刻《后村居士集》（《文渊阁四库全书》本《后村集》与其全同）、清抄本及《四部丛刊》本《后村先生大全集》不仅篇目序次完全相同，而且整好一百篇，故这几种版本的《南岳第一稿》应该是比较接近原貌的。相反，宋刻《南岳稿》中的《南岳第一稿》则明显经过抽换增删，以致篇目及其序次与其他本有较大差别。

由于缺少《南岳第二稿》，现在看到的这部宋刻《南岳稿》并不是一部完整的书。程有庆早就注意到这个问题，并推测这是"因为现

---

① 按：《北来人二首》云"试说东都事，添人白发多。寝园残石马，废殿泣铜驼。胡运占难久，边情听易讹。凄凉旧京女，妆髻尚宣和"。"十口同离仳，今成独雁飞。饥锄荒寺菜，贫着陷蕃衣。甲第歌钟沸，沙场探骑稀。老身闻地死，不见翠銮归"。此二首不见《文渊阁四库全书》本《后村集》和宋刻本《后村居士集》。《宿庄家二首》："初秋风露变，偶出憩庄家。原燠无全穗，陂荷有晚花。疏钟逾涧响，微月转林斜。邻媪头如雪，灯前自绩麻。""茅茨迷诘曲，度谷复逾陂。世上事如许，山中人不知。牛羊晴卧野，鹅鹜晚归池。粗识为农意，秋输每及时。"《北来人二首》和《宿庄家二首》同为五律，字数一样，局部抽换不会影响整页版面。

② 参看宋刻《后村居士集》林希逸序、目录，以及拙撰《刘克庄年谱》第 240—242 页。

③ 《刘克庄集笺校》以清抄本为底本，其第二册卷五录《黄檗道中崖居者》及《蒜溪》，据其校记，此二诗"宋刻本（《后村居士集》）俱阙不载"（第 273 页）。

存刘克庄的《后村先生大全集》卷三注明所收各诗出于《南岳第二稿》,其中就有《落梅》诗——没有《黄巢战场》一诗,可能是编全集时删落"①。而据上引《齐东野语》《鹤林玉露》及《瀛奎律髓》诸书有关江湖诗案的叙述,《落梅》与《黄巢战场》二诗正是致使刘克庄《南岳稿》被毁板禁行的主要原因,政治高压与迫害使当时人们不敢公开传播这两首诗。② 程有庆进而提出这样一种推测:"当时清查《南岳稿》很严,《南岳第二稿》中的诗篇首当其冲,藏书者有意抽去。"③ 时过境迁之后,并未恢复原貌。随着史弥远去世,江湖诗案结束,《落梅》和《黄巢战场》渐渐失去其政治敏感性,按理可以公开谈论,也可以公开传播了。刘克庄本人后来曾多次在诗文中谈论江湖诗案,上文所引刘克庄《病后访梅》九绝句就是例证之一。④ 而在宋刻本《后村居士集》、《四部丛刊》本《后村先生大全集》以及《文渊阁四库全书》本《后村集》等诸本中,《南岳第二稿》仍然保存了《落梅》二首。按理来说,《黄巢战场》也应该"重现江湖",但它却从此消失,既不见录于后来各本《后村集》,也不见他书选录,连刘克庄本人也不再提及。这也是令人费解的。

四库馆臣在为《后村集》撰写提要时,曾提到《南岳二稿》佚缺诗篇的问题:"《瀛奎律髓》载其'十老'诗,最为俗格。今《南岳第二稿》惟存三首,而佚其七,则此集亦尝经删定,非苟存矣。"⑤ 这里所谓"十老"诗,指的是方回《瀛奎律髓》卷二十七所选录的刘克庄十首七律:《老将》《老马》《老妓》《老儒》《老僧》《老医》《老吏》《老奴》《老妾》《老兵》。⑥ 从题材上看,这十首自成系列,形同组诗,但严格说来,它们并不是一时撰成的。实际上,"十老"诗由三部分构成,是刘克庄三次写作的成果,只是经过方回重新编排,才形成"十

---

① ③ 程有庆:《〈南岳旧稿〉追忆》,载《藏书家》第12辑。
② 韦居安《梅磵诗话》卷中亦言:后村作《落梅》诗,"好事者笺注其诗,以媚嘉定柄臣,由此闲废十年"。见丁福保辑《历代诗话续编》中册,中华书局,1983,第561页。
④ 参看刘洋、程章灿《乌台为何开梅花》,《古典文学知识》2012年第6期。
⑤ 永瑢等:《四库全书总目》卷一六三《后村集》提要,第1401页。
⑥ 李庆甲《瀛奎律髓汇评》卷二十七"着题类",第1211—1216页。

老"这个貌似完整的组合。前三首亦即《老将》《老马》《老妓》，"其少作也，见《南岳第一稿》"①，现在看到的宋刻《南岳第一稿》中，仍然有此三首。中间四首亦即《老儒》《老僧》《老医》《老吏》，则选自"宝祐五年丁巳，后村年七十一岁时"所作的那组总共七首的组诗。②后三首亦即《老奴》《老妾》《老兵》，则出自刘克庄同年所作的另一组诗《同秘书弟赋三老各一首》。③简言之，前三首是刘克庄早年诗作，故见于《南岳第一稿》，而后七首则是其晚年诗作，绝不可能收入《南岳稿》，既不存在所谓"《南岳第二稿》惟存三首，而佚其七"的问题，也不足以据此推出"此集亦尝经删定"的结论。四库馆臣先受《瀛奎律髓》所营造的虚假"十老"组诗的误导，又误记《南岳第一稿》为《南岳第二稿》，恐其说以讹传讹，故附此辨证。

宋刻《南岳稿》第三卷为《南岳第三稿》，录诗96首。而宋刻本《后村居士集》、《四部丛刊》本《后村先生大全集》以及《文渊阁四库全书》本《后村集》录诗皆为100首，两者相同的只有90首。问题也集中在宋刻《南岳第三稿》的卷首和卷尾。卷首的《海口三首》，宋刻《后村居士集》未见，《四部丛刊》本《后村先生大全集》则编在卷五，相当于《南岳第四稿》。卷尾三篇都不见于《后村先生大全集》本的《南岳第三稿》，其中，《赠萧高士》被编入宋刻《后村居士集》卷五和《后村先生大全集》卷五，相当于《南岳第四稿》；另外两篇为《示儿》和《绝句》，宋刻《后村居士集》、《四部丛刊》本《后村先生大全集》和《文渊阁四库全书》本《后村集》等皆未存

---

① 见李庆甲《瀛奎律髓汇评》卷二十七"着题类"《老将》诗后评语，第1211页。
② 此组诗见《后村先生大全集》卷二十。亦见《刘克庄集笺校》第二册卷二十，第1120—1121页。《老儒》诗题下刘克庄自注云（第1120页）："听蛙方君作《八老诗》，效颦各赋一首。内三题，余四十年前已作，遂不重说偈言。别赋二题，足成十老。"《瀛奎律髓汇评》卷二十七"着题类"《老儒》诗后方回评语："后村自注谓：'秋崖方君作《八老》诗，内三题四十年前已作，遂不重复。别赋二题，足成十老。谓《老僧》《老儒》《老道士》《老农》《老巫》《老医》《老吏》也。'今更选四诗，并具如左。"今按：方回盖凭记忆引述，故与《后村先生大全集》所载后村自注文字小异。
③ 《后村先生大全集》卷二十。又见《刘克庄集笺校》第二册卷二十，第1145—1146页。

录。① 辛更儒《刘克庄集笺校》附录《刘克庄集补遗》，据宋刻《南岳旧稿》辑补了《惟扬官舍》，又据《诗渊》第 3952 页辑补了《绝句》（题为《七言绝句》），而漏辑《示儿》。② 严格说来，《绝句》与《惟扬官舍》仍见存录于其他文献，只有《示儿》一诗是宋刻《南岳稿》为刘克庄集辑佚提供的重要的文献材料。宋刻《南岳第三稿》卷前标注"诗一百首"，而实际上只有 96 首，可见已经有所删改，已非江湖诗案前的原貌。

宋刻《南岳稿》第四卷为《南岳第四稿》，卷前亦号称"诗一百首"，实际录诗只有 97 首，可见亦已经过删改。其篇目及序次与宋刻《后村居士集》及《文渊阁四库全书》本《后村集》卷五完全相同。③ 所不同的是，宋刻《南岳稿》此卷仍标为《南岳第四稿》，《后村居士集》与《后村集》卷首则标注为"《南岳旧稿》"④，而《后村先生大全集》此卷卷首则未加任何标注，此中含义殊难索解。笔者注意到，《后村先生大全集》卷五共录诗 105 首，其中包括宋刻《南岳第四稿》所录 97 首诗中的 92 首，顺序亦同，但又额外插入了 6 首曾见于宋刻《南岳第一稿》和《南岳第三稿》的诗，以及 7 首不见于他本《南岳稿》的诗篇。或许是因为这 13 首诗的插入，使其与原本《南岳第四稿》有了较大区别，名实不符，故不再标列《南岳稿》之名。

综上所论，宋刻《南岳稿》篇目序次与现存各本后村集中所收的《南岳稿》有较大差异，虽然其年代较早，但亦非江湖诗案发生前的原貌，而是在后来某一时间、由于某种原因作过抽换增删的版本面貌。

---

① 《示儿》："师友今零落，遗编独自开。无人明古籀，举世读秦灰。圣已乘桴去，儒曾发冢来。教儿《论语》外，不用忒高才。"《绝句》云："插花渐少樽前友，拱木频添郭外坟。风月无穷余后死，安知天不付斯文。"
② 《刘克庄集笺校》第十六册附录一，第 7595 页。又，同书 7602 页据宋刻本《后村居士集》卷一辑补《宿庄家》二首，误。此二诗已见《刘克庄集笺校》第二册第 242－243 页，亦见宋刻《后村居士集》卷四。
③ 只有少数诗题有异文，如最后一篇诗题，宋刻《南岳第四稿》作"栽竹"，而其他各本作"移竹"。
④ 按：《后村居士集》卷六及《后村集》卷六之首亦标注"南岳旧稿"，其所录为后村嘉定十四至十五年往返湘桂所作诗，或亦属于"南岳第四稿"的后一部分？

## 四、宋刻《南岳稿》异文的文学文献价值

《南岳稿》收录的是刘克庄嘉定十五年（1222）即36岁以前的诗作。对于享年83岁的诗人来说，《南岳稿》绝对可以说是他早年的作品集。这些早年诗作，绝大多数都与刘克庄中晚年以后的诗作合并，成为刘克庄全集的组成部分。宋刻《南岳第一稿》中有《昔仕》诗云："昔仕年伤早，今归计恨迟。赖存《南岳草》，可答《北山移》。"所谓《南岳草》，就是《南岳稿》的别称，"草""稿"同义。以"草""稿"名集，体现了这位年轻诗人的自谦，表明了他视这些诗作为未定稿、还会不断琢磨润饰的态度。《南岳第三稿》中，《答傅监仓》一诗有句云："窗下残书千遍读，卷中一字几回更。"事实上，在后来的岁月中，刘克庄对早年的这些诗作时有修改，将宋刻《南岳稿》与后来各本《后村集》对照，就可以看出这些修改的痕迹。①

通过比对而发现的异文，有些只涉及个别字词，虽然有文本校勘的价值，但并不典型。实际上，此类字词的歧异，有些甚至可能是传刻过程中产生的讹误，而与作者的修改无关。因此，对这类异文，这里不作重点讨论。

作者修改的痕迹，有一些体现在对诗题的改动。姑以《南岳第一稿》为限举例说明。《上元》后来改题《灯夕》②；《挽林茂才》后来改题《挽林进士》③；《题友人诗草》后来改题《题方武成诗草》④。这里的异文都不可能是由传刻讹变而造成的，只可能出自作者的修改。就题意来说，显然，《题方武成诗草》比《题友人诗草》更为明确。此外，特别应该指出的是，宋刻《南岳第一稿》录《哭毛易甫》一诗，题下有注云："自知。"后来各本后村诗文集中似乎都删略了这个自注，以致今人辛更儒作《刘克庄集笺校》时，辗转考索，颇费周折，才弄

---

① 辛更儒《刘克庄集笺校》在比对各本之后，采用清抄本为底本。为避免烦琐，今即以《刘克庄集笺校》所用底本为后来各本的代表。
②③④ 《刘克庄集笺校》，第97、104、124页。

清毛易甫的身份。① 宋刻《南岳稿》异文的文献价值，由此可见一斑。

刘克庄对早年诗作进行较大面积的修改的例子，也随处可见。所谓"较大面积的修改"，是指涉及整句整联的改动。仅以《南岳旧稿》为限，即可举出如下三例（上一行为宋刻《南岳旧稿》原本，下一行为改本）：

1. 《哭杨吏部通老》第六句：著书馀稿定成灰。
   著书残稿漫成堆。②
2. 《新亭》第三四句：山收宿雨沿淮碧，日照残芜满地红。
   不干铁锁楼船力，似是蒲葵麈柄功。③
3. 《示观老》第二至四句：
   自奉极萧然。新有千茎雪，元无一钵烟。
   瓶锡极萧然。顶发千茎雪，跏趺一缕烟。④

仅从局部来看，二本似乎各有千秋，若结合诗篇整体来看，则改本显然比原本更加自然，更为深稳。如果这些比对还不能使我们认定宋刻《南岳稿》中保存的确实是刘克庄早年诗作的早期文本，那么，还有元人韦居安《梅磵诗话》中的一条可以为我们释疑解惑：

后村《南岳稿·观元祐党籍碑》诗云："岭外瘴魂多不返，家中枯骨亦加刑。更无人敢扶公议，直待天为见彗星。早日大程知反复，暮年小范要调停。书生几点残碑泪，一吊诸贤地下灵。"后改第三第四句云："稍宽末后因奎宿，暂仆中间为彗星。"按《夷坚戊志》云："崇宁大观间，蔡京当国，设元祐党禁，苏文忠文辞字画，存者悉毁之。王诏以重刻《醉翁亭记》至于削籍。由是人

---

① 《刘克庄集笺校》，第122—123页。
② 《刘克庄集笺校》第二册第33页录此诗，未用此本校勘。
③ 《刘克庄集笺校》第二册第51页录此诗，未用此本校勘。
④ 《刘克庄集笺校》第二册第14页录此诗，未用此本校勘。

莫敢读苏文。政和中，忽稍弛其禁，且阴访求墨迹，皆以为巨珰梁师成出妾之子，故主张是，实不然也。时方建上清宝箓宫，斋醮之仪备极恭敬，徽宗每躬造焉。一夕，命道士拜章，伏地逾数刻乃起。扣其故，对曰：'适至帝所，值奎星奏事，良久方毕，臣始能达章。'上问：'奎宿何人？所奏何事？'曰：'所奏不可得闻，然此星宿者，故端明殿学士苏轼也。'上为之改容，遂一变前事。时婺守陈子象之父为温州掾曹，传其说如此。"后村第三句"稍宽末后因奎宿"，谓政和中一变前事也。又按宋国史编年，崇宁五年春正月，彗出西方，其长竟天。上求直言，大赦。刘逵为中书侍郎，劝上碎元祐党碑，宽上书系籍人禁。夜半，遣黄门毁石刻。后村第四句"暂仆中间为彗星"，谓崇宁中因星变毁党碑也。此一联用事亭当，"奎宿"对"彗星"尤的，乃知作诗不厌改也。①

宋刻《南岳第一稿》第82首为《观元祐党籍碑》，其颔联作"更无人敢扶公议，直待天为见彗星"，正是初本。而后来各本，包括宋刻本《后村居士集》、《四部丛刊》本《后村先生大全集》、《文渊阁四库全书》本《后村集》以及《刘克庄集笺校》中所使用的底本及诸校本，都作"稍宽末后因奎宿，暂仆中间为彗星"②，皆为改本。无论初本还是改本，此联（还有颈联中的"大程""小范"）都可以作为刘克庄诗善用本朝事的典型例证。韦居安记载的这则诗话，确证宋本《南岳稿》是保留刘克庄早年诗集初稿的版本。

还有一些改动，也可以佐证宋刻《南岳稿》为初稿本。宋本《南岳第一稿》有《哭王宗可知县》一首，后来各本题目皆作《哭王宗可》，二者语义皆可，但前者提供的信息较为丰富。诗云："昨现官身往，今迎影子回。满云凫入觐，谁料鹏为灾。巷静公人去，门荒吊客

---

① 韦居安：《梅磵诗话》卷下，《历代诗话续编》中册，中华书局，1983，第570-571页。
② 《刘克庄集笺校》第二册卷二，第136-138页。按：笺校未据宋刻《南岳第一稿》作校。其笺注中虽引《梅磵诗话》，而称诗话作者为吴师道，则误。

来。小园花绕架,犹似旧年开。"后来,"满云"改作"总云",语意更显豁;"小园"改为"故园",指意更具体;"绕架"改为"满架",更实在,可谓后出转精。①

宋刻《南岳稿》的校勘价值,不仅体现在为《刘克庄集笺校》增添一个新的校本,而且通过校勘,可以订正《刘克庄集笺校》排印中的讹字。例如,《刘克庄集笺校》卷一第11页《晚春》末句"磬折转生薪"出韵,检宋刻《南岳旧稿》,则"薪"应作"疏"。又如,《刘克庄集笺校》卷四第213页《哭黄直卿寺丞》之一"贪甘香火辞符竹","贪"是"贫"之误,检宋刻《南岳稿》,则固作"贫",当是《刘克庄集笺校》以形近而讹。再如卷四第248页《云》"安得疏身腾汗漫","疏"是"竦"之讹,检宋刻《南岳稿》,则本作"竦",应据以校正。

当然,宋本《南岳稿》中不是没有讹误。例如,见于《南岳第一稿》的《方寺丞除云台观》,其中"可无散吏去荧香","荧"是"焚"字形近之讹。②《南岳第三稿》的《野望》,其首二句作:"稍自西风起,孤筇挟自随。"首句中的"自"应作"有",形近致讹。③ 总的来看,瑕不掩瑜,这类个别讹误并不足以贬损宋刻《南岳稿》的价值。

## 五、《南岳稿》奠定刘克庄诗歌的基本特色

《南岳稿》的得名,缘于嘉定十二年(1219)刘克庄从江淮制置使幕府罢归而监南岳祠。《南岳旧稿》的编撰始于此时,而《南岳四稿》中所录诗,止于宋宁宗嘉定十五年(1222)岁末刘克庄自桂林归来。据《后村先生刘公行状》:"公归自桂林,迂道见南塘于三山。读公《南岳稿》,称赏不已,自此遂为文字交。水心评公诗曰:'是当建大将

---

① 改本见《刘克庄集笺校》第二册卷二,第127页。笺校未据宋刻《南岳第一稿》作校。
② 参看《刘克庄集笺校》卷二,第129页。
③ 参看《刘克庄集笺校》卷四,第249页。

旗鼓者'。"① 《后村先生墓志铭》亦云："时《南岳稿》《油幕笺奏》初出，家有其书。叶公正则评公诗，许以大将旗鼓。"② 考叶适，字正则，号水心，卒于嘉定十六年（1223），年74岁。③ 据前引叶适《题刘潜夫诗什并以将行》，则其生前已看到《南岳第三稿》，可见《南岳第三稿》至迟在嘉定十六年（1223）已刊成，而《南岳第四稿》之刊刻，则应在自桂林归来亦即嘉定十六年之后，宝庆三年江湖诗案爆发之前，亦即在1223—1227年之间。

《南岳稿》是刘克庄36岁以前的诗集，反映的是他早年的生活，体现的是他早年的诗风。从个人经历来看，36岁以前，刘克庄只当过县主簿和一些文职僚佐，可以说是沉沦下僚，虽然已入仕途，其实与江湖诗人并没有两样。他经常奔走于道路，《南岳稿》中有很多以羁旅行役为题材的诗作，诗题中出现"道中"二字的就多达12首。36岁以前，他的足迹已遍及闽、浙、苏、赣、湘、桂等地，履屦所及，必有吟咏，所谓"自古诗从登览得，莫辞绝顶共追攀"④，"断烟残照山村路，销得刘郎一首诗"⑤，"西风何处无诗料，水际山颠亦去寻"⑥。他时时以诗人自居，即使跋山涉水劳顿不堪，也不废吟咏，"自怜衰惫今如此，枕上裁诗字未安"⑦。他与朋友交往，诗是他们永不疲倦的话题："性僻爱诗如至宝，借君诗卷百回看。"⑧ 在监祠闲居的日子里，只有诗和诗友能够给他带来慰藉。他曾对诗友翁定说："牢落祠官冷似秋，赖诗消遣一襟愁。"⑨ 与诗友分别，某种程度上就是与诗歌的分别，对他来说，这意味着寂寞、凄凉和难堪。他在送别诗友孙惟信的时候，

---

① 参看《刘克庄集笺校》卷一九四，第7562页。
② 参看《刘克庄集笺校》卷一九五，第7567—7568页
③ 脱脱等：《宋史》卷四三四，中华书局，1985，第12894页。
④ 刘克庄：《海口三首》之三，载《南岳第三稿》。《刘克庄集笺校》第二册卷五第277页录此诗，"绝境"作"绝顶"。
⑤ 刘克庄：《匹马》，载《南岳第一稿》。
⑥ 刘克庄：《西风二首》之二，载《南岳第一稿》。
⑦ 刘克庄：《沧浪馆夜归二首》之二，载《南岳第一稿》。
⑧ 刘克庄：《题友人诗草》，载《南岳第一稿》。
⑨ 刘克庄：《答翁定》，载《南岳第一稿》。

就曾经表示:"衡山老祝凄凉甚,明日无人共讲诗。"① 总之,无论是仕宦任职,还是赴任途中,或者废闲里居,他总是时刻意识到自己的诗人身份。这种异常强烈的自我认知贯穿刘克庄一生,成为促使他诗歌创作不辍、数量不断增加、艺术水准不断提高的重要动力。

《南岳稿》中有关行旅的诗作数量极为可观,涉及各地名胜古迹,琳琅满目。涉及福建名胜古迹的,有《雪峰寺》《乌石山》《盖竹庙》《夜过瑞香庵作》《蒜岭》《武步道中》《浦城道中》《蒜岭夜行》等;涉及江苏的,有《瓜洲城》《魏胜庙》《真州北山》《下蜀驿》;涉及江西的,则有《徐孺子墓》《孺子祠》《碧波亭》《豫章沟》《西山》《归至武阳渡作》等;涉及湘桂的诗篇也不少。由于江淮制置使府设在建康,故诗中吟咏金陵古迹名胜之诗特别多,如《郭璞墓》《吴大帝庙》《铁塔寺》《张丽华墓》《凤凰台晚眺》《晋元帝庙》《清凉寺》《冶城》《雨华台》《新亭》等。将《南岳稿》各卷涉及各地名胜古迹的诗串联起来,不难勾勒出刘克庄当年的行旅路线。在他笔下,各地的历史地理和民风习俗,连同当地的山川古迹,一一得到生动再现。这些诗作成为后代方志修撰者最感兴趣的重要史料,甚至在当代就广受征引,传诵遐迩。② 而这类诗歌题材,也一直吸引着刘克庄,成为他后来诗歌创作的主要内容。

自早年起,刘克庄就有很广的交游。除了同袍的将帅僚佐、圈内的文人学士,他与方外之士也多有往来,有诗赠答,《南岳稿》中就有《聪老》《赠钱道人》《送挂杖还僧》《赠玉龙刘道士》《再赠钱道人》《赠风水僧》等篇。他与江湖诗人的交往更多,关系更为密切,送行赠别,寄怀悼亡,评阅诗卷,同声相应,同气相求。这一方面的诗作,《南岳稿》中有《别敖器之》《送仲白》《寄赵昌父》《寄韩仲止》《舟中寄景建》《赠翁定》《戏孙季蕃》《哭叶孝锡教授》《哭薛子舒》《挽

---

① 刘克庄:《送孙季蕃》,载《南岳第一稿》。
② 《景定建康志》卷四四、卷四六等处就曾多次引证刘克庄题咏建康名胜古迹的诗作(见马光祖修,周应合撰,王晓波等点校本,四川大学出版社,2007)。据罗大经《鹤林玉露》乙编卷五"霭祠庙"条,《南岳旧稿》中的《孺子祠》一篇,当时已广为传诵(见王瑞来校点本,中华书局,1983,第207页)。

郭处士》《挽赵仲白》等。其中，敖器之（陶孙）、曾景建（极）、孙季蕃（惟信）等人，因为与刘克庄同样卷入江湖诗案的关系，更是惺惺相怜，嘤鸣相召。他们的友谊保持终生。与江湖诗友的唱和酬答，在刘克庄后来的诗歌创作中，一直占据很大的比重。

在刘克庄以及江湖诗人看来，社交应酬是诗歌的重要用途之一。他们不仅用诗歌唱酬赠答，更通过诗歌来完成哀挽祭悼的礼仪功能，表达怀念亲友的深厚感情。作诗非但是社交的重要方式，简直成为社交的主要内容。《南岳稿》中，这一方面的内容也很多。例如《挽郑淑人》和《挽郑夫人》二首，是为其前上司李珏的妻子与母亲而写的，自见昔日僚佐情谊。至于《哭容倅舅氏》《忆殇女》《悼阿升》等，则是悼念亲友的诗作，更是一往情深。这类主题在他后来的创作中也是屡见不鲜的。

刘克庄一生关注时事，介入政治甚深。他有很多诗歌涉及当时的国内形势和宋金战事，例如《南岳旧稿》中吟咏北来流民的《北来人》二首，怀念为抗金而死难的将帅的《二将》和《闻何立可李茂卿讣》，悼念捐躯于淮南抗金战场的勇士的《陈虚一》，讥讽开禧和议的《戊辰即事》，等等。此外，日常生活中，刘克庄手不释卷，学殖日深，读书（如《题本草》）、访碑（如《题〈元祐党籍碑〉》）、评诗（如《题方云台文稿二十韵》）、题画（如《孟浩然骑驴图》），体现了他平居生活的闲情逸致。他喜欢作咏物诗。对于梅花这一宋代最为热门的咏物题材之一，刘克庄情有独钟。《南岳稿》中写到梅花的诗句不胜枚举，专门咏梅的还有《和方孚若瀑上种梅五首》《再和五首》等。尽管他早年曾因《落梅》诗而得罪权臣，他却不屈不挠，中晚年以后写作了更多的咏梅诗作。

刘克庄喜欢将题材作系列化处理，编织为组诗，以此加强传播效果。他早年写过《老将》《老马》《老妓》等"三老"系列，晚年续作七篇，组成"十老"，随即又继作三篇，合为"十三老"。《南岳稿》中，既有《宫词》四首这样常规题材的组诗，也有《和方孚若瀑上种梅五首》和《再和五首》这样押"三江"窄韵、往复唱和、斗险竞巧的组诗。这个早年即已形成的习惯，在刘克庄后来的诗歌写作生涯中不曾改变，甚至可以说已经成为他的一种文学积习。

从诗体来看，刘克庄早年多作五律、七律和七绝，古体诗也有，但比较少。他的联绝，留有较多唐体的痕迹。他早年即在诗中自言"习为联绝真唐体"①，看来是可信的。他的很多七绝透着永嘉四灵诗的韵味，例如《南岳旧稿》中的《题小寺壁》二首之二："素练宽裁白社衣，普陀烟里现幽姿。日长读彻《楞伽》了，闲折柑花供祖师。"章法及风味都与赵师秀《约客》极为相似。他的律诗擅长用事和对偶，对偶往往安排得工巧精致，这是当时人一致认可的。例如《闻何立可李茂卿讣》中的"伤心百口归同穴，极目孤城绝救兵"，《健忘》中的"少作回看如两手，旧书重读似前生"，《即事》中的"瘴土不因梅亦湿，飓风能变夏为秋"，等等。

刘克庄以善用本朝事著称。如《南岳旧稿》之《答友生》："君看《江表英雄传》，何似孤山一卷诗？"又如《南岳第四稿》之《再和五首》之四："诗在简斋和靖里，追攀真以寸筳撞。"再如同卷《武冈叶使君寄诗次韵》中的"诗句骑驴游蜀后，情怀赋鹏吊湘馀"。诸诗中所用宋朝林逋（孤山和靖）、陈与义（简斋）以及陆游（骑驴游蜀）的典故，稍涉诗学的读者均耳熟能详，但也有一些本朝典故，也许当时人烂熟于心，如数家珍，但对后人来说，若不加注，实难理解。有些本朝典故，即使诗人加上简单自注，也仍旧不知其所以然。《南岳第三稿》中有一首七律《圣贤》，其颔联云："悔赋不妨排贾谊，谤诗遂至劾陶潜。"刘克庄自注云："事见政和御史章疏。"虽有提示，但过于简略，未能使人通晓，连笺注家也不得其详。②刘克庄的同时代人周密曾经谈及此事原委："政和中，大臣有不能诗者，因建言：诗为元祐学术，不可行。时李彦章为中丞，承望风旨，遂上章论渊明、李、杜而

---

① 刘克庄：《自昔》，《刘克庄集笺校》第二册卷三，第178页。按：此诗原载《南岳第二稿》，宋刻《南岳稿》缺。
② 《刘克庄集笺校》第二册卷四第255页《圣贤》诗下笺注："弹劾陶潜事未见，其政和御史亦不知为谁。"

下皆贬之,因诋黄、张、晁、秦等,请为科禁。"① 必须指出,好用典尤其好用本朝事,与刘克庄擅长四六骈文有关系,而他的这一根深蒂固的结习,早在《南岳稿》时代就已表现出来了。②

(本文二、三、四部分原载《文献》2016 年第 1 期)

---

① 周密:《齐东野语》卷十六"诗道否泰"条,第 292 – 293 页。
② 参看刘洋、程章灿《刘克庄为何爱用本朝事》,《古典文学知识》2012 年第 5 期。

## 文儒之戏与词翰之才

——《文房四友除授集》及其背后的文学政治

宋宁宗嘉定元年（1208），年方22岁、当时还是临安国子生的刘克庄，在他一生师事的南宋理学名臣真德秀座上，结识了当年的新进士、未来的四六大家李刘。① 多年以后，刘克庄对这次遇见依然记忆犹新：

> 四六家……近时学者多宗梅亭。梅亭者，李功父侍郎也。忆余少游都城，于西山先生坐上初识之。时功父新擢第，欲应词科。西山指榻上竹夫人，戏曰："试为《竹夫人进封制》，可乎？"功父须臾成章。末联云："保抱携持，朕不安丙夜之枕；展转反侧，尔尚形四方之风。"西山称赏。今人但赏其全句对属，以为警句。功父佳处，世所未知也。②

西山先生即真德秀，刘克庄曾称其"四六高处，不可慕拟"③，李刘此次拜访真德秀，有意向前辈讨教词科文字技巧。真德秀以"竹夫

---

① 参看拙撰《刘克庄年谱》嘉定元年戊辰（1208），贵州人民出版社，1993，第21页。按：李刘，字功甫（父），号梅亭，崇仁（今属江西）人，举嘉定元年进士，仕至中书舍人，清陆心源撰《宋史翼》（浙江古籍出版社，2016）卷二十九有传。
② 刘克庄著，辛更儒笺校：《刘克庄集笺校》卷一〇六《题方汝玉行卷》，中华书局，2011，第4432页。
③ 《刘克庄集笺校》卷一一二《杂记》，第4474页。

人进封制"为题,测试新进士李刘,亦是因为此乃翰苑人才必备的本领。李刘"须臾成章"的敏捷文才,以及贴切精当的用典警句①,不仅获得了真德秀的赞赏,也给年轻的刘克庄留下了深刻的印象,铭记不忘。刘克庄当时不可能料到,整整四十年后,他会写出《文房四友除授集》中那八篇精致的四六文,并且通过这一系列戏仿性的创作,怀念去世多年的恩师真德秀,致敬三年前刚刚辞世的骈文前辈李刘。

本文拈出这两件相隔四十年的人事,目的不是追索刘克庄的生平,也不是回顾刘克庄与李刘的交往,而是以这两件人事为中心,将其纳入与此相关的史事背景考辨,进而考察宋代四六文、词翰人才及其与政治之关系。

## 一、文儒之戏中的词翰才人

在与李刘相见之后两年,24 岁的刘克庄"初筮靖安主簿",他的四六文写作才华即受到上司袁燮的称赞,袁燮认定他"它日必以四六名家"②。后来,刘克庄果然凭借其杰出的四六才华"两叨词臣"③,证明了袁燮的远见卓识。与刘克庄文集中大量的制诏诰令章表谢启等各体四六文相比,他貌似"以文为戏"的《四友除授制》,很能体现他在四六文创作上的不俗功力,虽然这组文章往往被人轻视或低估。实际上,刘克庄本人对此是郑重其事的。

这组四六文共八篇,包括《代中书令管城子毛颖进封管城侯加食邑实封制》《代毛颖谢表》《代石乡侯石虚中除翰林学士诰》《代石虚中谢表》《代陈玄除子墨客卿诰》《代陈玄谢启》《赐褚知白诏》《代褚知白谢表》。很显然,这里所谓"四友",即指笔、砚、墨、纸,亦称

---

① 参看罗大经撰,王瑞来点校《鹤林玉露》甲编卷四"竹夫人制"条,中华书局,1983,第 64 - 65 页。按:罗大经不仅同样摘录此联对句,更详载此次测试题为"蕲春县君祝氏可封卫国夫人制",而且解释李文获"西山击节"的原因云:"盖八字用《诗》《书》全语,皆妇人事,而形四方之风,又见竹夫人玲珑之意。"所谓"八字",指出自《尚书·周书·召诰》的"保抱携持"和出自《诗经·周南·关雎》的"展转反侧"。
② 《刘克庄集笺校》卷一一二《杂记》,第 4672 页。
③ 《刘克庄集笺校》卷一〇八《跋卲甫任四友除授制》,第 4501 页。

"文房四友"。在这组作品中，高度拟人化的"四友"不仅分别得名"毛颖""石虚中""陈玄""褚（楮）知白"，而且封侯晋爵，成为翰苑文章的题材新宠。这八篇骈文既见于《后村先生大全集》卷一二七，亦见于今人整理的《刘克庄集笺校》卷一二七。① 除了刘克庄的个人文集，这组作品还收入晚宋另一颇具特色的文学总集《文房四友除授集》。② 这部专题总集共收四友除授文20篇，除了刘克庄上述八篇外，还包括另外三人的创作：郑清之的四篇——《中书令管城子毛颖进封管城侯制》《石乡侯石虚中除翰林学士诰》《陈玄除子墨客卿诰》《褚知白诏》；林希逸的四篇——《代毛颖谢表》《代石虚中谢表》《代陈玄谢启》《代褚知白谢表》；胡谦厚的四篇——《拟弹中书令管城侯毛颖疏》《拟驳石乡侯石虚中除翰林学士奏》《拟驳陈玄除子墨客卿奏》《拟驳召褚知白奏》。胡谦厚的四篇合称《拟弹驳四友除授集》，与郑、林、刘三人所作有所区别，可谓自成一体。所以，《丛书集成初编》据《百川学海》排印时，即将胡氏《拟弹驳四友除授集》部分省略，同时也省略了书中存录的林希逸、刘克庄、胡谦厚以及陈垲等人所撰四篇序跋。实际上，对于研究这20篇除授文的产生背景及其政治意义，这四篇序跋是极其重要的文献，本文将其作为关注的焦点，即着眼于此。

《文房四友除授集》卷前林希逸序云（《百川学海》己集）：

> 淳祐丙午，安晚先生以少师领奉国节钺，留侍经帷，寓第涌金门外养鱼庄，日有湖山之适。仆时备数校雠府，官闲无他职，颇得奉公从容。一日，谓仆曰："某尝为文房四友除授制诰，因官湖外而归，旧稿蠹蚀不复存。今仅能追忆一二语。"仆因请闻其略，公曰："容某思之。"又数日，公连以数则示教曰："余因子之

---

① 《刘克庄集笺校》，第5188—5195页。《后村先生大全集》有《四部丛刊》本。
② 《文房四友除授集》，见《百川学海》己集，后来的《丛书集成初编》即据《百川学海》排印，然有所删略。关于此集的编刊情况，可参看祝尚书《宋人总集叙录》卷八，中华书局，2004，第373—379页。侯体健论及此集的刊刻与流传，见其《刘克庄的文学世界——晚宋文学生态的一种考察》，复旦大学出版社，2013，第260—261页。按：《丛书集成初编》本封面作"文房四友除授集，郑清之撰"，《宋人总集叙录》著录此集，则作"林希逸、胡谦厚编"，皆不确。

请,遂得追补成之。"仆读而喜曰:"此前人文集所未有也。然既有除授,而无谢,可乎?"遂各为牵课表启一首以呈,公大加称赏,且曰:"某屡尝以词翰荐兄,信不辱所举矣。"仅语之茸芷,而他人未之见也。逾年,公再入相,余谨阒不敢出。今既得请补外,无复争名求进之嫌,因取而刊之郡斋,庶异日知希逸所以辱知于公无他谬巧,又知公于友朋游聚,不过以文字为乐,而位穷公相,年德俱崇,健笔雄词,不少减退,巧而不斫,雅而能华,亦非晚辈所可企望其万一也。淳祐戊申腊月,朝奉郎、直秘阁、权发遣兴化军兼管内劝农事林希逸序。

林希逸原有《鬳斋前集》六十卷,见于《宋史·艺文志》著录,"久佚不存"。① 今存《竹溪鬳斋十一稿续集》(亦称《鬳斋续集》)未见此序②,然而,《竹溪鬳斋十一稿续集》卷十三《跋蔡伯英四友集》有类似记述,恰可与此篇序文相互印证。③

众所周知,郑清之因建废立之大功,而深得宋理宗宠信,绍定六年(1233)和端平二年(1235)两次拜相,并兼枢密使。端平三年(1236),郑清之虽然罢相,优游于湖山之间,但恃其旧宠,仍然在南宋政坛上据有举足轻重的地位。淳祐五年(1245)十二月,已经罢相九年的郑清之又"拜少师、奉国军节度使,依前醴泉观使兼侍读、越国公,赐玉带,更赐第于西湖之渔庄。进读《仁皇训典》"④,就是其依然深受宠信的最好证明。总之,在林序所述的淳祐六年丙午(1246)这一年,郑清之的身份仍是退相,"日有湖山之适",但是,谁都知道,他随时都有可能重出江湖,再度拜相。郑清之作《四友除授制》,与其个人经历及这一时代背景皆有关系。

---

① 永瑢等:《四库全书总目》卷一六四《鬳斋续集》提要,中华书局,1965,第1409页。
② 林希逸:《竹溪鬳斋十一稿续集》,《景印文渊阁四库全书》本。
③ 《跋蔡伯英四友集》有云:"退之《毛颖》,或者以为俳,子厚独以诗之善谑、史之滑稽比之。四友除谢之作,亦犹是也。初,安晚先生留养鱼庄,仆以文字时奉燕笑。先生偶出此数则,仆戏和之,既而后村亦和之。"
④ 脱脱:《宋史》卷四一四《郑清之传》,中华书局,1985,第12421页。参看《宋史》卷四十三《理宗纪》,第834页。

根据林希逸的记述，郑清之这四篇除授文早有初稿，只是到了淳祐六年，才有闲情逸致，"追补"定稿。对郑清之来说，这次创作活动可以展示他作为退相优游湖山而不干预朝政的风度，但也可以展示"其健笔雄词，不少减退"的身体状态，大有"老骥伏枥，志在千里"之意。对林希逸来说，继郑清之四篇除授文之后而作四篇谢表谢启，也不是简单的几篇游戏文字而已。"既有除授，而无谢"，既不合于礼制，从文学结构的视角来看，也留有缺憾。所以，林希逸作此四篇表启，既是与郑清之之间的文字酬答，也是晚辈致敬前辈的一种礼仪行为。从政治角度来看，这是作为"备数校雠府"的闲职下僚的林希逸，在前任权相也可能是未来宰相郑清之面前，表现自己词翰才华的一个绝好机会。这四篇表启不仅大获郑清之赞赏，而且引出了郑清之"某屡尝以词翰荐兄，信不辱所举"的可贵回应。当然，如果从另外一个角度来看，林希逸此举不无"争名求进之嫌"，因此，他对此次文字酬答之事一直没有声张，除了两人的共同好友应傃（茸芷）之外[1]，他暂时也没有将所作表启向别人展示。淳祐七年（1247），郑清之果然再度拜相，林希逸更不便张扬他与郑清之的这段交往，以免别人误会他有谋取词翰之职的用意，以避嫌猜。淳祐八年（1248），林希逸外放兴化军，已无缘词翰之职，他才将自己与郑清之的八篇作品结集，刊刻于兴化郡斋。从政治上看，林希逸此举一箭三雕：一是从文学的角度赞颂郑清之的风雅之才；二是从文字的角度表现自己的词翰之才，扩大社会影响[2]；三是从社交的角度展示自己与郑清之的关系，表明自己在朝中不乏奥援。实际上，林希逸此次荣归故里，履新莆田，就有郑清之的影响力在发挥作用。

---

[1] 按：应傃，字之道，自号茸芷，庆元府昌国（今浙江舟山市定海区）人，嘉定十六年（1223）进士。绍定六年（1233），郑清之拜相，应入朝任著作郎兼翰林。郑清之罢相后，两人同居东湖，商榷文史。淳祐七年（1247），郑清之复相，应亦复任起居舍人，权兵、吏二部侍郎，兼直学士院，掌内制。淳祐八年（1248），授同知枢密院事。次年，拜参知政事，封临海郡侯。应氏是郑清之的同乡，深受郑氏器重。郑清之《安晚集》中，存录郑、应二人唱酬赠遗之作颇多。

[2] 景定年间，林希逸除中书舍人，"再入禁林掌词翰"，当时有"旧词臣、真学士""当行铺席"之称（林同《竹溪鬳斋十一稿续集·原序》，见《竹溪鬳斋十一稿续集》卷首，《景印文渊阁四库全书》本），其时《文房四友除授集》早已流行于世，显然可为林希逸此次召命制造舆论，加分助力。

## 二、文儒之戏后的晚宋政局

《文房四友除授集》刊于兴化军（治今福建莆田）郡斋，时在淳祐八年戊申（1248）十二月，此前林希逸已将郑、林二人之作出示刘克庄。《文房四友除授集》中载有刘克庄序一篇，值得注意：

> 右一制一诏二诰，今傅相越公安晚先生老笔；三表一启，公客竹溪林侯肃翁所作。本朝元老大臣多好文怜才，王魏公门无它宾，惟杨大年至则倒屣；晏公尤厚小宋、欧阳九，居常相追逐倡和于文墨议论之间，不待身居廊庙、手持衡尺，然后物色而用。盖其剂量位置，固已定于平日矣。竹溪所以受公之知，公之所以知竹溪，有以也夫。竹溪出牧于莆，以副墨示其友人刘克庄，亦公门下客也。虽老，尚未废卷，因拾公与竹溪弃遗，各拟一篇，公见之，必发呈武艺、舞柘枝之笑。淳祐戊申季秋望日，克庄书。①

很显然，刘克庄是从林希逸那里看到郑、林二人的制诰表启。所谓"副墨"，表明林希逸手里只有钞录本，其原本应该保存在郑清之府中。拜读郑、林二人"四友除谢之作"之后，刘克庄继作八篇，这是对郑、林前作的酬答，是礼尚往来。虽然刘克庄自谦这只是班门弄斧，是拾郑、林二人之"弃遗"，但实际上，他以一人之力，完成除、谢之文各四篇，一身而兼二任，大有后来居上之势。

刘克庄此序作于淳祐八年（1248）九月十五日。其时，他正在福建提刑任上，驻莆田。当年九月一日，朝廷为照顾其奉养老母，而特许其"即家建台"，在家中处理政事。② 他与林希逸同处一城，来往便

---

① 《文房四友除授集》，《百川学海》己集。
② 参看拙撰《刘克庄年谱》，第 234–235 页。

利。对读林、刘二序，可知刘序在前，林序在后，晚刘序两三个月。照常理说，林希逸作序之时，应该看到了刘克庄这篇序文，也应该可以看到并获取刘克庄的八篇新作，他完全可以将刘作与郑、林二人的作品合编为一集。可奇怪的是，林希逸此序未有一字提及刘克庄的新作，据此看来，他似乎也没有将刘作与郑、林二人之作合集刊刻。有鉴于此，侯体健所作的推测似乎是合理的：淳祐八年兴化军郡斋刊刻的《文房四友除授集》，只包括郑、林二人作品在内；而含有刘克庄作品的《文房四友除授集》，则可能是淳祐十年（1250）在杭州刊刻的。① 无论如何，在笔者看来，此事颇为蹊跷。尤其考虑到刘克庄与林希逸二人的密切关系，同时考虑到刘、林二人当时同城而居的空间位置关系，此事就更难解释了。窃以为，此中或有隐情有待抉发。

从淳祐八年九月到是年十二月，这个前后三个月的时间区段，虽然不长，却使刘克庄经历了仕途的止跌回升和人生的乐极生悲。九月一日，他正式就任福建提刑，即家建台，就近养母。十五日，他在阅读郑、林二人四友除谢文之后，继作除谢文八篇，这显然都是可以欣乐之事。然而，仅仅21天之后，十月六日，其母魏国夫人林氏因病去世，享年88岁，刘克庄遂丁忧去职。本年十二月，他将母亲葬于莆田城南。② 可以想象，作为家中长子，亦是诸子女中地位身份最高的一位，刘克庄为料理母亲的丧葬事宜，必有一番忙碌。在这种情况下，他或许未能及时将自己的作品及序文传递给林希逸，但更可能的情形是：其作品早已传递给林希逸，但刘克庄要求林希逸不要刊印，以免引起政坛不必要的疑猜。

说到政坛的疑猜，就有必要追溯刘克庄淳祐八年前后的仕历。淳祐六年，也就是郑清之与林希逸作四友除谢文那一年，时任江西提刑的刘克庄于七月离任入都，先除太府少卿；八月入对三札，即赐同进士出身，除秘书少监，旋又兼任史事；十月五日，除权中书舍人，草

---

① 参看侯体健《刘克庄的文学世界——晚宋文学生态的一种考察》，第260-261页。
② 参看拙撰《刘克庄年谱》，第235-236页。

外制70道，展现了不凡的词翰功力。没有科名的刘克庄，不仅得赐进士第，而且出任权中书舍人，是相当不简单的。这一年，刘克庄可以说达到了他仕途中从未达到的高峰点。然而，好景不长，是年十二月，他强烈抨击史嵩之，褫夺其除命，因而轰动朝野，而他本人也为此得罪史嵩之势力，被栽上"贪荣去亲"的罪名而受劾去职。所谓"贪荣去亲"，就是影射刘克庄将80多岁的老母亲留在福建莆田老家，未尽赡养之责。岁末，刘克庄离开临安之时，退闲家居的旧相郑清之特地"冒雪祖道"①，为他送行，以此表达对刘克庄的同情、理解与支持。次年二月，刘克庄除直宝文阁、知漳州，他只好力辞。四月，郑清之再相，刘克庄即除直龙图阁，主明道宫。② 淳祐八年元日，刘克庄又除宗正少卿；五月六日，又除直龙图阁知漳州。③虽然这几次除命都因刘克庄苦辞而得免，但从中明显可以看出郑清之对他的有力援引，现存刘克庄当时写给郑清之的几封书信可以为证。④ 是年九月，刘克庄苦辞不获，才最终接受了秘阁修撰、福建提刑的除命。这两年间的一系列除命，说明刘克庄虽然暂时外放，但朝廷一直没有忘记他，郑清之更是想方设法，为其复出创造机会，即使不能马上回到临安，至少也要在老家福建为他谋取合适职位，以便就近奉养老母。其间，刘克庄的品秩也得到了提升。郑清之对刘克庄的提携是毫不隐讳的，而刘克庄在郑清之面前，也敢毫不避忌地坦承："某厌退闲而喜进用，特甚于他人。"⑤ 此外，刘克庄序文中还自称是郑清之的"门下客"。看来，郑、刘关系确实非同一般。

但是，面对外人，面对虎视眈眈、处心积虑地欲陷其于"贪荣去亲"罪名的政治对手，刘克庄又不能不时时警惕、事事小心。他撰写文房四友除授文及其序文，正当政治局势十分敏感微妙的时刻。他此时的处境和心态，与林希逸在临安时不愿张扬其与郑清之之间的文字

---

① 刘克庄：《郑丞相祭文》，《后村先生大全集》卷一三八。参看拙撰《刘克庄年谱》，第211–221页。
②③ 参看《刘克庄年谱》，第228、234–235页。
④ 刘克庄：《与郑丞相书》，《后村先生大全集》卷一二九。
⑤ 同上。参看《刘克庄年谱》第234页。后来，甚至有人指刘克庄为郑党，参看《刘克庄年谱》第257页。

往来，是极其相似的。本来，他刚刚为奉养老母而离开临安，若此时着意渲染自己的词翰之才，突出其与郑清之的私人关系，势必招来"争名求进"之讥，甚至落实对手极力构陷的"贪荣去亲"的罪名。在此情境之下，刘克庄忧谗畏讥，采取韬光养晦的策略，主动要求林希逸暂时不要刊布他的作品，是完全有可能的。

细读刘克庄这篇序文，亦可以体会到他的深细用心。这篇序文不仅交代了八篇除授文的撰作缘起与写作时间①，更着意点明郑清之与林希逸以及自己的关系——这种主公与门下客之间的亲密关系，无疑可以视为一种政治资源。熟悉本朝历史的刘克庄在称赞郑清之"好文怜才"时，有意将其与本朝历史上的名相王旦和晏殊相提并论。郑清之对林希逸的知遇，与北宋名相王旦优待杨亿、晏殊厚遇宋祁和欧阳修等如出一辙，这里不仅恭维了郑清之，也顺带恭维了家乡的行政长官林希逸。但是，这种恭维是一柄双刃剑，因为从另外一个角度来看，这种恭维就是社交网络的展示，甚至是政治实力的炫耀，可能招来对手的忌恨，陡然增加政治风险。

## 三、词翰的戏仿与文儒的象征

刘克庄的《四友除授制》至迟在淳祐庚戌亦即淳祐十年（1250）已经刊刻于临安②，其证据是《文房四友除授集》中出于胡谦厚手撰的第三篇序文（见《百川学海》己集）。其辞云：

> 淳祐庚戌客京师，一日于市肆目《文房四友除授集》：制诰（诏）各一，诰二，乃青山郑公代王命也；表三、启一，乃竹溪林公代四友谢也。仿其体而易其辞者各一，乃后村刘公鸠集隐微，

---

① 《刘克庄集笺校》卷一二七《四友除授制》笺注（第5189页）谓："后村所戏作《四友除授制词》，写作年代不详，然大体应在早年仕宦未达之日。"此说大误，盖因未检《文房四友除授集》也。同页又谓"四友者，笔、砚、镇纸、墨之通称"，亦显误。
② 参看侯体健《刘克庄的文学世界——晚宋文学生态的一种考察》，第260-261页。

以彰其博也。昔薛稷加四友以九锡，至玄香太守，犹"吐异气，结楼台"，以旌其善。况今文章宗工，游戏炳蔚，四友有知，宁不澡泽煜燿乎！然旁搜博采，事证不遗，继之者几不能赞一辞。予中表李几复且作一表三状，代辞免，吁！至是又穷矣。小子狂简，辄为弹文一，驳奏三，以附编末，非曰仇四友而招（昭）其过也，进退之正，或者尚有取焉，则犹得与《修竹弹甘蔗》伍，言辞蹇拙，引援阔疏，极知僭逾，惟斯文之先觉针砭之。紫阳后学胡谦厚谨序。

淳祐十年，胡谦厚在杭州书肆见到了包含郑、林、刘三人作品在内的《文房四友除授集》，可见，至迟淳祐十年，也可能早到淳祐九年，刘克庄的八篇继作及其序文即已刊刻面世。其时，刘克庄正在守制里居，按礼制不能复出，时过境迁，或许正是这样一种情境，消除了其作品前此具有的强烈的政治敏感性。胡谦厚作为《拟弹驳四友除授集》的作者，除了从其本人序文及下文陈垲跋文中，可知他是"新安胡氏子"，与李几复为中表兄弟、当时尚困丁场屋之外，我们对他的生平一无所知。

陈垲的跋文（见《百川学海》己集）作于宝祐四年丙辰（1256）。其辞云：

> 戏言出于思也。文可戏乎？譬之博奕，犹贤乎已。汉唐文儒之戏，曰《客难》，曰《解嘲》，曰《宾戏》，子虚乌有之问答，翰林墨卿之应酬，至韩昌黎作《毛颖传》，牵联陈玄、陶泓、褚先生三人得书大概，述颖出处独详，始嘉其强敏受任，终惜其老秃被弃，凡诸儒所为文戏，抑扬开阖，同此一机，非善谑乎？近年青山郑公发昌黎未尽之缊，托王命，出高爵，合文房四友，例有除授，训辞甚美。代谢表启，则有林竹溪。增广八篇，则有刘后村。人争传诵，不容更措词矣。新安胡氏子谦厚，乃谓褒贬对立，褒不可以无贬，遂仿弹驳体作四疏，岂故立异耶？三年前已携示

余,今持以求跋。余诘之曰:"子以除命等作纯乎褒,故设辞以贬之,安知好事者不咎子纯乎贬?沿剥而不已必复之义,又生一说见敌乎?昌黎大儒,无敢议者,只因传颖,柳子厚笑其怪于文而题其后,戏终非作文正法也!且夫四友之在天下,匪但文章家所须,若贵若贱,皆不可以一日缺,虽不免为人役,亦有时而不能徇人。人有遇否,友实随之。其遇也补造化,演丝纶以名世,其否则交韦布,资铅椠以待时。其尊以官称,亲之为友者,岂不谓能灵于人?子尚从场屋游,四友方纳交,相与培子远大之业,愿无鄙夷,使得以指班超、君苗藉口,将有验于余言。"遂为题后。宝祐景辰六月朔,可斋老叟陈垲书。

按:陈垲,字子爽,嘉兴(今属浙江)人,曾兼吏部尚书,以宝文阁学士知潭州,兼湖南安抚使,召赴阙,提举宫观,久之加端明殿学士,咸淳四年(1268)卒,谥清毅,著有《可斋瓿稿》二十卷。《宋史》卷四二五有传。毫无疑问,陈垲是胡谦厚的前辈,他的题跋是应胡谦厚要求而作,立意较高。一方面,胡谦厚只将四友除授制这类游戏文字,追溯到初唐薛稷的《文房四友九锡文》,而陈垲则将此类文儒之戏的源头,上溯到汉代东方朔《答客难》、扬雄《解嘲》和班固《答宾戏》,再往下追踪到韩愈的《毛颖传》,既强调这种文戏善于戏谑,"抑扬开阖,同此一机",又肯定汉唐文儒之戏犹贤博弈,从而肯定了胡谦厚《拟弹驳四友除授集》的价值。另一方面,陈垲也对胡谦厚翻案作文、主题标新立异提出了婉讽,认为对文房四友固然不必"纯乎褒",但也不要"纯乎贬",而要看到四友的重要性,尤其是"人有遇否,友实随之",文人一生与四友朝夕相伴,结缘极深,不应以"纯乎贬"待之。

如果说林希逸序意在突出郑清之的"健笔雄词",表彰郑氏仍是一匹具有千里之志的老骥,刘克庄序意在表彰郑清之的"好文怜才",其着眼点明显在于政治立场的表露,那么,胡谦厚序则是突出《文房四友除授集》是"文章宗工"的"游戏炳蔚",多少流露出些许仰慕歆羡之意；而陈垲跋则强调四友与文儒的特殊关系，其立论最终落实到文章与文儒身份的关系。表面上看，林、刘与胡、陈着眼点明显不同，这固然跟林、刘与胡、陈不同的政治身份有关，更与林、刘，胡、陈与郑清之的疏密关系直接相关。但是，这绝不是说，胡、陈二人的序跋，毫不涉及《文房四友除授集》的政治意义。实际上，胡谦厚故持异论，弹驳四友，有意翻案，就是着意展示自己有能力于意尽辞穷之际独辟蹊径，柳暗花明。换句话说，胡氏的弹驳与郑、林、刘三人的除谢，虽然主题立意不同，但皆有炫耀词翰之才的用意，殊途而同归。至于陈垲，他之所以详细论述文儒与四友的密切关系，强调四友是文儒日常生活中最为熟悉的物品，其实正是在突出"文房四友除授"这一主题对文儒的特殊意义。从某种程度上可以说，四友就是文儒身份的符号，是文儒存在及其命运的象征。

从郑清之到林希逸、刘克庄、陈垲，再到李儿复、胡谦厚，此诸人地位自有高下之别，社会身份也显然不同，但"文儒"是他们共同的身份标签。围绕"文房四友除授"展开的这次同题创作，就是对他们认同的"文儒"身份的最好证明。这种认同，如果换一个角度，也可以借用王水照先生论王应麟时使用的"词科情结"这一术语来表达。[①] 所谓"词科情结"，就是希望以自己的学问和文字才华为朝廷效力，通过为朝廷起草制诏诰命等文稿，发挥政治作用。事实上，这种情结不仅宋末王应麟有，前述诸人也都有，上到郑清之，下至胡谦厚，概莫能外，只是各自的表现方式与目标指向不同。像郑清之这样的权相，是要通过"词科情结"展现自己"好文怜才"的一面[②]；像刘克庄、林希逸这样的才学之士，则希望进一步呈现自己的博学鸿词之才，为提升自己的政治地位、扩大自己的政治影响蓄势；而像胡谦厚这样

---

[①] 这一术语借用自王水照先生的论文《王应麟的"词科"情结与〈辞学指南〉的双重意义》，《社会科学战线》2012年第1期。
[②] 按：郑清之之工四六，刘克庄晚年所撰《杂记》中有一条记其四六表启警句云："端平乙未，并畀二相之后，时事小异。安晚《辞官表》云：'忧心愠于群小，或忧蹊隧之渐开；众贤聚于本朝，未必规模之遽变。'再相数年，求去不允，群议稍侵之。又表云：'大臣负暧昧之谤，不能自明；小臣窃忠直之名，以徼后福。'似此类不一，语意极条畅。"见《刘克庄集笺校》卷一一二，第4663页。

的场屋之士，则希冀通过此类"狂简""僭逾"的举动，"露才扬己"，引起在位有力者的重视，使自己得到不次进身的机会。

淳祐六年（1246），素无科名的刘克庄不仅得以赐第，而且除权中书舍人；淳祐十一年（1251），刘克庄复出，任秘书监兼太常少卿，直学士院；景定元年（1260），74岁的刘克庄再次兼权中书舍人，寻真除中书舍人兼直学士院，身兼内外两制，以词翰见重于君上，声闻内外。① 刘克庄"两叨词臣"②的传奇经历，是犹困于场屋的胡谦厚们梦寐以求、日夜追逐的目标，刘克庄的成功对他们是莫大的鼓舞。他们之所以热衷于追和《文房四友除授集》，固然是追逐一时的热门题材，亦更是为了磨炼自己的词翰之才。当后进士子把这类文字作为赘见之礼时，作为前辈和过来人的刘克庄一方面告诫他们，"文章于道为小技，四六又文章中之小技，然自唐以来，朝廷大典册率用此体，不习则不工。顾今之士，有科举之累，多未暇焉"，只有勤奋练习，提高四六笔力，才"能用事而不为世束缚，能用古人语如自语者"。③ 另一方面，他更以王安中（有《初寮集》）和汪藻（有《浮溪集》）为例勉励他们，"昔王初寮、汪浮溪微时，代人表笺，已为世传诵，厥后终为词臣，君勉之"④，为他们指示了遥远地平线上那一抹若有若无的政治曙光。

［原载《清华大学学报（哲学社会科学版）》2017年第5期］

---

① 参看《刘克庄年谱》相关年份，尤其第213－216、249－254、316－317、321、326－328页。
② 《刘克庄集笺校》卷一〇八《跋柳甫任四友除授制》，第4501页。
③ 《刘克庄集笺校》卷一〇七《跋黄牧四六》，第4456－4457页。
④ 《刘克庄集笺校》卷一〇八《跋黄孝迈四六》，第4491页。

# 所谓《后村千家诗》考

刘克庄，字潜夫，号后村，福建莆田人，是南宋后期最重要的诗人和词人。作为一个历史人物，后村这个名字为后人所知，主要基于如下三方面的背景：一是作为诗人，他早年卷入江湖诗祸，而后来却成了江湖诗派中最显达的诗人；二是作为一个政治人物，他交游极广，一生既与一批理学家有千丝万缕的联系，晚年又和贾似道这个有争议的人物往来颇多，二是作为一个诗论家和诗选家，他的《后村诗话》固然也颇为学人征引，但据说出自他之手的《后村千家诗》，随着《千家诗》在明清以后的广泛流播几致家喻户晓，更使他在一般读者群中具有了前所未有、出人意料的知名度。在这三项背景中，对一般人来说，第三项无疑是最具分量的。而恰恰在这里，历史跟我们开了一个玩笑。

## 一、后村选诗实践及其选本

作为唐宋诗歌选家，后村最初的别裁实践是受他的老师、南宋理学名臣真德秀委托，为真氏所编《文章正宗》一书编选诗歌一体的作品。时当宋理宗绍定元年戊子（1228），后村42岁。刘克庄《戊子答真侍郎论选诗书》记：

昨承尊旨，令编选诗，今取百十三首，作一册申纳。古诗九，汉九，魏十二，晋五十二，宋二十一，齐八，梁二。……某本不敢当此差使，但先生长者谆谆命之，止得黾勉拣去，未必仰合师指，更望为将全集子细看过，勿使观者得以讥议，幸甚。①

《后村诗话》前集卷一亦云：

《文章正宗》初萌芽，西山先生以诗歌一门属余编类，且约以世教民彝为主，如仙释、闺情、宫怨之类，皆勿取。余取汉武帝《秋风词》，西山曰："文中子亦以此词为悔心之萌，岂其然乎！"意不欲收，其严如此。然所谓"携佳人兮不能忘"之语，盖指公卿群臣之扈从者，似非为后宫设。凡余所取而西山去之者大半，又增入陶诗甚多，如三谢之类，多不入。②

看来，在编选过程中，由于两人的文学观念和诗学观点有所不同，在具体诗作的取舍上，师生之间意见并不完全相同。后村选诗并不全然沿袭理学家选诗的窠臼，而颇能采录一些饶有风情的作品，这却是真德秀所不能赞同的。面对老师，而且又是遵嘱助编，后村自然不宜坚持自己的别裁意见，另作主张。

或许是受了这一事件的触动，也或许是得到了这一经验的启发，后村终于自己动手编纂诗选，藉以实践自己的别裁主张，表达自己的诗学观点。他先后编选了《唐五七言绝句》《本朝五七言绝句》《中兴五七言绝句》及《唐绝句续选》《本朝绝句续选》《中兴绝句续选》等六种唐宋绝句诗的选本。前三种选本（正选）约编成于淳祐二三年之间，其时后村五十六七岁。拙撰《刘克庄年谱》淳祐二年（1242）于

---

① 刘克庄著，辛更儒笺校：《刘克庄集笺校》卷一二八，中华书局，2011，第5222、5224页。
② 刘克庄撰，王秀梅点校：《后村诗话》前集卷一，中华书局，1983，第4-5页。按：刘克庄《题郑宁文卷》诗后原注云："西山先生编《文章正宗》……内诗歌一门，初委余裒集。余取《秋风辞》，西山欲去之，盖其议论森严如此。"可参看。见《刘克庄集笺校》卷十，第569页。

此考述云：

> 《集》九四《唐五七言绝句序》："余家童子初入塾，始遗五七言各百首口授之，切情诣理之作，匹□□妇不弃也"。又《本朝五七言绝句序》："《唐绝句诗选》成，童子复以本朝诗为请，……姑取所尝记诵南渡前五七言亦各百首授童子。"又《中兴五七言绝句序》："乃取中兴以后诸篇五七言，各选百首。"《集》一〇一《跋宋氏绝句诗》："两年前，余选唐人及本朝七言绝句各得百篇，五言绝句亦如之，今锓行于泉，于建阳，于临安。"按：此跋按原编次作于淳祐四五年间，则五七言绝句三选成于淳祐二、三年。其所选皆切情诣理脍炙人口之作，故流传甚广。①

而后三种（也即《续选》）则于宝祐四年（1256）后村70岁时编成。拙撰《刘克庄年谱》宝祐四年亦有考述云：

> 《集》九七《唐绝句续选序》云："宝祐丙辰秋后村翁序"。同卷《本朝绝句续选序》："宝祐丙辰露节后村翁序"。同卷《中兴绝句续选序》："宝祐丙辰日南至后村翁序"。三序皆作于本年，其书至迟本年冬至前已编迄。《唐绝句续选序》又云："余尝选唐绝句诗，既板行于莆，于建，于杭，后十余年觉前选太严，而名作多所遗落。……乃汇诸家五、七、六言，各再取百首，名《续选》。"可知诸书为《唐绝句选》、《本朝绝句选》、《中兴绝句选》之续编，其中当可考见克庄之诗歌别裁观点。②

编这六部诗选的目的，本来是作为家塾童子诵读的课本，为便于初学，自然要选取那些切情诣理、通俗易懂、朗朗上口的诗作，而且每篇篇幅不能太大，这就是这六种选本只限于唐宋二代绝句诗体的原

---

①② 《刘克庄年谱》，贵州人民出版社，1993，第188–189、287–288页。

因。后村在当世诗名甚盛,说他是当时诗坛的盟主也不过分,因此,这一套选本的选裁眼光应有相当的权威性。六种选本前后相连,自成一个体系,总计选诗一千多首,大致囊括了唐宋二代绝句一体的名篇,这样的分量对于入门初学的童子来说,是比较适宜的。在此之前,洪迈于南宋绍熙三年(1192)编成的《万首唐人绝句》一书,达一百卷之多,皇皇巨帙,意在求全,故经常一家数百首诗并录,又时见重出,去取也不够谨严,初学者更会觉得繁重不堪。

起初,后村这个选本可能只是供家塾童子使用,后来逐渐流传开来,以至公开板行,流行于当时的福建、浙江等地。从后村自述来看,这套诗选在当时的影响是相当大的,因此才有了续选三种的产生。但奇怪的是,后村死后,他的朋友、儿子为他的文集作序时,都没有提到这套流传这么广、影响这么大的诗选。是因为这套选本过于浅显、不足以体现后村先生的才学因而无足观呢,还是因为它在当时流传极广,有目共睹,毋庸多言呢?笔者推测,恐怕是后一种可能性更大一些。因为事实上,在《后村诗话》中,后村本人曾多次提到这套诗选,他的著作权是无可争议的。

遗憾的是,这套诗选今天失传了。书的原貌,只能根据后村那几篇自序和他本人在《后村诗话》及文集中其他地方所零星记到的略窥一斑。

## 二、《唐五七言绝句》等六种选本面貌之复原

首先,关于全书总体的情况,可以考知的有如下几项:

(1) 只选绝句,不及其他诗体。

(2) 只选唐宋二代(包括南渡以来直至当代)诗,不及其他时代。

(3) 据后村自序,正选三种只录五言、七言绝句,每种选五言、七言绝句各100首;续选三种,各选七绝100首,五绝数量不等,并兼及少量六言绝句。其中《唐绝句续选》和《本朝绝句续选》各选五绝70首,以六绝30首足之;《中兴绝句续选》选五绝60首,六绝40首,

卷末又附《中兴七言拾遗》100 篇。正、续六种选本合计选唐代五绝 170 首，六绝 30 首，七绝 200 首；宋代五绝 330 首，六绝 70 首，七绝 400 首。全部总计选诗 1 300 首。略如表 1 所示。

表 1　刘克庄六种选本选诗统计

| 书名 | 五绝 | 六绝 | 七绝 | 其他 | 合计 |
| --- | --- | --- | --- | --- | --- |
| 唐五七言绝句 | 100 | 0 | 100 | 0 | 200 |
| 本朝五七言绝句 | 100 | 0 | 100 | 0 | 200 |
| 中兴五七言绝句 | 100 | 0 | 100 | 0 | 200 |
| 唐绝句续选 | 70 | 30 | 100 | 0 | 200 |
| 本朝绝句续选 | 70 | 30 | 100 | 0 | 200 |
| 中兴绝句续选 | 60 | 40 | 100 | 100 | 300 |
| 合计 | 500 | 100 | 600 | 100 | 1 300 |

（4）编排方面，大致是以时代为经，以诗体（五言、六言或七言）为纬，没有材料证明书中曾分类编排。

（5）版本方面，不止一次刻版，至少有莆田、泉州、建安（州）、临安四地分别刊刻过。

其次，关于选录的操作过程及其原则，可以考知的有以下几条：

（1）不惟名，只惟实，即不管作者知名度如何，只要是"切情诣理之作，匹士寒女不弃也。否则，巨人作家不录也"①。

（2）偏于轻清抒情之什，此类诗元、白二人所作入选尤多。《唐五七言绝句·序》云："童子请曰：'昔杜牧讥元、白海淫，今所取多边情春思宫怨之什，然乎？'余曰：'《诗大序》曰：发乎情性，止乎礼义。古今论诗，至是而止。夫发乎性情者，天理不容泯，止乎礼义者，

---

① 刘克庄：《唐五七言绝句·序》，《刘克庄集笺校》卷九十四，第 4004 页。

圣笔不能删也。小子识之。'"①

（3）受客观条件限制，所选宋诗多据其日常记诵。《本朝五七言绝句·序》："余病眊，旧读不能尽记，家藏前人文集苦不多，里中故家书类散落不可借。暇日姑取所尝记诵、南渡前五七言亦各百首授童子。"②《中兴五七言绝句·序》亦云："穷乡无借书处，所见少，所取狭，可恨惟此一条尔。"③

（4）李、杜二家佳作过多，不能悉录，故割舍而不选。《唐五七言绝句·序》云："惟李、杜当别论。"④《唐绝句续选·序》则云："前选未收李、杜，今并屈二公印证。"⑤ 可见正选不收李、杜诗，而续选则将李、杜二家收入。故《后村诗话》新集卷一谓李白《越中览古》及《苏台览古》"二首可入七言绝句"，又谓其《答友人赠乌纱帽》《山中答俗人》和《答湖州迦叶司马问白是何人》"此三篇可入五七言绝句"。⑥ 所谓"可入"，也就是说收入《续选》。

（5）江湖四灵等当世诗人诗作，正选不录，续选附录。《中兴五七言绝句·序》云："至于江湖诸人，约而在下，如姜夔、刘翰、赵蕃、师秀、徐照之流，自当别选。"⑦ 而《中兴绝句续选·序》则云："稍后如项平父、李秀章诸贤以至江西一派、永嘉四灵，占毕于灯窗，鸣号于江湖，约而在下，以诗名世者不可殚纪，如之何限以二百篇也？……余于本朝得七十篇，倍于唐矣。既而又以中兴七言拾遗百篇，附卷末。"⑧

（6）特重六言，唐宋二代六绝入选者多达百篇。《唐绝句续选》选入六言30首，其序有云："盖六言尤难工，柳子厚高才，集中仅得

---

① 刘克庄：《唐五七言绝句·序》，《刘克庄集笺校》卷九十四，第4004页。按："夫发乎性情者，天理不容泯，止乎礼义者，圣笔不能删也"，校点本误作"夫发乎情性者，天理不容泯止乎？礼义者，圣笔不能删也"，故引用时径予是正。
② 刘克庄：《本朝五七言绝句·序》，《刘克庄集笺校》卷九十四，第4005页。
③⑦ 刘克庄：《中兴五七言绝句·序》，《刘克庄集笺校》卷九十四，第4007页。
④ 刘克庄：《唐五七言绝句·序》，《刘克庄集笺校》卷九十四，第4004页。
⑤ 刘克庄：《唐绝句续选·序》，《刘克庄集笺校》卷九十七，第4085页。
⑥ 刘克庄：《后村诗话》新集卷一，第158、166页。
⑧ 刘克庄：《中兴绝句续选·序》，《刘克庄集笺校》卷九十七，第4086页。

一篇。惟王右丞、皇甫补阙所作妙绝今古，学者所未讲也。使后世崇尚六言自余始，不亦可乎？"① 刘克庄不仅批评观念上重视六言绝句，创作实践中也重视六言绝句，其集中颇有六绝诗作。

最后，关于具体选录的诗人及篇目，除上文述及者以外，已知的还有以下内容。

（1）《唐绝句选》《唐绝句续选》：

白居易诗32首，元稹五绝1首，另窦氏兄弟亦有诗作收入。

卢纶、李益，"卢、李中表兄弟，诗律齐名，其五七言妙绝者已选入《绝句》"②。

王维，"其五、六、七言已多选入《绝句》"③。

刘长卿，"唐人号随州为五言长城，其五、六、七言绝妙者，已选入《绝句》"④。

王昌龄，"集存者三卷，绝句高妙者已入诗选"⑤。

李涉，"涉诗见于半山诗选者三十余首，其绝句已别选，古诗三首，《鹤林》一绝，皆有意味，存之以备一家"⑥。可见所选李涉绝句是不包括这首《鹤林》（即《游鹤林寺》）的。

钱起、郎士元，"余选《绝句》，钱取五言十一首，郎取五七言各一首"⑦。

另外，六绝部分，《唐绝句续选》六绝选有柳宗元、王维、皇甫冉等人的作品⑧，刘长卿六绝若干首⑨。

《续选》很可能还收入卢纶《伤秋》《宫词》，李益《送人》《照镜》《阳城烽舍》，刘幽求《书怀》，裴度《题太原厅壁》及无名氏《楚州紫极宫壁诗》等篇。《后村诗话》后集卷一有云："卢纶、李益善为五言绝句，意在言外。纶《伤秋》云：……《宫词》云：……学士院春帖子可用。又云：……益《送人》云：……《照镜》云：……《阳

---

①⑧ 刘克庄：《唐绝句续选·序》，《刘克庄集笺校》卷九十七，第4085页。
②③④⑨ 刘克庄：《后村诗话》新集卷三，第188、190、192、199、190页。
⑥ 刘克庄：《后村诗话》新集卷六，第247页。
⑦ 刘克庄：《后村诗话》新集卷四，第203页。

城烽舍》云：……皆有无穷之味。刘幽求，功业人，不以诗名，其五言云：'心为明时尽，君门尚不容。田园芜没尽，归去乐何从。'裴晋公《题太原厅壁》云：……皆微婉不刻露。顷选绝句，或未见全集，或偶漏落，可收入也。《石林避暑录》载楚州紫极宫壁间诗云：……亦可收。"① 按：《后村诗话》前后集为后村60岁至70岁间作，"顷选绝句"殆指《唐五七言绝句》，上述诸篇有可能被收入《唐绝句续选》之中。

（2）《本朝五七言绝句》《本朝绝句续选》（起建隆，迄宣靖）：

正选有杨亿、刘筠、欧阳修、苏轼、黄庭坚、陈师道等人诗作。②续选收有王安石、沈括、黄庭坚等人的六绝③，续选还可能补录王君玉五绝、七绝若干首，《后村诗话》后集卷一称其"精妙有思致，绝句可入选"④。

（3）《中兴五七言选句》《中兴绝句续选》：

徐似道（渊子），正集选其诗。《后村诗话》续集卷三有云："渊子有《□竹隐集》十一卷，多其旧作，暮年诗无枣本。……集中及晚作尤佳者，昔已有绝句诗选，今摘其警句于后。"⑤

李壁有诗入正选。《后村诗话》续集卷四有云："雁湖注半山诗，甚精确，其绝句有绝似半山者，已采入诗选矣。如'平生阅世朦胧眼，偏向白鸥飞处明'，如'鸦健触翻红薜薜，鸥间占断碧粼粼'，皆可讽咏。"⑥

附带说一点。《后村诗话》论诗喜欢摘句，尤其是其中的新集六卷，"专采唐诗之新警者"⑦。但从以上所征引的材料来看，《后村诗话》虽然大量摘录名篇警句，却一般不摘录已采入诗选的那些名篇警

---

① 刘克庄：《后村诗话》后集卷一，第41-42页。按：刘幽求此诗原出《避暑录话》，《全唐诗》卷九十九题作《书怀》。
② 刘克庄：《本朝五七言绝句·序》，《刘克庄集笺校》卷九十四，第4005页。
③ 刘克庄：《本朝绝句续选·序》，《刘克庄集笺校》卷九十四，第4086页。
④ 刘克庄：《后村诗话》后集卷一，第46-47页。
⑤ 刘克庄：《后村诗话》续集卷三，第119页。
⑥ 刘克庄：《后村诗话》续集卷四，第130页。
⑦ 刘克庄：《后村诗话》卷末跋语，第253页。

句，这是《后村诗话》著述取材的一个突出特点。这样做的目的之一，是想弥补六部选本存在的绝句方面的遗落和古体律体方面的空白，使诗话和诗选二者相辅相成。如果说他在六七十岁作《后村诗话》前、后二集时，这一目的性尚不十分明确，因为那时他还可以通过续编三选做到这一点，那么，在他年近八十作《后村诗话》续集和80岁以后作《后村诗话》新集时，他的目的性就十分明确，自觉性也更高了。

这也是通过考察后村六种诗选的原貌，而获得的对《后村诗话》摘句的特殊背景与作法的一点新认识。

### 三、《后村千家诗》及其与后村诗选之关系

《后村千家诗》全名《分门纂类唐宋时贤千家诗选》，旧题为刘克庄编，故通常又简称作《后村千家诗》。如《宛委别藏》本此书版心即题"后村千家诗"数字。清阮元《揅经室外集》卷一《四库未收书提要·〈分门纂类唐宋时贤千家诗选〉二十二卷提要》云：

> 宋刘克庄撰。克庄有《后村集》五十卷及《诗话》十四卷，《四库全书》已著录。兹其所选唐宋时贤之诗，题曰后村先生编集者，著其别号也。是书为向来著录家所未见，惟国朝两淮盐课御史曹寅曾刻入《楝亭丛书》中，前后亦无序跋。案《后村大全集》内有《唐五七言绝句选》及《本朝五七言绝句选》《中兴五七言绝句选》三序，或锓版于泉、于建阳、于临安，则克庄在宋时固有选诗之目。此则疑当时辗转传刻，致失其缘起耳。书分时令、节候、气候、昼夜、百花、竹林、天文、地理、宫室、器用、音乐、禽兽、昆虫、人品十四门，每门附以子目，大致如赵孟奎《分类唐诗歌》所选，亦极雅正，多世所脍炙之什。惟中多错谬，如杜甫、王维、赵嘏诸人传诵七律，往往截去半首改作绝句，甚至名姓不符。然考郭茂倩选古乐府，如"风劲角弓鸣"一律，截其上四句题为《戎浑》，"莫以今时宠"一绝，加作八句，题为

《簇拍相府莲》,则古人多有此例,不足以掩其瑜也。①

由此看来,阮元不仅认为《分门纂类唐宋时贤千家诗选》(以下简称《后村千家诗》)系刘克庄所编纂,而且确认它与刘克庄《唐五七言绝句选》《本朝五七言绝句选》《中兴五七言绝句选》诸选有关,只是因为后来辗转传刻,佚失了原有的三序而已。后人一般都信从此说,包括近代著名藏书家傅增湘等。②

然而,事实并非如阮元所云。只要将前文所恢复的后村六种诗选的原貌与《后村千家诗》作一下对照,结论就很清楚了。

第一,关于全书的总体情况,《后村千家诗》虽然也只选唐宋二代诗,与六种诗选相同,但更有如下几点显著的不同:

(1) 从诗体来看,《后村千家诗》所选虽以绝句为主,但也包括不少五律、七律。例如,开帙第一卷共 104 首诗,其中就有宋素臣(《春》)、杜甫(《曲江》二首之一)以及蔡确、朱淑真、吕居仁、向敏中、张文潜、李时、赵希逢、刘改之、方秋崖、刘后村、高九万、华岳等人的七律 22 篇,佚名("景近清明节")、张弋、赵信庵、戴石屏、左经臣、刘随知、林季谦等人的五律 7 篇。此点与六种诗选截然不同。

(2) 从全书篇数来看,据笔者统计,全书收诗 1 278 首,总数与六种诗选收诗总数相去无几,但二者的具体构成大不相同。刘克庄六种诗选无一篇律诗,而此书仅第一卷就有 22 首;六种诗选有 100 首六言绝句,而此书无一篇六绝。

(3) 编排方面,此书打破时代顺序,分作时令、节候、气候、昼夜、百花、竹林、天文、地理、宫室、器用、音乐、禽兽、昆虫、人品等十四门,依类编排,每门下又分若干子目,每个子目中也没有严格的时代顺序,与六种诗选大相径庭。

---

① 阮元撰,邓经元点校:《揅经室外集》卷一,中华书局,1993,第 1196-1197 页。
② 参看莫友芝撰,傅增湘订补,傅熹年整理《藏园订补郘亭知见传本书目》卷十六上集部八总集类,中华书局,2009,第 1532-1533 页。

（4）版本方面，此书主要有《楝亭藏书十二种》本及《宛委别藏》本，二者实同出一源，即阮元所见者。阮氏已称此书"为向来著录家所未见，惟国朝两淮盐课御史曹寅曾刻入《楝亭丛书》中，前后亦无序跋"，可以说是来历不明。傅增湘曾见有二十卷本，正集十五卷，后集五卷，谓为宋末元初坊刻本，错讹阙字较《楝亭藏书十二种》本少。

第二，关于两种选本的操作过程及其原则，有如下几点不同：

（1）《后村千家诗》虽然也偏于切情诣理、轻清抒情之什，但元、白入选不多。全书仅选白居易五绝、七绝、七律各一首。

（2）李、杜二家佳作极多，但《后村千家诗》入选甚少，与六种诗选全然不选亦有不同。

（3）《后村千家诗》于四灵及江湖社友之诗作，不仅选录，而且占了极大的比例。后村本人，与后村同时的诗人，还有许多与后村有交游的诗人，如高九万、郑性之、杜耒、赵仲白、叶岂潜、赵汝遂、魏了翁、宋谦父、孙花翁、方秋崖、戴石屏、赵信庵、敖器之、真西山、白玉瞻、王瞿轩、潘紫岩、赵师秀、陈敬叟、刘仙伦等人，皆有诗作入选。这似乎与后村正选不录江湖诸人如姜夔、刘翰、赵蕃、赵师秀、徐照等的原则相违，也与续选限以二百篇之数的原则不合。选自己的诗作，数量如此之多，而且自称为"后村"，把自己也算作"唐宋时贤"之一，也不像是出自后村之手。

（4）不选六言，与六种选本重视六言的原则，以及后村本人特别标榜六绝的文学史态度也不符合。

第三，关于具体选录的诗人及篇目，除上文所举者外，还有许多地方与六种诗选相矛盾：

（1）从入选诗篇数量看，白居易诗只选了三首，与六种选本所选 32 首相距甚远；钱起诗选五绝二首，郎士元选七绝一首，与后村自言"余选《绝句》，钱取五言十一首，郎取五七言各一首"[1] 亦不符。

---

[1] 刘克庄：《后村诗话》新集卷四，第 203 页。

（2）从入选诗人来看，选入李、杜诗，与自序所言显然不合；后村自言选入李雁湖诗，《后村千家诗》无李壁，亦不合。

（3）从具体诗篇来看，卷一时令门"春"收有李涉《三月游春》。按：此即《后村诗话》新集卷六所谓《游鹤林寺》，而据《后村诗话》，此诗未入选。另外，两处录此诗不仅题目不同，诗句亦有异文。"明朝"，《后村诗话》作"平明"；"堪醉"，《后村诗话》作"堪赏"。可见不是根据同一版本。如果二书出自同一人之手，一般来说是不会产生这种情况的。

（4）从诗体来看，《后村千家诗》有五律、七律，而无六绝。六种诗选收有王维、皇甫冉、刘长卿、柳宗元、王安石、沈括、黄庭坚等人六绝若干首，《后村千家诗》均无。

第四，此外还有三条证据，并举如下：

（1）此书对所选诗人，唐人一般直接称名，宋人多称字或号，但体例极不统一。唐人也有称字、号者，如杜子美、韩昌黎、白乐天、温飞卿、李义山等，杜、李、白三人时而称名，时而称字。而宋人也有称名者，如司马温公有时称司马光，杨诚斋有时称杨万里，范石湖有时称范成大，还有蔡襄、周邦彦，等等，不一而足。最奇怪的是，黄山谷、黄庭坚、黄鲁直三种称法并见于同一书中。这种称法混乱、自乱体例的现象，只能说明此书不大可能出自像刘后村这样一个训练有素的诗人和学者之手，很可能是坊间浅学为牟利而匆忙拼凑而成的。

（2）此书不仅有阮元所指出的割裂七律为七绝的鲁莽灭裂之举，而且为迁就分类，常随意改动诗题，如朱淑真《即景》改题为《夏》，刘禹锡《乌衣巷》改题为《燕》等。

（3）分类方面，也多有可议者。更有甚者：安史之乱后，中书舍人贾至作《早朝大明宫》，杜甫、王维、岑参三人皆有和作。这是一次极为著名的唱和活动，这四篇诗乃是对唐帝国中兴气象的歌颂，也是对唐诗稍有涉猎的人都知道的。而《后村千家诗》将贾、杜、岑三诗划在"宫词"类，已是贻笑大方，又将王维的诗单独分隶"宫殿"类，就更令人困惑不解了。如果说老诗人刘后村也会犯这样浅层次的错误，恐怕绝大多数人不会同意吧。

　　以上种种证据都能证明，《后村千家诗》不可能就是后村当年编选的六种选本，也不可能是这些选本的合订或改编修订本。在撰作《刘克庄年谱》的过程中，笔者曾通读《后村先生大全集》数遍，越来越强烈地意识到，《后村先生大全集》中对后村一生行事、思想、创作，有相当详尽的记载，没有一件大事遗漏，诗文中甚至还不时提及颇犯忌讳的江湖诗案。他生前曾"丁宁稚子收残草，他日笺家要谱年"①。如果《后村千家诗》这样一部大型选本确是他所编选，不可能在一百九十六卷的《后村先生大全集》中不留下一点痕迹，他的后代及师友也不大可能对此绝口不提。因此，我们的结论是：所谓《后村千家诗》绝不是刘后村所编，而是别人嫁名牟利之作。这个人对后村及江湖诗派的作品颇为熟悉而且推崇，他也许是一个书商，也许是后村的后学，但是，他的编选态度不是十分认真谨严的。

## 四、《后村千家诗》与《千家诗》之关系

　　《后村千家诗》既然跟后村毫无关系，那么它与《千家诗》之间是否有什么关系呢？《千家诗》是否如人们通常所认为的，乃是据其增删而成的呢？

　　《千家诗》是明清以来流传极广的一种儿童启蒙读物，坊间出现的版本不一而足，近代以来，将此书重新整理加以注解而印行的版本也不在少数。②现在通行本的《千家诗》，实际上是由前半部的七绝、七律（我们姑且称之为七言千家诗）和后半部的五绝、五律（我们姑且称之为五言千家诗）两部分组成的。为简便起见，本文立论即以这种版本为依据。

　　七言千家诗包括唐宋七绝94首、七律48首，相传是南宋末年的

---

① 刘克庄：《明道柯满》，《刘克庄集笺校》卷二十一，第1198页。
② 此点可参看王国良《〈千家诗〉浅探》，《国文天地》第六卷第四期，1990年9月。

谢枋得所编，这种说法由来已久，但不知其根据何在。谢枋得是宋末著名的爱国诗人，宋元书目文献中不见有他编此书的记载。书中选入谢枋得本人的七绝二首，也不像是出自谢枋得之手。很可能也是宋元之际坊间假托谢氏之名以牟利之作。

说七言千家诗是宋元间人所作，还可以从书中找到内证。七言千家诗所选宋人诗作总数超过唐诗，理学家的作品和南宋后期人的诗作入选者较多，开卷第一二篇，就是宋代理学大师程颢的《春日偶成》和朱熹的《春日》，这也多少逗露了选家尊宋卑唐、崇理学尚雅正的诗歌美学思想。考虑到这样的选诗立场和作为其基础的诗学观点，笔者认为，将编选者的时代定位在晚宋至宋元之际是比较合适的。众所周知，崇尚唐诗尤其是盛唐诗是明代文学理论和诗歌批评的最重要的主题之一，在此种背景下，唐诗选本和研究著作一时甚嚣尘上，唐诗的地位被大大抬高，凌驾于宋诗之上。在这个时代，偏重宋诗的选本是不会受欢迎的。至于此书的七律部分所收明宁献王朱权《送天师》和明世宗即嘉靖皇帝《送毛伯温》二诗，显然不是宋元人所能看到的，而是在流传过程中被后人加上去的。由此看来，我们现在看到的《千家诗》的七言部分至少到明代才最后定型。

五言千家诗是王相所编。王相字晋升，明清之际江西临川人，编有《女四书》《尺牍嘤鸣集》等蒙学读物。他对原有的选本加以修订、注解，又补选了五绝、五律二体诗作70余首，名为《新镌五言千家诗》。这就是我们现在看到的《千家诗》的后半部分。王相显然有意通过自己的努力，使此书五言、七言兼备，成为体式较为完备的一种近体诗选本，因此，五言千家诗部分也大致分类编排，只是不如七言部分那么严密。两者最大的不同是：七言部分唐诗、宋诗并选，五言部分却只选唐诗，这一点也许正体现了王相的诗歌美学观点与七言千家诗编者的不同。

最初坊间流行的《千家诗》可能只有七言部分。明末宦官刘若愚《酌中志》卷十八《内板经书记略》记："《千家诗》一本，四十四叶。"[①] 可

---

① 刘若愚：《酌中志》卷十八，《丛书集成初编》本。

见其篇幅是不大的，大约只有今天通行本的前半部分。至清代乾隆年间，翟灏所见仍为此种版本，"今村塾所谓《千家诗》者，上集七言绝八十余首，下集七言律四十余首"①。后人将王相补选的五言千家诗与原来的七言千家诗合在一起刊行，就成了我们今天看到的通行本的《千家诗》。

由于《千家诗》的编排体例大致上也是以春、夏、秋、冬为序，与《后村千家诗》相似（由于篇幅较小，其分类当然不可能像《后村千家诗》那么繁细），而且书名中也带有"千家诗"三个字，因此，流俗常讹传《千家诗》即刘后村所编，更可笑的是，有人甚至将《千家诗》与《后村千家诗》混为一谈。学者也多疑心《后村千家诗》为《千家诗》所自出，二书间有一定的渊源关系。其实，这是没有根据的。

从编排体例上看，二书固然有相似之处，但这是大背景下的偶同，而非有意的承袭。后村晚年的朋友赵孟奎②就曾编过《分门纂类唐歌诗》，说明分类编排这种体例在晚宋时代是很盛行的。既然所谓《后村千家诗》不是后村所编，那么，这种体例就未必是他首创的。《分门纂类唐歌诗》与所谓《后村千家诗》孰先孰后，现在尚难判定，也许在此之前还有一种更早的选本，在采用分类编排的体例方面为这两本书所共同祖述。《千家诗》更有可能是沿袭了这个深厚而久远的传统，而未必是模仿特定的某一部书。

从《千家诗》这个书名来看，也未必是沿袭自所谓《后村千家诗》。其实所谓"五百家""千家"云云，无非极言其多，往往未必实有其数。这大多是因编者炫博或书商牟利而为，为了取得一种广告效应。例如，宋孝宗时临川黄希、黄鹤父子所编的《黄氏补千家集注杜工部诗史》，宋宁宗庆元六年（1200）建安魏仲举刻于家塾的《五百家注音辩昌黎先生文集》和《五百家注音辩柳先生文集》等，其实注家

---

① 翟灏撰，颜春峰点校：《通俗编》卷七，中华书局，2013，第96页。
② 赵孟奎曾将其地卖与后村作筱堂，后村作诗谢之。参看拙撰《刘克庄年谱》咸淳三年，第378页。

都不足书名所标榜的那个数目。可见这种风气自南宋中期以来就颇盛行了。《后村千家诗》《千家诗》之类书名的出现，无非是在这种风气影响下共同的取向而已，并不能证明两者之间一定有什么联系。事实上，《千家诗》全书收诗 226 篇，选入诗人还不到 200 人；《后村千家诗》收诗 1 278 篇，实际收入的诗人也只有 350 家①，同样与"千家"相差甚远。

具体从二书所选的作品上看，也是异多而同少。《千家诗》所选七绝 94 篇，只有 42 篇见于《后村千家诗》；七律 48 篇，只有 19 篇见于《后村千家诗》；五绝 39 篇，只有两篇见于《后村千家诗》；五律 45 篇，无一篇见于《后村千家诗》。由此可以断言，五言千家诗与《后村千家诗》不存在依据和被依据的关系。至于七言部分，《千家诗》共收诗 142 首，见于《后村千家诗》者 61 首，还不足 43%，并非如翟灏所言"大半在后村选中"。而且，这 61 首实际上都是众口传诵的名篇，也就是沈约《宋书·谢灵运传论》所谓"先士茂制，讽高历赏"②，因此，不能排除选家"英雄所见略同"的可能性。《千家诗》开卷头两篇诗，宋代理学大师程颢的《春日偶成》和朱熹的《春日》，就都不见于《后村千家诗》中。即使二书重叠的作品，也时有诗题、主名互异的情况。例如，《答钟弱翁》一诗，《千家诗》署名牧童作，《后村千家诗》则题为《牧童》，署名钟弱翁作，正好相反。总之，在没有发现新的更强有力的证据以前，断言《千家诗》即据《后村千家诗》"增删之耳"③，恐怕还为时太早了。

通过上文这一番考证，我们企图廓清后村选诗实践及其选本的原貌，厘清《唐五七言绝句选》等六种选本、所谓《后村千家诗》以及《千家诗》三者之间的关系，提供诗史研究者参考。我们无意贬低《后村千家诗》作为一部时代较早的唐宋近体诗选本，在保存唐宋二代诗歌作品、在辑佚校勘方面的重要意义和参考价值，也无意贬低《千家

---

① 篇数资料据笔者统计，人数资料据前引王国良文。
② 沈约：《宋书》卷六十七，中华书局，1974，第 1779 页。
③ 翟灏：《通俗编》卷七，第 96 页。

诗》作为旧时一种重要的启蒙教材所起到过的作用和作过的贡献。这两种书由于先天和后天两方面的原因,在诗题、主名、本文等方面还存在着不少错讹和不足,还需要我们努力去校补、去纠正。

(原载《中国诗学》第 4 辑,南京大学出版社,1995)

# 一场同题竞赛的百年雅集
## ——读南海霍氏藏本罗聘《鬼趣图卷》题咏诗文

## 一、引言

　　罗聘（1733—1799），字遯夫，号两峰，又号花之寺僧，是清代著名画家。他师承金农，"与汪士慎、李鱓、黄慎、金农、高翔、郑燮、李方膺等七人，同被目为怪异，并称'扬州八怪'"①。专喜画鬼，图写鬼雄，张扬鬼趣，即是罗聘画风"怪异"表现之一端。"《鬼趣图》为其画鬼之代表作，设想着色，两皆佳妙。所绘不止一本，以现归南海霍氏者为最胜，题咏观款之多，亦以此本为最。"②南海霍氏珍藏本《鬼趣图卷》共有鬼图8幅，题跋约120段③，其年代始于乾隆三十一年（1766），终于民国七年（1918），横跨152年，蔚为壮观。这些题跋既有应罗聘本人之请求而作的，也有应罗聘之子罗小峰以及此图卷的收藏家之请求而撰作的，或为文，或为诗，或为词，或单篇，或组诗，或长篇大论，或寥寥数语，样式缤纷，琳琅满目。至于诸家题咏

---

① 罗聘：《鬼趣图卷》弁言，香港九龙开发股份有限公司1970年影印南海霍氏珍藏版。下文引用《鬼趣图卷》，均据此版本。关于罗聘生平，参见李晓廷、蔡芃洋《花之寺僧》，上海人民出版社，2001。
② 罗聘：《鬼趣图卷》弁言。
③ 按：同一人有先后两次题跋者，仍作一段计算；一段题跋中或提及不止一个人名，或作数首诗，皆仍以一段计。

发表评论，借题发挥，寄寓感慨，更是胜义纷陈，美不胜收。遗憾的是，近一百年来，此卷藏者屡易，道光间辗转入粤，初为番禺潘氏所有，清末归顺德辛氏芋花庵，民国后乃归南海霍氏。由于图卷收藏于私人之手，一般研究者不易得见，故流传不广。1970年，香港九龙开发股份有限公司将此本影印出版。印本力求存真，除影印全部八帧《鬼趣图》，并且保留所有题跋之外，其尺寸大小及画题色彩皆依原本，装订为一卷，计71页，总题为《鬼趣图卷》。但初版只印刷200册，其后似乎未见重版，故坊间颇不易得。

近百年来，中国美术史界有关罗聘以及"扬州八怪"的研究论著层出不穷，但对于罗聘此卷《鬼趣图》，特别是对于卷中各家题跋的价值与意义，则甚少专文涉及。庄申《罗聘与其〈鬼趣图〉——兼论中国鬼画之源流》一文，是近百年来关于罗聘《鬼趣图》最为重要的研究论文，但其重点在于探讨中国鬼画之源流，并未对题跋展开专门研究。① 最近有关罗聘《鬼趣图》的研究，则有张启文撰《金农、罗聘、黄慎的神佛鬼魅像研究》（台湾"中央大学"艺术学研究所2004年硕士学位论文），仅涉及蒋士铨、张问陶、袁枚等少数几家题咏，挂一漏万。实际上，这些题咏诗文有多方面的价值与意义，可以从多角度展开研究。本文将这些题咏看作是一场持续百年的文人雅集，并从同题共作的角度展开探讨，希望能对题画诗跋以及诗画关系等问题获得新的认识。

## 二、百年雅集：名流骚客的同题创作活动

志怪小说之外，专以鬼为主题，玩味吟咏，集腋成裘，居然成集、伟然可观者，除《鬼趣图卷》之诸家题咏外，似乎并不多觏。这些题咏主题高度集中，完全可以看作是一卷以"鬼趣"为主题的专题诗文

---

① 庄申：《罗聘及其〈鬼趣图〉——兼论中国鬼画之源流》，载《"中央研究院"历史语言研究所集刊》第四十四本第三分，1972年10月，第403-434页。

集。从乾嘉时代到民国初年，来自不同阶层、有着不同身份背景的作者，在这卷《鬼趣图》上留下题咏，从而形成了一场声势浩大的同题创作活动。从这个角度上说，《鬼趣图卷》相当于一册同题诗文集。它记录了这场持续百余年、前所未有的文人雅集，骚坛风雅，艺苑佳话，至今流传。

参与这场同题创作的文学活动的，涵盖了从清代乾嘉盛世到民国初年的各路名流墨客。其中有达官贵人，更多的则是名流高士、著名学者，还有盐官盐商，以及当代的书画名家。被罗聘敬称为"师相"的英廉，以及罗聘致书中称其为"晓岚大学士阁下"的纪昀，都在这卷《鬼趣图》上题诗。至于名流高士和著名学者，则指不胜屈，有纪昀、钱载、张埙、翁方纲、陆费墀、钱大昕、王昶、袁枚、蒋士铨、姚鼐、法式善、王芑孙、钱泳、张问陶、何绍基、易顺鼎等。这些人或者在政治上身居高位，或者在学术、文学或者艺术上具有崇高声望和不凡影响，对其他文士参与这场同题创作的题咏活动，有显著的吸引力和号召力。

同时，名流墨客辗转接引，相互荐举，形成了一个社交网络，使参与题咏者从扬州扩大到北京，继而扩展到南北各地。最早为《鬼趣图》题诗的沈大成、杭世骏二人，与画家罗聘早有私交。乾隆三十六年（1771），罗聘抵达北京，通过在扬州的旧识钱载、翁方纲等人的荐引，打开了北京的社交圈子。于是，从乾隆三十七年到乾隆三十九年，《鬼趣图》题咏便达到一波高潮。乾隆三十七年（1772），清廷始开四库馆，开始编纂《四库全书》。乾隆四十七年（1782）七月，《四库全书总目》初稿完成，其后，乾隆五十二年（1787），清政府对丛书中的部分书目进行撤毁。乾隆五十四年（1789），《四库全书总目》写定，并由武英殿刻版。乾隆六十年（1795），据文澜阁所藏武英殿刻本翻刻的《四库全书总目》在浙江刊行，标志着《四库全书总目》的广泛流传和《四库全书》编纂工作的彻底完成。① 从乾隆三十七年至乾隆五

---

① 此处叙述"四库全书馆"的工作及《四库全书总目》的编纂过程，根据《四库全书总目·出版说明》，中华书局，1965，卷前第1—4页。按：近年有关注《四库全书总目》的研究者认为，浙本不出于殿本，其刊刻或在殿本之前。

十九年（1772—1794），前后23年，也正是《鬼趣图》题咏最集中的一段时间。在参与题咏的作者中，英廉、纪昀、陆费墀、程晋芳、姚鼐、翁方纲、汪学金、张埙等人，当时都是四库馆的重要馆臣。其中，英廉为正总裁，纪昀为总纂官，陆费墀为总校官，程晋芳为总目协勘官，姚鼐和翁方纲为校办各省送到遗书纂修官，汪学金和张埙为缮书处总校官。① 这可以说是"四库全书馆"的同僚积极参加《鬼趣图》题咏的证据。换言之，"四库全书馆"之开设对这次同题创作活动是有促进作用的。

除了旧友同僚这层社会关系，这场同题创作活动，还依托地缘、同道、同行等社会关系展开。地缘关系最便依仗。在清代，扬州不仅在地理上位居南北要冲，在经济和文化上亦是东南沿海的中心，自乾嘉时代，由于当地盐业的发展，其经济文化更是繁盛一时。彼时，诗酒文会之类的风流雅集屡见不鲜。罗聘《鬼趣图》产生于此时的扬州，可谓兼得天时地利。《扬州画舫录》卷十《虹桥录》上：

> 汪棣，字辨怀，号对琴，又号碧溪，仪征廪生。为国子博士，官至刑部员外郎。……多蓄异书，性好宾客，樽酒不空，一时名下士如戴东原、惠定宇、沈学子、王兰泉、钱辛楣、王西庄、吴竹屿、赵损之、钱箨石、谢金圃诸公，往来邗上，为文酒之会。
>
> 易谐，字松滋，歙县人，居扬州。工诗，筑抱山堂以延四方名士。与公为诗友。抱山者，取孟郊"好诗恒抱山"句也。②

汪棣与易谐二人皆参与了《鬼趣图》题咏，而由他们组织的文酒之会的参加者中，沈学子（大成）、王兰泉（昶）、钱辛楣（大昕）、钱箨石（载）亦参与此项同题创作活动。他们虽非扬州人，却经常"往来邗上"。后来官至刑部侍郎的著名学者王昶本是江苏青浦（今属

---

① 据永瑢等《四库全书总目》所载"四库全书在事诸臣职名"，卷首第11-16页。
② 李斗：《扬州画舫录》，中华书局，1960，第231页。

上海）人，"自未第及执政时，往来邗上最多"①，与罗聘相熟相知。其题咏作于其68岁时，径称罗聘为"两峰老友"，可见其相识已久。重要的是，这些题咏诗文虽然不在同一时间作成，却最终汇聚在同一空间即同一画卷上。从这个意义上可以说，《鬼趣图》题咏不仅是一次特殊形式的同题创作活动，也是一场超越具体时空环境的诗文雅集。

在地缘关系中，最重要的是同乡关系。很多题咏者，如张世进、吴楷以及汪端光等都是罗聘的扬州同乡②，易谐、巴慰祖虽为徽州人，却久居扬州③。此外，在扬州任职或是从水陆两路经过扬州的官员学者，也往往被邀请观画品题。徐书受、刘瀛、刘锡嘏、汪承霈、查淳等人，都是路经扬州时或在扬任职期间观赏此画并留下题跋的。④ 曾经收藏《鬼趣图卷》的江西南昌万承纪（廉山）之弟万承紫，也因"摄令江都"之便，出钱重新装池画卷，并邀请多人题咏。⑤《鬼趣图卷》转归海山仙馆潘仕成、岭南叶衍兰、芊花庵主人辛耀文诸家收藏之后，题咏者中岭南文士的比例显著增加，这也显示了地缘关系的变迁。在画卷上，这些不同时代、不同地域的收藏家也留下了自己的题诗，可谓异地同道，他时诗友。

参与《鬼趣图卷》题咏活动的还有一批罗聘的艺术同行——书画艺术家，包括朱孝纯、巴慰祖、严钰、俞瀚、觉罗成桂、沈悖彝和钮嘉荫等人。这些书画家大多数与扬州也有关系。例如，朱孝纯，字子颖，号思堂，是高其佩的外甥，曾任两淮盐运使。在书画方面，他"工指头画，得舅氏高且园法，与钱塘李山、平湖杨泰基齐名"，"诗字画称三绝"⑥。又如"俞瀚，字楚江，绍兴人，精于篆籀"，"著有《壶山诗钞》，在扬州与石庄友善"⑦。久居扬州的徽州人巴慰祖，亦以

---

①⑥ 李斗：《扬州画舫录》，第243、63页。
② 按：吴楷、汪端光是江苏仪征人，仪征旧属扬州。汪氏题诗中称罗聘为"两峰四兄大人"，可见其关系之密切，见《鬼趣图卷》第50页。张世进、汪端光、吴楷三人小传，分别见《扬州画舫录》第356、69、351页。
③ 李斗：《扬州画舫录》，第55、231页。张世进、巴慰祖题跋见《鬼趣图卷》第15页，易谐题跋见第22页。
④ 以上诸人题跋，分别见《鬼趣图卷》第15、18、34、53、55页。
⑤ 罗聘：《鬼趣图卷》，第59页。
⑦ 李斗：《扬州画舫录》，第52页。

"工八分书，收藏金石最富"① 著称一时。此外，严钰，字宝庭，一字香府，嘉定（今属上海市）人。工诗词，善山水。乾隆三十年迎銮献画称旨，赐缎，并供奉内廷。考授州吏目，补清江闸官。沈惇彝，字积躬，号叙轩，吴兴（今浙江湖州）人。工诗善画，尤精画墨兰，著有《留耕草堂诗稿》。钮嘉荫，字叔闻，号闻叔，室名结古欢室，阳湖（江苏常州）人，工书法篆刻、金石考证，精鉴别。② 这些人与罗聘有一个共同特点，即兼擅诗词与书画。实质上，骚人墨客癖好六法之事，画师亦不废吟咏，即是这一时期文化活动中雅俗越界融合提升的表现。

　　就民族身份而言，参加题咏者绝大多数为汉人，也有少数其他民族的文人雅士，例如满族贵族英廉、觉罗桂芳、觉罗成桂等人，蒙古族学者法式善等人。觉罗成桂，号雪田，满洲镶蓝旗人，乾隆二十一年（1756）举人，工草隶，亦善作画，尤工画竹。③ 觉罗成桂称罗聘为"吾友扬州两峰先生"，可知关系颇为亲近。更不同寻常的是，在《鬼趣图卷》的观赏品题者中，还有来自朝鲜的官员朴齐家、柳得恭等人。④ 朴齐家先后两次观赏此画：第一次是在乾隆庚戌（1790）九月朔日，他以"朝鲜摛义院检书"的身份与同僚柳得恭同观此画，并留下题款；第二次是在同年腊月，他再次出使到北京，并以"朝鲜军器寺正、内阁检书"的身份再观此画，并奉题七言绝句一首。⑤ 这就进一步拓展了这场同题创作活动的空间范围，使之超越了中国文人圈子，而具有东亚文化圈的国际背景。

---

① 李斗：《扬州画舫录》，第 55 页。
② 朱、巴、严、俞、觉罗、沈、钮诸人题跋，分别见《鬼趣图卷》第 12、15、22、23、51、60、70 页。
③ 关于觉罗成桂，参看李放《八旗画录》，天津市古籍书店，1986；玉狮老人《读画辑略》，商务印书馆，民国六年（1917），第 66 页。
④ 参看张启文《金农、罗聘、黄慎的神佛鬼魅像研究》，硕士学位论文，台湾"中央大学"艺术学研究所，2004，第 87 页。
⑤ 罗聘：《鬼趣图卷》，第 17 页。

## 三、争奇斗妍：同题创作活动中的文学竞赛

文人诗家在书画作品上题写跋语，甚至题写诗词，至迟始于唐代。① 自宋代开始，为书画而题写的小品文与诗词作品越来越多，形成了题画文学这一独具特色的文学类别。但是，像《鬼趣图卷》这样高度集中、持久、量大质高的诗文题咏，在中国题画文学史上是极为罕见的。

《鬼趣图卷》题跋涉及多种不同文体，既有散文，也有韵文体的铭文，还有各体诗词。从乾嘉时代到民国初年，一百多位作者各骋才智，采用不同样式，从不同角度对这个题目进行开掘，汇集成一卷粲然可观的同题创作诗文集。各种文体相互关联，彼此映发，构成了富有意义的文类网络，为我们阅读和理解这些诗文作品提供了特殊的背景支撑。

从数量上看，此卷题跋中散文所占比例不小，其中固然有短章小品，甚至是简单观款，但也有较长的篇章。其中年代最早的，是乾隆三十一年（1766）沈大成所作题跋。在这篇将近五百字的长篇跋文中，沈大成征引经籍中的鬼事记载，娓娓而谈，为罗聘画鬼作了有力的辩护。② 道光四年（1824）万承紫所作跋文，不仅叙述了《鬼趣图》题咏及流传的经过，更突出了万、罗两家两代翰墨因缘。③ 后来，此图卷为叶衍兰所藏，同治十三年（1874），他题写了一段跋文，除了流传递藏经过之外，也情不自禁，抒发一通人生感慨：

---

① 陈华昌认为，题画诗产生于唐代，并对此说有所考述。详见其《唐代诗与画的相关性研究》，陕西人民美术出版社，1993，第230-236页。
② 罗聘：《鬼趣图卷》，第18-19页。按：沈大成此段题跋作于"乾隆柔兆掩茂之岁"，即乾隆丙戌岁（三十一年，1766），张启文论文第73-74页定乾隆丙戌为三十三年，后附《南海霍氏本〈鬼趣图〉重要题记人一览表》，亦系此事于乾隆三十三年（1768），皆误。
③ 罗聘：《鬼趣图卷》，第59页。

山人当日不过游戏神通，涉笔成趣，而诸名流争相题咏，不数年，遂成牛腰巨卷。想见前辈吟坛竞爽，翰墨风流。乃未及百年，图已数易主，云烟过眼，此后复不知归于谁何，惟愿得之者爱惜保存，勿使残毁散失，则数百年后，名题妙绘，相得并传，亦山人笔墨之幸也夫。①

显然，在题画之时，不同作者也根据自己的身份背景，选择不同的吟咏主题。作为先后葆有《鬼趣图卷》的收藏家，面对宝物之聚散易主，万承紫、潘仕成、叶衍兰和辛耀文等人，难免较他人有更多的生命无常之感慨。物无常主，而风流永在，后来者所能做到的，就是见证斯文，守护风雅。叶衍兰题跋所表达的这个意思，实际上说出了此卷题跋层出不穷的深刻动因。

除了散文之外，此卷题跋中还有一些介于韵散之间的文体，主要是铭文和偈文。《鬼趣图铭》出自丹徒李御之手，作于乾隆三十八年（1773）十一月辛未。铭文前有一段散体小序，作者称之为"引"：

> 冥莫谓昭疑曰："若知生乐之不若死乐乎？"昭疑曰："何为云然？"冥莫曰："生者乐生，而不得不归于死，未见死者厌死，而后迁于生也。是知死者之乐耳。"此可参《鬼趣图》喻。为之铭曰。②

作者模拟辞赋的结构，假设"冥莫"和"昭疑"两个人物，以二人问对开篇。后续四言铭文，两句一韵，洋洋洒洒，长达28韵，类似一篇抒情小赋。

按照《文心雕龙·铭箴》的说法，铭文起于古圣先贤，意存鉴戒。③ 至少从起源来看，铭文与儒家文化关系甚深，而偈文则是佛教文

---

①② 罗聘：《鬼趣图卷》，第70、44页。
③ 刘勰著，范文澜注：《文心雕龙注》，人民文学出版社，1998，第193页。

化的产物。乾隆四十二年（1777），罗聘持《鬼趣图》请汪承霈为题，汪承霈题写了24句偈语，前有散体小序云：

> 两峰双眼能见鬼，十指能画鬼。鬼其无遁形哉？然当其见鬼时，目中有鬼，心中却无鬼。当其画鬼时，纸上无鬼，心中却有鬼。或曰寓焉，或曰托焉。吾直谓以毫端示现，游戏三昧耳。舟次无事，日夕写经，为两慈资冥福，久不作韵语。两峰忽持此卷索题，因成偈语，请两峰印证焉。①

这段题画文字的前半部分，句句有一"鬼"字，形式颇为别致，其中从鬼之有无论到画家之托寓，立意亦颇为玄妙。"久不作韵语"的汪承霈，有意采用偈语这种文体形式，以期在这场同题创作活动中与众不同，别开生面。

从文学角度来看，题跋中的各体诗词无疑最引人注目，其形式最为多样，价值也最高。从形式上说，有五言诗、七言诗，还有杂言诗，如果不拘泥标题，那么，《鬼趣图铭》亦不妨看作是一篇四言诗。从体裁上看，既有五古、七古，也有五律、七律，还有七律组诗，既有词，也有组词。"鬼趣"这个主题比较适合用古体诗来题写，所以《鬼趣图卷》中的古体诗也比较多。这些古诗多走宋诗的路线，或以学问为诗，或以议论为诗，或以禅理为诗。或究理，或悟道，或逞博，或炫学，都不乏雅人深致。孔继涑所作五古长篇，其散文化与议论化的特点最为突出。②许宝善所作别出心裁，取径自别："两峰先生绘鬼趣图，思入窈冥，穷变极态，爰用陶公《读〈山海经〉》十三首韵题之。"③言外之意，似乎只有这样一种不守故常的形式，才配得上"思入窈冥，穷变极态"的鬼画题材。实际上，许宝善步陶渊明《读〈山海经〉》十三首之韵，还有另外两重用意：一是以"序述山水多参以神怪"④的

---

① ② ③　罗聘：《鬼趣图卷》，第53、35、13-15页。
④　永瑢等：《四库全书总目》卷一四二《山海经》提要，第1205页。

《山海经》比拟《鬼趣图》，以读书比拟读画；二是拟学晋贤，亦步亦趋，追求形式新异，诗体高古。何道生题写的则是一首杂言古诗。全诗以罗聘与鬼的对话为框架展开，幽默活泼，足见作者构思之匠心。①罗聘的好友蒋士铨则一鼓作气，为《鬼趣图》题写了八首古诗。八首乃针对八幅图而设，每首"分咏"一图；其句式以七言为主，参用其他句式，"放笔使气"，"曼衍铺比"，着力铺写形容画中之鬼相，体现了蒋氏一贯的"豪雄之势"。②"分咏"组诗的创格体现了蒋氏求新求变的用心。

许多题咏采用绝句和律诗的形式，主要是七绝和七律。七绝灵活机动，题画诗中最为常用，不必赘论。七律律对精严，则较难着手，题画时较少用。值得注意的是，《鬼趣图卷》中不仅有七律诗，而且有七律组诗。首先是孔广栻集苏轼诗句而成的五首七律组诗。集句为律诗本不容易，专集一家诗而成五首七律，且能切合鬼趣这样尖狭的题目，更属艰难。孔广栻此举既是因难见巧，亦有穷力扛鼎、与人争竞之意。按照孔氏原注，其第四首乃"题末幅髑髅"，今姑举其为例，并标注苏轼原诗题于注释之中，以见其夺胎换骨、与古为新之妙：

> 琉璃击碎走金丹，长共杉松斗岁寒。
> 山下碧流清似眼，年来古井不生澜。
> 死生契阔君休问，水渍云蒸藓未干。
> 非鬼非人竟何物，为君四面更求看。③

---

① 罗聘：《鬼趣图卷》，第35－38页。
② 钱锺书：《谈艺录》，生活·读书·新知三联书店，2008，第355页。
③ 罗聘：《鬼趣图卷》，第58页。按：第一句出自《富阳妙庭观董双成故宅，发地得丹鼎，覆以铜盘，承以琉璃盆。盆既破碎，丹亦为人争夺持去，今独盘鼎在耳》二首之二，第二句出自《和子由柳湖久涸，忽有水，开元寺山茶旧无花，今岁盛开》二首之二，第三句出自《次韵曹子方运判雪中同游西湖》，第四句出自《臂痛谒告，作三绝句示四君子》之三，第五句出自《董储郎中尝知眉州，与先人游。过安丘，访其故居，见其子希甫，留诗屋壁》，第六句出自《次韵周穜惠石铫》，第七句出自《游金山寺》，第八句出自《赠孙莘老七绝》之三。其题目据《苏轼诗集》，中华书局，1982，以上诸题分别见第435、336、1749、1801、705、1275、307、408页。

其次是两家八首一组的七律，年代最早的是乾隆五十九年（1794）张问陶所作七律八首①，然后是道光壬辰（1832）周世锦所题七律八首②。张问陶（1764—1814）年辈晚于蒋士铨（1725—1785）③，作此组诗之时蒋士铨已经去世，张作八篇分咏八图之体分明袭自蒋。张问陶全力以赴，与蒋士铨一较高下之意，亦至为显然。今举其中两篇为例：

幽魂相送白衣冠，还与冰人一例看。鬼手冷于前日否，色心浓到此时难。花迷泉路尸能笑，月走阴风魄未残。画出娉娉身后影，退红衫袖不胜寒。（第三幅）

愈能腐臭愈神奇，两束骷髅委路歧。对面不知人有骨，到头方信鬼无皮。筋骸渐朽依然在，心肺全空更可疑。黑塞青林生趣苦，莫须争唱鲍家诗。（第八幅）

对照画图，益可见张氏形容之真，律对之切。第三幅题诗尤其阴森扑面，大有鬼气。对读之后，周世锦组诗相形见绌。七律组诗数量最多的是一组署"同治乙丑孟夏，海山仙馆主人潘仕成题"④的七律，每图一首，加上首尾各一首，共十首。这组七律与前两组八首互相呼应，其形式与文义亦相互印证，彼此激发，隐含异代角力之势。

题画词历来不多见，《鬼趣图卷》则有三家题画词。其一是汪棣调寄《丑奴儿慢》词一首⑤，作者有意借"丑奴儿"字面隐喻鬼物丑陋，词语亦颇戏谑嘲讽。其二是汪端光作《沁园春》八首⑥，力勤气盛，令人赞叹。作者驱使诗骚，融化成句，颇能化俗为雅。请看其中第七首：

---

① ⑤ ⑥ 罗聘：《鬼趣图卷》，第44-46、17、48-50页。
② 罗聘：《鬼趣图卷》，第64页。按：周世锦，字素夫，桂阳廪贡生，官山东盐运判，著有《集唐对联》。
③ 江庆柏：《清代人物生卒年表》，人民文学出版社，2005，第397、753页。
④ 潘仕成（1804—1873），字德畲、德奥，祖籍福建，世居广州。其先祖以盐商起家，仕成继承家业，扩大商业经营至于洋务，成为广州十三行的巨商。经商之余，广事收藏，筑海山仙馆，以藏其所收古玩字画，成为近代著名的收藏家。

行道迟迟，魂兮归来，雨雪载途。正西郊云密，交难倾盖，南山雷殷，载可同车。地窟占晴，墓门望泽，田有丰年祭有馀。终险吉，幸永怀阴雨，将伯相呼。　　何妨秃脚长须。怕二五相依正耦俱。见几人泥首，乌啼滑滑，一声折屐，子谓徐徐。润物无声，沾衣欲湿，莫向先人问敝庐。天花坠，盼西方供养，雨粟僧盂。（右第七幅）

其中化用《诗经》、《楚辞》、古诗、杜诗之句处，一目了然。至其以八首组词分咏八图，自是独辟蹊径，亦有与蒋士铨、张问陶等人分庭抗礼之意。其三则是严钰。严钰早年"曾作长短句，因琳琅满卷，未及书入，今已不克记忆"[①]。虽然这篇词作已不复存于世间，但是作为这场同题创作活动的产品，仍然值得存目于此。

光绪丁未（1907）"岁除前一夕"，收藏《鬼趣图卷》的辛耀文（字仿苏）将此图卷暂留易顺鼎处，嘱其为题。易顺鼎"因得尽读图中题咏"，但由于时限逼促，"欲为仿苏仁弟先生作长篇题此图而未暇"，只"走笔"题写了一首七律，"先归之。明正得暇，当再作也"。诗中有句云："低回姓字百余辈，感慨乾坤十八层。如此消寒良不恶，题诗呵砚已成冰。"[②]这一段题跋透露了三点重要信息：第一，在此篇七律之外，易顺鼎很可能另有题画之作，只是不见录于此一图卷。第二，"题诗""消寒"是风雅之事，尽管"呵砚成冰"，自然条件如此恶劣，仍然值得克服困难以完成之。第三，在"尽读图中题咏"之后，在"低回姓字""感慨乾坤"之余，易顺鼎只有赓续题咏，才能承继这一风雅传统。在他看来，这就是一场文学比赛，面对百余前辈，他岂能轻易服输？"明正得暇，当再作也"，表达的正是这种贾其余勇、决一胜负的雄心。

同题创作既营造出一种文学比赛的氛围，也给同时及后来的作者带来了无形的压力。乾隆三十七年（1772），《鬼趣图》题咏尚未形成

---

[①][②] 罗聘：《鬼趣图卷》，第22、71页。

所谓"牛腰大卷"①，然而是年十一月十六日夜，当吴省钦接受罗聘之邀请为《鬼趣图》题跋之时，他已分明感受到了这种压力，"图既倜诡，题者皆足副之，检诵再四，了无遗蕴"。最后，他只能采取避让策略，寻前人笔迹罕至之处，"爰叙君师法，并焦山所见，衍成归之"②。将近一百年后，同治癸亥（1863）初夏，何绍基于羊城初见此图。他眼中的画卷，"乾嘉诸老宿，题记不留罅"③，这不仅是强烈的视觉印象，也是强大的心理压力。在"罅"也就是"夹缝"中求生存，谈何容易。这个"罅"不仅是物理意义上的，也是文化意义上的。实际上，在图卷中，面对这种压力的紧张几乎无所不在。

## 四、引经据典：联接经典文本网络

题画诗的常规作法，一般是先描述画面的内容，然后就画面某一点稍作点染，发挥其意趣，或言近旨远，或化俗为雅。鬼画作为一个俗世题材，民间故事及志怪小说固然可以为其提供联想和发挥空间，但毕竟局限于俗文化的范畴，只有调动丰富的古典资源，联接深厚的书卷传统，才能化俗为雅，为这组题画诗注入深厚的文化内涵。由是，引经据典遂成为《鬼趣图》题咏者殊途同归的首选。

细读《鬼趣图卷》中的各家题咏，不能不惊叹传统鬼事资源之丰富，也不能不佩服作者征引之富博。经史子集，无不采撷。举其要者，经部则有《诗经》《周易》《周礼》《左传》等；史部则有《史记》《汉书》《晋书》等；子部则有以《庄子》和《韩非子》为代表的诸子，以《世说新语》为代表的志人小说，以《山海经》《神异经》《搜神记》《搜神后记》《幽冥录》《睽车志》《夷坚志》等为代表的异闻或志怪小说，还有其他笔记小说及佛道二家书；集部则自屈原《九歌·

---

① 道光四年（1824）二月万承紫跋语，见《鬼趣图卷》第59页。
② 罗聘：《鬼趣图卷》，第16页。按：蒋士铨题诗第五首"焦山有鬼长十丈，每借飓母吹防风"，见《鬼趣图卷》第31页。吴省钦跋中所谓"焦山所见"，当即指此。
③ 罗聘：《鬼趣图卷》，第67页。

山鬼》以降，有司马相如《上林赋》，有陶渊明、鲍照和杜甫诸家诗，还有韩愈《送穷文》和钟嗣成《录鬼簿》等。由于涉及面广，征引量大，本文限于篇幅，不能一一举证。只能择其要者，举几篇典型作品为例，以备隅反。

最典型的是沈大成的题跋，其中有如下一段：

> 夫人居显，鬼居幽，人属阳，而鬼属阴，人死而为鬼，鬼生而为人。犹夫日月之升没，寒暑之递更，昼夜之互嬗，草木之荣落也，岂外氏之轮回一切之谓哉？则吾且与两峰言之。其见于经：《易》之睽曰："载鬼一车。"幽王之变，《小雅》曰："为鬼为蜮。"《左氏》之传曰："鬼有所归，乃不为厉。"《周官》之职，大祝则曰鬼号；男巫则曰冬堂；赠春招弭。凡以神仕者，以冬日至致，天神人鬼，以夏日至致。地示物魅以禬凶荒札丧。其他见于传记杂家书者，有曰"方相四目，魌头二目"者矣，有曰"凡使十二种神甲作肺胃之属追恶鬼"者矣，有曰山鬼者矣，有曰黎邱之鬼者矣，有曰冗魅蜮与毕方者矣。嗟嗟！自古及今，鬼之为类繁矣，然太史公曰儒者不言鬼神，而言有物，是故圣人死曰神，贤人死曰鬼，众人死曰物。两峰安得尽貌之，而吾亦得尽征之乎？况夫人有贤有愚，鬼有大有小，仰而窥诸天，则舆鬼五星；俯而指诸地，则鬼国在贰负之尸北。阮孚无之，失之苛；韩子原之，失之迂。苏公好说之，未免滑稽；则两峰和墨舐笔时，必有揶揄其旁而声龊龊不止也。①

这篇跋文一开始论人鬼之辨与人鬼之联系，接着旁征博引，举凡《周易》《诗经》《左传》等儒家经典，以及其他传记杂家书，鬼在典籍中的种种出没形态，阮氏无鬼之论，苏子谈鬼之癖，等等，无不网罗，相互映发佐证，以论证罗聘画鬼的文化正当性。

---

① 罗聘：《鬼趣图卷》，第18-19页。按：持无鬼论的是晋人阮瞻，沈大成跋中作"阮孚"，殆是误记。

震泽张栋所题七古诗,也采取了与沈大成相同的策略,唯取材稍有不同:

> 圣王禁此不祥物,黎庶各各成丰盈。事人事鬼道迥别,大易亦乃穷其情。神荼郁垒出经典,桃符苇索鞭以荆。周礼方相严法律,执戈扬盾威非轻。从来说部都好异,广记御览呈太平。其中神仙与鬼怪,纪载不伦咸纵横。馀之小说更无算,有鬼无鬼群疑生。为旧为新均有托,或小或大随人名。云雾晦冥出复没,山林荒僻啸且行。
> 
> 道子僧繇每图绘,鬼王鬼伯常纷更。龙眠击钵千万鬼,杂以蟹将还虾兵。佛教以此醒愚昧,畴料迷惑弥相萦。罗生画此亦有意,世间鬼蜮争枯荣。髑髅悟彻万缘息,无须欢喜无悲鸣。①

本诗前半段从圣王禁语到大易穷情,从《周礼》方相到说部书籍,思路与沈跋尤近。张栋也掘发了一些新材料,并对旧材料作了新阐发。大鬼、小鬼、新鬼、旧鬼、有鬼、无鬼,不一而足,既然经典中言之凿凿,那么,《鬼趣图》所绘自然亦不应视为荒诞不经。后半段则着眼于画鬼的历史及其意义②,从艺术史角度对《鬼趣图》进行提升。除了本诗中提到的吴道子、张僧繇、龙眠居士李公麟等名家,擅长画鬼的龚开的名字也是题咏中经常提到的。"龚开,字圣与,号翠岩,淮阴人。宋景定间两淮制置司监当官……尤善作墨鬼钟馗等画,怪怪奇奇,自出一家。"③ 钱大昕题诗注中曾引龚开之语云:"人言画鬼为戏笔,是大不然。此乃书家之草圣也,岂有不善真书而作草书者?"④钱氏借重龚开,将鬼画类比为"书家草圣",意在抬升鬼画的地位。归根到底,这些已经进入经典艺术殿堂的著名画家,代表画史为罗聘及其鬼画的意义与价值作了见证。

---

①④ 罗聘:《鬼趣图卷》,第25、11页。
② 关于鬼画历史,详参前引庄申文,尤其第二部分《〈鬼趣图〉与中国之绘画传统》。
③ 夏文彦:《图绘宝鉴》卷五,《景印文渊阁四库全书》第814册,1986,第616页。

引经据典时，根据题咏主题的需要，"六经注我"，赋予事典以新的意义，在《鬼趣图》题咏中极为常见。学者诗人王昶的题诗，引经据典相当密集。其开头一段如下：

> 精气为物游魂变，鬼神情状奚由见？睽车垂象著蓍占，脂夜能妖征旧典。九罄九德和龙门，致礼分明通款悃。亦有灵均解大招，敦胲血晦繁称引。赤豹文狸遝往还，吴戈犀甲陈精悍。可堪盲史更恢奇，新大故小宁虚诞。披发辛讯桑田巫，升歌颇验昆吾观。强人坡老剧能听，著论阮瞻谁得辨。①

头两句设问，以下诸句引经据典进行回答，以祛除世俗之疑惑。王昶从《周易》说到《楚辞》，又从《左传》"新鬼大故鬼小"说到桑田巫、昆吾观之事，再以苏轼强人说鬼说到阮瞻坚持无鬼论，对于典实或正用，或反用，或侧用，剪而裁之，各得其宜。"睽车垂象著蓍占"典出《周易》睽卦上九："睽孤，见豕负涂，载鬼一车。"原意为"旅人在孤单地走路，看见运载着几条大猪迎面而来，后面还有一辆大车，上面载满象鬼一般奇形怪状的人"②，但后人往往只用其字面，"睽车"后来遂成为志怪或鬼怪的熟典，宋人郭彖更撰有《睽车志》六卷。王昶因循旧辙，以"著蓍占"为重点，强调《易》经可以证明鬼之存在。所谓"脂夜能妖征旧典"是指《汉书》卷二十七下之上《五行志》下之上所谓"在人腹中，肥而包裹心者，脂也。心区霿则冥晦，故有脂夜之妖。一曰，有脂物而夜为妖，若脂水夜污人衣，淫之象也"③。"征旧典"是本句重点，点明鬼神变化之不虚。经史二典可以说是正用。"亦有灵均解大招"以下四句，化用《九歌》中《山鬼》《国殇》诸篇，以渲染其气氛。《山鬼》自以鬼为主题，《国殇》中亦有"子魂魄兮为鬼雄"之句，但王昶只突出"赤豹文狸"之环境与

---

① 罗聘：《鬼趣图卷》，第 4 页。
② 李镜池：《周易通义》，中华书局，1981，第 77 页。
③ 班固撰，颜师古注：《汉书》，中华书局，1962，第 1441 页。

"吴戈犀甲"之陈设,以意剪裁,借用语典侧面烘托。"可堪盲史更恢奇"以下四句,皆用《左传》之典。"新大故小"典出文公二年,"披发卒讯桑田巫"典出成公十年"晋公梦大厉"事,"升歌颇验昆吾观"典出哀公十七年"卫侯梦于北宫见人登昆吾之观"事。前人多谓《左传》恢奇"浮夸"①,王昶用此诸事,旨在说明这些鬼事皆可征验,并不虚妄。这是翻案为说,也可以说是反用事典。东坡说鬼,人多以为游戏,而王昶却着意称赞其"剧能听";阮瞻持无鬼论,前人或是或非,王昶却质疑其能否得到确证。这些都是尊题的作法,但就《鬼趣图》来说,尊题的主要策略就是雅化。

在引经据典中,征引经史,可以佐证鬼事之实有,或论说其为大雅所不可弃;征引子集,则可以烘托奇诡气氛,丰富画面色彩,增加藻饰效果。诗中用《楚辞·九歌》之效果,已如前引王昶题诗所示;化用诗骚及前人诗集成句,可取得古雅博学之效果,则如前引汪端光词所示。张埙和曹仁虎题诗,大谈鬼事与鬼画,画面光怪陆离②,在引经据典中充分展示其博雅趣味。征引越繁多,数典越生僻,越见其博学,故作者不免煞费苦心,以冀别出心裁,或求后来居上。孔继涵所题长篇五古诗,多征典籍,涉及《考工记》、禹鼎、《三都赋》等③,即有此意。英廉题诗,自《神异经》中拈出尺郭:"君不见,东南之方其人曰尺郭。朝啖三千暮三百,以鬼为饭良不恶。此卷休教多示人,人间倘有垂涎客。"④ 用笔戏谑诙谐,出人意想,堪称用典成功之例。杭世骏则调遣内典,以求生新:"佛说饿鬼六十四,兰盆幽祭酸文丁。粪蛆晓喷寒林口,铁汁晚灌阎浮胸。阴都亦有富且贵,从奴乘马遨幽宫。"⑤ 兼用民间阎罗地狱之谈,亦有化俗为雅之妙。至于阮瞻无鬼、宋定伯卖鬼、燃犀照鬼、鬼揶揄、钟馗捉鬼、韩愈送穷鬼诸事,因其

---

① 如韩愈《进学解》:"《春秋》谨严,左氏浮夸。"
② 罗聘:《鬼趣图卷》,第12、56—58页。
③ 罗聘:《鬼趣图卷》,第13—15页。
④ 尺郭为古代神话中的怪物名。《神异经·东南荒经》:"东南有人焉,周行天下,其长七丈,腹围如其长。朱衣缟带,以赤蛇绕其项,不饮不食,朝吞恶鬼三千,暮吞三百。此人以鬼为饭,以露为浆,名曰尺郭,一名黄父。"
⑤ 罗聘:《鬼趣图卷》,第23页。

贴合文人趣味与人生境遇，更是被再三使用。

乾隆五十五年（1790）仲冬，徐大榕"自历下缘事入都，匆匆治装，两峰山人以《鬼趣图》属题。戏成两绝，可索解人"。其第一首云：

> 早岁已持无鬼论，中年多被鬼揶揄。
> 何人学得燃犀法，逼取真形入画图。①

前三句句句用典。第一句典出《晋书》卷四十九《阮瞻传》，此典在《鬼趣图卷》中颇为常用，因为谈鬼，首先要辩论鬼之有无。阮瞻虽持无鬼论，但《晋书》的观点倾向于有鬼，况且其中"鬼神古今圣贤所共传"一句，正是题咏可以依傍的。故诸家题咏多乐用此典。第二句典出《世说新语·任诞》"襄阳罗友有大韵"条刘孝标注引《晋阳秋》："（罗友）于中路逢一鬼，大见揶揄云：'我只见汝送人作郡，何以不见人送汝作郡？'"② 罗友蹭蹬下僚，以致被鬼揶揄，此事最易引起不遇士人的共鸣。徐大榕入京途中题此诗，句中风尘身世之感跃然纸上。其他文人用此典，亦借以抒发身世慨叹。故"揶揄"一词，成了《鬼趣图卷》中最重要的关键词。程晋芳、杨元锡、方维翰、吴照、陆费墀、周有声、徐书受、方维祺、觉罗桂芳、何道生、邓汝功、张问陶、王嵩高等人的题咏中，都用到此典。③"鬼揶揄"几乎就是士不遇的代名词。画鬼的罗聘与遇鬼的罗友，虽然相隔千年，却恰好同姓罗。此一巧合充满了戏剧性，使题咏者自然而然地将二罗身世合而观之，并借此揶揄罗聘本人。透过"鬼揶揄"这个典故，鬼画题咏、书卷传统（古典）以及人生现实（今典）三者顺利地联接起来。故张世进题诗说："以人而笑鬼，是为自笑自。罗君具婆心，画人恐遭

---

① 罗聘：《鬼趣图卷》，第17页。
② 刘义庆撰，刘孝标注，余嘉锡笺疏：《世说新语笺疏》，上海古籍出版社，1993，第753页。
③ 分别见《鬼趣图卷》第8、9、10、11、12、14、15、16、22、38、43、45、56页。

忌。无已托诸鬼，人鬼了不异。"① 人鬼无异，画鬼就是画人，画家画的就是他自己；谈鬼就是谈人，也就是谈论画家；而题咏《鬼趣图》不仅是题评画家和画图，更是咏叹人生。

若将题咏诗文中所征引或涉及的鬼事鬼典汇聚起来，即可编成一卷规模可观的历代鬼事之集成。这些散见四部的鬼典，经由题咏而构成一个文本网络，为《鬼趣图卷》中的题咏文学提供了强大的文化意义撑持。如果说文人雅士的题咏建立了一个认同《鬼趣图》的文学传统，那么，题咏中的引经据典，则代表他们将书卷传统挹注于不登大雅之堂的鬼画之中。这不仅是一个雅俗融合和雅俗转换的过程，也是罗聘及其鬼画经典化的进程。

（原载《文艺研究》2011 年第 7 期）

---

① 罗聘：《鬼趣图卷》，第 19 页。

中 篇

# 三十个角色与一个演员
## ——从《杂体诗三十首》看江淹诗歌的个性特色

## 一、《杂体诗三十首》的双重属性

在多个意义上,江淹《杂体诗三十首》都可以说是"多"与"一"的对立统一体。首先,从命题方式来看,《杂体诗三十首》是其总题,笼罩众篇,而其下的 30 首诗又自有标题,各自独立。其次,从结构形式来看,正如诗题中之"杂"字所示,这 30 篇诗作主题不同,风格各异,但这些诗篇又是按照时代的顺序和诗史的逻辑,排列组合为一个整体,脉络清楚,目的明确。具体说来,江淹有意通过对历史上 30 家五言诗人的选择和模拟,来表达个人对五言诗史的"品藻"观点,并与当时论家展开"商榷"。这也就是他在《杂体诗三十首》序中所说的:"五言之兴,谅非复古。但关西邺下,既已罕同;河外江南,颇为异法。故玄黄经纬之辨,金碧沉浮之殊,仆以为亦合其美并善而已。今作三十首诗,敩其文体,虽不足品藻渊流,庶亦无乖商榷云尔。"[①] 再次,从生成方式来看,尽管这组诗所拟学的对象,包括从

---

[①] 江淹:《杂体诗三十首序》,胡之骥注,李长路、赵威点校《江文通集汇注》,中华书局,1984,第 136 页。本文引证江淹作品,除另有说明者外,概据此本。

两汉到南朝的 30 家诗人，其时间跨度长达五百多年，而进行模拟者从头到尾却只有一个江淹。如果把每一篇拟学比喻作一次对古人角色的扮演，那么，《杂体诗三十首》就如同 30 个角色，而其演员却只有江淹一个人。要之，《杂体诗三十首》是特殊的组诗，总杂而一致，江淹是贯穿众"多"角色客体中的唯"一"演员主体。

明确这一点，对我们理解《杂体诗三十首》很有意义。例如，曾经有学者认为："萧统将《杂体诗三十首》全部录入《文选》，占入选江诗的绝大部分，可见对其艺术是深为首肯的。"① 确实，《文选》一书选录了不少组诗，就入选总数而言，《杂体诗三十首》首屈一指。阮籍五言《咏怀诗》82 篇，其总篇数是《杂体诗三十首》的一倍多，但《文选》卷二十三只选录 17 首，入选比例只有大约 21%，比江淹这组诗的 100% 低得多。这一现象似乎可以说明《文选》编者对《杂体诗三十首》情有独钟。但是，实质上，这是因为《杂体诗三十首》是一个不可分割的整体，若有所取舍，必然陷于鲁莽灭裂，有负江淹"品藻渊流"之苦心，影响对其五言诗史观的理解。换句话说，《文选》编者此举隐含着对这 30 首诗的整体性的强调。最近几年，有不少论文以《杂体诗三十首》为据，研究江淹的文学观点②，其暗含的前提亦是对这种整体性的承认与关注。

总之，《杂体诗三十首》具有诗歌创作和诗史批评的两种属性。作为诗史批评，江淹的选择和模拟都受到既往诗史的限制，不能自由发挥。作为诗歌创作，即使是拟古诗，也势必体现拟者亦即"演员"的主体性，有意无意地呈现作者的艺术个性。以往我们似乎过于强调这组诗作为拟古诗的被动属性，而忽略其作为江淹创作的主动属性，而江淹作为创作者的主体身份，也同时被淡化了。

---

① 俞绍初、张亚新校注：《江淹集校注·前言》，中州古籍出版社，1994，第 4 页。
② 例如陈德长《论江淹的拟古诗》，《四川师范大学学报（哲学社会科学版）》1996 年第 4 期；孙津华《试论江淹〈杂体诗三十首〉及其序对钟嵘的影响》，《平顶山师专学报》2003 年第 1 期；王丰先《江淹〈杂体诗三十首〉与钟嵘〈诗品〉关系考辨》，《甘肃高师学报》2005 年第 3 期；郑虹霓《从江淹拟古诗看其文学观》，《阜阳师范学院学报（社会科学版）》2005 年第 4 期；母美春《江淹〈杂体诗三十首〉新论》，《南京师范大学文学院学报》2006 年第 3 期。

## 二、《杂体诗三十首》中的所谓"芜词累句"

从创作角度研究《杂体诗三十首》，历来有两种不同的评价。一种观点将其作为江淹的代表作，认为它体现了江淹"善于摹拟"的特点，以南朝钟嵘、宋人严羽、清人施补华为代表。钟嵘《诗品》最早提出这样的看法："文通诗体总杂，善于摹拟。"① 所谓"诗体总杂"，《杂体诗三十首》无疑是最典型的代表。严羽《沧浪诗话·诗评》亦称"拟古惟江文通最长，拟渊明似渊明，拟康乐似康乐，拟左思似左思，拟郭璞似郭璞，独拟李都尉一首，不似西汉耳"②。显然，严羽赞同钟嵘的看法。施补华对江淹拟古的评价更高："江文通一代清才，神胎骨秀，其杂拟三十首，尤可为后人拟古之法。"③ 另一种看法虽然承认江淹拟古颇有功力，却批评这类诗没有个性面目，终非本色，以元人陈绎曾、清人潘德舆、刘熙载等人为代表。陈绎曾认为江淹虽然"善观古作，曲尽心手之妙"，但毕竟依附古人，不能"自立"④。潘德舆也对江淹虽有"一世隽才"，却不能"自抒怀抱，乃为赝古之作"而感到遗憾。⑤ 刘熙载则批评江文通诗"虽长于摹拟，于古人苍壮之作亦能肖吻，究非其本色耳"⑥。

双方褒贬不同，却有一个共同的基础，即充分肯定江淹拟古之"似"与"肖"。⑦ 这是《杂体诗三十首》评价中的主流观点，其声音之洪亮，影响之深远，致使一些非主流的尖锐批评被掩盖，甚至被屏蔽。在非主流的批评中，清代诗人兼文选学家汪师韩的说法听来格外

---

① 钟嵘撰，陈延杰注：《诗品注》，人民文学出版社，1961，第49页。
② 严羽著，郭绍虞校释：《沧浪诗话校释》，人民文学出版社，1983，第191页。清人冯班《冯氏纠谬》则与严羽反讥："江淹所拟，《从军》一篇最合。"
③ 施补华：《岘佣说诗》，《清诗话》，上海古籍出版社，1999，第977页。
④ 陈绎曾：《诗谱》，丁福保编《历代诗话续编》中册，中华书局，1983，第631页。
⑤ 潘德舆著，朱德慈辑校：《养一斋诗话》卷九，中华书局，2010，第149页。
⑥ 刘熙载著，袁津琥校注：《艺概注稿》卷二《诗概》，中华书局，2009，第270页。
⑦ 郑虹霓曾从文献学与写作学两个角度，论述江淹拟古逼真的创作技巧，见其《江淹拟古诗新审视——从文献学与写作学角度考察》，《阜阳师院学报（社会科学版）》2003年第4期。

刺耳。在《诗学纂闻》中,汪师韩批评"江文通《杂拟》三十首,自谓无乖商榷,后人每效为之,观其词句多有可议","三十首中,芜词累句居其半"。① 换句话说,江淹拟古非但未必全似古人,而且多有瑕疵。汪师韩指摘江淹这一组诗存在 23 处诗病,其举证涉及 30 首诗中的 16 首。在笔者看来,虽然汪师韩的举证并未穷尽江诗所存在的问题,但其评语大多一箭中的,并非虚诬苛责、哗众取宠,很值得我们重视。至于这些例证中究竟有何意涵,更值得我们深长思之。

从现象上看,这些诗病基本上属于技法层面,尤其集中在字法和句法方面,可以概括为凑韵趁韵、词意晦涩、词语生造等三大类。下面就按照这个顺序,将汪师韩所举例证分类排列如下。②

第一,凑韵趁韵之例。

1. 《陈思王赠友》云:"日夕望青阁。"以青楼为青阁,岂非凑韵?

2. 又(《陈思王赠友》)云:"辞义丽金膺。"易金玉为金膺,亦凑韵也。

3. 《刘文学感遇》云:"橘柚在南国,因君为羽翼。"以羽翼说树,为就韵故耳。

4. 又(《孙廷尉杂述》)云:"传火乃薪草。"用《庄子》为薪火传之语,而草字凑韵。

5. 《陶征君田居》云:"稚子候檐隙。"易"候门"为"候檐隙",语病。

6. 《谢临川游山》:"石壁映初晰。""初晰"即初阳之谓,故以对"晨霞",然无解于趁韵。

---

① 汪师韩:《诗学纂闻》,《清诗话》,上海古籍出版社,1999,第 456-457 页。
② 以下 23 个例证,皆为汪师韩所举,见其《诗学纂闻》"江文通《杂体诗》拙句"条,《清诗话》,第 456-457 页。按:笔者并不完全同意汪师韩的意见,例如汪氏谓《刘文学感遇》"橘柚在南国,因君为羽翼"二句"以羽翼说树,为就韵故耳"。今按《古诗》:"橘柚垂华实,乃在深山侧。闻君好我甘,窃独自雕饰。委身玉盘中,历年冀见食。芳菲不相投,青黄忽改色。人倘欲我知,因君为羽翼。"江诗全本此诗之意,以橘柚拟人,未为可非。窃以为此乃汪氏误解,不能视作江诗趁韵之例。

第二，词意晦涩之例。

1. 《魏文帝游宴》云："渊鱼犹伏蒲。"伯牙鼓琴而渊鱼出听，易"出听"为"伏蒲"则意晦。

2. 《王侍中怀德》云："严风吹若茎。"《文选注》以若茎为若木，斯可笑矣。然如作杜若之若，亦未遂率尔也。

3. 《嵇中散言志》云："旷哉宇宙惠，云罗更四陈。"下句不知其指。

4. 《张黄门苦雨》云："水鹳巢层甍。"注云："'巢层甍'未详。"按：此不过谓水鸟入居人屋，不必有本也，而词则支缀。

5. 又（《谢光禄郊游》）云："烟驾可辞金。"置身烟景而金印不足羡也。然词拙而晦。

第三，词语生造之例。

1. 《潘黄门述哀》云："徘徊泣松铭。""松"是松楸，"铭"是志铭，二字相连，则词不贯。

2. 《郭弘农游仙》云："隐沦驻精魄。"此用《江赋》："纳隐沦之列真，挺异人之精魄。"即郭璞语也。合成一句则乖隔。

3. 又（《郭弘农游仙》）云："矫掌望烟客。""烟客"二字，后人爱其鲜新，当时则生造耳。

4. 《孙廷尉杂述》："凭轩咏尧老。"尧及老子也，然不伦矣。

5. 又（《孙廷尉杂述》）云："南山有绮皓。"绮里季特四皓之一，何独摘举？

6. 《颜特进侍宴》云："瑶光正神县"，赤县、神州，岂可摘取"神""县"二字。

7. 又（《颜特进侍宴》）云："山云备卿霭，池卉具灵变。"因改灵芝为"灵变"，遂并卿云亦改"卿霭"。

8. 又（《颜特进侍宴》）云："巡华过盈填。"以盈尺之玉为盈填,用对"兼金",拙劣。

  9.《谢法曹赠别》云:"觏子杳未僝,款睇在何辰?"意本浅而故为拙滞。

  10.《王征君养疾》云:"水碧验未黩,金膏灵讵缁?""未黩""讵缁",拙滞。

  11.《袁太尉从驾》:"云旆象汉徙。""汉徙"谓如天汉之转,亦支缀矣。

  12.《谢光禄郊游》云:"徙乐逗江阴。"乐者行乐也,加"徙"字则拙。①

  需要说明的是:分作这样三类主要是出于论析的方便。尽管汪师韩举证时已经点明某一例子的问题类型,但实际上,这三类往往彼此联系,密不可分。例如,汪师韩举为趁韵之例的"初晞"一词,其实就是江淹生造之词,故亦有生涩之嫌。又如,"伏蒲"(今本多作"伏浦")一词之所以"意晦",也是因为江淹生造此词,自我作古。再如,将商山四皓中的绮里季特别挑出来,拼合成"绮皓",恐怕也不无趁韵的考虑。如果没有前文"南山"的引导,读者理解此句恐怕也有困难。

  趁韵、凑韵之病的诗病,通常应该是浅学所犯,江淹这样的诗文高手为什么也会蹈此覆辙呢?对江淹来说,押韵并不是一件难事,何况诗中所选多非险窄之韵。以"南山有绮皓"一句为例,写作"商山有四皓"即可谐韵。问题是这种平易的句法不符合江淹追求用字奇崛生涩的修辞习惯。因此,他不惜将常见的"商山"改为不经见的"南山",又通过词语的剪裁拼合,锻造出"绮皓"这一新词。好为雕琢锻

---

① 按:此句"乐"当作"药"。胡克家《文选考异》云:"茶陵本云:乐,五臣作药。袁本作药,云善作药。案各本所见皆非也。下有'丹泉术''紫芳心'之云,此言药无疑。袁本载五臣翰注云:'徙药,行药也。'又载善注:'徙乐,行乐也。'茶陵但载善'徙乐,行乐也',五臣删此一句,当是。正文善自作'药',与五臣不异。其五臣之注为全袭善语,传写误着正文及注作'乐',据之作校语者不辨,尤亦同其误也。鲍明远有《行药至城东桥》诗,在二十二卷。"《文选平点》(黄侃平点,黄焯编次,上海古籍出版社,1985,第177页)亦作此说。汪师韩虽未校正此讹字,但认为江氏改"行"作"徙"、"加'徙'字则拙"的提法并没有错。

造，这一作风贯穿于江淹各体文章创作之中，可说是江淹诗文的重要特色。前人早有论及，如张溥《汉魏六朝百三家集·江醴陵集题辞》称江淹"诗文新丽顿挫"①，毛先舒《诗辩坻》卷二称"江郎流丽中带蹇涩"②。所谓"顿挫"，即指其用笔雕炼，时涉蹇涩。许梿《六朝文絜》卷五更具体指江淹《为萧拜太尉扬州牧表》"琢采秀削，别开奥窔。昔人讥其句句生涩，余谓醴陵佳处，即在生涩上"③。至于如《别赋》中"使人意夺神骇，心折骨惊"、《恨赋》中"或有孤臣危涕，孽子坠心"之类的雕琢例子，更是众所皆知，不必赘述。这里需要强调的是，日积月累，这种手法已经成为江淹创作的积习，即使在拟古这种"有限制的写作"④活动中，他也不自觉地露出惯性的动作。因此，汪师韩所举各例，与其说是"多有可议"的"芜词累句"，不如说是江淹在拟古中情不自禁的本色表现。在"角色扮演"中，他不经意地流露了自己的艺术个性。

由此联想到清人孙月峰对《杂体诗三十首》的批评。孙氏谓《班婕妤咏扇》"比班稍着色相"；谓《陈思王赠友》"较陈思不甚似，彼气雄，此骨秀；彼素质，此铅华"；谓《刘文学感遇》"刘以质率胜，此稍作意"。⑤诸如此类的例子甚多，实质上正体现了江淹在字词琢磨方面的着力与着意，体现了江淹字词修辞的"本色"。

### 三、字法、词法及句法中的江淹特色

客观地说，琢字造语并非绝不可为，关键在于把握好分寸。恰到好处者，足以使人"爱其鲜新"；稍有过失者，则不免让人产生"生造"、"乖隔"、语词"不贯"的感觉。江淹老于琢字造语，手法往往相当高明。如《休上人别怨》有"日暮碧云合，佳人殊未来"之句，

---

① 张溥著，殷孟伦注：《汉魏六朝百三家集题辞注》，人民文学出版社，1963，第218页。
② 郭绍虞编选，富寿荪校点：《清诗话续编》，上海古籍出版社，1983，第39页。
③ 许梿编，黎经诰笺注：《六朝文絜笺注》，中华书局，1962，第75页。
④ 林文月语，见其《拟古·自序》，洪范书店，1993，第2页。
⑤ 于光华编：《评注昭明文选》卷七，学海出版社，1981。

即是琢字成功之例。明人胡应麟《诗薮》内编卷二将此句与魏文帝诗句"朝与佳人期，日久殊未来"以及谢灵运诗句"圆景早已满，佳人犹未适"相比较，充分肯定江淹后来居上，"愈衍愈工"，并且认为，从这三个例子中可以看出，"魏、宋、梁体自别"。①

窃以为，"日暮碧云合，佳人殊未来"不仅反映了梁朝的风格，其琢字造句更体现了江淹的个人特色。"合"是江淹诗赋中常用的字眼，略举数例为证：

> 再逢绿草合，重见翠云生。(《从建平王游纪南城》)
> 岁彩合云光，平原秋色来。(《步桐台》)
> 玄云合而为冻，黄烟起而成雪。(《待罪江南思北归赋》)
> 见红草之交生，眺碧树之四合。(《江上之山赋》)

在江淹之前，古典文献中虽然也有"雷动云合""云合景从""义兵云合"之类的词语，但都是在比喻意义上使用，并不着力于物色的描摹。唯独一篇古乐府中有"黄云暮四合，高鸟各分飞"的句子，笔法与江淹诗相近②，而琢字造句之功力，却与江淹相去甚远。"日暮碧云合"一句带有明显的江淹特色，只是因为休上人与江淹年代相近，亦有近于"梁体"的特点，故后人对此句没有异议，甚至长时间将其误认为惠休之秀句而加以吟咏发挥。③

模拟年代较近的诗人，并不一定就比年代较远的诗人容易。年代

---

① 胡应麟：《诗薮》内编卷二，中华书局，1962，第32页。
② 参看叶梦得《石林诗话》卷下，何文焕辑《历代诗话》，中华书局，2004，第434页；又王楙《野客丛书》卷二十"规仿古诗意"条，中华书局，1987，第221页。
③ 这种误解在唐宋时代尤为盛行。王楙《野客丛书》卷十二（第132页）："《遁斋闲览》云：《文选》有江淹拟汤惠休诗曰：'日暮碧云合，佳人殊未来。'今人遂用为休上人诗故事。仆谓此误自唐已然，不佁今也。如韦庄诗曰：'千斛明珠量不尽，惠休虚作碧云词。'许浑《送僧南归诗》曰：'碧云千里暮愁合，白雪一声秋思长。'曰：'汤师不可问，江上碧云深。'权德舆《赠惠上人诗》曰：'支郎有佳思，新句凌碧云。'孟郊《送清远上人诗》曰：'诗夸碧云句，道迫青莲心。'张祜《赠高闲上人诗》曰：'道心黄檗老，诗思碧云秋。'雪窦诗曰：'碧云流水是诗家。''汤惠休词岂易闻，暮风吹断碧溪云。'此等语皆以为汤诗用，惟荅苏州《赠皎上人诗》曰：'愿以碧云思，方君怨别词。'似不失本意。吴曾《漫录》但引乐天与唐上人对答二诗为证，岂止此邪？"

久远，诗人诗作经过历史淘汰，其风格特点亦往往已有定评，较易凝聚共识。故江淹模拟汉魏晋诸家，只需化用前人词句，或者借用前人意象，有所依傍，突出甚至放大其特点①，即可在形貌上逼肖原作。年代较近，对其人自然更加亲切熟悉，对其诗个性的把握却可能各持一端，难臻一致。《杂体诗三十首》中，自《袁太尉从驾》以下四家，与江淹年代相近。江淹对其个性的彰显似有不足，甚至让人有四篇如出一手的强烈感觉。大体上，所模拟的诗家年代越近，江淹个人的面目就越是突出。清人方伯海曾高度评价《颜特进侍宴》一篇，以为"上半斋皇典重，得颜作之瑜，下半晦涩滞闷，得颜作之瑕"②。模拟之中不择瑕瑜，一一肖之，似乎形神兼备，已臻极致。实际上，此篇中生涩词句特多，不似颜氏之雍雅典重，直是江氏之劲崛蹇涩。例如上半篇的"神县"一词，据《文选》李善注，此词是摘取"神州""赤县"二词中各一字捏合而成，意指中国。在江淹之前，此词未见于文献，可以确定是江淹的原创，也突出体现了江淹琢字锻词之法。③又如下半篇"巡华过盈琪"一句，亦颇受后人疵议。"巡华""盈琪"等词语乍看高深莫测，不知所云，其实只是生造之词，并无出典，只有将其置于具体的上下文语境之中，才比较容易理解。

在句法方面，《杂体诗三十首》也带着鲜明的江淹特色，即好用虚字构句，好用散文化句法。毛先舒曾批评《孙廷尉杂述》中"浪迹无妍蚩，然后君子道"二句殊欠锤炼，"一经拈出，涉笔可憎"。④对这类以虚词串接前后两句的散文化做法，前人多有评说，见仁见智。⑤汉魏诗歌偶有用散文化句式者，然皆一气浑成，句法高古。江淹颇喜用

---

① 如谢惠连诗，当时有"谢惠连体"之说，其特点之一是使用蝉联格连接各章，《谢法曹赠别》中即有意放大此一特点。关于谢惠连体，参看王运熙《谢惠连体和〈西洲曲〉》，《乐府诗述论》，上海古籍出版社，1996，第459–462页；拙撰《世族与六朝文学》，黑龙江教育出版社，1998，第76页。
② 于光华编：《评注昭明文选》卷七。
③ 在南北朝文献中，除了时代稍晚的《魏书》中见有两个用例之外，其余未见使用。似乎到了唐宋时代才引起人们的注意，裴漼《唐嵩岳少林寺碑》有"孤标神县"的句子，宋祁《和登山城望京邑》亦云"山川不可见，葱郁凝神县"，其句法劲崛，显然都受到江淹的影响。
④ 毛先舒：《诗辩坻》卷二，第40页。
⑤ 例如汉《刘熊碑》铭诗中有"有君臣然后有父子"一句，后代或褒或贬，意见不一。参看拙撰《〈刘熊碑〉新考》，《古刻新诠》，中华书局，2009，第13–14页。

此种句法，其中亦有佳者，如《古离别》"远与君别者，乃至雁门关"，句法不失高古；又如《李都尉从军》中的"而我在万里"，《刘太尉伤乱》中的"虽无六奇术，冀与张韩遇"，《陶征君田居》中的"虽有荷锄倦，浊酒聊自适"，"而""虽"二字联接上下，气势顺畅自然。但也有不太成功者，如《嵇中散言志》"曰余不师训"用在篇首，单纯以发语词足句，颇嫌枯槁。《孙廷尉杂述》中，除毛先舒所举之例外，还有"寂动苟有源，因谓殇子夭"，亦失之粗质。反观江淹其他诗作，在这一方面亦有得有失，有利有弊。如《悼室人十首》其四："驾言出游衍，冀以涤心胸。复值烟雨散，清阴带山浓。"虚字承接，前后照应，句法逶迤多变。又如《从冠军行建平王登庐山香炉峰》中的"不寻遐怪极，则知耳目惊"，虚字关联而兼流水句法，仍然不失清劲。至于《感春冰遥和谢中书》中的"揽洲之宿莽"与《效阮公诗十五首》之九中的"人道则不然"，则不免疲沓松散。总之，这种句法与其说是江淹拟学古人，不如说乃出于其个性癖好，故其所施不限于拟汉魏诸诗，而广泛用于各代诗家。

以助词尤其是语气助词入诗，较难生色，尽管前人有成功之例，如阮籍《咏怀诗》："箫管有遗音，梁王安在哉！""哉"字在句尾加重咏叹语气，妙手天成。江淹效而仿之，其《效阮公诗十五首》第七："高阳邈已远，伫立谁语哉？"《休上人怨别》："西北秋风至，楚客心悠哉！"依仿阮籍之迹明显，但境界高下立判，并不成功。至于句中使用语气助词，则易使句法散缓软沓，往往得不偿失。魏晋诗人已有此类试验，如刘琨《重赠卢谌》即有"吾衰久矣夫，何其不梦周""时哉不我与，去乎若云浮"之句①，虽然就前后文而言尚称气盛言宜，但终究不足为训，不可轻易效颦。不过，江淹对此似乎情有独钟。其《刘太尉伤乱》中已有"时哉苟有会，治乱惟冥数"，《许征君自序》中有"去矣从所欲""至哉操斤客"，《谢仆射游览》亦有"信矣劳物

---

① 《文选》卷二十五，上海古籍出版社，1986，第1176页。按：刘氏原作颇有"累句"，除文中所举外，还有"惟彼太公望，昔在渭滨叟""宣尼悲获麟，西狩泣孔丘"等。相比之下，江淹《刘太尉伤乱》句法老到，较胜原作。

化",皆失之粗朴。至于其他诗篇,如《步桐岩》云:"客子畏霜雪,忧至竟悠哉!"《就谢主簿宿》诗云:"怅哉心神晚。"《感春冰遥和谢中书》诗云:"此焉空守贞。"又云:"怅哉望佳人。"更不惮屡次为之。当然,其他齐梁诗人亦有以虚字入诗者,如谢朓在其名篇《晚登三山还望京邑》中即有这样的句子:"去矣方滞淫,怀哉罢欢宴。"①但其频率远不及江淹。在上述诸例中,好用语助的句法与其说是阮籍、刘琨、许询、谢混、惠休的共同特点,不如说是江淹句法习惯的潜移默化。

## 四、语气、口吻、意象及风格中的江淹本色

一首诗的风格呈现,一个诗人的风格形成,取决于很多因素,不仅复杂,而且微妙,失之毫厘,谬以千里。在拟古诗中,字词使用或修辞把握方面一个小小的偏差,就会造成风格的背离,导致拟诗与被拟诗之间韵味或意境的明显不同。造成这种结果的因素很多,语气和口吻就是其中很重要的两个方面。语气指的是以什么样的声气语调来发言,口吻指的是以什么样的身份角色来发言。在诗文作品中,这两者都取决于作者的自我身份认同,因此又常常是联系在一起的。

《文选》卷二十王粲《公宴诗》结尾六句云:"古人有遗言,君子福所绥。愿我贤主人,与天享巍巍。克符周公业,奕世不可追。"据李善注,此诗乃王粲侍曹操宴时所作,"贤主人"指魏太祖曹操。考虑到公宴的特殊场合,"贤主人"这个称呼应该说是适当的。《杂体诗三十首》中的《王侍中怀德》,明显受到王粲此篇的影响,特别是诗的后半段:

贤主降嘉赏,金貂服玄缨。侍宴出河曲,飞盖游邺城。朝露竟几何,忽如水上萍。君子笃惠义,柯叶终不倾。福履既所绥,千载垂令名。

---

① 谢朓著,曹融南校注集说:《谢宣城集校注》,上海古籍出版社,1991,第278页。

表面上，这里的"贤主"与王粲诗中的"贤主人"一样，都是指魏太祖曹操，但由于江诗以"怀德"为主题，侍宴的背景已淡化，"贤主"的称呼显得亲近有余，而尊崇不足，难怪清人洪若皋感觉这不大符合王粲的口吻："仲宣无此响亮，不称圣君，而称贤主，亦无此气骨，令仲宣读之，当自汗颜。"① 江诗最后四句以君子自比，其口气不仅略显质直，述志之时，也显得太过自信。这其实是江淹代拟发言时语气口吻失当的表现。

无独有偶。《潘黄门述哀》也有与《王侍中怀德》类似的口吻问题。尽管江淹此诗的标目是"述哀"而不是"悼亡"②，尽管"述哀"所涵盖的题材空间要比"悼亡"大，但江淹此诗乃以潘岳《悼亡诗》三首为模拟对象，是毋庸置疑的。潘诗三首分别从春夏之间、夏秋之间和岁聿云暮三个时间段，通过时间的推移，来表达哀情的深沉与持久。③ 由于《杂体诗三十首》体例的限制，江淹只能写一首，以少总多，不易应对。总体上，江淹善写哀情，其情感体验与笔力堪与潘岳媲美，但是，《潘黄门述哀》所使用的一个称呼，暴露了江淹与潘岳的不同："美人归重泉，凄怆无终毕。""美人"一词，今存潘岳集中未见。对于潘岳来说，这至少不是熟悉的常用词，他未必愿意这样称呼亡妻。在《悼亡诗》中，潘岳对亡妻的称呼是更加亲密的"之子"："之子归穷泉，重壤永幽隔。"江淹改"之子"为"美人"，这一用词不经意间透露了他个人的称谓习惯。两字之别，意味相去却不可以道里计。

在传统用法中，"美人"一般不是指作者的原配夫人，而是或指歌儿舞女，或是虚化的象征用法。自楚辞开创了中国文学的香草美人传统以来，后一用法更为常见。江淹诗赋中爱用"美人"一词，如《别赋》中的"燕赵歌兮伤美人"，《学梁王兔园赋》中的"美人不见"，

---

① 洪若皋辑评：《梁昭明文选越裁》卷五，四库全书存目丛书编纂委员会编《四库全书存目丛书》集部总集类，第 288 册，齐鲁书社，1997，第 38 页。
② 尤本误改为"悼亡"，误，胡克家《文选考异》卷六已指明。
③ 诗见《文选》卷二十三。

《咏美人春游》诗中的"不知谁家子",皆不出此二义,显然都不是夫妻间的称谓。《潘黄门述哀》中的"美人"之称谓表明,江淹似乎以第三者的旁观身份来发言,忘记自己正在拟学或"扮演"潘岳。此外,这一首诗后半"尔无帝女灵"一句,以"旦为朝云,暮为行雨"的巫山神女比喻潘岳的亡妻,非但比拟不伦,而且完全没有夫妻间应有的那种感觉。它所描写的与其说是潘岳的悲悼,不如说是江淹的哀情。江淹另有《悼室人十首》,恰好可以印证。此诗为悼念其亡妻而作,诗中称亡妻为"佳人",与江氏习惯的"美人"相近,而与潘岳的"之子"相远。此诗"后二首以神女作衬托,表示哀思和祝愿"①,与《潘黄门述哀》"尔无帝女灵"相互呼应,更说明江淹虽然披着潘岳的外衣,却在说自己的话。

如果说语气与口吻关涉到拟古或扮演之中语言使用的身份感和分寸感,那么,拟古诗中意象的择取,就好比戏剧扮演中服装道具的选用,对诗歌风格的影响更加显著,甚至牵一发而动全身。《潘黄门述哀》诗云:"驾言出远山,徘徊泣松铭。"其思路显然源自《悼亡诗》:"驾言陟东阜,望坟思纡轸。徘徊墟墓间,欲去复不忍。"对读之后,可以看出江淹不及潘岳含蓄。不过,在炼字方面,江淹比潘岳用力,故而生造出"松铭"一词,用来指"松下之碑碣"。② 众所周知,魏晋时代严禁立碑铭,少数达官权贵死后欲立碑,也要经过特许,一般人无缘享受那样的哀荣。潘岳亡妻坟墓之上很可能植有松楸,却不可能有碑碣。自东晋末年以迄南朝,碑禁不止,取代碑而出现的墓志铭在丧葬中使用越来越多,但墓志铭埋在地下,非"松铭"一词所指。③江淹颇善碑志文写作,传世文集中尚有《齐故安陆昭王碑》《豫章文宪王碑》《太尉王俭碑》等碑文,学潘之时,遂油然联想到墓上的碑碣。

---

① 《江淹集校注》,第68页。按:《悼室人》"前八首写对亡妻的四时悼念之情",其结构倒是与《悼亡诗》三首相同的。
② 《文选平点》,第174页。按:"松铭"一词亦是江淹首创。值得注意的是,后来有些袭用者受江淹此词之影响,倾向用此词为悼念女性死者的诗文之中,如宋范成大《姚夫人挽歌词》《故太夫人章氏挽词》,见《石湖居士诗集》卷二十、卷三十二,《四部丛刊》本。
③ 参看拙撰《墓志文体起源新论》,《学术研究》2005年第6期。

但是，即使在江淹之时，有资格立碑的也只是勋贵名臣，而非一般平民百姓。总之，以"徘徊泣松铭"描写潘岳在亡妻墓上的形象，纯粹出自南朝人江淹的想象，西晋人潘岳是不会这么写的。只能说"松铭"一句是画蛇添足。

刘桢《赠从弟》一题共三首，其第二首云："亭亭山上松，瑟瑟谷中风。风声一何盛，松枝一何劲。冰霜正惨凄，终岁常端正。岂不罹凝寒，松柏有本性。"此诗主题出自《论语·子罕篇》"岁寒，然后知松柏之后凋也"。江淹拟刘桢一篇，选择"感遇"为主题，其章法结构则全仿《赠从弟》第二首：

苍苍山中桂，团团霜露色。霜露一何紧，桂枝生自直。橘柚在南国，因君为羽翼。谬蒙圣主私，托身文墨职。丹彩既已过，敢不自雕饰。华月照芳池，列坐金殿侧。微臣固受赐，鸿恩良未测。

虽然《赠从弟》三首的主题并不是"感遇"，但是，应该说，以"感遇"来概括刘桢诗歌的主题，还是比较准确的。不过，在内容与形式，或者说形貌与精神两方面，江淹拟诗与刘桢原作有明显的距离。从内容上看，"敢不自雕饰"一句述怀过于直露，而结尾两句的口吻更将抒情主人公的姿态放得太低。从形式上看，刘桢诗中所写的风中劲松，是一个成功的典型意象，造成的视觉及心理冲击力都很强。江淹不敢照搬松树意象，而以"山中桂"取代"山上松"。桂之与松，虽然只是一字之差，一物之异，其意涵却大不相同。桂这一意象与楚辞文学传统有着深厚的联系，江淹创作受到这一传统的显著影响，集中有《刘仆射东山集学骚》《应谢主簿骚体》《山中楚辞》等作品可以为证。其诗赋作品中亦喜用"桂"的意象，例如：

山中如未夕，无使桂叶伤。（《侍始安王石头》）
桂枝空命折，烟气坐自惊。（《迁阳亭》）

> 山中有杂桂，玉沥乃共斟。(《惜晚春应刘秘书》)
> 爱桂枝而不见，怅浮云而离居。(《去故乡赋》)

在江淹的心目中，桂/桂枝是故乡与自我的象征。反观现存刘祯集，"桂"字未曾出现过一次。江淹以"山中桂"的意象植入《刘文学感遇》，使此诗之口吻及风格皆不类刘祯，而像江淹的自我述怀。

在语气与口吻把握的背后，隐藏着的是对古人的理解，这又可分为理解其人与理解其诗两个方面。以诗而论，一位诗人往往有不止一种风格，江淹拟作之时固然可以择善而从，但有时也因为乱花迷眼，莫衷一是，在诗作中闪现其摇摆不定的心态。例如《刘文学感遇》一首，前四句写山中桂枝，至少句调上颇类刘祯原作；第五句到第十句转向写橘柚，与前文没有必然联系。十一、十二两句，似乎又接近刘祯诗的另一个典型主题"公宴"，结尾两句再从公宴过渡到感遇主题，显得杂乱无章。就主题把握和结构安排来说，这是失败的。究其原因，主要是刘祯诗歌有不止一种声音、不止一个主题，都给江淹留下了深刻的印象，从而干扰了江淹的表达。

以人而论，既要懂得透，又要说得清，就更为复杂了。咏史为左思诗之突出特色，应该不难理解。江淹拟作《左太冲咏史》，没有把握好以情贯串典实这一核心，颇伤冗散。"左之《咏史》，大抵宾主相形。此作既以卫、霍诸公形容仲蔚，乃复以韩、梅发端，不已赘乎？太冲本诗虽用事错杂，而指趣了然。此则徒仿其体，不复能文从字顺矣。"[1] 表面上，这似乎只是理解方面的问题，实质上与表达不精确也有关系。又如刘琨。他矢志扶持晋室，恢复中原，其《重赠卢谌》虽然有"功业未及建，夕阳忽西流""时哉不我与，去乎若云浮"的嗟叹，但全诗表达的是他不甘失败的顽强意志："何意百炼钢，化为绕指柔。"而江淹《刘太尉伤乱》拟作中则云"功名惜未立，玄发已改素""时哉苟

---

[1] 何焯：《义门读书记》，中华书局，2006，第 939 页。按：潘德舆《养一斋诗话》卷九亦谓江淹"拟左记室诗，只是数史中典故"。

有会,治乱惟冥数",透露的则是一种认命的无奈。江淹忘了自己在扮演刘琨,因而不自觉地表达出一己的感慨,与《重赠卢谌》等诗中凸显出来的刘琨形象颇有距离。这不是刘琨对时局的看法,而完全是江淹的声音。再如《郭弘农游仙》一首,江淹只得其游仙之表,而未得其慷慨之里,故所作"太浓太实,却不似景纯"①。究其原因,即是因为其"仿作多在修辞技巧的貌似,而不在精神性情的把握"②。钟嵘《诗品》明确说,郭璞《游仙诗》"词多慷慨,乖远玄宗","乃是坎壈咏怀,非列仙之趣也"。而《郭弘农游仙》表达的正是江淹的"列仙之趣",不是郭璞的"坎壈咏怀"。

《杂体诗三十首》中最为人注意的一首是《陶征君田居》。一方面,前人多称其逼肖陶诗,宋时俗本甚至将此诗编入《陶渊明集》,"东坡亦因其误和之"③。清人沈德潜《古诗源》卷十三赞江淹此诗"得彭泽之清逸矣"④。连一向比较挑剔的何焯也称江淹"拟陶能得其自然"⑤。另一方面,也有学者认为其大醇小疵,如清人贺贻孙谓:"江文通《拟陶征君》一首,非不酷似,然皆有意为之。如富贵人家园林,时效竹篱茅舍,闻鸡鸣犬吠声,以为胜绝,而繁华之意不除。若陶诗则如桃源异境,鸡犬桑麻,非复人间,究竟不异人间。"⑥ 孙月峰谓:"句法尽相似,但总看觉色过浓妍耳。"⑦ 这两家的批评主要着眼于词采修辞,颇为有见,但所论犹有未尽。

《陶征君田居》诗云:

> 种苗在东皋,苗生满阡陌。虽有荷锄倦,浊酒聊自适。日暮巾柴车,路暗光已夕。归人望烟火,稚子候檐隙。问君亦何为,百年会有役。但愿桑麻成,蚕月得纺绩。素心正如此,开径望三益。

---

① 孙月峰语,见于光华编《评注昭明文选》卷七。
② 游志诚:《江淹〈杂拟〉三十首反映的文类学》,《昭明文选学术论考》,学生书局,1996,第228页。
③ 韩子苍语,见蔡正孙撰,常振国、降云点校《诗林广记》前集卷一,中华书局,1982,第12页。
④ 沈德潜:《古诗源》卷十三,中华书局,1963。
⑤ 何焯:《义门读书记》,第939页。
⑥ 贺贻孙:《诗筏》,《清诗话续编》本。
⑦ 见于光华编《评注昭明文选》卷七。

此诗的成功之处,在于兼取陶氏诗文,尤其是大量借用《归去来兮辞》中的文句,以营造与陶渊明文本逼肖的风格氛围。首句中的"东皋",取自《归去来兮辞》"登东皋以舒啸"。第五句"日暮巾柴车",出自《归去来兮辞》"或巾柴车"。第八句"稚子候檐隙"出自《归去来兮辞》"稚子候门"。至于化自陶诗的句子,更不必一一列举。例如"虽有荷锄倦,浊酒聊自适"二句,即自陶诗"虽欲挥手归,浊酒聊自持"点化而来,故外形酷似。但是,若细味此诗,其口吻大似旁观者的客观陈述,明显流露出江淹的主体性。其"破绽"主要有三。

首先,"倦"字很不妥当。《陶渊明集》中"倦"字凡两见,一次见于《始作镇军参军经曲阿》:"目倦川途异,心念山泽居。"另一次见于《归去来兮辞》:"鸟倦飞而知还。"无论是诗中的行役疲劳,还是赋中的赋归咏叹,这两个例子中"倦"字明显都是表达陶渊明对于宦途的厌倦,表达心灵的疲倦,是充满感情色彩的。江淹诗中所用的"倦"字不仅不合陶渊明的一贯用法,也凸显了陶渊明对于躬耕陇亩生活的不堪。当然,这表达了江淹对陶渊明的理解,它塑造的是江淹心目中的陶渊明形象,并影响了全诗的风格。

其次,陶渊明《和刘柴桑》诗云:"荒涂无归人,时时见废墟。"这里的"归人"明确是第三人称。江淹事事拟学,但"归人"一句却暴露了他的旁观者立场,模糊了他正在"饰演"的陶渊明的角色身份。因此,尽管这两句是由"依依墟里烟"和"稚子候门"等拼装而成,却显得与陶渊明的口吻格格不入。

最后,除了篇首、篇中的这两个破绽,"开径望三益"可以说是篇终的另一个瑕疵。前人已经敏锐地察觉,"'开径望三益',此一句为不类"①。李善引《论语》注此句云:"益者三友,友直,友谅,友多闻,益矣。"则此句之意,在盼望益友之到来,此意良善,但是与陶渊明诗赋中所表现出来的人生态度颇异其趣。陶诗《饮酒》其五:"结庐在人境,而无车马喧。"《归园田居》其二:"野外罕人事,穷巷寡轮鞅。

---

① 《诗林广记》前集卷一记韩子苍称引张子西语,第12页。

白日掩荆扉，虚室绝尘想。"《读山海经》其一："穷巷隔深辙，颇回故人车。欢然酌春酒，摘我园中蔬。"《归去来兮辞》："三径就荒，松菊犹存。"这些诗句中所塑造的陶渊明的形象，是处穷巷之中而不改其乐的隐士，他并不着意期望友人之过访，故一任三径之就荒，而自掩白日之荆扉。陶诗研究史上，有过著名的"悠然见南山"与"悠然望南山"的争论①，至今莫衷一是。无论如何，笔者以为，《陶征君田居》中的这个"望"字太着意，它在某种程度上偏离了陶诗的风格，甚至歪曲了陶渊明的形象。归根到底，它表现的是江淹的本色。

## 五、小结

这篇文章的目的，似乎是要揭发江淹拟古的疵病，彰显其学人之"不似"，其实是要揭示其拟古的特点，要突出其为己之"似"。如果说，以往《杂体诗三十首》的研究者较多注重江淹拟作与被拟诗家的比较，是以江证古，或以古证江，那么，本文的重点就是以江证江，试图说明江淹如何在30家总杂诗风的基础之上，表现独一无二的自家本色。②

郭绍虞说过："昔人拟古，乃古人用功之法，是入门途径，而非最后归宿，与后人学古优孟衣冠者不同。"③ 在拟古中，江淹不仅深入体会古人字词章法方面的特点，而且吸取其创作经验，在自己的创作中加以发挥。谢灵运诗赋描摹山水景色，爱用"带"字，如《白石岩下径行田》："千顷带远堤，万里泻长汀。"仅《山居赋》一篇，即有多处用例："室、壁带溪，曾、孤临江。""岂伊临溪而傍沼，乃抱阜而带山。""枇杷林檎，带谷映渚。"④ 反观江淹《谢临川游山》，其中"桐

---

① 此一争论由来已久，牵涉面甚广，较为晚近也较全面的讨论，参看田晓菲《尘几录——陶渊明与手抄本文化研究》，中华书局，2007。
② 《杂体诗三十首》在题材选择方面亦体现江淹本色，陈恩维《江淹〈杂体诗〉的方法论意义——兼驳〈杂体诗〉"非其本色"说》[《佛山科学技术学院学报（社会科学版）》2006年第3期]已有论述，故本文不赘。
③ 郭绍虞：《沧浪诗话校释》，第191页。
④ 谢灵运著，顾绍柏集注：《谢灵运集校注》，里仁书局，2004，第126、452、454、463页。

林带晨霞,石壁映初晰"二句,以"带"对"映",与《山居赋》如出一辙。而《悼室人十首》其四亦有:"复值烟雨散,清阴带山浓。"《秋至怀归》亦云:"楚关带秦陇,荆云冠吴烟。"《从萧骠骑新亭垒》也有:"云色被江出,烟光带海浮。"可见江淹从谢灵运学得字法,不仅用于模拟谢诗,亦用于自家的诗歌创作。对于江淹,拟古与自作似相反而相成,实殊途而同归。

[原载《中山大学学报(社会科学版)》2010年第1期]

# 题目与诗

## ——谢混《诫族子诗》及其诗史意义新论

谢混是活跃于晋宋之际政治史和文学史上的一个重要人物,但是,关于他的《诫族子诗》以及这首诗在文学史和诗歌史上的意义,向来缺乏足够深入的关注。研究魏晋南北朝文学史或者这一段诗歌史的学者,大概都不会对这首诗另眼相待。本文之所以要拈出这首诗,倒不是为了确认谢混的诗人身份,而是为了研究与"题目"密切联系的若干问题,并深掘其诗史内涵。不过,这里首先要明确的是,"题目与诗"中的"题目",既是指通常表示诗文作品名称的那个名词,更主要的是指汉魏六朝时代流行的人物品藻。①

## 一、从人物"题目"到景物题目

在文言文语境中,"题目"一词有两个意义:一个指一篇文章或者一首诗的题目,另外一个指的是东汉末年开始兴起的一种人物品评的风气,这种人物品评也可以称为"品题",或者简称为"目"。《后汉书·许劭传》载:"初,劭与靖俱有高名,好共核论乡党人物,每月辄

---

① 清代诗人袁枚已注意到这一问题,其《随园诗话》卷十五第二十条云:"今人称诗题为'题目'。按:二字始见于《世说》……是'题目'者,品题之意,非今之诗题、文题也。"见顾学颉校点本,人民文学出版社,1982,第512页。

更其品题，故汝南俗有'月旦评'焉。"① 许劭等人最早在家乡汝南评论他们的"乡党人物"，也就是品题本地各类人物。他们每个月都有不同的品评主题，这就是最早的人物"题目"。"题"就是"品题"，亦即评论，"目"就是形容描述。"题""目"二字并列，既可以看作动词，又可以作名词用。在"品题"的过程中难免涉及不同类别的区分以及等级高下的评定，这就是"题目"的两项主要内容。

从内容上说，人物"题目"是对某个或某些人物作出某种评价。最初，这种评价的性质是民间制造的舆论，目的是希望对当时的人才推荐与官员选拔，起到一定的舆论引导作用。后来，地方州郡或者中央政府在选拔人才的时候，也参照这类人物"题目"的做法，既要指出被选拔人才的长处或优势，同时又能发现其短处或劣势，然后根据每个人才的特点，合理任用之。魏晋时代，列名"竹林七贤"的山涛就以知人善任著称，他在这一方面的能力给当时人留下深刻的印象："山司徒前后选，殆周遍百官，举无失才。凡所题目，皆如其言。惟用陆亮，是诏所用，与公意异，争之不从。亮亦寻为贿败。"② 山涛对其所选拔的所有人才的评价都恰如其分，非常准确，"凡所题目，皆如其言"。他能具体说出某人才华如何，某人适合做什么工作，从来没有错评误判，令人佩服。这就是人物"题目"在人才选拔与官员任命中的实际功用。

人物"题目"作为一种言说方式，具有鲜明的特点。首先，它最初主要以口头形式而不是书面形式展开，这是其形式特点之一。其次，"题目"往往以赏誉为主，亦即以正面的肯定、称赞为主，故多表现为褒奖。评价一个人，主要指出其优点与长处，至于其短处和缺失，则不是重点，如果要指出来，也多采用比较委婉含蓄的方式。此乃人之常情，容易理解。比如《世说新语·赏誉》记庾子嵩对和峤的"题目"是："森森如千丈松，虽磊砢有节目，施之大厦，有栋梁之用。"③

---

① 范晔撰，李贤等注：《后汉书》，中华书局，2009，第2235页。
②③ 刘义庆著，刘孝标注，余嘉锡笺疏：《世说新语笺疏》，上海古籍出版社，1993，第170、426页。

将和峤比作千丈之松,显然是"赏誉",然后再下一转语,指其"磊砢有节目",对其外形似乎略有保留,但接着又下一转语,誉其"施之大厦,有栋梁之用",进一步加强了赞誉的力度。最后,人物"题目"除了突出优点,还要抓住重点,点到即止,要言不烦。《世说新语·赏誉》中载有对"吴四姓"的"旧目"。所谓"吴四姓",指的是吴地自三国以来兴起的势力最大的朱、张、顾、陆四个家族。所谓"旧目",就是相传已久的评语。这个对"吴四姓"的"旧目"比较特别。一方面,它针对的是整个家族,而不是某个人物;另一方面,它对每个家族的评语都只有一个字,分别为"张文、朱武、陆忠、顾厚"[①]。这是高度概括的字眼,突出的是四个家族的长处、优势或者特色。又如《世说新语·赏誉》第四十八条:"时人欲题目高坐(尸利密)而未能,桓廷尉(彝)以问周侯(顗),周侯曰:'可谓卓朗。'桓公(温)曰:'精神渊著。'"刘孝标注引《高坐传》曰:"庾亮、周顗、桓彝,一代名士,一见和尚,披衿致契。曾为和尚作目,久之未得。有云:'尸利密可称卓朗。'于是桓始咨嗟,以为标之极似。宣武尝云:'少见和尚,称其精神渊著,当年出伦。'其为名士所叹如此。"[②]周顗的"题目"只有两个字,桓温的"题目"也只有四个字,但都抓住了重点和特点,可谓画龙点睛。六朝文学评论中盛行的摘句批评,以及《诗品》中对诗人风格的品评方式,亦是标举重点,其实与人物题目一脉相承,殊途同归。

从训诂学的角度,进一步追溯"题""目"二字的本义,或许对我们更深入地理解"题目"标举重点的形式特色有所帮助。"题"的本义为额头,"目"的本义为眼睛。无论是额头还是眼睛,都处于人体头部的显著位置,最能够吸引他人的注意力。后来转义延伸,"题目"二字便有了对他人进行观察与评价之意。品评人物,如何只用几个字或一两句话,就能说得准确到位,恰乎其分,既显示其人伦鉴识,也考验其语言能力。

---

[①][②] 余嘉锡:《世说新语笺疏》,第490、448页。

题目作为一种言说方式，可以表达言说主体对人物、社会以及自然的认知，因此，题目风气就逐渐由人物评价发展到对宫室建筑和城池山川的评价。宫室建筑和城池山川，或为人文景观，或为自然景观。对宫室建筑的评价，最有名的例子是大家耳熟能详的曹操"使人题门作活字"一事，按照杨修的解释，这是曹操采取拆字的修辞格，委婉而巧妙地对此门作出评价："门中活，阔字，王正嫌门大也。"① 无独有偶，《世说新语·简傲》中亦有题门一例，也采用了拆字格："嵇康与吕安善，每一相思，千里命驾。安后来，值康不在，喜出户延之，不入。题门上作'凤'字而去。喜不觉，犹以为欣，故作。'凤'字，凡鸟也。"② 吕安虽然于门上题字，其所品题的对象，却不是门，而是从该门户出来迎接他的嵇喜其人。《世说新语·政事》中复有题门一例，其用意与吕安题门相近："贺太傅作吴郡，初不出门，吴中诸强族轻之，乃题府门云：'会稽鸡，不能啼。'贺闻故出行，至门反顾，索笔足之曰：'不可啼，杀吴儿！'于是至诸屯邸，检校诸顾、陆役使官兵及藏逋亡，悉以事言上，罪者甚众。陆抗时为江陵都督，故下请孙皓，然后得释。"③ 会稽（今浙江绍兴）人贺邵到吴郡（今江苏苏州）当太守，当地豪族欺负他初来乍到，在门上题写充满轻蔑和挑衅意味的六个字。严格说来，这不是对府门的品题，而是对府门背后的人物的品题。同样，贺邵接着在府门上题写的六个字，也不是针对府门，而是针对上门叫阵的"吴中诸强族"，其针锋相对之势至为明显。在这个例子中，门不仅指其中所居之人，更指向其所象征的门第、家族。上述三个皆为题门之例，并非偶然。盖门之于建筑物，相当于额之于人体头部，"门额"一词可以为证。故宫室既成，题写名称及悬挂榜题之处，往往称为门额。门上题字，当然最能吸引人们的注意力，不仅有意为之，而且往往一箭双雕，既针对门，更针对人。这也说明了建筑"题目"与人物"题目"的关系。

---

① 《世说新语·捷悟》"杨德祖为魏武主簿"条，见《世说新语笺疏》，第578页。
②③ 余嘉锡：《世说新语笺疏》，第768－769、165－166页。

碑刻是东汉以来十分重要的文献载体，碑阳、碑阴、碑座、碑帽、碑亭等，构成完整的一座碑刻，也构成一种特殊形式的建筑物。东汉末年，著名作家蔡邕因逃避战乱来到越地，在上虞读到《曹娥碑》。他非常欣赏《曹娥碑》的文章，就在碑阴题写了八个字："黄绢幼妇，外孙齑臼。"① 这八个字其实是一个谜语，其谜底就是"绝妙好辞"。蔡邕以谜语的方式，表达自己对《曹娥碑》文章的称赞。这个八字谜语，也可以视为蔡邕对这篇碑文的评价，也就是他对于《曹娥碑》的"题目"，言简而意赅，辞巧而语妙。不过，蔡邕这个"题目"虽是谜语，其制作方式却近于书面创作，而远于口语表达。

城池作为宏大建筑，自然吸引名士的品题。《世说新语·言语》中有一个例子："桓征西（豁）治江陵城甚丽，会宾僚出江津望之，云：'若能目此城者，有赏。'顾长康（恺之）时为客，在坐，目曰：'遥望层城，丹楼如霞。'桓即赏以二婢。"② 作为江陵的地方长官，桓豁率领众位宾僚参观他主持修造的城楼，并要求宾僚品题城楼，以满足其自鸣得意之心。"若能目此城者"的"目"，即是题目，亦即品评。在这场"题目"比赛中，顾恺之力克群伦，拔得头筹。"遥望层城，丹楼如霞"二句，很有色彩感和层次感，是魏晋时代有名的景物题目。

题目山川景物的例子，在《世说新语》中就可以找到多处，其中仅仅与顾恺之相关者，就有两条。这也并非毫无缘故。顾恺之是东晋著名画家，其对于山水景物的感知、表述与描绘能力，或者说审美能力，超越群伦。《世说新语·言语》记载："顾长康从会稽还，人问山川之美。顾云：'千岩竞秀，万壑争流，草木蒙笼其上，若云兴霞蔚。'"③ "千岩竞秀，万壑争流"，非常简洁而传神。并且，这还是四言对句，不但对偶工整，而且平仄谐调，真是"掷地可作金石声"的。在顾恺之那个时代，人们对平仄没有确切的概念，"千岩竞秀，万壑争流"只能说是暗合平仄格律。后两句"草木蒙笼其上，若云兴霞蔚"，形象地描绘了会稽的山川风景，真是优美如画。从对山水景物的体悟

---

①②③　余嘉锡：《世说新语笺疏》，第 579、141、143 页。

和文字描绘能力来看，顾恺之不仅是一位杰出的画家，也是优秀的文学家。

## 二、从人物品藻到诗文创作

宫室、碑刻、城池、山川，形态各异，但都是景物。从人物"题目"到宫室建筑城池山川等景物的"题目"，是有一个发展过程的。讲究修辞是这个过程中的自然发展趋向。《世说新语·言语》记："道壹道人好整饰音辞，从都下还东山，经吴中。已而会雪下，未甚寒。诸道人问在道所经，壹公曰：'风霜固所不论，乃先集其惨淡。郊邑正自飘瞥，林岫便已皓然。'"① 所谓"整饰音辞"，就是在言辞中讲究修辞。道壹不仅"好整饰音辞"，而且时人公认其"文锋富赡"②，其口头表达与书面创作是相互联系在一起的。

讲究修辞是人物"题目"的另一个重要特点，具体说来，就是对人物进行评价、概括、描述时，讲究辞藻，追求文采。因此，这样的人物题目，也被人称"品藻"。所谓"品藻"，就是这种评论不仅讲究品第高低，区分品类，还要注重文采，注重文字的表达效果。这种讲究由来已久，最早可以追溯到许劭等人的"汝南月旦评"。《后汉书·许劭传》记："曹操微时，常卑辞厚礼，求为己目（李贤注：令品藻为题目）。劭鄙其人而不肯对，操乃伺隙胁劭，劭不得已，曰：'君清平之奸贼，乱世之英雄。'操大悦而去。"③ 很多人也许会觉得，许劭这个"题目"语带贬损，曹操强索而得如此评语，实在得不偿失。但对曹操来说，他总算成为"月旦评"的"题目"，成为受人关注的对象，机会来之不易，即便遭到贬损，也心甘情愿。况且"清平之奸贼，乱世之英雄"，本质上有贬有褒，实际上应该理解为以褒为主。因为汉末之世，天下大乱，"清平"之世早已不复存在，故"清平之奸贼"可

---

①② 余嘉锡：《世说新语笺疏》，第146页。
③ 范晔：《后汉书》，第2234页。

以理解为虚贬，而"乱世之英雄"才是实褒。特别应该指出的是，这两句"题目"不但具有高度的准确性和概括性，而且对偶工整，平仄相对，辞藻讲究，文采富赡，体现了很高的修辞水平。

更富有文采的是《世说新语》中所记陆云和荀隐的自我介绍之语，见于《世说新语·排调》："荀鸣鹤、陆士龙二人未相识，俱会张茂先坐。张令共语，以其并有大才，可勿作常语。陆举手曰：'云间陆士龙。'荀答曰：'日下荀鸣鹤。'陆曰：'既开青云，睹白雉，何不张尔弓、布尔矢？'荀答曰：'本谓云龙骙骙，定是山鹿野麋，兽弱弩强，是以发迟。'张乃抚掌大笑。"① 陆、荀二人之间的对话，确实不是"常语"应对，而是全力以赴的才艺比拼，比的是快速的构思与敏捷的反应。"云间陆士龙（陆云）"与"日下荀鸣鹤（荀隐）"，与其说是二人的自我介绍，不如说是二人的自我"题目"。陆云字士龙，松江人，《易经》里有"云从龙，风从虎"的说法。所以，"云间陆士龙"一句不仅暗含陆云的名字和别字，还暗寓《易经》文句之意，云、龙两个意象契合无间，意境优美。后来，"云间"遂被借用为松江的雅称。荀隐字鸣鹤，颍川人，地近洛阳，而洛阳是西晋的首都，是常被比为太阳（"日"）的天子所居之处，故可称为"日下"。"日下荀鸣鹤"不仅描绘出晴天朗日之下鹤鸣且飞、和谐优美的意象，也同时带出了荀隐的别字与籍贯。陆、荀二人的自我介绍针锋相对，互不相让，也各有千秋，难分高下。"云间陆士龙""日下荀鸣鹤"两句，既可以视为两人的口才比赛，也可看作二人合作的一副五言对联，乃至于看成五言联句诗中的两句。从意象搭配、平仄谐调（平平仄仄平，仄仄平平仄）的水平来看，即使与格律诗成熟时代的唐宋人诗句相比，这两句也毫不逊色。

人物品藻讲究对偶，讲究声调，讲究形象，有时还需要灵感。就这几个方面而言，人物品藻其实与诗文创作无本质区别。人物品藻中使用形象比喻，此类例子不胜枚举。仅以《世说新语》为限，列举数

---

① 余嘉锡：《世说新语笺疏》，第789页。

例如下：

《赏誉》："世目李元礼：'谡谡如劲松下风。'"①

《赏誉》："公孙度目邴原：所谓云中白鹤，非燕雀之网所能罗也。"②

《赏誉》："王公（王茂宏）目太尉（王衍）：'岩岩清峙，壁立千仞。'"③

《容止》："时人目王右军'飘如游云，矫若惊龙'。"④

这些品藻中都有意象，也就是对于人物的意象批评。比如评价王羲之（右军）"飘如游云，矫若惊龙"，这两句是从《洛神赋》"翩若惊鸿，婉若游龙"化出，看到这样的评语，会油然联想到洛神的美丽形象。

在简洁形象、画龙点睛之外，人物品藻还要突出个性化的表达。《世说新语·赏誉》中有两类不同的例子。一类称为"世目"，代表社会上对某一人物比较通行的评价，例如："世目周侯'嶷如断山'。"⑤"世目杨朗'沈审经断'。"⑥另一类则是比较个人化的品藻，与"世目"有所出入。例如："世目谢尚为'令达'，阮遥集云：'清畅似达。'或云：'尚自然令上。'"⑦可见，在"世目"之外，还有"阮遥集（孚）云"和"或云"两种大同小异的题目。又如："王子猷说：'世目士少为朗，我家亦以为彻朗。'"⑧对于祖约（士少），王家的"题目"与"世目"相比，赏誉更高一级。

注重形象并且讲究修辞和声调的人物品藻，进而发展成韵语体，犹如水到渠成。韵语体就必须押韵，押韵的人物品藻经常采取七言形式，前面四言是评语，后面三言是被评对象的名字，合为前后谐韵的七言句。比如《赏誉》载谚曰："扬州独步，王文度（王坦之）。后来出人，郗嘉宾（郗超）。"⑨为了突出韵脚，笔者把七言句分成前四后三的两句，第四个字与第七个字押韵，亦即"步"和"度"押韵，"人"和"宾"押韵。这种谚语本质上属于民间文艺，以口语形态产

---

①②③④⑤⑥⑦⑧⑨　余嘉锡：《世说新语笺疏》，第 415、418、442、621、454、457、477、487、484 页。

生并流传于世。

如何认识这种韵语体的人物品藻的文体属性，可以见仁见智，既可认为是谚语，亦可以看成是韵语，还可以视为歌谣。逯钦立辑校《先秦汉魏晋南北朝诗》时，就把这些谚语当成诗歌来看待，收入"杂歌谣辞"之中，还给它们加上题目。比如《时人为谢安郗超王坦之语》："大才槃槃，谢家安。江东独步，王文度。盛德日新，郗嘉宾。"《时人为郗超王坦之语》："盛德绝伦，郗嘉宾。江东独步，王文度。"《时人为郗超王坦之语》："扬州独步，王文度。后来出人，郗嘉宾。"① 这些歌谣可以联起来，读成七言一句，也可以断开来，读成前四后三的句式。这三首谚语对郗嘉宾的评价略有不同，因为其属于口头文学，语无定本，在记录与传播的过程中，便有了不同的文本形态。对每人的品藻可以独立成篇，也可以多则评语联缀成篇。例如，《时人为谢安郗超王坦之语》就是三则评语的缀合，形式上很像六句诗，两句一换韵。

实际上，人物品藻固然针对个人者居多，而针对多个人物进行比较评价者，也并不少见。《世说新语》中常有对多人进行比较、排序和评价的例子，如《品藻》篇记王夷甫（衍）云："闾丘冲优于满奋、郝隆，此三人并是高才，冲最先达。"② 王衍认为这三个人都是"高才"，但闾丘冲略胜一筹，这就是把多个人放在一起比较。如果有人采取韵语形式，评价若干个人物，又一韵到底，一首完整的诗篇便就此产生了。《世说新语·赏誉》中即有一例："会稽孔沈、魏顗、虞球、虞存、谢奉并是四族之俊，于时之杰。孙兴公目之曰：'沈为孔家金，顗为魏家玉。虞为长琳宗，谢为弘道伏。'"③ 在这个例子中，孙绰的四句"题目"恰好构成一篇五言四句诗。

---

① 逯钦立辑校：《先秦汉魏晋南北朝诗》，中华书局，2008，第1034-1035页。
② 余嘉锡：《世说新语笺疏》，第508页。
③ 余嘉锡：《世说新语笺疏》，第469页。按：《世说新语》本条刘孝标注云"长、琳即存及球字也。弘道，谢奉字也。言虞氏宗长、琳之才，谢氏伏弘道之美也"。《世说新语·言语》记王济、孙楚二人"各言其土地人物之美"，王云："其地坦而平，其水淡而清，其人廉且贞。"孙云："其山嶵巍以嵯峨，其水㵘㵘而扬波，其人磊砢而英多。"刘孝标注："按《三秦记》《语林》载蜀人伊籍称吴土地人物，与此语同。"见《世说新语笺疏》第86页。此亦是采取韵语之体。

品藻既有高下的评判、优劣的比较，又有对未来的预测、对前景的展望。前举"乱世之英雄""冲最先达"等题目，很明显已含有对所评人物未来的预测。有针对性地提出一些希望，作为奖劝或者勉励，也是对其未来的期望。如《世说新语·文学》中便有如下两例："诸葛厷年少不肯学问，始与王夷甫谈，便已超诣。王叹曰：'卿天才卓出，若复小加研寻，一无所愧。'厷后看《庄》《老》，更与王语，便足相抗衡。"① "殷仲文天才宏赡，而读书不甚广。傅亮叹曰：'若使殷仲文读书半袁豹，才不减班固。'"② 这类带有预言或展望性质的勉励之辞，一般出自王衍、傅亮这样的长辈之口，此类例证《世说新语》中屡见不鲜。这对后来的诗文创作尤其是谢混的《诫族子诗》有显著的影响。

晋宋之际，人物品藻中已经发展出数量可观、风格多样的诗歌作品。《宋书·谢灵运传》记有一例，其作者是谢灵运的密友何长瑜：

> 临川王义庆招集文士，长瑜自国侍郎至平西记室参军。尝于江陵寄书与宗人何勖，以韵语序义庆州府僚佐云："陆展染鬓发，欲以媚侧室。青青不解久，星星行复出。"如此者五六句，而轻薄少年遂演而广之。凡厥人士，并为题目，皆加剧言苦句，其文流行。义庆大怒，白太祖除为广州所统曾城令。③

显然，《世说新语》所引录的，只是何长瑜所作韵语"题目"的一部分。一方面，何长瑜对同僚的"题目"，并不限于陆展一人，更不属于常规的赏誉，而是充满了"剧言苦句"，并在当时产生了广泛的影响。当时的轻薄少年群起效仿，流传一时。另一方面，何长瑜的"题目"，已经不是习见的口头的"语"，而是书面的"文"，其传播也不是通过口耳相传，而是通过"寄书"、仿作而广为流传。虽然何长瑜的

---

① 余嘉锡：《世说新语笺疏》，第 202 页。
② 余嘉锡：《世说新语笺疏》，第 275 页。按："傅亮叹曰"一本作"亮叹曰"，而"傅"作"博"，连上句读作"而读书不甚广博"。《笺疏》引李慈铭说，以作"傅亮叹曰"为是。
③ 沈约：《宋书》卷六十七，中华书局，1974，第 1775 页。

"题目"有失温和忠厚,不利于幕府同僚和谐相处,但这篇作品却体现了他的性格,也体现了他的诗歌风格。从"轻薄少年"的热衷效仿中,也可以看出世俗对于这种诗体的欢迎。

人物品藻也进一步影响了赋体创作。《世说新语·文学》中有两条袁宏作赋的例子,皆可为证。《世说新语·文学》载:

> 袁宏始作《东征赋》,都不道陶公。胡奴(陶范)诱之狭室中,临以白刃,曰:"先公勋业如是,君作《东征赋》,云何相忽略?"宏窘蹙无计,便答:"我大道公,何以云无?"因诵曰:"精金百炼,在割能断。功则治人,职思靖乱。长沙之勋,为史所赞。"①

在《东征赋》中,袁宏高度评价了东晋初年的一批名相名将,却不提及陶侃,尽管陶侃勋业彪炳,是公认的东晋名臣。他因此激怒了陶侃的儿子陶范。面临陶范"临以白刃"的威胁,袁宏才被迫即兴口诵六句,满足了陶范的愿望。在这段文字里,"都不道陶公"和"我大道公"中的"道"字值得注意。"道"是"称道",也表示一种口语形态,与下文的"诵"貌异心同。袁宏所"诵"诸句,就是对陶侃的"题目",具体说来,是四言韵文体的"题目"。

无独有偶。《世说新语》此条刘孝标注引《续晋阳秋》云:

> 宏为大司马记室参军,后为《东征赋》,悉称过江诸名望。时桓温在南州,宏语众云:"我决不及桓宣城(彝)。"……温甚忿,以宏一时文宗,又闻此赋有声,不欲令人显闻之。后游青山饮酌,既归,公命宏同载,众为危惧。行数里,问宏曰:"闻君作《东征赋》,多称先贤,何故不及家君?"宏答曰:"尊公称谓,自非下官所敢专,故未呈启,不敢显之耳。"温乃云:"君欲为何辞?"宏即

---

① 余嘉锡:《世说新语笺疏》,第 273–274 页。

答云:"风鉴散朗,或搜或引。身虽可亡,道不可陨。则宣城之节,信为允也。"温泫然而止。①

这段文字里的"称""称谓",就是上一段文字里的"道""诵",指的也是口头式的表达。袁宏应声而答,口吐六句韵语,其为口头创作形态至为昭著。这两段文字是不是一事二传,故而产生了这样一种文本歧异,可以暂不追究,笔者要强调的是(这恰恰也是《世说新语》所要强调的),袁宏即兴创作的这两段韵文,既是一种口头创作,也是书面文学《东征赋》的一部分。它们与传统的人物品藻形神兼似,甚至可以说,《东征赋》就是由诸如此类的众多人物品藻段落汇合而成的,是一篇以人物品藻为主题的赋作。可惜,袁宏《东征赋》已经残缺,无从细论。相比之下,谢混《诫族子诗》保存了完整的文本及其史事背景,更适合作为个案,进行细读深论。

### 三、谢混《诫族子诗》析论

谢混,字叔源,是东晋名相谢安之孙,也是晋宋之际谢氏家族的领袖人物。不幸的是,在晋宋之际的政治斗争中,他因为党刘毅、反刘裕而被杀,提前退出历史舞台,而没有发挥更大的作用。按《说文解字》的解释,"混,丰流也,从水昆声,胡本切"②。故《孟子·离娄下》有句云:"原泉混混,不舍昼夜。"③ "混混",亦是丰流之意。"原泉"即"源泉"。谢混名字很可能就源自《孟子》此句。《世说新语·言语》"诸名士共至洛水戏"条记王夷甫语云:"裴仆射善谈名理,混混有雅致。"④则是以水流之丰比喻雅致之富。总之,"混"字是魏晋人常语,谢混以其为名,不仅有出典,而且取义甚美。

在文学史上,谢混并非一直被完全忽略,至少,钟嵘《诗品》、刘

---

① ④ 余嘉锡:《世说新语笺疏》,第 274、85 页。
② 许慎撰,段玉裁注,许惟贤校点:《说文解字注》十一上,凤凰出版社,2015,第 950 页。
③ 朱熹:《四书章句集注》,中华书局,1983,第 293 页。

勰《文心雕龙》和沈约《宋书》都提到了他的名字。谢混留下来的诗文作品很少，不过，钟嵘《诗品》还是将其列在中品。① 沈约在《宋书·谢灵运传论》中，也称赞其"大变太元之气"②。刘勰《文心雕龙·才略》则提到了"谢叔源之闲情"③。在一定程度上，《游西池诗》可以印证谢混的"闲情"，也可以代表其"变太元之气"的文学创获，因而较多引起过文学史家的注意，而《诫族子诗》却一直未受到重视。

作为东晋末年谢氏家族的领袖，谢混极其重视对族子辈的培养。当时，谢氏家族内部有一个社交圈子，就是以其为核心的。《宋书·谢弘微传》称谢混"风格高峻，少所交纳，唯与族子灵运、瞻、曜、弘微并以文义赏会。尝共宴处，居在乌衣巷，故谓之乌衣之游，混五言诗所云'昔为乌衣游，戚戚皆亲侄'者也。其外虽复高流时誉，莫敢造门"④。所谓"乌衣之游"，指的就是以谢混为中心的这个封闭性社交圈子。人物题目与五言诗创作，是这个圈子活动的两项主要内容。关于这两方面，《宋书·谢弘微传》都有具体记载。先看人物题目：

瞻等才辞辩富，弘微每以约言服之，混特所敬贵，号曰微子。谓瞻等曰："汝诸人虽才义丰辩，未必皆惬众心，至于领会机赏，言约理要，故当与我共推微子。"常云："阿远刚躁负气；阿客博而无检；曜恃才而持操不笃；晦自知而纳善不周，设复功济三才，终亦以此为恨；至如微子，吾无间然。"又云："微子异不伤物，同不害正；若年迨六十，必至公辅。"⑤

他所"题目"的谢瞻、谢灵运、谢曜、谢晦、谢弘微等五人，与下面这篇五言诗中所"题目"的人物完全相同：

---

① 钟嵘撰，陈延杰注：《诗品注》，人民文学出版社，1961，第 45 页。
② 沈约：《宋书》卷六十七，第 1778 页。
③ 刘勰著，范文澜注：《文心雕龙注》，人民文学出版社，1958，第 701 页。
④ 沈约：《宋书》卷五十八，第 1590–1591 页。第 1596 页校记："'侄'，《南史》作'姓'。"按：见李延寿《南史》卷二十，中华书局，1975。叙事略同，"亲姓"似优于"亲侄"。
⑤ 沈约：《宋书》卷五十八，第 1591 页。

尝因酬宴之馀，为韵语以奖劝灵运、瞻等曰：
康乐诞通度，实有名家韵。若加绳染功，剖莹乃琼瑾。
宣明体远识，颖达且沈隽。若能去方执，穆穆三才顺。
阿多标独解，弱冠篡华胤。质胜诚无文，其尚又能峻。
通远怀清悟，采采摽兰讯。直辔鲜不踬，抑用解偏吝。
微子基微尚，无倦由慕蔺。勿轻一篑少，进往将千仞。
数子勉之哉，风流由尔振。如不犯所知，此外无所慎。①

紧接着上述这两段文字，沈约还有一段评论和一段注释。评论是："灵运等并有诫厉之言，唯弘微独尽褒美。"注释是："曜，弘微兄，多，其小字也。远即瞻字。灵运小名客儿。"② 这两段文字的评论对象是相同的五个人，内容亦大同而小异。所谓"康乐诞通度"就是"阿客博而无检"。所谓"直辔鲜不踬，抑用解偏吝"就是"阿远刚躁负气"。只不过一为韵文，一为散文；一是书面表达，一是口语表达；一个更为委婉，一个较为质直而已。

如前所述，人物题目多以赏誉为主，即使提出批评与希望，也多采取比较委婉的方法。根据沈约的理解，谢混此诗对诸族子"并有诫厉之言，唯弘微独尽褒美"，这或许是因为谢弘微是传主的缘故。所谓"褒美"就是"赏誉"，所谓"诫厉"就是告诫与批评。五言诗是先褒美而继以诫励；口头题目则重在诫励。但二者殊途同归者更多，如好使用小字，多使用当时人物题目中的常见词语。诗中出现的"通""度""韵""穆穆""标""清悟"等词汇，明显来自于当时的人物题目。③ 试从《世说新语》中摘取数例，以供参证。

通："南人学问，清通简要。"（《文学》）④

---

① ② 沈约：《宋书》卷五十八，第1591页。
③ 王献之作诗，亦自人物品藻中汲取语汇。《世说新语·赏誉》"殷允出西"条记有一例："世目袁（宏）为'开美'，故子敬诗曰：'袁生开美度。'"详见《世说新语笺疏》，第492页。可惜王献之此诗残佚，仅留此句，未详其题。
④ 余嘉锡：《世说新语笺疏》，第216页。

度:"王朗每以识度推华歆。"(《德行》)①
韵:"(裴)頠性弘方,爱(杨)乔之有高韵。"(《品藻》)②
标:"支(道林)卓然标新理于二家之表。"(《文学》)③
穆穆:"太尉答曰:'诚不如卿落落穆穆。'"(《赏誉》)④
清悟:"道季诚复钞撮清悟,嘉宾故自上。"(《品藻》)⑤

总之,无论从主题内容还是言说方式上看,《诫族子诗》都是一篇典型的"题目"之诗。这首诗的骨干,就是谢混对谢灵运等五人的"题目"品藻。谢混以赏誉为主,同时也提出了婉转的告诫批评,最后表达了自己对诸位后辈的殷切期望。

人物题目不仅是魏晋南北朝士族文化生活的重要内容,也逐渐发展成为魏晋南北朝诗歌的一个重要题材。《诫族子诗》就是这类题材诗歌的典型代表。陶渊明《责子》和颜延之《五君咏》,即属于同一类型系列的诗作,但与谢混诗相比,陶、颜二家诗又各自有鲜明的特点。谢混一诗题咏五人,颜延之则是五诗分咏五人,联成一组,总题为《五君咏》。⑥ 如果将五篇看成五章,则《五君咏》亦不妨看作是由五章构成的一首长篇诗歌。颜、谢二诗主要是篇章分合的不同,至于诗的审美风格,则同样是严肃认真的。⑦ 陶诗亦是题咏五个晚辈,合为一篇,其形式与谢诗并无不同,而审美风格则迥然异趣。陶渊明《责子》云:

> 白发被两鬓,肌肤不复实。虽有五男儿,总不好纸笔。阿舒已二八,懒惰故无匹。阿宣行志学,而不爱文术。雍端年十三,不识六与七。通子垂九龄,但觅梨与栗。天运苟如此,且进杯中物。⑧

---

① ② ③ ④ ⑤ 余嘉锡:《世说新语笺疏》,第13、506、220、435、543页。
⑥ 萧统编,李善注《文选》卷二十一,上海古籍出版社,1986,第1007-1011页。
⑦ 后世诗人题咏诸人之作,大抵不出颜、谢两种路数,如唐代杜甫作《饮中八仙歌》,合八仙于一篇,其结构近于谢混《诫族子诗》,又作《八哀诗》分咏八人,其结构则近于颜延之《五君咏》。清代乾隆皇帝曾写过题咏竹林七贤的《七贤咏》,七贤每人一句,篇终六句则是对颜延之《五君咏》的评论,可以说其内容上暗承颜诗,而结构形式上则仍袭谢诗。
⑧ 陶渊明著,逯钦立校注:《陶渊明集》卷三,中华书局,1979,第106页。

表面上看,"责子"与"诫族子"二题简直像姐妹篇,陶渊明诗中以小字称其子俨、俟、份、佚、佟诸人,其亲切私密的口吻与谢混诗亦无两样,但是,陶诗对五子"嬉笑怒骂"、幽默风趣的描绘,与谢混诗的正襟危坐、谆谆叮咛,构成了无以复加的强烈反差。从审美旨趣上说,陶、谢二诗恰好体现了世族与庶族文士、中心与边缘文士在思想文化的差异。简言之,陶诗就是对谢诗的解构与反动。①

《诫族子诗》是一篇"题目"之诗,也是一篇题目之诗。这篇诗作的题目,还有必要作进一步讨论。首先,谢混此诗虽然最早见于《宋书》和《南史》,但二史并未载明此诗之题。既然如此,后人为之代拟题目,便有较大的自我发挥空间。众所周知,明代人致力于汉魏六朝文学文献的整理,贡献良多,其中,张溥所辑《汉魏六朝百三家集》以及冯惟讷所辑《古诗纪》,是最值得一提的两部著作。他们对先唐文学文献的整理,包括辑佚、拼合、汇集、重编,也包括对无题或失题诗作的"拟题",无论是正面的,还是反面的,作为前人留下的重要文献遗产,都对后代的六朝文学文献整理与文学研究,产生了深远的影响。②《诫族子诗》之题最早见于明人冯惟讷所辑《古诗纪》卷四十六③,易言之,此题是冯惟讷为谢混代拟的。最早载录此诗的《宋书》和《南史》,自然是冯惟讷拟题时首要考虑与依据的文献。问题在于《宋书·谢弘微传》介绍这首诗内容时,用过"奖劝""诫厉""褒美"三个词,只有将三词意义合而观之,才能较为完整地反映该诗的内容;而冯惟讷偏重其"诫厉"的一面,而忽略其"奖劝""褒美"的另一面,因而,《诫族子诗》的拟题是不完整也不全面的。这个题目只能代表晚于谢混一千余年的冯惟讷对这首诗的一种理解,或者说,它最多只能代表明代人的一种理解。④ 但是,由于今人逯钦立校辑《先

---

① 于溯《读〈五柳先生传〉三札》(载《古典文献研究》第十五辑,凤凰出版社,2012)曾论及此点,可参阅。
② 林晓光所撰《明清所编总集造成的汉魏六朝文本变异——拼接插入的处理手法及其方法论反省》(《汉学研究》第三十四卷第一期,总第84号)对与此相关的若干问题进行了有益的思考,可以参阅。
③ 冯惟讷:《古诗纪》,《景印文渊阁四库全书》本。
④ 明代何良俊在其《何氏语林》卷十八辑录《宋书》此节,而易原书的"奖劝"为"奖训",似乎亦是偏重强调此诗的"诫厉"之用。参看何良俊撰,陈洪、黄菊仲注《何氏语林注》,天津教育出版社,2008,第635页。

秦汉魏晋南北朝诗》时沿用了冯惟讷所拟的这一诗题,此题的影响遂跨越时空,直到21世纪的今天,《诫族子诗》还被认为是权威的诗题文本。

《诫族子诗》正文背后的汉魏六朝人物"题目"之风,以及诗题背后的文化传播与文献歧异现象,为我们研读谢混此诗,提供了开阔的文化视野。"题目"作为口头表达与口头创作,与书面表达和书面创作是不一样的。《世说新语·文学》载:"乐令善于清言,而不长于手笔。将让河南尹,请潘岳为表。潘云:'可作耳。要当得君意。'乐为述己所以为让,标位二百许语,潘直取错综,便成名笔。时人咸云:'若乐不假潘之文,潘不取乐之旨,则无以成斯矣。'"① 人各有所长,乐广善于口头表达,潘岳长于书面表达,相得益彰。谢混这首"题目"之诗,虽已落实为书面文本,仍然留下不少口头表达的痕迹,例如称谢曜为"阿多",称谢弘微为"微子"等,都是口语形态的遗迹。从这个角度可以说,这首诗融合了口头文学传统与书面创作传统,体现了谢混"清言"与"手笔"兼长的才华。原本为韵语的"题目"被以文字方式记录下来,并通过史书和总集而实现了跨时空的传播,从而建立了自身的书面文学传统。

《诫族子诗》实际上就是一篇《题族子诗》。援引"咏史诗""咏物诗"之例,这类诗也可以称为"咏人诗"。后代诗文创作中司空见惯的"题某人"或"题某物"之类的题咏类诗题,其远源之一正是六朝时代的这类人物题咏或"咏人诗",其创作也遥承口头与书面这两种文学传统。换言之,人物"题目"不仅对南朝诗赋题咏赋物的命题方式产生了影响,也对后代诗赋创作的题材内容产生过显著影响。人物题目与诗文题目,这两种"题目"最早交集的诗作,就是这篇《诫族子诗》。从这个角度来看,谢混的诗史贡献及其地位有必要重新论定。

(原载《文学遗产》2018年第3期)

---

① 余嘉锡:《世说新语笺疏》,第252–253页。

# 读任昉《刘先生夫人墓志》并论南朝墓志文体格

《文选》卷五十九"墓志"类李善注引吴均《齐春秋》载王俭说："石志不出礼典,起宋元嘉,颜延之为王琳石志。"① 王俭在这里提出了他对墓志起源的看法,值得重视。笔者在《墓志起源考——兼对关于墓志起源的诸种说法的考察》一文中,赞同并采用了王俭的这一说法,并通过考证指出,上引注文中的"王琳"应作"王球",当是传写之讹。据《宋书》卷五十八《王球传》,王球"颇好文义,唯与琅邪颜延之相善"②,卒于元嘉十八年(441),时年49岁。王俭所谓"宋元嘉",具体说来是指元嘉十八年。颜延之的《王球墓志》是最早的名副其实的墓志。③ 其后,在进一步的研究中,笔者又修正了原有的看法,认为作为文体称名的"墓志"一词,其实始见于东晋末年,而《王球墓志》可能只是最早的石刻墓志文之一。④ 尽管如此,如果要追究最早的墓志文体格究竟如何,《王球墓志》仍然是最好的根据之一。遗憾的是,它已经失传了。如果上引王俭的那一席话没被记载并流传下来,我们甚至可能无从知道天壤之间曾有过这样一篇墓志。存目作品的意义及其局限性在此彰露无遗。不得已而求其次,我们不妨再来求助于《文选》。

---

① 萧统编,李善注:《文选》卷五十九,中华书局,1977,影印胡刻本,第824页。
② 沈约:《宋书》卷五十八,中华书局,1974,第1594页。
③ 《墓志起源考——兼对关于墓志起源的诸种说法的考察》,1998年北京大学主办海峡两岸古籍整理研讨会论文,后收入拙撰《石学论丛》,大安出版社,1999。
④ 参看拙撰《墓志文体起源新探》,《学术研究》2005年第6期。

## 一、刘先生与夫人及其墓志

《文选》"墓志"类所录作品仅一篇,即任昉《刘先生夫人墓志》。在《文选》中,除了册、令、奏记、对问、箴、墓志、行状等7种文体以外,其他各体选录作品一般都不止一篇。虽然结果相同,但从7种文体来看,造成这一结果的原因又不尽相同。有的文体可能本身数量较少,佳作也不多,无从多选;有的文体则属于用途较窄的,不必多选;还有的文体历史较短,尚未达到其繁盛期,难以多选。就墓志来说,它应该属于第三种情况。墓志这种文体到梁朝为止也才有一百来年的历史,还处于新生阶段,作品的数量相对于繁盛期的唐朝来说,也是微不足道的。

为便于讨论,今将《刘先生夫人墓志》全文抄录如下:

> 既称菜妇,亦曰鸿妻。复有令德,一与之齐。实佐君子,簪蒿杖藜。欣欣负载,在冀之畔。
> 
> 居室有行,亟闻义让。禀训丹阳,弘风丞相。籍甚二门,风流远尚。肇允才淑,闾德斯谅。
> 
> 芜没郑乡,寂寞杨家。参差孔树,毫末成拱。暂启荒埏,长扃幽陇。夫贵妻尊,匪爵而重。①

此文题下,李善注引萧子显《(南)齐书》曰:"太祖为刘瓛娶王氏女,瓛卒,天监元年,下诏为瓛立碑,号曰贞简先生。"②按:刘瓛,字子珪,丹阳尹刘惔六世孙,是东晋著名清谈家,也是南齐著名学者,精于儒学尤其是礼学,受到齐竟陵王萧子良和梁武帝的崇敬。《南齐书》卷三十九《刘瓛传》云:"竟陵王子良亲往修谒。(永明)七年,

---

①② 萧统编,李善注:《文选》卷五十九,第824-825页。

表世祖为瓛立馆，以扬烈桥故主第给之，生徒皆贺。"① 《艺文类聚》卷三十八引录任昉《求为刘瓛立馆启》，当即此时代竟陵王所作。② 梁武帝即位以后，于天监元年（502）下诏为其立碑，并谥曰"贞简先生"。刘"先生"之称即由此而来。李善注又引王僧孺《刘氏谱》曰："瓛娶王法施女也。"③ 按《宋书》卷十七《礼志》四，宋孝武帝孝建元年（454），王法施任散骑侍郎，曾参议章皇太后庙毁置之礼。④ 又，《刘先生夫人墓志》"禀训丹阳，弘风丞相"句李善注："妻王氏，丞相遵之后也。"⑤ 胡克家《文选考异》云："何校，'遵'改'导'，陈同，是也。各本皆讹。"⑥ 则法施族出琅琊王氏，是东晋名相王导之后。

刘瓛是一个孝子，这是导致他晚婚的重要原因，甚至影响了他后来的婚姻。《南齐书》本传云："瓛有至性……母孔氏甚严明，谓亲戚曰：'阿称便是今世曾子。'阿称，瓛小名也。年四十余，未有婚对。建元中，太祖与司徒褚渊为瓛娶王氏女。王氏椓壁挂履，土落孔氏床上，孔氏不悦，瓛即出其妻。"⑦ 以一区区小事而出妻，就是为了显示对母亲的孝敬。《刘先生夫人墓志》云："暂启荒埏，长扃幽陇。"李善注："萧子显《齐书》曰王氏被出，今云合葬，盖瓛卒之后，王氏宗合之。"⑧ 这就交代了王氏被出之后的结局。由此看来，这篇墓志显然作于天监元年之后，天监七年（508）任昉卒以前⑨，即502至508年之间，很有可能就作于天监元年立碑之时⑩。

这篇墓志有两点引人注目。首先是墓主的身份，虽然刘、王二家

---

① 萧子显：《南齐书》卷三十九，中华书局，1972，第679页。
② 欧阳询著，汪绍楹校：《艺文类聚》卷三十八，上海古籍出版社，1965，第694－695页。
③⑤ 萧统编：《文选》卷五十九，第824页。
④ 沈约：《宋书》卷十七，第470页。
⑥ 萧统编：《文选》附《胡氏考异》卷十，第980页。
⑦ 萧子显：《南齐书》卷三十九，第679页。按："椓壁挂履"，《南史》卷五十本传作"穿壁挂履"。见李延寿《南史》，中华书局，1975，第1238页。
⑧ 萧统编：《文选》卷五十九，第825页。
⑨ 姚思廉：《梁书》卷十四《任昉传》（中华书局，1973，第254页）："（天监）六年春，出为宁朔将军、新安太守。……视事期岁，卒于官舍，时年四十九。"是任昉卒于天监七年。
⑩ 罗国威《沈约任昉年谱》即将此墓志文系于天监元年，理由是："天监元年下诏为瓛立碑，此墓志当与刘瓛碑同时作。"见刘跃进、范子烨编《六朝作家年谱辑要》上册，黑龙江教育出版社，1999，第383－447页。

都是世族门第，但王氏毕竟是以出妻的身份而合葬的。其次是这篇墓志的文体。全篇由24句四言句子组成，其中，每八句为一换韵，构成平仄韵相间的三组。众所周知，后代通行的墓志文体格是前面散文叙事（志或序）、后面韵文咏叹（铭），而这篇墓志格式与之大相径庭，颇为引人注目。但是乍一看，在南朝墓志中，这种有铭无序（志）的墓志数量却相当多。清代研究金石例的学者已经注意到这一问题。吴镐指出，"齐梁墓铭似此式者，十有八九"，但同时又强调说，这类墓志"皆不可据为例也"。① 李富孙《汉魏六朝墓铭纂例》卷三"《抚军桂阳王墓铭》《刘先生夫人墓志》"云："俱无碑辞，此志铭一例也。张氏凤翼曰：或谓文皆韵语而无家世生卒岁月，以为去志而选铭，不知散文曰志，韵语曰铭，此俗说也。江淹之于孙缅，单举韵言，亦云墓志，王融之于豫章王，谢朓之于海陵王，都无散序，并曰志铭。且《范云墓志》不载爵里日月，又何疑也。"在另一处，李富孙又援引清人沈可培之说，举了不少例子，说明"单用韵语，而称墓志"②，也是志铭一例。

吴镐、沈可培、李富孙等人的意见，可以说是在清代比较流行的一种看法。这种看法，至少从表面上看，似乎都言而有据。但像吴镐那样，一方面说"不可据为例"，另一方面又说"齐梁墓铭似此式者，十有八九"，显然是自相矛盾的。齐梁墓铭的格式究竟是什么样的呢？吴镐等人所说是否符合历史实际？不妨先以谢朓和沈约这两位齐梁时代最具代表性的文学家别集中的墓志文为例，作一简单分析。

## 二、南朝墓志文体格

陈庆元《沈约集校笺》卷六收录沈约墓志铭六篇：《丞相长沙宣武王墓志铭》《齐太尉文宪王公墓志铭》《齐太尉徐公墓志铭》《司徒谢朓墓志铭》《尚书右仆射范云墓志铭》《太常卿任昉墓志铭》。③ 曹融南

---

① 吴镐：《汉魏六朝志墓金石例》卷二"《刘先生夫人墓志》"，《丛书集成初编》本。
② 李富孙：《汉魏六朝墓铭纂例》卷三"《中书令庾肩吾墓志铭》"，《石刻史料新编》第三辑第40册。
③ 陈庆元：《沈约集校笺》，浙江古籍出版社，1995。

《谢宣城集校注》卷一收录谢朓墓志铭四篇：《临海公主墓志铭》《新安长公主墓志铭》《齐郁林王墓志铭》《齐海陵王墓铭》。① 这十篇墓志，除了《齐太尉徐公墓志铭》，都是纯粹的四言韵文，也就是所谓"单用韵语，而称墓志"者，其篇幅则从 6 句（《齐郁林王墓志铭》）到 32 句（《齐海陵王墓铭》）不等。这一突出的特征，不能不给李富孙、吴镐等人留下深刻的印象。

然而，他们只看到了现象的表面，而忽视了很值得注意的两点：第一，这十篇墓志文有一个共同点，即都辑自《艺文类聚》。既然是类书所辑录，其中有些很可能不是完篇。第二，《齐太尉徐公墓志铭》原出《艺文类聚》卷四十六，标题原作《齐太尉徐公墓志》。② 《全梁文》卷三十沈约卷据之辑录，标题亦作《齐太尉徐公墓志》。③ 而《沈约集校笺》的标题多加了一个"铭"字④，遂使其题目与其他各篇墓志混同起来了。事实上，这篇墓志文开头二句"公美风仪，善谈笑"，显然是散句，以下各句或韵或否，也与其他各篇不同。换句话说，《艺文类聚》引录的只是它的散文的叙述的部分，即《汉魏六朝墓铭纂例》所谓"碑辞"部分。

传世的南朝墓志中，有相当一部分出自六朝史籍和《艺文类聚》等类书。史籍和类书中引录的墓志，往往是不完整的。史书中往往有明确的交代，如《梁书》卷五十三《伏暅传》："尚书右仆射徐勉为之墓志，其一章曰：'东区南服，爰结民胥。相望伏阙，继轨奏书。或卧其辙，或扳其车。或图其像，或式其闾。思耿借寇，曷以尚诸。'"⑤ 明确说明本篇墓志不只一章，而这里摘录的只是墓志铭文中的一章。而类书于删节摘录则往往不作说明，但仔细研究类书的引书体例，也可以推论其引述的只是片断。

据笔者统计，《艺文类聚》一书共引录墓志文 49 篇。这些墓志的

---

① 谢朓著，曹融南校注集说：《谢宣城集校注》，上海古籍出版社，1991。
② 欧阳询：《艺文类聚》卷四十六，第 822 页。
③ 严可均校辑：《全上古三代秦汉三国六朝文·全梁文》卷三十，中华书局，1958，第 6257 页。
④ 陈庆元：《沈约集校笺》，第 203 页。
⑤ 姚思廉：《梁书》卷五十三，第 776 页。

题名有三种情况：墓志铭、墓志、墓铭。《齐海陵王墓铭》在《艺文类聚》卷四十五中原题《齐海陵王墓志铭》，而《齐郁林王墓志铭》在《艺文类聚》卷四十五中原题《郁林王墓铭》，《齐太尉徐公墓志铭》原题《齐太尉徐公墓志》，其他各篇都题为"墓志铭"。凡是以"墓志"为标题的，一般都以叙述为主，或为散文，或为骈句，一般不押韵，实际上是墓志中的"志"或"序"。如《艺文类聚》卷四十八引梁元帝《侍中吴平光侯墓志》《中书令庾肩吾墓志》。也有少数"墓志"兼有志、铭两个部分，如卷三十七引梁简文帝《征君何先生墓志》《华阳陶先生墓志》。也就是说，"墓志"一般专指"志"，但由于它也是文体的通称，因此，有时也可以兼指志、铭两部分。当此之时，"墓志"就是作为通称来使用的。当作为通称使用之时，"墓志"自然也可以涵盖铭文（即《汉魏六朝墓铭纂例》所谓"铭词"）部分。《艺文类聚》卷三十七引梁元帝《庾先生承先墓志》，从形式上看全是四言韵文，从内容上看当属于铭词。同书卷四十七引谢庄《司空何尚之墓志》和卷四十八引宋孝武《故侍中司徒建平王宏墓志》亦属于这种情况。前引《梁书》卷五十三《伏暅传》也将铭词一章称为"墓志"。

凡是以"墓志铭"为标题的，一般只是四言韵文，以咏叹为主，实际上就是墓志中的铭文部分。极少数题为"墓志铭"的，兼有叙述的骈句和咏叹的铭文，如《艺文类聚》卷四十九引梁简文帝《庶子王规墓志铭》。"墓志铭"既可以是专称，也可以是通称，所以，既可以专指铭文，又可以兼指"志"和"铭"两部分。在《艺文类聚》中作为通称使用的"墓志铭"极为罕见。以江总所作墓志文为例。《艺文类聚》共收录其墓志文四篇，依次为：《特进光禄大夫徐陵墓志铭》（卷四十七）、《故侍中沈钦墓志》（卷四十八）、《司农陈暄墓志铭》（卷四十九）、《广州刺史欧阳頠墓志》（卷五十）。其中，标题为"墓志"的，虽用骈体句式，而以叙事为主，属于"志"；而标题为"墓志铭"者，则几乎全是四言韵文[1]，以咏叹为主，属于"铭"。而考古发掘出

---

[1] 只有《特进光禄大夫徐陵墓志铭》篇末有四句六言韵文，算是例外。

来的南北朝墓志，往往以"墓志铭"作为通称。此类例子，赵超《汉魏南北朝墓志汇编》中屡见不鲜。① 这说明，《艺文类聚》在引录墓志文时，选用名称有其一定之规，各个名称亦有其特定的含义。

与"墓志""墓志铭"相比，"墓铭"之名在《艺文类聚》较少使用。据笔者统计，《艺文类聚》中引用"墓铭"仅两篇，即卷四十五所引的谢朓《郁林王墓铭》和梁简文帝《安成蕃王墓铭》。② "墓铭"也只是墓志中的"铭文"部分，它与大多数"墓志铭"在文体上并没有区别。据曹融南《谢宣城集校注》的校记，《临海公主墓志铭》《新安长公主墓志铭》《齐郁林王墓志铭》这三篇，明张溥本《汉魏六朝百三家集》和康熙间郭威钊序本《谢宣城集》，标题皆作"墓铭"。③ 由此可见，在张溥、郭威钊二人看来，墓铭与墓志铭也是没有区别的。

在南朝墓志中，以"墓铭"为题的比较少见。《全梁文》卷三十九江淹卷中，共有五篇墓志，皆题为"墓铭"，出自其本集，其文体也是四言韵文。《汉魏南北朝墓志汇编》第47页《鄯月光墓铭》，只是一句简单的墓记；第153页《魏故持节征虏将军营州刺史长岑侯韩使君贿夫人高氏墓铭》④、第348页《司马兴龙墓铭》则有志有铭，与江淹诸作大有不同。从出土的北朝墓志来看，"墓铭"一词也可以作为墓志这一文体的通称。不过，在南朝人以及《艺文类聚》编者的心目中，"墓铭"似乎也可以专指铭文。

《艺文类聚》卷四十五《职官部一·诸王》引任昉《抚军桂阳王墓志铭》："于昭帝绪，擅美前王。绿图丹纪，金简玉筐。世载台鼎，地居鲁卫。沛易且传，楚诗将说。桐圭谁戏，甘棠何憩。"⑤ 现在可以确定，这是一篇不完整的墓志，其标题称为"墓志铭"，实际上它也只是铭文中的一部分。1980年，这篇墓志的原石于南京太平门外金陵石

---

① 赵超：《汉魏南北朝墓志汇编》，天津古籍出版社，1992。
② 按：本文引证《艺文类聚》，采用上海古籍出版社1999年新版汪绍楹校本。检《景印文渊阁四库全书》本《艺文类聚》，此二篇题目中之"墓铭"并作"墓志铭"，因此，若据此本，也可以说《艺文类聚》中无一篇墓志以"墓铭"为题。
③ 曹融南：《谢宣城集校注》，第84、87、88页。
④ 此志拓本见《考古》1972年第5期。
⑤ 欧阳询：《艺文类聚》卷四十五，第807页。

化厂附近出土，全文如下：

> 墓志铭序。□□融，字幼达，兰陵郡兰陵县都乡中都里人，□文皇帝之第五子也。王雅亮通明，器识韶润，清情秀气，峨然自高，峻□□衿，宵焉未闻。佩觿琔珙，则风流引领；胜冠凤起，则缙冕属目。齐永明元年，大司马豫章王府僚清重，引为行参军署法曹。隆昌元年，转车骑鄱阳王行参军。建武元年，□□初辟，妙选时英，除太子舍人，顷转冠军、镇军、车骑三府参军署□□。又为车骑江夏王主簿。顷之，除太子洗马，不拜。元昆丞相长沙王，至德高勋，居中作宰，而凶昏在运，君子道消，□直丑止，罹兹滥酷。王春秋卅，永元三年十二月十二日奄从门祸。中兴二年，追赠给事黄门侍郎。皇上神武拨乱，大造生民，冤耻既雪，哀荣甫备。有诏：亡弟齐故给事黄门侍郎融，风标秀特，器体淹和。朕继天绍命，君临万寓，祚启郇滕，感兴鲁卫，事往运来，永怀伤切。可赠散骑常侍抚军将军桂阳郡王。天监元年太岁壬午十一月乙卯一日窆于弋辟山，礼也。惧金石有朽，陵谷不居，敢撰遗行，式铭泉室。梁故散骑常侍抚军大将军桂阳融谥简王墓志铭。长兼尚书吏部郎中臣任昉奉敕撰。于昭帝绪，擅美前王。绿图丹纪，金简玉筐。龛黎在运，业茂姬昌。蝉联写丹，清越而长。显允初筮，迈道宣哲。艺单漆书，学穷绣税。友于惟孝，闲言无际。邹释异家，龙赵分艺。有一于此，无竞惟烈。信在辟金，清由源□。齐嗣猖狓，惟昏作孽。望□高翔，临河永逝。如何不吊，报施冥灭。圣武定鼎，地居鲁卫。沛易且传，楚诗将说。桐珪谁戏，甘棠何憩。式图盛轨，宣美来裔。①

萧融是梁武帝之弟，南齐永元三年（501）为东昏侯所害，梁天监

---

① 此志拓本见《文物》1981年第12期《南京梁桂阳王肖融夫妇合葬墓》，同时出土的还有《梁桂阳国太妃（王慕韶）墓志铭》。

元年（502）追封桂阳王，《南史》卷五十一有传，但十分简略。这篇墓志的出土，弥补了史传的阙文，有重要的史料价值。墓志铭文中，"圣武定鼎"，《艺文类聚》引作"世载台鼎"；"桐珪谁戏"，《艺文类聚》引"珪"作"圭"，也不无校勘价值。但在笔者看来，这篇墓志的重要价值还不止于此。它作于天监元年，与《刘先生夫人墓志》属于同一时期的作品。更值得注意的是，墓志文明显地分成前后两个部分，"式铭泉室"以上，是"墓志铭序"，以下才是所谓"墓志铭"，序和铭文两部分界限分明。这说明，在当时人的观念中，构成墓志的序和铭文两部分，各自有相当的独立性。

据《宋书》卷七十二《文九王·建平王宏传》，大明二年（458），建平王宏薨后，"上（孝武帝）痛悼甚至，每朔望辄出临灵，自为墓志铭并序"①。《艺文类聚》卷四十八引录宋孝武帝《故侍中司徒建平王宏墓志》："含荣幼耀，膺和早慧。徘徊天人，优游经艺。鸿渗才流，皇根中绝。体孝尽性，怀追孝烈。反我宸居，毁网更结。管机凝务，端朝赞契。召辉才融，士颖风折。秘路长阴，昭途永灭。"②虽然标题为"墓志"，实际上只是其铭文部分。《文选》卷三十谢朓《和伏武昌登孙权故城诗》注引徐勉《伏曼容墓志序》："曼容为大司马咨议参军，出为武昌太守。"③此文标题单称"序"。这都说明序、铭可以分开。又据《梁书》卷四十《刘显传》，大同九年（543），邵陵王迁镇郢州，刘显除平西咨议参军，加戎昭将军。其年卒，时年63岁。友人刘之遴上启乞皇太子为刘显志铭，并说："之遴已略撰其事行，今辄上呈。伏愿鸿慈，降兹睿藻，荣其枯骼，以慰幽魂。"这个皇太子就是后来的简文帝。他没有亲自撰作，而是命刘之遴代作，于是之遴"乃蒙令为志铭"④。刘之遴的上奏表明，当时有二人分撰志（序）、铭的作法。这是序、铭各自有很强的独立性的又一例证。此外，《陈书》卷二

---

① 沈约：《宋书》卷七十二，第1860页。
② 严可均校辑：《全上古三代秦汉三国六朝文·全宋文》卷六，第2476页，据《艺文类聚》辑录。
③ 萧统编，李善注：《文选》卷三十，第431页。
④ 姚思廉：《梁书》卷四十，第571页。

十五 《孙玚传》云：

> 及卒，尚书令江总为其志铭，后主又题铭后四十字，遣左民尚书蔡徵宣敕就宅镌之。其词曰："秋风动竹，烟水惊波。几人樵径，何处山阿？今时日月，宿昔绮罗。天长路远，地久云多。功臣未勒，此意如何？"①

所谓志铭，实际上已包括志（序）和铭两部分。陈后主在江总已撰成的墓志及铭文之后补题40个字，这实际上是又一章铭文，亦即"两铭一志"②。这既证明志和铭可以由两人合撰，又说明铭文可以脱离墓志这一文体的母体而独立存在。

南朝人如上所述的这种文体观念，也体现在当时以及后世的总集和类书的编撰中。《艺文类聚》的引文按文体排列，"墓志"是其认定的文体名称。在这一文体下，有的标题是墓志，有的是墓志铭，有的是墓铭。从整体上看，书中引录墓志体作品，多取其铭词和骈体志文，说明其引录之时特重文采。性质与《艺文类聚》相似的《初学记》，在卷十一中引录沈约《齐太尉文宪王公墓志铭》时，同样也只取铭文。《文选》在"墓志"这一文体中，虽然只选录《刘先生夫人墓志》中的铭文部分，但按照当时的惯例，仍然可以题名为"墓志"。作这样的节选，一方面固然是因为志（序）和铭文在文体上有很强的独立自足性，"墓志"作为通名，可以涵盖"（墓志）铭文"。另一方面，这也与《文选·序》所揭示的"事出于沉思，义归乎翰藻"的别裁标准有密切的关系。一般来说，无论志（序）部分是散文抑或骈文，以"沉思""翰藻"的标准来衡量，显然都不及铭文。严可均《全梁文》卷四十四据《文选》辑录《刘先生夫人墓志》时，改题为《刘先生夫人

---

① 姚思廉：《陈书》卷二十五，中华书局，1972，第321页。
② 按：江总所撰孙玚志铭今不传，然从此段文献可知，此志乃"两铭一志"者。明徐㘴《徐氏笔精》（《景印文渊阁四库全书》本）卷六《沈崧遗文》："（崧）与罗隐契厚，崧为文募写徐庚，隐墓志崧笔也，骈丽详正，末作两铭。一志两铭，此为仅见。"《徐氏笔精》立此说，盖未见《梁书》此节也。

墓志铭》,就没有充分考虑到南朝人对于墓志的这种认识。

对墓志这一新兴文体,与《文选》同一时代的刘勰《文心雕龙》未曾论及,而《文选》将墓志作为一个独立的文体,与诔、碑、行状等并行收录,表现了一种兼容并蓄的态度。在《文心雕龙》文体论体系中不足为道的新兴文体墓志,却受到了《文选》的刮目相看。仅从这一事例来看,《文选》编者似乎比刘勰更多一点前瞻的别裁眼光。

(原载赵福海等主编《〈昭明文选〉与中国传统文化——第四届文选学国际学术研讨会论文集》,吉林文史出版社,2001)

# 重定时间标准与历史位置
## ——《新刻漏铭》新论

　　陆倕是南朝梁代重要的文学家,《文选》卷五十六选录其铭文两篇,即《石阙铭》和《新刻漏铭》。① 它们不仅是南朝铭文的典范之作,也是考察梁代初年政治文化的重要文献。无论就其文学意义还是文化意义来说,这两篇铭文在整部《文选》之中都显得与众不同,值得特别关注。千百年来,《文选》研读成果汗牛充栋,遗憾的是,人们对这两篇铭文意义的认识似乎仍有未足。几年前,笔者曾撰文讨论《石阙铭》的文学文化意义②,今再撰此文,讨论《新刻漏铭》的文学文化意义,并与前文相互配合,互文为义,系列成文。

### 一、刻漏与历代王朝的时间管理

　　刻漏是中国古代的时间计量工具。刻漏的制作与使用,代表着中国古代有关时间衡量与管理的文化传统。司马彪《续汉书·律历志》

---

① 萧统编,李善注:《文选》卷五十六,中华书局,1977,影印胡刻本,第771-778页。
② 见拙撰《象阙与萧梁政权始建期的正统焦虑——读陆倕〈石阙铭〉》,《文史》2013年第2辑。现已收入本书。

下曰："孔壶为漏，浮箭为刻，下漏数刻，以考中星，昏明生焉。"① 这是对刻漏的精确释义。值得注意的是，从组词结构角度来看，"刻""漏"二字并列，并无轩轾，故"刻漏"亦可称为"漏刻"，字序可以互换。例如，《文选》卷五十六收录陆倕此铭，题为《新刻漏铭》，而《梁书·陆倕传》则称"高祖雅爱倕才，乃敕撰《新漏刻铭》"，篇名虽有一字之差，其实指的是同一篇作品。② 从语义角度来看，"刻""漏"二字的含义恰好相反相成。"漏"标志着时间的无情流逝，而"刻"则标志着对流逝时间的努力铭记。从时间管理的角度来看，刻漏意味着对毫无痕迹的时间流逝进程的铭刻和记忆。这不是一般的铭刻工具或记忆手段，在这个貌似简单的工具设计背后，隐含着人类对于时间的无限关怀，蕴藏着社会文化的深刻意义。

刻漏的制作与设置，涉及天地、日夜与水火之事，既与古人日常生活密切相关，又深深地介入古人的政治与礼仪制度，是这些制度的重要组成部分。从实用意义上说，刻漏是时间设定与时间管理的工具，时辰、昼夜、晦明等固然与之相联，日月、阴阳、四季等较大尺度的时间刻度，也莫不与刻漏相关。准确的时间刻度，可以指导人们的起居作息，帮助人们准确把握农时，乃至保证在军事行动中做到准时无误。东汉蔡邕《独断》卷下写到君主的作息时间表："鼓以动众，钟以止众，故夜漏尽，鼓鸣则起；昼漏尽，钟鸣则息。"③ 实际上，不仅君主，贵族士大夫以及一般平民百姓，无论动止作息，都要以刻漏所标识的时间为标准。

梁代所编《漏刻经》认为："漏刻之作，盖肇于轩辕之日，宣乎夏

---

① 刘宋范晔撰《后汉书》，十志未成而被杀，后人以司马彪《续汉书》八志补入，为《后汉书志》。此处引文即出自司马彪撰、刘昭注补《后汉书志》，见范晔撰，李贤等注《后汉书》，中华书局，1965，第3056页。《文选》卷五十六《新刻漏铭》李善注引司马彪《续汉书》，"昏明生焉"作"昏明星焉"，见《文选》，第775页。今按：《后汉书志》"昏明生焉"一句与其前后的"光道生焉""亏薄生焉""步术生焉""晨夕生焉""七元生焉""率数生焉""会终生焉"诸句构成排比关系，可见《文选》李善注"昏明星焉"应作"昏明生焉"，"星"字乃涉上句而讹。
② 姚思廉：《梁书》卷二十七，中华书局，1973，第402页。
③ 蔡邕：《独断》卷下，《四部丛刊三编》影印常熟瞿氏铁琴铜剑楼藏弘治十六年刊本《汉魏丛书》本。刘昭注《后汉书志·礼仪志》，亦引《独断》此节，可见刻漏与礼仪制度之关系。刘注见《后汉书》，第3127页。

商之代。"① 这种说法是否经得起考实，另当别论，但至少由来已久，代表一种在古代尤其梁代通行的传统观念。但是，刻漏之制，至少可以追溯到周代的挈壶氏。《周礼注疏》卷三十《夏官·挈壶氏》云："挈壶氏掌挈壶以令军井……凡军事，县壶以序聚橐，凡丧，县壶以代哭者。皆以水火守之，分以日夜。及冬，则以火爨鼎水而沸之，而沃之。"② 这里的"壶"就是漏壶；"挈壶氏"就是掌管漏壶的官守，《周礼》将挈壶氏列为夏官，可见刻漏已进入周代制度之中。"挈壶氏掌挈壶以令军井"，说明此器除了日常民用之外，还大有关于军事。

正史中记载刻漏之事，多系于天文志或律历志之中。例如，《后汉书》有《律历志》（实即《续汉书·律历志》），其中就有一条关于漏刻的记载："永元十四年，待诏太史霍融上言：'官漏刻率九日增减一刻，不与天相应，或时差至二刻半，不如夏历密。'"③ 刻漏的准确与否，是关系天时的大事。刻漏之用，在下则不失农时，在上则不违天时。在反映传统知识体系的类书分类细目中，刻漏或属于仪饰部，与节、黄钺、鼓吹、相风等并列，如《艺文类聚》卷六十八；或列在器用部，与帷幕、屏风、帘、床、席、扇等并列，如《初学记》卷二十五；或列在天部，与浑仪、日、星等并列，如《太平御览》卷二；或列在律历部，与历法、时令等并列，如《玉海》卷十一。除了《初学记》强调的是刻漏与日常生活的紧密联系之外，其他诸书皆强调其与天地、正朔、礼仪、制度等方面的关系。从这个角度来看，任何一次新刻漏的制作，都不仅是一个简单的器具改良，而且是有关礼仪制度方面的调整甚至变革，是实现王朝对时间管理的重要政策，不仅具有礼仪制度上的象征意义，而且具有政治文化上的现实意义。

历代王朝都十分重视新刻漏的制作，在国家分裂、南北对峙或多个政权并立的时代，帝王们尤其重视刻漏的制作及其时间管理制度的完善，通过彰显自身的时间管理能力与有效性，确认自身的历史身份

---

① 徐坚：《初学记》卷二十五，中华书局，2004，第595页。
② 郑玄注，贾公彦疏：《周礼注疏》，阮元校刻《十三经注疏》，中华书局，2009，第1824页。
③ 范晔：《后汉书》，第3032页。

与文化正统地位。《初学记》卷二十五引《晋起居注》曰:"孝武太元十二年,有司奏储宫初建,未有漏刻,参详永安宫铜漏刻,置漏刻史。"① 东晋之世,北方正是五胡十六国时代,天下分裂,政局扰攘,为东宫建立完善的刻漏制度,成为一项刻不容缓的当务之急。在南北朝对峙的时代,双方的统治者同样重视刻漏的设置。宋文帝元嘉二十年(443),何承天"奏上尚书:'今既改用《元嘉历》,漏刻与先不同,宜应改革。……今二至二分,各据其正。则至之前后,无复差异。更增损旧刻,参以晷影,删定为经,改用二十五箭。请台勒漏郎将考验施用。'从之"②。齐梁陈隋诸朝的情况,《隋书》卷十九《天文志》有较为详细的记载:"齐及梁初,因循不改。至天监六年,武帝以昼夜百刻,分配十二辰,辰得八刻,仍有余分。乃以昼夜为九十六刻,一辰有全刻八焉。至大同十年,又改用一百八刻。……先令祖暅为《漏经》,皆依浑天黄道日行去极远近,为用箭日率。陈文帝天嘉中,亦命舍人朱史造漏,依古百刻为法。周、齐因循魏漏。晋、宋、梁大同,并以百刻分于昼夜。"总之,从齐到梁,刻漏多次改进,从96刻到108刻,日趋精良。"隋初,用周朝尹公正、马显所造《漏经》。至开皇十四年,鄜州司马袁充上晷影漏刻。充以短影平仪,均布十二辰,立表,随日影所指辰刻,以验漏水之节。十二辰刻,互有多少,时正前后,刻亦不同。"③ 总之,汉魏六朝时代,刻漏始终受到王朝统治者的重视,也一直处于改良过程之中。

《隋书·经籍志》著录多种《漏刻经》,出自不同时代的不同作者,从中亦可看出不同时代对此事的重视:

> 《漏刻经》一卷。(何承天撰。梁有后汉待诏太史霍融、何承天、杨伟等撰三卷,亡。)

---

① 徐坚:《初学记》卷二十五引,第596页。
② 沈约:《宋书》卷十三《律历志》下,中华书局,1974,第285页。按:《钦定历代职官表》卷三十五载"谨案:漏郎将,沈约《百官志》无此官,盖郎将之司漏刻者,如今挈壶正之职也"。见《景印文渊阁四库全书》第601册,1986,第673页。
③ 魏徵等:《隋书》卷十九,中华书局,1973,第527-528页。

《漏刻经》一卷。（祖晅撰。）

《漏刻经》一卷。（梁中书舍人朱史撰。）

《漏刻经》一卷。（梁代撰。梁有《天监五年修漏刻事》一卷，亡。）

《漏刻经》一卷。（陈太史令宋景撰。）

《杂漏刻法》十一卷。（皇甫洪泽撰。）

《晷漏经》一卷。①

上述诸种《漏刻经》的作者，主要出自南朝，其中祖晅、朱史二人皆属于梁代作者，可见梁代对此事的郑重。梁代又有佚名作者的《漏刻经》一卷与《天监五年修漏刻事》一卷。前者不知是否即《初学记》卷二十五所引梁《漏刻经》，而后者虽然在唐初已佚，但通过精读《文选》所录陆倕《新刻漏铭》，仍然可以窥见此一史事的大略过程及其实质真相。

## 二、新刻漏与《新刻漏铭》的意义

《文选》卷五十六陆倕《新刻漏铭》李善注引刘璠《梁典》曰："天监六年，帝以旧漏乖舛，乃敕员外郎祖晅治之，漏刻成，太子中舍人陆倕为文。"② 显然，李善依据刘璠《梁典》的说法，将陆倕此篇铭文的写作时间确定在梁武帝天监六年（507）。《隋书·经籍志》著录《天监五年修漏刻事》一卷，与《新刻漏铭》所记实为同一事，二者之所以有一年的出入，是因为天监五年为此事起始之时，而六年则是此事完成之时。③

制作新刻漏，是萧梁政权建政初期制礼作乐诸大事之一。梁武帝

---

① 魏徵等：《隋书》卷三十四，第1025页。
② 萧统编，李善注：《文选》卷五十六，第775页。
③ 陆倕《新刻漏铭》云："皇帝有天下之五载也……爰命日官，草创新器。"又云："天监六年，太岁丁亥，十月丁亥朔，十六日壬寅，漏成进御。"

萧衍本人对此事极为重视，亲自布置。一方面，这与他对天文的谙熟与热衷有关。仅以今存梁武帝文章为例，就有《制旨解释天象》《天象论》《即位告天文》诸篇。① 另一方面，也更重要的是，他将制作新刻漏视为新朝时间管理的重要措施之一。他要通过设立新的时间标准来管理时间，利用新的时间标准来确定秩序，确立新的时间起点，以达到"与天作始"、创造历史的政治目的。

梁武帝饱读诗书，深谙典籍，具有深厚的历史知识与丰富的政治经验。他深知时间管理对于王朝兴衰治乱的意义，"不时"，意味着对时间没有良好的管理，往往被视为乱世的征象之一。例如，《毛诗序》释《东方未明》一诗，以为其意在"刺无节也；朝廷兴居无节，号令不时，挈壶氏不能掌其职焉"②。而在《毛诗序》看来，"号令不时"正是衰世之征。相反，盛世或治世都是有良好的时间管理制度与措施的，而精确的刻漏正是实现时间管理、杜绝"不时"现象发生的重要保证。

具有时间管理意识的君主，并非只有梁武帝一人。古代帝王所使用的年号中，往往体现出管理时间与使用时间的意识。齐东昏侯的年号是永元（499—500），以时间无穷无尽的寓意，寄托他对政权长固永久的期望；齐和帝的年号是中兴（501），也有在萧齐的历史序列中中兴而起的寓意。梁武帝即位伊始，就煞费苦心，将其年号确定为天监，这一沿用了18年（502—519）的年号，昭示了新政权与天意、天命的关系。③ 对于梁武帝这一良苦用心，陆倕是心领神会的，他在《新刻漏铭》中一方面强调没有精良的刻漏，便无法"轨物宰民，作范垂训"，另一方面强调制作新刻漏是"皇帝有天下之五载也，乐迁夏谚，礼变商俗"的礼乐功业的一部分，歌颂此举"业类补天，功均柱地"，具有

---

① 分别见严可均校辑《全上古三代秦汉三国六朝文·全梁文》卷一，中华书局，1958，第2951页；卷六，第2981页；卷六，第2986页。
② 郑玄注，孔颖达疏：《毛诗正义》，阮元校刻《十三经注疏》，第741页。
③ 古代帝王在选择年号时，十分注意通过年号展示其对时间承续与时间管理之意识，如晚清最后两个年号"光绪"（意即"道光的统绪"）与"宣统"（意即"宣宗的统绪"）。此据俞汝捷在《花朝长忆蜕园师》中引述瞿蜕园氏之说，瞿氏并谓此二年号皆为张之洞所定，如此语义趋同且缺乏变化，实为张氏不学之证云云。参见蒋锡武主编《艺坛》第3卷，上海教育出版社，2004，第160～204页。

"作范垂训"的历史意义。毫无疑问，这篇铭文乃是梁代作品，其具体作年在天监六年（507）。《初学记》卷二十五引此铭文，称为"南齐陆倕《新漏刻铭》"①，所谓"南齐陆倕"，不仅名不副实，而且容易误导读者。

实际上，陆倕《新刻漏铭》是奉敕之作。《梁书》卷二十七《陆倕传》记，天监初年"礼乐制度，多所创革，高祖雅爱倕才，乃敕撰《新漏刻铭》，其文甚美。迁太子中舍人，管东宫书记"②。无论是梁武帝还是陆倕，对撰写《新刻漏铭》之事都十分郑重。梁武帝的郑重，首先体现在其亲自选定《新刻漏铭》之作者，在铭文完成之后，又亲自审读、修改。受益于李善注，我们今天仍然可以确认梁武帝的具体改动之处。《新刻漏铭》"乃诏小臣为其铭曰"句下，李善注云："《集》曰：'铭一字至尊所改。'敕书：'辞曰故当云铭。'"③ 由此可见，陆倕最初的版本是"乃诏小臣为其辞曰"，而梁武帝将"辞曰"改为"铭曰"，是有意突出此文的铭体属性。单纯从修辞上说，"铭曰"也许比"辞曰"更为质实有力，但这也可以说是见仁见智的事。更重要的是，梁武帝对陆文虽然只改动了一个字，但这一改动足以体现他对此文的重视，也足以体现他的文学素养，体现他对文章字斟句酌的认真态度。此外，梁武帝的郑重，还表现在他又请当世大文豪沈约审读这篇铭文。今本铭文有"属传漏之音，听鸡人之响"二句，其中"鸡人"二字，就出自沈约所改定。李善注云："《周礼》曰：'鸡人掌大祭祀，夜呼旦以叫百官。'《集》云：'鸡人二字，是沈约所改作也。'"④至于陆倕原文如何，由于李善注未加说明，现在已无从得知了。

陆倕对这篇铭文的郑重，首先表现在制题上。他将此文定名为《新刻漏铭》，标举其"新"。确实，这篇铭文在很多方面堪称标新立

---

① 徐坚：《初学记》卷二十五，第597页。
② 姚思廉：《梁书》，卷二十七，第402页。《文选旁证》于"陆佐公石阙铭"下注："诏使为《漏刻》《石阙》二铭，冠绝当世。"参见梁章钜《文选旁证》卷四十四，福建人民出版社，2000，第1226页。
③④ 萧统编，李善注：《文选》卷五十六，第777、776页。

异。它的新，首先体现在题材选择上。这是一篇铭刻时间的铭文，其题材内容与《文选》卷五十六"铭"体所收其他各家名篇迥然不同：班孟坚（固）《封燕然山铭》的重点在政治军事，崔子玉（瑗）《座右铭》的重点在个人的道德修养，张孟阳（载）《剑阁铭》的重点在军事地理。而陆倕《新刻漏铭》及其《石阙铭》，虽然从题面上看都是以名物为中心，实质上却是对二物政治文化内涵的深入挖掘。

其次，陆倕对《新刻漏铭》的郑重，还表现在立意创新上。这一点，通过陆文与汉魏六朝其他同类题材作品的比较，可以看得更清楚。在陆倕之前，东汉李尤撰有《漏刻铭》，西晋陆机也有《漏刻铭》①，东晋孙绰亦撰有《漏刻铭》。西晋陆机有《漏刻赋》，刘宋鲍照也撰有《观漏赋》。② 无论其文体为铭为赋，也无论其所处时代为东汉还是晋宋，这些作品中所着重的漏刻都是一种实用器具，而非文化符号；其所着眼的时间，都是自然时间而不是历史时间。也就是说，他们所挖掘的只是刻漏所代表的时间的自然意义，而没有发掘其中所蕴含的历史文化意义。变自然时间为历史时间，正是陆倕此文立意上的一大创新。

不妨将陆倕此文与同时代另一作者亦即后来成为梁元帝的萧绎的同题铭文作一比较。萧绎之铭曰：

> 玉衡称物，金壶博施。司南司火，未符兹义。
> 帝曰钦哉，纳隍斯警。实惟简在，穷神体智。
> 宫槐晚合，月桂宵晖。清台莫爽，解谷胥依。
> 七分六日，五祀三微。事齐幽赞，乃会通几。

---

① 陆倕《新刻漏铭》："陆机之赋，虚握灵珠；孙绰之铭，空擅昆玉。"李善注："陆机、孙绰皆有《漏刻铭》。"《新刻漏铭》又云："以为星火谬中，金水违用。"李善注引陆机《漏刻铭》："寗螣蜍之栖月，识金水之相缘。"但是，《玉海》卷十一亦引此二句，却题作陆机《漏刻赋》。杨明《陆机集校笺》（上海古籍出版社，2016）第 167—168 页录有陆机《漏刻赋》，第 849—850 页又据《文选》李善注辑录陆机《漏刻赋》，并谓李善注"铭字乃赋字之误"。而金涛声点校《陆机集》据《文选》李善注将此二句辑入《陆机集补遗》，仍题为《漏刻铭》（中华书局，1982，第 153 页）。
② 以上诸文皆见录于欧阳询撰，汪绍楹校《艺文类聚》卷六十八，上海古籍出版社，1965，第 1197—1199 页。

> 碧海有干，绛川犹竭。飞流五色，涓涓靡绝。
> 龙首傍注，仙衣俯裂。箭不停晷，声无暂辍。
> 用天之贞，分地之平。如弦斯直，如渭斯清。①

显然，萧绎只看到器物之用，而未看到器物背后的文化意义，他只看到器物之形，而未看到器物之神，因而也就不能如陆倕那样超形入神，超越刻漏的工具层面，到达刻漏的文化价值层面。

也许，我们还可以将陆倕此文与王安石《明州新刻漏铭》作一比较。值得注意的是，此漏与梁漏一样作成于"丁亥孟冬"，而王安石也在这篇铭文的题目中，标榜"新"：

> 戊子王公，始治于明。丁亥孟冬，刻漏具成。追谓属人，嗟汝予铭。
> 自古在昔，挈壶有职。匪器则弊，人亡政息。
> 其政谓何，弗棘弗迟。君子小人，兴息维时。
> 东方未明，自公召之。彼宁不勤，得罪于时。
> 厥荒懈废，乃政之疵。呜呼有州，谨哉维兹。
> 兹惟其中，俾我后思。②

实事求是地说，王安石这篇铭文的确有其新意。首先，在题材选择上，这是一个地方（明州，今浙江宁波）制造的刻漏，而不是中央政府制造的新漏。其次，在立意方面，王安石也将笔墨重点落在刻漏的时间意义上，并一再强调刻漏与政治的关系（"匪器则弊，人亡政息""其政谓何，弗棘弗迟""厥荒懈废，乃政之疵"）。但无论正面的"兴息维时"，还是反面的"得罪于时"，其实都不过拾陆倕之牙慧而已。

再将陆倕此铭与南宋洪迈《新刻漏铭》作一比较。洪铭云：

---

① 欧阳询：《艺文类聚》卷六十八，第1199页。
② 王安石：《临川先生文集》卷三十八，中华书局，1959，第408页。

有智者创为一筩，方不能以尺，挹水中居，窍其颠以受箭，气叙长短，刻于箭间，以昔之升，为今之降。水尽箭沉，一日终矣，又挹水如式，以伺夜漏。

维天苍苍，维地直方。日星昭光，宰其阴阳。
燠夷寒凉，隐显迭相。孰为测量，肆有智囊。
缄机翕张，制乃短长。四周其皇，如辕服箱。
水声宫商，泄若线芒。箭之扬扬，匪棘匪详。
由高而藏，有退不卬。大明煌煌，夜漏未央。
注之天浆，视我作纲。挈壶保章，周制则亡。
莲华洸洸，于用或妨。勒铭以飏，与燕雁行。①

与陆铭相比，洪铭泥于色相，拘于器用，几乎等于是一篇说明文。

再次，陆倕对《新刻漏铭》的郑重，还表现在其结构经营上。简单地说，这篇铭文是一篇"三段论"的结构：第一段讲刻漏，第二段讲新刻漏，第三段才是新刻漏铭。

具体说来，第一段从文章开头到"六日无辨，五夜不分"为止，重点说刻漏之重要与其前代包括当代之乖违。话分两头，一正一反，一扬一抑。正的方面，是极力抬升刻漏义用之高度，例如："夫自天观象，昏旦之刻未分；治历明时，盈缩之度无准。挈壶命氏，远哉义用。"② 这是撇开具体形制与日用功能，提升论述高度，突出刻漏能够"分昏旦而度盈缩"的大用。实际上，陆倕拈出"义用"二字，已经超越"器用"，而抵于深旨远义，天地、日月、昏旦、历法诸端，于是皆与刻漏不可须臾分离了。反的方面，则强调刻漏乖违之严重。这种乖违，肇自前代，其总体表现是"司历亡官，畴人废业，孟陬殄灭，摄提无纪"，其具体表现则是："卫宏载传呼之节，较而未详；霍融叙分至之差，详而不密。陆机之赋，虚握灵珠；孙绰之铭，空擅昆玉。

---

① 王应麟：《玉海》卷十一，《景印文渊阁四库全书》第 943 册，1986，第 279 页。
② 萧统编，李善注：《文选》卷五十六，第 776 页。

弘度遗篇，承天垂旨，布在方册，无彰器用。譬彼春华，同夫海枣。"乖违一至于此，则当然不足以"轨物字民，作范垂训"。① 更严重的是，这种乖违一直延续到其当代："且今之官漏，出自会稽，积水违方，导流乖则。六日无辨，五夜不分。"② 可见冰冻三尺，非一日之寒。这样的形容描绘，不免为了现实合理性而抹杀历史客观性。作者全盘否定历史上的诸多刻漏，正是为了突出"新刻漏"在其时代的现实政治意义，提升其政治高度。

第二段从"岁躔阉茂"到"无得而称也"，专意赞颂梁武帝英明，乃能下令新造刻漏，永世贻则。此段亦话分两头。首先，从人的角度，歌颂梁武之英明敏锐，及时发现问题，果断采取措施。"……皇帝有天下之五载也，乐迁夏谚，礼变商俗，业类补天，功均柱地。河海夷晏，风云律吕，坐朝晏罢，每旦晨兴，属传漏之音，听鸡人之响，以为星火谬中，金水违用，时乖启闭，箭异锱铢，爰命日官，草创新器。"其次，从物的角度，歌颂新刻漏的精准度，具有超越前代的高水平："于是俯察旁罗，登台升库，则于地四，参以天一。建武遗蠹，咸和余舛，龠筒方员之制，飞流吐纳之规，变律改经，一皆懲革。天监六年，太岁丁亥。十月丁亥朔，十六日壬寅，漏成进御，以考辰正晷，测表候阴，不谬圭撮，无乖黍累。又可以校运算之瞑合，辨分天之邪正，察四气之盈虚，课六历之疏密，永世贻则，传之无穷。赫矣焕乎，无得而称也。"③ 此段赞扬的角度，与前段批评的角度，一褒一贬，恰成对应，耐人寻味。

第三段自"昔嘉量微物"到篇终，援引"铭典"之例，以作"昭德记功"之文。其中值得注意的一个细节，是作者通过用典，巧妙地将梁武帝比于黄帝和周武王，为梁武帝寻找历史定位："昔嘉量微物，盘盂小器，犹且昭德记功，载在铭典（黄帝）……勋倍椎席（武王），事百巾机（黄帝），宁可使多谢曾水，有陋昆吾，金字不传，银书未勒者哉？"④ 黄帝是人文始祖，武王是周朝的始创者，周朝郁郁乎文，为

---

①②③④ 萧统编，李善注：《文选》卷五十六，第776–778页。

先圣所称。铭文如此推尊梁武帝,既是赞颂其制礼作乐乃效法于周,又通过由自然时间到历史秩序的过渡,将梁武帝置于自黄帝周公肇始的中国历史文化的正统序列之中。

最后,陆倕复缀以四言铭文六章,以曲终奏雅的赞颂作结。值得提出的是,这六章铭文,每章八句,换章徙韵,形式整齐而讲究。① 还应该强调的是,这六章铭文虽与前文有散与整、有韵与无韵之别,在结构立意上却与前文亦步亦趋,殊途同归。铭文首二章云:

> 一暑一寒,有明有晦。神道无迹,天工罕代。
> 乃置挈壶,是为熙载。气均衡石,暴正权概。
> 世道交丧,礼术销亡。遽迁水火,争倒衣裳。
> 击刁舛次,聚木乖方。爰究爰度,时惟我皇。②

其内容相当于前文第一段,从时间的开始,叙到法度的破坏,再到标准的重建。铭文中间二章云:

> 方壶外次,圆流内袭。洪杀殊等,高卑异级。
> 灵虬承注,阴虫吐嚼。倏往忽来,鬼出神入。
> 微若抽茧,逝如激电。耳不辍音,眼无留眄。
> 铜史司刻,金徒抱箭。履薄非兢,临深罔战。③

其内容相当于前文第二段,先述刻漏形制,再叙其功用,特别突出时间测量与管理之道精微而神秘。铭文末二章云:

> 授受靡諐,登降弗爽。惟精惟一,可法可象。

---

① 六章分别谐去声、平声、入声、去声、上声、平声韵,可见移章徙韵之间,尚有声韵类别之讲究。颇疑陆倕此铭谐韵,讲究的不是平仄韵相间,而是四声相间;彼时论韵,或不止析为平仄二类,而是析为平上去入四类。

②③ 萧统编,李善注:《文选》卷五十六,第 777—778 页。

> 月不遁来，日无藏往。分以符契，至犹影响。
> 合昏暮卷，蓂荚晨生。尚辨天意，犹测地情。
> 况我神造，通幽洞灵。配皇等极，为世作程。①

其内容相当前文第三段，颂声高扬，臻于极致。如果将前面散体正文部分比作赋，那么，后面的这段韵文体铭文就是"乱曰"，其功能亦约略相似，亦即对前文主题作进一步的整理与总结。

总之，铭文进一步突出了刻漏的"义用"。漏刻的实际功用，本在测量时间，铭刻时间，而作为一种礼制，它又象征着制度之设置与权力的运用。所谓"气均衡石，晷正权概"，就是突出刻漏在礼制与权力方面的意义。所谓"乃置挈壶，是为熙载""爰究爰度，时惟我皇"，则是将刻漏制度作为盛世之表征，而将梁武帝作为盛世之君的唯一代表。所谓"配皇等极，为世作程"，是说新的时间标准无与伦比，可参天地，"永世作程"。

在南北朝对峙之世，尤其是在梁武帝时代，南北政权之间对于政治正统和文化正统的竞争愈演愈烈。北齐王朝的奠基人高欢曾对于下人说过这样的话："天下浊乱，习俗已久。今督将家属多在关西，黑獭常相招诱，人情去留未定。江东复有一吴儿老翁萧衍者，专事衣冠礼乐，中原士大夫望之以为正朔所在。我若急作法网，不相饶借，恐督将尽投黑獭，士子悉奔萧衍，则人物流散，何以为国？"② 可见"专事衣冠礼乐"，对中原士大夫的正统认同有极大影响。梁武帝汲汲于新制刻漏之事，将其树立为治世乃至盛世之表征，足以宣扬皇威，有重要的政治现实意义。③ 新刻漏重建时间标准，设定了历史秩序，亦足以将梁朝置于古圣先贤的历史承传序列之中，长生久视，永垂不朽。

---

① 萧统编，李善注：《文选》卷五十六，第778页。
② 李百药：《北齐书》卷二十四，中华书局，1972，第347－348页。参看周一良《论梁武帝及其时代》，收入其《魏晋南北朝史论集续编》，北京大学出版社，1991。
③ 在唐代诗篇中，诗人亦常将刻漏作为表现大唐王朝中兴气象的一个重要符号，如王维《和贾至舍人早朝大明宫》"绛帻鸡人报晓筹"，杜甫《和贾至舍人早朝大明宫》"五夜漏声催晓箭"，皆以漏声衬托中兴。李商隐《马嵬》"空闻虎旅鸣宵柝，无复鸡人报晓筹"，则以无复报漏之声，象征开天盛世之消亡，是反其道而行之也。

发现并深掘出刻漏的符号价值,正是陆倕《新刻漏铭》的重要意义之所在。实际上,不仅南朝人,北朝人对刻漏的符号价值,亦有一定深度的认识。据《梁书》卷三十六《江革传》记:

> (彭)城既失守,(江)革素不便马,乃泛舟而还,途经下邳,遂为魏人所执。魏徐州刺史元延明闻革才名,厚加接待,革称患脚不拜,延明将加害焉,见革辞色严正,更相敬重。时祖暅同被拘执,延明使暅作《欹器》《漏刻铭》,革骂暅曰:"卿荷国厚恩,已无报答,今乃为虏立铭,孤负朝廷。"延明闻之,乃令革作《丈八寺碑》并《祭彭祖文》,革辞以囚执既久,无复心思。延明逼之逾苦,将加筹扑,革厉色而言曰:"江革行年六十,不能杀身报主,今日得死为幸,誓不为人执笔!"延明知不可屈,乃止。①

《南史》卷六十《江革传》、《资治通鉴》卷一五〇"普通六年"亦记此事,其事略同,唯个别文字小有出入,如"祖暅"作"祖暅之","丈八寺"作"大小寺"等。② 按:祖暅之即祖暅,是祖冲之之子,南朝齐梁时代著名的数学家、天文学家。据上文所引《隋书·经籍志》,他曾撰有《漏刻经》一卷,可见是刻漏方面的专家。笔者很怀疑北魏虏获祖暅之后,乃逼迫其为北魏制作欹器和漏刻,而不只是强迫其撰写《欹器铭》与《漏刻铭》。因为文章撰作并非祖暅的专长,北魏人何必用非其所长?况且,如果只是撰作《欹器铭》与《漏刻铭》,江革也不必有那么强烈的反应。

此外,据《魏书》记载,安丰王元延明性喜奇巧,曾"聚浑天、欹器、地动、铜乌、漏刻、候风诸巧事,并图画为《器准》"③。可见

---

① 姚思廉:《梁书》,第524页。按:《丈八寺碑》与《祭彭祖文》两个书名号是笔者所加。
② 按:此处所谓"大小寺碑",《梁书》作"丈八寺碑"。《资治通鉴考异》曰:"《南史》作'丈八寺碑',今从《梁书》。"《通志》卷一四二、《册府元龟》卷七五八亦作"丈八寺碑"。
③ 魏收:《魏书》卷九十一,中华书局,1974,第1955页。参看李延寿《北史》卷八十九,中华书局,1974,第2933页。

他对欹器、漏刻等物很有兴趣,因此,他很有可能逼使祖暅制作欹器、漏刻。不过,《魏书》也同时记载,元延明"博极群书,兼有文藻,鸠集图籍万有余卷","所著诗赋赞颂铭诔三百余篇"。① 他出于文学的兴趣,命令祖暅作《欹器铭》与《漏刻铭》,这种可能性也是存在的。也许,元延明逼使祖暅作欹器和刻漏,只是为了满足个人对这些奇巧之物的兴趣,以及对这些奇巧知识的渴望,与南北朝正统之争并无直接关系。但无论如何,在江革看来,欹器和漏刻都是国之重器,不能随便落入敌手,更不能随便为敌国制作。换句话说,刻漏是代表政治文化正统的符号,是决不可以假于他人的,哪怕是一篇铭文,也没有让步的余地。

### 三、馀论:时间管理与文学政治

1949 年 11 月 20 日,胡风在《人民日报》上发表了长达 4 600 多行的政治抒情诗《时间开始了》,以震耳欲聋的高声欢呼,庆祝中华人民共和国的建立。其中有不少段落引人注目,而且令人居今思古,联想到《文选》中的这篇《新刻漏铭》。比如高呼"时间开始了"的这一段:

> 时间开始了——
> 时间
> 奔腾在肃穆的呼吸里面
> ……
> 毛泽东,他向时间发出了命令
> 进军!

---

① 魏收:《魏书》卷二十,第 530 页。

又如气势宏阔、包揽宇宙的这一段：

> 我是海
> 我要大
> 大到能够
> 环抱世界
> 大到能够
> 流贯永远
> 我是海
> 要容纳应该容纳的一切
> 能澄清应该澄清的一切
> 我这晶莹无际的碧蓝
> 永远地
> 永远地
> 要用它纯洁的幸福光波
> 映照在这个大宇宙中间

再如提出"新生的时间"的这一段：

> 今天
> 中国人民底诗人毛泽东
> 在中国新生的时间大门上面
> 写下了
> 但丁没有幸运写下的
> 使人感到幸福
> 而不是感到痛苦的句子：
> 一切愿意新生的
> 到这里来罢
> 最美好最纯洁的希望

在等待着你！

还有如又一次说到"新生的时间"而且强化为"神圣的时间"的下面这一段：

> 祖国，我的祖国
> 今天
> 在你新生的这神圣的时间
> 全地球都在向你敬礼
> 全宇宙都在向你祝贺①

胡风所谓"新生的时间"，与那句广为人知的政治口号"中国人民从此站起来了"恰相对应。这句口号源自1949年9月21日毛泽东在中国人民政治协商会议第一届全体会议致开幕词时所说的："我们有一个共同的感觉，这就是我们的工作将写在人类的历史上，它将表明：占人类总数四分之一的中国人从此站立起来了。"② 后来，它被简化为"中国人民从此站起来了"这样一句政治口号。中华人民共和国的成立，结束了中国半封建半殖民地的历史，中国步入了一个新的时代，历史开创了新的纪元。

"时间开始了"，就是制定时间的新起点，或者说，设立"新生的时间"。胡风在这篇长篇政治抒情诗歌中所做的，与一千多年前陆倕在《新刻漏铭》所做的，堪称殊途同归，古今一轨。一方面，凭借政治权力来重新测量时间、管理时间、利用时间；另一方面，通过测量、管理和利用时间，来凸显政治权力。二者相互为用。封建时代的中国，王朝周而复始，每个王朝都以各种不同的方式，宣称自己掌握了时间的测量标准，创立了时间的起点，也就是号称"时间开始了"。实际

---

① 胡风著，绿原、牛汉编：《胡风诗全编》，浙江文艺出版社，1992，第77-83页。
② 毛泽东：《毛泽东选集》第五卷，人民出版社，1997，第4-5页。

上，这也是权力展示的一种方式。在这一过程中，文学作品作为权力宣示的文字媒介，往往成为展示文学政治的生动例证。

作为一篇铭文，陆倕《新刻漏铭》所描写的对象，是具体的物。但作者有意超越具体物象的描写，将对象抽象化、历史化、神圣化。所谓抽象化，是将刻漏由器物之用，上升到天道之意义。所谓历史化，是将刻漏所指示的自然时间，变为历史的时间，嵌入历史的序列。所谓神圣化，是将权力赋予实物，使其成为权力的象征物，成为政治文化的符号。

《新刻漏铭》展示了文学的实力。它能够割断时间，重新确定时间的标准，设定新生的时间的起点；它能够重塑历史，制造短暂的永恒；它能够歌颂神圣，创造神化的时间。文学作品借由政治力之助推，一跃而为一代文学之经典；而昙花一现的政治力，又借由文学经典而跨越政治的代际，死灰复燃，重现昔日的光华。《新刻漏铭》就是这样一个例证。重读这篇名作，也正是为了重新确立它在历史上的位置。

[原载《中山大学学报（社会科学版）》2018年第5期]

# 象阙与萧梁政权始建期的正统焦虑
## ——读陆倕《石阙铭》

《文选》卷五十六"铭"类收录陆倕（470—526）《石阙铭》一篇。此篇是考察萧梁政权建立初期礼乐制度建设之重要文献。为便于讨论，先录其全文如下：

  昔在舜格文祖，禹至神宗，周变商俗，汤黜夏政，虽革命殊乎因袭，揖让异于干戈，而昬纬冥合，天人启恭，克明俊德，大庇生民，其揆一也。在齐之季，昏虐君临，威侮五行，怠弃三正，刑酷然炭，暴逾膏柱，民怨神怒，众叛亲离，踣地无归，瞻乌靡托。

  于是我皇帝拯之，乃操斗极，把钩陈，翼百神，禔万福，龙飞黑水，虎步西河，雷动风驱，天行地止，命旅致屯云之应，登坛有降火之祥，龟筮协从，人祇响附，穿胸露顶之豪，箕坐椎髻之长，莫不援旗请奋，执锐争先。夏首凭固，庸岷负阻，协彼离心，抗兹同德，帝赫斯怒，秣马训兵，严鼓未通，凶渠泥首。弘舸连轴，巨槛接舻，铁马千群，朱旗万里，折简而禽庐、九，传檄以下湘、罗，兵不血刃，士无遗镞，而樊邓威怀，巴黔厎定。

  于是流汤之党，握炭之徒，守似藩篱，战同枯朽，革车近次，师营商牧，华夷士女，冠盖相望，扶老携幼，一旦云集，壶浆塞野，箪食盈涂，似夏民之附成汤，殷士之窥周武，安老怀少，伐罪吊民。农不迁业，市无易贾，八方入计，四隩奉图，羽檄交驰，军书狎至，一日二日，非止万机，而尊严之度，不怼于师旅，渊默之容，无改于行阵。计如投水，思若转规，策定帷幄，谋成几案，曾未浃辰，独夫授首，乃焚其绮席，弃彼宝衣，归琁台之珠，反诸侯之玉，指麾而四海隆平，下车而天下大定。拯兹涂炭，救此横流，功均天地，明并日月。

于是仰叶三灵，俯从亿兆，受昭华之玉，纳龙叙之图。类帝禋宗，光有神器，升中以祀群望，摄袂而朝诸夏。布教都畿，班政方外，谋协上策，刑从中典。南服缓耳，西羁反舌，剑骑穹庐之国，同川共穴之人，莫不屈膝交臂，厥角稽颡，凿空万里，攘地千都。幕南罢鄣，河西无警。

于是治定功成，迩安远肃，忘兹鹿骇，息此狼顾，乃正六乐，治五礼，改章程，创法律，置博士之职，而著录之生若云，开集雅之馆，而款关之学如市。兴建庠序，启设郊丘，一介之才必记，无文之典咸秩。

于是天下学士，靡然向风，人识廉隅，家知礼让，教臻侍子，化洽期门，区宇乂安，方面静息，役休务简，岁阜民和。历代规谟，前王典故，莫不芟夷翦截，允执厥中。以为象阙之制，其来已远，春秋设旧章之教，经礼垂布宪之文，戴记显游观之言，周史书树阙之梦，北荒明月，西极流精，海岳黄金，河庭紫贝，苍龙玄武之制，铜雀铁凤之工。或以听穷省冤，或以布化悬法，或以表正王居，或以光崇帝里。晋氏浸弱，宋历威夷，礼经旧典，寂寥无记。鸿规盛烈，湮没罕称。乃假天阙于牛头，托远图于博望，有欺耳目，无补宪章。乃命审曲之官，选明中之士，陈圭置臬，瞻星揆地，兴复表门，草创华阙。

于是岁次天纪，月旅太簇，皇帝御天下之七载也。构兹盛则，兴此崇丽，方且趋以表敬，观而知法，物睹双碣之容，人识百重之典。作范垂训，赫矣壮乎。爰命下臣，式铭盘石。其辞曰：

惟帝建国，正位辨方。周营洛汭，汉启岐梁。居因业盛，文以化光。爰有象阙，是惟旧章。

青盖南洎，黄旗东指。悬法无闻，藏书弗纪。大人造物，龙德休否。建此百常，兴兹双起。

伟哉偃蹇，壮矣巍巍。旁映重叠，上连翠微。布教方显，浃日初辉。悬书有附，委篚知归。

郁岪重轩，穹隆反宇。形耸飞栋，势超浮柱。色法上圆，制模下矩。周望原隰，俯临烟雨。

前宾四会，却背九房。北通二辙，南凑五方。暑来寒往，地久天长。神哉华观，永配无疆。①

《文选》卷五十六"铭"类收录此体文章，计有五篇：汉代班孟坚《封燕然山铭》，汉代崔子玉《座右铭》，西晋张孟阳《剑阁铭》，以及萧梁陆佐公（470—526）《石阙铭》《新刻漏铭》。粗略看去，这五篇作品文体相同，结构上皆前序后铭，如出一辙，然而细分起来，则各篇皆自有其特性，其内容与主题重点亦差别甚大。这种差别可以从多种角度观察，例如，从时代角度来看，前三篇都属于古代的作品，而陆佐公这两篇则是其当代的作品。在陆氏二铭中，《石阙铭》之成文又略晚于《新刻漏铭》。考《石阙铭序》云："于是岁次天纪，月旅太簇，皇帝御天下之七载也，构兹盛则，兴此崇丽。"李善注云："《汉书》曰：太簇位在于寅，正月也。"② 李善注又据刘璠《梁典》引梁武帝（502—549 在位）天监七年（508）正月戊戌诏曰："昔晋氏青盖南移，日不暇给，而两观莫筑，悬法无所。今礼盛化光，役务简便，可营建象阙，以表旧章。于是选匠量功，镌石为阙。"《梁书·武帝纪》亦记天监七年正月"戊戌，作神龙、仁虎阙于端门、大司马门外"。③检《二十史朔闰表》，天监七年正月戊戌当正月十四日。所谓神龙、仁

---

① 萧统编，李善注：《文选》卷五十六，中华书局，1977，影印胡刻本，第 771–775 页。
② 萧统编，李善注：《文选》卷五十六，第 775 页。下引本篇铭文李善注同此。
③ 姚思廉：《梁书》卷二，中华书局，1973，第 46 页。

虎二阙,即陆倕文中的石阙,其落成当在天监七年正月十四日。而《新刻漏铭》则云:"天监六年太岁丁亥十月丁亥朔十六日壬寅,漏成进御,以考辰正晷,测表候阴。"可见漏刻之成在天监六年(507)十月十六日。《石阙铭》李善注引《梁典》曰:"陆倕字佐公,吴郡人,少笃学,善属文……诏使为《漏刻》《石阙》二铭,冠绝当世,赐以束帛,朝野荣之。"其列二铭之序,亦先《漏刻》而后《石阙》。今本《文选》将《石阙铭》列于《新刻漏铭》之前,淆乱先后顺序,似乎不妥,不知编者是否另有什么考虑。

综观《文选》所录诗文作品,就创作年代而言,《石阙铭》应是其中年代最晚的一篇,其与《文选》编纂时代距离最近。《文选》之编纂,大约始于普通三年(522)以后至普通六年(525)之间,而完成于大通元年(527)末至中大通元年(529)底之间。① 以中大通元年计算,《石阙铭》也不过是 21 年前的作品,若以普通三年计算,则是 14 年前的作品。总之,《石阙铭》之完成,距离《文选》编纂年代很近,是一篇不折不扣的当代作品。这里应该强调的是,对《文选》编撰时代的人而言,它不仅是一篇当代的文学作品,也是一篇重要的当代历史文献。这正如石阙从物质形式上看是一种石刻建筑,而从文化意义上看则是礼乐制度之建设,换句话说,本文文本的双重性是与其物质的双重性密切联系在一起的。要之,此篇是考察萧梁政权建立初期礼乐制度建设之重要文献。

## 一、石阙的制度溯源

阙,就是象阙,亦称象魏、观,因多以石为之,故亦称石阙。宋魏了翁《春秋左传要义》卷十一第十九"阙西辟象魏之西偏"条:"观、阙、象魏,其事一也。刘熙《释名》云:'阙在门两旁,中央阙

---

① 此据傅刚之说,详参其《〈文选〉的编者及编纂年代考论》,《中国社会科学院研究生院学报》1997年第1期。

然为道也。'然则其上县法象，其状巍巍然高大，谓之象魏。使人观之，谓之观也。"① 要之，象阙本来是指古代天子或诸侯宫门外的一对巍峨的建筑，其目的在于悬布法令，宣示政教，象征政权的崇高威严。

正如陆倕《石阙铭序》所言："象阙之制，其来已远。"其源头可以追溯到周朝。《周礼·天官·太宰》："正月之吉始和，布治于邦国都鄙，乃县治象之法于象魏，使万民观治象，挟日而敛之。"郑玄注引郑司农曰："象魏，阙也。"贾公彦疏："郑司农云'象魏，阙也'者，周公谓之象魏，雉门之外，两观阙高魏魏然，孔子谓之观。"② 这表明象魏是周代礼制的一部分，周公称为象魏，孔子称为观，名称不同，其实质是一样的。《左传》哀公三年记当年五月辛卯，司铎宫失火。"季桓子至，御公立于象魏之外，命救火者伤人则止，财可为也。命藏象魏，曰：'旧章不可亡也。'"③ 这一段文字中两次出现"象魏"，指的都是鲁国的制度。众所周知，鲁国为周公之后，鲁国的象魏制度与周礼是一脉相承的。由此看来，《周礼》所载周代象魏之制，于史有征。《石阙铭序》云："春秋设旧章之教，经礼垂布宪之文。"前一句就是指《左传》这一条记载。

关于鲁国的象魏，《礼记·礼运》中也有过相关记载："昔者仲尼与于蜡宾，事毕，出游于观之上，喟然而叹。"郑玄注："观，阙也。孔子见鲁君于祭礼有不备，于此又睹象魏旧章之处，感而叹之。"④ 在这里，象魏作为周礼的重要象征，在孔子心目中占有重要的地位，故游观而感叹。《礼记》出于戴圣所传，故陆倕称为"戴记"，并对其所记孔子游观之事信以为真。此外，《艺文类聚》卷十九引《周书》曰："大姒梦见商之庭产棘，太子发取周庭之梓树于阙，梓化为松柏棫柞。"⑤ 此《周书》即今人所谓《逸周书》，《石阙铭序》所谓"周史

---

① 魏了翁：《春秋左传要义》卷十一，《景印文渊阁四库全书》第 153 册，1986，第 373 页。
② 《周礼注疏》，阮元校刻《十三经注疏》，中华书局，1980，第 648-649 页。
③ 《春秋左传正义》，阮元校刻《十三经注疏》，第 2157 页。
④ 郑玄注，陆德明音义，孔颖达疏：《礼记正义》卷二十一，阮元校刻《十三经注疏》，第 1413 页。
⑤ 欧阳询撰，汪绍楹校：《艺文类聚》，上海古籍出版社，1999，第 1355 页。按：同书卷八十九第 1549 页亦引此段，唯文字小有不同。

书树阙之梦",即指此事。经典文献中屡次出现象魏（观、阙），证明在周代制度中象阙的存在是相当突出的。

由于象阙往往依傍宫门或城墙而建，因此，其意义后来逐渐演变，代指宫阙或城阙。《石阙铭》李善注引《神异经》云："西北荒中有二金阙，高百丈。金阙银盘圆五十丈。二阙相去百丈。上有明月珠，径三丈，光照千里。"此处"金阙"当指宫阙。李善注又引《十洲记》曰："昆仑山有三角，其角一正东有塘城，有流精之阙，西王母所治也。"此处"流精之阙"当指城阙。毋庸讳言，《神异经》和《十洲记》二书皆属异闻小说之类，所记多怪诞不经之谈，因此，无论是西北荒的金阙，还是昆仑山塘城的流精之阙，都不过是人们的虚构想象而已。但是，这种虚构想象正好折射出周代象阙制度的现实影像。换句话说，人们虚构海外仙山、水中宫殿，总是以现实为基础，以人间制度为尺度，所以，他们想象中的神山龙宫，亦莫不有富丽堂皇的宫阙，而且饰以金玉，较人间宫阙更加金碧辉煌。《史记》卷二十八《封禅书》记燕齐方士之言，谓海上有蓬莱、方丈、瀛洲三神山，"在勃海中，去人不远……其物禽兽尽白，而黄金银为宫阙"。① 《楚辞·九歌·河伯》描述河伯的居处环境，是"鱼鳞屋兮龙堂，紫贝阙兮珠宫"。② 不管是对现实的人间世界还是对想象的神仙世界而言，巍峨壮丽的宫阙，对于衬托皇居雄壮、彰显帝王威仪都是必不可少的。这一点，正是汉代以及汉代以后历代统治者所念念不忘的。

两汉时代，象阙之制有了明显的发展。西汉宫殿前多有阙。《汉书》卷一《高祖本纪》记高祖七年二月，始至长安，"萧何治未央宫，立东阙、北阙、前殿、武库、大仓。上见其壮丽，甚怒，谓何曰：'天下匈匈，劳苦数岁，成败未可知，是何治宫室过度也！'何曰：'天下方未定，故可因以就宫室。且夫天子以四海为家，非令壮丽亡以重威。

---

① 司马迁：《史记》，中华书局，1982，第1369-1370页。按《史记》卷六《秦始皇本纪》"既已，齐人徐市等上书，言海中有三神山，名曰蓬莱、方丈、瀛洲"句《正义》引《汉书·郊祀志》云："此三神山者，其传在勃海中，去人不远，盖曾有至者，诸仙人及不死之药皆在焉。其物禽兽尽白，而黄金白银为宫阙。"见第247-248页。则《封禅书》"黄金银"似当作"黄金白银"。
② 金开诚、董洪利、高路明校注：《屈原集校注》，中华书局，1996，第270页。

且亡令后世有以加也。'上说。"① 萧何至长安伊始,即以修建未央宫与立东阙、北阙为当务之急,就是因为此举有制度建设的意义,"非令壮丽亡以重威"。在这一方面,他显然比刘邦高瞻远瞩。按照《三辅旧事》的记载,未央宫东阙名曰苍龙阙,北阙名曰玄武阙②。这一命名根据四灵(四象)原则,取法乎天,有为王者制法立威之意,因为"苍龙、白虎、朱雀、玄武,天之四灵,以正四方。王者制宫阙殿阁取法焉"。③《三辅黄图》卷二云:"五凤三年,鸾凤集长乐宫东阙中树上。"④ 则长乐宫亦有阙。《三辅黄图》卷二又云:"《三辅旧事》云:'建章宫周回三十里,东起别风阙,高二十五丈,乘高以望远。又于宫门北起圆阙,高二十五丈,上有铜凤凰。赤眉贼坏之。'《西京赋》云:'圆阙耸以造天,若双碣之相望。'是也。……繁钦《建章凤阙赋序》云:'秦汉规模,廓然泯毁,惟建章凤阙,耸然独存,虽非象魏之制,亦一代之巨观。'古歌云:'长安城西有双阙,上有双铜雀。一鸣五谷生,再鸣五谷熟。'按:铜雀即铜凤凰也。"⑤ 则建章宫亦有东、北二阙。北阙又称凤阙,尤为巍峨壮观。当然,这个时代的凤阙,已不再发挥"悬治象之法"之功能,所以,繁钦称其"非象魏之制"。

与西汉相比,东汉阙的种类更多,除了有宫阙、城阙之外,还有建立于神道之上的墓阙。以城阙而论,洛阳十二门皆有双阙。⑥ 以墓阙而论,则亦屡见不鲜。洪适《隶释》卷六《谒者景君墓表》云:"东都自《路都尉》始见墓阙,盖表阡铭圹之滥觞也,有文而传于今,则自《景君》始。"同书卷十三《高直阙》又云:"汉人题墓,有云神道者,有云墓道者,有云阙者。"⑦ 实际上,墓阙之名当是从庙阙发展而

---

① 颜师古注曰:"未央殿虽南向,而上书奏事谒见之徒皆诣北阙,公车司马亦在北焉。是则以北阙为正门,而又有东门、东阙。至于西南两面,无门阙矣。"见班固《汉书》,中华书局,1962,第64页。
② 佚名撰,张澍辑,陈晓捷注:《三辅旧事》,《三辅决录·三辅故事·三辅旧事》,三秦出版社,2006,第16页。
③ 何清谷:《三辅黄图校释》卷三,中华书局,2005,第160页。
④ 何清谷:《三辅黄图校释》卷二,第111页。
⑤ 何清谷:《三辅黄图校释》卷二,第127-130页。按:《石阙铭》李善注引此歌,作魏文帝歌。
⑥ 参看张永媚、章湾《南朝建康城的石阙》,《江苏地方志》2006年第2期。
⑦ 洪适:《隶释》,《隶释 隶续》,中华书局,1985影印本,第69、148页。

来的。所谓庙阙,是指为祭礼山川及祖宗神灵而树立的石阙,其功能与翼卫宫室城池、张扬皇王声威的象阙相近。东汉的庙阙,现存有文献可证者颇多,包括高文《汉碑集释》所收《嵩山泰室神道石阙铭》《嵩山少室石阙铭》《开母庙石阙铭》《武氏石阙铭》《堂溪典嵩高山石阙铭》等。① 后来,这些带有明确祭祀内涵和较多公共意味的庙阙,才逐步演变为个人的墓阙。所以,从年代上看,庙阙较早出现,而墓阙较晚出现,但二者都具有方位标识与权威宣示的功能。总的来看,虽然阙的使用在东汉时代越来越普遍,但是,在很多固守传统的人的观念中,双阙仍然作为一种权威和地位的象征,甚至与王霸事业有一定的联系。《晋书》卷八十六《张轨传》云:"初,汉末博士敦煌侯瑾谓其门人曰:'后城西泉水当竭,有双阙起其上,与东门相望,中有霸者出焉。'至魏嘉平中,郡官果起学馆,筑双阙于泉上,与东门正相望矣。至是,张氏遂霸河西。"② 在这里,双阙与东门相望,是"霸者出"的征兆。反过来说,成就王霸事业的人,必须立有双阙。侯瑾虽然远在敦煌,僻居河西,他的这一观念却打下了东汉帝都洛阳城阙制度的深刻的烙印。

遗憾的是,自三国历两晋至南朝,象阙之制基本上阙而不讲。三国之时,天下纷乱,戎马倥偬,无暇顾及此事。魏晋定都洛阳,沿用东汉故都,皆未重建象阙。曹魏所建陵霄阙,只不过是一座较高的宫殿而已。西晋统一天下未久,即遭遇大乱,五胡乱华,司马氏南迁,晋元帝司马睿"寄人国土,心常怀惭"③,象阙对于树立王者威仪有立竿见影之效,可惜彼时公私窘迫,心有余而力不足。山谦之《丹阳记》云:"大兴中,议者皆言汉司徒义兴许彧墓二阙高壮,可徙施之。王茂弘弗欲。后陪乘出宣阳门,南望牛头山两峰,即曰:此天阙也,岂烦改作?帝从之。今出宣阳望此山,良似阙。"④ 大兴是东晋元帝司马睿

---

① 高文:《汉碑集释》(修订本),河南大学出版社,1997。
② 房玄龄等:《晋书》,中华书局,1974,第2222页。
③ 《世说新语·言语》"元帝始过江"条,见余嘉锡《世说新语笺疏》,上海古籍出版社,1993,第91页。
④ 见萧统编,李善注《文选》卷五十六《石阙铭》。又见《艺文类聚》卷六十二"阙"、《太平御览》卷一七九"阙"。按:自清以来,山谦之《丹阳记》辑本甚多,最新的辑本则有刘纬毅《汉唐方志辑佚》,北京图书馆出版社,1997,第176-180页。

的年号（318—321），时当南渡之初，王茂弘即时任丞相的王导。当时有人动议迁移汉司徒许彧墓阙以代双阙，此议实亦出于无奈。王导坚决反对，盖此举不仅对先贤大为不敬，而且可能挑起南渡侨姓士族与吴姓士族之间的矛盾。与此同时，王导又不欲让晋元帝过分失望，因此想出了牛头山双峰犹如天然双阙的说法。实际上，利用自然地形以为阙，此事渊源极早。先秦时代，即有伊阙、天彭阙之说。《水经注》卷十五云："两山相对，望之若阙，伊水历其间北流，故谓之伊阙矣，春秋之阙塞焉。"又同书卷三十三云："秦昭王以李冰为蜀守，冰见氐道县有天彭山，两山相对，其形如阙，谓之天彭门，亦曰天彭阙。"① 《史记》卷六《秦始皇本纪》记秦始皇三十五年"先作前殿阿房……自殿下直抵南山，表南山之颠以为阙"。② 此举对王导及后来的宋孝武帝皆有显著的影响。牛头天阙的说法不仅安慰了匆匆南渡、惶惶未安的晋元帝，而且安慰了晋宋以后诸多皇帝，成为他们不再建造双阙的最佳借口。值得注意的是，此事仅见于《丹阳记》，而于《晋书》等正史皆无征验。③ 考山谦之是刘宋时人，曾官史学学士，宋孝武帝时受诏修史，著有《吴兴记》《南徐州记》《丹阳记》，有较高的史学修养。④ 其所生活的年代虽然距离大兴已有一百多年，但其所记王导之事，应该是比较可信的。

据沈约《宋书》卷六《孝武帝纪》记，大明七年"十二月丙午，行幸历阳。……己未……于博望、梁山立双阙。癸亥，车驾至自历阳"。⑤ 考博望山在今安徽当涂县长江东岸，梁山在今安徽和县长江西岸，两山夹峙，形如天门，故又称天门山。据载宋孝武帝曾有立阙之诏曰："梁山层岫云峙，流间海岳，天表象魏，以旌国形。仍以二山为

---

① 王国维：《水经注校》，上海人民出版社，1984，第515、1035-1036页。
② 司马迁：《史记》卷六，第256页。
③ 不仅《晋书》卷六《元帝纪》、卷六十五《王导传》未载，其他诸ံ晋史亦未言及此事。但此事在后代南京史志中流传极广，影响深远，以致天阙山成为牛头山的雅号。如李吉甫撰，贺次君点校《元和郡县图志》（中华书局，1983）卷二十五上元县（第594页）载："牛头山，在县南四十里。山有二峰，东西相对，名为双阙。晋氏初过江，无阙，王导指山凿两峰，即此，名天阙山。"
④ 山谦之事迹，散见《宋书》及《隋书》。此处亦参考《汉唐方志辑佚》，第170页。
⑤ 沈约：《宋书》，中华书局，1974，第134页。

立阙,故曰天门焉。"① 和县古称历阳,即双阙之一所在地,可见孝武帝此次行幸历阳,与立双阙有关。宋孝武帝个性好大喜功,又自以为是,不在国都而是在距离国都百余里之地立阙,故前人称其别出心裁。② 其实,此乃孝武帝师古自大之举。但是,换一个角度来看,所谓"天门"的名称,实在不过是"天阙"的翻版,孝武帝所谓"天表象魏"的说法,也不过是拾王导之牙慧而已。《宋书》称其"于博望、梁山立双阙",这究竟是像王导那样虚晃一枪,为二山虚加阙名,还是于二山之上确有建树?笔者认为是前一种情况。史称"仍以二山为立阙",从"以"字可以推见其利用现成二山之意,"立"字是天然树立之意,是形容词,不是动词。《石阙铭》以"假天阙于牛头"与"托远图于博望"相对,将二者评为"有欺耳目,无补宪章",可见博望梁山之阙,也只是徒具虚名而已。③ 但是,指山为阙之举,仍然暴露了晋元帝和宋孝武帝所负担的正统的焦虑。

## 二、梁代石阙的历史还原

与前代相比,梁武帝建立石阙之举,无论就其规模宏大,还是就其合乎礼制而言,都是空前讲究的。严格地说,梁武帝立石阙,是六朝历史上第一次以实物的形态,重新认同周代象阙制度。此次所建石阙,其具体设计及其形貌如何,历史文献中残存若干零散记载。今征考文献,力图还原。

《梁书》《南史》等正史对石阙记载简略。《梁书·武帝纪》记天

---

① 乐史撰,王文楚校点:《太平寰宇记》卷一百五,中华书局,2007,第2082页。关于天门山及博望、梁山地形,亦参此卷记述。
② 参看张永媚、章湾《南朝建康城的石阙》。
③ 《景定建康志》卷三十七引宋人杨备《天阙山》:"牛头天际碧凝岚,王导无稽亦妄谈。若指远山为上阙,长安应合指终南。"又引马之纯《天阙山》:"不知象魏欲何为,布政颁条总在兹。凡有往来须仰视,庶几众庶可周知。后来江左当新造,好向城隅踵旧规。却指牛头作天阙,此言多少被人嗤。"皆讥讽王导虚言"有欺耳目,无补宪章"。见马光祖修,周应合撰《景定建康志》卷三十七,王晓波等点校,四川大学出版社,2007,第1613、1629页。

监七年正月"戊戌，作神龙、仁虎阙于端门、大司马门外"①，明确了二阙名目及其与宫门的位置关系。按古代宫殿之制，端门是宫殿的正南门。《资治通鉴》卷五十一载汉顺帝阳嘉元年尚书令左雄上言："请自今，孝廉年不满四十，不得察举，皆先诣公府，诸生试家法，文吏课笺奏，副之端门。"胡三省注曰："宫之正南门曰端门。尚书于此受天下章奏；令举者先诣公府课试，以副本纳之端门，尚书审核之。"②六朝制度与东汉稍有不同，《景定建康志》卷二十引《宫苑记》："晋成帝修新宫，南面开四门，最西曰西掖门，门三道，上重楼；正中曰大司马门，门三道，起三重楼，直对宣阳门；次东曰南掖门，宋改閶阖门，陈改端门。"据此，则宫殿正南门名叫大司马门，其功能相当于东汉的端门，拜章者在此待报，故又称章门。《景定建康志》卷二十又引《建康实录注》："南面二门，正中曰大司马门，世所谓章门，拜章者伏于此门待报，南对宣阳门，相去二里，夹道开御沟，植槐柳，世或名为阙门。近东曰閶阖门，后改为南掖门，门三道，世谓之天门。"③大司马门或名阙门，就是因为梁武帝在这里树立石阙。《梁书》实际上是姚思廉在其父姚察的基础上完成的。姚察由陈入隋，仕陈任秘书监、领大著作、吏部尚书，他在《梁书》中不用晋朝名南掖门，亦不用刘宋名閶阖门，而用陈朝名端门，是容易理解的。

《梁书·武帝纪》只是笼统记载"作神龙、仁虎阙于端门、大司马门外"，未明确二石阙与二宫门的具体方位关系。今按：神龙阙、仁虎阙，皆在宫殿南门外，一左一右，一偏东，一偏西，根据四象与方位的配合原则，东方为青龙，西方为白虎。端门偏东，与其相对应的是神龙阙；大司马门偏西，与其相对应的是仁虎阙。《南史》卷九《陈本纪》记绍泰二年五月己亥，陈武帝"率宗室王侯及朝臣，于大司马门外白虎阙下，刑牲告天，以齐人背约，发言慷慨，涕泗交流，士卒观

---

① 姚思廉：《梁书》卷二，第46页。
② 司马光编著，胡三省音注：《资治通鉴》，中华书局，1956，第1659–1660页。按：《资治通鉴》此段文字源自《后汉书》卷五十一《左雄传》，故王先谦亦引胡三省注，见其《后汉书集解》卷六十九，中华书局影印1915年虚受堂刊本，1984，第704页。
③ 以上二条引文，并见《景定建康志》卷二十，第952页。

者益奋"。① 这条史料相当重要，它可以证明如下两点：第一，当时人亦称仁虎阙为白虎阙，由此类推，神龙阙亦可以称为青龙阙；第二，仁虎阙在大司马门外，由此类推，神龙阙必在端门外。此外，神龙、仁虎之阙名，后代文献中或有不同记载，在这里附作辨证。宋叶廷珪撰《海录碎事》卷四下"观阙门"，王应麟《玉海》卷一六九称仁虎阙为仁兽阙，皆因前史避唐讳而致，宋人沿而未改。②《至正金陵新志》卷十二下"梁石阙铭"引《宫苑记》云"大司马门外有神武二阙，端门外有苍龙二阙"③，苍龙即青龙之别称，神武当即仁虎，以武为虎，也是承袭前史避唐讳所致。

中国古代帝都建设，都是坐北朝南，当年王导以宣阳门外牛头双峰为天然双阙，亦存天子坐北朝南之意。梁武帝选择树双阙于南门之外，即是秉承这一思路。另外，大司马门和端门在礼制上也有特殊功能，在此二门外立阙，可以产生较大的展示效应。陈霸先在大司马门外白虎阙祭天誓师，就是要利用大司马门与石阙所具有的礼仪象征意义。作为宫殿南门，端门本来就是要害之地。《梁书》卷四十四《太宗十一王传》记，侯景作乱时，南海王大临先"为使持节、宣惠将军，屯新亭。俄又征还，屯端门，都督城南诸军事"④，屯兵端门，自然便于都督城南诸军事。这可以证明端门是从南方进入宫殿之要道，也是外国使者入宫上呈表奏必经之地，不仅具有重要的军事意义，而且是一个极具政治标志性的地点。太清三年（549）十二月，百济使者来到饱受侯景之乱蹂躏的建康城，"见城邑丘墟，于端门外号泣，行路见者莫不洒泪"。⑤ 百济使者号泣于端门之外，即是此种礼制背景的表现。

主持石阙修建的是丘仲孚。《梁书》卷五十三《良吏·丘仲孚

---

① 李延寿：《南史》，中华书局，1975，第263页。
② 叶廷珪《海录碎事》（李之亮校点，中华书局，2002，第146－147页）未出校。《玉海》卷一六九，《景印文渊阁四库全书》本。此二例及下文《至正金陵新志》例，皆陈垣所谓"前史避讳之文后史沿袭未改例"，参看其《史讳举例》，上海书店出版社，1997，第63页。
③ 张铉：《至正金陵新志》卷十二，《金陵全书》甲编方志类府志第7册，南京出版社，2010，第162页。
④ 姚思廉：《梁书》卷四十四，第615页。
⑤ 姚思廉：《梁书》卷五十六《侯景传》，第853页。

传》:"丘仲孚字公信,吴兴乌程人也。少好学,从祖灵鞠有人伦之鉴,常称为千里驹也。……初起双阙,以仲孚领大匠,事毕,出为安西长史、南郡太守。"① 丘仲孚"长于拨烦,善适权变",有突出的行政才能,而且精通典章礼制,在担任尚书左丞期间,撰有《皇典》二十卷、《南宫故事》百卷,又撰有《尚书具事杂仪》等书,通行于世。② 对于主持石阙修建,丘仲孚是最合适的人选之一。

六朝以来,有关南京的地志文献层出不穷,时移世异,很多文献已灰飞烟灭,但仍有不少重要文献存留至今,在很大程度上弥补了正史记载之不足。这类地志文献中,有述及石阙具体形制者,可补正史之所阙略。宋人张敦颐《六朝事迹编类》卷三《城阙门·石阙》云:"县北五里有四石阙,在台城之门南,高五丈,广三丈六寸,梁武帝所造。及成,命朝士铭之。时陆倕字佐公,其文甚佳,士流推伏。侯景作乱,焚烧宗庙城郭府寺,百无一存。寻高丽、百济等国入贡,见其凋残,遂哭于阙下。杨修之有诗云:'双石巍巍慰眼青,满朝珍重佐公铭。宫城府寺俱灰烬,翻使夷人谩涕零。'"③ 神龙阙和仁虎阙各自两两相对,共有四阙,故称"四石阙"。按上文的考述,"台城之门南"疑当作"台城之南门"。《景定建康志》卷四十九《儒雅传》载:"杨备,字修之,建平人也。庆历中为尚书虞部员外郎,分司南京上轻车都尉,往复道出江上,赋百篇二韵,命曰《金陵览古百题诗》,各注其事于题之下,与南唐朱存诗并传于时。"④《六朝事迹编类》所引杨修之诗,应即出自其《金陵览古百题诗》,很明显,此首是题咏梁武帝石阙的。

石阙的规制,在《至正金陵新志》中有更详细的记载。此书卷十二下"梁石阙铭"条引《金陵故事》云:"四石阙并在台城门前,其跌高七尺,身巨高五丈,广三丈六尺,厚七丈五尺。及成,朝士铭之。时陆倕文甚佳,士流推伏。侯景之乱,焚烧宗庙,城郭府寺,百无一

---

①② 姚思廉:《梁书》卷五十三,第770-771、771-772页。
③ 张敦颐撰,王能伟点校:《六朝事迹编类》南京稀见文献丛刊,南京出版社,2007,第54页。
④ 马光祖修,周应合撰:《景定建康志》卷四十九,第2086页。

存。后高丽、百济等国入贡，见凋残，哭阙下。"① 关于石阙之趺高，石阙本身的高度、广度及厚度，这里都有具体尺寸。然而，《酉阳杂俎》卷十一《广知·陆缅》称石阙初成，时人"用铜尺量之，其高六丈"。② 高出一丈，此或因所用尺度不同，或是陆缅故意夸大其词。要之，其宏伟壮观令人震惊，真正达到了萧何所谓壮丽而无以复加的境地。《石阙铭》中称为"双碣"，《至正金陵新志》亦将《梁石阙铭》列为"碑碣"一类。从现存汉阙的结构形制来看，四阙当是由多块石材砌成，而未必是一块整石。但这么巨大的石砌建筑矗立于宫城南门之外，从采石、雕凿、刻碑到砌成，显然要耗费多少人工物力，没有极大的政治决心，是不可能完成这一浩大工程的。

那么，石阙的具体形状是什么样子的呢？《石阙铭》第三至第五章有比较简括的描写。第三章云："伟哉偃蹇，壮矣巍巍。旁映重叠，上连翠微。布教方显，浃日初辉。悬书有附，委篋知归。"是说其巍峨壮观，并有实际的布教、悬法、藏书之用。第四章云："郁岧重轩，穹隆反宇。形耸飞栋，势超浮柱。色法上圆，制模下矩。周望原隰，俯临烟雨。"具体写到其规模天地，上有重轩反宇，高耸欲飞。第五章云："前宾四会，却背九房。北通二辙，南凑五方。暑来寒往，地久天长。神哉华观，永配无疆。"则是说石阙处于通津要路，位置显要，将千秋万世，垂之久远。总之，这些描写都比较笼统。而《至正金陵新志》卷十二上"石阙"则云："梁置石阙，在端门外，陆倕为铭。……此石阙在端门外，夹道置之，其上隐起奇兽异禽之状。"③所谓"隐起"，就是今天所说的浮雕。④《梁典》也说"镌石为阙，穷极壮丽，奇禽异羽，莫不毕备"⑤。照常情推测，梁朝文人应对石阙上的奇兽异禽有过

---

① ③ 张铉：《至正金陵新志》卷十二，《金陵全书》甲编方志类府志第 7 册，第 162、32 页。
② 段成式撰，许逸民注评：《酉阳杂俎》，学苑出版社，2001，第 151－152 页。
④ 今南京栖霞区甘家巷小学内，尚保存有梁文帝第七子萧秀墓石刻。萧墓原有四碑，东西两两相对，现存有石碑二：东石碑高 4.15 米、宽 1.46 米、厚 0.31 米，碑座长 3.37 米、高 1.01 米，碑侧原有浮雕，今已模糊；西石碑高 4.10 米、宽 1.44 米、厚 0.32 米，碑座长 3.07 米、高 1.02 米。详见梁白泉主编《南京的六朝石刻》，南京出版社，1998，第 102 页。按：萧秀卒于天监十七年（518），与梁石阙约略同时。由萧秀墓碑刻，亦可想见梁石阙之规制。
⑤ 王应麟：《玉海》卷一六九引，《景印文渊四库全书》本。

题咏，可惜今天皆已亡佚，无从考证浮雕的内容。陆倕《石阙铭》是奉敕而作，刻于石阙之上，具体来说，应刻于端门之外的神龙阙上。神龙阙实际上有两阙，究竟是两阙同刻一铭，还是一铭分刻两阙，由于文献阙略，只好存疑。从情理上推测，似乎后一种可能性较大。

据《梁书》卷二十二《太祖五王传》，安成康王萧秀卒后，"故吏夏侯亶等表立墓碑，诏许焉。当世高才游王门者，东海王僧孺、吴郡陆倕、彭城刘孝绰、河东裴子野，各制其文，古未之有也"。① 最终是四碑并立，四文分刻于石。神龙、仁虎二阙的情形，也可能与此类似。最直接的证据，就是当时除陆倕撰铭之外，袁峻亦奉敕撰铭。《梁书》卷四十九《文学传》上云："袁峻字孝高，陈郡阳夏人，魏郎中令涣之八世孙也。……高祖雅好辞赋，时献文于南阙者相望焉。其藻丽可观，或见赏擢。六年，峻乃拟扬雄《官箴》奏之。高祖嘉焉，赐束帛。……又奉敕与陆倕各制《新阙铭》，辞多不载。"② 史志多称美陆铭，一定程度上遮蔽了袁铭。既然端门外神龙阙已镌刻陆铭，那么，大司马门外仁虎阙镌刻的应当是袁铭。

梁武帝末年，侯景作乱，石阙周围成为战场。据《梁书》卷五十六《侯景传》，侯景围攻台城时，"即决石阙前水，百道攻城，昼夜不息，城遂陷"。③《景定建康志》卷二十引《三国典略》："侯景攻台城，烧大司马门，后阁舍人高善宝以私金千两赏其战士，直阁将军宗思领将士数人逾城出外灌水，久之，火灭。"④ 最后，侯景兵败，即将逃窜之前，也曾"敛其散兵，屯于阙下"，"仰观石阙，逡巡叹息久之"。⑤ 侯景之乱对石阙的破坏是巨大的。梁陈之际，石阙之地仍是战场。绍泰二年（556），陈霸先曾"率宗室王侯及朝臣将帅，于大司马门外白

---

① 姚思廉：《梁书》卷二十二，第345页。
② 姚思廉：《梁书》卷四十九，第688-689页。
③ 姚思廉：《梁书》卷五十六，第850页。
④ 马光祖修，周应合撰：《景定建康志》卷二十，第955页。
⑤ 姚思廉：《梁书》卷五十六，第861页。

兽阙下刑牲告天"。① 梁敬帝加陈霸先九锡策文有云："京师祸乱，亟积寒暄，双阙低昂，九门寥豁。"② 可见当时双阙犹在。其毁坏应是在隋平陈之后。

### 三、石阙与正统的焦虑

《梁书》卷二《武帝纪》记："天监元年夏四月丙寅，高祖即皇帝位于南郊。"③ 从这一天起，梁高祖即梁武帝萧衍及其萧梁政权就面临着正统性的质疑，承受着由此造成的心理焦虑。这种焦虑来自多方面：一方面，它来自外部，来自北朝政治、军事以及文化上的种种竞争、对立以及由此产生的南北对抗与冲突。另一方面，它源于南朝内部，伴随着齐梁政权更替而来，有一系列涉及政权正当性和政治信任方面的危机亟待解决。梁武帝建政之前十年，北魏太和十七年（493），北魏孝文帝迁都洛阳，接着推行了一系列汉化改革。自此开始，南北朝之间的对峙竞争，不仅在政治、军事层面，而且更在文化层面上激烈地展开。梁朝建立之后，虽然改变了南北的政治态势，却并没有改变或缓和南北方对于正统的争夺，相反，在一定程度上，这种争竞变得更加激烈了。在这一争竞中，梁武帝充分利用南方士族的文化影响，发挥文化实力，将南朝树立为"正朔所在"，确认为正统所系，对内加强群体凝聚力，对外加强宣传攻势，致力于从心理上分化瓦解对方。

这个形势，连行伍出身、后来被追尊为北齐神武帝的高欢（496—547）都看得一清二楚。有一次，在高欢身边典掌机密、出身京兆杜陵的世族子弟杜弼建议高欢惩治那些贪黩的官吏，高欢对他说过这样一段肺腑之言："天下浊乱，习俗已久。今督将家属多在关西，黑獭常相招诱，人情去留未定。江东复有一吴儿老翁萧衍者，专事衣冠礼乐，

---

① 姚思廉：《陈书》卷一《高祖纪》，中华书局，1972，第10页。第27页原书校勘记之十九："'白兽阙'即'白虎阙'，此避唐讳改，后同。"
② 姚思廉：《陈书》卷一，第19页。
③ 姚思廉：《梁书》卷二，第33页。

中原士大夫望之以为正朔所在。我若急作法网，不相饶借，恐督将尽投黑獭，士子悉奔萧衍，则人物流散，何以为国？"① 在高欢看来，黑獭即西魏的宇文泰以利相诱，最多只能吸引一些武将去投奔他，而南朝的萧衍"专事衣冠礼乐"，以文化正统为号召，对于北朝的士大夫是特别有吸引力的。从这个角度来看，梁武帝采取的"专事衣冠礼乐"的措施，作为一种对外心理攻势，已经取得相当显著的效果。双方对峙竞争，彼方的文化自觉就造成此方的心理焦虑。

梁武帝登基之后，即改元"天监"。这个年号的政治目的性是极其明确的。所谓"天监"，也就是梁武帝柴燎告天文中所说的"钦若天应，以命于衍""仰迫上玄之眷"②，换句话说，就是强调萧梁代齐是天命攸归。值得注意的是，这是在东晋南朝的年号历史上第一次使用"天"字。在这里，"天"就是正统的化身。选用这样一个年号，表明梁武帝是多么急切于证明政权之天命神授，也使他内心所承受的正统之焦虑昭然若揭。

梁武帝即位伊始所颁布的各项诏令，莫不以昭示政权的正统为旨归。即使某些貌似没有特别政治正当性指向的具体措施，其背后也有这种考虑。例如，天监元年四月辛未，亦即梁武帝即位第六天，就"征谢朏为左光禄大夫、开府仪同三司，何胤为右光禄大夫"③。谢朏是谢庄之子，出身陈郡阳夏谢氏，属于六朝一等高门，而何胤出身庐江何氏，"家本甲族，亲姻多贵仕"④。这两位是当时衣冠士族的代表，在改朝换代之时，这些高门士族的趋附与否，是新政权能否得到社会认同的一个重要指标。而谢、何二人的家世背景及其在萧齐的经历，又使他们成为梁朝初年政治指标性极强的人物。早在宋齐易代之际，齐高帝就曾经想借重谢朏的门第声望，遭到谢朏拒绝。⑤ 其后，萧齐一

---

① 李百药：《北齐书》卷二十四，中华书局，1972，第347–348页。
② 姚思廉：《梁书》卷二，第33、34页。
③ 姚思廉：《梁书》卷二，第37页。
④ 姚思廉：《梁书》卷五十一，第732页。
⑤ 姚思廉《梁书》卷十五《谢朏传》（第262页）："及齐受禅，朏当日在直，百僚陪位，侍中当解玺，朏佯不知，曰：'有何公事？'传诏云：'解玺授齐王。'朏曰：'齐自应有侍中。'乃引枕卧。"

朝又多次征辟谢朓，皆未成功。何胤亦屡征而不至。这无疑成为萧齐政权一个明显的政治遗憾。梁武帝征拜谢、何二人，再三致意，放低身段，摆出礼贤的政治姿态，其意不仅向社会表示新朝优遇衣冠士族，而且希望借由谢、何二人的合作，表示新朝得到衣冠士族的认可。最终，谢朓应辟出仕，何胤虽然没有出仕，但也表达了积极合作的态度。① 这为新政权的合法性提供了有力证明。作为一项政治投资，梁武帝此举已得到了预期的回报。

何胤积极合作的态度，主要表现在他对梁武帝的特派使者、领军司马王果的一番对话中。《梁书》卷五十一《何胤传》记：

> 果至，胤单衣鹿巾，执经卷，下床跪受诏书，就席伏读。胤因谓果曰："吾昔于齐朝欲陈两三条事：一者欲正郊丘，二者欲更铸九鼎，三者欲树双阙。世传晋室欲立阙，王丞相指牛头山云：'此天阙也。'是则未明立阙之意。阙者，谓之象魏。县象法于其上，浃日而收之。象者，法也；魏者，当涂而高大貌也。鼎者神器，有国所先，故王孙满斥言，楚子顿尽。圆丘国郊，旧典不同。南郊祠五帝灵威仰之类，圆丘祠天皇大帝、北极大星是也。往代合之郊丘，先儒之巨失。今梁德告始，不宜遂因前谬。卿宜诣阙陈之。"果曰："仆之鄙劣，岂敢轻议国典？此当敬俟叔孙生耳。"②

面对梁武帝的特使，何胤巧妙地表达了自己的忠诚，虽然他最后的决定仍是隐居不仕。这显然是明智的抉择。何胤通过王果向梁武帝提三条建议：正郊丘、铸九鼎、树双阙。在他看来，这三件关涉国典，都是新朝当务之急。详味其言，有两个重点：其一，此三事虽然重要，

---

① 详参姚思廉《梁书》卷十五《谢朓传》、卷五十一《何胤传》。
② 姚思廉：《梁书》卷五十一，第736-737页。同书第754页校勘记八："'国郊'疑当作'南郊'，《册府元龟》八一〇即作'南郊'。"其说可从。

然而前代多有阙误,亟须正本清源,拨乱反正;其二,相比齐朝,梁朝显然更有资格采纳他的建议,完成这三件大事。而只有这样,新朝才能树立自己的形象,确立自己的正统地位。没有足够渊博的儒学修养,不具备相应的学术权威,是没有资格作这样的建言的。而何胤恰是齐梁时代儒学大家,"师事沛国刘瓛,受《易》及《礼记》《毛诗》",撰有"《礼记隐义》二十卷、《礼答问》五十五卷"①,对礼制尤其有精深造诣,没有人怀疑他的权威。王果在答话中将何胤比作汉初的叔孙通,便是对他的资格的最强有力的认定。

何胤三条建言中,正郊丘、铸九鼎是否被梁武帝采纳施行,由于非本文重点所在,可以暂置不论。值得重视并且可以确定的是,从天监元年到十年,梁武帝采取了一系列措施,包括删定律令、置《五经》博士、立孔子庙、修建宫殿、新作国门、车驾幸国子学、亲临讲肆、亲祠南郊等,旨在正名改制、设教兴学、复兴礼乐等。② 礼乐复兴,不仅需要重建制度,而且需要与这些制度相配合的实体建筑。在这些实体建筑中,最为重要的就是天监七年正月在端门和大司马门之外所建的神龙、仁虎双阙。同样可以确定的是,此事是采纳了何胤的建议。天监七年,双阙工程始告竣工,距离何胤建言已经过了六年,好在何胤依然健在,虽然早已年逾花甲。③ 细读《石阙铭》,仿佛可以听到何胤当年的声音在铭文中的回响。《石阙铭》中对石阙制度的描叙,基本上就是何胤观点的复述与铺展,尤其是《石阙铭》中的这一段:"晋氏浸弱,宋历威夷,礼经旧典,寂寥无记。鸿规盛烈,湮没罕称。乃假天阙于牛头,托远图于博望,有欺耳目,无补宪章。"④ 这是何胤影响力在另一方面的表现。

石阙建成之后,南北朝官员在外交场合发生过一次以此为主题的

---

① 姚思廉:《梁书》卷五十一,第735、739页。
② 详参姚思廉《梁书》卷二《武帝纪》,第33—51页。
③ 姚思廉《梁书》卷五十一《何胤传》(第739页)载:"中大通三年,卒,年八十六。"据此推算,天监七年,何胤63岁。
④ 萧统编,李善注:《文选》卷五十六,第774页。

言辞交锋。唐段成式《酉阳杂俎》卷十一《广知·陆缅》载："梁主客陆缅谓魏使尉瑾曰：'我至邺见双阙极高，图饰甚丽，此间石阙亦为不下。我家有荀勖尺，以铜为之，金字成铭，家世所宝此物。往昭明太子好集古器，遂将入内。此阙既成，用铜尺量之，其高六丈。'瑾曰：'我京师象魏，固中天之华阙。此间地势过下，理不得高。'魏肇师曰：'荀勖之尺，是积黍所为，用调钟律；阮咸讥其声有湫隘之韵，后得玉尺度之，果短。'"①梁朝主客陆缅在北魏使者尉瑾、魏肇师面前，不但夸耀新建成的石阙的高度，而且强调其所用尺度的权威性；而两位北魏使者一方面不愿甘拜下风，另一方面又不能直接否认梁朝石阙的高度，故巧妙地从建康"地势过下，理不得高"和梁人所用尺度不可信这两个角度反唇相讥，针锋相对。这里，南北使者所计较的，与其说是石阙高度问题，不如说是各自的政治高度问题；南北使者所争论的，与其说是尺度是否标准的问题，不如说是谁有资格或者权力设定文化标准的问题，其实质就是正统之争。作为这场争论的触媒和核心的梁朝石阙，在当时所受到的关注和重视是不言而喻的。

梁武帝本人对这项工程也高度重视，这主要体现在两个方面：一是石阙巍峨壮丽，可以看出他是倾尽国力以完成这一工程；二是他亲自过问《石阙铭》的创作。如上所述，陆、袁二铭都是奉敕而撰。刘璠《梁典》称陆倕《漏刻》《石阙》二铭"冠绝当世"，这其实代表的是官方尤其是梁武帝的评价。

从内容来看，《石阙铭》全文可以分为四大段。第一段从"昔在舜格文祖，禹至神宗，周变商俗，汤黜夏政"到"指麾而四海隆平，下车而天下大定。拯兹涂炭，救此横流，功均天地，明并日月"，描述齐末政乱，生灵涂炭，歌颂梁武帝奉天起义，拯民于水火之中，平定四海，开创大业。可以说，这一段文字相当于《梁书》卷一《武帝纪上》的高度浓缩。第二段从"于是仰叶三灵，俯从亿兆，受昭华之玉，纳龙叙之图"到"历代规谟，前王典故，莫不芟夷剪截，允执厥中"，

---

① 段成式：《酉阳杂俎》，第 151–152 页。

缕列梁武帝既得天下，折中前代之典故规谟，制礼作乐，创法兴学，岁阜民和，天下称治。这一段文字相当于《梁书》卷二《武帝纪中》前半部的摘要缩写。第三段从"以为象阙之制，其来已远"到"爰命下臣，式铭盘石"。严格地说，这一段才进入文章的本题，叙述象阙之制的历史渊源及其流变，简单交代梁建石阙的经过，重点突出其文化意义，所谓："构兹盛则，兴此崇丽。方且趋以表敬，观而知法，物睹双碣之容，人识百重之典。作范垂训，赫矣壮乎。"崇丽的双碣，是权威的具象，是盛世的象征，垂千载之典范，受万民之景仰。第四段则是铭文，以常规的四言韵文，结构成五章铭辞，每章八句，平仄韵相间，围绕象阙制度的历史及文化意义，以抒情的姿势和高昂的音调，完成了对新朝的歌颂。铭辞第一章："惟帝建国，正位辨方。周营洛涘，汉启岐梁。居因业盛，文以化光。爰有象阙，是惟旧章。"第二章："青盖南洎，黄旗东指。悬法无闻，藏书弗纪。大人造物，龙德休否。建此百常，兴兹双起。"颂圣之意尤为明显。总之，这是一篇极其符合当时政治需要的高文典册，难怪其甫面世就得到官方高度评价。

  从全文来看，这篇铭文还有两点值得注意。其一是引据。陆倕不仅大量征引《周易》《尚书》《诗经》《左传》《周礼》《孟子》等儒家经典，亦乐于援引《易乾凿度》《尚书帝命验》《尚书中候》《河图龙文》《孝经钩命决》《春秋元命苞》《尚书考灵曜》等纬书，引经据典，经纬交织，凸显了铭文及其所叙写的史事的经典性，确立梁朝建立之合法性和正义性。其二是章法。此铭在章法上有一个显著的特点，即段落与段落之间经常用"于是"连接，这样不仅语气上顺理成章，更着力强调梁武帝革命是天经地义。这两点都是陆倕有意为之甚至是着意经营的。这也表明他是极度重视这篇高文典册的。

  梁武帝本人也极为重视这篇文章。他亲自动手，润饰陆倕的文章。《文选》卷五十六《石阙铭》李善注引《集》云："'盘石、郁崫重轩、穹隆、色法上圆、制模'十四字，是至尊所改也。"[1] 除了"盘石"出

---

[1] 萧统编，李善注：《文选》卷五十六，第775页。

自《石阙铭序》，其他十二字皆出自《石阙铭》。梁武帝具有很高的文学修养，有能力对别人的文章献可替否。从文学角度看，他所改动的这十四个字，是颇有修辞讲究的。"式铭盘石"，盘石就是巨石，取义恰当。"郁崱重轩"与下句"穹隆反宇"相对，"郁崱""穹隆"同为叠韵联绵字，对偶密丽工整。陆铭原文有"下矩"，梁武帝在上句用"上圆"相对，"上圆"是天，"下矩"是地，亦甚工稳。但是，这些润饰最关键的意义，不在于证明梁武帝的文学欣赏、批评与创造能力，而在于证明他对石阙工程的重视。对于梁武帝来说，撰写《石阙铭》首先是一个政治任务，其次才是一次文学创作。从这个意义上来理解他润饰陆铭的行为，才是全面的、完整的。他选择天监七年正月在端门和大司马之门外落成神龙、仁虎双阙，也是遵循《周礼·天官·太宰》在"正月之吉""县治象之法于象魏"之制度，可见精微之用心。

《文选》卷五十六"铭"体所录历代铭文五篇，除了崔子玉《座右铭》是致力于个人道德完善的箴戒之外，其他四篇铭文都是铭记历史上的重要时刻、重要地点，具有显著的纪念意义。[①] 其中，勒石燕然与刻铭剑阁两篇，是铭记历史上的标志性事件与地点，其时间点与空间点同样重要，与《石阙铭》异曲同工。陆倕卒于梁武帝普通七年（526），距离《文选》编成时代最近，其为石阙和漏刻作铭，虽然只是其当代事件的记录，但其欲在历史上留下不可磨灭的痕迹之意，却是一目了然的。何焯曾评《石阙铭》"序亦规橅元长，前颂武功，故尔辞费。铭非极工，能构形似"[②]，虽持论稍嫌过苛，实非无的放矢。李兆洛则批评此文"以典章制度之所系，而绝无尊严闳巨之思，词靡裁疏，不及《刻漏铭》远矣"[③]。此篇得以编入《文选》，固然与陆氏曾

---

① 参看拙撰《汉唐石刻：中国式的纪念与记忆》，《图书馆杂志》2012年第2期。
② 何焯：《义门读书记》卷四十九《文选》，中华书局，1987，第972页。
③ 李兆洛：《骈体文钞》卷一，商务印书馆，1937，第11页。

为"昭明十学士"之一或有关联①,而最重要的原因,乃是这篇文章对梁朝政权所具有的特殊的政治意义。萧梁政权始建期的正统焦虑,透过此文而跃然纸上,经由铭刻而记忆至今。

(原载《文史》2013 年第 2 辑)

---

① 《南史》卷二十三《王锡传》(第 640－641 页):"时昭明太子尚幼,武帝敕锡与秘书郎张缵使入宫,不限日数。与太子游狎,情兼师友。又敕陆倕、张率、谢举、王规、王筠、刘孝绰、到洽、张缅为学士,十人尽一时之选。"刘跃进认为十学士之设当在天监十七年之后,见其《昭明太子与梁代中期文学复古思潮》,郑州大学古籍所编《中外学者文选学论集》,中华书局,1998。

# 五句体与连章诗
——杜甫《曲江三章章五句》体式发微

## 一、"五句成章"的《曲江三章章五句》

唐人好咏曲江①，这不仅因为曲江是盛唐时代首都长安的风景名胜之地，还因为曲江对致力于科举仕进的士子们具有特别的象征意义。自开元中疏凿以来，曲江就因其景色迷人，又具南有紫云楼和芙蓉苑、西有杏园和慈恩寺的位置优势，而成为长安士人春秋佳日游集之地。当时考中进士的人，都要聚宴于曲江亭庆贺，谓之曲江会。② 杜甫对曲江也怀有深厚的情感，他一生创作了13首咏曲江诗③，作于天宝十一载（752）的《曲江三章章五句》，是杜甫第一次以"曲江"为题写景抒情④，因而在其曲江题材诗歌创作史上具有独特的意义。这几乎是不言自明的。而本文所要论证的是，这组诗无论从其题旨表达还是从其章法结构来看，都特别富有独特性和创造性，值得专门探讨。

天宝十载（751），杜甫在长安两次应试失败之后，向朝廷献《三

---

① 参看谢泉《浅谈唐代的"曲江"诗》，《宝鸡文理学院学报（社会科学版）》2004年第4期。
② 参看李肇《唐国史补》，李肇等《唐国史补 因话录》，上海古籍出版社，1979，第55-56页。
③ 按：《诗经》中常有多章成篇者，故此处将《曲江三章章五句》计作一首，而将《曲江二首》计作二首。
④ 参看谭文兴《杜甫诗中的曲江》，《杜甫研究学刊》1994年第1期。

大礼赋》,希望能被皇上赏识,结果仅得集贤院待制候用的空名。次年,杜甫游曲江,有感于仕途失意,遂作《曲江三章章五句》:

  曲江萧条秋气高,菱荷枯折随风涛。游子空嗟垂二毛。白石素沙亦相荡,哀鸿独叫求其曹。
  即事非今亦非古,长歌激越梢林莽。① 比屋豪华固难数。吾人甘作心似灰,弟侄何伤泪如雨。
  自断此生休问天,杜曲幸有桑麻田。故将移住南山边。短衣匹马随李广,看射猛虎终残年。

  这是一首景中含情的诗篇,景物与心情的深度融合,使其冲击力由视觉而穿透内心,震撼古今读者。第一章以写景起兴,由物候变换衬托内心的感慨。第二章即兴吟咏,放歌解忧,语似旷达,实多悲愤。诗中所谓"即事非今亦非古",指的是"即事吟诗,体杂古今。其五句成章,有似古体;七言成句,又似今体"② 这种"非今亦非古"的诗体,实出于杜甫自创。"长歌",显然指三章相连的"连章叠歌"。③ 第三章以"自断"引出一段直抒胸臆,进一步强化了全诗的抒情基调。
  无论从语言形式还是从章法结构来看,本诗都是相当独特的。"七言成句"虽然较为常见,但与"五句成章""三章成篇"相结合,就形成了与众不同的语言形式。每一章前三句句句用韵,为第一层次;后二句隔句用韵,组成又一个层次,章法结构自成特色。总之,全诗章法井然,针线绵密,各章内部以及三章之间婉转自如。正如《杜臆》所言:"(首章)先言鸟'求曹',以起次章'弟侄'之伤。次言'心似灰',以起末章'南山'之隐。虽分三章,气脉相属。总以九回之苦心,发清商之怨曲,意沉郁而气愤张,慷慨悲凄,直与楚《骚》为匹,

---

① 此处"莽"读作"莫补切",与本章第一、三、五句谐韵。详见杜甫撰、仇兆鳌注《杜诗详注》卷二,中华书局,1979,第138页。
② 仇兆鳌《杜诗详注》第138页引明王嗣奭《杜臆》。按:今本《杜臆》(上海古籍出版社,1983)卷四第43-44页《曲江三章章五句》下无此句。
③ 仇兆鳌:《杜诗详注》,第138页。

非唐人所能及也。"① 这不仅是杜甫自创的"连（联）章体"，而且是最为严格意义上的"连（联）章诗"。

## 二、"五句成章"的体制溯源

杜甫作诗，喜欢在诗题中标明该诗的篇幅或结构，包括字数、句数、韵数、章数以及篇数。标明字数的，如《自京赴奉先县咏怀五百字》；标明韵数的，如《送李校书二十六韵》《奉赠韦左丞丈二十二韵》以及《秋日夔府咏怀奉寄郑监李宾客一百韵》；标明篇数的，如《戏为六绝句》《绝句漫兴九首》《前出塞九首》《解闷十二首》等；同时标明韵数与篇数的，有《三韵三篇》；而同时标明句数和章数的，就只有《曲江三章章五句》。《曲江三章章五句》的诗题，不仅突出其"五句成章"的形式特点，而且点明其"三章成篇"的结构特色。在这一点上，《曲江三章章五句》明显与众不同，特别引人注目。

那么，《曲江三章章五句》的体制渊源是从哪里来的呢？

从"五句成章"来看，《曲江三章章五句》的体制可以溯源至《诗经》。《诗经》中含有"五句成章"的诗篇，包括但不限于以下15篇：

　　《召南·小星》二章章五句
　　《郑风·褰裳》二章章五句
　　《齐风·东方之日》二章章五句
　　《魏风·葛屦》二章一章六句一章五句
　　《秦风·权舆》二章章五句
　　《豳风·鸱鸮》四章章五句
　　《小雅·四牡》五章章五句
　　《小雅·斯干》九章四章章七句五章章五句

---

① 王嗣奭：《杜臆》，第44页。

《小雅·巷伯》七章四章章四句一章五句一章八句一章六句
《小雅·鼓钟》四章章五句
《大雅·文王有声》八章章五句
《大雅·卷阿》十章六章章五句四章章六句
《大雅·召旻》七章四章章五句三章章七句
《周颂·维清》一章五句
《商颂·殷武》六章三章章六句二章章七句一章五句①

以上 15 篇，共含 49 个"五句成章"之例，既有出自《召南》以及郑、齐、魏、秦、豳诸国风者，亦有见于大、小雅和周、商二颂者，分布范围相当广。其中，"五句成章"固然有仅见一章者，但亦有如《小雅·四牡》那样"五章章五句"者，更有如《大雅·文王有声》那样"八章章五句"者。凡此皆足以说明，在《诗经》的时代，"五句成章"是并不罕见的。

如果一篇中多章由五句构成，那么，大多数情况下这些"五句成章"是比较集中的，而不是分散出现。有时候，不同句数的诗章之间的切换，可能寓有层次转换的意义。例如，今本《大雅·卷阿》共由十章组成，前六章章五句，后四章章六句，高亨先生就认为："这首诗疑本是两首诗。前六章为一篇，篇名卷阿，是作者为诸侯颂德祝福的诗；后四章为一篇，篇名凤皇，是作者因凤皇出现，因而歌颂群臣拥护周王，有似百鸟朝凤。"② 其说颇有道理。

---

① 以上诸诗，分别见《毛诗正义》，阮元校刻《十三经注疏》，中华书局，2009，据嘉庆刻本影印本，第 613－614、723－724、741、756－757、796、842－844、867－868、933－938、978－980、1002－1003、1132－1135、1176－1180、1247－1250、1259－1260、1354－1356 页。按：今本《诗经》断句或有不同，故句数统计上容或有出入。如《秦风·权舆》，传统（如《毛诗正义》）认为是两章章五句，而高亨《诗经今注》（上海古籍出版社，2009，第 175 页）断作两章章三句："于我乎夏屋渠渠，今也每食无馀。于嗟乎不承权舆！""于我乎每食四簋，今也每食不饱。于嗟乎不承权舆！"又如《大雅·召旻》第五章，《毛诗正义》断为七句，而今人则或断作五句："维昔之富不如时，维今之疚不如兹。彼疏斯粺，胡不自替？职兄斯引。"［见高亨《诗经今注》，第 472 页；陈致导读，陈致、黎汉杰译注《诗经》，中华书局（香港）有限公司，2016，第 445 页］若如此，则《大雅·召旻》合计七章，其中五章章五句，二章章七句。

② 高亨：《诗经今注》，第 418 页。

当然，最值得注意的是"三章章五句"这种结构形式，至少从文字表面来看，这是《曲江三章章五句》诗题的直接出处。根据毛传来作统计，《诗经》中具有"三章章五句"结构特点的，共有以下五篇诗作：

《召南·江有汜》三章章五句
《郑风·叔于田》三章章五句
《秦风·无衣》三章章五句
《小雅·庭燎》三章章五句
《大雅·泂酌》三章章五句①

这五篇分散见于《召南》，郑、秦二国风和大、小雅，分布面比较广，其共同特点是"五句成章""三章成篇"。下面依次对这五首诗的形式结构略作分析。

第一首，《召南·江有汜》诗云：

江有汜，之子归，不我以。不我以，其后也悔。
江有渚，之子归，不我与。不我与，其后也处。
江有沱，之子归，不我过。不我过，其啸也歌。

本诗三章，各章第一、三、四、五句谐韵。值得注意的是，其第三句与第四句是复沓关系，这一方面增强了前后连贯的语势，另一方面也将前三句与后二句自然地区隔为前后两个层次。

第二首，《郑风·叔于田》诗云：

叔于田，巷无居人。岂无居人，不如叔也，洵美且仁。

---

① 以上诸诗，分别见《毛诗正义》，阮元校刻《十三经注疏》，第 614 – 615、712 – 713、794 – 795、924 – 925、1172 页。

叔于狩，巷无饮酒。岂无饮酒，不如叔也，洵美且好。
叔适野，巷无服马。岂无服马，不如叔也，洵美且武。

本诗三章，各章第一、二、三、五句谐韵。值得注意的是，其第二句与第三句是顶针的关系，这既增强了前两句与后三句的联系，也使二者自然地区隔为前后两个层次。

第三首，《秦风·无衣》诗云：

岂曰无衣，与子同袍。王于兴师，修我戈矛。与子同仇。
岂曰无衣，与子同泽。王于兴师，修我矛戟。与子偕作。
岂曰无衣，与子同裳。王于兴师，修我甲兵。与子偕行。

本诗三章，各章第二、四、五句谐韵。这种韵式，可以将诗句分割为两个部分（前二句、后三句），也可以分割为三个部分（前二句、中二句、后一句）。值得注意的是，其第一句与第三句很可能也存在谐韵关系。若果如此，那么，本诗前四句的韵式就属于交韵（abab），而且，交韵这种韵式还进一步凝固了前四句的内部关系，使得前四句形成一个完整的单元。与此同时，第五句与第四句之间就有了自然区隔，形成前四后一的两个层次单元。

第四首，《小雅·庭燎》诗云：

夜如何其，夜未央，庭燎之光。君子至止，鸾声将将。
夜如何其，夜未艾，庭燎晢晢。君子至止，鸾声哕哕。
夜如何其，夜乡晨，庭燎有辉。君子至止，言观其旂。

本诗三章，头两章第二、三、五句谐韵，第三章则是第三、五句谐韵。无论从诗意还是从韵式来看，这首诗都可以看作是由前三句与后二句两个层次构成的。

第五首，《大雅·泂酌》诗云：

洞酌彼行潦，挹彼注兹，可以餴饎。岂弟君子，民之父母。
洞酌彼行潦，挹彼注兹，可以濯罍。岂弟君子，民之攸归。
洞酌彼行潦，挹彼注兹，可以濯溉。岂弟君子，民之攸塈。

本诗三章，各章第三句与第五句谐韵。① 从韵式结构来看，本诗亦可以视为由前三句与后二句两个层次组成。

上述五篇虽然同有"三章章五句"的结构特点，但是，各篇韵式彼此不同。从韵式来看，只有《郑风·叔于田》与《曲江三章章五句》的韵式相同，都是第一、二、三、五句相谐。从句式来看，《诗经》这五篇有三言、四言和五言，独无七言，而《曲江三章章五句》全篇由七言构成，这是二者的根本区别。当然，这一区别并不妨碍我们作出这样的判断：杜甫创作《曲江三章章五句》一诗之时，不仅在命题上，而且在章法构造上，都对《诗经》（尤其是上述五篇诗作）有所借鉴。明代著名杜诗学者王嗣奭即曾明确指出："此公学三百篇，遗貌而传神者也，观命题可见。而自谓非今非古，意可知矣。尝谓公此诗学三百……俱自开堂奥，不肯优孟古人。"② 清代著名杜诗学者杨伦也说："题仿三百体，诗则公之变调。"③ 所谓"遗貌而传神"，所谓"变调"，笔者以为，指的就是《诗经》以四言为主，而《曲江三章章五句》则是纯粹的七言。

从"七言成句""五句成章"这一外形特点来看，《曲江三章章五句》与南朝张率《白纻歌》颇为近似。张率诗见于《乐府诗集》卷五十五"白纻舞辞"，共九首，其前五首中，有四首属于"五句成章"：

---

① 此用朱熹之说。朱熹《诗传集》卷十七："饎，音炽，叶昌里反"，"母，叶满彼反也"，"罍，音雷"，"归，叶古回反"，"溉，音盖，叶古气反"，"塈，音戏"。详见朱熹注《诗集传》，凤凰出版社，2007，第231页。按：朱熹对《诗经》的音韵分析有明显的"叶韵"特点，后代学者亦有不同意朱说者。如顾炎武《诗本音》认为这首诗是二三四五通押；王力《诗经韵读》则认为第一章二三四五押韵，第二章二四押韵、三五押韵，第三章二四押韵、三五押韵。见王力《诗经韵读》，上海古籍出版社，1980，第357－358页。按：顾、王二说韵脚均较朱说为密，可以说与朱说并不矛盾。
② 王嗣奭说见《杜诗详注》第139页引。按：此二段引文均不见于王嗣奭《杜臆》第43－44页"曲江三章"。
③ 杜甫著，杨伦笺注：《杜诗镜铨》卷二，上海古籍出版社，1980，第45页。

中 篇

歌儿流唱声欲清。舞女趁节体自轻。歌舞并妙会人情。依弦度曲婉盈盈。扬蛾为态谁目成。

妙声屡唱轻体飞。流津染面散芳菲。俱动齐息不相违。令彼嘉客澹忘归。时久玩夜明星稀。

（中一首六句成篇，略）

秋风萧条露垂叶。空闺光尽坐愁妾。独向长夜泪承睫。山高水深路难涉。望君光景何时接。

遥夜方远时既寒。秋风萧瑟白露团。佳期不待岁欲阑。念此迟暮独无欢。鸣弦流管增长叹。①

总体来看，张率《白纻歌》九首，每一首都是"七言成句"，一章成篇。在这个意义上，"五句成篇"与"五句成章"是同义词。因此可以说，这九首《白纻歌》中，"五句成章"者四，六句成章者二，四句成章者三。无论是几句成章，这九首都是句句押韵，这又是其与《曲江三章章五句》的歧异之处。

《白纻歌》属于舞曲歌辞。《宋书》卷十九《乐志一》云："又有《白纻舞》，按舞词有巾袍之言，纻本吴地所出，宜是吴舞也。晋《俳歌》又云：'皎皎白绪，节节为双。'吴音呼绪为纻，疑白纻即白绪。"② 可见此舞起源于南方，故东晋南朝作《白纻歌》或《白纻曲》者，屡见不鲜。刘宋刘铄有《白纻曲》一首，为七言六句；鲍照有《白纻歌》六首，每首皆为七言七句（有一句为三三句式）；汤惠休有《白纻歌》二首，一首七言六句，一首七言八句。③ 此外，王俭、梁武帝、沈约、隋炀帝、虞茂亦皆作有《白纻辞》或《四时白纻歌》，除

---

① 郭茂倩：《乐府诗集》卷五十五，中华书局，1979，第802页。校记："依，《诗纪》卷七九注'一作调'，是。"按：在《乐府诗集》以前，这九首有时不是一起出现。前两首见于《玉台新咏笺注》卷九（中华书局，1985，第423-424页），作者是"张率"，第三首的作者也是"张率"，而见于中华书局本第461页。《文苑英华》卷一百九十三共收录五首，其中包括本文列出的第一、三、四首，而没有第二首，作者名字都是"张柔"，但在中华书局影印本的目录里改成了"张率"，见《文苑英华》第二册，中华书局，1966，影印本，第950页。
② 沈约：《宋书》卷十九，中华书局，1974，第552页。
③ 郭茂倩：《乐府诗集》卷五十五，第800-801页。

王俭诗只有二句（疑不完整），其他每首四句至八句不等。① 这两组作品的共同特点是，每句七言，每首都是句句押韵②，或一韵到底，或换韵。

唐代诗人中，崔国辅、杨衡、李白、王建、张籍、柳宗元、元稹等人皆作有《白纻辞》或《冬白纻歌》③，可谓不绝如缕。这些诗作的句式，虽然不完全是七言，但仍以七言为主，其篇幅短则四句，长则十四句，却未见有"五句成章"者。这似乎说明，"五句成章"并不是《白纻歌》不可变更的固定格式，至于张率《白纻歌》有四篇用此格式，最多只能说明这种格式在南朝曾经比较流行。且其韵式为句句用韵，与杜诗迥然不同。换句话说，张率《白纻歌》虽然有四首属于"七言成句""五句成章"，但是，其对《曲江三章章五句》的影响，恐怕不宜给予过高评价。④

清代以王士禛为中心的一批师友，曾经围绕"七言五句古"体式的渊源、体制特点以及创作要领等问题而有所讨论。所谓"七言五句古"，就是以"七言成句""五句成篇"为标志的古诗体式。王士禛认为："七言五句，起于杜子美之'曲江萧条秋气高'也。昔人谓贵词明意尽。愚谓贵矫健，有短兵相接之势乃佳。"显然，在王士禛看来，《曲江三章章五句》是杜甫的创体。张萧亭则认为，这种体式的古诗，在结构上通常有两种特点：一种是"第四句既合之后，复拖一句掉转，使余韵悠然"，另一种是"二三句双承，第四句方转，以取第五句之势"。显然，《曲江三章章五句》属于第二种。而张历友则认为，此体

---

① 郭茂倩：《乐府诗集》卷五十五、卷五十六，第 798 - 800、806 - 808 页。
② 郭茂倩：《乐府诗集》卷五十六第 808 页录虞茂《四时白纻歌》二首，每首八句，其第六句皆与前四句相谐，第一首第五句与第七八句相谐，第二首第五句与前后各句皆不谐韵。按《乐府诗集》当页校记："《诗纪》卷一二〇题下有'和炀帝'三字。"按：《乐府诗集》同卷第807页录隋炀帝《四时白纻歌》二首，亦八句成篇，前四句押一韵，后四句押一韵，皆句句有韵。疑此处虞茂诗传写致讹，致脱却韵字。
③ 郭茂倩：《乐府诗集》卷五十五，第 803 - 805 页；卷五十六，第 808 页。
④ 李新、卢萌《杜甫研究辨误三则——与萧涤非、丁启阵、肖文苑等先生商榷》（《河北广播电视大学学报》2010 年第 1 期）称张率创作《白纻歌辞》三首（按：应作四首），皆七言五句，为杜甫《曲江三章章五句》之滥觞，又批评萧涤非称此体为杜甫首创说误。今按：李、卢之说不确。

源自汉昭帝《淋池歌》。①《淋池歌》见于《古诗纪》卷十一，其辞云：

> 秋素景兮泛洪波，挥纤手兮折芰荷。凉风凄凄扬棹歌。云光开曙月低河，万岁为乐岂云多。②

此诗文本始见于晋王嘉《拾遗记》卷六③，出自小说家言，其是否为汉昭帝之作未可遽断，然可以确定为晋以前之诗作。从年代上看，这首"七言五句古"显然要早于张率《白纻歌》，虽然其首二句杂用骚体句式，显得不够纯粹，而句句押韵的柏梁体韵式也与《曲江三章章五句》有所不同。实际上，较为可信的汉代"七言五句古"作品，是驺氏二镜铭，此二镜虽有大小之别，而铭文无异，皆为七言五句："驺氏作竟（镜）四夷服。多贺国家人民息。胡虏殄灭天下复。风雨时节五谷孰，长保二亲得天力。"④ 由此可见，"七言五句古"的体式在汉代确已存在。

王士禛等人也讨论了"五言五句古"的体式问题。所说"五言五句古"，就是以"五言成句""五句成篇"为标志的古诗体式。"五言五句古"与"七言五句古"虽有五言与七言之别，却同具"五句成篇"的体制特点，亦即同属于"五句体"。张历友认为："五言古五句体，惟刘宋《前溪歌》为然，其词曰：'黄葛结蒙笼，生在洛溪边。花落逐水去，何当顺流还。还亦不复鲜。'此诗颇为创格，妙有余韵，或以为车骑将军沈充所作舞曲也。"⑤ 如果此说可信，那么，"五言五句古"与"七言五句古"的起源，同样与舞曲有关系。而且，这首《前溪歌》的结构，正与"七言五句古"的一种常见结构相同，也是"第四句既合之后，复拖一句掉转，使余韵悠然"。

---

① 王士禛、张萧亭、张历友诸人之说，见于《诗问》卷一（郎廷槐问、王士禛答）、卷二（郎廷槐问、张历友答）、卷三（郎廷槐问、张实居答），参见王士禛等《诗问四种》，周维德笺注，齐鲁书社，1985，第11、37、58页。
② 冯惟讷：《古诗纪》卷十一，《景印文渊阁四库全书》第1379册，第84页。
③ 王嘉等撰，王根林等校点：《拾遗记外三种》，上海古籍出版社，2012，第40页。
④ 洪适：《隶续》卷十四，《隶释　隶续》，中华书局，1985，影印洪氏晦木斋刻本，第419页。
⑤ 王士禛等：《诗问四种》卷二，第37-38页。

明人田艺蘅不满足于《诗经》中的例子，而继续追溯"五句体"的起源，并举《夏人歌》为"五句体"的滥觞。① 其所谓《夏人歌》，始见于《韩诗外传》卷二十一，称"昔者桀为酒池糟堤，纵靡靡之乐，一鼓而牛饮者三千人，群臣皆相持而歌"云云②，然其初诗题未定，至宋郭茂倩《乐府诗集》，乃确定为《夏人歌》，共两首，各五句，其辞云：

江水沛兮，舟楫败兮，我王废兮。趣归于亳，亳亦大兮。
乐兮乐兮，四牡骄兮。六辔沃兮。去不善而从善，何不乐兮。③

此诗是否确为夏代作品，大有疑问，窃以为，它可能只是汉代的创作，不晚于韩婴。韩婴生活于汉文帝至汉武帝时代，其年代略早于汉昭帝。另外，从句式来说，此诗是四言与六言的混合，不及《淋池歌》更近于七言。

总之，《曲江三章章五句》的体式相当特别，它在诗歌史上引人注目，是不足为奇的。这主要体现在如下几方面：第一，许多专家学者对此一体式十分赞赏，如前引明人王嗣奭，又如当代学者萧涤非先生。萧先生高度评价《曲江三章章五句》，称其为杜甫之首创。④ 第二，前人耗费许多精力，努力追溯这种体式的历史渊源，论证其存在的合理性和合法性，甚至不惜追溯到与之相邻或相近的其他体式，本文也是这种努力的一部分。第三，通过对这种体式的各种论述以及效法拟作，确立《曲江三章章五句》及其体式的经典地位。

---

① 《留青日札》卷六："《弹铗歌》一句，《易水歌》二句，《大风歌》三句，《南风歌》四句，《夏人歌》五句，《庚廖歌》六句。"见田艺蘅《留青日札》，上海古籍出版社影印万历刻本，1985，第239页。
② 韩婴撰，许维遹集释：《韩诗外传集释》卷二，中华书局，1980，第57页。
③ 郭茂倩：《乐府诗集》卷八十三，第1167页。
④ 参看萧涤非《杜甫诗选注》，人民文学出版社，1979，第42页。萧涤非《杜甫研究》中《杜诗的体裁》（齐鲁书社，1980，上卷第124页）也谈到了这个体格，不过没说"创体"这样的话。

## 三、《曲江三章章五句》体式之嗣响

"五句成章"或者"五句成篇",可以统称之为"五句体"。五句体,除了上述四言、五言、七言者,还有六言,如现存孔融六言诗三首中,就有一首是"五句成篇"。① 作为一种诗歌体式,"五句体"早在宋代就已经引起诗学家的重视。《彦周诗话》云:"李邯郸公作《诗格》,句自三字至九字、十一字,有五句成篇者,尽古今诗之格律,足以资详博,不可不知也。"② 李邯郸即李淑,是北宋著名学者、藏书家,著有《诗苑类格》三卷③,《彦周诗话》所谓《诗格》,殆即此书,可惜其书早佚。《诗苑类格》将"五句成篇"专门列为一格,可见李淑对此体的重视。《曲江三章章五句》无疑是"五句成篇"体式的典型代表,宋人诗话中也已经予以确认。宋张表臣撰《珊瑚钩诗话》卷三云:"《曲江三章》云:'即事非今亦非古',余曰:在今古间。"④ 虽是专释"即事"一句,其实也涉及《曲江三章章五句》全诗写法的特点。南宋魏庆之《诗人玉屑》卷二更是专设"五句法"一条,并阐述其写作规范:"此格即事遣兴可作,如题物、赠送之类,则不可用。"⑤魏庆之所谓"五句法",就是李淑所谓"五句成篇者"。魏庆之所举范例就是《曲江三章章五句》中的两章,可见在他的心目中,杜甫此诗就是此体的典型代表。

但是,总体来看,自宋以来,仿作这种"五句"体的诗人并不多。这些仿作大致可以分为三大类。第一类近于铭诗,如南宋陆淞撰有《乡校颂》,其小序云:"乡校,海盐县大夫能教育人材而成之也。"其辞云:

---

① 参看逯钦立辑校《先秦汉魏晋南北朝诗》,中华书局,1983,第197页。按:另外两首,一首四句,一首六句,三首有可能皆非完整篇章。
② 许顗:《彦周诗话》,何文焕辑《历代诗话》,中华书局,1981,第384页。
③ 参看脱脱《宋史》卷二百九,中华书局,1977,第5410页。
④ 张表臣:《珊瑚钩诗话》卷三,何文焕辑《历代诗话》,第469页。
⑤ 魏庆之:《诗人玉屑》,上海古籍出版社,1978,第35页。

> 维乡有校，示民有知。教始豫逊，迪于训彝。维风化是禅。
> 维校在乡，示民有防。入孝出悌，为忠为良。斯邦家之光。
> 乡校有基，如德弗亏。刘侯迁之，魏侯新之。李侯能成之。
> 其迁者初，其新者中。肄业传道，有师有宗。繄李侯之功。
> 乐只君子，孰后孰先。显有嘉闻，于斯万年。维大夫之贤。①

这是一篇颂诗。诗中的"李侯"，指时任海盐县令李直养。关于此诗的写作背景，清人厉鹗引《海盐县图经》云："李直养，字无害，维扬人，正民之孙。绍熙中为海盐令，兴学校，修大成殿，置书籍祭器，兼设小学，择师教之。陆淞有诗。"值得注意的是，厉鹗将此篇称为"乡校五章章五句"。② 显然，这样一种题名，突出的是它与杜甫《曲江三章章五句》的关系。此诗以四言为主，五句成章，每章由前四句与后一句两个层次组成。其形式结构特点，与唐代碑志文中的某些铭诗如出一辙，如颜真卿《郭子仪家庙碑》中的铭诗。③

第二类仿作，可以元人张翥《今我不乐三章章五句》为例：

> 今我不乐思故山，虎豹盘踞愁难攀，岂无壮士藏田间。谁能西乡发一矢，畏途如此何由还。
> 鸱鸮夜鸣今天似漆，烟际微茫小星出，破窗无镫望白日。东方未明起揽衣，风雨何来忽萧瑟。
> 月白西南星宿稀，巷无行人蝙蝠飞，步檐萧萧露沾衣。目断天涯遍芳草，王孙不归春自归。④

诗题中的"今我不乐"，出自《诗经·唐风·蟋蟀》，但是，此诗

---

① ② 厉鹗：《宋诗纪事》卷五十八，上海古籍出版社，2013，第1460–1461页。
③ 李昉等编《文苑英华》卷八百八十，中华书局，1966，第4642页。按：清梁玉绳《志铭广例》（《丛书集成初编》本）卷一"铭词异格"条也注意到此碑"铭词八章，每章四言五句"的特点。参看拙撰《汉语诗律学研究的新材料与新问题——论唐代碑志铭韵式之革新》，《"中央大学"人文学报》第45辑，2007年；又载陈洪、张洪明主编《文学和语言的界面研究》，南开大学出版社，2008，第1–23页。
④ 顾瑛编：《草堂雅集》卷四，《景印文渊阁四库全书》第1369册，第264页。

与其说源自《诗经》，不如说直接仿效杜甫《曲江三章章五句》，二者形神俱似。从外形上看，二者都是七言成句（张耒诗第二章第一句多一"兮"字）、五句成章、三章成篇，又都是第一、二、三、五句押韵；从主题上看，二者都是即事抒怀，而所抒怀的又都是愤懑不满的情绪。

乾隆皇帝是文学史特别是诗歌史上的好事者，他的《无边风月之阁三章章五句效杜甫体并以题中字为韵》，不仅有意效仿杜甫《曲江三章章五句》之诗体，更进一步"以题中字为韵"，处处显示他的"好事"：

> 大块噫气名为风，振拂草绿与花红。吾则何敢披称雄。有时望云惧吹去，伫立亦厌飘蓬蓬。
> 四时皆宜惟有月，涤荡精神莹肌骨。近水楼台益清越。箕畴设以卿士占，茑目渴贤念无竭。
> 耳得目遇真无边，清风明月太古年。细故记忆非高贤。杜陵揭尔效其体，吟弄于我何有焉。①

与张耒诗作相比，乾隆此诗对《曲江三章章五句》的拟仿更为自觉，也更为彻底。他在诗题中也已经作了明确的告白。这是证明《曲江三章章五句》已经成为经典的最好的例子。

第三类仿作，可以举明李梦阳撰《风雅什·始雷》为例：

> 雷之磕兮，西山之阳兮。翕兮张兮，发坤藏兮。阐而昌兮。
> 雷之升兮，列缺光兮。驱罔象兮，划幽匿兮。维民之福兮。
> 雷虩虩兮，民诉诉兮。施甘雨兮，昌下土兮。登我稷黍兮。②

---

① 爱新觉罗·弘历：《御制诗集》三集卷三十四，《景印文渊阁四库全书》第 1305 册，第 775 页。按：据《钦定日下旧闻考》卷八十二，无边风月之阁在圆明园，"四宜书屋西南为无边风月之阁"。乾隆对此园颇为爱赏，集中有多篇诗作咏之。
② 李梦阳：《空同集》卷四，《景印文渊阁四库全书》第 1262 册，第 36 页。

此诗见于《空同集》第四卷，此卷总标题是"风雅什"，每篇篇末都标名章数和句数，如此篇篇末标注："《始雷》三章章五句。"很显然，这是对《诗经》亦步亦趋的效仿，也可以说，李梦阳是越过《曲江三章章五句》而遥承它的远源《诗经》。李诗句式以四言为主，间杂五言，与杜诗差别甚大，但李梦阳在篇末标注章数句数的做法，明显受到毛诗的启发，也很可能受了杜甫的启发。

词中也有"五句体"。与诗相比，五句成篇的词调并不罕见。仅据《御定词谱》卷一略举数例：

《江南好》单调二十七字，五句三平韵；

《潇湘神》单调二十七字，五句三平韵一叠韵；

《章台柳》单调二十七字，五句三仄韵一叠韵，又一体单调二十七字，五句三仄韵；

《解红》单调二十七字，五句三平韵；

《赤枣子》单调二十七字，五句三平韵；

《南乡子》单调二十七字，五句两平韵三仄韵，又一体单调二十八字，五句两平韵三仄韵，又一体亦单调二十八字，五句两平韵三仄韵；

《捣练子》单调二十七字，五句三平韵；

《桂殿秋》单调二十七字，五句三平韵；

《天净沙》单调二十八字，五句四平韵一叶韵，又一体单调二十八字，五句三平韵两叶韵等。①

这些都是单调词，不分阕，类似诗中的单章。对这些词作来说，"五句成章"等于"五句成篇"。如张雨《喜春来》："江梅的的依茅舍，石濑溅溅漱玉沙，瓦瓯篷底送年华。问暮鸦，何处阿戎家。"② 这

---

① 《御定词谱》卷一，《景印文渊阁四库全书》第 1495 册。
② 《御定词谱》卷二。

是单调二十九字，五句，一叶韵，四平韵。又如明倪瓒《凭阑人》（又一体）："客有吴郎吹洞箫，明月沉江春雾晓，湘灵不可招。水云中，环佩摇。"① 这是单调二十五字，五句三平韵，一叶韵。此外还有不少双调的词牌，前后段均为五句。如《南乡子》又一体，即双调五十四字，前后段各五句，四平韵，又如《捣练子》又一体，双调三十八字，前后段各五句，三平韵。这就相当于诗中的"两章章五句"了。曲中也有"五句体"。可见"五句体"渊远而流长。

## 四、《曲江三章章五句》与连章诗

杜甫作诗惨澹经营，极其重视诗的结构平衡。他的诗作结构，既追求平衡性，又常常打破平衡，刻意创新。一般来说，他的近体诗作品是比较讲究平衡的。这一方面表现为近体诗的语句中讲究对偶，例如《绝句四首》："两个黄鹂鸣翠柳，一行白鹭上青天。窗含西岭千秋雪，门泊东吴万里船。"四句两两对偶，十分工整。另一方面，这也表现为组诗篇章构造中对平衡偶对的极端重视和苦心经营。例如杜甫晚年最为著名的组诗之一《秋兴》八首，就是讲求结构平衡的典型作品。

与此同时，杜甫诗歌中也有一些不那么平衡的结构，句数、章数或篇数为奇数的诗篇，都或多或少地带有这样的特点，例如，《秋雨叹》三首、《咏怀古迹》五首、《乾元中寓居同谷县作》七首、《前出塞》九首等。至少，这些作品比起四首、八章一组的结构来说，显得不平衡。他的名篇《饮中八仙歌》，按照清人何焯的分析，此篇描述八位酒仙，"三人两句，四人三句。一人四句，相杂成章"。② 全篇22句，句句押韵，汝阳王李琎、左相李适、崔宗之及张旭等四人，每人三句三韵，也是奇数。杜甫《曲江三章章五句》，以七言成句、五句成章、三章成篇，皆取奇数，更是出奇制胜的典型。

---

① 《御定词谱》卷一。
② 何焯：《义门读书记》卷五十一，中华书局，1987，第996页。

杜甫对于诗歌结构的自觉意识,也体现于一般人不太重视的诗歌制题上。他的《三韵三篇》在诗题中明确注明韵数和篇数,与《曲江三章章五句》相映成趣。① 《愁(强戏为吴体)》中,明确标明为"吴体",有意突出其体式与众不同。② 最值得注意的是他的《短歌行赠王郎司直》:

> 王郎酒酣拔剑斫地歌莫哀,
> 我能拔尔抑塞磊落之奇才。
> 豫章翻风白日动,
> 鲸鱼跋浪沧溟开。
> 且脱剑佩休徘徊。
>
> 西得诸侯棹锦水,
> 欲向何门跽珠履。
> 仲宣楼头春色深,
> 青眼高歌望吾子。
> 眼中之人吾老矣。③

这篇《短歌行》由两段组成,如前人所言:"此章二段,各五句分截","此歌上下各五句,于五句中间,隔一韵脚,则前后叶韵处,不见其错综矣。此另成一章法"。④ 从这个角度来看,我们不妨称之为《短歌行二章章五句》。实际上,此诗除了前两句为十一言长句之外,其他各句均为七言,都各有一句不押韵,与《曲江三章章五句》相似。最重要的是,杜甫称自己这首诗为"短歌行",也就是将其性质界定为乐府歌行。

《曲江三章章五句》与《短歌行赠王郎司直》不仅同为"五句成

---

① 仇兆鳌:《杜诗详注》,第1211页。仇兆鳌引申涵光曰:"三韵三篇,甚古悍。"
②③ 仇兆鳌:《杜诗详注》,第1599、1885–1886页。
④ 仇兆鳌:《杜诗详注》,第1886、1887页。

章（篇）"的"五句体"，而且同样源自乐歌。自古以来，歌谣即有"五句体"，其远源可以追溯到《诗经》，近源则在隋唐五代的词调中犹可寻觅，而流裔则是至今仍在鄂、湘、渝、陕、豫、皖、赣等省市流行的传统山歌样式——五句体山歌。它以七言五句为一段，有以一段歌词独立成章的，也有若干段五句子联缀的，称为"赶五句"或"排子歌"。① 在河南一些地区流行的五句体山歌，还形成了自身的特色。② 尽管这种五句体山歌起于何时、在杜甫那个时代、在杜甫的家乡是否流行，还有待研究，但是，上述各种史料证据至少可以表明，《曲江三章章五句》与唐代的民间歌谣及音乐文学是有联系的。换句话说，杜甫于诗广收博采，民间歌谣也是他学习参考的资源之一。

《曲江三章章五句》是杜甫集中最名副其实的连章诗。"连章诗"这个概念，滥觞于明代王嗣奭，王氏称《曲江三章章五句》为"连章叠歌"。至清代浦起龙，乃正式有"连章诗"这一提法。浦起龙在《读杜心解·发凡》中说："乃其连章诗，又通各首为大片段，却极整齐，极完密。少陵此体，千古独严。"③ 按照浦起龙的解释，只要"通各首为大片段，却极整齐，极完密"者，就可以称为连章诗。于是，《咏怀古迹》五首和《秋兴》八首之类，皆可以归入连章诗的范畴。④ 其后，连章诗的概念外延进一步扩展，连"三吏""三别"等亦被视为连章诗。有些学者认为，连章诗就是组诗，故以"连章组诗"称之。⑤ 也有学者提出，连章诗属于组诗的范畴。所谓连章诗，是指在一个总的诗题之下，由两首或两首以上相对独立成章而又有整体的构思

---

① 参看赵要钦《论五句体民歌的结构特征——以"慢赶牛"为例》，《音乐时空》2014 年第 20 期。按：明代著名文人冯梦龙曾注意搜集五句体歌谣，其搜集的《桐城时兴歌》共 24 首，其中 23 首是五句体。
② 参看董学民《五句子歌的地理属性》，《音乐探索》2002 年第 4 期；邵小萌《河南五句体山歌曲式结构探析》，《音乐创作》2011 年第 6 期。
③ 浦起龙：《读杜心解》，中华书局，1961，第 9 页。
④ 《杜诗详注》第 1499 页引《杜臆》："《咏怀古迹》五首各一古迹，首章前六句，先发己怀，亦五章之总冒。其古迹，则庾信宅也。"即将《咏怀古迹》五首作为一个整体，其所谓"首章"云云，即视此整体为连章诗。
⑤ 参看长谷部刚撰，李寅生译《从"连章组诗"的视点看钱谦益对杜甫〈秋兴八首〉的接受与展开》，《杜甫研究学刊》1999 年第 2 期。

布局、彼此间气脉联络照应的一组诗。合而观之，连章若一；分而观之，各章又相对独立。① 按照"分之则独立成章，合则能成为一个有机整体"的界定，不仅杜甫有很多组诗就是连章诗，而且宋金元也有很多连章诗。② 如果组诗可以涵盖连章诗，连章诗是组诗中的一小类，那么，组诗中的首与连章诗中的章便无分别。果真如此，杜甫诗题中为什么还要有章与首的分别？

　　曾经师事浦起龙的张玉谷，在其《古诗赏析》中，将曹植《赠白马王彪》称为"连章诗"。③ 其中不免有乃师的影响。应该说，张玉谷使用"连章诗"这一概念是审慎的。《白马篇》毕竟有乐府的渊源。《说文解字》三上："章，乐竟为一章，从音从十。十，数之终也。"④ 杜甫《曲江三章章五句》之所以称"章"而不称"首"，窃以为也是基于"章"字的音乐渊源。在杜甫诗作中，只有《曲江三章章五句》是严格意义上的名副其实的连章诗，《短歌行赠王郎司直》庶几近之，而其他所谓"连章诗"则只是组诗而已，它们既然没有音乐的结构属性，似乎也就不必用"连章诗"来称呼界定之。总之，"连章诗"的概念有必要精确界定，而不能随意扩大、滥用。

[原载《北京大学学报（哲学社会科学版）》2020年第1期]

---

① 参看聂巧平《论杜甫连章诗的组织艺术》，《暨南学报（哲学社会科学版）》2000年第2期。王丹《张溍〈读书堂杜工部诗集注解〉研究》（暨南大学2012年硕士学位论文）曾概述总结其师聂巧平教授的观点如上。
② 参看王辉斌《论宋金元的连章体》，《贵州师范学院学报》2010年第11期。
③ 参看张玉谷撰，许逸民点校《古诗赏析》，上海古籍出版社，2000，第194页。
④ 许慎：《说文解字》，中华书局，1963，影印陈昌治刻本，第58页。

# 下篇

# 郭象"碑论""文论"考

包括文学史家在内的许多后人往往没有注意到，西晋郭象（？—312）不仅是一位著名的哲学家，也有资格被认为是当时重要的作家之一。《隋书·经籍志》著录他的著作五种，除了《论语体略》《论语隐》《庄子注》和《庄子音》等古人分列于经、子两部而今人统归为哲学著作的作品之外，还有《郭象集》："《晋太傅主簿郭象集》二卷，梁五卷，录一卷。"①《旧唐书·经籍志》和《新唐书·艺文志》都著录《郭象集》五卷。② 只是到了清代严可均辑录《全晋文》之时，郭象的作品只辑到了《庄子序》一篇③，此外一无所获。二卷本或五卷本的《郭象集》中究竟有哪些内容，后人自然也就不得而知了。这些文学文本的"缺失"，无疑给本文将要讨论的问题增加了多重困难，而本文的研究方法与视角也由此受到了限定。

本文拟从以下三个方面，探讨这个有关六朝文体与文学批评的问题。

---

① 《论语体略》二卷，《论语隐》一卷，并见《隋书》卷三十二《经籍志一》；郭象注《庄子》三十卷、目一卷（梁《七录》著录作三十三卷），《庄子音》三卷，并见《隋书》卷三十四《经籍志三》；《郭象集》则见于《隋书》卷三十五《经籍志四》。以上诸书分别见魏徵等《隋书》，中华书局，2019，第1058、1138、1208页。
② 刘昫等：《旧唐书》卷四十七《经籍志下》，中华书局，1975，第2061页；欧阳修、宋祁：《新唐书》卷六十《艺文志四》，中华书局，1975，第1584页。
③ 严可均校辑：《全上古三代秦汉三国六朝文·全晋文》卷七十五，中华书局，1958，第1894页。

## 一、"碑论十二篇"是什么性质的著述

首先必须提到的是,《晋书·郭象传》并没有提到他的文集,而只是说:

> 郭象字子玄,少有才理,好《老》《庄》,能清言。太尉王衍每云:"听象语,如悬河泻水,注而不竭。"州郡辟召,不就。常闲居,以文论自娱。……永嘉末病卒,著碑论十二篇。①

这里提到的"碑论十二篇"究竟是什么内容,它们是若干篇互不统属的文章还是属于一部有系统的著作,它们与《郭象集》的关系如何,这些问题似乎无足轻重,一向也没有人寻根究底——事实上,这些问题不见得那么容易说得清楚。更重要的是,如何理解"文论"一词,如何理解"碑论十二篇",如何看待这一(或这些)著述的性质及其内容,不仅是全面认识郭象本人之著述的关键所在,也是牵涉这一时期的碑志文体发展史以及文学理论批评史的重要问题之一。

显然,前人对郭象的关注都集中在他的庄子学,集中在他的《庄子注》一书上,留意"碑论十二篇"者甚少。就笔者个人的闻见所及,迄今为止,尚未发现专门讨论这一问题的文章。不过,至少从清代开始,已有一些著作中提到"碑论十二篇",其中所反映出来的当时学者对"碑论十二篇"的理解很值得一提。有一种相当有代表性也颇有影响力的意见认为:"碑论十二篇"是一部专门讨论碑文的著作,"碑论"亦即"论碑",总共十二篇,构成一个整体。这种意见似乎首揭于清编《佩文韵府》和《骈字类编》等类书,也有一些当代学者承袭这种观点并且作了进一步发挥。

在《佩文韵府》和《骈字类编》这两部书中,"碑论"都被作为

---

① 房玄龄等:《晋书》卷五十《郭象传》,中华书局,1974,第 1396–1397 页。

一个紧密结合在一起的、有相当稳定性的词语而独立列为一个词条。《佩文韵府》卷七十三之一"碑论"条引《晋书·郭象传》:"象著《碑论》十二篇。"①《骈字类编》卷一六二"碑论"条亦引《晋书·郭象传》:"象著《碑论》十二卷。"② 同引本传,一作"卷",一作"篇"。中华书局排印本《晋书》在标点校勘的过程中,"以金陵书局本为工作本,与宋本(即百衲本)、清武英殿本互校,并参考了元二十二字本(即元大德九路刊本)、明南北监本、吴本(即吴琯西爽堂本)、周本(即周若年刊本)、毛本(即毛晋汲古阁本)。文字歧异,择善而从,不出校记。但各本皆误,唯一二本为是的,仍作说明"。③同时,校点者还参考利用了清代十余家学者的有关考史和校勘著作,但在《晋书·郭象传》此句处并无校勘记。看来,《骈文类编》所引文字作"十二卷"未必有版本依据,而应该是疏忽致误。不过,这一讹误正好向我们透露了一个重要信息:至少在潜意识之中,《骈字类编》编者是将"碑论"当作一部由十二卷组成的、专论碑体文学的著作。《佩文韵府》虽然没有误"篇"为"卷",但其将"碑论"列为一词,显然也有将碑论作为书名、视二者为一体之意。正是基于这样一种判断,笔者在这两处引文中给"碑论"二字加上了书名号。尽管这两部书不属于专门研究性著作,而只是纂辑而成的类书,但它们毕竟都是文史研究者案头常备常用的工具书,因而其影响不可小视。更重要的是,这实际上代表了人们的一种思路。在此基础上,当代有学者进一步申论:"由于西晋产生了碑刻的专门论著——郭象《碑论》12篇(见《晋书·郭象传》),则当时已有碑刻之集录,也是情理中事。"④ 照这种理解,《晋书·郭象传》"碑论十二篇"应该标作"《碑论》十二篇",甚至于作"《碑论》十二卷",总之,它是一部专论碑文的著作,"碑论"二字中,"论"是主体,前面的"碑"字只起修饰

---

① 张玉书等编:《佩文韵府》,上海书店,1983,影印本。
② 张廷玉等编:《骈字类编》,中国书店,1984。
③ 中华书局编辑部:《晋书出版说明》,《晋书》卷前,中华书局,1974。
④ 来新夏、徐建华主编:《古典目录学研究》,天津古籍出版社,1997,第154页。

限定后面的"论"字的作用。① 如果这种说法可以成立的话，在碑志文学发展史上，在魏晋文学理论批评史上，郭象的名字是应该大书特书的，尽管"《碑论》十二篇"已经亡佚了。

但是，笔者认为这种说法不能成立。"碑论十二篇"并不是一部书名，而是列举郭象所作的碑、论二体文章的篇数。换句话说，在这句话中，"碑""论"二字是并列的，不存在孰主孰辅、谁限定谁的问题。中华书局排印校点本《晋书》在"碑论"二字之下虽然未加顿号，但也没有加专名号，可见校点者也不认为这是一部专书。

单纯从时序来看，应该说，郭象那个时代完全有可能出现专门论述碑文的篇章乃至著作。前于郭象一百多年，东汉的蔡邕就已经写过一篇性质相近的《铭论》②，讨论铭文一体的渊源流变。与郭象差不多同一时代的陆机、陆云以及挚虞等人，在他们的文章或著作中，都有论及碑文的片断。如陆机《文赋》云："碑披文以相质。"陆云《与兄平原书》第11首云："茂曹碑皆自是蔡氏碑之上者，比视蔡氏数十碑，殊多不及。"第27首又云："碑文通大悦愉有似赋。"挚虞《文章流别志论》云："古有宗庙之碑，后世立碑于墓，显之衢路，其所载者铭辞也。"③

但是，从另一方面来看，假如"碑论十二篇"真是一部论碑之作，它是这么专门，篇幅又这么可观，不应该不引起人们的注意，至少应该在文学批评史上留下一些痕迹，发出某些回响。可是，从两晋南北朝经唐宋直到元明清，后代那么多文学理论批评文献，从无齿及郭象及其"《碑论》"者。刘勰《文心雕龙》，尤其是其中的《序志》《诔碑》两篇，最有可能称述乃至征引"《碑论》"，但我们仔细检读《文心雕龙》全书，却没有找到任何证据。同样，在梁元帝萧绎的《内典

---

① 饶宗颐《六朝文论摭佚》中亦将"郭象《碑论》十二篇"辑为一条，同时又表示，"此书文廷式、丁国钧四家《补晋书艺文志》入总集类，未知是否论'碑'之作，如桓范之论铭诔者然。殊难确定，姑著以待考"。见饶宗颐《文辙——文学史论集》，学生书局，1991，第410页。
② 见《太平御览》卷五九〇，严可均《全上古三代秦汉三国六朝文·全后汉文》卷七十四据以辑入，并有校补，第875-876页。
③ 二陆及挚虞文，分别见严可均校辑《全上古三代秦汉三国六朝文·全晋文》卷九十七、卷一〇二、卷七十七，第2013、2042、2045、1906页。

碑铭集林序》中，我们也无法寻到任何相关的蛛丝马迹。对这一现象最有可能的解释是，郭象"碑论十二篇"并不是一本专论碑文的书，而是碑、论二体作品十二篇的合称。

《四库全书总目》卷一四八《集部别集类叙》说："集始于东汉，荀况诸集，后人追题也。"① 《后汉书》和《三国志》在叙述东汉三国时人的著述时，一般是列举其所作各体文章之类别及篇数，这实际上就是对一个作家的别集的描述。这种描述特别突出"体"和"篇"的构成，而尚无"卷"的概念。下面从《后汉书》和《三国志》中各举两例以见一斑：

> 所著碑、论、箴、铭、答、七言、祠、文、表、记、书凡十五篇。(《后汉书》卷五十二《崔寔传》)
> 著文、赋、碑、诔、书记凡十二篇。(《后汉书》卷八〇上《葛龚传》)②
> 著诗、赋、论、议垂六十篇。(《三国志》卷二十一《王粲传》)
> 纮著诗赋铭诔十余篇。(《三国志》卷五十三《张纮传》)③

《晋书》是唐人修撰的，它在叙述晋人著述时，沿用了《后汉书》和《三国志》的成例，这一方面的例证不胜枚举。现在仅从《晋书》卷八十二中摘录四个例子：

> 注《春秋经》《传》，撰《江表传》及文章诗赋数十篇。(《晋书》卷八十二《虞溥传》)
> 所著诗赋碑诔论难数十篇。(《晋书》卷八十二《虞预传》)
> 著《魏氏春秋》《晋阳秋》，并造诗赋论难复数十篇。(《晋书》卷八十二《孙盛传》)

---

① 永瑢等：《四库全书总目》卷一四八，中华书局，1965，第1271页。
② 以上二例分别见范晔撰，李贤等注《后汉书》，中华书局，1965，第1731、2618页。
③ 以上二例分别见陈寿撰，裴松之注《三国志》，中华书局，1982，第599、1246页。

沈先著《后汉书》百卷及《毛诗》《汉书外传》，所著述及诗赋文论皆行于世。(《晋书》卷八十二《谢沈传》)①

南朝以后，别集滋生，所见日多，但是，我们在《梁书》和《陈书》中仍然可以见到这样的描述：

蔺所制诗赋碑颂数十篇。(《梁书》卷四十七《谢蔺传》)
所制章奏杂文二百余篇。(《陈书》卷三十四《褚玠传》)②

从以上所举的十个例子来看，校点者对史传中罗列的各类文体的标点有两种不同的处理办法：一种加顿号区分，如《后汉书》和《三国志》；一种不加顿号，如《晋书》《梁书》和《陈书》。加顿号的好处是使读者易于识别各类文体，易于理解，不便之处是给标点增加了难度。例如上引《后汉书》卷八十上《葛龚传》："著文、赋、碑、诔、书记凡十二篇。""书记"究竟应该标作"书记"还是应该标作"书、记"，似乎不无商榷余地。一方面，《文心雕龙》中设有"书记"一篇，将"书记"视为一种包容众多细类的文体；另一方面，如此处所引《后汉书》卷五十二《崔寔传》所示，"记""书"又可以看作两种文体。不过，在大多数情况下，各文类之间即使不加顿号，也不致引起误解或歧义。《崔寔传》中提到"碑、论"，即使不加顿号，我们也不会误认是关于碑文的论文，因为后半句列举的其他文类（也就是所谓"语境"）限定了我们的理解思路。《郭象传》之所以引起误解，是因为它恰好只列举两个文类，故没有形成更有"导向性"的"语境"。但是，如果我们明白《晋书》的这一叙述体例，也就不会产生误解了。③

---

① 以上四例分别见房玄龄等《晋书》卷八十二，第 2141、2147、2148、2152 页。
② 姚思廉：《梁书》，中华书局，2020，第 731 页；姚思廉：《陈书》，中华书局，1972，第 461 页。
③ 《三国志》卷二十一《刘劭传》记刘劭"著《乐论》十四篇"，同书卷二十九《吕乂传》记吕雅"著《格论》十五篇"。这两个例子的句式结构与《郭象传》相似，但"乐""格"都不是文体，而是关于"论"的主题的说明，因此，不能与《郭象传》等同视之。

## 二、"文论"一词的含义

行文至此，也许有人会提出这样的反诘：《晋书·郭象传》已经明确说过，郭象"常闲居，以文论自娱"。既然如此，"碑论十二篇"不正好证明郭象有用以"自娱"的"文论"吗？还有什么可疑的呢？

但是，事情并非如此简单。其关键在于：在六朝时代，"文论"一词的含义并不是我们今天所习惯的"文学理论"或"文学评论"，它有另外的意思。在表达"文学理论"或"文学批评"这两个意思之时，当时人往往使用"论文"一词。最著名而且现成的例子，就是曹丕的《典论·论文》，他并没有写作《典论·文论》。

《文心雕龙》中倒是出现过"文论"一词。在追述梁以前的文学理论批评名作时，刘勰曾说："详观近代之论文者多矣：至于魏文述典，陈思序书，应玚文论，陆机文赋，仲洽（治）流别，宏范翰林，各照隅隙，鲜观衢路。"他还进一步认为："应论华而疏略。"① 在这段文字中，"论文"一词是指文学理论或评论，这应当是没有什么疑义的，至于"文论"一词，则尚需作进一步讨论。要正确理解此词含义，至少应当考虑如下三个方面的因素：首先，正如清人黄叔琳等旧注中所指出的，这里所谓"应玚文论"以及"应论"，实质上都是指应玚《文质论》，为了与其下文的"陆机文赋"等相对应，并且与前后几句保持句式整齐，故意采取权宜之计，用此种简省的称名。换句话说，这是出于骈偶形式的需要，此类做法在骈体文中屡见不鲜，不足为奇。总之，"文论"是已经改造变形的书名，并不是应氏之书的原题。其次，刘勰在这一段文字开头，已明确用"近代之论文者"而不是"近代之文论"来界定这一类著作，这一点更足以让我们深长思之。这正好说明，当要表达"文学理论或文学评论"之意时，当时人习惯上用的是"论文"而不是"文论"一词。最后，应玚《文质论》原文见

---

① 刘勰著，范文澜注：《文心雕龙注·序志》，人民文学出版社，1998，第726页。

《艺文类聚》卷二十二①，黄侃《文心雕龙札记》具录其文，并称"此文泛论文质之宜，似非文论"②。范文澜《文心雕龙注》亦据《艺文类聚》录其文，同时也指出："此论无关于文，姑录之。"③ 有鉴于此，俞绍初甚至进一步推论："应玚当别有《文论》一篇，今亡。"④ 窃认为，俞绍初的推论未必可信，应玚未必"别有《文论》一篇"，即使有，也不大可能以"文论"名篇。与应玚同时代的阮瑀也作有一篇《文质论》，同样不属于严格意义上的文学理论或文学评论著作，然而，刘勰所持的文学和文论的标准比我们今天更为宽泛，如果我们将视野放得开阔一些，将这两种《文质论》列为文学理论是没有问题的。实际上，旨在广收博取的《魏晋南北朝文论全编》便将阮、应两篇《文质论》都收录进去了。编者一方面承认它们本身并不是严格意义上的文论，但另一方面也指出它们"重在论述人物，但作为古代文质关系初始阶段的论述，可供研究文化之参考"⑤。

实际上，从汉魏六朝直到唐宋时代的文献中，"文论"二字并不罕见。就目前所能看到的用例来看，这个词都不是指文学理论方面的论文或著作，与今义有较大差距。王充《论衡·超奇》云："周有郁郁之文者，在百世之末也。汉在百世之后，文论辞说，安得不茂？"⑥ 这是"文论"一词较早的用例。"文论"与"辞说"相对，分别指以"文"（文章）和"辞"（语辞）进行的论说。《汉语大词典》认为"文论"是"文章，著作"之意⑦，笔者认为这一释义还不够准确。《汉语大词典》所引的第一条书证是《后汉书·儒林传下·服虔》："有雅才，善著文论，作《春秋左氏传解》，行之至今。"这几句话之后，《后汉书》接着说："又以《左传》驳何休之所驳汉事六十条。"⑧ 此处所谓服虔

---

① 欧阳询撰，汪绍楹校：《艺文类聚》卷二十二，上海古籍出版社，1999，第411–412页。
② 黄侃：《文心雕龙札记》，上海古籍出版社，2000，第218页。
③ 范文澜：《文心雕龙注》，第735–736页。
④ 俞绍初辑校：《建安七子集》，中华书局，2005，第218页。
⑤ 穆克宏、郭丹编著：《魏晋南北朝文论全编》，江苏教育出版社，1996，第1页。
⑥ 黄晖：《论衡校释》，中华书局，1990，第616页。
⑦ 《汉语大词典》（缩印本），汉语大词典出版社，1997，第4034页。
⑧ 范晔：《后汉书》卷七十九下，第2583页。

驳何休之论,就是所谓"文论"的具体所指。《汉语大词典》所引的第二条书证是《三国志》卷二十一《嵇康传》裴松之注引晋孙盛《魏氏春秋》:"康所著文论六七万言,皆为世所玩咏。"① 同一卷传记裴松之注又引嵇喜《嵇康传》:"善属文论,弹琴咏诗,自足于怀抱之中。"② 与前一条可以相互对照。这里所谓"善属文论",实际上指的是嵇康善于作论理文,具体指的就是《养生论》《答向子期难养生论》《声无哀乐论》《释私论》《管蔡论》《明胆论》《难张辽叔自然好学论》《难张辽叔宅无吉凶摄生论》《答张辽叔释难宅无吉凶摄生论》等这一类作品。从嵇康的例子来看,"文论"相当于今天所谓"论说文"。这种论说文常常是在相互辩论驳难的过程中产生的,在这种时候,它与史传著录中的"论难"相近。《宋书》卷九十七《慧琳传》云:"注《孝经》及《庄子逍遥篇》、文论,传于世。"③ 该传中所抄录的《均善论》,就是慧琳论理文流传于世的一个证明。而《广弘明集》卷十八引谢灵运《答慧琳问》亦有"如此渐绝文论"④,其意皆与《嵇康传》的"文论"相近。已知的唯一例外是颜延之《庭诰》中的一个用例:"挚虞《文论》,足称优洽。"⑤ 这显然是挚虞所撰《文章流别志论》的缩称,与今天指文学理论或文学评论的"文论"一词还是颇有区别的。

《宋书》卷六十二《张敷传》称张敷"好读玄书,兼属文论"⑥。从前后文来看,"文论"应指关于玄言之理的论说。《南史》卷四十九《刘峻传》云:"乃著《辩命论》以寄其怀。论成,中山刘沼致书以难之,凡再反,峻并为申析以答之。会沼卒,不见峻后报者,峻乃为书

---

① 陈寿:《三国志》卷二十一,第 606 页。
② 陈寿:《三国志》卷二十一,第 605 页。按:《文选》卷二十一颜延之《五君咏·阮步兵》李善注引臧荣绪《晋书》(中华书局影印胡刻本,1977,第 303 页):"(籍)善属文论,初不苦思,率尔便成。"阮籍撰有《通易论》《通老论》《达庄论》《乐论》等,所谓"善属文论"应指此类文字。
③ 沈约:《宋书》,中华书局,2018,第 2624 页。
④ 道宣:《广弘明集》,上海古籍出版社影印《弘明集·广弘明集》本,1991,第 233 页。
⑤ 严可均校辑:《全上古三代秦汉三国六朝文·全宋文》卷三十六,第 2637 页。
⑥ 沈约:《宋书》卷六十二,中华书局,1974,第 1663 页。

以序其事。其文论并多不载。"① 这里的"文论"自然主要是指《辩命论》之类的辩难力命的作品。

下面再看几个宋代人的用例,其意义更易于确定。据《旧五代史》卷一一五《周世宗纪》,显德二年(955)三月壬辰,"尚书礼部贡院进新及第进士李覃等一十六人所试诗赋、文论、策文等"②。显然,这里的"文论"与"诗赋""策文"一样,同是科举文体,亦即"策论"之"论"。《宋史》卷二八五《冯拯传》讲到冯拯向宋真宗建议改革当时的科举制度时说:"大中祥符初,严贡举糊名法,(冯)拯与王旦论选举帝前,拯请兼考策论,不专以诗赋为进退。帝曰:'可以观才识者,文论也。'拯论事多合帝意如此。"③ 这是证明"文论"即"策论"之"论"的最好的例子。正是因为宋真宗有"可以观才识者,文论也"的看法,所以,当时杨偕才会"数上书论时政,又上所著文论"④,冀望以此为晋身之阶。宋司马光《涑水记闻》卷三记鲁平曰:"宋初以来,至真宗方设制科,陈越、王曙为之首。……皆自投牒,献所著文论,差官考校,中者召诣阁下,试论六首;又中选,则于殿廷试策一道,五千字以上。其中选者不过一二人,然数年之后即为美官。"⑤ 制科所投献的"文论",最受重视的就是足以体现一个人的才识的策论。

总之,从汉代到宋代,"文论"一词的语义有所发展:汉代泛指论说,六朝指与口头上的玄言清谈相对的形诸文字的论说文,宋代则偏指策论,其核心都是指论说一类的文体。"文论"一词在《晋书》中共出现四次:

> 好属文论,虽绮丽不足,而言成规鉴。(《晋书》卷四十七《傅咸传》)

---

① 李延寿:《南史》卷四十九,中华书局,1975,第1220页。
② 薛居正等:《旧五代史》卷一一五,中华书局,1976,第1527页。
③ 脱脱等:《宋史》卷二八五,中华书局,1985,第9610页。
④ 脱脱等:《宋史》卷三百《杨偕传》,第9953页。
⑤ 司马光撰,邓广铭、张希清点校:《涑水记闻》卷三,中华书局,1989,第56页。

>常闲居，以文论自娱。(《晋书》卷五十《郭象传》)
>
>所著述及诗赋文论皆行于世。(《晋书》卷八十二《谢沈传》)
>
>博览群言，高才善文论。(《晋书》卷九十一《续咸传》)①

这四个例子中的"文论"，也都是"论说文"的意思。这说明，在修撰《晋书》的初唐时代，"文论"一词依然保持着六朝时代的那种含义。只是由于先唐文献散佚严重，傅咸、谢沈、续咸等人的论说文今日已不可得见了。

### 三、小结：郭象创作与魏晋论说文

从时代背景来看，郭象完全有可能写作碑文。众所周知，"魏晋两朝屡申立碑之禁"，但与此同时，"大臣长吏，人皆私立"，以致东晋孙绰成了名盛一时的碑文作家，"赵德甫所收晋碑，自郑烈、彭祈以下逾二十通"。②举两位与郭象同时代的作者为例：潘岳至少有《司空密陵侯郑袤碑》等三篇碑文，严可均辑入《全晋文》卷九十三；潘尼至少有《益州刺史杨恭侯碑》等三篇碑碣文，严可均辑入《全晋文》卷九十五。作为西晋著名学者和作家，郭象完全有可能写作一些碑文，虽然今日已经找不到文献证据。

从现有的文献来看，郭象本人也确定写过"论"这种文体的文章。《文选》卷三十沈约《三月三日率尔成篇》云："且当忘情去，叹息独何为。"李善注引郭象《论》曰："忘情于无有之域。"③ 这篇《论》的具体篇名虽然不得究详，但它属于"论"这种文体则是可以无疑的。④

论说文的繁盛是魏晋时代文学繁荣的一个重要表现，其风格多样，论题广泛，引人注目。刘永济《十四朝文学要略（上古至隋）》云：

---

① 以上四例分别见《晋书》第1323、1397、2152、2355页。
② 叶昌炽：《语石》卷一，叶昌炽撰，柯昌泗评《语石 语石异同评》，中华书局，1994，第10页。所谓"赵德甫所收晋碑"的具体目录，见赵明诚《金石录》卷二。
③ 《文选》卷三十，中华书局，1977，第435页。
④ 按：《全上古三代秦汉三国六朝文·全晋文》卷七十五辑郭象文，未及此篇论说文，应可补录。

综其条流，则有臧否人物者焉，有商榷礼制者焉，有驳难刑法者焉，有阐明乐理者焉，有品评文艺者焉，有箴砭时俗者焉，有研讨天文者焉，而辨析玄理之论，尤为繁博。综其大体，固不出聃、周之指归。析其枝条，则或穷有无，或言才性，或辨力命，或论养生，或评出处，或研易象，或敌我往复，而精义泉涌，或数家同作，而妙绪纷披。①

根据《晋书》本传所记载的郭象的学术专长以及《文选》李善注所存郭象论说文佚句来推测，郭象的论说文应当属于"辨析玄理之论"。《晋书·郭象传》所存"碑论"和"文论"二词，从一个特定的角度，展示了郭象的文学才华，证明了魏晋论说文的繁荣。

（原载《中国中世文学研究论集》，上海古籍出版社，2006）

---

① 刘永济：《十四朝文学要略（上古至隋）》，黑龙江人民出版社，1984，第 148－151 页。

# 文本与视野
## ——六朝文学研究的两点思考

处于汉唐两个盛世之间的六朝,在政治史上历来被认为是一个充满分裂与动乱的时代,是所谓乱世和衰世。与六朝政治史密切相关的六朝文学史,也因此而背负了"八代之衰"或者"八代之陋"的骂名,而受到轻视乃至鄙视。① 抱有这种先入为主的偏见的研究者,好比戴上一副有色眼镜,既无法形成对六朝文学的明晰视野,也影响其对六朝文学文本的解读,这自然有碍于对六朝文学作公正客观的认识与评价。一方面,政治史并不能完全决定文学史,所以,不能将文学史等同于政治史,更不能以政治史取代文学史。另一方面,六朝文学的重要性,从某种角度上说,正体现于其与汉唐文学有所不同的特殊性之中。因此,要充分认识六朝文学的特殊意义,确立其特殊重要性,需要对六朝文本有新的认识,需要对这种文本有新的审视角度与解读能力。

---

① 苏轼《潮州韩文公庙碑》称赞韩愈"文起八代之衰",所谓"八代",即是六朝文学的另一种称法。见《苏轼文集》卷十七,孔凡礼点校,中华书局,1986,第509页。南宋葛胜仲《丹阳集》卷五《贺平江知府胡舍人启》则称胡氏"学穷六籍之醇,文起八代之陋",《景印文渊阁四库全书》本。

## 一、六朝文学文本的多样性

文本（text）一词源自西方，其内涵丰富，又随其使用情境而意义多变，难以界定。文本与作品不同，作品是一种确定的客体存在，而文本则是指一种话语的存在，其本身未必是"一种确定的客体"。[①] 陈嘉映进而指出了文本的两大特点：一是时空的间隔，一是缺少直观性。因此，"能够直接理解的不是文本，需要通过解读才能理解的作品是文本。'文本'是包含各种不同解释的可能性的文著、文化资料。社会组织、仪式、历史遗迹等等都可以成为文本，远古的艺术作品也可以是文本，但物质自然事件不是文本。构成文本的是那些本身带有思想性的、反思性的东西，本身就是心灵的一种表达。这从 text 这个词能看出一点来，这个词原本表示编织起来建构起来的东西"。"经典作品是文本的核心，我们只是在扩展的意义上才把考古学所研究的物件等等也称作文本。"[②] 由此可见，"文本"与中国学术传统中的"文献"以及"史料"一词既有联系，又有区别。无疑，"史料"与"文献"都是由众多的"文本"构成的。但"史料"一词更多呈现的是其被动性，是死的、一成不变的东西；"文献"则偏重于其典籍的属性，强调其文本的完整性而不是片断性；而"文本"一词强调其被编织、被建构的属性，强调由于其缺少直观与时空间隔而导致其思想内涵必须经由解读才能理解的特点。文本毕竟是由语言文字构成的，其表现方式与图像不同，所以缺少直观。在漫长的时空间隔中，文本不断流淌变动，融入了诸多解读者的主观理解，其不稳定性也越来越突出。本文使用"文本"一词，就是为了突出文本生产者、传播者以及使用者参与文本构造与阐释过程的复杂性，他们各自不同的立场与观点，是文本解读中不可忽视的重要因素之一。

---

① 关于文本的释义，参看罗兰·巴特《从作品到文本》，杨扬译，《文艺理论研究》1988 年第 5 期。另参看下引陈嘉映文。
② 陈嘉映：《作品·文本·学术·思想》，《云南大学学报》2002 年第 1 期，第 38 页。

对于六朝文学文本，以往我们较多强调的是其确定性、封闭性和局限性。传世六朝文学文献的基本数量是比较确定的，除非未来有特别大的考古发现，否则不太可能大量增加。从这个角度来看，六朝文学文本作为一个整体，基本上是一个封闭的系统，从数量和质量上说，这些文本都是不够充分的，由于材料的匮乏与限制，某些重要的文学史问题甚至无法得到满意的解答。但是，我们也要看到，六朝文学文本也有其流动性、多样性和复杂性。以六朝作家别集为例。经历隋唐宋元诸代，六朝人别集传世无多，今天我们所能看到的六朝别集，大多是由明人重新编校整理的。其中比较集中的有三次，即汪士贤编纂《汉魏诸名家集》21家、张燮编纂《汉魏六朝七十二家集》和张溥编纂《汉魏六朝百三名家集》。① 明人对六朝文学文本的蒐集与整理工作，又是建立在前此各种类书、总集的基础之上的。而类书、总集之类的文献，往往根据其自身需要，对诗题甚至诗句进行剪裁，或多或少改变了作品的文本原貌。② 因此，明人编纂六朝文学别集，既承袭了前代人处置文本的种种结果，又将自己对这些文本的理解，夹带于经由他们处置而形成的新文本中，一并传递给我们。换句话说，六朝文学文本穿越一千多年时光，才传播到今天，每个时代都在它们身上留下自己的印迹。

研究六朝文学，离不开相关的史籍。作为广义的六朝文学文本的一部分，这些史籍正是六朝文学文本多样性的一种体现。尽管经过时间的沙汰，这一时期的史籍仍是杂多的，仅正史就有12部：《三国志》《晋书》《宋书》《南齐书》《梁书》《陈书》《魏书》《北齐书》《周书》《隋书》《南史》《北史》。历史上曾经出现过的其他纪传体史书，如18家《晋书》等，还不计在内。这些正史可以有不同的分组：可以分为南朝史与北朝史，也可以分为六朝人所编撰的与隋唐人所编纂的，还可以分为单个朝代的历史与多个朝代的历史。足见其复杂性。这些

---

① 参看李芳《明人汉魏六朝文学文献整理研究》，博士学位论文，南京大学，2007年。
② 参看拙撰《总集与文学史权力——以〈文苑英华〉所采诗题为中心》，《南京大学学报（哲学·人文科学·社会科学）》2011年第1期。

史籍所记述的内容，彼此之间往往有交叉重叠，对于同一历史人物、同一历史事件，不同史籍的叙述形成不同的文本，这是文本多样性的一种表现。如果放眼至正史以外，那么，情形可能更加复杂。例如唐玄宗时丘悦编纂的《三国典略》，将当时南北方东魏（北齐）、西魏（北周）与梁（陈）三国鼎立的局面，描述成一个新的"三国时代"，就与现有正史留给我们有关这一时期的印象大不相同。①

由于史学大发展与文史分途，私家著述的史书大量涌现。同一六朝人物，往往有不止一篇传记，而且体裁多样，或为家传，或为别传，或为自叙，还有各种史志中的传记。这也是文本多样性的一种表现。例如，南朝作家江淹就有三篇传记，其中两篇见于正史，亦即《梁书》和《南史》的《江淹传》，另一篇则是江淹本人所撰《自序》。《自序》的成文时间最早，又属于自传，应该是最为可信的。事实上，《自序》中有不少内容被《梁书》和《南史》采纳。《梁书》实际上出自姚察、姚思廉父子之手，其最终成书虽然晚至唐太宗贞观九年（635），但其中的《江淹传》早在陈代即已完稿。《南史》实际上出自李大师、李延寿父子之手，最终成书于唐高宗显庆四年（659），晚于《梁书》数十年。② 出人意料的是，最为后出的《南史·江淹传》却增加了江淹六条轶事及若干史实，故事性最强，利用轶事塑造江淹的形象也最为成功。显然，《南史》中多出的那些轶事，正是从南朝后期到唐代初年流行一时的文本，而对待这些文本，姚氏父子与李氏父子有不同的取舍眼光，也由此可见。充分认识史籍文本的多样性，并从中解读出新的意义，显然有助于开拓六朝文学研究视野。

六朝是一个泛文学时代，文学对史学、哲学产生了巨大的跨界影响。萧统《文选·序》中所谓"事出于沉思，义归乎翰藻"，所界定

---

① 《新唐书》卷五十八《艺文志》著录丘悦《三国典略》30卷，而《通志》卷六十五、《文献通考》卷一九五及《宋史》卷二百三著录皆作20卷。原书今佚，其佚文散见各种文献，今人赵超、杜德桥有辑本《三国典略辑校》，台湾东大图书公司，1998。

② 《江淹传》见《梁书》卷十四，与《任昉传》同卷。卷末有以"陈吏部尚书姚察曰"开头的一段史臣赞语，可证作于陈代并出于姚察之手。今本《梁书》（中华书局校点本，1973）只题"唐姚思廉撰"，《南史》（中华书局校点本，1975）只题"唐李延寿撰"，皆不确。

的不止是当时纯文学创作的特征，实际上也包括那个时代的许多历史著作和哲学论著。六朝子史论著讲究文采（"翰藻"），时或揉入巧妙的用典（"沉思"）。这些文本语言组织密丽，解读这样的文本，无疑需要更加精深的挖掘功力。以收录于《文选》卷五十九的王巾《头陀寺碑文》为例。其既是碑文体的文学名篇，也是难得的寺庙历史记述，更是阐发佛理的优秀论文。文中用典既有出自传统经史典籍者，更有出自佛教典籍者，其中多处引用《肇论》，更有独特的价值。① 众所周知，先秦时代，文学与史学及哲学之间浑融不分，而自汉末建安以来，随着文学自觉意识的加强，"合久必分"，文学逐渐从史学与哲学中分离出来，这是六朝文学史发展的主流趋势。但是，就"翰藻"与"用事"而言，六朝的文学与史学及哲学又日益趋同，划出了一条"分久必合"的轨迹。

## 二、六朝文学文本的特殊性

六朝文学文本的特殊性，有多种表现。最为突出的一种，就是某些词语的某些义项，仅见于六朝文本中。例如《三国志》卷二十一《嵇康传》裴松之注引嵇喜《嵇康传》称康"善属文论"，《后汉书·儒林传下》称服虔"善著文论"，《晋书·郭象传》称郭象"常闲居，以文论自娱"。这里"文论"一词的含义，并非我们今天所习惯的"文学理论"或者"文学评论"，而是指论说文，亦即书面成文的论说，是与口头谈论相对应而存在的。在表达"文学理论"或"文学评论"这两个意思之时，六朝人用的是"论文"一词。例如曹丕撰写的《典论·论文》，刘勰《文心雕龙·序志》历叙各家文论著作时也说"详观近代之论文者多矣"。总之，"文论"与"论文"只有前后次序

---

① 参看拙撰《〈头陀寺碑文〉所用佛典与〈涅槃无名论〉之真伪》，香港浸会大学《人文中国学报》第14辑，上海古籍出版社，2008。

之差，其意义已截然不同。① 但这种用法的"文论""论文"，在六朝以后随即销声匿迹，因此，尤其容易引起错解。诸如此类的例子尚多，值得特别注意。②

在六朝文学文本中，碑志文是比较特殊的一种。碑刻初起于先秦，兴盛于东汉，历魏晋而至南朝，由于朝廷禁止民间擅自立碑，六朝碑刻数量大为减少，存世碑刻弥为珍贵。与此同时，受制于朝廷的禁令，碑刻转入地下，发展出了新的石刻品种——墓志。③ 墓志既有物质（石刻）的属性，又有文本（文体）的属性，其文本背后的物质形式与物质背后的文本形式之间的相互联系，亦即这两种属性之间的互动，更是值得特别关注的。20 世纪 60 年代中期围绕王羲之《兰亭序》真伪而展开的那场引人注目的论辩，实际上是由当时在六朝古都南京出土的几方东晋墓志引发的。首先是 1964 年于南京中华门外戚家山出土的《谢鲲墓志》，墓主谢鲲是谢尚之父、谢安之伯，年代是泰宁元年（323）。更重要的是 1965 年在南京象山一号墓出土的《王兴之夫妻墓志》。该墓志正反两面刻字。正面是《王兴之墓志》，刻于咸康七年（341）；反面是其妻墓志，刻于永和四年（348）。王兴之是王彬的儿子、王羲之的从弟，墓志年代与写于永和九年（353）的《兰亭序》特别接近。然而，上述王、谢墓志中所用字体，都是比较稚拙、带有隶书笔意的楷书，与《兰亭序》中流利妍美的行书迥然异趣。所以，1965 年 6 月，时任中国科学院院长郭沫若以此为据，在《文物》杂志上发表《由王谢墓志的出土论到兰亭序的真伪》一文，认为《兰亭序》不是王羲之的真迹，而是后人的伪托。其后，《光明日报》转载此文，遂引发这场有关《兰亭序》真伪的争论。很多学者与书法家，包括高二适、章士钊、启功、徐森玉、赵万里、史树青、沈尹默、商承祚、严北溟等，都先后介入这场争论。本文无意评说这场争论的是非，

---

① 参看拙撰《郭象"碑论""文论"考》，载《中国中世文学研究论集》，上海古籍出版社，2006；又载《程千帆先生百年诞辰纪念文集》，凤凰出版社，2013。现已收入本书。
② 周一良先生特别关注六朝文本中这类的特殊语词，其《魏晋南北朝史札记》（中华书局，1985）中早已有诸多精彩考述。
③ 参看拙撰《墓志文体起源新论》，《学术研究》2005 年第 6 期。

只想强调一点：在对读王、谢墓志与《兰亭序》这两种文本时，我们不仅要注意文本的内容，更要注意文本的类型与形式。两种文本虽然处于同一时代，但是物质媒介不同：一刻于石，一写于纸。两者的用途也不同：一个作为丧礼器物，讲究肃穆庄严，故用楷体；一个是草拟文稿，讲究便捷随意，故用行书。要之，解读这类文本，不能脱离其物质媒介与礼仪背景，易言之，就是要充分考虑这类六朝墓志文本的复杂性。

六朝墓志文本的特殊性，还体现在流传纸本与出土石本的不同。《文选》卷五十九任昉《刘先生夫人墓志》，是《文选》选录的唯一一篇墓志文。其文云：

> 既称莱妇，亦曰鸿妻。复有令德，一与之齐。实佐君子，簪蒿杖藜。欣欣负载，在冀之畦。
>
> 居室有行，亟闻义让。禀训丹阳，弘风丞相。籍甚二门，风流远尚。肇允才淑，闻德斯谅。
>
> 芜没郑乡，寂寞杨冢。参差孔树，毫末成拱。暂启荒埏，长扃幽陇。夫贵妻尊，匪爵而重。①

这篇墓志的墓主，是齐梁时代著名学者刘瓛的夫人、王法施的女儿。概括此一墓志文本的特点，大要有三：第一，篇幅方面，全篇只有96字，可谓短小精悍。第二，语言形式方面，全篇由三段各为八句的四言韵文组成，整齐划一，并无其他非韵文部分。第三，内容方面，只有对刘先生夫人的概括性赞颂，并无一语涉及刘先生夫人具体的生平事迹。在传承至今的齐梁名家如谢朓、沈约等人的文集中，也不时可以看到与此类似的墓志文本。这容易使人形成这样一种错觉：六朝墓志文标准格式就是如此，而《刘先生夫人墓志》之所以被选入《文选》，就因为其足够作为南朝墓志文的典型。很长一段时间里，这种错

---

① 萧统编，李善注：《文选》卷五十九，中华书局，1977，影印胡刻本，第 824–825 页。

觉相当流行，甚至成为清代学界的主流看法。实际上，近几十年南京地区六朝考古中发现的诸多墓志表明，这些六朝墓志文原来都有非韵文的段落，较为详细地记述墓主的家世生平，因此篇幅并不短小，甚至有些长，只不过被收入《文选》之类的总集或者《艺文类聚》之类的类书时，这些非韵文段落大多被删节了，甚至某些韵文段落也遗落不录。前人对此类文本在流通过程中经历的"瘦身"过程毫无所知，因此受到了误导。①

六朝是墓志文本发展的早期阶段。这一时期的墓志文本，不仅有韵的铭文部分与无韵的散文部分可以相对独立，位置也比较灵活。就记事而言，质实无韵的散文部分显得更为重要；就文采而言，有韵的铭文部分则更受重视。所以，《文选》与《艺文类聚》只取后一部分。在讨论墓志起源的时候，学者们众说纷纭，至今无法达成一致。盖因不同的论者有不同的侧重点，有人看重这种文本的文体属性，有人强调这种文本的物质属性，有人侧重其体，有人侧重其用。很多时候，体用是不可分割的，正如墓志的材质形制与纹饰图案虽然是属于物质的，但也赋予文本以更多意涵。总之，六朝墓志文本既有作为石刻文本的物质特殊性，又有作为六朝文本的时代特殊性。

### 三、六朝文学文本的流动性

所谓文本的流动性，指的是文本在流通过程中的不稳定性，亦即具有产生各种歧异的可能性。抄本时代文本的流动性，早已广为人知，其中最传闻遐迩的讨论，是围绕陶渊明《饮酒》其五"悠然见南山"与"悠然望南山"的异文而展开的。这场自宋代开始、有许多名家参与的讨论，至今已持续近千年，大多数人似乎倾向于这样一种看法，

---

① 关于这一问题，笔者曾有专文详细讨论，参看拙撰《读任昉〈刘先生夫人墓志〉并论南朝墓志文体格——读〈文选〉札记》，《〈昭明文选〉与中国传统文化——第四届文选学国际学术研讨会论文集》，吉林文史出版社，2001。现已收入本书。

即认为"悠然见南山"是较好并且较接近于陶诗原貌的文本。① 但是，近年来，围绕这一问题又有了新的讨论，学者们又提出了一些不同的看法②，这促使我们对这一问题进行进一步的思考。如何认识文本的流动性？这种流动性除了带给我们不稳定性的困扰，是否也给我们带来了多样性的好处？这种难以把握甚至不可捉摸的文本流动，有没有必要终止？在文学史中，某些流动的文本停止了流动，稳定为某种特定的状态，在这一过程中，名流大家如何发挥其影响力，彰显其话语权？诸如此类的问题，都值得我们深长思之。

除了六朝诗篇的正文，六朝诗文的篇题也存在文本的流动性问题。很多六朝诗作，尤其是魏晋时代的诗篇，最早并非见于文集，而是出于其他史书、类书或其他文献，原先并无题目，在流传过程中才由后人代拟诗题。从理论上说，每个后来的读者都有权利为这些诗篇命题，这就可能产生诸多诗题异文。但事实上，一旦某一名家或某种权威别集或总集为诗篇确定了题目，那么，这一诗题往往凭借名家名集的影响力，容易被较多读者接受，从而使流动的诗题趋向稳定。例如，原载于《真诰》的道教神仙诗，本来并无题目，明人冯惟讷将这些诗篇编入《古诗纪》时，才为之代拟题目。今人逯钦立辑校《先秦汉魏晋南北朝诗》，全盘接受《古诗纪》的拟题，使这些无题诗篇从此有了固定的题目。又如，东晋诗人谢混的《诫族子诗》，初见于《宋书·谢弘微传》，其时并无题目。冯惟讷按照史传前后文意，代拟《诫族子诗》之题，并据此著录此诗于《古诗纪》中。逯钦立《先秦汉魏晋南北朝诗》采用此题，进一步确立了此题的地位。③ 对于名家名篇来说，文本流动性的终止，或者说稳定性的确立，从某一角度来看，就是其经典性的确立。怎样为一篇无题诗作拟题，拟题侧重点如何措置，都足以

---

① 参看程千帆师《陶诗"结庐在人境"篇异文释》，《古诗考索》，上海古籍出版社，1984，第308-315页。
② 其中影响较大的是田晓菲的讨论，参看田晓菲《尘几录——陶渊明与手钞本文化研究》，中华书局，2007，第30-36页。
③ 冯惟讷：《古诗纪》，《景印文渊阁四库全书》本；逯钦立辑校：《先秦汉魏晋南北朝诗》，中华书局，1983，第935页。参看拙撰《题目与诗：从清言到手笔——谢混〈诫族子诗〉及其诗史意义新论》，《文学遗产》2018年第3期。现已收入本书。

反映拟题者的立场与观点。这种文本的流动性,应该成为文学接受史研究的一个重要组成部分,但目前似乎还没有引起足够的关注。此外,自 20 世纪 70 年代以来,西方文本理论研究越来越趋于复杂化,在文本之外,包括题目、序跋、插图、题记等在内的"副文本"概念亦应运而生。① 诗题作为最为重要的"副文本"之一,其流动性也可以说是文本复杂性的一种表现。

六朝文本的流动性,还表现在那些与"语"相关的文学文本。所谓"语",既包括有关小说的原始定义中所称的那种"街谈巷语"②,也包括与书面文字相对应的口头表达方式或言语传统。关于六朝"语"文本最为典型的例子,无过于《世说新语》。在传统目录学体系中,《世说新语》通常被置于子部小说家类之下。书名中的"说",已明确表明其与先秦两汉小说传统的关系。书名中的"世说"二字,即来自汉代刘向。"黄伯思《东观馀论》谓《世说》之名肇于刘向,其书已亡,故义庆所集,名《世说新书》。段成式《酉阳杂俎》引王敦澡豆事,尚作《世说新书》,可证,不知何人改为《新语》。盖近世所传,然相沿已久,不能复正矣。"③ 从《世说新书》到《世说新语》,盖因后人认为此书性质更靠近"语",一字之改,便更加突出了此书与言语传统之间的关系。这种言语传统,可以上溯到先秦时代的《论语》和《孔子家语》④,经秦汉到魏晋南北朝的《语林》《世说新语》,可谓一脉相承,历史悠久。正如四库馆臣所言,《世说新语》所记"上起后汉,下迄东晋,皆轶事琐语,足为谈助"⑤。汉末魏晋正是清谈玄言盛行之时代,人物品藻亦蔚然风行于世族之间,清谈玄言与人物品藻都离不开言语。《世说新语》全书 1 129 条,绝大多数条目皆由言语组

---

① 关于"副文本"的概念界定及其学术意义,参看朱桃香《副文本对阐释复杂文本的叙事诗学价值》,《江西社会科学》2009 年第 4 期。
② 班固《汉书·艺文志》(中华书局,1962,第 1745 页):"小说家者流,盖出于稗官,街谈巷语,道听涂说者之所造也。"
③ 永瑢等:《四库全书总目》卷一四〇,中华书局,1965,第 1182 页。黄伯思之说,详见黄伯思《东观馀论》卷下"跋《世说新语》后"条,明毛氏汲古阁刊本。
④ 参看廖群《"说""传""语":先秦"说"体考索》,《文学遗产》2006 年第 6 期。
⑤ 永瑢等:《四库全书总目》卷一四〇,第 1182 页。

成。在全书36个门类中,《言语》《识鉴》《赏誉》《品藻》诸门,不仅标题紧扣言语这个核心,而且几乎没有一条不是载录言语。显而易见,言语是《世说新语》一书的重要文本特色之一。从这个角度来看,言语对于六朝文本的重要性,应不下于先秦或者秦汉之际。

梁昭明太子萧统在其《文选·序》中,已经注意到先秦到秦汉的这一言语传统,却采取了排斥的态度:"若贤人之美辞,忠臣之抗直,谋夫之话,辨士之端,冰释泉涌,金相玉振。所谓坐狙丘,议稷下,仲连之却秦军,食其之下齐国,留侯之发八难,曲逆之吐六奇,盖乃事美一时,语流千载,概见坟籍,旁出子史。若斯之流,又亦繁博。虽传之简牍,而事异篇章,今之所集,亦所不取。"① 萧统此处所指,主要是《左传》《战国策》《国语》等书中所记的行人言语、辨士说辞。尽管"事美一时,语流千载",但萧统仍然认定这些文本的实质是言语,"事异篇章",流动不居,故而将其排斥在《文选》之外。基于同样的理由,《世说新语》之类的文本,也不可能进入萧统的文学视野。这是令人遗憾的。居今之世,有必要重新审视这一言语传统,非但不应排斥这类流动性强的文本,而且应该另眼相待。

作为言语传统在六朝时代的重要代表,《世说新语》的文本是富有特色的。一方面,它与纯粹的口头文学有所不同,它经过文士的加工与整理,最终成为一种特殊的书面文本。另一方面,它又与纯粹的书面文本明显有别,它毕竟源自言语表达,仍然保留言语的一些特点,例如多用口语,即兴而发,没有事先准备的稿本,只能事后凭记忆追录,在记忆、记录与流传过程中就容易产生歧异。细读《世说新语》,尤其是对读《世说新语》本文、刘孝标注所引相关文本以及唐修《晋书》中的相关段落,就会发现,同一故事或同一段言语,常有各自不同的细节,或者以不同的主客体形式出现。《世说新语·赏誉》第69条记一事而有二辞,主(说者)客(被说者)易位,即是一例:"世称'庾文康为丰年玉,稺恭为荒年谷'。庾家论云是文康称'恭为荒年

---

① 萧统编,李善注:《文选·序》,《文选》卷前。

谷，庾长仁为丰年玉'。"① 又如《世说新语·品藻》第 35 条："桓公少与殷侯齐名，常有竞心。桓问殷：'卿何如我'。殷云：'我与我周旋久，宁作我'。"宋人刘辰翁已经敏锐地指出，面对桓温咄咄逼人的挑衅，殷浩答语中暗含"不肯逊，又不敢竞"之深意。而当此段文本流到《晋书》卷七十七《殷浩传》中，却变成了："浩少与温齐名，而每心竞。温尝问浩：'君何如我？'浩曰：'我与君周旋久，宁作我也。'"不仅"有竞心"的主体由桓温变成了殷浩，而且殷浩答语中"我"改为"君"，一字之差，遂使殷浩"不敢竞"的深意丧失殆尽。② 这类文本的流动性，就是由言语不稳定的特点造成的，其文本流动性自具特色，亦别有深意。

言语表达与书面写作之间，并没有截然的界限。二者之间常可相互转换。《世说新语·赏誉》第 72 条："庾公云：'逸少国举'。故庾倪为碑文云：'拔萃国举。'"③ 同书《品藻》第 10 条："王夷甫以王东海比乐令，故王中郎作碑云：'当时标榜，为乐广之俪。'"④ 在这两个例子中，口头的人物品评被移入后来的碑文创作，亦即言语表达进入了书面写作。与此相类似的，是袁宏作《东征赋》的事例。据说，袁宏始作《东征赋》，没有提到陶侃、桓彝两位名臣。于是，陶侃之子陶范以白刃相逼迫，袁宏"窘蹙无计，便答：'我大道公，何以云无？'"。"因诵曰：'精金百炼，在割能断。功则治人，职思靖乱，长沙之勋，为史所赞。'"而桓彝之子桓温也愤而责问，袁宏则以"尊公称谓，自非下官所敢专"回答，并当即口诵云："风鉴散朗，或搜或引。身虽可亡，道不可陨。则宣城之节，信为允也。"⑤《东征赋》中关于陶侃、桓彝的这两段赞辞，是以言语方式临时添补的。袁宏本来擅长人物品评，临时作此两段即兴发言，并不出人意料，意外的是这两段言语以这种方式加入《东征赋》这一书面文本。因此，当我们看

---

① 按：《赏誉》第 70、71 两条亦是同类之例。见刘义庆撰，刘孝标注，余嘉锡笺疏《世说新语笺疏》，上海古籍出版社，1993，第 461—462 页。
② 余嘉锡：《世说新语笺疏》，第 520 页；房玄龄等：《晋书》卷七十七，中华书局，1974，第 2047 页。
③④ 余嘉锡：《世说新语笺疏》，第 462、509 页。
⑤ 余嘉锡：《世说新语笺疏》，第 273—274 页。

到《文选》卷四十七的《三国名臣序赞》亦同样出自袁宏之手时，应该不会认为这是一个偶然的巧合。晋宋之际的谢混也是人物品评行家，前文提到的《诫族子诗》，实际上就是他的口头品藻的写定本。总之，上述这些例子表明，言语传统在六朝文学史上有非常活跃的表现，其口语形式与即兴创作的特点，不仅表现了这种文本特有的流动性，也使这种文本呈现出新鲜、灵动、活泼的风格特点。

## 四、结语

新时期以来的六朝文学研究，逐渐摆脱了传统观念的囿限，研究视域日益开阔。以前的研究往往聚焦于六朝若干重要作家及其诗文作品，新时期以来的研究，则将研究对象扩大到"百三家"以外的作家作品，扩大到诗文以外的各种文体。研究领域的拓展过程，既是一个解放思想、开阔视野的过程，也是一个发掘新文献、解读新文本的过程。解放思想，不止要解除旧的观念束缚，还要特别注意破除已形成的思维定式。发掘文献与解读文本，尤其要摆脱常规思路，在细读中涵泳体会，发现文本的新含义，进而从中提炼新问题，开阔新视野。文本对于视野的规定与限制，在一定程度上是可以突破的，这取决于我们的视角，包括观察文本的新视角。文本也有可能开阔视野，这既依赖文本收聚的完备程度（数量），也有赖于文本处理的深细程度（质量）。要之，文本与视野之间是相互依存、相互促进、不可分割的，二者的良性互动，才能将学术观察引向开阔，将学术思考引向深入。

[原载《扬州大学学报（人文社会科学版）》2016年第5期，人大复印报刊资料《中国古代、近代文学研究》2016年第12期全文转载，《新华文摘》2016年第24期摘录]

# 树立的六朝
——柳树与一个经典文学意象的形成

## 一、六朝柳树意象之初成：从离别柳到官渡柳与金城柳

早在先秦时代的《诗经·小雅·采薇》中，我们已经可以看到这样的名句："昔我往矣，杨柳依依。今我来思，雨雪霏霏。"从字面来说，诗中所称虽然是"杨柳"二字，但从后文所用"依依"二字形容来看，自应专指柳树。在这里，"依依"既是对柳树神态的刻画①，又是诗人内心恋恋不舍情感的投射。去时的依依柳树，与归来的霏霏雨雪彼此反衬，见证了逝去的生命，象征着流水一样不复回返的光阴，也使这四句诗脍炙人口，传诵千年，成为中国诗歌史上的经典。其所开创的"昔—今"之句式结构，也成为被后人反复拟学的"句样"。②但是，就通篇来看，柳的意象显然不是全诗的核心，而且这一意象也并非不可替换。实际上，在《小雅·出车》中，即有："昔我往矣，黍

---

① 钱锺书即以此句为"刻划柳态"之先驱，说见钱锺书《管锥编》第一册，中华书局，1986，第136页。
② 所谓句样，根据臧克和的定义，是一种"新鲜的言语形式被创辟出来之后，如果进入社会语言系统，它就会逐渐定型，形成某种语言结构类型的套语匡格，也就是所谓句样"。见臧克和《"句样"札迻》，《北方论丛》2001年第1期。关于后人拟学之例，陈如江有较详细的举证，详见《古诗海》上册，上海古籍出版社，1992，第44页。

稷方华。今我来思，雨雪载涂。""黍稷"便取代了"杨柳"，成为季节象征的标志。这从一方面表明，《小雅·采薇》中柳树意象的出现有一定的偶然性。另一方面，从典范的角度上说，"柳"在《小雅·采薇》中的意义主要是审美和艺术层面的，并不具有历史和文化的意义，因而也就不能成为那个时代文化精神的代表。总之，在先秦文学的园林中，柳还没有成为一种十分引人注目的、饶有意味的树木。

以"铺采摛文，体物写志"见长的赋体文学，大盛于汉代。第一篇以柳为主题的文学作品，也出现于汉赋之中。尽管我们根本无法确定，在《汉书·艺文志》所著录的"杂器械草木赋三十三篇"①之中，是否有以柳为主题的作品；尽管我们也不能十分确定，旧传枚乘《忘忧馆柳赋》是否一定是西汉枚乘的作品②；尽管我们同样不能确定，在枚乘《临霸池远诀赋》中，柳树是否为描写的主要对象③；但是，我们至少可以肯定，在汉末建安时代，以时任魏太子曹丕为中心，由王粲、陈琳等人参加，确实有过一次以柳为题的同题作赋的文学活动④。建安是一个左右逢源的特殊时代，它既可以说是汉代的尾声，也可以说是六朝的开端。所以，曹丕等人的《柳赋》，既可以看作是汉赋，又可以视为六朝赋。从政治史上的王朝与正朔角度来说，它有充足的理由划归汉代⑤；而从文化史和文学史的意义上来看，这些作品则更应该视为六朝赋。

如果我们大胆地作一些推测，那么，《汉书·艺文志》所著录"杂器械草木赋三十三篇"中的作品应该与旧传枚乘《忘忧馆柳赋》相似，

---

① 班固：《汉书》卷三十，中华书局，1962，第1753页。
② 按：此赋亦题《柳赋》，初见于旧题晋葛洪《西京杂记》卷上，再见于《初学记》卷二十八及《古文苑》卷三，可谓流传已久。至于其作者及时代，学术界至今仍有怀疑，例如赋中两次出现"盈"字，范文澜认为："汉惠帝讳盈，此文何以不讳，殆伪托也。"（刘勰著，范文澜注：《文心雕龙注》，人民文学出版社，1998，第142页）故此处暂不作为汉赋对待。
③ 此赋不传，《文选》卷二十七谢朓《休沐还重道中》李善注引《枚乘集》有此赋篇名（中华书局，1977，影印胡刻本，第385页）。
④ 关于建安时代的同题作赋活动，详参拙撰《魏晋南北朝赋史》，江苏古籍出版社，2001，第44-47页。
⑤ 实际上，在清人严可均校辑《全上古三代秦汉三国六朝文》（中华书局，1958）中，除了曹丕编入《全三国文》之外，其他诸位作家都收编在《全后汉文》中。今人费振刚、胡双宝、宗明华辑校《全汉赋》（北京大学出版社，1993），这些作品都被收入。

其主旨不外体物与颂德之意。《三辅黄图》卷六云:"霸桥在长安,东跨水作桥,汉人送客至此桥,折柳赠别。"① 据此推测,《临霸池远诀赋》应该是以折柳表达离别之意。在后代与柳相关的诗赋作品尤其是唐诗宋词之中,这些仍然是司空见惯的主题,但似乎并不具有鲜明的六朝特色。相比之下,曹丕《柳赋》则以迥异前人的立意,以突出的生命意识,揭开了柳树意象创造的历史新篇章。如果说《忘忧馆柳赋》中出现的是政治化或政治道德化的柳树,《临霸池远诀赋》中出现的只会是日常生活中的柳树,那么,曹丕《柳赋》中出现的则是带有深层生命沉思的哲学化的柳树。

曹丕《柳赋·序》详细交代了此赋的创作背景,对理解此赋至关重要:"昔建安五年,上与袁绍战于官渡。时余始植斯柳,自彼迄今,十有五载矣。左右仆御已多亡,感物伤怀,乃作斯赋。"② 据此序推算,此赋应作于建安十九年(214),曹丕时年28岁,而其"始植斯柳"在建安五年(200),时年14岁,故赋中直言:"在余年之二七,植斯柳乎中庭。"③ 这15年是曹丕人生成长的关键时期,他从一个少年成长为年近而立的青年。15年前,在征战的间歇,在疆场的边缘,也许是偶然种下的这株柳树,却必然地见证了生命的流逝,也有力地激活了当下的记忆。回首往昔,环顾周围,"左右仆御已多亡",怎能不令他"感物伤怀"?赋的正文中最值得注意的是下面这一段:

在余年之二七,植斯柳乎中庭。始围寸而高尺,今连拱而九成。嗟日月之逝迈,忽亹亹以遒征。昔周游而处此,今倏忽而弗形。感遗物而怀故,俯惆怅以伤情。

---

① 何清谷:《三辅黄图校释》,中华书局,2005,第356页。
② 此赋见《艺文类聚》卷八十九、《初学记》卷二十八、《太平御览》卷九百五十七,然"左右仆御已多亡"一句,仅见《文选》卷二十七石崇《王明君辞》李善注,题作魏文帝《柳赋》。严可均校辑《全三国文》卷四(第1075页)据《文选》注补缀于此处,文意较顺,今从之。
③ 参看陆侃如《中古文学系年》上册,人民文学出版社,1985,第341、395页。自"建安五年"下推"十有五载",也有可能是建安二十年,陆氏系于建安十九年的根据是:"王粲、陈琳均有《柳赋》,但下年丕在孟津,粲、琳随操西征,故系于本年。"其说有据,故从之。

虽然笼罩于征战的紧张气氛之中，但柳树依然茁壮成长，见证"日月之逝迈"，令人感慨今昔。在这些方面，《柳赋》与《小雅·采薇》遥相呼应，一脉相承。甚至可以说，曹丕选择柳树而不是其他树木作为寄托生命意识的载体，也许受到了《小雅·采薇》潜移默化的影响。当然，《小雅·采薇》中所蕴含的今昔感喟和对征战不堪的情绪，在曹丕赋中已转化、升华为更深沉的生命哲思。柳树不仅如人一样依依有情，而且被纳入人类社会的历史进程之中，与人一起成长，与社会一起盛衰，成为一个活泼完整的生命主体。

将曹丕的《柳赋》与同时的繁钦、应场所作的《柳赋》对比，或者与曹丕本人的《槐赋》对比，或许能更清楚地看出其特色与创新。无论是繁钦赋中的"有寄生之孤柳，托余寝之南隅。顺肇阳以吐牙，因春风以扬敷"，还是应场赋中的"赴阳春之和节，植纤柳以承凉。摅丰节而广布，纷郁勃以敷阳"①，都是简单的铺陈描写，最多加几笔拟人的比喻而已。至于曹丕本人的《槐赋》，因为其描写对象是"文昌殿中槐树"，因此，其笔墨也集中在"有大邦之美树，惟令质之可嘉。托灵根于丰壤，被日月之光华"，着力作政治化的颂扬。曹植《槐赋》与此大同小异。② 王粲《柳赋》与曹丕赋关系最为密切，其文云："昔我君之定武，改天屈而徂征。元子从而抚军，植嘉木于兹庭。历春秋以逾纪，行复出于斯乡。览兹树之丰茂，纷旖旎以修长。枝扶疏而覆布，茎森梢以奋扬。"③ 文意上与曹赋彼此呼应，但是，在突出主体生命意识方面，王粲赋并没有后出转精。在建安时代诸篇《柳赋》中，曹丕《柳赋》创意最多，感慨最深，影响也最深远。

曹丕《柳赋》在诗赋领域的影响是有目共睹的：魏晋以后出现了诸多以柳树为题的诗赋，都可以看作曹丕《柳赋》的嗣响。然而，曹丕《柳赋》对于志人小说的影响，则似乎从未被注意到。《世说新语·言语》第55条云：

---

① 以上二赋并见欧阳询撰，汪绍楹校《艺文类聚》卷八十九，上海古籍出版社，1995。
② 两篇《槐赋》并见《艺文类聚》卷八十八。
③ 欧阳询：《艺文类聚》卷八十九。

> 桓公北征经金城，见前为琅邪时种柳，皆已十围，慨然曰："木犹如此，人何以堪！"攀枝执条，泫然流泪。①

金城柳之事是否属实，前贤如钱大昕、李详、刘盼遂等人曾就其地理及年代进行考证，而得出不同的看法，详见该条余嘉锡笺疏。这段轶事与曹丕《柳赋》的相似点实在太多了，笔者疑心前者就是以后者为原型的：桓、曹两人同为乱世英雄，又同样有前时种柳的细节；两事同样以征战为时代背景；"已十围"就是曹赋中的"今连拱而九成"；"慨然"就是曹赋序中的"感物伤怀"；"北征经金城"就是王赋序中的"行复出于斯乡"，至于"攀枝执条，泫然流泪"，则是曹赋中的"感遗物而怀故，俯惆怅以伤情"。当然，两者也有不同，最重要的有两点：一是桓温所植是一批柳树，而曹丕所植只是一株；二是桓温所谓"木犹如此，人何以堪"，将人树一体的生命意识表达得更为新警有力。这是六朝文学史上柳树意象开掘逐步深化的表现，也是六朝思想史上生命意识日益强化的表现。

## 二、六朝柳树意象之深化：从灵和柳到陶渊明的五柳

考证金城柳一事之真伪，论证桓温与曹丕二事究竟只是偶同，还是后人袭前人之故智，其实无关本文之宏旨。本文只想强调指出，从柳树中引发如此感人的生命意识，是六朝情感史、文化史和思想史的必然趋势，而这又与六朝人对柳树的认识直接相关。

首先，柳树是当时人生活环境中最为常见的树木之一。很多人家的宅院之中都有柳树，《晋书》卷四十九《嵇康传》即记嵇康"宅中有一柳树甚茂，乃激水圜之，每夏月，居其下以锻"②。六朝人喜欢以柳喻人，或者以柳自况，与这样的生活环境不无关系。以柳喻人，时

---

① 刘义庆撰，刘孝标注，余嘉锡笺疏：《世说新语笺疏》，上海古籍出版社，1993，第114页。
② 房玄龄等：《晋书》卷四十九，中华书局，1974，第1372页。

或见于当时的人物品评,例如《世说新语·容止》记:"有人叹王恭形茂者,云:'濯濯如春月柳。'"① 《南史》卷三十一《张绪传》所记灵和柳之事,或许更能说明问题:"刘悛之为益州,献蜀柳数株,枝条甚长,状若丝缕。时旧宫芳林苑始成,武帝以植于太昌灵和殿前,常赏玩咨嗟曰:'此杨柳风流可爱,似张绪当年时。'其见赏爱如此。"② 齐武帝以柳树形容张绪的风姿,在他的眼中,柳树、张绪和风流可爱已经高度契合,几乎达到了三位一体的地步。《南齐书》卷三十九《刘瓛传》亦记一事,与此颇为类似:"丹阳尹袁粲于后堂夜集,瓛在座。粲指庭中柳树谓瓛曰:'人谓此是刘尹时树,每想高风;今复见卿清德,可谓不衰矣。'"③ 这株庭中柳树,不仅使人想起当年的清谈名士刘惔,也使人联系眼前的当代名儒刘瓛。由此及彼,睹物思人,这是常规的联想思路,原不足为奇,而袁粲以柳喻人的言外之意,却值得深长体味。细究袁粲发为此语的深层动因,很可能受到陶渊明《五柳先生传》的启发。袁粲曾拟学《五柳先生传》,作《妙德先生传》以自叙,足见其对《五柳先生传》的熟悉与推崇。④ 他一定会从《五柳先生传》中想见陶渊明的"高风""清德"。

陶渊明是中国历史上最早以柳树自况的诗人之一,这当然与他的生活环境分不开。其《归园田居》有句云:"榆柳荫后檐,桃李罗堂前。"在陶氏屋前屋后环绕着榆柳桃李等各种树木⑤,但是,只有柳树对陶渊明有不同寻常的意义。《宋书》卷九十三《隐逸传》记:"(陶)潜少有高趣,尝著《五柳先生传》以自况,曰:'先生不知何许人,不详姓字,宅边有五柳树,因以为号焉。'"⑥ 这是一篇极具个性的自传,

---

① 余嘉锡:《世说新语笺疏》,第 625 页。
② 李延寿:《南史》卷三十一,中华书局,1975,第 810 页。自此之后,"灵和柳"遂成为风流可爱之人物的代名词,诗词之中尤常用之。如宋李之仪撰《姑溪居士后集》卷四《维扬会张曼老陈莹中分韵得柳字》:"一逢可意人,似对灵和柳。"
③ 萧子显:《南齐书》卷三十九,中华书局,2017,第 753 页。
④ 参看田晓菲《尘几录——陶渊明与手抄本文化研究》,中华书局,2007,第 57 页注 1。
⑤ 陶渊明《蜡日》诗云:"梅柳夹门植,一条有佳花。"(逯钦立校注《陶渊明集》卷三,中华书局,1979,第 108 页)可见他门前也种有梅树。其《拟古》第一首云"荣荣窗下兰,密密堂前柳"(第 109 页),当亦是根据其家居环境而言。由此可知陶氏屋前屋后皆有柳树。
⑥ 沈约:《宋书》卷九十三,中华书局,2018,第 2511 页。

钱锺书对此有很敏锐的观察：

> "不"字为一篇眼目。"不知何许人也，亦不详其姓氏""不慕荣利""不求甚解""家贫不能恒得""曾不吝情去留""不蔽风日""不戚戚于富贵，不汲汲于贫贱"……"不"之言，若无得而称，而其意，则有为而发；老子所谓"当其无，有有之用"，王夫之所谓"言'无'者，激于言'有'者而破除之也"。（《船山遗书》第六三册《思问录》内篇）①

作为否定词的"不"字鱼贯而出，强烈表达了陶渊明对世俗的社会规范和社会身份的蔑视和鄙弃，不但籍贯、门第以及姓字等标志自己社会身份的种种信息一概抹去，连作为社会成功标志的荣利、富贵等也扫除殆尽，甚至在心中也不留任何痕迹。呈现在我们眼前的，是"环堵萧然""箪瓢屡空""忘怀得失"，现实世界和心灵世界同样一片空无。只有宅边五柳兀然挺立，孤标秀出。在这篇传记中，"五柳"是坚定标榜"无"的陶渊明唯一的"有"，是大力"破除"的陶渊明唯一的"立"。

以树作为高士身份的标识，并不始于陶渊明，也不专限于柳树。传说中的巢父便是以树上之巢作为身份的标识，虽然这里没有指明其所巢何树："巢父，尧时隐人。年老，以树为巢，而寝其上，故人号为巢父。"② 这是典型的魏晋人的历史记忆，嵇康、皇甫谧以降皆如是说，足见其深入人心。而在汉人如班固《汉书》及王符《潜夫论》的记述中，并没有突出巢父的身份标识。③ 20世纪法国著名思想家福柯说过："身份以及身份的标识是由差别决定的。我们认识某一动物或某一植

---

① 钱锺书：《管锥篇》第四册，第1228页。参看田晓菲《尘几录——陶渊明与手钞本文化研究》，第58页。
② 欧阳询：《艺文类聚》卷三十六引嵇康《高士传》，第639页。皇甫谧《高士传》也有类似记述。
③ 按：《汉书》仅列其名，见班固《汉书》卷二十《古今人表》，第878页。《潜夫论》亦仅云"巢父木栖而自愿"，并未明其名号之自。见《潜夫论笺校正》卷八《交际第三十》，汪继培笺，彭铎校正，中华书局，1985，第343页。

物,不是因为它身上带有什么烙印,而是看它和其他动物或植物有什么不同。"① 陶渊明以柳树自况,或者说,五柳成为陶渊明身份的标识,乃是因为柳树有诸多不同于其他植物之处。除了上文提及的陶氏生活环境、垂柳风流可爱之外,陶渊明对柳树的身份认同之中,更含有对生命柔弱的深刻认识。《世说新语·言语》记:"顾悦与简文同年,而发蚤白。简文曰:'卿何以先白?'对曰:'蒲柳之姿,望秋而落;松柏之质,经霜弥茂。'"② 柳与蒲草并列,春荣秋落,应和着自然的季节变化和人生的盛衰生死。俗语云"人生一世,草木一秋",这正是陶渊明诗中经常咏叹的主题:"穷居寡人用,时忘四运周。榈庭多落叶,慨然知已秋。"③ "靡靡秋已夕,凄凄风露交。蔓草不复荣,园木空自凋。"④《杂诗》其三将这一主题表达得最为完整、动人:"荣华难久居,盛衰不可量。昔为三春蕖,今作秋莲房。严霜结野草,枯悴未遽央。日月有环周,我去不再阳。眷眷往昔时,忆此断人肠。"⑤

众所周知,陶渊明"不为五斗米折腰",而柳树每因风起舞,腰肢柔软,似乎与陶氏贞节颇异其趣,故明人李至清《题五柳图》诗云:"凄惨江城柳万条,淡烟疏雨夜萧萧。轻柔不似先生节,逢着东风便折腰。"⑥ 另一位明代诗人林鸿在《拟古》其七中,亦有句云:"乃知陶潜翁,避俗甘固穷。纵酒爱五柳,折腰若为容?"⑦ 更有人半开玩笑地提出这样一个有趣的诘问:性不折腰的陶渊明为什么却对善于折腰的柳树情有独钟? 表面上看,这两方面爱尚不同,仿佛是两个陶渊明,彼此不无矛盾,实质上,这两个陶渊明是统一的:一个是暂栖官场的陶渊明,"性刚才拙,与物多忤"⑧,故不为五斗米折腰;另一个则是

---

① Michel Foucault, *The Order of Things*: *An Archaeology of the Human Science*(福柯《词与物——人文科学考古学》), New York: Vintage Books, 1973, p.144. 此据田晓菲译文,转引自《尘几录——陶渊明与手钞本文化研究》,第61页。
② 余嘉锡:《世说新语笺疏》,第117页。
③ 陶渊明:《酬刘柴桑》,《陶渊明集》卷二,第59页。
④ 陶渊明:《己酉岁九月九日》,《陶渊明集》卷三,第83页。
⑤ 《陶渊明集》卷四,第126页。
⑥ 郑方坤:《全闽诗话》卷八,福建人民出版社,2006,第423页。
⑦ 林鸿:《鸣盛集》卷一,《景印文渊阁四库全书》本。
⑧ 陶渊明:《与子俨等疏》,《陶渊明集》卷七,第187页。

归隐高士的陶渊明，热爱自然，热爱屋前的柳树，热爱五六月北窗下的凉风。"质性自然"的陶渊明终于离开"以心为形役"的官场，回归"引壶觞以自酌，眄庭柯以怡颜"的田居生活，日与宅边五柳、身边五子优游盘桓。① 在他怡然睇眄的"庭柯"当中，一定也有柳树的枝柯在内。王叔岷早就注意到："'宅边有五柳树'，陶公有五子，其数巧合。"② 他在《湖柳初绿怀五柳先生》诗中再次将五柳与五子并提："五柳先生有五子，五柳柔弱五子愚。乃知先生思弱女，慰情良可胜于无。"③ 或许，在陶渊明眼中，五柳如同五子一样亲切可爱。这样说来，以柳之意象为贯串，"五柳""五子"与"五斗米"三者巧结连环，这个不妨称为"陶渊明与'五'字"的公案，或许可以这样得到解释。

总之，柳与六朝人的日常生活密切相关，也与六朝人的文化生态包括隐逸、清谈、人物品评等息息相关，它是一个充满六朝文化特色的意象。

## 三、柳树意象的经典化：从南朝到唐宋的"六朝柳"

至迟在南朝后期，柳树意象就已经走上经典化的道路。在这一过程中，庾肩吾、庾信父子和昭明太子萧统、梁简文帝萧纲、梁元帝萧绎兄弟发挥了重要的作用。具体说来，其经典化集中在两个节点上：一个是《世说新语》中的金城柳，另一个是陶渊明的《五柳先生传》。

梁简文帝萧纲《同泰寺故功德正智寂师墓志铭》载："峰颓朽壤，波逝江潭。山川若此，人何以堪。"④ "朽壤""波逝"云云，自是墓志铭中常见的岁月不居、人生飘忽的感叹，与金城柳故事的寓意一脉相承。"人何以堪"一句，更证明梁简文帝化用了金城柳的故事，只是字面上并不那么显山露水而已。相比而言，庾信《枯树赋》对金城柳故

---

① 诸句引文皆出陶渊明《归去来兮辞·并序》，《陶渊明集》卷五，第 159–161 页。
②③ 王叔岷：《陶渊明〈五柳先生传〉笺证》，载其《慕庐论学集（一）》，中华书局，2007，第 670、676 页。
④ 欧阳询：《艺文类聚》卷七十七，第 1321 页。

事的改写和利用更为直露:"桓大司马闻而叹曰:'昔年种柳,依依汉南;今看摇落,凄怆江潭。树犹如此,人何以堪!'"① 庾信将这几句置于篇末,意在曲终奏雅,可见其对此相当重视。而我们重视的是,《枯树赋》作于庾信入北之后,时距简文帝萧纲被杀未久,赋中所用"潭""堪"二韵却与萧纲之文不谋而合,恐非偶然。换句话说,当庾信构思此赋终篇数句之时,他的脑中不仅联想起《世说新语》中的桓温泣柳故事,也回荡着梁简文帝那篇墓志铭的声音。如果说《世说新语》是古典,那么,《同泰寺故功德正智寂师墓志铭》就是今典。显然,东晋末年的金城柳故事,在梁代已然经典化,成为文人笔下经常驱遣的典实。

前文曾专门论证金城柳与曹丕《柳赋》之间的关系。值得注意的是,宋人吴曾《能改斋漫录》卷八已将二事相提并论,并指出二者都是"睹木兴叹",其意"相沿以生":

> 魏文帝《柳赋》:"在余年之二七,植斯柳乎中庭。始围寸而高尺,今连拱而九成。"桓温北伐经金城,见为琅琊时种柳,皆已十围,慨然曰:"木犹如此,人何以堪?"乃知睹木而兴叹,代有之矣。按,《广人物志》载:"苏颋年五岁,裴谈过其父,试诵庾信《枯树赋》,颋避谈字,易其韵曰:'昔年移柳,依依汉阴。今看摇落,凄怆江浔。树犹如此,人何以任?'"文忠公诗云:"人昔共游今孰在,树犹如此我何堪?"荆公诗:"道人从南来,问松我东冈。举手指屋脊,云今如许长。"刘斯立诗云:"麦垄漫漫宿藁黄,新苗寸寸未禁霜。手中马箠余三尺,想见归时如许长。"意皆相沿以生也。②

在曹、桓二事之外,吴曾还列举了包括唐代苏颋和宋代欧阳修、

---

① 庾信撰,倪璠注,许逸民校点:《庾子山集注》卷一,中华书局,1980,第53页。
② 吴曾:《能改斋漫录》,上海古籍出版社,1979,第225-226页。

王安石、刘跂在内的多个用例，他们围绕"睹木兴叹"之典故内核，易其韵脚，变其字面，沿生其意，殊途而同归。而在《景定建康志》卷三十七所录杨备、马之纯两篇诗中，地理则成为典故的核心。这当然因为两诗都属于"金陵览古诗"系列，意在当地。杨备《金城柳》云："风絮烟丝春复秋，攀条何故泪双流。因怜树老犹青眼，不觉人衰已白头。"是简单就此遗迹轶事加以铺写。马之纯《金城柳》更像是《世说新语》的诗体扩展版："金城四面柳为营，此日征西路再经。忆昔仅能高咫尺，如今端可拂青冥。清眸渐隔花中雾，绿发俄悬镜里星。功业未成多少事，攀枝挽叶泪淋零。"① 据方志记载，金城在江乘县（今南京市栖霞区），其地临江，所以，在清人毛奇龄的笔下，金城柳又被置换为江柳，成为赋作的中心。②

姜夔对这个典故情有独钟，其自度曲《长亭怨慢》小序表示，他深爱"昔年种柳，依依汉南。今看摇落，凄怆江潭。树犹如此，人何以堪"诸句。词云："阅人多矣，谁得似、长亭树。树若有情时，不会得、青青如此。"③ 可以说是反曹、桓之意而用之。他在《永遇乐·次稼轩北固楼词韵》篇末写道："问当时、依依种柳，至今在否。"此处用金城柳之事，位置与《枯树赋》相同。而《永遇乐·次韵辛克清先生》则以"柳老悲桓，松高对阮"与下文的"长干白下，青楼朱阁"④两句对偶，较早掘发了柳树与六朝以及南京的特殊因缘，其意义已经超越了金城柳的范畴。

陶渊明去世仅数十年，其"五柳先生"的形象就伴随着沈约《宋书》卷九十三《隐逸传》的撰成而广为传播，《五柳先生传》也因此进入了文学经典的行列。虽然它未被《文选》选录，但是，从梁代文人对"五柳"一典的使用中，可以看出当时人对这篇作品的熟悉。庾肩吾《谢东宫赐宅启》云："况乃交垂五柳，若元亮之居；夹石双槐，

---

① 马光祖修，周应合撰，王晓波等点校：《景定建康志》卷三十七，四川大学出版社，2007，第1614、1630页。
② 毛奇龄有《江柳赋》两篇，见其《西河集》卷一二五，《景印文渊阁四库全书》本。
③④ 姜夔撰，夏承焘校，吴无闻注：《姜白石词校注》，广东人民出版社，1983，第70、196页。

似安仁之县。"① 这里的"五柳"指代的是陶渊明之宅，是高士的幽居之处。这种用法被李白《题东溪公幽居》沿用："宅近青山同谢朓，门垂碧柳似陶潜。"② 值得注意的是，由于谢朓、陶潜两位都是六朝名士，所以，李白这一对句实际上强调了幽居高隐与六朝人士的联系。庾信《和王少保遥伤周处士》云："怅然张仲蔚，悲哉郑子真。三山犹有鹤，五柳更应春。"③ 这里的"五柳"指的是与张仲蔚、郑子真同调的隐逸之士陶渊明。梁元帝《全德志论》云："虽坐三槐，不妨家有三径；但接五侯，不妨门垂五柳。"④ "五侯"与"五柳"相对，便是仕宦与隐逸相对，在梁元帝眼中，相互矛盾的这两种人生状态是可以统一的。⑤

在唐诗中，五柳先生自然超脱的隐逸姿态被进一步放大、变形，甚至改造为放荡狂歌的形象，如王维《辋川闲居赠裴秀才迪》云："复值接舆醉，狂歌五柳前。"⑥ 同时，柳树与陶渊明的关系又更加密切、牢固，诗歌中也就出现了"先生柳"和"渊明柳"这样固定的词语组合，仿佛这是专属于陶渊明的柳树，一个在文化意义上新的柳树品种遂由此诞生。无论是王维《老将行》中的"路傍时卖故侯瓜，门前学种先生柳"⑦，还是韩翃《家兄自山南罢归献诗叙事》中的"落照渊明柳，春风叔夜弦"⑧，或是李商隐《喜闻太原同院崔侍御台拜兼寄在台三二同年之什》中的"寂寥我对先生柳，赫奕君乘御史骢"⑨，柳树都

---

① 欧阳询：《艺文类聚》卷六十四，第1147页。
② 王琦注：《李太白全集》下册，中华书局，1977，第1156页。
③ 《庾子山集注》卷四，第306—307页。
④ 欧阳询：《艺文类聚》卷二十一，第377页。
⑤ 此外，昭明太子《锦带书十二月启·四月启》亦有"郁郁丹城，并挂陶潜之柳"之句，然《四库全书总目》卷一三七《锦带》一卷提要（中华书局，1965，第1160页）云："旧本题梁昭明太子萧统撰。陈振孙《书录解题》又云梁元帝撰，比事俪语，在法帖中《章草》《月仪》之类。详其每篇自叙之词，皆山林之语，非帝胄所宜言。且词气不类六朝，亦复不类唐格，疑宋人案《月令》集为骈句，以备笺启之用。后来附会，题为统作耳。今刻本《昭明集》中亦有之，题曰《十二月启》。然《昭明集》乃后人所辑，非其原本，未可据以为信也。"按：此例将陶氏五柳简缩为"陶潜之柳"，剪裁之法确与南朝人有异。参看萧统撰，俞绍初校注《昭明太子集校注》，中州古籍出版社，2001，第240页。
⑥ 《全唐诗》卷一百二十六，上海古籍出版社，1986，影印扬州诗局本，第291页。
⑦ 《全唐诗》卷一百二十五，第289页。
⑧ 《全唐诗》卷二百四十五，第619页。
⑨ 《全唐诗》卷五百四十一，第1378页。

被深深打上了陶渊明、隐士、闲逸等诸种印记①，而这诸种印记又皆与六朝紧密相连。

五柳先生是隐居的陶渊明，与彭泽县令陶渊明本无关系，但是，宋人驱使五柳之典，却有意将二者混同而谈。例如《宋诗纪事》卷四十一载陆元光《五柳桥》："五柳先生倦折腰，孤眠千载仰风标。青衫令尹头如雪，不厌朝昏过此桥。"便将"五柳先生"与为官"倦折腰"连在一起，以反衬当今奔走仕途的"青衫令尹"。同书卷九十六载无名氏《陶公醉石》："五字高吟酒一瓢，庐山千古想风标。至今门外青青柳，不为东风肯折腰。"②虽反垂柳之意，谓柳不肯风中折腰，然其言外之意，亦隐然以门前青柳与彭泽县令相比拟。宋代学者对此颇有疵议：

> 《艺苑雌黄》云："士人言县令事，多用彭泽、五柳，虽白乐天《六帖》亦然。以予考之：陶渊明，浔阳柴桑人也，宅边有五柳树，因号五柳先生。后为彭泽令，去官百里，则彭泽未尝有五柳也。予初论此，人或不然其说。比观《南部新书》云：'《晋书》陶潜本传云：潜少怀高尚，博学善属文，尝作《五柳先生传》以自况。先生不知何许人，不详姓字，宅边有五柳树，因以为号焉。则非彭泽令时所栽。人多于县令事使五柳，误也。'岂所谓先得我心之所同然者欤？"苕溪渔隐曰："沈彬诗'陶潜彭泽五株柳，潘岳河阳一县花'，苏子由诗'指点县城如掌大，门前五柳正摇春'，皆误用也。"③

宋人以学问为诗，用事一方面专务求新求变，另一方面又斤斤计较其准确与否。不为五斗米折腰与五柳先生二事本来同属陶渊明，通

---

① 宋人柴望《秋堂集》卷二《和归去来辞·序》云："暇日趺坐柳阴，吟咏陶作，与滩声风籁，互相应答，知山水之乐，不知声利之为役也。悟而得焉，遂和其韵。"坐柳阴下读陶诗，亦明确将柳树与陶渊明联系在一起。
② 以上二诗分见厉鹗辑《宋诗纪事》，上海古籍出版社，2013，第 1046、2311 页。
③ 胡仔纂集，廖德明校点：《苕溪渔隐丛话》后集卷三，人民文学出版社，1962，第 18 页。

过两个故事、两种文本的嫁接以达到故典新用,正是文人好奇、追求新变的表现,责为"误用",似乎有失胶柱鼓瑟。这种"误用"其实是前代文学作品及其意象在宋代经典化的常见现象,甚至可以说是一个特点。

### 四、"树"立的六朝:《秦淮枯柳倡和词》中的六朝想象

在六朝柳这一意象成立的过程中,汤雨生编选的《秦淮枯柳倡和词》一册①,以其与南京秦淮河、六朝文化以及柳树的诸重关系,而引起笔者的特别注意。这次大约发生于清代道光(1821—1850)末年、缘起于一棵曾经"笼烟拂水,依依可怜"的秦淮东关垂柳之枯死的诗词唱和活动,为我们考察柳意象的经典化提供了极好的个案。

诗人以树作为六朝的象征,建立或寄托自己的六朝想象,是有历史传统依据的。在柳树之外,《世说新语》中两次提到玉树,一次是《言语》中的"芝兰玉树",另一次是《容止》中的"蒹葭倚玉树",都是很有六朝意味的语典。由于六朝古都的关系,南京人早已习惯将古树名木想象为六朝遗物。明顾起元《客座赘语》卷一"花木"有所谓六朝银杏:"树之大而久者,留都所有,无逾于银杏……祈泽寺二株,云是六朝人植……栖霞寺二株,云亦是六朝人植,皆大可数人合抱。"②《秦淮枯柳倡和词》中录程嘉杰《台城路》词,也提到当时陶谷有一株梅树,相传为六朝梅。旧日南京中央大学(今南京东南大学四牌楼校区)校园内,亦传有所谓六朝松。在"大而久"这一点上,柳树似乎无法与银杏、松树相比,但是,这并不妨碍人们发挥所谓"六朝柳"的想象。晚唐诗人韦庄的名篇《台城》:"江雨霏霏江草齐,六朝如梦鸟空啼。无情最是台城柳,依旧烟笼十里堤。"③题目与正文

---

① 附刻于华亭张鸿卓《绿雪馆词二集》之后,上海图书馆藏咸丰二年(1852)刻本。按:词集前有咸丰元年及咸丰二年序,知此次倡和活动应在道光末年。
② 顾起元撰,谭棣华、陈稼禾点校:《客座赘语》卷一,《庚巳编 客座赘语》,中华书局,1987,第16页。
③ 《全唐诗》卷六百九十七,第1759页。

中的"台城",完全可以替换成"六朝",一点也不离题。台城是六朝的标志,台城柳就是六朝柳,在韦庄眼中,它不止是诗人的想象,而是矗立于十里长堤上的现实存在。这个柳是六朝的符号,也是南京的符号,在文学的苑囿中,柳树与时间及空间三者组成生命共同体,从而更加根深蒂固。

《秦淮枯柳倡和词》的首倡者是孙麟趾,其《台城路》词小序言:"秦淮东关垂柳一株,笼烟拂水,依依可怜。尝与秦雪舫驾部舣舟其下,昨晤顾子恂,云已枯死,为之黯然。"东水关是秦淮河在南京城东的水闸,附近有江总故宅、乌衣巷、桃叶渡等六朝古迹,还有夫子庙、吴敬梓故居等明清文化遗迹。显然,这是一处容易让人发思古之幽情的所在,而柳树与南京及六朝的历史渊源,更使这次倡和活动的参加者怀古伤今,不约而同。隔着一千多年的时空,频频回望六朝,这是《秦淮枯柳倡和词》中最为突出的抒情姿态。

这次倡和的参加者共 28 人,主要来自江南地区,包括上元(南京)、江浦、长洲(苏州)、阳湖(常州)、金匮(无锡)、元和(杭州)、嘉兴、绍兴、宜兴等地,历史上这些地区都处于南朝的疆域之内。除了《词林正韵》的作者吴县戈载之外,这些词人在文学史上都没有多大声名,但是,在道咸之际的江南词坛上,这卷倡和词集却有值得另眼相看之处。

在词牌的选择上,词人是有意为之的。此集 28 首词,共使用 15 个词牌,其中《台城路》和《长亭怨慢》两个词牌最应该关注。《台城路》本名《齐天乐》,周密《天基节乐次》称为《圣寿齐天乐慢》,因周邦彦《齐天乐》首句为"绿芜雕尽台城路"而改名《台城路》,又因为张辑词有"如此江山"一句而得名《如此江山》。① 在众多词牌中,首倡者孙麟趾选择了《齐天乐》的词牌别名《台城路》,既是着眼于词牌本身所带有的怀古伤今的氛围,也是着眼于词牌与柳、六朝以及南京的联系。从孙氏词序中所用"笼烟拂水""依依可怜"等句

---

① 《钦定词谱》卷三十一,《景印文渊阁四库全书》本。

来看,他对这种氛围和联系是看得很清楚的。在"剩枯根败叶""荒凉古渡"等词句背后隐藏着的,更明显是六朝桃叶渡的影像。对孙麟趾的这种意图,很多倡和者心领神会,并亦步亦趋地追和。张辑词怀古伤今,故也有少数几个词人改用《如此江山》,其意与《台城路》相近。《长亭怨慢》,则始制于姜夔,而姜夔正是因为特别喜爱桓温泣柳的故事,才创作了这样一支自度曲。

在词题的选择上,这次倡和也有与众不同之处。以往文学作品中所吟咏的柳树,大多数是繁盛的、成长着的柳树。庾信《枯树赋》虽然引用了金城柳故事以结局,但赋题本身并非专写柳树,而是铺写各种枯木,故篇中所写涉及槐、梓、松等各种树木。清人王士禛以《秋柳》为题作诗,秋柳只是较为衰飒而已,并非枯死。而此卷词集却是专以枯死之柳为题,在某种意义上,枯死之柳已经不是一种实体存在,这意味着柳的实体的缺席。潘钟瑞《台城路》云:"六朝悄向垂柳问,是侬旧题诗处。"据其自注,"秦淮酒家,一曰'问柳',中有额曰:'流水声中问六朝'",问柳酒家固然是一个现实存在,但这里的柳也只是一个虚名,是文字幻象而已。实体的缺席,正好需要也便于诗人想象的介入,通过想象来充实其历史文化内涵,这就给了此次倡和很大的发挥抒写的空间。

以"流水声中问六朝"作为"问柳酒家"之门额,大有讲究。因为柳不仅象征流水般的时光,而且象征着逝去的六朝。秦淮河东关的这株枯柳,激起词人们许多悲伤而又旖旎的联翩浮想。这些想象的核心都是"六朝":

休弄声声玉笛,六朝如梦杳,乱鸦无数。——汪宝丰《疏影》
叹六朝如梦,勾起玉人眉皱。——张熙《长亭怨》
此树婆娑,六朝时物,曾向旧宫前舞。——程嘉杰《台城路》
叹从此,纤腰慵舞,了却秦淮,六朝烟雨。——宋志沂《长亭怨》
一角残秋,几丝瘦影,写出六朝幽怨。——马钟彦《台城路》

过客留题，六朝游冶更谁溯。——潘遵璈《台城路》

六朝悄向垂柳问，是侬旧题诗处。——潘钟瑞《台城路》

叹息沉埋，六朝金粉，便做潇潇，画船听雨系无分。——刘履芬《长亭怨慢》

画舫冷春波，六朝遗恨多。——高兰《菩萨蛮》

六朝遗恨无今古，憔悴偏怜汝。——钱瑗《虞美人》

当然，每个词人所想象的六朝又是各不相同的：玉笛声中如梦的六朝，香艳或金粉的六朝，幽怨或遗恨的六朝，游冶或烟雨的六朝。六朝可以从声音（笛声）、颜色（青青垂柳）、气味（金粉）以及温度（冷春波）等多个角度去感知、去想象，视角各不相同。想象的媒介可以是概括性的，也可以是具体的，还可以是多种典型意象的糅合。比如六朝的人：

庾信：未到秋风，如此萧条，庾郎又吟愁赋。——汪宝丰《疏影》

陶弘景：只贞白梅边，寒香逗雨。——程嘉杰《台城路》

莫愁：石城打桨重来日，还记旧时风景。——盛树基《摸鱼儿》

孙楚：载酒听莺，胜游空自感孙楚。——宋志沂《长亭怨》

比如六朝的地：

桃叶渡：荒凉古渡，问底事难留，万条烟雨。——孙麟趾《台城路》

青溪：一搦腰肢前度影，记得青溪环抱。——李本涵《金缕曲》

南朝宫廷：倦眼窥天，纤腰贴地，曾学南朝宫舞。——钱符祚《台城路》

比如六朝的风流韵事：

> 金莲步：倩魂久已归瑶岛。何处着齐梁古步，一丝残照。——秦耀曾《金缕曲》
> 桃叶桃根：桃根桃叶休相妒，有一种缠绵难续。——王寿庭《疏影》
> 《玉树后庭花》：萧萧辇路，记玉树歌来，金莲蹴去。——程嘉杰《台城路》

当然，还有六朝与柳相关的那些人事：

> 王恭春月柳：游踪我曾暂到，悔当年濯濯，偏未亲睹。——俞敦培《台城路》
> 张绪风姿：问当日，张绪风流，可曾记依依爱芳洁。——潘璘《琵琶仙》
> 灵和柳：老去心伤，愁来骨立，不似灵和丰韵。——关达源《如此江山》

乃至前人吟咏六朝、吟咏柳树、吟咏南京的诗词，也统统被编入这一联想网络之中，建构起一座意义的华堂。陈庆溥《如此江山》中的"凄凉燕子，似相对呢喃，树犹如此"，指涉周邦彦《西河·金陵怀古》；汪守愚《长亭怨》所谓"娉婷悄影，早摄入姜郎词笔"，自然指写过《长亭怨慢》等词的姜夔；汪孙仅《买陂塘》甚至因为"杨柳岸晓风残月"而将柳永《雨霖铃》牵扯进来；潘遵璈《台城路》更直接引用韦庄"无情最是台城柳"，称为"韦郎旧吟诗句"。六朝意象最密集也最典型的是汪孙仅的《浪淘沙》：

> 憔悴断柔丝。瘦损腰肢。藏乌休再恋空枝。桃叶桃根今在否，枉说情痴。　　旧梦冷乌衣。黛影全非。江潭岂独怆桓伊。多少

秦淮曾作客，张绪风姿。

  这首词几乎句句都是六朝想象，由柳腰瘦损联想到沈腰，由藏乌恋枝说到桃叶桃根的痴情，乌衣旧梦，桓温独悲，秦淮作客，张绪风姿——身体与痴情、家族与个人、悲怆与倜傥，多少六朝的人情物理尽在其中。美中不足的是，或许是词人误记，或者是有意趁韵，"江潭"一句将桓温之事误作桓伊了。

  六朝早已随水而去，秦淮东关的这株柳树也早已枯死。但是，这株柳树为我们树立了一个鲜活的六朝世界：这里有历史的六朝，也有文化的六朝；有物质的六朝，也有感性的六朝。这是一个虚幻的世界，实在也是一个意义丰厚耐人寻味的世界。

[原载《北京大学学报（哲学社会科学版）》2011年第2期]

# 从碑石、碑颂、碑传到碑文
## ——论汉唐之间碑文体演变之大趋势

## 一、行为方式与文本方式：碑之文体溯源

关于碑的起源和最初的功用，《文心雕龙·诔碑》云：

> 碑者，埤也。上古帝皇（王），纪号封禅，树石埤岳，故曰碑也。周穆纪迹于弇山之石，亦古碑之意也。又宗庙有碑，树之两楹，事止丽牲，未勒勋绩，而庸器渐阙，故后代用碑，以石代金，同乎不朽，自庙徂坟，犹封墓也。①

虽然刘勰提到的上古帝王"树石埤岳"和周穆王"纪迹"之碑都近于传说，难以确证，但他指出碑的最初用途与"庸器"有关，指出碑最初的发展轨迹是"以石代金""自庙徂坟"，却是十分敏锐的观察和富有价值的总结。在刘勰之后，学者们又进一步推考，从古典文献中指认了碑的三种渊源，并由此形成了人们关于碑的起源的一种基本认识。

---

① 刘勰著，范文澜注：《文心雕龙注》，人民文学出版社，1958，第 214 页。

《礼记·檀弓》下:"公室视丰碑。"郑注曰:"丰碑斫大木为之,形如石碑,于椁前后四角树之,穿中于间为鹿卢,下棺以绋绕。天子六绋四碑,前后各重鹿卢也。"①

《礼记·祭义》:"祭之日,君牵牲……既入庙门,丽于碑。"郑注:"丽,系也。"②

《仪礼·聘礼》:"上当碑南陈。"郑注:"宫必有碑,所以识日景,引阴阳也。"③

此说自宋元以来,流传颇广,影响甚大,其中比较有代表性的论述,可举宋人孙何《碑解》和元人郝经《后汉书·文苑传·文章总序春秋部》为例。按照孙何的理解,"古之所谓碑者,乃葬祭飨聘之际所植一大木耳,而其字从石者,将取其坚且久乎?"④ 显然,这三种碑的使用场合不同,有人据此将其分为丰碑(墓碑)、庙碑和庭碑。⑤ 但是,不管其材质是木是石,不论其功用是牵牲、识日影还是下棺,不管其使用场合是葬祭还是飨聘,这三种碑都是施用于与礼仪相关的场合。《左传》成公十三年云:"国之大事,在祀与戎。"⑥ 这三种用途的碑,虽然不都属于祭祀,但既然见载于《礼记》《仪礼》等礼书,足见在古人的观念中,它们都属于礼仪的范畴,作为一种行为方式,它是由礼仪派生出来的,甚至是礼仪的重要组成部分,也只在庄重的礼仪场合使用。同时,由于这些礼仪由王室公室等贵族统治者主导使用,因此,这种行为方式不仅是礼仪性的,也带有很强的公共性。

从材质上说,碑在最初或用木,或用石,并未固定。后代"以石代金",取其不朽,而作为庸器的原初功能并未改变。《史记·秦始皇本纪》记秦始皇巡行天下,刻石纪功,或曰"刻石颂秦德",或曰

---

①② 郑玄注,孔颖达正义:《礼记正义》,阮元校刻《十三经注疏》,中华书局,1980,第1310页下、1594页下。
③ 郑玄注,贾公彦疏:《仪礼注疏》,阮元校刻《十三经注疏》,第1059页下。
④ 孙何:《碑解》,吕祖谦编《宋文鉴》卷一二五,中华书局,1992,第1747-1748页。
⑤ 王兆芳:《文体通释》,转引自《文心雕龙注》,第223页。
⑥ 洪亮吉:《春秋左传诂》,中华书局,1987,第467页。

"立石刻,颂秦德,明得意"①,皆可以视作石刻形式的"庸器"。立石或刻石自然是一种纪功颂德的行为方式,以今天的观点来看,这种行为其实就是立碑或刻碑。②虽然这些刻石与文本已有密切联系,《史记》亦载录其中若干刻石文字,但是,《史记》并未明言其为碑,这说明迟至司马迁之世,碑尚未成为一种文本形式,甚至也不是一种流行的行为方式。《说文解字》九下石部:"碑,竖石也。"③显然,许慎释义中所着重的是碑的物质形式方面的属性,并未将其与文本形式密切相连,更未与文体形式发生联系,尽管在他的时代,各地已经树立起许多文本内容各不相同的碑石。

总之,从渊源或生成方式来看,碑最初是指一种特殊的物质形式;从功能上看,它是与礼仪相关的一种行为方式。至少从秦始皇开始,这种特殊的特质形式和行为方式又与特定的文本方式相结合④,并在汉朝新的文化基础上进一步发展,演变成一种新的文体形式。王兆芳《文体通释》云:"汉以(碑)纪功德,一为墓碑,丰碑之变也;一为宫殿碑,一为庙碑,庭碑之变也;一为德政碑,庙碑墓碑之变也。皆为铭辞,所以代钟鼎也。"⑤先秦礼仪之碑与汉代文本之碑间的关系,虽然未必如王兆芳所言那么直接、那样一一对应,但其间确实存在一线历史演进的联系。

## 二、 雅颂与传记: 汉碑的体格

正如刘勰《文心雕龙·诔碑》中所指出的,"自后汉以来,碑碣云起"⑥。因此,我们通常所谓汉碑,基本上就是指后汉之碑。细分起来,

---

① 司马迁:《史记》,中华书局,1982,第242、244页。
② 实际上,后代大多将秦始皇刻石径称为碑,如《峄山碑》等,其例多见,不胜枚举。
③ 许慎撰,徐铉校定:《说文解字》,中华书局,2013,第192页。
④ 郭英德曾经从行为方式、文本方式和文章体系等三个方面,分析论述中国古代文体分类的三种生成方式。此处所谓行为方式和文本方式,即借用其术语,详见郭英德《由行为方式向文本方式的变迁——中国古代文体分类生成方式片论之一》,载其《中国古代文体学论稿》,北京大学出版社,2005,第29-49页。
⑤ 王兆芳:《文体通释》,转引自《文心雕龙注》,第223页。
⑥ 范文澜:《文心雕龙注》,第214页。

汉碑既可以按功能划分为祭祀封禅碑、纪功颂德碑和墓碑等三大类，也可以按照施用对象的不同，分作如下三类：

一是以山川宫庙为对象，如《祀三公山碑》《华山庙碑》《封龙山颂》《仓颉庙碑》；

二是以祖先古圣神灵为对象，如《白石神君碑》《礼器碑》《史晨碑》；

三是以某人为对象，如《刘熊碑》《耿勋碑》《韩仁铭》《曹全碑》《袁安碑》《北海相景君碑》《张平子碑》。①

值得注意的是，第三类中，前三种碑立于其人生前，属于纪功颂德碑；后三种立于其人身后，属于冢墓碑。后代立碑，虽亦有为生人与为死人之别，但为生人所立的功德碑所占比例似不如汉世之多。② 冢墓碑以传记为体，而功德碑则以雅颂为体。从总体上看，雅颂之体应可视为汉碑的主流，汉碑文体之功用亦以赞颂为本。试从以下几方面加以论证。

第一，从汉碑的题名与文体来看，很多汉碑以"颂"为标题。仅就其见于《隶释》者，举例如下：

《司隶校尉杨君石门颂》（卷四）
《李翕析里桥郙阁颂》（卷四）
《武都太守李翕西狭颂》（卷四）
《槀长蔡湛颂》（卷五）
《成阳令唐扶颂》（卷五）
《王子香庙颂》（卷二十）③

---

① 以上各碑皆见高文《汉碑集释》（修订本），河南大学出版社，1997。
② 此类为生人所立之碑颂，后人即称为"生碑"，参看《日知录集释》卷二二"生碑"条，黄汝成集释，栾保群、吕宗力校点，上海古籍出版社，2013，第1269–1271页。
③ 以上诸碑皆见洪适《隶释》，中华书局，1985，影印洪氏晦木斋刻本。《张迁碑》题额为"汉故谷城长荡阴令张君表颂"，亦以"颂"为题，但因为此碑真伪尚有争议，故此处举例暂不列入。参看拙撰《读〈张迁碑〉志疑》，《文献》2008年第2期。

这些题名可以证明此类碑文属于颂体。

第二，即使那些题名中没有"颂"字的碑文，据其文本中作者的自我认定，也基本上可以断定为颂体。仍据《隶释》举例如下：

> 卷二《东海庙碑》："遂作颂曰……"
> 卷二《桐柏淮源庙碑》："民用作颂，其辞曰……"
> 卷三《三公山碑》："乃作颂曰：……"
> 卷三《无极山碑》："乃立碑铭德，颂山之神。"
> 卷九《繁阳令杨君碑》："铭颂玄石……"
> 卷十一《益州太守高颐碑》："因作颂曰……"

当然，这里所谓"颂"，不仅指的是碑文末尾以韵文撰写的那一段文字，而且，根据上一段所举汉碑题名诸例来看，也是指整篇碑文的文体属性和功能属性。

第三，从汉碑文字尤其是铭文部分的引据来看，其文体也属于雅颂体格。笔者曾根据高文《汉碑集释》以及日本学者永田英正《汉代石刻集成》[①]两书，统计并考察汉碑文本引经据典的情况。在汉碑所引据的儒家经典中，《诗经》无疑是最为突出的一种，而且大多数引诗源出雅颂部分，出于十五国风者甚少。例如《西岳华山庙碑》（以下简称《华山碑》），其铭文全是以雅颂之作为模式的四言体，亦有雅颂的典雅与庄重。笔者曾据《汉碑集释》作过统计，《华山碑》铭文全篇32句，其中引据《诗经》多达7次，而且全部出自雅颂：

> 1. 岩岩西岳。《小雅·节南山》："维石岩岩。"《鲁颂·閟宫》："泰山岩岩。"
> 2. 峻极穹苍。《大雅·崧高》："崧高维岳，骏极于天。"
> 3. 奄有河朔，遂荒华阳。《鲁颂·閟宫》："奄有龟蒙，遂荒大东。"

---

[①] 永田英正：《汉代石刻集成》，同朋社，1994。

4. 雨我农桑。《小雅·大田》:"雨我公田,遂及公私。"
5. 文武克昌。《周颂·雝》:"文武维后""克昌厥后。"
6. 肃共坛场。《小雅·小明》:"靖共尔位。"
7. 岁其有年。《鲁颂·有駜》:"岁其有。"①

其他碑文如《刘熊碑》和《孔彪碑》中引用雅颂之例亦多。如《刘熊碑》中的"惟岳降灵"出自《大雅·崧高》"维岳降神","维德之偶"出自《大雅·抑》"维德之隅"②;《孔彪碑》中"穆穆我君"出自《大雅·文王》,"先民是程"出自《小雅·小旻》"匪先民是程","莫匪尔极"出自《周颂·思文》③;等等。这证明汉碑文章与《诗经》雅颂篇章的关系尤其密切。

第四,"颂"字常见于汉碑文本,而"碑颂"一词亦已见于《后汉书》:

> 《崔寔传》:"初,寔父卒,剽卖田宅,起冢茔,立碑颂。葬讫,资产竭尽,因穷困,以酤酿贩鬻为业。……建宁中病卒,家徒四壁立,无以殡敛,光禄勋杨赐、太仆袁逢、少府段颎为备棺椁葬具,大鸿胪袁隗树碑颂德。④
>
> 《韩韶传》:同郡李膺、陈寔、杜密、荀淑等为立碑颂焉。⑤

与此形成鲜明对照的是,《汉书》及《后汉书》中,皆无"碑传"连文者。

即使晚至南朝刘宋时代,范晔撰作《后汉书》之时,仍然以"碑颂"一词指碑,"树碑颂德"。据笔者所作的检索,在三国以前的文献中,未见"碑传"一词连文。实际上,无论是从当时人的碑文观念,

---

① 高文:《汉碑集释》(修订本),第 270-271、278-281 页。
②③ 高文:《汉碑集释》(修订本),第 215-216、375-376 页。
④ 范晔:《后汉书》卷五十二,李贤等注,中华书局,1965,第 1731 页。按:《后汉书》卷二十三《窦章传》(第 822 页)亦云:"贵人早卒,帝追思之无已,诏史官树碑颂德,章自为之辞"。
⑤ 范晔:《后汉书》卷六十二,第 2063 页。

还是就汉碑的实际文本来看,传都不是碑文体的主要内容,记述身世也不是碑文的重点。碑文真正的重点是颂。故洪适在《隶释》卷二十《侯苞碑》跋中说:"夫封者表有德,碑者颂有功,自非此徒,何用许为?"① 正是因为汉碑具有与赋颂相近的文体特质,所以,后人又有"碑文似赋"② 的说法。

一方面,汉碑在内容上所具有的"表颂"倾向,使其在功能指向上表现出一种公共性和集体性的特点。《文章缘起》清方熊补注云:"后汉以来,作者渐盛,故有山川之碑,有城池之碑,有宫室之碑,有桥道之碑,有坛井之碑,有神庙之碑,有家庙之碑,有古迹之碑,有土风之碑,有灾祥之碑,有功德之碑,有墓道之碑,有寺观之碑,有托物之碑,皆因庸器渐阙,而后为之,所谓以石代金,同乎不朽者也。"③ 显然,这些碑文大多是为公共和集体事务而立,在某种程度上发挥了"庸器"礼仪功能——这些品类繁多的碑,正是汉碑在后代的深远影响的表现。

另一方面,汉碑的文本撰作方式又进一步突出了这种特点。首先,《史晨碑》《樊豫复华租碑》《无极山碑》《乙瑛碑》中皆刻录当时公文,可以"见汉代文书之式",其中最典型的是《乙瑛碑》,"此一碑之中,凡有三式:三公奏于天子,一也;朝廷下郡国,二也;郡国上朝廷,三也"④。众所周知,奏版文移之类本身就是公文,汉碑成为这类公文的载体之一,使公文面向公众,从而在文本之形式与功用上体现出显著的公共性。其次,不仅为圣贤神仙、山川祠庙、公共工程等刻立的碑文有明显的公共性和集体性,即使那些赞颂某人功德事业的碑铭,无论是在其生前还是在身后,也大多数是由其门生故吏所立,因此也呈现一种特殊的公共性和集体性。参与立碑的一大串门生故吏的名单,往往刻于汉碑的背面⑤,实际上可以看作是这个有着某种共同

---

① 洪适:《隶释》卷二十,中华书局,1985,第209页。
② 参看拙撰《"碑文似赋"考》,《赋学论丛》,中华书局,2005,第172-176页。现已收入本书。
③ 旧题任昉撰,陈懋仁注,方熊补注:《文章缘起》,《景印文渊阁四库全书》本。
④ 洪适:《隶释》卷一,第19页。
⑤ 如《孔宙碑》,《汉碑集释》(修订本),第251-253页。

社会关系的群体对碑文内容的集体"背书"。最后,正是由于汉碑具有公共性和集体性的特点,撰文者是否署名便成了一个无足轻重的问题。实际上,对现存的大多数汉碑,我们无法确认撰文者的身份,因为汉碑"作者极少落款,上石亦然,如《汉文范先生陈仲弓碑》,赖有《蔡中郎集》知其姓名,其余大多无考,严可均辑《全文》'阙名'各卷即是其证"[1]。一些汉碑上甚至留下了倡议者、捐资者、主事者、察书者、书者乃至石师的名字,却没有碑文作者的署名,例如《西岳华山庙碑》篇末,有主事者、市石、察书、刻者、工师之名,却无撰文者之署名。[2] 换句话说,大多数汉碑文本的作者是无名氏,即使我们知道其作者,这个作者实质上也是"代人立言",这里"人"往往并不只是碑主家属,而是指涉范围更广的某一群体,例如《陈仲弓碑》虽然出于蔡邕之手,实际上他代表的是一个大群体,包括碑文中提到的三公、刺史、官属掾吏、府丞与比县会葬者一千余人[3],因此,这篇碑文实质上可以看作是群体意愿的表达,在这个意义上,它是一篇集体创作。总之,汉碑文本的作者实际上只是一个捉刀者,因此是否署名并不重要。

唐宋以来,不少人饶有兴趣地推考某些汉碑的撰文者,其中有些难免是捕风捉影、一厢情愿的推测,另外一些虽然言之凿凿,但是,其观点是否可信,至今还难以下定论。在这个过程中,最著名的汉碑作家蔡邕往往成为所谓"箭垛式人物"。例如,对于《刘熊碑》,中唐诗人王建就提出其作者为蔡邕。其《题酸枣县蔡中郎碑》有云:"苍苔满字土埋龟,风雨销磨绝妙词。不向《图经》中旧见,无人知是蔡邕碑。"[4] 此说虽然出自唐人,却有不少疑点,未必可信。

生当东汉后期的文学家蔡邕,无疑是汉代最重要的碑文作者,其存世碑文作品亦多。现在收入《蔡邕集》中的那些碑文,尤其是那些

---

[1] 叶国良:《石学蠡探》,大安出版社,1989,第67页。
[2] 参看高文《汉碑集释》(修订本),第271页。
[3] 萧统编,李善注:《文选》卷五十八,中华书局,1977,影印胡刻本,第802-803页。
[4] 《全唐诗》卷三百一,上海古籍出版社,1986,缩印康熙扬州诗局本,第760页。

墓碑，实际上与前期汉碑有较大不同，无论就其施用对象，还是就其叙述可信性，其公共性与集体性都大为减退。其中的一部分，其文章内容已转向以传述逝者生平为主，由于碑主无德可颂，铭文也不免转向虚谀。据说蔡邕曾经感叹："吾为人作铭，未尝不有惭容，唯为《郭有道碑颂》无愧耳！"① 这段话中透露了两个重要的信息：一是蔡邕称碑铭文为"碑颂"；二是他自觉所撰碑文大多虚谀不实。虚谀不实的赞颂，使这类碑文的公信力大大减少，它只能说是近于传记一类的私碑。从形态上看，这一类碑文大多数是墓碑，对后人来说，它实际上树立了一种新的碑文典范。明人徐师曾在其《文体明辨序说》、贺复徵在其《文章辨体汇选》中，甚至将墓碑文从碑文中分离出来，独立为一个亚文类。② 显然，他们注意到了墓碑文的这一新特点，并借分类突出这种特点。

从碑颂到碑传，是碑文演进过程的一个重要转折。从内容上看，这一转折意味着碑文从歌颂体到传记体的转向。这一转向意味着碑文着重传述个体生命的历程，强调抒发对这一生命结束的伤逝情怀。这是与东汉中后期以来文学作品中生命主题不断增强的大趋势相一致的。③ 正在是这一背景下，"悲"情被首次引入碑文的文本。《鲜于璜碑》有两篇韵文铭颂，第一篇见于碑阳，并标明其时在"延熹八年"即165年。其辞兼用四言与骚体，旨在赞颂，其引导辞亦曰"其颂曰"。第二篇见于碑阴，通篇四言，未标明时间，不排除其作时更在延熹八年之后。这篇四言铭文最值得注意的是末尾几句："皇上憯栗，痛惜唏嘘。生民之本，孰不遭诸。欷歔哀哉，奈何悲夫！"④ 在现存汉碑文本中，这是较早将痛惜唏嘘的悲情引入碑文主题的一个例子。而正是"悲"情的引入，增强了碑文的抒情性和文学性，其个人化的特点也越来越突出。

---

① 《世说新语·德行》"郭林宗至汝南"条刘孝标注引《续汉书》，见徐震堮《世说新语校笺》，中华书局，1984，第3页。
② 徐师曾撰，罗根泽校点：《文体明辨序说》，《文章辨体序说 文体明辨序说》，人民文学出版社，1982，第144-145页。贺复徵：《文章辨体汇选》卷六六五，《景印文渊阁四库全书》本。
③ 关于这一时期文学作品中的生命主题的详细论述，可参看钱志熙《唐前生命观和文学生命主题》，东方出版社，1997。
④ 高文：《汉碑集释》（修订本），第285、286页。

## 三、公碑与私碑：魏晋南北朝碑文之两端

在汉碑中，与碑联系较多的是颂，碑并不必然使人产生"悲"的联想。陆机在其《文赋》中说："碑披文以相质，诔缠绵以凄怆。"① 据他的定义，碑的文体特性是文质相扶，并不像诔那样"缠绵以凄怆"，其文体内涵中也没有"悲"的因素。而随着冢墓碑的影响日益扩大，以及碑文的抒情性和个人化的逐渐增强，魏晋南北朝人却逐渐形成了一种"碑者，悲也"的文体观念：

> 《晋书》卷三十四《羊祜传》："襄阳百姓于岘山祜平生游憩之所建碑立庙，岁时飨祭焉。望其碑者莫不流涕，杜预因名为'堕泪碑'。"②
> 《南史》卷六十四《王琳传》："丰碑式树，时留堕泪之人。"③
> 《乐府诗集》卷四十六《华山畿》："将懊恼，石阙昼夜题。碑泪常不燥，别后常相思。顿书千丈阙，题碑无毕时。"④
> 《乐府诗集》卷四十六《读曲歌》："奈何许？石阙生口中，衔碑不得语。"⑤

在《华山畿》和《读曲歌》中，"碑"皆与"悲"谐音双关，可见碑与悲的联系在彼时民间已是众所周知，广为接受。唐代人接受了这一种观念，并有所发展。《初学记》曰："碑，悲也，所以悲往事。"⑥ 陆龟蒙《野庙碑》亦云："碑者，悲也。"⑦ 这种解释虽然没有语源学的根据，却反映了魏晋南北朝以后人们对碑文体的一种新的

---

① 陆机：《陆机集》卷一，金涛声点校，中华书局，1982，第2页。
② 房玄龄等：《晋书》卷三十四，中华书局，1974，第1022页。
③ 李延寿：《南史》卷六十四，中华书局，1975，第1564页。
④⑤ 郭茂倩：《乐府诗集》卷四十六，中华书局，1979，第669、673页。
⑥ 据《资治通鉴》胡注引《初学记》，见司马光编著，胡三省音注《资治通鉴》卷一七九，中华书局，1956，第5572页。按：检今本《初学记》，未见此句。
⑦ 何锡光：《陆龟蒙全集校注》卷十八，凤凰出版社，2015，第1008页。

理解。

碑、悲二字的联结,不仅有如上所述的文体发展背景,而且与魏晋南北朝时期文学自觉和重视个性生命价值的思想文化背景有关。与汉碑不同,魏晋南北朝的碑文,不仅作者的个体身份明显确定并且突出,而且碑文中对个体生命历程的描述,更多文辞的美饰,更多伤逝的悲情。其个人化和文学性更为突出和强烈,而私碑屡见不鲜、屡禁不绝,正是碑文个人化倾向的表现。

魏晋南北朝时期多次禁碑,追究其背景和原因,则有社会的、经济的与文学的多种因素。《宋书》卷六十四《裴松之传》载:

> 松之以世立私碑,有乖事实,上表陈之曰:"碑铭之作,以明示后昆,自非殊功异德,无以允应兹典。大者道勋光远,世所宗推,其次节行高妙,遗烈可纪。若乃亮采登庸,绩用显著,敷化所莅,惠训融远,述咏所寄,有赖镌勒,非斯族也,则几乎僭黩矣。俗敝伪兴,华烦已久,是以孔悝之铭,行是人非,蔡邕制文,每有愧色。而自时厥后,其流弥多,预有臣吏,必为建立,勒铭寡取信之实,刊石成虚伪之常,真假相蒙,殆使合美者不贵,但论其功费,又不可称。不加禁裁,其敝无已。"以为"诸欲立碑者,宜悉令言上,为朝议所许,然后听之。庶可以防遏无征,显彰茂实,使百世之下,知其不虚,则义信于仰止,道孚于来叶"。由是并断。①

在这一段经常为学者征引的文字中,有两点特别值得注意。其一是所谓"私碑"的提法。"私碑"现象,实际上是从蔡邕开始出现的,蔡邕碑于人情或润笔而撰写的不少冢墓碑文,便是私碑的滥觞,历三国经两晋迄南朝而不绝如缕。在裴松之看来,私碑不仅是一种文学现

---

① 沈约:《宋书》,中华书局,1974,第1699页。按:"并断",《南史》卷三十三《裴松之传》作"普断"(第863页),参见《宋书》卷六十四校记之九,第1713页。

象，也是一种社会现象和文化现象。他不仅敏锐地观察到这一现象的本质，并且予以尖锐的批评。其二是裴松之的学术背景和职官身份。裴松之出身于南朝史学世家裴氏，据《宋书》本传，裴松之时任尚书祠部郎，其身份为礼官。作为历史学者，他认为这些私碑虽然可能有较多抒情性或曰文学性，但其情辞的过度修饰却影响了叙述的可信性，因而缺乏公信力。作为礼官，他认为无功无德，率尔立碑，不仅明显不合礼法，而且可能败坏社会风气，必须禁断。

　　平心而论，对公碑与私碑如何评判，在很大程度上取决于发言者的立足点。从文学和日常生活的角度来看，这些碑文是文学的，也是合情的；从史学和礼官的立场来看，这些碑文确实是"私碑"，是乖理的，也是不合礼的。与"私碑"相对的是"公碑"，亦即"公家碑碣"①，这些碑碣经过公家批准认可，由公家树立，才是合礼合法的。最后，裴松之的建议之所以被朝廷接受，是因为碑铭作为一种文化制度本来就有公共性和集体性的传统。在魏晋南北朝这种文化背景下，至少在制度层面上，私碑受禁，转入低调的隐蔽状态，而能够堂而皇之地出现的大多数是公碑，至少在形式层面上，达到了裴松之当时的要求。例如《晋书》卷四十二《唐彬传》云："百姓追慕彬功德，生为立碑作颂。"②《南史》卷五十《刘瓛传》云："天监元年下诏为瓛立碑。"③ 唐彬之碑虽然立于生前，但由百姓所立，显然属于公碑；刘瓛碑则是奉皇帝之诏而立，属于公碑更无疑问。当时北朝之制度亦与东晋南朝相仿，例如《周书》卷二十六《长孙俭传》云："吏民表请为俭构清德楼，树碑刻颂，朝议许焉。……薨，……荆民仪同赵超等七百人，感俭遗爱，诣阙请为俭立庙树碑，诏许之。"④《北史》卷三

---

① "公碑"一词是笔者所拟，亦可以看作是"公家碑碣"一词的简称。"公家碑碣"一词，见于《南史》卷五十三《梁邵陵王纶传》附（第1327页）："（萧）确字仲正，少骁勇，有文才，尤工楷隶，公家碑碣皆使书之。"
② 房玄龄等：《晋书》卷四十二，第1219页。
③ 李延寿：《南史》卷五十，第1238页。
④ 令狐德棻等：《周书》卷二十六，中华书局，1971，第428—429页。

十三《李绘传》云:"瀛州三郡人俱诣州,请为绘立碑于郡街。"①

实际上,有资格立碑的大多数是一些高门勋贵、达官贵戚,《晋书》卷五十六《孙绰传》云:"于时文士,绰为其冠,温、王、郗、庾诸公之薨,必须绰为碑文,然后刊石焉。"② 所谓"温、王、郗、庾",便是高门勋贵的代表,他们的身份地位使其有资格在身后立碑,即使在某种程度上那只是一种形式化的"公碑"。梁安成康王萧秀身后甚至享受了"四碑并建"的宠荣:"佐史夏侯亶等表立墓碑志,诏许焉。当世高才游王门者,东海王僧孺、吴郡陆倕、彭城刘孝绰、河东裴子野,各制其文,欲择用之,而咸称实录,遂四碑并建。"③ 这同时并建的四碑是否真的"咸称实录",我们暂且不去追究,"四碑并建"本身所造成的人力物质的靡费,已是不言而喻的了。若非萧秀有藩王的特殊身份,"四碑并建"是难以想象的。这类所谓"公碑"中仍然含有私情的因素,也是显而易见的。对于这种"公碑",《南史》卷五十一《萧明传》中记载的这一事例尤其具有讽刺意味:

> (萧)明字靖通,少被武帝亲爱,封贞阳侯。太清元年,为豫州刺史,百姓诣阙拜表,言其德政,树碑于州门内。及碑匠采石出自肥陵,明乃广营厨帐,多召人物,躬自率领牵至州。识者笑之,曰:"王自立碑,非州人也。"④

萧明不仅迫不及待,亲自动手"立碑",而且,细究起来,很可能连"百姓诣阙拜表,言其德政"之举,也是由萧明在背后指使操纵的。裴松之批评私碑"有乖事实",但正如此例所显示的,公碑也未必能如其所愿,做到"防遏无征,显彰茂实"。《封氏闻见记》卷五也曾批评这种现象云:"亦有身未去官,讽动群吏,外矫辞让,密相督责。前代

---

① 李延寿:《北史》卷三十三,中华书局,1974,第1208页。
② 房玄龄:《晋书》卷五十六,第1547页。
③ 李延寿:《南史》卷五十二,第1290页。
④ 李延寿:《南史》卷五十一,第1271页。

以来，累有其事，斯有识者之所羞也。"① 可见这种现象不仅魏晋南北朝有，至唐代亦并未绝迹。

魏晋南北朝时期的禁立私碑，又成为墓志文体在东晋南朝之际出现的一个重要机缘。墓志以其与碑铭同中有异、异中有同的物质形态和文本形式，"变相"满足了当时人们对私碑的难以遏止的需求。从最初的形制上看，墓志可以说就是一种埋藏在地下的碑，是碑的替代品。与碑相比，墓志的形制相对较小，而从功用与内容方面来看，则比碑更加私人化。

### 四、大制与小品：唐代碑文的杂文化

与丰碑大碣的物质载体相配合，唐代碑文多为大制，而且有越来越长大的趋势。一般而言，山川寺庙之类的碑文篇幅比较长，如初唐李峤《攀龙台碑》全文长达六千余言，后系铭文（颂）亦长达15 章，每章8 句，计120 句。② 至宋代，一篇碑铭文长达数千字甚至上万言者已不罕见，冢墓碑文也不例外。明代茅坤在《唐宋八大家文钞·论例》中说，苏轼兄弟所撰"诸神道碑多者八九千言，少者亦不下四五千言"，并分析其原因是："大略两公者文才疏爽豪荡处多，而结构裁剪四字非其所长，所当详略敛散处，殊不得史体。"③ 笔者甚至怀疑，这些碑文当时未必皆刻石立碑，也就是说，当时人最看重的是碑的文本形式，而不是其物质形式。

唐宋两代，碑文的庄重感主要是通过越来越大的形制以及越来越长的篇幅而体现出来的，至于其内容与风格，则与汉碑的歌颂体格渐行渐远了。

明人茅坤所编《唐宋八大家文钞》，是唐宋八大家经典化过程中的

---

① 封演撰，赵贞信校注：《封氏闻见记校注》卷五，中华书局，2005，第40 页。
② 李昉等编：《文苑英华》卷八七五，中华书局，1966，第4614 – 4620 页。
③ 茅坤：《唐宋八大家文钞》，《景印文渊阁四库全书》本。参看叶昌炽撰，柯昌泗评《语石　语石异同评》卷四，中华书局，1994，第247 页。

一部十分重要的著作。一方面,韩愈所撰碑志文甚多,成就极高,"世之论韩文者,共首称碑志"①,因而早已成为后世碑志文的典范。另一方面,韩愈的碑文风格多样,或复古,或创新,因而往往不能得到后代批评家的充分理解,尤其是当评论者秉执固定乃至僵化的标准来衡量的时候。韩愈本人对其所作《平淮西碑》极为重视,以高文典册、比美雅颂自期,而其当代及后代的评论则有认为此碑"文成破体"②者,《唐文粹》中亦不录此文。茅坤虽然看出《平淮西碑》"通篇次第战功,摹仿《史》《汉》,而其辞旨特自出机杼,其最好处在得臣下颂美天子之体",但同时也指出,"韩公碑志多奇崛险谲,不得《史》《汉》序事法,故于风神处或少遒逸"③。在他眼中,以"颂美天子"为体的《平淮西碑》奇崛有余,而遒逸不足。他还批评韩愈《柳州罗池庙碑》"不书柳州德政之可载,载其死而为神一节,似狎而少庄"④。实质上,所谓"奇崛险谲",所谓"似狎而少庄",正说明韩愈注重叙事的跌宕起伏,善于利用生动的细节,这虽与汉碑文体不合,却正是碑文叙事中文学性增强的有力证明。⑤

明徐师曾《文体明辨序说》曰:"碑之体主于叙事,其后渐以议论杂之,则非矣。"又说:"其主于叙事者曰正体,主于议论者曰变体,叙事而参之以议论者曰变而不失其正。至于托物寓意之文,则又以别体列焉。"⑥主议论或者叙事中参以议论,正是唐代碑文的新创。韩愈碑文即好议论,叶国良先生已有论述。⑦李翱《高愍女碑》更是"议论体"的典型作品。⑧从题材上看,此碑应属传记文,与同一作者的另一篇作品《杨烈妇传》相近⑨,而其议论风发,层见叠出,又与一般

---

①③ 茅坤:《唐宋八大家文钞·论例》。
② 李商隐《韩碑》诗中,称韩愈此碑"文成破体书在纸",又称韩氏"濡染大笔何淋漓。点窜尧典舜典字,涂改清庙生民诗"。见刘学锴、余恕诚《李商隐诗歌集解》,中华书局,2004,第909页。
④ 茅坤:《唐宋八大家文钞》卷十二《柳州罗池庙碑》。
⑤ 叶国良先生曾指出,韩愈碑志文善于利用对话增强叙事之起伏生动,甚至有传奇的体格,详见其《石学蠡探》,第67页。
⑥ 徐师曾:《文体明辨序说》,《文章辨体序说 文体明辨序说》,第144页。
⑦ 参看叶国良《石学蠡探》,第64—67页。
⑧ 董诰等编《全唐文》卷六三八,上海古籍出版社,1990,第2855页。
⑨ 董诰等编:《全唐文》卷六四〇,第2864页。

传记文迥然不同。贺复徵明确指出这是墓碑文之别体①；孙何《碑解》则以为这类作品"序与铭皆混而不分"，"考其实，又未尝勒之于石"，"直以绕绋丽牲之具而名其文，戾孰甚焉？"② 他们都注意到这种体格是碑文中的另类。

从另一个角度来看，《高愍女碑》之类的议论体，其实也是一种"托物寓意之文"，以高愍女之事迹为引子，引出大篇的议论。而所谓"托物寓意"，正是晚唐小品文的典型作法。所谓小品文，其实是一种泛称。从历史渊源上讲，小品文也可以说是对中唐韩愈、柳宗元等人的古文运动的继承和新变。一方面，中唐古文运动在韩愈、柳宗元等人的倡导下，曾经盛极一时；而在韩柳等领袖人物谢世之后，他们的弟子和后学们片面强调古文创作的新奇倾向，使古文创作走上了险怪生僻的道路，从而渐渐走向衰落。另一方面，在晚唐各种社会矛盾日益尖锐激化的时代环境下，韩、柳古文中以杂说（如韩愈《杂说》《讳辩》）、杂文（如柳宗元《骂尸虫文》《憎王孙文》）、寓言（如柳宗元《三戒》）等为代表的一些文体，却异军突起，一枝独秀。从内容上说，这些小品文往往借古讽今，指桑骂槐，嬉笑怒骂，涉笔成趣，语含讥刺，词锋犀利。从文体上看，小品文篇幅一般比较短小，所用的文体往往不守故常，出奇制胜，也就是明人吴讷在《文章辨体序说·杂著》中所说的："随事命名，不落体格。"③ 其写法往往借古讽今，先引一事，以发议论，短小精悍，其表达方式类于寓言。陆龟蒙、罗隐的很多小品文都属于这种写法，先引一事，继以议论，其碑文中也有如此一体。如陆龟蒙《野庙碑》载：

> 碑者，悲也。古者悬而窆，用木，后人书之以表其功德，因留之不忍去，碑之名由是而得。自秦汉以降，生而有功德政事者亦碑之，而又易之以石，失其称矣。余之碑野庙也，非有政事功

---

① 贺复徵：《文章辨体汇选》卷六五六。
② 吕祖谦编：《宋文鉴》卷一二五。
③ 吴讷：《文章辨体序说》，《文章辨体序说　文体明辨序说》，第137页。

德可纪述,悲夫泯竭其力以奉无名之土木而已矣。

瓯越间好事鬼,山椒水滨多淫祀。其庙貌有雄而毅、黝而硕者,则曰将军;有温而愿、晳而少者,则曰某郎;有媪而尊严者,则曰姥;有妇而容艳者,则曰姑。其居处则敞之以庭堂,峻之以陛级。左右老木,攒植森拱;萝茑翳于上,枭鸮室其间,车马徒隶,丛杂怪状。泯作之,泯怖之,走畏恐后。大者椎牛,次者击豕,小不下鸡犬。鱼菽之荐,牲酒之奠,缺于家可也,缺于神不可也。一日懈怠,祸亦随作。閤孺畜牧栗栗然。疾病死丧,泯不曰适丁其时耶,而自惑其生,悉归之于神。

虽然,若以古言之,则戾;以今言之,则庶乎神之不足过也。何者?岂不以生能御大灾,捍大患,其死也,则血食于生人,无名之土木,不当与御灾捍患者为比。是戾于古也明矣!今之雄毅而硕者有之,温愿而少者有之。升阶级,坐堂筵,耳弦匏,口梁肉,载车马,拥徒隶者皆是也。解民之悬,清民之暍,未尝怵于胸中。民之当奉者,一日懈怠,则发悍吏,肆淫刑,驱之以就事。较神之祸福,孰为轻重哉?平居无事,指为贤良,一旦有大夫之忧,当报国之日,则佪挠脆怯,颠踬窜踣,乞为囚虏之不暇。此乃缨弁言语之土木耳,又何责其真土木耶?故曰:以今言之,则庶乎神之不足过也。既而为诗,以纪其末:

土木其形,窃吾民之酒牲,固无以名;土木其智,窃吾君之禄位,如何可仪?禄位顾顾,酒牲甚微,神之飨也,孰云其非?视吾之碑,知斯文之孔悲![1]

野庙本来是指民间所供奉祭祀杂神的庙,以其不在朝廷祀典,故称野庙,亦即所谓淫祀。中国古代人很重视祭祀,国家对祭祀有严格的规定,包括什么神应该是祭祀的对象,应采用何种仪式何种规格,什么样的人有资格祭祀什么样的神,都有严格的规定,不该祭祀的乱

---

[1] 何锡光:《陆龟蒙全集校注》卷十八,第 1008 – 1009 页。

祭祀，就是淫祀。① 本篇一反常态，以庄严堂皇的碑文施之于野庙，本身就是传统碑文体制的反动；行文出以嬉笑怒骂、冷嘲热讽，又是对传统碑文风格（无论是歌颂还是伤悼）的反动。这是祠庙碑的变体，它不仅有议论，更巧妙利用"碑"与"悲"的关联，悲悯人世现实，透露出讽刺批判的锋芒。这是一篇碑文体的小品文，也可以说是小品文化的碑文。

《文苑英华》卷八七六将这篇碑文与《梁宣帝明帝二陵碑》《柳州罗池庙碑》及《白杨神新庙碑》等并列，视同一类，其实它们彼此之间是有显著不同的。②《唐文粹》卷五十二一方面将此文与《嵩山启母庙碑》《少室山少姨庙碑》《三城韩公庙碑》和《柳州罗池庙碑》等并列为"神庙"类碑文，另一方面又在此卷目录中将此篇标题写作《野庙文》。这似乎意味着编者已经觉察到此篇碑文具有杂文/小品文的特点。③

罗隐《三叔碑》也是一篇小品文化的碑文：

> 肉以视物者，猛兽也；窃人之财者，盗也。一夫奋则兽佚，一犬吠则盗奔，非其力之不任，恶夫机在后也。当周公摄政时，三叔流谤，故辟之，囚之，黜之，然后以相孺子。洎召公不悦，则引商之卿佐以告之（在《周书·君奭篇》）。彼三叔者，固不知公之志矣，而召公岂亦不知乎？苟不知，则三叔可杀，而召公不可杀乎？是周公之心可疑矣。向非三叔，则成王不得为天子，周公不得为圣人。愚美夫三叔之机在前也。故碑。④

这是一篇典型的晚唐小品文，这种风格在碑文史上亦可谓前所未有。此类小品文字，大抵未必刊石立碑，虽然此文篇末有"故碑"二

---

① 参看孙希旦《礼记集解》卷六《曲礼下》，中华书局，1989，第152页。
② 李昉等编：《文苑英华》。
③ 姚铉：《唐文粹》卷五十二，《四部丛刊初编》本。按：此书正文中仍称之为《野庙碑》。
④ 董诰等编：《全唐文》卷八九六，第4147页。

字,以"碑"为动词,其意实在于其文本形式,而不在于其物质形式。与本篇"故碑"二字相映成趣的,是罗隐的另一篇作品——《梅先生碑》中的"遂碑"二字。《梅先生碑》篇末云:"余读先生书,未尝不为汉朝公卿恨。今南游复过先生里,呀!何为道之多也。遂碑以吊之。"①

此外,罗隐还有《刻严陵钓台》一篇,抒情而兼议论②,司空图《文中子碑》,亦以议论为体,都是小品文化的碑文。③ 总之,小品和大制虽然有着几乎相反的发展方向,但都可以说是碑文体在唐朝的新变。二者同样强调碑作为文本形式和文学体裁的文章属性,而淡化其作为一种行为方式与物质形式的属性,反映了唐代文学文化日益兴盛的时代背景。

## 五、结语

恩格斯在《自然辩证法》中曾经指出:"每一门科学都是分析某一个别的运动形式或一系列彼此相属和互相转化的运动形式的,因此,科学分类就是这些运动形式本身依据其固有的次序的分类和排列,而科学分类的重要性也正是在这里。"④ 文体的生成和发展,从本质上说,也表现为"一系列彼此相属和互相转化的运动形式"。作为一种"运动",自然需要力的推动,这种力可能是外在的,也可能是内在的,"运动"也由此表现为"自动"和"他动"的不同。就文体尤其是碑文文体而言,由于其所置身的社会、文化与文学环境纷繁复杂,在其运动发展的过程中,显然受到外力和内力的双重推动。

首先,文体自身发展为碑文体提供了演进的动力,也就是说,汉唐间碑文体的嬗变,有文体自身发展的内在理路,是其自身成长与成

---

①② 董诰等编:《全唐文》卷八九六,第4148、4149页。
③ 此二文似乎曾刻石立碑。《刻严陵钓台》如其题所示。《文中子碑》云:"故房、卫数公皆为其徒,恢文武之道,以济贞观治平之盛,今三百年矣,宜其碑。"其末句句法与前举罗隐碑文相近,然此处似指其物质形态之文。《文中子碑》见《全唐文》卷八〇九,第3770页。
④ 恩格斯著,于光远等译编:《自然辩证法》,人民出版社,1984,第149页。

熟的表现。

其次，汉唐间碑文体的发展，也有待于这一时期文学文化发展所提供的驱动力。建安时代的文学自觉，魏晋时代的个性解放的思想史大潮，隋唐以来文化的普及，促使碑文体与时俱进，不断演进，以适合社会文化的发展需要。整个文学文化发展大势，形成一种外力的推动。

最后，从发展轨迹上看，汉唐间碑文的演进过程，也就是碑的行为方式与文本方式、物质属性与文本属性、文本属性与文学属性这几组相反相成的因素互有消长的过程。总体来看，在碑文的发展中，其作为一种行为方式和物质形式的属性越来越被淡化，而其文本和文学的属性越来越受到重视和强调。这不仅是文学自觉的一种具体表现，也昭示了中国文学文化发展的一种方向。这为我们观察汉唐之间碑文体的嬗变提供了更开阔的视野，也使我们对这一问题的探讨具有了更深广的学术意义。

（原载《唐研究》第13卷，北京大学出版社，2007）

# 论"碑文似赋"

## 一、"碑文似赋"说渊源辨证

"碑文似赋"说,牵涉到碑与赋这两个重要文体,可以说是汉魏晋南北朝文学和文体学研究中的一个重要问题。可是,据笔者阅读所及,除了傅刚《〈昭明文选〉研究》,现当代学者罕有讨论这一个问题的。傅书下编第二章第一节讨论及此,今抄录其文如下:

> 六朝时期,文体界限不清,常致混淆,刘孝绰《昭明太子集序》就说:"孟坚(班固)之颂,尚有似赞之讥;士衡(陆机)之碑,犹闻类赋之贬。"班固之颂类赞,陆机之碑类赋,已成为当时人共知的事实,如萧绎《内典碑铭集林序》也说:"班固硕学,尚云赞、颂相似;陆机钩深,犹闻碑、赋如一。"这句话中"尚云"和"犹闻"的主语,应是指批评的人。班固的颂和陆机的碑,具体是哪一篇,似无可指明。……关于陆机的碑,《陆机集》仅载有一首《晋平西将军孝侯周处碑》,碑文中有"建武元年"(317)和"太兴二年"(319)字样,而陆机太安二年(303)被杀,显与陆机生平不符,故其真伪尚值一辨。这样,萧、刘所称陆机之碑,也不好落实。不过,作为大作家,班、陆这两种文体不符合

要求，已是公认的。今观《文选》中颂、碑二体，颂中没有收录班固的作品，碑中也没有收录陆机的作品，表现了编者对文体界限把握的严格。因此，面对"众制锋起，源流间出"的文体，各为类聚区分，以为学习者的依据，也是《文选》的编辑宗旨之一。①

傅刚文中所引萧绎《内典碑铭集林序》载《广弘明集》卷二十②，但是《太平御览》卷五百八十九引录此节文字，误标其出处为《金楼子》，所以有些版本的《金楼子》即据此辑佚，比如《文渊阁四库全书》本。③ 值得注意的是，刘孝绰和萧绎两人在批评中都没有指出"碑文似赋"之说原出何处，傅刚也没有详细说明，因此还有必要加以考索。

据今存文献来看，"碑文似赋"之说见于陆云《与兄平原书》第27首。为了便于说明问题，今将其中有关部分抄录如下：

  云再拜。一日视伯喈《祖德颂》，亦以述作宜襃扬祖考为先，聊复作此颂，今送之。愿兄为损益之。欲令省，而正自辄多，欲无可如省。碑文通大悦愉有似赋，愚谓小复质之为佳。前作此颂书之，行欲遣信以白兄，昨闻有赋消息，愁愦无赖，既冀又然，又已成书，聊以付信耳。（下略）④

正如钱锺书所言，陆云《与兄平原书》"无意为文，家常白直，费解处不下二王诸《帖》"⑤。二陆兄弟当日书信往返，以笔代口，进行对话，而现在所能看到的只有陆云一方的书信，好比只能听到陆云一

---

① 傅刚：《〈昭明文选〉研究》，中国社会科学出版社，2000，第 177–178 页。
② 道宣：《广弘明集》，上海古籍出版社据《影印宋碛砂藏版大藏经》缩叶影印本，1999。
③ 《金楼子》一书的版本情况较为复杂，详情可参阅钟仕伦《〈金楼子〉研究》，中华书局，2004。
④ 严可均校辑：《全上古三代秦汉三国六朝文·全晋文》卷一百二，中华书局，1958，第 2045 页。
⑤ 钱锺书：《管锥编》第 4 册，中华书局，1986，第 1215 页。又按：本文所引陆云《与兄平原书》，钱氏列为第 26 首，盖其分合标准与笔者有所不同。

方的话语，二人"对话"的背景全然缺失，这使得陆云书信中的许多内容殊难索解。这一封信中所谓"碑文"，笔者以为主要是指纪功颂德之类的碑文，神道碑或墓碑中虽然也有对死者的赞颂，但没有前者那么突出。以汉碑为例，《苍颉庙碑》先云"乃作颂曰"，其后以一篇四言韵文来赞颂；《鲜于璜碑》中四言颂文之前也有"其颂曰"的先导词；《郙阁颂》则直接以"颂"命题；《曹全碑》亦有"嘉慕奚斯、考甫之美，乃共刊石纪功"的说法。① 因此，用"通大"来描述这种碑文风格没有什么不合适；从颂德碑文能给人审美愉悦来说，称其为"悦愉"也无不可。况且，这类碑文中往往也有一些铺叙描写的笔墨，其写法与功能与赋就更接近了。不过，碑与赋毕竟是两种文体，这种"碑文似赋"的主张自然容易引起质疑，刘孝绰、萧绎的批评就是现成的例子。

从这一首《与兄平原书》的行文思路来看，陆云首先提到蔡邕的《祖德颂》，继而讲到自己也作了一篇《祖德颂》，再由个别到一般，联想到这一类碑颂文体的一般风格特点，提出"小复质之"为佳。所谓"质"，与前文提到的"欲令省"是同一思路的。"碑文似赋"一节应当是陆云的观点，至少就目前的文献来看是这样。乍一看，陆云在这里所针对的似乎是他前面提到的蔡邕《祖德颂》之类的赋颂作品，那么，这一节文字与刘孝绰及萧绎对陆机碑文的批评就无法联系起来。换句话说，这种理解不合逻辑，因此是站不住脚的。

反复诵读这一节文字，笔者以为，从"碑文通大悦愉有似赋"一句起，陆云开始转入一个新的话题，与前文所言的赋颂话题有所区别。这个新话题很可能是由陆机来信引起的。由于陆机来信已不可见，我们只能推测当时的情形。一种可能是，"碑文通大悦愉有似赋"原本是陆机来信中提出的观点，陆云在这里只不过引述陆机的说法，接着作了一些补充："愚谓小复质之为佳。"诸如此类的讨论商榷，在《与兄

---

① 诸碑皆见高文《汉碑集释》（修订本），河南大学出版社，1997。上述各节引文分别见第233、285、378–380、474页。

平原书》中并不少见。另一种可能是,陆机这一次来信还同时附送一篇(或多篇)自作碑文作品,陆云读后,针对这一篇(或多篇)碑文谈了自己的看法,话语中含有对乃兄委婉的批评。如果结合刘孝绰和萧绎的话来看,后一种理解应该更为合理。也就是说,所谓"类赋之贬",所谓"碑、赋如一",其实是陆云对陆机所作碑文的批评,刘孝绰和萧绎不过引述陆云之说罢了。

至于陆机的碑文是指哪一篇或哪几篇,目前似乎无法落实。旧传陆机有所谓《周处碑》,前人对此讨论极多,但大多数人的看法是倾向于疑伪,完全信以为真的人恐怕没有,至少也认为是真伪参半。相关讨论的线索,可以参考《金石萃编》卷一百六以及《石刻题跋索引》中的周处碑条所列各书题跋。[①] 杨殿珣也是把周处碑当作唐碑看待的。姜亮夫撰《陆平原年谱》时,曾提出此碑有一部分是真的,其不可信的部分则是后人添改的[②],他的论证不太有力。陆侃如认为陆机有可能作此碑,但又强调今天所见的碑文究竟有多少出于陆机之笔,实在很难确定。[③] 今人编《陆机集》时将此碑收入集中,但态度往往是将信将疑。[④] 在笔者看来,以王世贞和顾炎武等人为代表的明清学者怀疑《周处碑》的观点最为可信,至今仍然无法推翻。总之,若以《周处碑》为陆机所作之碑文,是有比较大的危险的。不过,话说回来,即使我们确定《周处碑》并不出自陆机之手,即使我们翻遍《陆机集》也找不到一篇可信的陆机所作的碑文,陆机曾经创作碑文之可能性仍然非常大,甚至几乎是可以确定的。更重要的是,陆云在信中所提出的这个涉及碑、赋两种重要文体的问题,不仅牵涉到对碑和赋这两种文体的艺术形式特点的理解,而且牵涉到对文体发展的某些一般规律的认识——而这些,才是本文所要探讨的重点,也是目前探讨这一问题的当务之急。

---

① 参看王昶《金石萃编》卷一百六,第2b–4b页,陕西人民美术出版社,1990,影印民国十年(1921)扫叶山房石印本;杨殿珣编《石刻题跋索引》,商务印书馆,1990,第93页。
② 参看姜亮夫编《陆平原年谱》,古典文学出版社,1957,第67–68页。
③ 参看陆侃如《中古文学系年》,人民文学出版社,1985,第768页。
④ 参看陆机撰,金涛声点校《陆机集》,中华书局,1982,第144–145页。

## 二、碑、赋 "同体异用"之历史因缘

万光治在其《汉赋通论》中曾专辟一章,讨论"汉代颂赞箴铭与赋同体异用"的问题,指出:"汉代是赋文学的时代,但汉代的赋又并不都是以赋名篇的。诸如颂、赞、箴、铭,因其较注重句式的整饬和用韵、换韵,不独可与赋同入韵文的范畴,而且大多数篇章文辞繁富,重在铺陈,与赋实为同体异用,这是汉文学研究中应予注意的问题。"①这确实是一个十分重要的问题,虽然万光治在这里并没有提到碑文尤其是汉碑,但实际上,赋与碑文之间也存在这种"同体异用"的关系。如果从狭隘的文学观点来看,碑、赋二体似乎相去悬殊,二者没有多少联系,更没有什么共同性。但是,如果我们拥有一个比较开阔的历史视野,那么,我们不难发现,碑、赋二体在体用方面其实有众多联系和类同。

首先是题材上的类同。碑文与赋,这两种文体在题材方面多有交集,尤其集中在写人、纪事、写地三大项。赋的题材,细分起来,有写人赋(如神女赋之类)、写事赋(如苑猎、征行之类)、写地赋(如京都、宫殿、堂宇赋之类)等等。而汉碑的主要题材,亦以人、事、地三者为大端。以写人而论,则或以生者为对象,赞颂其功业,如《刘熊碑》《耿勋碑》《韩仁铭》,或以死者为对象,缅怀其生前之勋德,如《曹全碑》《袁安碑》《北海相景君碑》《张平子碑》;以写事而论,则有《礼器碑》《石门颂》《李翕析里桥郙阁颂》等;以写地而论,则以山川宫庙为对象之碑文尤多,如《祀三公山碑》《华山庙碑》《封龙山颂》《仓颉庙碑》等。至于碑、赋二体不约而同地叙写相同的题材内容,更是不胜枚举。例如温泉一题,自东汉张衡开其先河,作《温泉赋》,其后西晋傅咸作《神泉赋》,北宋秦观作《汤泉赋》,元代

---

① 万光治:《汉赋通论》(增订本)第五章《汉代颂赞箴铭与赋同体异用》,中国社会科学出版社、华龄出版社,2004,第101页。原书"同体异用"作"同体异同",当是失校,今径改。

王沂、清代彭孙遹等人亦有《温泉赋》之作。① 这些作品都是以赋体铺写温泉，一脉相承，勾画出赋体文学与温泉结缘的历史线索。而在碑文方面，则北周王褒、庾信并有《温汤碑》，唐太宗撰并书《温泉碑》，唐李幼卿撰《石门汤泉碑记》②，皆是以温泉为题，殊"体"而同归。从题材分类上看，温泉既可以划归写地赋之大类，亦可将其视为风物一类。从表面上看，碑体较少咏物的题材，而就赋体而言，咏物历来是其引人注目的核心题材。但实际上，像《温泉碑》这样的作品，在一定程度上也可以看作是咏物的篇章。换句话说，碑、赋二体题材类同或重叠，并不限于写人、写事、写地三大类，在其他类别中亦时或可见。

我们也要承认，碑、赋二体题材重叠之处最多的，还是山川寺庙一类的题材。其中的一个原因是：名山大川和著名寺庙往往富有历史文化内涵，其中蕴涵的时空意义，适宜赋颂碑记之类的文体铺展发挥。例如西岳华山，汉碑有《西岳华山庙碑》，杨敬之、达奚珣皆有《华山赋》。表面上，碑以庙为题，赋以山为题，焦点不同，但实际上，华山的历史文化内涵是二者所共同叙写的侧重点之一，两篇作品内容重叠处甚多。

其次是风格上的类同。汉碑的文体风格，以颂为主。很多汉代碑文以颂为名，仅《隶释》一书所载，就有《司隶校尉杨君石门颂》《李翕析里桥郙阁颂》《武都太守李翕西狭颂》《粟长蔡湛颂》《成阳令唐扶颂》《王子香庙颂》等，这些题名表明此类碑文具有突出的颂体属性。另外一些碑文，虽然表面上不以"颂"为题，但作者在篇末铭词中，仍然明确称其所作为"颂"。如《东海庙碑》"遂作颂曰……"（《隶释》卷二），《桐柏淮源庙碑》"民用作颂，其辞曰……"（《隶释》卷二），《三公山碑》"乃作颂曰：……"（《隶释》卷三），《无极山碑》"乃立碑铭德，颂山之神"（《隶释》卷三）。可见，这些碑文实

---

① 以上诸赋分别见陈元龙编《历代赋汇》卷二十八，凤凰出版社，2004；王沂《伊滨集》卷一，彭孙遹《松桂堂全集》卷一，《景印文渊阁四库全书》本。
② 按：前三篇碑文习见，《石门汤泉碑记》见陈思《宝刻丛编》卷八，《景印文渊阁四库全书》本。

质上也属于颂体。① 众所周知，在汉代人的文体观念中，赋、颂二体本来即有一种特殊的、不可分割的联系。在很多时候，赋、颂可以通称，并没有严格的分别。赋篇以颂为名，赋的主旨以"润色鸿业"的劝颂为主，从某种程度上甚至可以说，汉赋亦可以称为汉颂。② 这使得汉赋与汉碑之间，在风格上有了天然的联系。在汉代各种文体中，碑、赋二体不仅以其数量与影响而占据文坛的中心位置，而且以其昭彰的文学性而格外引人注目。实际上，这两个有着类同的题材与风格的文体在其发展过程中，也不可避免地相互影响。

最后是文学地位与功能上的类同。《朝野佥载》卷六记载了这样一段故事：

> 梁庾信从南朝初至北方，文士多轻之。信将《枯树赋》以示之，于后无敢言者。时温子升作《韩陵山寺碑》，信读而写其本，南人问信曰："北方文士何如？"信曰："唯有韩陵山一片石堪共语。薛道衡、卢思道少解把笔，自余驴鸣犬吠，聒耳而已。"③

这里必须指出的是，南北朝是文体大量孳乳的时代，但是，并不是所有的文体都像这段故事中提到的碑或赋一样，可以作为衡量作家文学水平的一把标尺。更有意思的是，无独有偶，在庾信之前早就有人以碑、赋二体相提并论。陆云在《与兄平原书》中将蔡邕的碑铭与陆机的诗赋相提并论："蔡氏所长唯铭颂耳。铭之善者，亦复数篇，其余平平耳。兄诗赋自与绝域，不当稍与比校。"④ 从上述两个事例中我们可以看出，在魏晋南北朝时期人们的文学观念中，碑和赋两种文体确实同样占有举足轻重的文学地位。如果一个作家有能力创作高水平的碑铭或赋颂，那便足以证明其文学实力。相对而言，赋比碑文更有

---

① 参看拙撰《从碑石、碑颂、碑传到碑文——论汉唐之间碑文体演变之大趋势》，载《唐研究》第13卷，北京大学出版社，2007。现已收入本书。
② 参看拙撰《汉赋揽胜》，上海古籍出版社，1995。
③ 张鷟撰，赵守俨点校：《朝野佥载》卷六，中华书局，1979，第140页。
④ 严可均校辑：《全上古三代秦汉三国六朝文·全晋文》卷一百二，中华书局，1958，第2043页。

资格证明这种实力。因此，兼擅碑、赋二体创作的魏收面对"温子升全不作赋，邢（邵）虽有一两首，又非所长"，曾经十分自豪地宣称："会须作赋，始成大才士。唯以章表碑志自许，此外更同儿戏。"① 这是因为赋体文学不仅历史更为悠久，其在文坛的影响亦更为显著、持久。最近，有研究魏晋南北朝文体学的学者提出，在魏晋南北朝文学体裁系统中，诗、赋二体处于中枢位置，"诗赋的影响无处不在，而赋的影响最大"，"《文选》将赋列为三十九种体裁之首。这些都说明赋在六朝体裁中居于中心地位。因此赋对众多体裁的深重影响有其必然性"。② 多年前，笔者在研究魏晋南北朝赋史的过程中，也曾经认识到赋体对其他文体具有很强的辐射力和影响力。作为同样处于中枢位置的两种核心文体，在魏晋南北朝以前，赋对其他文体的影响力超过了诗；即以诗、赋二体的关系而论，在南北朝以前，赋对诗的影响也超过了诗对赋的影响。③ 以往论者似乎忽略了赋对碑文的影响，实际上，在上述这种文学史背景之下，赋对与其有相近的题材选择和风格趋向的碑文产生影响，正是顺理成章的事。

需要特别注意的是，赋对碑的影响早在汉代就已经表现出来。首先，汉碑铭词用韵，以致被宋代学者称为"铭诗"④，其整饰的文辞与韵文的形式，都与赋体没有差别。更值得注意的是，在汉代碑文中，有一部分作品，如《巴郡太守樊敏碑》《广汉属国辛通达李仲曾造桥碑》《广汉太守沈子琚绵竹江堰碑》《益州太守无名碑》《孝廉柳敏碑》等，其韵文铭词之后又系以"乱曰"⑤，这样一种形式结构显然来自于辞赋。并且这一类碑文几乎都出自辞赋文学发展特别突出的蜀地，让

---

① 李百药：《北齐书》卷三十七，中华书局，1972，第492页。据同书第498－499页校记之十六，此处引文中"外更"二字当是衍文。《太平御览》（中华书局，1960年影印本）卷五百八十七据《三国典略》引此句，即无此二字。
② 李士彪：《魏晋南北朝文体学》，上海古籍出版社，2004，第133、146页。
③ 参看拙撰《魏晋南北朝赋史》第二章第四节之二《建安的诗与赋》，江苏古籍出版社，2001。
④ 如北宋赵明诚《金石录》卷十五《汉东海相桓君海庙碑》称此碑"其铭诗有云"，见金文明《金石录校证》，广西师范大学出版社，2005，第252页；又如南宋洪适《隶释》卷十七《富春丞张君碑》跋亦称此碑"铭诗可读"，见《隶释》，中华书局，1985，第173页。
⑤ 以上诸碑，分别见洪适《隶释》卷十一、卷十五、卷十五、卷十七、卷八。

我们不能不揣测蜀碑的这种形式结构，与当时当地的赋体文学创作之间应有某种内在的渊源联系。① 其次，很多汉碑序文亦采用韵文形式，而且是相当整齐的入韵句式，如《景君碑》《刘熊碑》《孔彪碑》《郙阁颂》等②，同样是受到赋体文学的影响。由此来看，当刘勰在《文心雕龙·情采》中批评"后之作者""远弃风雅，近师辞赋"时，他心目中的批评对象，可能也包括一些汉碑作者在内。③

## 三、"碑文似赋"举例及其分析

如上所述，赋在魏晋南北朝是处于中枢位置的核心文体，因此，许多文体或多或少地受其辐射影响，表现出赋化的特征。④ 所谓"碑文似赋"，实际上就是人们对碑文赋化现象的一种认识。追溯汉魏六朝文学发展的进程，碑文赋化实际上早在汉代就已启动了。作为汉代最重要的碑文作家，同时也是东汉赋史的重要作家之一，蔡邕在碑文创作中表现出"似赋"的文体倾向，正有如水到渠成。最能代表蔡邕"碑文似赋"的作品，是《艺文类聚》卷七所载《九疑山碑》：

> 岩岩九疑，峻极于天。触石肤合，兴播建云。时风嘉雨，浸润下民。芒芒南土，实赖厥勋。逮于虞舜，圣德光明。克谐顽傲，以孝蒸蒸。师锡帝世，尧而授征。受终文祖，琁玑是承。太阶以平，人以有终。遂葬九疑，解体而升。登此崔嵬，托灵神仙。⑤

这一段虽然不是碑文的全篇，而可能只是碑中的铭词部分，但其

---

① 关于这个问题，参看拙撰"Poetry Inscribed on Stones: Prosody in Han Stele Inscriptions and its Significance for Poetic Genres"，未刊稿，曾在美国亚洲学会（Association for Asian Studies）2006 年年会（2006 年 4 月 8 日至 10 日，旧金山）上宣读。
② 以上诸碑文本，见高文《汉碑集释》（修订本），第 61–65、204–207、365–369、378–380 页。
③ 刘勰著，范文澜注：《文心雕龙注》，人民文学出版社，1958，第 538 页。
④ 参看拙撰《魏晋南北朝赋史》第七章第一节之三《文体的赋化与赋化的文体》。
⑤ 欧阳询撰，汪绍楹校：《艺文类聚》卷七，上海古籍出版社，1999，第 140 页。严可均辑《全后汉文》据以辑录，见《全上古三代秦汉三国六朝文·全后汉文》卷七十五，第 879 页。

中对九疑山历史地理的有序叙写，与唐以后人所作《九疑山赋》可以一一对应。① 我们完全可以说，《九疑山碑》是一篇微型的《九疑山赋》。蔡邕《陈寔碑》铭词中，以"足以孕育群生""足以包覆无方""足以威暴矫邪""足以陶冶世心"等四个排比句式，铺叙陈氏四德，亦是典型的赋体写法。刘勰《文心雕龙·诔碑》评蔡邕碑文"清词转而不穷，巧义出而卓立"②，如果将这12字移评蔡邕赋，窃以为也是允当的。

不仅东汉作家蔡邕的碑文如此，魏晋南北朝作家的其他文体作品也常见赋体的写法。孙德谦《六朝丽指》言："刘彦和《诠赋》云：'六艺附庸，蔚为大国。'是殆风骚而后，汉之文人胥工于赋，而猎其材华者，不能不取赋为规模。故六朝大家，宜其文有赋心也。"③ 所谓"文有赋心"，自然包括六朝碑文在内。即以前文提及的庾信和王褒两家的《温汤碑》为例。王碑云：

> 原夫二仪开辟，雷风以之通响；五材运行，水火因而并用。炎上作苦，既丽纯阳之德；润下作咸，且协凝阴之度。至于迁陵热溪，沉鱼涌浪；炎洲烧地，穴鼠含烟。火井飞泉，垂天远扇。焦源沸水，冲流迸集。甘川浴日，跳波迈椒丘之野；汤谷扬涛，激水疾龙门之箭。故以地伏流黄，神泉愈疾云云。其铭曰：
> 
> 挺此温谷，骊岳之阴。白矾上彻，丹沙下沉。华清驻老，飞流莹心。谷神不死，川德愈深。

此碑载《艺文类聚》卷九，持较同卷所载张衡《温泉赋》与傅咸

---

① 陈元龙编《历代赋汇》卷十九，第81页。按：此赋撰者，旧说（如《古今图书集成·方舆汇编·山川典》）以为明人黄表卿，近年研究则或认为是南中末道州宁远人黄表卿，见户崎哲彦《柳公权书〈九疑山赋〉拓本辨伪》，《湖南科技学院学报》2010年第9期；或认为是唐人李邰，见孙吉升《小楷〈九疑山赋〉是柳公权真迹》，《湖南科技学院学报》2014年第7期；又孙吉升《柳公权小楷〈九疑山赋〉续考》，《湖南科技学院学报》2017年第4期。
② 范文澜：《文心雕龙注》，第214页。
③ 孙德谦：《六朝丽指》，民国十二年（1923）四益宦刊本。

《神泉赋》，实在看不到体裁上有什么区别。① 由于今日所见诸家碑赋作品很多不是完整的篇章，无法就其用词、意象及内容细节等进行全面比较，但是，我们从王褒碑文"原夫""至于""故以"等更端词的使用中，仍然可以窥见如《神泉赋》中使用"惟兹""于时""逮至"等更端词一样的辞赋体制的影子。宋代学者李复已经注意到，王褒《温汤碑》"华清驻老"一句，化用自左思《魏都赋》"温泉毖涌而自浪，华清荡邪而却老"②。这就表明，王褒作此碑之时，参考过左思《魏都赋》。既然如此，他当然也可能参考张衡、傅毅二赋，或者可以说，当王褒作此碑文时，有这样几篇赋萦绕、往来于他的心中。那么，这篇碑文呈现"似赋"的面貌，不是毫不足怪吗？

与王褒碑文相比，庾信碑文"似赋"的特色更为显著。

> 咸池浴日，先应绿甲之图；砥柱浮天，始受玄夷之命。仁则涤荡埃氛，义则激扬清浊，勇则负山余力，弱则鸿毛不胜。仲春则榆荚同流，三月则桃花共下。其色变者，流为五云之浆；其味美者，结为三危之露。烟青于铜浦，色白于铅溪。非神鼎而长沸，异龙池而独涌。洒胃湔肠，兴赢起瘵。秦皇余石，仍为雁齿之阶；汉武旧陶，即用鱼鳞之瓦。山间涌水，实表忠诚；室内江流，弥彰纯孝。岂若醴泉消疾，闻乎建武之朝；神水蠲疴，在乎咸康之世？嵩岳三仙之馆，不孤擅于天池；华阴百丈之泉，岂独高于莲井。③

从"先应"到"始受"，从"仁""义""勇""弱"到"其色""其味"，铺叙之时分门别类，井井有条。句式的排比偶对，音韵的平仄谐调，更是体现了南北朝骈赋的一般特色。在六朝作家中，庾信是

---

① 碑文见欧阳询《艺文类聚》卷九，第167页。按：张衡《温泉赋》见第166页，傅咸《神泉赋》见第166 – 167页。
② 李复：《潏水集》卷三《与王漕钦臣书》，《景印文渊阁四库全书》本。
③ 庾信撰，倪璠注，许逸民校点：《庾子山集注》，中华书局，1980，第727 – 728页。

以兼擅碑、赋二体著称于时的，这篇碑文写得如此"似赋"，也正是情理之中的事。如果非要说这篇碑文与骈赋有什么区别的话，那就是少了押韵而已。

王巾《头陀寺碑文》是南朝碑文名篇之一，因被选入《文选》而广为人知。① 这篇碑文中有一段叙写头陀寺所在地势：

> 南则大川浩汗，云霞之所沃荡；北则层峰削成，日月之所回薄。西眺城邑，百雉纡余。东望平皋，千里超忽。信荆南之奥区，楚都之胜地也。

这种笔法，与常见的京殿游览赋中对于地势形胜的描写实出一辙，例如鲍照《芜城赋》开篇描述扬州城形势的那一段：

> 沵迤平原，南驰苍梧涨海，北走紫塞雁门。柂以漕渠，轴以昆冈。重江复关之隩，四会五达之庄。②

除此之外，在南北朝寺庙碑文中，还能找到不少"似赋"的例子，例如获得庾信高度评价的温子升《寒陵山寺碑》，其中叙高欢讨平尔朱氏一段（"大丞相渤海王命世作宰……未可同日"③），便充分发挥了赋笔善于铺写的艺术优势。

在唐代，赋在文坛的影响力虽然不及汉魏六朝，但仍然受到作家们的重视，其表现手法仍然对其他文体产生显著的影响。"碑文似赋"的现象在唐代仍时或可见，即证明碑之赋化之大量存在。在那些兼擅碑、赋二体的作家集中，这种现象尤其常见。例如，初唐王勃《王子安集》卷十六有《益州绵竹县武都山净慧寺碑》一篇，即以"原夫"

---

① 萧统编，李善注《文选》卷五十九，中华书局，1977，第810－816页。
② 萧统编，李善注：《文选》卷十一，第166页。
③ 欧阳询：《艺文类聚》卷七十七，第1311页。

开端,以下各段铺叙,分别用"顷以""况乎""若乃""爰有""乃以"等更端词领起、衔接,完全是赋家的路数。更值得注意的是,碑文中以"况乎"领起的一段,押有稀疏的韵脚,读来朗朗上口,其音声之美,不下于王勃本人的骈赋作品。

  况乎山精旧壤,下镇偏隅;天帝遗墟,上干躔次。王舍城之宫阙,白玉犹存;给孤独之园林,黄金尚在。法物繇其大备,盛德所以相寻。株兵奉天藏之图,泉女献山祇之籍。离亭合榭,因岸谷之高低;叠观连房,就冈峦之曲直。丹崖反照,画栱相临;绿障斜烟,雕帘间出。丰隆晓震,次复雷而凄皇;列缺晨奔,望崇轩而愕眙。千香宝树,自起风烟;九乳仙钟,独鸣霜雪。银龛佛影,遥承雁塔之花;石壁经文,下映龙宫之叶。虹生北涧,即挂新幡;凤下东岑,还栖旧刹。①

在"碑文似赋"方面,崔融《嵩山启母庙碑》与王勃《益州绵竹县武都山净慧寺碑》可谓殊途同归。崔融《嵩山启母庙碑》中如下一段文字,不仅在整体风貌上呈现出赋体的体制特点,而且在字句组织上,也使用的是典型的赋家笔墨,与上引王勃碑异曲同工,正堪相提并论。

  当是时也,合五岳,讯九魁,选太阴,命玄阙。冯夷鸣鼓,女娲清歌。左苍龙兮吹篪,右白虎兮绁瑟。金真拂座,玉女焚香。肃肃习习,天媛来风雨;氛氛霏霏,神姬下霜雪。孔雀飞而仪凤舞,弄玉邀欢;軿车合而罗绮陈,智琼陪宴。麻姑服道,变海水而来游;织妇希风,填河津而下谒。洛妃绰约,江妃绵眇。玄女以明月为珠,素女以颜云作髻。九天真母,八极夫人,毕集于兹

---

① 王勃:《王子安集》卷十六,《四部丛刊》本。

矣。青霞衣兮翠云裘，灵连蜷兮既留。车回风兮马飞电，视倏忽兮无见。①

唐玄宗《西岳太华山碑文》也是一篇"似赋"的碑文：

> 天有四序，星辰辨其分；地有五方，山岳镇其域。阴阳交畅，则品物形矣；精气相射，则神祇著矣。西岳太华山者，当少阴用事，万物生华，故曰华山。踞中土西偏，当七宫正位，是称西岳。披图以察削成，而四方信焉；立表以算其高，五千仞明焉。石壁磔坚而雄竦，众山奔走而倾附。其气肃，其势威，其行配金，其辰直酉，前对华阳之国，后压华阴之郡，左抱桃林之塞，右产蓝田之玉，谅少昊之下都，即蓐收之别馆也。轩帝游焉，以会众神；虞舜柴焉，以觐群后。爰自夏氏，迄于隋室，朝廷五姓，载历三千，祀典相因，旧章未改，坛场庙宇，何代不修，一祷三祠，无岁而缺，所以报生殖、事神灵，不有怠也。故亦祥休明，灾淫愿，未尝爽也。②

启母庙也好，净慧寺也好，太华山庙也好，围绕在这些寺庙周身的历史故事和其他文化内涵，与寺庙所在地的山川风物相联结，使碑文作家有充分的理由与足够的空间，挥动赋笔大肆铺叙。这是大量寺庙碑文"似赋"现象出现的主要原因之一③，虽然就不同的作家作品个体而论，各篇碑文"似赋"的具体表现又各有不同。据《唐语林》卷六引《唐阙史》载，一向奉佛的裴度在平淮西之叛后，捐出其受皇恩赏赐之钱，重修福先寺，并请当时著名文人皇甫湜撰写碑文。皇甫

---

① 李昉等编：《文苑英华》卷八七八，中华书局，1966，第4629－4631页。
② 姚铉编：《唐文粹》卷五十，《四部丛刊》本。
③ 甚至在域外汉文寺庙碑铭文中，也不难见到"碑文似赋"的现象。例如立于越南李朝仁宗天符睿武二年（1121）、现存越南河南省维先县队山社龙队山岭之龙队寺的《大越国李家第四帝崇善延龄塔碑》，即是一篇有显著的赋化特色的碑文。详论参看拙撰《〈大越国李家第四帝崇善延龄塔碑〉校考》，见《古刻新诠》，中华书局，2009，第164－189页。

湜"乘醉挥毫，立就。又明日，絜本以献，文思高古，字复怪僻，公寻绎久之，叹曰：'木玄虚、郭景纯《江》《海》之流也！'"① 遗憾的是，这篇碑文今不复存②，我们无法欣赏其"文思"如何"高古"，无法体认其用字如何"怪僻"，但是，根据这段轶事所记，我们完全有理由相信，裴度之所以将《福先寺碑》比作木华《海赋》、郭璞《江赋》，乃是因为皇甫湜在这篇洋洋三千言的长篇碑文中，大量使用了赋（尤其是骈辞大赋）中习惯使用的"玮字"。在上文所举诸例之外，这个例子提供了"碑文似赋"的另一种表现。

"碑文似赋"绝不限于寺庙碑文，其他题材的碑文亦有"似赋"者。如张谓《长沙土风碑铭》：

> 天文长沙一星，在轸四星之侧。上为辰象，下为郡县，《遁甲》所谓"沙土之地，云阳之墟，可以长往，可以隐居"者焉。其山麓山，其水湘水。其畜宜鸟兽，其谷宜粳稻。厥草惟䔄，蔄、杜若、荃、蘅、留荑，蔄车出焉。厥木惟乔，椅、桐、桂、柽、贞松、文梓生焉。筱簜婵娟于原野，碱砆照耀于崖谷。
>
> 昔熊绎始在此地，番君因之，而后定王国焉。至汉道凌迟，董卓狼顾，文台以三湘之众，绩著勤王。梁朝覆没，侯景虎视。僧辩以一州之人，勋成定国。桓、文之举，亦何加焉。至于致礼旧君，请尸归葬，桓氏之子，可谓忠也。殒身强寇，有死无辱，尹氏之女，可谓贞也。轼邓粲之宅，足以厚儒风；表古初之坟，足以敦素行。齐鲁之俗，其何远哉。
>
> 巨唐八叶，元圣六载，正言待理湘东，郡临江湖，大抵卑湿，修短疵疠，未违天常；而云家有重胝之人，乡无斑白之老，谈者之过也。地边岭瘴，大抵炎热，寒暑晦明，未愆时序；而云秋有

---

① 王谠撰，周勋初校证：《唐语林校证》，中华书局，1987，第569页。
② 陈振孙《直斋书录解题》卷十六《皇甫持正集六卷》谓："《东都修福先寺碑》三千字，一字索三缣，其轻傲不羁，非裴晋公巨德，殆不能容之也。今集才数十篇，碑不复存，意其多所亡逸。"则此碑早在南宋以前已亡佚。

爆曦之日，冬无凛冽之气，传者之差也。巴蛇食象，空见于图书；鹏鸟似鸦，但闻于词赋。则知前古之善恶，凡今之毁誉，焉可为信哉！因征故者之言，用纪他山之石。辞曰：

　　舜去黄屋，于焉巡游。禹逢玄夷，于焉滞留。五岭南指，三湘北流。邻联沧浪，边遥屿嵝。

　　湘山之下，青青众草。有蕙有兰，在江之岛。烟雨冥冥，波澜浩浩。不采不撷，弃捐远道。

　　湘山之上，青青众木。有栝有松，在岩之麓。风霜凄凄，柯叶沃沃。不榱不栋，老朽空谷。

　　陆有玉璞，水有珠胎。隋侯云亡，卞氏不来。湘云莽苍，湘月徘徊。贞石纪事，层城之隈。①

碑文第一段，先从天上地下两个角度，宏观描述长沙的形势，继而从山、水、畜、谷、草、木等诸方面，铺叙长沙的物产，面面俱到，而要言不烦。第二段则以四个排比句，叙写并突出长沙的人文历史内涵。第三段则重点澄清历来关于长沙地理卑湿炎热的误传误解，最后系以铭词。铭词共四段，从历史、人文说到山川、草木，各有侧重，井然有序。这样一篇作品，虽然原题为《长沙土风碑铭》，即使改题《长沙土风赋》，又有何不可？实际上，唐代便有人作过一篇《土风赋》②，正可与此碑对读。或者，我们也可以将这篇碑文视为一篇具体而微的《长沙赋》。

从上述例证中可以看出，一方面，"似赋"的碑文多以赞颂为主题，因而读来容易令人产生"悦愉"的心情；另一方面，碑文创作中"似赋"的审美追求，也使读者在欣赏阅读中产生了一种"通大悦愉"的审美快感。从文章结构和表现艺术的角度来看，"碑文似赋"，或者说碑文的赋化，实际上是碑文通过借鉴赋的文学描写和表现手法，以

---

① 姚铉编：《唐文粹》卷五十四。
② 陈元龙编：《历代赋汇》卷二十三，第99-100页。

增强自身的文学性与审美可感性。而从宏观的角度来看，汉魏六朝文学发展的历程，也可以说是一个文学自觉意识不断强化的进程。笼罩在这样的文学氛围中，同时在诗、赋二体的引领下，包括碑文在内的各种其他文学体裁不断地吸收诗、赋二体的艺术影响，走上"诗化"或者"赋化"的道路。碑文的赋化，在一定程度上就是讲究辞采，讲究修饰，追求赋所拥有的那些语言形式的美。谭献评论温子升《寒陵山寺碑文》"振清绮以雄丽"[1]，即是对碑文的这种艺术追求的体认。这是文学体裁演进和文学自觉的必然进程，本来无足为怪。而且，从文学自觉和艺术创新的角度来说，"碑文似赋"未必不是一个好的现象，至少它逐渐扩大了碑文的文体功用。但是，与此同时，我们也应该看到，文体功用的不断扩大，将不可避免地带来辨体的尴尬和困难。而文体辨析又是魏晋南北朝文学理论批评的最重要的主题之一，同时是构成魏晋南北朝文学自觉的一项重要内涵。因此，当批评家着眼于文体辨析的角度，拘泥于文学体裁的分界，面对"碑文似赋"之类的文学现象，就难免产生"越界""出位"的感觉。刘勰在《文心雕龙·情采》中批评汉以来文坛"远弃风雅，近师辞赋；故体情之制日疏，逐文之篇愈盛"[2]，其历史背景即在于此。透过这样一种批评，我们也可以看到，"逐文之篇愈盛"等正好从反面见证了文学自觉的泛化与深化，而"碑文似赋"实质上就是"逐文"的一种表现。唐代以后，破体为文或者变体求新，成为文章创新的"终南捷径"，碑文也结合议论、小品、骈文等各种表现手段与技巧，展现了新的艺术风貌，开辟了新的文学前景。[3] 与此同时，六朝时期常见的"碑文似赋"的议题倒不太为人提起了。

（原载《东方丛刊》2008年第1期）

---

[1] 高步瀛选注，孙通海点校：《南北朝文举要》，中华书局，1998，第663页。
[2] 范文澜：《文心雕龙注》，第538页。
[3] 关于这一问题，拙撰《从碑石、碑颂、碑传到碑文——论汉唐之间碑文体演变之大趋势》论述较详。

# 后论赋绝句五十首

拙撰《论赋绝句五十首》作于2001年，专论先秦两汉赋，陈述个人对于此段赋史之浅见。以时序言，其所论在魏晋南北朝赋史之前，可称为《前论赋绝句五十首》。年来读唐宋赋，亦不无心得，而诸事丛杂，心多旁骛，遂无力演为长篇细论，乃再作论赋绝句五十首，删繁就简，以点代面，串点成线，漫为之题，曰《后论赋绝句五十首》。他日有暇，或贾其余勇，效刘克庄《后村诗话》，再作续、新论赋绝句各五十首，岂有意乎？

一

鸢飞入海变穷鱼，秋潦横天阻客车。日暮槿花成病树，木犹若此尔何如？

此首论卢照邻。照邻字升之，染疾后自号幽忧子，其间意味相去不可以道里计。照邻今存赋作五篇：《秋霖赋》《驯鸢赋》《穷鱼赋》《双槿树赋》《病梨树赋》。诸赋皆有象征意义，窃以为可以概括卢氏之生平：《秋霖赋》是照邻早年之作，感叹行路艰难；既不甘为驯鸢，又愤然于穷鱼之遭际；既叹如槿树之朝开夕落，又自伤如病梨之难救也。《病梨树赋序》："树犹如此，人何以堪！有感于怀，赋之云耳。"

## 二

五七言成错落诗，少年才子发春思。赋中自有歌行体，转韵顶真知入时。

此首论王勃《春思赋》。此赋句式长短杂用，参差错落，五七言诗句散见其间。转韵亦多平仄相间，且参用顶真格联缀，如"后骑犹分长乐馆，前旌已映洛阳宫。洛阳宫城纷合沓，离房别殿花周匝""君度山川成白首，应知岁序歇红颜。红颜一别成胡越，夫婿连延限城阙"，颇有回环往复之妙。

## 三

气壮声闳颂武周，盂兰盆会鬼神游。才华不愧盈川令，文若悬河注水流。

此首论杨炯《盂兰盆赋》。张说评杨炯文，以为"文思如悬河注水，酌之不竭"。此言甚是。如意元年（692），杨炯出为盈川令，"盈川"之意，固可以与"悬河注水"相比附也。

## 四

由骈入律有通津，六代词华实可亲。因诵子山枯树赋，苏张手笔正逢春。

此论庾子山赋与唐代律赋。张鷟《朝野佥载》卷四："苏颋年五岁，裴谈过其父。颋方在，乃试诵庾信《枯树赋》，将及终篇，避'谈'字，因易其韵曰：'昔年移树，依依汉阴。今看摇落，凄凄江浔。

树犹如此，人何以任。'谈骇叹久之，知其他日必主文章也。"按："潭""谈"音同，是避嫌字。子山骈赋见重于唐人，不仅为科举试赋之楷模，亦苏张大手笔之所自来也。

## 五

婉媚尤堪出铁肠，清便富艳自芬芳。他年挺拔参天树，当日寒梅傍短墙。

此首论宋璟《梅花赋》。皮日休《桃花赋序》云："余尝慕宋广平之为相，贞姿劲质，刚态毅状，疑其铁肠石心，不解吐婉媚辞，然睹其文，而有《梅花赋》，清便富艳，得南朝徐庾体，殊不类其为人也。后苏相公味道得而称之，广平之名遂振。呜呼！以广平之才，未为是赋，则苏公果暇知其人哉？将广平困于穷，厄于踬，然强为是文邪？"按：为人与为文自是二事，昔梁简文帝萧纲已言之凿凿，亦何怪之有？且此赋作于宋氏未达之时，境遇不同，吐属或异。惜原赋已佚，莫得究其详也。

## 六

众口呶呶不自安，寻常比兴解人难。英雄有态如儿女，异果名花入赋看。

此首合论张九龄《荔枝赋》和舒元舆《牡丹赋》。舒元舆作《牡丹赋序》，时人或不以为然，乃谓之曰："子常以丈夫功业自许，今则肆情于一花，无乃犹有儿女之心乎？"舒氏引张九龄作《荔枝赋》以自解，且谓："但问其所赋之旨何如，吾赋牡丹何伤焉？"

## 七

一队青兮一队黄，颂歌今日献三郎。凌云岂止神仙赋，更有温泉谐俗汤。

此首论刘朝霞《驾幸温泉赋》。郑綮《开天传信记》："天宝初，上游华清宫，有刘朝霞者，献《驾幸温泉赋》，词调俪傥，杂以俳偕。"如"青一队兮黄一队，熊踏胸兮豹拿背""直攫得盘古髓，掐得女娲瓤。遮莫你古时千帝，岂如我今日三郎""今日是千年一遇，叩头莫五角六张"之类，"玄宗览赋而奇之，授以宫卫佐之职"。此赋今有敦煌写本，或时人录为揣摩之样榜也。

## 八

九万扶摇入太空，一篇读罢欲凭风。巴山蜀水饶人杰，侠气仙心异代同。

此首论李白赋。李白赋与司马相如赋可比之处甚多。相如有《大人赋》，李白有《大鹏赋》；相如以《子虚赋》为基础扩展为《天子游猎赋》，李白改写《大鹏遇希有鸟赋》为《大鹏赋》；李白之《大猎赋》，则出入《天子游猎赋》而"折中厥美"也。二家同为蜀人，至于侠气仙心，亦二家所同者也。

## 九

年少初游翰墨场，斯文人道似班扬。壮夫雕篆真沉郁，童子安能较短长？

此首论杜甫赋。杜甫《壮游》诗云:"往昔十四五,出游翰墨场。斯文崔魏徒,以我似班扬。""班扬"二字,偏重在"扬"。《奉赠韦左丞丈二十二韵》云:"赋料扬雄敌,诗看子建亲。"《进雕赋表》则云:"臣之述作……至于沉郁顿挫,随时敏捷,扬雄、枚皋之徒,庶可企及也。"赵昌平谓李白有"(司马)相如情结",予则谓杜甫有"扬雄情结"。扬雄晚有壮夫不为之悔,杜赋则多壮岁所作也。

十

祥开天鉴桂枝秋,不遇於陵独自愁。天网恢恢疏又漏,人间尚有浩虚舟。

此首论李程赋。贞元十二年,进士试《日五色赋》,李程赋破题云:"德动天鉴,祥开日华。"时人称为精警。然据《太平广记》引《唐摭言》,李程初则落第,后因杨於陵荐引于主文,乃得擢为状元。浩虚舟亦善为赋者,撰有《赋门》,曾应博学鸿词试,传其题亦为《日五色赋》,所作亦精当,而无李程之幸运。可见文场有遇有不遇,天网罗才,疏漏者正多也。

十一

九年远谪怨王孙,楚望苍茫结梦魂。锈尽雄铓等闲事,迢迢砥石闭宫门。

此首论刘禹锡赋。梦得诗赋并有骚怨之音,其风格相通。《问大钧赋》者,犹《天问》也;《何卜赋》者,犹《卜居》也;《秋声赋》者,则反《九辩》之意也;《谪九年赋》《楚望赋》《砥石赋》《伤往赋》《山阳城赋》诸篇,皆骚体也;《望赋》结构模拟江淹《恨》《别》二赋,而其句式则骚体也。《何卜赋》:"余既幻惑力命之说兮,身久放而愈疑。"

## 十二

　　山灵解语意婆娑，觅句寻章费琢磨。唐赋奇峰三百座，敬之华岳最巍峨。

　　此首论杨敬之《华山赋》。此篇是古文赋之代表。《新唐书·杨凭传》："敬之尝为《华山赋》示韩愈，愈称之，士林一时传布，李德裕尤咨赏。"唐代写山之赋甚多，仅《文苑英华》所收者即有三十篇，予以此赋为第一。

## 十三

　　无端微物亦沧桑，世味关山万里长。驱使江湖来纸面，风波相激最宫商。

　　此首论李德裕赋。其赋存世者三十二篇，或咏物，或咏史，或写景，皆寓感慨。《欹器赋》《问泉途赋》《畏途赋》《伤年赋》《大孤山赋》，皆与其身世密切相联。李德裕作文，主张"以言妙而工，适情不取于音韵；意尽而止，成篇不拘于只耦"（《文章论》），其赋亦然。

## 十四

　　作赋声名海内闻，遗篇一诵仰清芬。青黄黑赤皆凡马，雪月千山白逸群。

　　此首论谢观赋。谢观尤攻律赋，为前辈称许，笔记中载其《白赋》断句，有"晓入梁王之苑，雪满群山；暮登庾亮之楼，月明千里"，真能得"白"之神韵者也。别有赋黑、赤、青、黄者，则瞠乎后矣。有文集四十卷，赋集八卷，惜已佚，今仅存赋二十三首，见《全唐文》；其生平亦湮没不传，《全唐文》编者亦不能详其仕履。近代以来，其自撰墓志出土于洛阳，是可珍也。志中自称为谢安十六代孙，余尝疑其为假托也。

## 十五

论史惊心意绪狂，艳词犹带粉脂香。风流岂止伤春别，软硬兼施有杜郎。

此首论杜牧《阿房宫赋》。此赋中咏史之体，而篇中叙写宫女一节，风流蕴藉，丽藻缤纷，篇末著论精警，发人深省，两段相反相成，与其七绝《赤壁》机杼相近，所谓"软硬兼施"者是也。李义山诗云："刻意伤春复伤别，人间惟有杜司勋。"

## 十六

飞云庭外作奇葩，敏捷才人号八叉。若是当时能自救，早如邻铺坐官衙。

此首论温庭筠。《北梦琐言》卷四："温庭云，字飞卿，或云作'筠'字，旧名岐，与李商隐齐名，时号曰'温李'。才思艳丽，工于小赋，每入试，押官韵作赋，凡八叉手而八韵成，多为邻铺假手，号曰'救数人'也。而士行有缺，缙绅薄之。"飞卿为人枪手，而已则屡试不中，《全唐文》存其赋两篇。

## 十七

薄泪轻弹小暗流，非关远大使人愁。词章品物何须限，赋罢鲲鹏赋学鸠。

此首论李为赋。《因话录》卷三："进士李为作《泪赋》,及轻、薄、暗、小四赋。"此类题材立意轻巧,自是"不远大"之作,而与宋玉《小言》诸题颇有相近之处,盖另有渊源,或游戏为文者。李为大中时进士,《全唐文》卷七百九十三录李为赋《握中有元璧赋》《日赋》《蔺相如秦庭返璧赋》等三篇,其题材风格别是一派。

## 十八

仰观宇宙俯微虫,比兴多方物色工。赋到晚唐称善啮,毫端犀利若秋风。

此首论晚唐讽刺赋。赋家之心,"苞括宇宙,总览人物",巨细不遗,亦《兰亭集序》所谓"仰观宇宙之大,俯察品类之盛"也。晚唐人每托微物以寄讽,李商隐有《虱赋》《蝎赋》,陆龟蒙有《后虱赋》,陆龟蒙、罗隐并有《秋虫赋》,王周有《蚋子赋》,所赋皆微物也。李商隐《虱赋》云:"汝职惟啮,而不善啮。"今师其辞而改其意,以移评晚唐赋。

## 十九

秋虫虱蝎似箴云,自是唐家小品文。微物区区偏可重,有时四两拨千斤。

此首论晚唐小品赋。李商隐之《虱赋》《蝎赋》,皆寥寥数十字之短篇,罗隐《秋虫赋》,亦不过四十字,而自饶韵味,短小精悍,近于荀卿《箴》《云》诸赋。

## 二十

散漫江湖几十秋，松陵唱和足优游。谁知体物真奇崛，语不惊人赋不休。

此首论陆龟蒙。龟蒙，苏州人，其赋立意翻新，不师旧辙，好作翻案之论。《蚕赋》反荀卿之意，《苔赋》反江淹之意，《后虱赋》则反李商隐之意。《蚕赋序》云："荀卿子有《蚕赋》，杨泉亦为之，皆言蚕有功于世，不斥其祸于民也。余激而赋之，极言其不可，能无意乎？诗人硕鼠之刺，于是乎在。"宋孔平仲《谈苑》称"唐陆龟蒙善为赋，绝妙"，岂非以翻案而出妙乎？

## 二十一

陌头对睨比轻狂，一别音容两渺茫。八韵赋成人老矣，无言剩有泪千行。

此首论公乘亿。《唐摭言》卷八载："公乘亿，魏人也，以辞赋著名。咸通十三年，垂三十举矣。尝大病，乡人误传已死，其妻自河北来迎丧。会亿送客至坡下，遇其妻。始夫妻阔别积十余岁，亿时在马上见一妇人，粗缞跨驴，依稀与妻类，因睨之不已；妻亦如是。乃令人诘之，果亿也。亿与之相持而泣，路人皆异之。后旬日，登第矣。"《渑水燕谈录》"贡举"条记无名子嘲唐礼部举人夜试曰："三条烛尽，烧残学士之心；八韵赋成，笑破侍郎之口。"

## 二十二

谁将荀鹤比张郎，身后浮沉亦可伤。犹记当年骋词马，琼田踏破解红缰。

此首论张曙。张曙颇有赋名于时，而仅有《击瓯赋》一篇赖刻石以传世。《北梦琐言》卷四记："曙有《击瓯赋》，其警句云：'董双成青琐鸾惊，啄开珠网；穆天子红缰马解，踏破琼田。'又有《鄂郊赋》叙长安乱离，亦《哀江南》《悲甘陵》之比，区区之荀鹤，不足拟伦。"

## 二十三

麟角依稀认劫灰，风流越世见崔嵬。江山故国馀残照，闽海偏多锦绣堆。

此首论闽中赋家。晚唐五代，闽中士人以律赋名家者颇有其人，王棨、黄滔、徐夤、林滋、林嵩，其翘楚者也。王棨、黄滔、徐夤三人尤负时名，王棨《麟角集》独录程式诗赋，为唐人集中所仅见。时又有谢庭皓者，王定保《唐摭言》卷十云："谢庭皓，闽人也，大顺中颇以词赋著名，与徐夤不相上下，时号'锦绣堆'。"盖闽人工偶对，精四六，善试律，好诗钟，其文脉千年一贯，至今不衰。

## 二十四

阅尽上林花木多，利锋斫久不须磨。提刀四顾无全树，操斧人来为伐柯。

此论以赋论文者。陆机《文赋》，首创以赋论文之例，唐人继踵者，则有白居易《赋赋》、司空图《诗赋》。《文赋序》云："至于操斧伐柯，虽取则不远，若夫随手之变，良难以辞逮。"窃谓"操斧伐柯"，此诸赋皆可以当之无愧，士衡之作，尤可比庖丁之解牛也。

## 二十五

体物缘情道不殊，铺陈点染两相扶。赋家亦有排云鹤，奋迅秋声遍九衢。

此首论唐代诗赋关系。唐代诗人赋家，大多一身二任，诗赋创作，每择相似或相同之题材，其命题立意，亦往往趋同，比并而读，意味尤多。刘禹锡《秋词》云："自古逢秋悲寂寥，我言秋日胜春朝。晴空一鹤排云上，便引诗情到碧霄。"其《秋声赋》亦发挥此意，乃一例也。

## 二十六

偶然得意托仙翁，鬼话欺人代不穷。毕竟文章能自见，谁从成败论英雄。

此首论试赋。《唐摭言》卷十记白居易贞元中应宏辞，试《汉高祖斩白蛇赋》，考落。盖赋中有"知我者谓我斩白帝，不知我者谓我斩白蛇"也。然登科之人，赋并无闻，白公之赋，传于天下。《渑水燕谈录》"先兆"记艾颖"少以乡贡入京师，中途逢一叟，谓颖曰：'子相甚贵，此去当登第。'授颖书一策，乃《春秋左氏传》，颖熟读之。礼部试《铸鼎象物赋》，出所得书，颖甚喜，援笔立成，若有相之者。主司爱叹，擢至甲科"。此二事可以互证。所谓"先兆"者，正以试赋泰半无从预知也。

## 二十七

五凤楼高冠宋文，飘飘仙乐几回闻。侍臣自有攀龙意，且作笙歌辅圣君。

此首论梁周翰赋。梁周翰字元褎，郑州管城人，由周入宋。乾德中修大内，周翰作《五凤楼赋》，时多传诵。宋初立国，赋京都宫殿者颇多，润色鸿业，揄扬盛德，亦足以见新朝气象者也。此篇可为代表，故吕祖谦编《宋文鉴》，以梁周翰《五凤楼赋》列第一篇。昔汉武帝读《大人赋》，飘飘然有凌云之意，而相如意在讽谏也。后代侍臣如梁周翰者，实有意为谀颂也。

## 二十八

一编百卷自崔嵬，类聚区分见别裁。纸上积尘勤拂拭，翩然光影照人来。

此首论《文苑英华》之选赋。《文苑英华》一书收赋一百五十卷，其中尤多律赋之什，实乃唐赋之渊薮。清李慈铭《越缦堂日记》乃以"陈陈相因，最无足观"评之，无乃苛责乎？

## 二十九

晶莹密丽串明珠，事类辞章共一区。入眼缤纷不知倦，词人日久变文儒。

此首论吴淑《事类赋》。据《宋史》本传，吴淑曾预修《太平御览》《太平广记》《文苑英华》等书，又作《事类赋》百篇，太宗诏令注释，淑分注成三十卷上之。诸大书或为总集，或为类书，皆有类书之用，然以词章论，皆不能与《事类赋》同日而语。

## 三十

腹有经文气自舒，雕章炼句得纡馀。属辞比事春秋教，学赋原来是读书。

此首论宋初赋学。宋初百年，号称无事，诗赋之试，颇重经史，故有徐晋卿《春秋类对赋》及杨钧《鲁史分门属类赋》之书。徐书是皇祐中所作，杨书亦"乾德四年奏御"（《郡斋读书志》卷二）。《礼记·经解》云："属辞比事，《春秋》教也。"

## 三十一

年少高才叩帝阍，乘风容易上青云。琼楼不敌寒流急，工赋后穷三黜闻。

此首论王禹偁赋。元之赋今存十九篇，以《三黜赋》为最著名，《玉壶清话》卷四称其为"见志"之作："初为司谏、知制诰，疏雪徐铉，贬商州团练副使。方召归为学士，坐为孝章皇后迁梓宫于燕国长公主之第，群臣不成服，元之私语宾友曰：'后尝母仪天下，当奉旧典。'坐讪谤，出守滁州。方召还，知制诰，撰太祖徽号、玉册，语涉轻诬，会时相不悦，密奏黜黄州。"古人谓"诗穷而后工"，元之乃所谓"赋工而后穷"者也。

## 三十二

谩言小艺不经心，衡鉴高悬在赋林。才砌为炉识为火，须知作赋似熔金。

此首论范仲淹。仲淹赋存者颇多,其集中有古赋三首、律赋三十三篇,又编有《赋林衡鉴》一书,多选唐人律赋,依题材类别分为二十门,以寓衡鉴,并示轨则,其书虽佚,而序文具存,可推知其大概也。仲淹论人才,先器识而后词章;论取士,先策论而后词赋;论赋作,亦先心机而后声病。赋作颇多,领悟颇深,律法颇严,而其才识之高仍不可掩。《金在熔赋》则其赋作之名篇也。

## 三十三

衔枚疾走掠层城,木落天高碧汉明。莫道虚无不能见,请君开卷看秋声。

此首论欧阳修《秋声赋》。《朱子语类》卷一百三十九《论文上》称欧公文"虽平淡,其中却自美丽,有好处,有不可及处",又称"欧文如宾主相见,平心定气,说好话相似"。如赋亦然。《宋文选》引《六一诗话》"状难写之景如在目前,含不尽之意见于言外"之语以评此赋,甚是。

## 三十四

逸是清风扇是劳,巧凶拙吉辨低高。箴铭镌就从君诵,且得人间痒处搔。

此首论周敦颐《拙赋》。《拙赋》之作,言简意赅,意存箴诫。其以铭为体,或意在便人记忆;以赋为名,或欲人"不歌而诵"也。南宋之时,曾刻石于道州、南康、衡阳等地。《朱子语类》卷九十四《周子之书》评《拙赋》"天下拙,刑政彻"二句"其言似庄老",可见理学与老庄大可骈行不悖。朱熹曾以"拙"名斋,并刻《拙赋》置于其间,足见甚爱此赋。

## 三十五

风行冀北马群空,驴到黔南竟技穷。贡父为人渊雅甚,滑稽敏捷亦英雄。

此首论刘攽赋。贡父渊博,为人诙谐,曾戏作《驴鸣马默赋》,中有句云"冀北群空,黔南技穷",此是破题佳句也。

## 三十六

夜坐依稀鼠啮声,亦真亦幻亦堪惊。此时假寐伤拘束,未若翩跹梦里行。

此首论苏轼《黠鼠赋》。此赋是苏轼少作。开篇从夜坐闻声而起,假设与童子之对话,则与欧阳修《秋声赋》机杼相同;篇末设言"坐而假寐,私念其故。若有告余者曰……余俯而笑,仰而觉"云云,则与《后赤壁赋》篇末假设"梦一道士,羽衣翩跹"相似。此类寓言皆赋家惯伎,而前者运笔生涩,颇觉费力,后者使转轻灵,天衣无缝,则可觇苏子文章之勇猛精进。

## 三十七

清风明月泛扁舟,酒助歌箫乐复忧。如此知音非易得,江山一遇一千秋。

此首论苏轼《前赤壁赋》。苏子乃音乐之知音,亦山水之知音也。不知知音如苏子者,世间更有几人?

## 三十八

木叶萧萧白露霜，此时美酒不须藏。因何孤鹤横江过，梦里重来意味长。

此首论苏轼《后赤壁赋》。窃以为前后二赋并读，方见东坡之天才无限。《后赤壁赋》纯乎游历之景，篇末之梦，想入非非，尤有远韵，较之前篇，未遑多让。

## 三十九

琼海风高浪欲狂，且留一命为文章。钞成八赋观天意，毕竟臣精似昨强。

此首论苏轼赋。宋周煇《清波杂志》卷二载："东坡在海外，语其子过曰：'我决不为海外人，近日颇觉有还中州气象。'乃涤砚焚香，写平生所作八赋，当不脱误一字以卜之。写毕，大喜曰：'吾归无疑矣！'后数日，廉州之命至。八赋墨迹，初归梁师成，后入禁中。"一说所书仅《松醪》一赋。

## 四十

雕虫技术待详参，饮水鱼能道苦甘。对坐谁非运斤匠，不容轻易是闲谈。

此首论秦观。秦观论律赋十余条，见于李廌《师友谈记》。少游娴于律赋之道，师友闲谈之间，畅言其平生揣摩所得，尤为亲切，李廌笔而记之，亦自难得。律赋为进身之阶，其中自有取巧之道。秦观不以己工于此，而自高此道，自神其伎，此尤可嘉者也。

## 四十一

一卷图经次第开，建端毕意异张枚。如今主客和为贵，共砌鄱阳七宝台。

此首论《七谈》。洪迈《容斋随笔》五笔卷六"鄱阳七谈"条记："鄱阳素无图经地志，元祐六年，余干进士都颉始作《七谈》一篇，叙土风人物云：'张仁有篇，徐濯有说，顾雍有论，王德琏有记，而未有形于诗赋之流者，因作《七谈》。'其起事则命以'建端先生'，其止语则以'毕意子'。其一章言澹浦、彭蠡山川之险胜，番君之英杰；其二章言滨湖蒲鱼之利，膏腴七万顷，柔桑蚕茧之盛；其三章言林麓木植之饶，水草蔬果之衍，鱼鳖禽畜之富；其四章言铜冶铸钱，陶埴为器；其五章言宫寺游观，王遥仙坛，吴氏润泉，叔伦戴堤；其六章言鄱江之水；其七章言尧山之民有陶唐之遗风。凡三千余字，自谓八日而成，比之太冲十稔、平子十年为无慊。"按：此以七体作图经地志，脱尽枚乘《七发》、张衡《七辨》以来主客问难之窠臼，破体之功，殊堪注目。其文今不可得见，为之一叹。

## 四十二

宋学才兴汉学疏，对廷诵赋意踌躇。古文奇字劳音释，莫怪元人不读书。

此首论周邦彦赋。周邦彦献《汴都赋》，并由太学生擢为太学正，《宋史·文苑传》及王明清《挥麈馀话》皆谓在元丰初，陈振孙《直斋书录解题》则谓在元丰七年（1084）。据王国维《清真先生遗事》考实，此事应在元丰六年（1083）七月。此赋多古文奇字，当时人多不能诵读，神宗召左丞李清臣读于迩英阁，"多以偏旁言之"，盖不能尽悉也。《朱子语类》卷一百三十九《论文上》记诵赋者为王和甫："同列问如何识许多字？和甫曰：'某也只是读傍文。'"则传闻有异辞。故楼钥"考之群书，略为音释"（《清真先生文集序》）。于此可觇宋学与汉学之别。按《汴都赋》凡七千言，其文具载《宋文鉴》，而《宋史·文苑传》谓有万余言，足见元修《宋史》之史臣亦未读此赋。

## 四十三

律细词工笔有神，杜陵闻道是前身。迎风延月听秋韵，不与安仁作后尘。

此首再论周邦彦赋。前人每以杜甫比拟周邦彦，不仅于诗词创作为然，诣阙献赋，亦异代同调者也。周邦彦献《汴都赋》，仿佛杜甫之献《三大礼赋》。杜甫诗云"赋料扬雄敌"，其赋风格颇近扬雄，周赋亦然。周邦彦复有《续秋兴赋》，其名则续潘岳之作也，而其中绝无皋壤之咏，实则欧阳子《秋声》之伦也。其中有"予方开轩以迎风，钓帘以延月，隐几而坐，愀然变容，亦将有感者"之句。

## 四十四

新栽疏影亦横斜，嫁得唐枝绽宋葩。不是闽人偏好事，梅妃出处在梅花。

此首论李纲《梅花赋》。今传宋璟《梅花赋》，乃出后人伪托。盖其文既乏婉媚之辞，亦不类徐庾之体，且序中言"随从父之东川"，亦殊可疑。闽人李纲《梁溪集》曾补《梅花赋》，中有梅妃之句，今莆仙人亦喜言之，此亦闽中之故实也。

## 四十五

荀卿文密意堪师，朱子心高论亦奇。如执陶甄说陶艺，教从盛水辨妍蚩。

此首论朱熹赋论。《朱子语类》中颇有说赋言论，如卷一百三十九《论文上》："荀卿诸赋缜密，盛得水住。"三复斯言，极有意味。

## 四十六

纸贵三都洛下喧，十年积稿满门藩。后来铺叙真轻易，赋水居然限万言。

此首论夏竦《水赋》。司马光《涑水记闻》卷三记："（夏竦）幼学于姚铉，使为《水赋》，限以万字。夏作三千字以示铉，铉怒不视，曰：'汝何不于水之前后左右广言之，则多矣。'竦又益之，凡得六千字，以示铉，铉喜曰：'可教矣。'"细味此言，可通铺叙之道。左思赋《三都》以十年，此则仅恃幼学之功，时移势异，文随世迁，于此可见。

## 四十七

经义词章不异途，一朝鱼贯入皇都。尽知场屋门阑矮，谁念登高作大夫。

此首论试赋。李廌《师友谈记》载秦观之言："作赋何用好文章，只以智巧饾饤为偶俪而已。若论为文，非可同日语也。朝廷用此格以取人，而士欲合其格，不可奈何尔。"《朱子语类》卷一百二十一《朱子十八》云："今人尽要去求合试官，越做得那物事低了。尝见已前相识间做赋者，甚么样读书！无书不读。而今只念那乱道底赋，有甚见识？若见识稍高，读书稍多，议论高人，岂不更做得好文字出？他见得底只是如此，遂互相仿效，专为苟简灭裂底工夫。"熙宁以后，宋人每争论科举试经义与试诗赋之是非，其实二者动机皆佳，而流弊亦皆不免，可谓同归而异辙者。

## 四十八

藻丽须争一字工，朝花夕秀觅芳丛。织成锦绣夸针线，供奉朝堂作女红。

此首论律赋作法。律赋之道，相题、对偶、隶事、用韵，一不可少，且规矩日严，实即唐宋之"制艺"也。其中讲声调，便宣读，皆庙堂之上草撰制诰之体所讲求者也。刘熙《释名·释言语》："文者，会集众采以成锦绣，会集众字以成辞义，如文绣然也。"

## 四十九

趣事遗闻自可娱，寻章摘韵不虚谀。论文常有惊人句，散落银盘字字珠。

此首论宋代笔记中之赋学资料。《渑水燕谈录》《归田录》《师友谈记》《容斋随笔》《鹤林玉露》诸书，往往形式随意，而意蕴深湛，皆治赋学者所不可略者也。

## 五十

缘情体物本同科，两小无猜耳鬓磨。错节盘根似连理，岂因分合害婆娑。

此首论宋人赋论之见于宋诗话者。八代唐宋，诗赋二体共同成长，关系密切。诗话论诗，亦多论赋，乃有不可截然离析者。至于异曲而同工之论，异流而同源之辨，所在皆有，尤其可贵。

(原载《中国典籍与文化》2005年第4期)

# 符祐考
## ——论割并年号及其相关的构词问题

### 一、从"符祐"说起

陶宗仪《书史会要》卷六所载薛绍彭小传：

> 薛绍彭，字道祖，长安人。官至秘阁修撰，出为梓潼漕。自谓河东三凤后人。书名亚米芾，符祐间号能书。①

众所周知，元祐（1086—1094）、元符（1098—1100）都是宋哲宗赵煦的年号，元符后于元祐。因此，曹宝麟先生认为，《书史会要》此处的"符祐间"应是"祐符间"之误，而陶宗仪犯这个错误，正表明他不仅对薛绍彭生平了解不够，而且对这一段历史甚为"隔膜"，以致连元祐、元符两个年号孰先孰后都弄不清楚。②

陶宗仪是元末明初的著名学者，他博学多识，精通史学，所著《南村辍耕录》《古刻丛钞》皆可为证。如果说这样一位学者居然不辨

---

① 陶宗仪：《书史会要》，上海书店据1929年武进陶氏逸园景刊明洪武本影印，1984，第249页。
② 参看曹宝麟《薛绍彭〈危途帖〉考》，《中国书法》2002年第2期。

元祐、元符孰先孰后，似乎有悖常情。而在版本方面，核对手头所有的两种《书史会要》，即《文渊阁四库全书》本以及上海书店1984年据1929年武进陶氏逸园景刊明洪武本影印本，此句并作"符祐间"，并无异文。事实上，问题并不在于陶宗仪的失误或者《书史会要》的版本舛误，而在于这是一种比较特殊的、后人不太熟悉的割并年号的做法。

所谓"割并"，就是先从两个年号中分别割取一字，再将其合并为一个新的双音节词。这一术语最早是由清代著名学者顾炎武提出的。《日知录》卷二十"割并年号"条云：

> 唐朝一帝改年号者十馀，其见于文必全书，无割取一字用之者。至宋始有"熙丰""政宣""建绍""乾淳"之语，已是不敬，然犹一帝之号自相连属，无合两帝而称之者；又必用上一字，惟元丰以元字与元祐无别，故用下字。本朝文人有称"永宣""成弘""嘉隆"，合两帝之号而为一称。（天启六年，部疏称正统、正德为"二正"。奉旨："列圣年号昭然，如何说二正？"）近又有去上字而称"庆历""启祯"，更为不通矣。①

顾炎武还注意到，割并为词的现象不仅见于称述年号，而且见于地名、人名之称述中。他在这里所提出的问题无疑是极为重要的，他的观察也是十分敏锐的。但是，他的取材则是很不周备的，有一些相当重要的割并词例，例如"符祐"等，并没有进入他的视野，这势必影响他的结论的准确度，致使这段文字中的不少具体结论似是而非，亟待辨正。

应该说，元祐、元符割并为"符祐"不但没有错，而且恰好反映

---

① 顾炎武撰，黄汝成集释，栾保群、吕宗力校点：《日知录集释》卷二十，上海古籍出版社，2006，第1150－1151页。按：顾氏之后，清代学者如赵翼《陔馀丛考》卷二十五"年号并称"条袭顾之说，钱大昕《十驾斋养新录》卷七、《四库全书考证》卷二十八皆在顾说基础上批评"年号并用"之习，详参平步青《霞外捃屑》卷七下《缥锦廛文筑下》"年号不得割并用"条，民国六年刻香雪崦丛书本。

了当时人的习惯用法,并为后代很多人沿用。这种用法,据我们今天能够看到的文献资料看来,首先见于宋徽宗崇宁年间(1102—1106)的一些诏令制文。例如:

(1) 符祐邪臣,乘间擅权,变乱政事。朕窜斥累年,不忍终弃,是用差以叙复,畀之禄秩。(《宋宰辅编年录》卷十一引崇宁五年正月诏)①

(2) 朕缵图之始,首陈继志之谟,嘉其有守正之忠,察其有辟邪之节,擢自江湖之远,延登槐鼎之崇。力复熙丰之大猷,深排符祐之群慝。(《宋宰辅编年录》卷十一引崇宁五年二月丙寅蔡京罢左仆射制)②

(3) 逮予访落之初,力排符祐之邪说;方朕有为之日,协成制作之事功。(《宋宰辅编年录》卷十二引崇宁五年三月赵挺之罢右仆射制)③

(4) 日者符祐邪臣,差次蠲叙,复畀禄秩,惟以示恩,顾岂复用。(《资治通鉴后编》卷九十六引崇宁五年正月丁巳诏)④

上述四条,都是崇宁五年(1106)的用例,目前尚未见到早于崇宁五年的。崇宁(1102—1106)、大观(1107—1110)之间,一些大臣的奏章之中也用到这一词语。例如大观初(1107)蔡居厚奏疏云:

(5) 神宗造立法度,旷古绝拟,虽符祐之党力起相轧,而终不能摇者,出于人心理义之所在也。(《宋史》卷三五六《蔡居厚传》)⑤

---

①② 徐自明撰,王瑞来校补:《宋宰辅编年录校补》卷十一,中华书局,1986,第710、723页。
③ 王瑞来:《宋宰辅编年录校补》卷十二,第738页。
④ 徐乾学:《资治通鉴后编》卷九十六,《景印文渊阁四库全书》本。按:此条出自徐乾学节引,其出处实与第(1)条相同。
⑤ 脱脱等:《宋史》卷三五六,中华书局,1985,第11209页。

《论语·述而》云:"吾闻君子不党。"① 单方面地称"符祐"为"党",而称"熙丰"为"大猷",其褒贬之意不言而喻。更值得注意的是,与"符祐之党"一起出现的,是"邪臣""群慝""邪说""相轧"等明显具有歧视或贬损色彩的词语。从上举五条用例来看,"符祐"一词最初的出现与使用,正当北宋新旧党争正烈的时候,此词的首创与使用明显地带有新党的政治背景,也比较明显地具有贬抑对手的色彩,其政治目的性相当明确。时过境迁,这种色彩后来渐渐淡化了,这个词也随之"变味"。一些文人学者在其著作之中,沿用了这一词语(亦可称为"政治术语"),并在使用中流露出他们对元祐党人的理解与支持。这些人有的是"符祐之党"的同情者,有的就是元祐党人的后裔。前者如:

(6) 初,上既褒录符祐党人,而其子孙陈乞推恩者,吏部犹会刑寺有无过失。(《建炎以来系年要录》卷五十)②

(7) 李邦直首建"绍述之议",许冲元依违两可,历符、祐、崇、靖之间,皆为执政。若概之元祐宰执之间,误矣。(《旧闻证误》卷三)③

后者如:

(8) 和州布衣龚敦颐者,元祐党人原之孙也,尝著《符祐本末》《党籍列传》等书数百卷。淳熙末,洪景庐领史院奏官之后,避光宗名,改颐正。(《四朝闻见录》丁集)④

---

① 朱熹:《四书章句集注》,中华书局,1983,第100页。
② 李心传:《建炎以来系年要录》卷五十,中华书局,1988,第891页。
③ 李心传:《旧闻证误》卷三,中华书局,1981,第41页。
④ 此条原出李心传《建炎以来朝野杂记》,据叶绍翁撰,沈锡麟、冯惠民点校,丁集原注《四朝闻见录》,中华书局,1989,第137页。

《建炎以来系年要录》和《旧闻证误》的作者都是南宋李心传，《四朝闻见录》的作者是南宋叶绍翁。这三条材料都出于宋朝人之手。李心传、叶绍翁二人对新旧党的政治态度，从其叙述的语气中即可以看出来。

龚敦颐即著有《芥隐笔记》的龚颐正。《建炎以来朝野杂记》甲集卷四亦云："先是，和州布衣龚敦颐者，元祐党人原之曾孙也，尝著《符祐本末》《党籍列传》等书数百卷。淳熙末，洪景卢领史院奏官之，后避光宗名，改颐正。"①《宋史》卷二百三著录有龚敦颐《符祐本末》十卷。②《宋史》中另有《龚原传》，师从王安石，与龚敦颐之曾祖当别是一人。③ 龚敦颐既为元祐党人之后，其撰作《符祐本末》《党籍列传》等书使用"符祐"一词时，自当不含贬斥之意。

此外，南宋还有一些文献中使用"符祐"一词，基本上都不含褒贬，而只是比较客观地指称那一个时代。例如：

（9）盖士起异同之论，而时更板荡之余，视熙丰、符祐之成，举是非而杂揉；考崇、观、政、宣之志，颇放失于旧闻。（宋洪迈《国史院进三朝正史帝纪表》）④

（10）先祖位虽不及文恪，而名誉籍甚于熙宁、符祐之时。（宋王明清《玉照新志》卷六）⑤

（11）此帖正欲以见符祐二党之未争，苟不激而成之，未始不同心而在朝廷也。（宋岳珂《宝真斋法书赞》卷十六）

（12）公文章翰墨，表表符祐间，固时宰所倚以鼓动四方者。（同上卷十七）⑥

---

① 李心传撰，徐规点校：《建炎以来朝野杂记》甲集卷四，中华书局，2000，第110页。
② 脱脱等：《宋史》卷二百三，第5101页。
③ 《宋史》卷三五三有《龚原传》（第11151页）："龚原字深之，处州遂昌人。少与陆佃同师王安石。"按：龚原籍贯与龚敦颐不同，其政治立场亦显然属于新党，自非龚敦颐之曾祖，而是与龚敦颐之祖同名的另一人。
④ 曾枣庄、刘琳主编：《全宋文》卷四九一二，第221册，上海辞书出版社、安徽教育出版社，2006，第366页。
⑤ 王明清：《玉照新志》卷六，《景印文渊阁四库全书》本。
⑥ 以上二条分见岳珂《宝真斋法书赞》卷十六、卷十七，《景印文渊阁四库全书》本。

在宋元以后的文献中，我们仍能看到不少人沿袭这种特殊的割并做法。不过，这时候的"符祐"一词更不带什么政治色彩，而只是一种尊重传统的用法，换句话说，一个原本有特殊意味的专门词语经过时间的淘洗逐渐变成了常用语。

（13）元符至元祐事，赵鼎虽于绍兴改正，亦有隐讳，今可考证增入者，今具于后。（下列《符祐本末》等书5种）（元袁桷《修辽金宋史搜访遗书条列事状》）[1]

（14）敦颐尝著《符祐本末》《党籍列传》等书数百卷。（元佚名《宋史全文》卷二十九下）

（15）颐正……尝著《符祐本末》三十卷，又著《元祐党籍三百九人列传》，所佚者六人而已。（明王鏊《姑苏志》卷五十四）

（16）薛（绍彭）氏……符祐间以书名，名并米芾。（明郁逢庆《书画续题跋记》卷六）

（17）（薛绍彭）书名亚米芾，符祐间号能书。（明张丑《清河书画舫》卷九上）

（18）右宋薛绍彭书五纸……符祐间以书名并米芾。……长沙李东阳。（明汪砢玉《珊瑚网》卷六）

（19）薛绍彭道祖……西涯题云：右宋薛绍彭书……符祐间以书名一世。（清孙承泽《庚子销夏记》卷一）

（20）右宋薛绍彭书……符祐间以书名，名并米芾，今《书史会要》所载是也。（清卞永誉《式古堂书画汇考》卷十二引李东阳跋）

（21）宋薛绍彭……符祐间以书名一世。（清倪涛《六艺之一录》卷四百六）[2]

---

[1] 袁桷撰，杨亮校注：《袁桷集校注》卷四十一，中华书局，2012，第1846页。
[2] 以上（14）至（21）条所引诸书，皆据《景印文渊阁四库全书》本。

以上九条，大致可以分为两类：前三条是一类。第一条虽见于集部书，实际上是为了修史而上的表状，第二、三条见于史部著作。在这三条中，"符祐"二字都只出现在龚敦颐（颐正）的书名中，完全沿袭前人的用法。袁桷文中提到"元符至元祐事"，同样是由后溯前，从元符说到元祐，颇值得注意。后六条属于另一类。这六条皆见于明清时代诸种书画题跋著录类著作之中，都是有关北宋书法家薛绍彭的评述。很明显，各书之间行文后先相袭，陈陈相因，就目前已知的文献可看，其源头当是《书史会要》中的薛绍彭小传。《珊瑚网》和《庚子销夏记》二书所引述的李东阳题跋，措辞也受到《书史会要》的影响。

总之，在传世文献中，我们看到了相当数量的"符祐"割并的用例。"符祐"一词的出现有特殊的时代背景，其使用集中在北宋崇宁以后直至南宋，后代作者也时有沿用，但这种沿用大多数集中在有关薛绍彭的评论中，易言之，这种沿用也有一定的范围和界限，并形成了某种习惯或成例。反过来，割并为"祐符"的却极为罕见，在《宋史》及两宋人的诗文集中未见到这样的词例。宋以后的用例也极为稀罕，迄今为止，笔者只找到两个：

(22) 绍圣崇宁，奸党以私意徙祐符诸贤于南方，遂失中原。（方回《续古今考》卷六）

(23) 祐符不坐党，粘斡焉来攻。（方回《桐江续集》卷十一《西斋秋感二十首》之七）①

这两个用例都出自宋元之际的方回之手。方回没有沿袭当时人习惯的提法，而坚持从前往后割并年号，自然显得与众不同。

---

① 以上二书亦见《景印文渊阁四库全书》本。例 (23) 亦见杨镰主编《全元诗》第六册，中华书局，2013，第195页。

## 二、"符祐"与倒序割并

元祐在元符之前,其间还间隔着一个年号,即使用长达五年之久的绍圣(1094—1098)。元祐、绍圣、元符三者都是宋哲宗的年号,其间应当不存在厚此薄彼的问题。绍圣不是昙花一现的年号,当然不能随便忽略不计。如果实在有必要通过割并创造一个新词,以指代从元祐元年(1086)到元符三年(1100)这个前后15年的历史时段,那么,为何不由前往后,而是违反正常的时序,先符后祐,由后往前?

现在,我们试从以下若干方面来思考这一问题。

首先思考这一割并构词法出现的时代政治背景。

"符祐"是有特殊政治含义的,绝不单纯是两个年号简单的割并。或者说,这一割并的目的,主要不是指称从元祐元年到元符三年这连续的15年,而是特指元祐、元符这两个时段中的标志性的政治形态,即党争。党争是北宋中后期政治形态的主要特点之一。新旧两党从政见之争发展到意气之争,持续了50多年。熙宁、元丰年间,新党执政,推行新政,旧党多受排斥放逐。元祐年间,旧党回到朝廷重新掌权,废除新法,新党多被逐出朝廷。宋哲宗亲政之后,绍述先圣,改元绍圣,恢复熙宁、元丰之政,新党执政,元祐旧党再次被逐。元符末至建中靖国间,旧党再度回归,新党再次被逐,但没过多久,崇宁年间,政治形势又再次翻转过来。[1] 绍圣年间,新党执政,在元祐年间掌权得势的旧党遂被目为元祐党人。崇宁年间,新党再度执政,于是元符末回归的那些旧党又被目为元符党人。这就是《宋史·贾纬节传论》所说的"绍圣指元祐为党,崇宁指元符为党"。[2] 而崇宁间贬逐元符党人,也跟"绍圣初,治元祐党人"如出一辙[3],某些方面甚至变

---

[1] 此段关于北宋党争的概述,参考萧庆伟《北宋新旧党争与文学》,人民文学出版社,2001,第112 - 131页。
[2] 脱脱等:《宋史》卷三五六,第11212 - 11213页。
[3] 李心传:《旧闻证误》卷三,第40页。

本加厉。《宋史·蔡京传》载:"初,元符末以日食求言,言者多及熙宁、绍圣之政,则又籍范柔中以下为邪等。凡名在两籍者三百九人,皆锢其子孙,不得官京师及近甸。"① 这也正是龚敦颐著《符祐本末》《党籍列传》等书的背景。绍圣与崇宁,元祐与元符,历史惊人地相似。崇宁间,为了更有力地排斥旧党,新党很自然地将元符与元祐的党人相联系,从而有了"符祐"这一特殊的提法。为了达到这个目的,"绍圣"这一中间环节就不能不省略了。

其次,让我们从备选方案的角度作一些思考。

跳过绍圣这五年,直接割并元祐、元符这两个年号,还有另外几种备选方案:

其一,割取两个年号的上字,无论由前往后,还是自后向前,割并都是"元元"。"元元"固然可以指黎民百姓,但这两个字重叠过于习见,又因为有"元丰"年号在前,很难使人一望便知是指代"元符""元祐"这两个特定年号及这个特定历史时期。换句话说,这一方案病在不够明确醒目。②

其二,从两个年号中分别割取一字,交叉组合,这样形成的割并方案有四个:"元符""元祐""符元""祐元"。前两种等同于其中一个年号,显然不可取。后两种同为交叉,其中一个是正序交叉,另一个是倒序交叉,乍一看,它们像原来那两个年号的倒写,既不够醒目,从字面上看就更是不好。因为这四个方案与前一种方案一样,都含有一个"元"字,而在当时人的心目中,年号中的"元"字似乎是一个

---

① 脱脱等:《宋史》卷四七二,第13724页。
② 作为备选方案,"双元"或"二元"也许比"元元"更合适一些。近代著名诗人陈衍即将元丰、元祐割并为"二元"(见陈衍撰,曹旭校点《宋诗精华录》按语,江西人民出版社,1984,第5页),但并未得到公认,亦未流行。

不吉利的字眼，避之唯恐不及①，这种字面显然是不宜使用的。

其三，割取两个年号的末字，正序割并为"祐符"，倒序割并为"符祐"。相对而言，这是比较可行的两个方案。

最后，我们再从古代汉语构词及用词的习惯方面作一些思考。

从语义上看，"符祐"与"祐符"似乎各有千秋，都说得通。"符祐"意为灵符保佑。杜光庭《广成集》卷九《莫令南斗醮词》就有"向北披心，敢期符祐"之句。②祐符也有佑护之意，但除了前文所举方回的两个例句之外，宋元以前诗文中似未见用例。

从音韵上看，"符祐"是前平后仄，符合古代汉语割并构词时所遵循的一般声调构成习惯，即遵循平上去入先平后仄的声调顺序。例如，在称述人名时，初唐四杰王勃、杨炯、卢照邻、骆宾王割并为"王杨卢骆"，北宋四大书家苏轼、黄庭坚、米芾、蔡襄割并为"苏黄米蔡"，

---

① 宋人对所用年号的含义非常重视，往往煞费斟酌，忌讳良多，甚至到了神经过敏的地步。请看以下几条宋代笔记中的材料。欧阳修《归田录》卷一（李伟国点校本，中华书局，1981，第5-6页）："仁宗即位，改元天圣，时章献明肃太后临朝称制，议者谓撰문者取天字，于文为'二人'，以为'二人圣'，悦太后尔。至九年，改元明道，又以为明字十文'日月并'也，与'二人'旨同。无何，以犯契丹讳，明年遽改曰景祐，是时连岁天下大旱，改元诏意冀以迎和气也。五年，因郊又改元曰宝元。自景祐初，群臣慕唐玄宗以开元加尊号，遂请加景祐于尊号之上，至宝元亦然。是岁赵元昊以河西叛，改姓元氏，朝廷恶之，遽改元曰康定，而不复加尊号。而好事者又曰'康定乃谧尔'。明年又改曰庆历。至九年，大旱，河北尤甚，民死者十八九，于是又改元曰皇祐，犹景祐也。六年，日蚀四月朔，以谓正阳之月，自古所忌，又改元曰至和。三年，仁宗不豫，久之康复，又改元曰嘉祐。自天圣至此，凡年号九，皆有谓也。"又叶梦得《石林燕语》卷一（侯忠义点校本，中华书局，1984，第5-6页）："熙宁末年，旱，诏议改元。执政初拟大成，神宗曰：'不可。成字于文，一人负戈。'（斑案：陈郁《藏一话腴》云，执政初拟美成，上曰：'羊大带戈，不可！'与此条小异。王得臣《麈史》中所载，与《藏一话腴》同。）继又拟丰亨，复曰：'不可。亨字为子不成，惟丰字可用。'改元丰。"又蔡絛《铁围山丛谈》卷一（冯惠民、沈锡麟点校本，中华书局，1983，第12-13页）："太上即位之明年改元建中靖国者，盖垂帘之际，惠熙、丰、元祐之臣为党，故曰建中靖国。实兄弟为继，故踵太平兴国之故事也。明年亲政，则改元崇宁。崇宁者，崇熙宁也。崇宁至五年正月替出，乃改明年为大观。大观者，取《易》'大观在上'，但美名也。大观至四年夏五月替出，因又改明年为政和。政和者，取'庶政惟和'之义也。政和尽八年……乃下赦改十一月冬至朔旦为重和元年。重和者，谓'和之又和'也。改号未几，会左丞范致虚言犯北朝年号。盖北先有重熙年号，时后主名禧，其国中因避'重熙'，凡称'重熙'则为'重和'，朝廷不乐。是年三月遽改重和二年为宣和元年。宣和改，上以常所处殿名其年，然实欲掩前误也。自号宣和，人又谓一家有二日为不详，及方腊起，连陷二浙数郡，上意弥欲易之，独难得美名。会寇甫平而止，七年冬遂内禅云。大抵名年既不应袭用前代，又当是时多忌讳，以是为难众，而古人已多穿凿，征兆自有来矣。至仁庙初始垂帘，儒臣迎合时事，年号天圣为'二人圣'，明道为'日月'，故后人咸祖述之。至若'元'字，谓神宗、哲宗以元符、元丰登遐，且本朝火德，不宜用水。若'治'字，又谓英庙治平不克久。凡十数义，或出于宦官女子之常谈尔。"受这种心理支配，当时人在割并年号方面也不得不有所避忌。

② 杜光庭撰，董恩林校点：《广成集》卷九，中华书局，2011，第132页。

元诗四大家虞集、杨载、范梈、揭傒斯割并为"虞杨范揭",都是按平、上、去、入的顺序排列。四大古文家割并为"韩柳欧苏",平声的"欧苏"在仄声的"柳"之后,那是因为韩柳是唐人,欧苏是宋人,换句话说,这四个字一组的词语实际上可以分为两截,其中隐含有唐宋之分。而"祐符"前仄后平,不符合一般的语音习惯。

再从实际的指称功能上看,"符祐"由今溯昔,使人对旧党及其历史有一种记忆犹新的感觉。也许,"符祐"一词在当日的出现有某种偶然性,但在这种偶然性背后起支配作用的,仍然可能是上述这些构词与用词的习惯。

无论如何,"符祐"毕竟与我们今天所习惯的割并年号的做法不同,这种倒序割并的做法毕竟是很不多见的。除此之外,我们在宋代文献中只能找到少量类似的例子。熙宁、元丰正序交叉割并为"熙丰",不足为奇,例(9)所引洪迈上表中就有一例,稀奇的是倒序交叉割并为"丰熙"。周必大《文忠集》卷一六九《乘舟游山录》云:"岩洞间多丰、熙、崇、观以来士大夫题字。"① "丰、熙"自然指元丰、熙宁,从年号时序来说,这属于倒序割并,而"崇、观"则指的是崇宁、大观,则是正序交叉割并,也就是说,在这一组四字词组中,包括了正序、倒序两种割并做法。熙宁、元丰交叉割并为"丰熙"或"熙丰",而没有采用另外几种割并方案(如"宁丰"或"丰宁"),可能是由于"熙丰"或"丰熙"的字面和语义都比较好。"熙""丰"二字都是平声,孰先孰后,不影响词义,随意性可以大一些。

同样,建中靖国、崇宁正序割并为"建崇",也不奇怪,稀奇的是倒序割并为"崇靖"。这种倒序割并见于例(7)所引《旧闻证误》卷三,其中,"符祐""崇靖"同为倒序割并,更值得注意的是,"崇靖"中的"靖"是割取"建中靖国"这个年号中的第三字,并不是通常所割取的第一字或最后一字。其中原因,可能是因为"崇靖"的字面较好,既使人联想到"崇靖退而抑躁竞",有赞扬谦冲自抑之意,在音声

---

① 周必大:《文忠集》卷一六九,《景印文渊阁四库全书》本。

上又是前平后仄，较为美听。

要之，宋人虽然开创了年号倒序割并的做法，但这种做法终究显得有些新异，因而终宋之世，这种做法并没有得到推广，附和响应者寥寥，宋代以后，就更不容易找到响应支持的人了。

### 三、宋及宋以后的年号割并

年号割并并非如顾炎武所说"至宋始有"，从目前所能掌握的材料来看，它至迟始于唐朝。清丁晏《日知录校正》载："吴云：唐德宗慨想贞观、开元之盛，改贞元以法二祖。是割并年号始于唐德宗。"① 其意盖谓"贞元"年号乃割并"贞观""开元"两个年号而成。照此说法，则割并年号不仅始于唐德宗，而且一开始就是交叉割并，即割取前一年号之上字与后一年号之下字合并成词。但实际上，这一说法有待商榷。首先，"贞观""开元"并不是两个前后相连的年号；其次，"贞元"一词虽然是由割并而来，但其本身已经重组成为一个新词，并且不是指从"贞观"到"开元"这一历史时段，而是另有所指的一个新的年号。因此，从严格的意义上来说，《日知录校正》所举"贞元"一例，与顾炎武所说的割并年号意义有别，并不是一回事。此外，笔者注意到，唐玄宗用过的两个年号开元、天宝，可以割并为"开天"，用以指李唐的太平盛世。晚唐时人郑綮有感于"国朝故事，莫盛于开元、天宝之际"，"承平之盛，不可殒坠，辄因簿领之暇，搜求遗逸，传于必信，名曰《开天传信记》"。② 可见年号割并至迟在晚唐已经为人使用。但这种做法当时并未推广，五代王仁裕撰《开元天宝遗事》③，并没有割并年号，就是一个很好的例证。

宋人割并年号，是从北宋后期开始的。从目前所见到的文献来看，宋人割并年号大抵是从新旧党争十分激烈的哲宗、徽宗二朝开始出现

---

① 黄汝成：《日知录集释》卷二十，第1151页。
② 郑綮撰，吴企明点校：《开天传信记》，《教坊记（外三种）》，中华书局，2012，第75页。
③ 王仁裕：《开元天宝遗事》，《丛书集成初编》本，中华书局，1985。

的。"符祐""熙丰"等割并新词的出现，都在这个时候。已知"熙丰"一词最早的用例，是在建中靖国元年（1101）。江公望在这一年上书宋徽宗，"乞为政取人，无熙丰元祐之间"①。崇宁三年（1104）十一月二十六日的《南郊赦文》中，也有"尽缉熙丰之典"的句子。②这里的"熙丰"与其说指从熙宁（1068—1077）到元丰（1078—1085）这18年，不如说指的是新党及其施行的新法，正如元祐指的是旧党一样。因此，"熙丰"与"符祐"是在同样的党争背景下出现的带有特定政治意义的两个不同的词语。所不同的是，"熙丰"是正序交叉割并，舍"熙元""宁元"而不用，可能与当时人认为年号中含有"元"字不吉利的观念有关；舍"宁丰"而不用，或许是因字面或语音的关系。而后人相沿成习，"熙丰"遂成为固定的习用词语。

宋人所割并的年号中，与"熙丰"同属正序交叉割并的还有"崇观"和"绍符"。"绍符"并不罕见，南宋朱熹于《辞免兼实录院同修撰奏状二》中，称其父"于丰祐、绍符之际，分别邪正，用力为多"③，袁甫《重修白鹿书院记》亦言"绍符、政宣间，群邪得志，流毒生灵"④。"绍符"是绍圣、元符的割并，其所以要交叉割并，大概也是为了避开"元"字。"崇观"是割并崇宁（1102—1106）、大观（1107—1110）而成，在宋代及宋以后的文献中都十分常见。《建炎以来系年要录》等书中就有很多例子。下面略举见于其他书中的一些例子：

（24）祖宗法惠民，熙丰法惠国，崇观法惠奸。（《宋史·孙傅传》记孙傅语）⑤

（25）如此是崇观、政宣之风。（宋熊克《中兴小纪》卷九）

（26）（赵鼎）遂历言熙丰、祐圣、崇观政事人材善恶利害，

---

① 曾枣庄、刘琳主编：《全宋文》卷二六一九，第121册，第311页。
② 司义祖整理：《宋大诏令集》卷一二二，中华书局，1962，第417页。
③ 曾枣庄、刘琳主编：《全宋文》卷五四四四，第243册，第281页。
④ 曾枣庄、刘琳主编：《全宋文》卷七四三九，第324册，第54页。
⑤ 脱脱等：《宋史》卷三五三，第11137页。

首尾甚备。(宋熊克《中兴小纪》卷十八)①

(27) 潘良贵,字子贱,自少有气节,崇观间为馆职,不肯游蔡京父子间。(宋罗大经《鹤林玉露》乙编卷之五"潘默成"条)②

这里值得注意的是"祐圣"。它是割并元祐、绍圣这两个年号的下一字而成,而且"绍圣"中亦未含有"元"字。与"祐圣"相同的例子,还有"炎兴""泰禧"③,皆是割并年号下一字。这证明顾炎武关于宋人割并年号"必用上一字"的说法是不准确的。需要指出的是,这种割取下字正序并称的做法在明清二代不乏因袭者。"崇观"以下,交叉割并者比较少见,而割取年号上字、正序并称则几乎成为大家遵循的年号割并的惯例,如"政宣"④。政、宣之间用过"重和"的年号,但这个年号只用了几个月,故基本上被忽略不计。

南宋以后,割并年号的做法大为推广,当时人对很多相邻的年号都割并为词,一般是取其上字,正序合并。此后这一做法渐渐形成了风气。今就所见,每项各举一条当时人的用例,缕列如下:

(28) 建(炎)绍(兴):攉犀者,元祐、宣政以及建绍初年时文也。(宋陈振孙《直斋书录解题》卷十五《攉犀策一百九十六卷攉象策一百六十八卷》)⑤

(29) 绍(兴)隆(兴):詹事绍隆间忧劳忠虑。(宋叶适

---

① 熊克:《中兴小纪》,《景印文渊阁四库全书》本。
② 罗大经撰,王瑞来点校:《鹤林玉露》,中华书局,1983,第203页。
③ "炎"指"建炎","兴"指"绍兴"。南宋袁燮上奏有云:"先朝全盛之时,炎兴、隆乾之际,未尝有此。"(《全宋文》卷六三六七,第281册,第73页)"泰"指"嘉泰","禧"指"开禧",见周密撰,张茂鹏校点《齐东野语·自序》(中华书局,1983,第4页):"泰、禧之间,大父从属车,外大父掌帝制。"
④ 政和、宣和有时倒序割并为"宣政",如杨万里《孺人贺氏墓志铭》:"元祐、宣政间有文名于辟雍,号江西大小贺者,其先也。"见杨万里撰,辛更儒笺校《杨万里集笺校》,中华书局,2007,第5021页。按《宋史》卷二十二《徽宗纪》(第418页)赞亦有"况宣政之为宋,承熙丰、绍圣棶丧之馀",亦是其例。总的来看,这类倒序割并仍属稀见。
⑤ 陈振孙撰,徐小蛮、顾美华点校:《直斋书录解题》卷十五,上海古籍出版社,2015,第458页。有时也割并为"炎兴"。参看上文注引袁燮上奏。

《叶适集》卷十七《运使直阁郎中王公墓志铭》)①

（30）隆（兴）乾（道）：先朝全盛之时，炎兴、隆乾之际，未尝有此。（宋袁燮《论国家宜明政刑札子》）②

（31）乾（道）淳（熙）：呜呼！此乾淳之治所以卓绝一时，而孝宗之圣所以高绝千古欤！（牟𤩽《言帝王之学奏》）③

（32）淳（熙）绍（熙）：此风……极盛于淳绍以来……（魏了翁《乙未秋七月特班奏事》）④

（33）绍（熙）庆（元）：乾淳绍庆之后，或分或合，盖互有不同焉。（吴泳《西陲八议·分帅》）⑤

（34）宝（庆）绍（定）：渡江以来，诗祸殆绝，唯宝、绍间，《中兴江湖集》出……当国者见而恶之，并行贬斥。（罗大经《鹤林玉露》乙编卷四"诗祸"条)⑥

（35）端（平）嘉（熙）：方宝绍间，奇祸胚胎于诗案；在端嘉际，深文掎摭其奏篇。（《刘克庄集笺校》卷一一八《贺刘察院》）⑦

（36）嘉（熙）淳（祐）：嘉淳而下，局面屡移。（林希逸《安晚先生丞相郑公文集序》）⑧

此外，也有12种年号割并方式未见用例，具体如下：

庆（元）嘉（泰）：未见。
嘉（泰）开（禧）：未见。⑨
开（禧）嘉（定）：未见。

---

① 叶适撰，刘公纯、王孝鱼、李哲夫点校：《叶适集》卷十七，中华书局，2010，第324页。
② 曾枣庄、刘琳主编：《全宋文》卷六三六七，第281册，第73页。
③ 曾枣庄、刘琳主编：《全宋文》卷七七七七，第337册，第268页。
④ 曾枣庄、刘琳主编：《全宋文》卷七〇五九，第309册，第162页。
⑤ 曾枣庄、刘琳主编：《全宋文》卷七二五五，第316册，第357页。
⑥ 罗大经：《鹤林玉露》，第187页。
⑦ 刘克庄撰，辛更儒笺校：《刘克庄集笺校》卷一一八，中华书局，2011，第4877页。
⑧ 曾枣庄、刘琳主编：《全宋文》卷七七三一，第335册，第323页。
⑨ 有割并为"泰禧"者，例见上文注引《齐东野语》。

嘉（定）宝（庆）：未见。

绍（定）端（平）：未见。

淳（祐）宝（祐）：未见。

宝（祐）开（庆）：未见。

开（庆）景（定）：未见。

景（定）咸（淳）：未见。

咸（淳）德（祐）：未见。

德（祐）景（炎）：未见。

景（炎）祥（兴）：未见。

总起来看，北宋人在割并年号方面还处于创始阶段，其形式不拘一格，比较灵活多样，至南宋则渐趋稳定。高宗、孝宗、理宗（前期）三朝的年号被割并的例子比较多见，而且大多数是取其上字，正序割并。理宗宝祐以后直至宋朝灭亡，更迭使用过七八个年号，但割并为词的似乎很少见。需要特别指出的是，(29)(32)(33)诸例都不是顾炎武所说的"一帝之号自称连属"，而是"合两帝而称之者"。

辽金元三朝的割并年号问题，目前未有充足材料，暂不置论。

明代的年号割并通常有两种做法：一是割并其上字，一是割并其下字，皆按时序，由前往后。割并上字者较为常见，《列朝诗集小传》《明诗综》《檇李诗系》《钦定四书文》等书中颇多其例。今以《檇李诗系》为例，标示其中各种割并年号的出处，凡不见于此书者，另举他书。先举割并年号上字者：

(37) 洪（武）永（乐）：《檇李诗系》卷八《徐中》。

(38) 永（乐）宣（德）：《檇李诗系》卷八《朱琳》。

(39) 宣（德）正（统）：《檇李诗系》卷八《陈颢》。

(40) 景（泰）天（顺）：《檇李诗系》卷九《夏正》。

(41) 天（顺）成（化）：《檇李诗系》卷九《支立》。

(42) 成（化）弘（治）：《檇李诗系》卷十《汤文》。

(43）弘（治）正（德）：《槜李诗系》卷十一《朱朴》。
(44）正（德）嘉（靖）：《槜李诗系》卷三十一《梵琦》。
(45）嘉（靖）隆（庆）：《槜李诗系》卷十三《陈楫》。
(46）隆（庆）万（历）：《槜李诗系》卷十四《姚舜渔》。
(47）万（历）天（启）：《槜李诗系》卷十八《项利侯》。①
(48）天（启）崇（祯）：《四库全书总目》卷五十六《〈兵垣奏疏〉提要》。②

值得注意的是，在上述各种割并用例中，"建文""洪熙""泰昌"等三个年号被有意跳过。究其原因，"洪熙""泰昌"这两个年号只使用一年，在割并年号时被忽略不计，并不奇怪。"洪（武）永（乐）"之间有"建文"四年，时间不算很短，但朱棣篡位之后即废建文四年，改称洪武三十五年③，则跳过"建文"显然属于有意的忽略和遗忘，与"洪熙""泰昌"之例不同。也就是说，"建文"这个年号被忽略，是因为它在政治上比较敏感，这是容易理解的，不足为奇。最奇怪的是没有出现割并正统（英宗）、景泰（代宗）这两个年号上字的例子（"正景"），而割并这两个年号下字的例子则并不罕见（详见下文）。

再举割并年号下字者：

(49）（正）统（景）泰：《世纬》卷下有"统泰间"。④
(50）（成）化（弘）治：《钦定四书文》有"化治文"。⑤
(51）（隆）庆（万）历：《五礼通考》卷一七五。⑥
(52）（天）启（崇）祯：《槜李诗系》卷十九《汤荪》。《钦定四书文》有"启祯文"。

---

① 沈季友：《槜李诗系》，以上引据《景印文渊阁四库全书》本。
② 永瑢等：《四库全书总目》卷五十六，中华书局，1965，第510页。
③ 张廷玉等：《明史》卷五《成祖纪》，中华书局，1974，第75页。
④ 袁袠撰，何朝晖点校：《世纬》卷下，凤凰出版社，2012，第30页。
⑤ 此引方苞编《钦定四书文》，据《景印文渊阁四库全书》本。参看永瑢等《四库全书总目》卷一九〇，第1729页。
⑥ 秦蕙田：《五礼通考》卷一七五，《景印文渊阁四库全书》本。

这种割并相对较为少见，顾炎武甚至讥其"更为不通"。但此法行之既久，使用者中不乏博学鸿儒，如《钦定四书文》的编者方苞，后代也颇有袭用者，早已形成了一种约定俗成的语言习惯，从而超越了"通"与"不通"的范畴。

对清代年号的割并显得比较有规律，一般都是按照时序，取相邻年号的上字，少有例外。学者对此耳熟能详，今仅列其用法，不再举例。

顺康：顺（治）康（熙）。

康雍：康（熙）雍（正）。

雍乾：雍（正）乾（隆）。

乾嘉：乾（隆）嘉（庆）。

嘉道：嘉（庆）道（光）。

道咸：道（光）咸（丰）。

咸同：咸（丰）同（治）。

同光：同（治）光（绪）。

光宣：光（绪）宣（统）。

## 四、小结

除顾炎武之外，年号割并问题还引起了其他清代学者的注意，但是他们所关注的重点主要都是这种用法所反映的作者态度以及所造成的文章风格问题。杭世骏《订讹类编》卷五"年号不得割取一字"条云：

> 《救文格论》云：年号必全书，无割取一字者。宋始有熙丰、政宣、乾淳之语，已是不敬。然犹用上一字，惟元丰、元祐无别，故用下一字。本朝文人有称成弘、庆历者，此承宋人之失也。案：

吕种玉《言鲭》内亦论之。①

他引述顾炎武《救文格论》的观点并表示赞同。赵翼在其《陔馀丛考》卷二十五"年号并称"条中亦有类似看法：

> 宋以前国家年号，从无割取一字，而以两年号并称者，自宋始有熙丰、乾淳之语，至见之章奏，笔之著述，然犹一帝改元之号，自为联属也。至明乃合两帝并称，如永宣、成宏、嘉隆、隆万、天崇之类。并有取下一字并称，如化治、庆历、启祯者，虽无甚关系，然亦草野横议之一端也。本朝未有明禁，而自无此习，一则列圣享国久长，一则朝廷尊严，人情敬畏故也。按唐德宗思贞观、开元之治，乃建号贞元，宋孝宗兼取建隆、绍兴，乃建号隆兴，取乾德、至道，乃建号乾道，宁宗兼取开宝、天禧，乃建号开禧。(《金史》完颜匡曰："宋取先世开宝天禧，纪元开禧，岂忘中国者哉！")然则朝廷之上，已开其端矣。②

从上文所举例证来看，赵翼所谓"至明乃合两帝并称"的说法是不确切的，他作出的"本朝未有明禁，而自无此习"的判断以及对其原因的解释，也未必靠得住。但是，很显然，在顾、杭、赵三家看来，行文用词使用割并年号，是对君主的不敬，这样一种行之民间不甚雅饬的用法，是"草野横议"的表现，不仅不值得提倡，相反应当加以制止。这似乎将问题说得太过严重了。相比之下，张文虤认为此"皆行文简便法，无关大义"③，便通达得多。事实上，与此类似的做法早已有之，而宋人割并年号的做法，很可能就是从朝廷制定年号的思路中得到启发。合并两个年号以创制新年号，在唐宋时代并不罕见。这

---

① 杭世骏撰，陈抗点校：《订讹类编》卷五，中华书局，2006，第203页。
② 赵翼：《陔馀丛考》卷二十五，中华书局，2006，第519页。
③ 张文虤：《螺江日记续编》卷三，李德龙、俞冰主编《历代日记丛钞》第19册，学苑出版社，2006，第614页。

一方面的例证赵翼文中已有所指陈；另一方面，割并年号为词亦早已见于公文之中，正是"朝廷之上，已开其端矣"。

最后，尝试就割并年号的惯例作一个小结。

第一，割并年号，通常是指割并相邻的两个年号；但也有少数变例，即跳过中间某一年号，割并非紧相连接的两个年号。这种割并要么有某种特殊的政治原因或用意，如"符祐""洪永"；要么是因为中间的那个年号时间太短，可以忽略不计，如"政、宣"之间的"重和"。

第二，割并年号，通常是按照时序，从前往后，以正序割并为主；但也有极少数例外，如"丰熙""崇靖"就属于倒序割并。

第三，割并年号，通常是割取两个年号的上字组成新词，或者割取两个年号的下字，但也有少数变例，可以称为交叉割并。清人谭献《复堂词话》评王沂孙词时曾说："大历诸家，去开宝未远。"[①]"开宝"就是割取"开元"的上字和"天宝"的下字构成。一般来说，割并构词以不造成歧义、贬义为佳；同时，一个作者往往有其特定的割并构词习惯，但也有例外。例如，清人洪亮吉在《北江诗话》中既割并开元、天宝为"开宝"，又割并为"开天"[②]。相对来说，"开天"比较常见，这不仅因为它行世已久，更因为"开宝"正是宋太祖赵匡胤的年号（968—975），容易产生误会。顾炎武提到的"庆历"，是割并"隆庆""万历"而成，与宋仁宗的年号（1041—1048）正相重合，显然也不可取。

第四，割并年号大约始于唐，兴于宋，北宋之时犹未形成积习，所以变异较多，南宋以后，割并年号逐渐形成了一种比较普遍稳定的构词习惯。明清两代，一个皇帝基本上只用一个年号，因此，割并年号只能"合两帝而称之"。对明代年号的割并，还有取上字或取下字之

---

① 唐圭璋编：《词话丛编》，中华书局，2005，第3992页。
② "开宝"见《北江诗话》卷五"刘长卿，开宝进士"条；"开天"见同书卷一"钱宗伯载诗"条："王方伯太岳诗，如白头官监，时说开天。"见洪亮吉撰，陈迩冬校点《北江诗话》，人民文学出版社，1998，第96、4页。

别；对清代年号的割并，基本上只取上字；二者一般都是正序，而且不交叉。这是一种不成文的惯例，后人在割并年号时越来越自觉地遵而行之。

（原载《中华文史论丛》第 80 辑，上海古籍出版社，2005）

# 尤物
## ——作为物质文化的中国古代石刻

## 一、引论：中国尤物

物质文化（material culture）研究，是近二三十年西方学术界的一个热点。2008年，北京大学出版社出版《物质文化读本》，集中译介了西方在这一领域比较重要的研究论文24篇。作为导读，主编之一的孟悦撰写了一篇题为《什么是"物"及其文化——关于物质文化的断想》的长篇前言。他引述詹姆斯·迪兹（James Deetz）的定义，将物质文化界定为"我们生存的自然环境中，被文化所决定的人类行为所改变的那部分环境"。[①] 这些物质既为人类所创造，自然要打上人类行为的印记，而且，不管是在物质之生产与消费环节，还是在物质之拥有、收藏与流通过程中，都蕴含着丰富的文化意义。实际上，物质的消费包括两个方面：一个是日常生活中的商品消费，另一个是文化活动中的文化消费。物质的生产与技术有着密切的关系，其背后有社会经济的因素。物质文化研究中经常谈到的论题还有对物质的迷恋，简称为"物恋"或者说"恋物"，以及物质的流通及其与空间、时间的

---

① 孟悦：《物质文化读本·前言》，孟悦、罗钢主编《物质文化读本》，北京大学出版社，2008，第2页。

关系。从时间角度来看，某种具体物质（亦即物品）也像人一样拥有生命，甚至可以就此写成一部"传记"。

正如孟悦指出的，物质文化研究"是在过去的两个十年里开始形成的、有多学科参与的、具有自觉和自我批评意识的同时又是开放的新的学术空间"。① "虽然考古学和人类学更接近物质文化的研究，但历史学、艺术史、城市研究、空间研究，以及消费文化的研究都与之相互重叠。"② 要之，物质文化研究是跨越考古学、历史学、艺术史等多学科的交叉研究领域，这种跨学科特点，不仅使我们将物质文化的研究思路引入中国古代文献尤其是石刻文献的研究显得顺理成章，而且也预示了广阔的发展前景。一本书、一件石刻、一幅书画，都可以视作一种物品（object），也都可以作为物质文化研究的对象。例如，物的制作、消费与流通过程，物与人世的互动，构成物的"身世"，这往往是一部情节曲折而内涵丰富的"传记"。每一个物品都有其文化身份，这个文化身份与其制作者、拥有者或收藏者之间，也有难以切割的联系。物质文化研究的这些基本观念与思路，也同样适用于古代文献尤其是石刻文献的研究。

美国哲学家和心理学家威廉·詹姆士（William James）说："一个人的自我是他能够称作是他的所有东西的总和。"③ 在此基础上，物质文化研究学者罗素·W. 贝尔克（Russell W. Belk）提出一个著名的观点，即财产是延伸的自我。④ 值得注意的是，在英文原文中，贝尔克是用 possession 一词来指称"财产"。实际上，possession 一词还有"拥有""所有""藏有"乃至"收藏"的意思。在中国传统文献学领域，与 possession 内涵最为接近的词语，应该是"藏弆"和"收藏"。据此类推，我们完全可以说，拥有或者收藏什么物品，既是收藏者个性的体现，更是其自我的延伸。人与物之间，或者说，生命与财物之间，有着千丝万缕的情感联系，剪不断，理还乱，正因为人们难以解脱对

---

①② 孟悦：《物质文化读本·前言》，第5、4页。
③ 转引自孟悦、罗钢主编《物质文化读本》，第112页。
④ 罗素·W. 贝尔克：《财产与延伸的自我》，《物质文化读本》，第112–150页。

物的这种眷恋，才催生了我们在无数场合听到的"某某为身外之物"这样的自慰或慰人之辞。既然物是延伸的自我，那么，根据某人所拥有、所喜欢的物来判断其人，就不会显得突兀了。宋代理学家常告诫人不要"玩物丧志"①，也是着眼于外物与内心之间有着非常密切的关系，这根本上也是一种"以物取人"的做法。《尚书·旅獒》云："人不易物，惟德其物。"孔传曰："言物贵由人，有德则物贵，无德则物贱，所贵在于德。"② 一件物品有无价值，重要的不在于这个物品本身，而在于拥有物品的是什么样的人。人比物更重要，《世说新语·德行》就有这么一段非常有名的故事：

> 王恭从会稽还，王大看之。见其坐六尺簟，因语恭："卿东来，故应有此物，可以一领及我。"恭无言。大去后，即举所坐者送之。既无余席，便坐荐上。后大闻之甚惊，曰："吾本谓卿多，故求耳。"对曰："丈人不悉恭。恭作人无长物。"③

"长物"就是多余之物，它似乎是从身体里长出来的、像赘疣一样的东西，虽然多余，却像身外之物一样，让古人魂牵梦萦。王恭自称"作人无长物"，此语不可小觑。由其拥有物的方式，即可判断其为人的风格。人与物之间的关系是如此直接，又如此密切。据说古希腊有一句谚语："告诉我，你和谁在一起，我就告诉你，你是谁。"从物质文化研究的角度出发，同样可以说，你拥有怎样的物品，我就能判断你是怎样的一个人。

综上所述，在中国古代，早就有类似于物质文化研究的思路，只不过没有抽象出物质文化研究这样的名号而已。有意思的是，在古汉

---

① 如朱熹之师、二程再传弟子李侗有言曰："读书者知其所言莫非吾事，而即吾身以求之，则凡圣贤所至而吾所未至者，皆可勉而进矣。若直求之文字，以资诵说，其不为玩物丧志者几希。"见脱脱等《宋史》卷四二八，中华书局，1985，第12747页。按：此"物"与"心"相对，指外物，范围极广。
② 《尚书正义》，阮元校刻《十三经注疏》，中华书局，1980，第195页上。
③ 刘义庆撰，刘孝标注，余嘉锡笺疏：《世说新语笺疏》，上海古籍出版社，1993，第48-49页。

语中，"物"泛指外在于自身的世界万物，既包括物品，也包括他人。在"物议""待人接物"之类的词语中，"物"既指他人，也指向与自己相对的那个外部世界。所以，在古代汉语的言说体系中，"物"字既有作为"物体"的对象性、客体性，也有作为"人（他人）"的社会性、文化性，这种双重身份是有利于以物为基础而展开文化研究的。

"物"字既能指人又能指物的双重属性，最为突出地凝聚在"尤物"这个词语之中。《左传》昭公二十八年云："夫有尤物，足以移人，苟非德义，则必有祸。"① 这里的"尤物"，指的是那些特别美丽妖娆、能够在感官上给人以强烈冲击、产生巨大心理震撼的美女，尤其特指如夏代妹喜、商代妲己、周代褒姒那一类的绝色美女，正是她们导致夏、商、周三代的倾覆。唐人韩偓《病忆诗》云："信知尤物必牵情，一顾难酬觉命轻。"② 凡是能将人的情感牢牢拴住的物或者人，都可以称为"尤物"。所以，酷爱栽梅的范成大称梅花为"天下尤物"。③ 而非常喜欢荔枝的苏轼，到了岭南以后，初啖荔枝，便惊艳不已，将其称为"尤物"："不知天工有意无，遣此尤物生海隅。"④ 一花一果，都足以让人产生强烈的感情。然而，对尤物产生的感情过于强烈，也有可能带来负面效应，所以，白居易《八骏图》诗云："由来尤物不在大，能荡君心则为害。"⑤ 显然，白居易笔下的"尤物"指的是玩赏之物。

众所周知，赵明诚、李清照夫妇从年轻时候开始，就酷爱收藏古器物及金石拓本，他们节衣缩食，日积月累，收藏颇具规模，其后不幸遭遇靖康之乱，金石刻二千卷丧失殆尽。赵明诚去世之后，李清照编定《金石录》，写了《金石录后序》，回想平生，有如下一段充满感情的话：

---

① 《春秋左传正义》，阮元校刻《十三经注疏》，中华书局，1980，第2118页中。
② 《全唐诗》卷六八三，上海古籍出版社缩印康熙扬州诗局本，1986，第1720页下。
③ 范成大撰，孔凡礼点校：《梅谱·序》，《范成大笔记六种》，中华书局，2002，第253页。
④ 苏轼：《四月十一日初食荔支》，王文诰辑注，孔凡礼点校《苏轼诗集》卷三十九，中华书局，1982，第2122页。
⑤ 白居易撰，顾学颉校点：《白居易集》卷一，中华书局，1979，第76页。

今日忽阅此书，如见故人。因忆侯在东莱静治堂，装卷初就，芸签缥带，束十卷作一帙。每日晚，吏散，辄校勘二卷，跋题一卷。此二千卷，有题跋者五百二卷耳。今手泽如新，而墓木已拱，悲夫！昔萧绎江陵陷没，不惜国亡而毁裂书画；杨广江都倾覆，不悲身死而复取图书，岂人性之所著，生死不能忘欤？或者天意以余菲薄，不足以享此尤物邪？抑亦死者有知，犹斤斤爱惜，不肯留人间邪？何得之艰而失之易也？①

李清照用"尤物"来表示她和赵明诚所收藏的这些古器物及石刻拓本。在极度悲伤无奈之余，她只好自我安慰：也许这是因为赵明诚离开这个世界之后，心里仍然放不下、忘不掉这些尤物，所以，他运用某种超自然的力量，把这些东西带到另外一个世界去陪伴他，而不使之留在人间。言外之意，赵明诚不但生前与其所收藏的金石拓本有密切的关系，而且在他身后，他的生命还与这些尤物不可分割。周密《癸辛杂识》载："吴兴向氏，后族也。其家三世好古，多收法书、名画、古物，盖当时诸公贵人好尚者绝少，而向氏力事有余，故尤物多归之。其一名士彪者，所蓄石刻数千种，后多归之吾家。"② 显然，周密所谓"尤物"，包括书画古物，特别包括石刻，有财力的好古之士才可能拥有这些尤物。可见，对"尤物"的这种理解，在宋代是相当普遍的。

物与人、物与社会之间有这样密切而长久的联系，正是物质文化研究所赖以展开的逻辑基础。如果说，妹喜、妲己等古代美女可以称为中国古史的尤物，那么，石刻就是中国文献文化史上的尤物，它当之无愧。

## 二、人工开物：作为文化产品的石刻

石刻是人工雕刻而成的物品，即所谓"人工开物"。"开"在这里

---

① 赵明诚撰，金文明校证：《金石录校证》，广西师范大学出版社，2005，第 534–535 页。
② 周密撰，吴企明点校：《癸辛杂识》后集，中华书局，1988，第 79 页。

是雕刻的意思。一件石刻的完成，需要经过多重工序，"开"（雕刻）只是其中最为重要的一道。但是，我们可以将"开"作为这些人力工序的代表。"人工开物"，表示石刻形成过程中有诸种文化因素发挥作用，具有多种文化身份。

石刻都是以石为材料而雕刻出来的，这是其共同点，但其物质形状多种多样，文本形态亦各自不同。传统石刻学者有将其细分为42类的，如叶昌炽①，因无关题旨，这里且不备述；也有粗分为七类的，即墓碑、墓志、刻经（石经、释道经幢）、造像（画像）、题名题字、诗词、杂刻（砖瓦、法帖）。② 七大类中，仅墓碑一项，就有墓碣、墓幢、塔铭、纪德碑等诸多名目。各种石刻名目不同，其文化身份与功能也各异。很多石刻是礼器，却适用于不同的礼仪场合，例如各种功德碑以及名山大川的各类祭祀碑，其功能或类似于秦汉以前的青铜器。又如墓碑，一般来说树立于地面之上，则是丧葬场合所用的礼器。东汉人重视孝道，对墓碑一物极其重视，物极必反，便产生了不少社会弊病。一方面是相互攀比，造成物力浪费，如东汉崔寔葬父，为了"起冢茔，立碑颂"，不惜"剽卖田宅"，"资产竭尽"，结果穷困不堪，只好"以酤酿贩鬻为业"。③ 由此产生的是经济与社会问题。另一方面，则是由于虚荣心作祟，谀墓不实，助长了社会上虚妄不实的风气。故自建安以后，魏晋南朝屡次禁碑，于是，作为葬礼用品的碑就改头换面，由地面转入地下，由墓前改为墓中，最初的墓志就由此产生了。所以，最初的墓志都是墓碑形状的，多为长方形，有的还保留碑穿，而定型的墓志则基本上是正方形。可见，石刻在社会使用过程中，会发生形貌与身份的转变。

无论从功能还是从形制上看，碑、志都是两种物品，但后人不明就里而致混淆二者的情况也时有所见。据邓之诚《骨董琐记》卷二

---

① 叶昌炽撰，柯昌泗评，陈公柔、张明善点校：《语石　语石异同评》卷三至卷五，中华书局，1994，第182-383页。
② 参看杨殿珣编《石刻题跋索引》（增订本），商务印书馆，1990。
③ 范晔：《后汉书》卷五十二，中华书局，1965，第1731页。

"宋李路墓志"条记,近代即墨农民李某,"掘地见古冢,四壁皆石,方广十丈……中树墓碑,文曰:'宋故吉州太和县主簿李公讳路,字季通,于元祐五年庚午十二月三十日,合掌氏之丧,葬于即墨县皋虞乡先茔之次,今立石以志之。'"① 邓之诚说这是墓志的"别体"。更准确地说,这是墓志与墓碑的混合体,从其形制来看是碑,从其空间位置来看则是墓志。这说明,各类石刻尤其是墓碑与墓志之间,由于其形制及其空间位置的变化,其功能与身份也会产生相应的转变。定型的墓志,一般包括墓志与墓志盖两件,两者上下重叠,摆在墓室正前方,既表明墓主身份,也指示墓穴位置。换句话说,墓志作为丧葬之物,确定了墓主的时间位置与空间位置,具有历史和地理的双重意义。

石刻经典包括儒家经典、佛教经典和道教经典,儒家经典刻石的文化意义最大。中国历史上有过多次儒家经典刻石,最早一次是在东汉熹平年间(172—178),称为"熹平石经",现在只能看到一些残石。熹平石经是第一次以碑板形式传播儒家经典,用当时通行的隶书,由蔡邕等人书写。三国魏正始年间(240—249)再次刻石经,通常称为"正始石经",亦称"三体石经",因其用古文、小篆、汉隶三种字体写刻。两次刻经所用字体不同,既表明了两种经碑各自不同的文化归属,也体现了汉魏之间经学文化的某种变迁。千年之下,面对这两次刻经的残石或拓本,仍能产生明显不同的感受,对于喜欢玩赏字体的人来说,其观感之不同就更加不言而喻了。再往后,唐、五代、宋、清各代还曾多次刻经。历次儒家经典刻石,入刻经典数量多少不同,版本依据也不相同,其出发点和目的亦自有区别,碑板形制当然也有变化。总的来说,越往后代,刻经规模越大。今天仍然保存在西安碑林博物馆,刻于唐代开成年间(836—840)的开成石经,一共九部,一排排经碑比肩并列,虽然在户内,依然气势非凡,若安置于更加开阔的户外空间,则对人的视觉冲击一定更加强烈,会有如同神物的感觉。清代乾隆年间(1736—1796),有好事者为了奉谀乾隆皇帝,抄写

---

① 邓之诚撰,邓瑞整理:《骨董琐记全编》,中华书局,2008,第62页。

刻成十三经，现存北京国子监，规模依然宏大，但其文献意义和文物价值已不能与前几次刻经同日而语。当初，熹平石经甫一刻立，"其观视及摹写者，车乘日千余两，填塞街陌"。① 全国各地士子蜂拥而至，都来抄读这个石经，同时也观赏了经碑展开与排列的阵势。可以说，石经是东汉首都洛阳一道宏伟的人文景观。同时，从物质文化角度来看，历次石经的规格形制、造作背景以及空间位置都有文化意义。

与儒家经典相比，佛经及道经石刻自有其特点。最大规模的石刻佛经，应该算北京房山云居寺的石经，蔚为壮观的经板，被收藏在不同的藏经洞里；最具特色的则是北朝的摩崖刻经。前者的目的主要在于收藏，而后者的目的在于积德修行，其对文本展示、传播及使用的方式，与置于开阔之地或者立于太学之旁的儒家石经相比迥然有别。道家经典较少见于石刻，值得一提的是现存西安碑林博物馆的三体阴符经，北宋郭忠恕以古文、篆、隶三体书写，与同样三体的正始石经后先相映。此外，道教名山和宫观也有一些道经石刻。从儒、道、释三教石经之异同中，可以窥见三教对于石刻的使用与收藏有着不同的理解与态度。

造像基本上是立体的，至于在山东、江苏徐州以及河南、四川等地均有发现的汉代画像石，则基本上是平面的，大多是以浮雕的形式呈现图案。造像与画像以图案为主，但也有一些文字。除了立体与平面之别，造像与画像的空间位置也明显不同，其意义与功能自然更有甚大差别。在名山大川或风景胜地，看到历代题名题字或者各体诗词题刻的概率更高。在杂刻中，有两类应该特别提出：一类是形制上比较特别的摩崖石刻，一类是文本内容上比较特别的法帖。如果说摩崖是石刻这种"被文化所决定的人类行为"改变自然环境的最典型的体现，那么，法帖则是从另一个角度突出了石刻这种"人类行为"能够在多大程度上"被文化所决定"。各种类型石刻的孳生，反映了不同文化消费的需要。

---

① 范晔：《后汉书》卷六十下，第1990页。

墓志之出现，就是文化消费需要催生石刻新品的一个生动例子。如前所述，魏晋南朝屡次禁碑，阻断了墓碑大量产生的道路。近几十年来，南京出土了很多东晋南朝世家大族的墓志，先为砖刻，后为石刻。最早的墓志出现于东晋之初，其后，侨姓士族越来越清楚地认识到北归无望，他们只能转认南方作故乡，本土化的压力越来越大，但同时他们也无法忘怀原籍，即使卒葬于南方，也要设法铭记祖先，在墓中记述家族渊源，以志不忘，以传久远。于是，砖刻或石刻墓志就应运而生[①]，最终，更为坚硬的石刻取代砖刻，墓志成为石刻新品，并且逐渐成为中国文献史上最为大宗的石刻品种。如果没有侨姓士族高度的文化修养及其强烈的文化需求，这一石刻新品是不会以这种面目、在这个时候出现的。

石刻的优劣存毁，与石材质量有关系，也与刻字工匠的技术有关系。怎样选料，怎样采石，怎样把石头砻平，巨大的碑材如何运输，都涉及材料。至于撰、书、刻、立等诸道造作工序，更是一个复杂过程。大多数石刻上有界格，有的线条至今仍然清晰可见，有的则已模糊不清，总之行列整齐。但像汉代摩崖石刻《石门颂》及云峰山北魏石刻，则似乎没有界格，受石材质地所限，亦无法保证行列的整齐划一。书丹也好，模勒也好，镌刻也好，石刻与材料及工具的关系，与空间环境的关系，与装饰、美术等工艺的关系，都有在制作石刻过程中应当考虑的技术因素。关于石刻刻工对于石刻的影响，这类人群在古代社会中的位置，笔者曾有专著作专门探讨[②]，但是，关于这类人群在文献文化史上的地位，还有不少问题没有涉及。碑刻完工之后，如何树立起来，对于周边环境及方位有何要求，从制作物的角度也应该好好考究。如果不单纯从技术角度考虑，那么，同一品种的石刻既有技术高下、态度精粗的区别，也有时代及地域风格的异同。

一个时代有一个时代的刻石中心。北朝时代，洛阳是当时的刻石

---

① 参见拙撰《墓志文体起源新论》，《学术研究》2005年第6期。
② 参见拙撰《石刻刻工研究》，上海古籍出版社，2008。

中心，而明清时代，苏州则是当时的刻石中心。苏州一些刻字店兼营刻石与刻书，如乾隆时期著名的穆大展局，影响甚大，甚至被画到当时的《姑苏繁华图》之中。① 有的世代从事刻石行业，艺术造诣精深。这不仅涉及当时的技术和经济发展状况，也与当地文化发展水准有关系。从物质文化角度来说，关注石刻生产者及其组织是十分重要的。

清人王芑孙《碑版文广例》云："汉碑阴类皆题名，其题名有书率钱之数者，有不书钱数者，有题门生故吏者，其门生故吏有分标者，有错列者，有杂以书撰人名者，有杂以石工石师者，有并纪续事者，有并纪他人者，随事各殊，了无义例，悉数不能终其物也。"② 其实，这些题名未必毫无义例。门生故吏在碑阴题名，往往附注某人出资多少。从这个角度来看，碑阴题名实为一册"人情簿"，从中可以看出以碑主为中心而编织的一张社会关系网。有碑阴题名的汉碑主要是两类：一类是用于丧葬场合的墓碑，一类是在更具社交意义的礼仪场合所用的功德碑。无论哪一类，其实都可以看作是门生故吏送给碑主的一个礼物。碑主作为长官或者老师、前辈，当其离世或者离职之时，其门生故吏共同出资，树立碑刻，并以碑阴题名的方式，确认出资者与碑主，以及出资者彼此之间的社会关系，碑阴详列门生故吏之名字、籍贯、身份以及出资数额，正是这一社会关系网络运作及展示的表现。《后汉书·郭太（泰）传》记郭泰去世，"四方之士千余人，皆来会葬。同志者乃共刻石立碑，蔡邕为其文"。③ 如果说参加会葬的千余人是以郭泰为中心的社会关系圈的外圈，那么合力刻石立碑的"同志者"，则是这个社会关系圈的内圈，而蔡邕的碑文实际上是代表这些"同志者"而作的。郭泰碑就是包括其门生故人在内的诸多"同志者"奉献给郭泰的一个礼物。碑阴题名为我们从礼物角度理解碑刻提供了翔实的依据。

---

① 参看范金民《清代苏州城市工商繁荣的写照——〈姑苏繁华图〉》，《江南社会经济研究·明清卷》，中国农业出版社，2006。
② 王芑孙：《碑版文广例》卷六，朱记荣辑《金石全例》（下册），北京图书馆出版社，2008，第335页。
③ 范晔：《后汉书》卷六十八，第2227页。

石刻是东汉大地上最为显眼的人文景观之一，这既包括洛阳太学的石经，也包括名山大川的石刻以及各种巨大的墓碑。其实，不仅东汉时代，到今天，古代碑刻依然是引人注目的人文景观。据《三国志·魏志·邓艾传》，邓艾本名邓范，字士则，其取名经过是这样的："年十二，随母至颍川，读故太丘长陈寔碑文，言'文为世范，行为士则'，艾遂自名范，字士则，后宗族有与同者，故改焉。"① 陈寔是颍川名人，其墓碑自是当地有名的景观，途经此地的邓艾慕名探访，细读碑文，这显然是一次认真的寻访之旅。像邓艾这样迂道拜墓读碑，甚至在墓碑前徘徊流连，摩挲古刻，体会其文章笔法者，汉魏时代并不罕见。曹操和杨修路过《曹娥碑》，细读碑刻及碑阴题字，即是一例。② 在拓本时代以前，这是他们能够采取的有效"拥有"碑刻的唯一方式。东汉以前基本上是庙祭，东汉以后就变成了墓祭，"墓地由凄凉沉寂的死者世界一变而为熙熙攘攘社会活动的中心"③。在祭祀的时候，亲人、故旧、门生都到坟墓上去，拜墓读碑，大小公私集会也在此进行。在他们的视野中，墓碑就是景物，在摩挲、阅读和记诵中，碑刻被他们拥有，成为他们知识和记忆的一部分。

### 三、玩物见志：作为雅玩的石刻

玩赏石刻是中国古代士大夫非常重要的一种趣味，至少从宋代以来，这种趣味的弥漫、延伸或者说深化是与日俱增的。从某种意义上甚至可以说，"抱残守阙"就是这种趣味的一部分。石刻与其他古物有一个共同点，即虽然残缺，但自有残缺之美。完整的古刻当然能够给我们提供完整的历史信息，但是，断碑残石也有其不可替代的价值，可以发挥其特殊功用。近代以来，以学问湛深而著称的文献学家马衡、

---

① 陈寿撰，裴松之注：《三国志》卷二十八，中华书局，1982，第775页。
② 余嘉锡：《世说新语笺疏》，第579页。
③ 巫鸿：《从"庙"至"墓"——中国古代宗教美术发展中的一个关键问题》，巫鸿著，郑岩、王睿编，郑岩等译《礼仪中的美术——巫鸿中国古代美术史文编》下卷，生活·读书·新知三联书店，2005，第568页。

杨树达和余嘉锡等人，都曾专门考证汉碑里的断碑，将残缺的断片拼接起来，作最大程度的信息还原，完成了极其精彩的学术研究，残碑的生命由是被重新激发出来。① 面对断碑残石，可以想象一个完整的世界；利用断碑残石，可以制造新物品，实现断碑生命值的转换甚至递增。

宋神宗熙宁四年（1071）十一月，高邮孙觉（莘老）自广德移守吴兴（今浙江湖州），次年二月，他在府第之北、逍遥堂之东修建了一座墨妙亭，陈列他从吴兴境内各地搜集的汉代以来的历代古文遗刻，"深檐大屋，以锢留之"。同时，他又请好友苏轼作《墨妙亭记》，希望借助苏轼文章之力，使这些"古文遗刻"传诸久远。"凡有物必归于尽，而恃形以为固者，尤不可长，虽金石之坚，俄而变坏，至于功名文章，其传世垂后，乃为差久。"② 孙莘老建墨妙亭，不仅期望"锢留"古文遗刻，还企图在历史与时间长河中"锢留"这一段风雅胜事。苏轼深深理解这一点，在《墨妙亭记》之外，他又应孙莘老之求作诗一首。诗的前半段细述古刻书迹之可贵，后半段说到墨妙亭之事：

> 吴兴太守真好古，购买断缺挥缣缯。龟趺入坐螭隐壁，空斋昼静闻登登。奇踪散出走吴越，胜事传说夸友朋。书来乞诗要自写，为把栗尾书溪藤。后来视今犹视昔，过眼百世如风灯。他年刘郎忆贺监，还道同时须服膺。③

栗尾是当时的名笔，溪藤是当时的名纸，苏轼郑重其事，自书其诗以寄，并借用当年刘禹锡恨不能与贺知章同时的故事，表达对孙莘老的服膺。孙莘老以墨妙亭集藏古物，为好古之士提供了玩赏之便，

---

① 马衡关于汉石经残字的研究，见其《凡将斋金石丛稿》，中华书局，1977；杨树达《汉西乡侯兄张君残碑跋》《汉朝侯小子残碑跋》，载《积微居小学金石论丛》，上海古籍出版社，2007，第445-446、448-449页；余嘉锡《汉池阳令张君残碑跋》，载《余嘉锡文史论集》，岳麓书社，1997，第556-562页。
② 苏轼：《墨妙亭记》，孔凡礼点校《苏轼文集》卷十一，中华书局，1986，第354-355页。
③ 苏轼：《孙莘老求墨妙亭诗》，《苏轼诗集》卷八，第371-373页。

还将苏轼的墨妙亭诗刻碑，立于亭内，古今辉映。曾几何时，意在吟咏"古文遗刻"的诗歌文本及其书法也化身为"古文遗刻"，成为后人眼中的又一件古物。

岁月沧桑，不仅墨妙亭古刻渐次散失，苏轼诗碑也不幸毁坏，几片断碑流落人间，却不期然有缘重生，从此踏上新的生命旅程。其中一片断碑"广三寸七分，长三寸四分"，苏诗原刻"存十六字四行"，即"吴越胜事""书来乞诗""尾书溪藤""视昔过眼"，明清之际被著名学者黄道周（黄石斋）收藏。黄道周将其背面改造为一方石砚，"右偏刻'断碑'二隶字，下刻'道周'二字印篆"，左边则刻有朱彝尊的铭文："身可污，心不辱；藏三年，化碧玉。"置诸明清易代的大背景中，铭文字里行间似乎别有寄托。同光年间，此断碑砚被潘祖荫收藏，后不知下落。① 另一片断碑"高广各三寸，长四寸""存十二字，凡四行，行三字"，即"灯他年""忆贺监""时须服""孙莘老"，其中"孙莘老"三字显然出自诗题。明代大儒王守仁贬谪龙场驿时收得这片断碑，"遂以背面作砚。左侧刻'守仁'二楷字，右刻篆书'阳明山人'，侧分书'驿丞署尾砚'。乾隆时归裘文达曰修，绘画遍征题咏"。② 最初是孙觉建墨妙亭，将吴兴古碑刻汇集收藏其中，接着苏轼题诗刻碑，然后诗碑毁坏，残片流落人间，最后变形为断碑砚，继续其生命历程——这是一件石刻从北宋到清代的流传史和生命史。碑也好，砚也好，都贴近文士生活，易于凝聚文化关注。研究物的传记，这是非常好的一个案例。

刻印时采用碑的形制，也有异曲同工之妙。清代仪征学者江德量（秋史），"尝仿汉碑式，作收藏印。石高二寸，碑面修三寸，阔寸余。上仿碑头作穿孔式，阳文'江君之记'四字。碑文云：'君讳德量，字量殊，江都人……刊兹佳石，以传记载。'自作跋云：'赵邠卿生立圆石，达者情也。而《荡阴表颂》生亦称讳。至宝难得，性命可轻，身

---

① 参看邓之诚《骨董琐记全编》卷二"断碑砚"条，第67页。
② 邓之诚：《骨董琐记全编》卷五"阳明驿丞署尾砚"条，第168页。

实殉之。墨君弟为余摹汉碑，获予心哉！秋史识于问津书院学海堂。'"① 这方收藏印是碑印杂交之物，碑面、碑穿、碑文应有尽有，足见江氏对汉碑形制的迷恋。碑印二物使用场合固然不同，但印章可以视作具体而微的碑刻，碑刻亦可以视作庞然大物的印章，碑印之间的互动关系，也可以从物质文化研究的角度开掘。

无独有偶。清同治元年（1862）十一月，著名篆刻家赵之谦为纪念其亡妻，刻了两方悼亡印，印文分别为"俯仰未能弭，寻念非但一"和"如今是云散雪消，花残月阙"。他还在这两方印石四边环刻多达382字的长篇边款，每边4行，每行12字，界格分明，行列整齐。这实际上是一篇题为《亡妇范敬玉事略》的文章，也可以看作是一篇墓志，其形态与东晋南朝之交出现的刻于若干块砖上的墓志特别类似。②这两方印融合印章和墓志于一体，是艺术形式的创新，也是物质文化的创造。

法帖和拓本是石刻最为重要的两个衍生物。《癸辛杂识》后集"贾廖碑帖"条云：

> 贾师宪以所藏定武五字不损肥本禊帖，命婺州王用和翻开，凡三岁而后成，丝发无遗，以北纸古墨摹拓，与世之定武本相乱。贾大喜，赏用和以勇爵，金帛称是。又缩为小字，刻之灵璧石，号"玉板兰亭"。其后传刻者至十余，然皆不逮此也。于是其客廖群玉以《淳化阁帖》《绛州潘氏帖》二十卷，并以真本书丹入石，皆逼真。又刻《小字帖》十卷，则皆近世如卢方春所作《秋壑记》，王茂悦所作《家庙记》《九歌》之类。又以所藏陈简斋、姜白石、任斯庵、卢柳南四家书为小帖，所谓《世彩堂小帖》者。世彩，廖氏堂名也。其石今不知存亡矣。③

---

① 邓之诚：《骨董琐记全编》卷六"碑式印"条，第214页。
② 参看西川宁编《二金蝶堂遗墨》，二玄社，1989，第304-305页。
③ 周密：《癸辛杂识》后集，第86页。

此条兼及法帖与拓本。法帖原为纸本，经由名工翻刻，遂转换为石刻；而依据石刻摹制的拓本又化身千百，石本重又回归纸本。尽管刻工技艺高超，号称"丝发无遗"，尽管"以北纸古墨摹拓"，材料精美而讲究，有"逼真"甚至乱真之誉，但石本与纸本毕竟为二物，彼此之间还是有区别的。如果着眼于二物不同的介质、不同的保存与传播特点，那么，就有更多的文化意义可待追寻。写本（manuscript）时代的文献有一个特点，即文献不能批量复制，故其生产与传播效率（包括速度与准确度）受限，石刻作为写本文献，自不例外。拓本的出现改变了这一态势，使石刻进入了准印本时代。石刻必须一件件镌刻，而拓本则可以批量生产。写本、拓本与印本之间，不是简单的单向演进，而是非常复杂的关系。从具体的写本、拓本与印本来看，三种形态的文献孰先孰后，孰真孰赝，不可一概而论。以石经为例。在东汉熹平石经之前，这些经典的传播主要靠简帛，后来纸普及了，才可以抄为纸本。唐代开成年间刻石经，自有众多纸质写本为依据，刻石之后近百年，"后唐明宗长兴三年二月，中书奏乞依石经文字，刊《九经》书印版，从之"。[①] 同一文本而有纸本、石本、刻本之分，文献媒介形式变动不居，造成不同物品之间的纠葛，值得从物质文化研究角度作进一步的探讨。

拓本是石刻最有生命力的衍生物。它为石刻复制与传播提供了巨大方便。从玩赏角度来看，拓本有石刻所没有的诸多便利，便于张挂、卷舒、收藏、携带、交易，几乎可以不受时间和空间的限制，随时随地展开、摩挲、把玩、研读，甚至撰写题跋。但是，石刻也有拓本所不可能具有的身份和意义。石刻作为拓本所从出的母体，具有原始性和唯一性，它与它所处的空间环境相互配合，凸显位置意义与景观价值。当然，石刻和拓本都可以作为商品，也都可以作为礼品，还都可以当作艺术品。

---

[①] 李上交：《近事会元》卷三，《守山阁丛书》本。参看邓之诚《骨董琐记全编》卷一"刊书"条，第37页。

笺纸也是古代文士雅玩之一，笺纸中有一类是使用碑刻拓本作背景的。其中，撷取汉碑拓本的片断作背景，又是比较常见和流行的。例如，浣花斋制笺中，就撷取汉《尹宙碑》中"肃""致"二字，双钩隶书作为背景。此二字在原碑中并不相连，笺中通过拼接组成新词，不仅取其汉隶字形，更取"肃致"为致书习语之意。有时干脆就取残碑为背景，如清人沈景修有一诗柬，其所用笺即以汉"公乘伯乔残题名"双钩本为背景。① 这类笺纸是拓本的一种衍生物，也可以说是碑刻的再衍生物。碑是石刻，笺是纸，碑笺之间，石本与纸本之间，并没有不可跨越的界限。这种跨界衍生，其实也反映了古代文士对石刻的雅玩态度，反映了他们对于这些古物的迷恋。中国传统石刻学或者说金石学，就是在宋人玩物和恋物的过程中诞生的。

## 四、恋物与"延伸的自我"

如前所述，英文 possession 一词兼有"收藏"之义，可以译为"财产"，也可以译作"拥有""藏有"，这是一个比较宽泛的概念。就中国古典文献研究领域而言，收藏就是拥有，收藏家珍视其收藏之物，有逾财宝。就宋人而言，"集古"就是其最重要的收藏活动之一，而癖好集古，就是恋物的表现。欧阳修就是癖好集古之士，一生致力于收藏金石古刻。他晚年自号"六一居士"，自言："吾家藏书一万卷，集录三代以来金石遗文一千卷，有琴一张，有棋一局，而常置酒一壶……以吾一翁，老于此五物之间，是岂不为'六一'乎？"② "五物"与"一翁"相加，就是六一居士欧阳修。欧阳修所收藏、拥有的"五物"，包括"三代以来金石遗文一千卷"在内，这不仅是欧阳修生活之内容与意义，也可以看成欧阳修"延伸的自我"。

---

① 以上二例并见梁颖《说笺》（增订本），上海科学技术文献出版社，2012，第75页。按："公乘伯乔残题名"参考洪适《隶续》卷二，《隶释　隶续》，中华书局，1985，影印洪氏晦木斋刻本，第305页。
② 欧阳修：《六一居士传》，洪本健校笺《欧阳修诗文集校笺》，上海古籍出版社，2008，第1131页。

欧阳修曾经谈到其对收藏的理解："物常聚于所好，而常得于有力之强，有力而不好，好之而无力，虽近且易，有不能致之。……凡物好之而有力，则无不至也。""夫力莫如好，好莫如一。予性颛而嗜古，凡世人之所贪者，皆无欲于其间，故得一其所好于斯。好之已笃，则力虽未足，犹能致之。"① 他认为，收藏主要靠两个条件，即主观上要喜欢，客观上要有经济能力，但更重要的是能够专心致志，持之以恒。他也坦言，他"独取世人无用之物而藏之者"，不只是"出于嗜好之癖，而以为耳目之玩"。② 从反面来理解，他是承认集古能够提供"耳目之玩"，满足"嗜好之癖"的，在某种意义上，也就是满足了感官享受。野外访碑，呼吸着旷野的空气，拂去尘灰或者青苔，叩击石面，聆听或清越或嘶哑的声音；或者在一室之内独对拓本，静听拓本卷轴不疾不徐地展开的声音，抚摸纸面，嗅着旧纸古墨独有的芳香，细辨石花墨痕，极视听之娱。二者感官享受虽然不同，却同样怡人，但后者显然更为方便、自由。欧阳修在退朝之暇，每每优游于一千卷金石遗文之间，张开五官，接收古物拓本所发射的信息，偶有感触或心得，便撰为题跋，抒发自我感怀。不管是附于拓本之尾，装裱为一体，还是别纸以存，这些题跋都可以说是欧阳修"延伸的自我"。《集古录目序》又言："或讥予曰：'物多则其势难聚，聚久而无不散，何必区区于是哉？'予对曰：'足吾所好，玩而老焉，可也。象犀金玉之聚，其能果不散乎？予固未能，以此而易彼也。'"③ 在欧阳修眼中，他所收聚的金石拓本比"象犀金玉"更加宝贵，更能让他优游其中，而不知老之将至。玩物以忘忧，生命在集古中得以延伸。他迷恋集古，迷恋古物，其实就是迷恋人生，迷恋世界。欧阳修常常感叹古人"托有形之物，欲垂无穷之名"④，其实他的集古之癖又何尝不是如此？只是殊途而同归而已。

李清照在《金石录后序》中详细叙述靖康之乱后，她和赵明诚带

---

①③ 欧阳修：《集古录目序》，《欧阳修诗文集校笺》，第1060－1062页。
② 欧阳棐：《集古录目记》，欧阳修撰，邓宝剑、王怡琳笺注《集古录跋尾》，人民美术出版社，2010，第229页。
④ 欧阳修：《集古录跋尾》卷三，第69页。

着平生收藏各类长物南奔的经过。这是赵李夫妇的一段辛酸史，也是两宋之际图书文献毁损散失的惨痛史。序中写道，靖康元年（1126），时赵明诚守淄川，"闻金人犯京师，四顾茫然，盈箱溢箧，且恋恋，且怅怅，知其必不为己物矣。建炎丁未春三月，奔太夫人丧南来，既长物不能尽载，乃先去书之重大印本者，又去画之多幅者，又去古器之无款识者，后又去书之监本者，画之平常者，器之重大者，凡屡减去，尚载书十五车"。在形势危急之时，赵明诚曾向李清照交代："必不得已，先弃辎重，次衣被，次书册卷轴，次古器，独所谓宗器者，可自负抱，与身俱存亡，勿忘也。"显然，赵明诚将其收藏的金石古物视同生命。最后，历经各种丧乱，赵李夫妇平生收藏各类长物丧失殆尽，只有"一二残零不成部帙书册，三数种平平书帖，犹复爱惜如护头目，何愚也邪！"① 字里行间，浸透了赵李夫妇对长物的深切爱恋之情。

恋物表现在很多方面，恋恋不舍、誓共存亡是一种表现，很多人以所收藏的石刻命名书斋，是另一种表现。古有明代宛平县令李荫的"古墨斋"，今有张钫的"千唐志斋"和于右任的"鸳鸯七志斋"。命名是风雅之举，亦寓占有之意。西方物质文化史研究的著名学者图恩曾说："我们脆弱的自我感觉需要支持，而这种支持是通过拥有和占有财产获得的，因为很大程度上我们就是我们所拥有和占有的。"② 收藏之得失，占有之成败，甚至成为其判断人生顺逆的标准之一。神化某些石刻，也是恋物的一种表现。云南"永平宝台山，有隋大业间某僧画壁达摩像，宋人某勒碑识之。寺屡毁于火，而画壁不毁，至今犹存。……大理南诏碑，今世通行拓本模糊无字，乃碑阴字为人凿去，谓和药食之，可以却病，正面踣于地上，字迹完好"。③ 在有些人眼中，这些石刻简直就是神物，其拥有的超自然力量，足以令人膜拜。

访碑是迷恋石刻的古人常有的举动。拜托友人寻访石刻及其拓本，

---

① 金文明：《金石录校证》，第532－533页。
② 转引自孟悦、罗钢主编《物质文化读本》，第112页。
③ 邓之诚：《骨董琐记全编》卷六"滇中名迹"条，第196页。

是常有的事；自己亲自外出寻访，踏遍山涯水滨，也不罕见。宋代拓本市场流通网络比起明清两代还差很多，集古之士自出访碑者不多。清代就有很多金石家亲身访碑，将其访碑行程及心得写入日记，还吟诗作画，征求题咏，广为传播，为文士玩物开辟了新途径。比较著名的如黄易和吴大澂等人①，他们都是痴迷石刻收藏、钻研甚深的学者。透过访碑道途和石刻拓本的寻访过程，可以看到一个物的流通网络，也能看到支撑这一流通的社会关系网络和学术交流网络。不管是作为礼物，还是作为商品，石刻及其拓本都是构成这些网络的核心网点。石刻的物流，或者说石刻流通之路，对于物质文化史与文献文化史研究来说，都是题中应有之义。

石刻跋尾也是恋物的副产品。读欧阳修、赵明诚、洪适等人的石刻题跋，读元明清各代直至近现代学者的题跋，最明显的感觉是，题跋与其人生是联在一起的，其中有很多独特的阅历与个性体验。收藏（集古）、学问、人生，这是宋代金石学成立的三个基石。金石学成立的宋代，也正是重新发现物，并且对物有了更深刻认知的时代。宋代士人普遍对物有浓厚的兴趣，欧阳修撰有《砚谱》《洛阳牡丹记》，足见其对砚、牡丹的耽爱。宋人文集中连篇累牍的题跋，很多是针对碑帖古物而发。宋词对物的精细描写与深刻体味，非前此的辞赋或咏物诗所能比拟。宋人对于物实在是太迷恋、太投入了，以致可以说，宋代金石学是宋代恋物文化的结晶之一。

## 五、馀论

研究古代文献，包括书画、信札、石刻、拓本等，以往大概比较重视文本内容，而不太重视其物质层面。本文所要强调的是，物是文献的重要属性之一，文献既有作为文本的文化性，也有作为物的文化性。对于物的理解要放大，不能只局限于文献的外部形态。

---

① 参看故宫博物院编《黄易与金石学论集》，故宫出版社，2012。

中国传统学术对于物是非常重视的。先秦时代就有《考工记》，讲的是各种物的制作规范及其工艺。中国传统学问中有博物学，又有名物学。两者与物质文化研究都有相通之处，但重点各殊：博物学着重在博闻广见，集纳奇珍异物；名物学侧重在讲求物之名实体用。这一类的著作，有宋代周密的《云烟过眼录》，明代曹昭的《格古要论》、文震亨的《长物志》、屠隆的《考槃馀事》、高濂的《遵生八笺》、谷泰的《博物要览》等，这些书《四库全书》中大多列在子部杂家类。另外一些书，则被置于子部谱录类，例如关于鼎、文房四宝、香等各种器用的著作，或者与草木虫鱼等各种杂物相关的著作。上述诸物，可以用邓之诚《骨董琐记》中的"骨董"二字以概称之。其实，明人对于物质文化的研究思路，与西方物质文化研究已有相通之处。但是，这些书都没有占据主流地位，因而也没有受到应有的重视，其所积累的相当丰厚的学术资源长期束之高阁，投闲置散。此外，传统文献中还有很多有待激活的资源，很多可以重新解释的资料，例如，历代笔记中涉及石刻、笔墨纸砚以及其他文物的制作、收藏、流传的资料很多，看似零星，如果能够一以贯之，重新阐释，有可能变废为宝，助成文化研究的大题目。

从物质文化角度来研究古代石刻，可以推而广之，为整个古代文献的研究特别是古代文献文化史的研究开启一个新的论述视角。石刻是物，书籍也是物，都可以使用物质文化研究的思路。作为物质，石刻有其特殊性，它游走于写本、石本、拓本与印本之间，是一种非常特殊的文献形态。这四种文献形态之间产生的复杂关系有待深入研讨。把西方的物质文化研究理论引入中国传统石刻学研究，有助于我们沟通东西方学术，沟通古代学术资源与现代学术资源。如果我们把对石刻的研究，从文物、文本和文献的角度扩展到文化的角度，就不仅能够开阔我们的视野，而且能够加深对石刻文献的理解，也能够深化对中国古代文献文化的理解。

（原载《学术研究》2013 年第 10 期）

# 程章灿主要学术著述

**著作**

《魏晋南北朝赋史》,江苏古籍出版社 1992 年

《刘克庄年谱》,贵州人民出版社 1993 年

《世族与六朝文学》,黑龙江教育出版社 1998 年

《赋学论丛》,中华书局 2005 年

《石刻刻工研究》,上海古籍出版社 2008 年

《古刻新诠》,中华书局 2009 年

《旧时燕:文学之都的传奇》,南京大学出版社 2021 年

**论文**

《先唐赋存目考》,《文献》1989 年第 3 期

《〈三都赋〉:京殿大赋最后的辉煌——兼论两晋以后骋辞大赋的历史命运》,《南京大学学报(哲学·人文科学·社会科学)》1991 年第 1 期

《论〈全上古三代秦汉三国六朝文〉之阙误》,《南京大学学报(哲学·人文科学·社会科学)》1995 年第 1 期

《何逊〈咏早梅〉诗考论》,《文学遗产》1995 年第 5 期

《陆广成墓志考》,《考古》1995 年第 10 期

《沈约〈奏弹王源〉与南朝士风考辨》,《传统文化与现代化》1995 年第 4 期

《唐代墓志中所见隋唐经籍辑考》,《文献》1996 年第 1 期

《哈佛大学燕京图书馆藏〈林昌彝稿本〉述考》,《文献》1996 年第 4 期

《六朝碑别字新考——读〈六朝别字记新编〉札记四则》,《中国语文》2000 年第 3 期

《魏理的汉诗英译及其与庞德的关系》,《南京大学学报（哲学·人文科学·社会科学）》2003 年第 3 期

《唐代刻石官署及所辖刻工考》,中国书法家协会学术委员会主编《全国第六届书学讨论会论文集》,河南美术出版社 2004 年

《魏理与布卢姆斯伯里文化圈交游考》,《中国比较文学》2005 年第 1 期

《古典文体的现代命运——以二十世纪赋体文学观念及创作为中心的思考》,《南京大学学报（哲学·人文科学·社会科学）》2005 年第 4 期

《墓志文体起源新论》,《学术研究》2005 年第 6 期

《符祐考——论割并年号及其相关的构词问题》,《中华文史论丛》第 80 辑

《东方古典与西方经典——魏理英译汉诗在欧美的传播及其经典化》,《中国比较文学》2007 年第 1 期

《元明刻石世家三考》,《文史》2007 年第 3 期

《从碑石、碑颂、碑传到碑文——论汉唐之间碑文体演变之大趋势》,《唐研究》第 13 辑

《读〈张迁碑〉志疑》,《文献》2008 年第 2 期

《〈张迁碑〉再志疑》,《文献》2009 年第 3 期

《三十个角色和一个演员——从〈杂体诗三十首〉看江淹的艺术"本色"》,《中山大学学报（社会科学版）》2010 年第 1 期

《树立的六朝——柳与一个经典文学意象的形成》,《北京大学学报

（哲学社会科学版）》2011 年第 2 期

《一场同题竞赛的百年雅集——读南海霍氏藏本罗聘〈鬼趣图卷〉题咏诗文》，《文艺研究》2011 年第 7 期

《学术翻译的软肋——对欧美汉学论著之中译诸问题的思考》，《文史哲》2011 年第 4 期

《作为学术文献资源的欧美汉学研究》，《文学遗产》2012 年第 2 期

《象阙与萧梁政权始建期的正统焦虑——读陆倕〈石阙铭〉》，《文史》2013 年第 2 辑

《魏理与中国文学的西传》，《清华大学学报（哲学社会科学版）》2013 年第 6 期

《尤物——作为物质文化的中国古代石刻》，《学术研究》2013 年第 10 期

《传统、礼仪与文本——秦始皇东巡刻石的文化史意义》，《文学遗产》2014 年第 2 期

《玩物：晚清士风与碑拓流通》，《学术研究》2015 年第 12 期

《结古欢：晚清集古笺与石刻文献》，《中华文史论丛》2016 年第 1 期

《宋刻〈南岳稿〉考证》，《文献》2016 年第 1 期

《礼物——汉碑与社会交往》，《中国学术》第十三卷第一辑，商务印书馆 2016 年

《神物：汉末三国之石刻志异》，《南京大学学报（哲学·人文科学·社会科学）》2017 年第 2 期

《哑行者的混合语——读蒋彝〈湖区画记〉》，《复旦学报（社会科学版）》2017 年第 2 期

《文儒之戏与词翰之才——〈文房四友除授集〉及其背后的文学政治》，《清华大学学报（哲学社会科学版）》2017 年第 5 期

《题目与诗：从清言到手笔——谢混〈诫族子诗〉及其诗史意义新论》，《文学遗产》2018 年第 3 期

《重定时间标准与历史位置——〈新刻漏铭〉新论》,《中山大学学报(社会科学版)》2018 年第 5 期

《五句体与连章诗——杜甫〈曲江三章章五句〉体式发微》,《北京大学学报(哲学社会科学版)》2020 年第 1 期

《杂体、总集与文学史建构——以江淹〈杂体诗三十首〉为中心》,《清华大学学报(哲学社会科学版)》2020 年第 5 期

《书籍史研究的回望与前瞻》,《文献》2020 年第 4 期

《方物:从永州摩崖石刻看文献生产的地方性》,《武汉大学学报(哲学社会科学版)》2021 年第 1 期

《石刻的现场阅读及其三种样态》,《文献》2021 年第 4 期

《冢墓:作为刘宋的文化场域》,《中国文化》2021 年第 53 期

# 古典学术的现代化（代后记）

【附记】

杜泽逊先生代表《国学季刊》向我约稿，希望我谈谈自己的治学经历，盛情难却。惭愧的是，我一时没有精力专门撰文。这里呈献给大家的，是我2012年长江学者聘期结束时在南京大学做的一次学术报告。报告较为系统地梳理了我截至2012年的读书治学经历，也谈到个人的一些思考，虽然已隔六年，时过境迁，但大体仍能反映我目前的想法。此稿从未公开发表，今征得泽逊先生同意，借《国学季刊》刊发。至于2012年之后的一些情况，则随文加注说明，读者诸君，尚祈鉴之。

2001年我在牛津大学访学的时候，先后收到两份牛津大学汉学讲座教授就职演讲词，一份来自著名汉学家、《红楼梦》的英文翻译者——霍克思（David Hawkes）教授，一份来自当时牛津大学汉学讲座教授杜德桥（Glen Dudbridge）。他们在就职演讲中，主要是阐述他们所了解的汉学是什么样子的，他们认为汉学应该怎样研究。讲座安排在牛津一个比较大的礼堂，不仅面向专家，也面向牛津大学的师生，甚至面向社会上对这个演讲感兴趣的听众。我今天在这里要做的，不是就任长江学者特聘教授的学术报告，而是聘期结束的总结报告。长江学者的聘期只有三年，对于我个人的学术发展历程来说，长江学者聘期的开始与结束，虽然只是时间上的两个节点，但与过去、与未来都是密切相联的。所以在今天这样的场合，我觉得，除了应该向各位领导、各位评审专家、各位在座的听众，报告我这三年所做的事情之外，我还会更多地讲一讲我从1983年到今天整整30年的读书和研究的经历。我这三年中的工作，是和这30年的经历密切相关的，我将来能做或想做的事，也与这个过去有关。也就是说，我今天要向各位汇报的，其实是我这30年中做过什么，现在在做什么，将来可能会做什么。我希望这样的讲法，不至于太偏离这个报告的正确方向。

我今天报告的题目是"古典学术的现代化"。我从事的专业是中国古典学术。对于中国古典学术，现在的国际学术界有不同的称法。国内学者有时候称作"国学"；国外的学者或者称之为"汉学"，或者称之为"中国学"。这些不同的名称，如果细加分辨，各自的理解当然会有不同。从国外的学者，不管是欧美的还是日本的，到我们国内的学者，对于这样一个同样的学问，如果就他们的研究思路、研究方法来讲，其实可以分为三个不同的世界。我曾经在不同的场合，把这三个不同的世界给予命名，做了区分。大概来讲，中国学者的研究、以汉字为文化载体的汉文化圈内学者的研究以及非汉文化圈的学者研究，构成了三个研究中国的学问世界。在这样的三个世界之中，我们中国学者，我觉得，责无旁贷地应该担当起"第一世界"也就是"超级大国"的责任。我自己不太经常用"国学"这样的名称，我想，也许，把它称作"中国研究"或者"古典学术"更好一点。

在21世纪的今天，我们研究古典学术，不能不考虑的是古典学术怎样现代化。我所理解的"现代化"，主要包括这样三个方面的思考：第一，传统学科究竟应该怎样看待传统，也就是说，我们对于过去的学术成果，对于两三千年中国学术的积累，应该怎样看待，或者说，我们如何才能更好地继承传统。第二，我们今天所处的学术环境，肯定与我们的老师、老师的老师那一辈是不一样的。作为21世纪的学术研究者，我们在当下应该如何从事我们的学术，如何立身于当下。第三，处于当前这样一个全球化的时代，我们研究学问，如何面对世界。这三个思考，其实涉及作为古典学术的研究者，如何面对过去、现在和未来这三种时间的问题。下面我就简单地向大家报告我对这个问题的理解。

我本科读的是北京大学历史系，可是心里一直记挂着我所喜欢的文学。因为当时不能够自由地转系、转专业，所以，我对文学的爱好只好私底下偷偷地进行，只好在暗中自学。由于没有老师的指导，进步并不明显。1983年我大学毕业，随即考入南京大学中文系，跟随程千帆等先生学习，先读硕士，再读博士。有了名师的指导，我自己感觉进步明显大多了。1989年6月我博士毕业，随即留在南京大学古典文献研究所工作，程千帆先生让我承担一个石刻研究方面的项目。我当时颇感惊讶，也有些为难。但程先生说："你大学读过历史系，所以这个项目应该你来做。你也不要害怕，可以多向所里几位先生请教。"本所除了程先生，还有周勋初先生、卞孝萱先生，他们确实给了我很多指导。我就从1989年开始学习并研究石刻文献。

回首过往，我现在意识到，也许北京大学当年没有把我录取到中文系，对我今天的发展来说更好。当年录取时偶然的阴错阳差的专业选择，曾经使我郁闷过，但是从今天来看，未必不是一件好事。之所以这样说，是基于这样两点考虑：我在历史系至少比较系统地学习了中国历史和世界历史；并且我是在历史系的世界史专业，而这个专业对外语的要求比中国史、中文系更高一些。如果没有这样的专业要求，我也许不会那么自觉地去学习中外历史，也不会那么自觉地学习外语。当然，我特别感谢的是南京大学给了我在这里读硕士和博士的机会，使我能够转益多师，领略"东南学术"的传统和"南雍学术"的独特魅力。

从1983年到现在30年间，我的学术兴趣点主要是在如下三个方面：中国古代文学、中国古典文献学、国际汉学和中外文化交流。这三个方面，如果做一个区分，我想可以说，第一个兴趣点是我的基础，或者说是我的根底。第二、第三个兴趣点是我后来，尤其是博士毕业后由于主观和客观的多种因素而逐渐拓展出来的。

第一个学术兴趣点：中国古代文学。

我对于中国古代文学的兴趣，主要是集中在中古文学。中古文学和中古历史,如果就时间段来说,大概是在文史研究领域最受中国学者重视的。中古文学也是南京大学文学院中国古代文学研究的强项。硕士阶段,我在程千帆先生领导的导师梯队指导下,学习的是唐宋文学。后来博士阶段,改学了魏晋南北朝文学。毕业后,在魏晋南北朝领域,也花了比较多的时间精力。关于魏晋南北朝赋、魏晋南北朝诗、魏晋南北朝家族与文学等课题,我都做过一些研究。进入一个学术领域,围绕一个学术兴趣点,我觉得至少要多花几年时间,先从学习开始,然后做一些研究探索。我希望在我关注过的领域里面,每个领域能够写两三本书,无论是深的也好,浅的也好。我有很长一段时间没有专注魏晋南北朝文学的研究,但是有时仍会应朋友要求或者学术会议的需要,而重新回到魏晋南北朝文学领域,写一些论文。最近,我正在应商务印书馆的邀约,编一本《南北朝诗选》①。我希望这个《南北朝诗选》能够有我自己的特色。在我心目中,最有个人特色的诗选是钱锺书先生的《宋诗选注》,我希望在编《南北朝诗选》的过程中,能够学习钱先生所开创的诗选典范,虽不能至,心向往之。

我对于中古文学的兴趣,在唐宋文学方面做的工作不是很多。很年轻的时候,写过一册通俗小书,叫作《唐诗入门》②,前几年还重印过,最近还要重印。我在唐宋文学方面比较用过一点功的是在晚宋这一段。1993年,我的硕士学位论文《刘克庄年谱》出版。从那以后,大概一直到2009年,我才重新回到晚宋文学这个领域,帮助傅璇琮先生完成了他所策划的一个大项目"宋才子传笺证",我主持南宋后期这一卷,也就是分管晚宋这一段。这个项目重新勾起我对晚宋文学的兴趣。我当年在研究刘克庄的时候,除了对刘克庄的生平传记比较感兴趣外,还一直想对他的诗歌理论做一个深入的研究。他的诗歌理论集中体现于《后村诗话》一书中。像《后村诗话》这样一部在中国文学批评史上、诗话史上比较重要的著作,我觉得应该做一个全面的、精细的研究。所谓全面和精细,我的想法是把《后村诗话》中的每一条,

---

① 此书 2017 年已由商务印书馆出版。
② 此书最初于 1992 年在贵州人民出版社出版,2008 年由凤凰出版社再版,2018 年由香港中华书局推出繁体字版。

都放在中国诗歌批评的历史源流中考察。刘克庄讲过的每一句话，提出的每一个观点，在整个诗学批评源流中是一个什么位置，与以前有什么样的渊源关系，对以后有什么样的影响，与他同时代的诗人诗论家的观点有什么出入，都要理清楚。这个工作目前正在进行。我希望这个工作完成以后，能够成为对《后村诗话》比较全面的、精细的解读，也能够对诗话研究范式有所探索。

我对于中国古代文学的兴趣方向和研究侧重，很多集中在文体上。从时段上说，主要是中古；从文体上说，对诗歌、赋都感兴趣。在传统文学中，诗歌和赋都属于韵文。在诗歌与赋之外，我有几年曾经大量阅读志怪小说，觉得很好玩。在我读志怪小说的时候，大概"穿越文学"还没有流行。我现在才逐渐了解到，原来我很早就对时空的"穿越"十分感兴趣。2011年，我把读这些志怪小说特别是鬼故事的心得，编成一本小书出版，书名叫《鬼话连篇》。在中国古代，谈论诗的随笔叫"诗话"，谈论词的随笔叫"词话"，照此类推，谈论鬼的随笔自然应该叫"鬼话"。有意思的是，我写《鬼话连篇》这本书最大的动力，是因为这个书名对我太有吸引力。最早的5篇写于20世纪90年代末，1999年发表于《文史知识》，《文史知识》的编辑非常感兴趣，希望我继续写下去。我说："那就写一本《鬼话连篇》吧。"一晃过了十年，直到2009年，我才兑现承诺，续写了12篇，后来又有所补充，到2011年结集出版。在文体研究上，除了诗、赋和志怪小说之外，我做过一个国家社会科学基金项目，是关于碑志文体的研究，发表过十来篇论文。早已结项，但未结集，暂时放在那儿，"中心藏之，何日忘之"，我需要时间将其完善、完成。

从文体的角度研究中国古代文学，无论是赋、诗，还是碑文，我认为，除了丰富自己的学养之外，还有现实意义。这些文体在当今的社会还有它的实用性，还有生存空间和适用场合。当你掌握了这些文体的特征，特别是当你能够用这些文体来表达当下的某种思想、观点、情感，其现实意义就更加突出了。

我在传统的中古文学研究基础之上，发展出来的一个研究兴趣是地域文化研究。就我的研究思路来说，也许把"地域文化"改称"乡土文化"更准确。常言说"一方水土养一方人"。我从20岁来到南京,在南京生活了30年,江苏南京这方水土养育我30年。我少小离家,南京是我的第二故乡。作为一个长期生活在江苏南京的人,我对这一片土地是有感情的。在这种乡土之情驱使下,2006年,我出版了一本小书,叫作《旧时燕:一座城市的传奇》①。这本书在目前的科研评估体系里大概不会得分,但我自己对这小书是看重的,它是我的学术不可或缺的组成部分。我正在写另一本书,也许还要几年才能完成,也是为了表达我的这种乡土情怀。题目还没有想好,我家住在秦淮河边,在秦淮河畔写的文章,也许可以叫《河畔草》。我希望写100篇关于南京的掌故,每篇1 000~2 000字。其中有十几篇已经在《南京日报》刊登了。② 这些文章就像秦淮河岸边野地上长出的小草,也许别人不看重,我却认为它对南京乡土文化的传承是有意义的。我希望用三种不同的笔墨来写我对南京、对江苏文化的感受。《旧时燕》是一种写法,《河畔草》是另一种写法。在我的设想里,还有第三本书《城与文》,用第三种写法,写南京这个城市及其文化与文学。我将用最学院派的方式,不避烦琐的注脚,以证明我的南京文化研究也可以从学术角度以非常学究的方式来进行。在南京乡土文化之外,我还曾经带着几个学生一起做一个比较大的项目,叫作"江苏文学编年史"③。这是一个比较传统的研究,没有《旧时燕》和《河畔草》那样随性。

我在中国古代文学方面拓展出来的另一个研究兴趣,是古典韵文格律的研究与习作的实践。这些年来,我们的社会,特别是年轻人,对于古典韵文特别是古典诗词、对联等,有了更大的热情。由中山大学中国文体研究中心牵头,先是组织香港和广东省大学生诗词创作比赛,慢慢扩展为大陆、港澳、台湾的大学生诗词比赛,还成立了中华诗教学会。我挂名中华诗教学会副会长,参加过几次诗词比赛作品的

---

① 《旧时燕》的新版有较大改动,改名《旧时燕:文学之都的传奇》,2021年由南京大学出版社出版。
② 这组文章2017年底已发表46篇,2019年由南京大学出版社出版《山围故国》,2020年由凤凰出版社出版《潮打石城》,各收文章50余篇。
③ 2016年开始,我承担了江苏文脉整理与研究工程中的"江苏文库文献编",拟花十年时间,编辑出版历代江苏学人著作5 000种左右。

评比。① 为什么在大学生中提倡古典诗词写作的风气，是从广东和香港地区吹起来的呢？这种风气，跟当地当时的经济发展以及随着经济发展而来的文化自信有没有关系？我认为是有关系的。古典诗词写作应该在大学生中推广。我尽己所学，前些年就开始在中文系开设"古典韵文格律与习作"的课程，也组织诗社"游社"，带着学生一起玩。习作使我们对古典韵文格律有了更深的认识，更重要的是，实践了"知能并重、知行合一"的学术理念。而这个理念是中国古典学术的传统特色，也是南京大学学术传统的一部分。中央大学时代，不仅中文系，包括历史系、哲学系甚至一些自然科学系科的老先生，如生物系欧阳翥先生，在传统文学上都有很高造诣，也都擅长古典诗词写作，让人肃然起敬。

对于"知能并重、知行合一"，我是这样理解的：现在研究中国文学，对于古代文学遗产的理解，主要偏于知性的分析、理论的概括、理性的总结。写一首诗，填一首词，甚至作一篇赋、一篇古文，把对古代文学的理解落实到实践，这不止是简单的理性表达的问题。只有通过习作实践，才能达到对古代文学，特别是对古代文学篇章更深层次的理解。深层次的"知"，是建立在"能"的基础之上的。这个"知"，如果是真正的深层次的理解，那就必然要有对实践操作技能的深切理解。"知"具体化为"行"，"行"也会深化"知"。"知能并重"，不仅有学问的意义，还有人生的意义。我总觉得，文科大学生，至少文学院的学生，应该从事一点文学创作。写得好与不好是另外一回事，自我表达和文章写作本是人生非常重要的功课之一。从这个方面来讲，"知能并重"可以使学问和人生相辅相成，形成良性循环。

第二个学术兴趣点：中国古典文献学。

自 1989 年以来，我就一直在古典文献研究所工作。程千帆先生交给我的第一个研究项目，就是唐人石刻史料研究。最初我们还有一个小团队，后来其中一位出国了，另外一位调离了，我成了"光杆司令"。不过程先生鼓励我说，这也没什么，还有老先生们指导我。十年

---

① 2017 年，南京大学承办了第十届中华大学生研究生诗词大赛，我承乏担任赛事组委会秘书长。

之后，我有了一些感觉，积累了一些心得。1999年，我在台湾出版了一本论文集，算是我学习石刻文献第一个十年成果的汇报①。石刻文献要求做综合研究，要求有多方面的修养。要懂一点文物考古，懂一点语言文字，懂一点文献史料，还要懂一点书法碑帖。你懂得越多，理解得越深，就越会有收获。懂得少，研究就要浅一点。在石刻文献上面，我学了十年，才有一点点成果。又学了十年，到2009年，我感觉稍微懂了一些。2008年和2009年，我先后出版了两本石刻学论著：一本是上海古籍出版社的《石刻刻工研究》，另一本是中华书局的《古刻新诠》。这是对第二个十年的总结。

2009年下半年，我觉得已经在石刻研究领域写了三本书，可以实现学术转移，回到阔别已久的中国古代文学研究领域。在研究石刻的过程中，我体会到了这门学问的巨大魅力。记得有一次去看程先生，我跟老师说："我觉得石刻太好玩了，打算以后不做文学，专门做金石学。"程先生说："你记住啊，你还是在中文系。你做了一段文学之后，再做石刻，做一段石刻之后，你再回来做做文学。不要偏废哪一部分。"我觉得老师这番话对我有非常重要的指导作用，至今不敢把哪一部分完全放弃。在研究石刻的过程中，我对自己的研究方向也有过调整，慢慢地有能力向外拓展。研究石刻，尤其是汉碑和唐志，不可避免地要涉及这些石刻上的字是怎么写的。最初十年，我经常说我研究石刻是"得意忘形"，只管石刻文本是什么"意"思，有什么史料价值，至于其字"形"如何，我只管欣赏，不去讨论。这就叫"得意忘形"。实际上，一天到晚面对石刻，难免会思考与字形相关的书法史、书法文献上的一些问题。我后来做的《石刻刻工研究》，其实就是从字形角度进行思考的。为什么我们今天看到的碑刻上面，一个字会是这样的？以往只注意书写者，不注意镌刻者。汉碑上多半是隶书，写得最好的一位是蔡邕。唐代的碑很多是李邕写的，也很好。这是石刻学上的"二邕"，都是有名的书家。但是，我们今天所看到的碑刻字形，除了书家（书手）这个责任者，还有刻字工匠（刻工）这个重要的责

---

① 《石学论丛》，大安出版社，1999。

任者。有的工匠技术很好，写得不够好的字，他可以帮你美化；有的工匠技术不高明，即使字写得很好，他也无法把其中的精神意韵表现出来。石刻刻工是书法史非常重要的参与者。《石刻刻工研究》就是基于这样一个想法来展开的，这是一个新的开拓。这几年在做中国古代文献文化史研究时，对于石刻刻工又有了新的理解。刻工不仅是书法史的参与者，还是非常重要的文献生产者。文献有多种形式，不同形式的文献有不同的生产者。这些生产者对于我们今天理解文献有重要影响。研究石刻，使我旁涉书学尤其是书法文献，慢慢地也使我对南京大学学术传统中的书学实践及书学研究的脉络有所认识。有些硕士生或是博士生向我咨询论文选题，我有时建议他们不妨做一些书学文献的研究。南京大学文学院的学术传统中，有很多先生是这方面的大家和重要学者，从李瑞清到胡小石、游寿，再到侯镜昶和丛文俊，还有文献所的卞孝萱先生。卞先生关于扬州八怪尤其是郑板桥的研究成果，在学术界是很有名的。

2010年，机缘凑巧，那一年公布的国家社会科学基金重大招标项目中，有一个题目是"中国古代文献文化史"。文学院要求老师积极申报。我跟文献所的同仁合计，大家觉得不错，这个题目蛮合我们的胃口，适合作为我们共同努力的方向。于是由我牵头去申报，并且最后拿到这个项目。文学院古代文学专业以及古典文献研究所的八位老师参加这个团队，我们的目标是完成一部总字数四百万字左右、九卷本的《中国古代文献文化史》。我们开过几次会，闲聊时也经常谈到这个题目。这是一个很大的课题，涉及面很广，里面的内涵太丰富了，滋味无穷。我们对这个题目考虑过很多方面，关键在于我们能写出什么样的特色来。如果只是按部就班，做一部常规的中国文献史，还是照传统的写法，人们就不会太关注。我们设想切换角度，从文献的角度来写一部文化史，从文化的角度来重新理解阐释文献，这样，这个题目就有新意，也有突破点。团队成员共同思考这样一些问题：传统文献学如何与当代学术研究话题相结合，如何实现创造性的更新。文献学作为最古典、最传统的学科，以前总觉得跟当今国际学术话题相隔甚远，好像比较难以对接。如果从文献文化史这个角度来思考这个问题，其实对接是很容易的。现在国外汉学界，无论是欧美还是日本，也不管是史学界还是文学研究界，或者是文化研究界，都非常重视书籍史、阅读史以及印刷文化的研究。古代文献文化史，实际上是在这些研究专题上再生发、再融合。我们所谓的"文献"，含义比书要宽广，不仅指书籍，也包括书籍以前以外的其他文献状态，包括简帛、石刻、笺札等。我们视野中的书，不仅包括各种印刷书籍，也包括稿本、抄本等。民间流传的其他印刷品，也包括在内。古代文献文化史就是在书籍史、阅读史和印刷文化史基础之上所做的一个学术领域的拓展。我们不但把范围扩大了，而且在设计这个题目的时候，也努力在理论观念、研究视角上做一些创新、提升。围绕这个题目，我们设计了九个子项目，每个子项目一卷，另外一卷是研究文献辑录。我们打算召开一些专题的学术讨论会。我们已经开过这样的讨论会，还在编一系列的学术丛刊和论文集，希望能通过我们的努力，使这个题目成为将来学术界的一个热点。也就是说，我们希望以我们的研究来引领学术界的话题。在这个项目的规划与实施过程中，我第一次真正经受了大型项目应该如何规划、如何设计、如何组织等方面的考验。其实规划、设计、组织还是比较好办的，而如何带领团队成员顺利完成任务，才是更大的考验。

第三个学术兴趣点：国际汉学和中外文化交流。

我所理解的国际汉学，不是简单地翻译，而是批判地理解。我翻译出版过的国际汉学论文有十来万字，著作只有一本，是哈佛大学宇文所安（Stephen Owen）教授的《迷楼：诗与欲望的迷宫》。在宇文所安的著作中，这本书是比较特殊的，是一部中外比较诗学的专著，不是纯粹研究中国文学。他自己也认为这本书很另类，思路比较跳跃，文字比较难懂。我读了，理解了书的结构及其间的学术门径，虽然翻译得很苦，但我觉得很有收获。最近，我还完成了另外两本书的翻译，一本是《神女：唐代文学中的龙女和雨女》，另外一本是《朱雀：唐代的南方意象》，作者都是柏克莱加州大学已故著名汉学家薛爱华（Edward Hetzel Schafer）。春节前要交给北京三联书店，这是最后交稿期限。①

  我理解的国际汉学研究，首先是把国际汉学作为一种资源，其次要利用这个资源，从中学习他们研究的视角，体会他们的问题意识，借鉴他们研究中比较好的方法。国际汉学研究不是简单地评介，而是批判地对话。对话很重要，不是简单地听人家怎么说，不是一边倒地赞扬、迷信，他们说得对或者不对，我们要做评判。我给博士生上"欧美汉学原著选读"课，每学期找一本书或者若干篇文章带着学生读。读的过程中，第一关要过语言关，第二关要过学术对话关。外国学者所写的东西你要真正读懂，读懂之后，要能够真正地展开对话。对不对，对在哪里，不对在哪里；也许方法对了，但材料用得不对，也许材料对了，方法不够恰当。这些都应该批判性地进行对话。这几年，国内的国际汉学研究挺火的，很多人都在做。我曾经把关心、研究国际汉学的人分为三个圈子，各有优劣，需要取长补短，这里不展开说了。别人的研究要批判，我们自己的研究也应该反省。我曾写过一篇文章，批评现在海外汉学翻译中存在的多种问题。

  我理解的国际汉学研究，也不是简单地单向输入。我们不是只"进口"，我觉得做中国学术研究的中国学者，应该要有"输出"之志，要有向国外或者在国外传播中国文化、宣讲中国学术的志向和目标。学术交流本来就是双向的，不是简单地听人家说，我们也要说给人家听。你认为我说得对，那你学我；你认为我说得不对，那我们来讨论，到底是你错了还是我错了。这些年我在差不多20所欧美名校用英文做过演讲，这些演讲经历给了我两点体会。第一点，我现在经常跟学生们说，中文系学生最应该学好外语，学好外语之后，你到外面可以讲很多绝对属于你自己的学术和文化，而且很多人要听你讲。另一点，当我们有机会并且能够在国际学术讲台上讲我们自己的学术的时候，我们同时要了解国际学术的环境，怎么讲，讲什么，中国学问太广博了，要懂得讲哪些东西能够达到更好的效果，能够更有针对性。

---

① 这两本译著已于2014年在北京三联书店出版，另外两种薛爱华汉学著作，《闽国：10世纪的中国南方王国》的中译本已于2019年由上海文化出版社出版，《珠崖》也于2020年由九州出版社出版。

这一点也很重要。

我所理解的国际汉学研究，也不是肤浅地报道，而应该是深入地专题研究。如果一个专题研究是以文献为基础的，对这个专题的文献有全面掌握，那就是一个踏实的研究，就有可能深入下去。如果研究是以个案来展开的，那就是具体的专题研究。不要做泛泛之谈，不要做肤廓之论。我在国际汉学方面做过个案研究，是关于20世纪英国著名汉学家和翻译家阿瑟·魏理（Arthur Waley）的，20年来我一直追踪这个课题，我所掌握的材料差不多是全世界最全的。为了这个课题，我跑过中国香港、中国台湾、英国和美国的很多学校、图书馆、档案馆，访问过他的学生，联系过他的家人，翻阅过他的档案。迄今为止，也不过写了十篇文章而已，每篇文章都是一个专题，还有一些题目没写出来，将来计划集成一本专书。

从1983年来到南京大学读书，接着留校工作，至今整整30年。这也可以说是我在南京大学成长的30年。没有南京大学，就没有现在的我。我的读书和发展的方向深受南京大学学术传统的影响，受老师们的指导，受我所在的中国古代文学重点学科团队友好氛围的影响。

我的第一点体会，我们的学术传统中，最重要的是文史结合和整体观点。传统学术讲文史不分家，我的老师那一辈基本上都能文史结合。所谓整体观点，是说要从文献出发，因为文献是一个整体。中国传统文献固然可以分为经、史、子、集四部，但更应该将四部文献融合起来，整体而观之，这就是传统的做法。程千帆先生提出，在文献学的基础上，再结合文艺学的方法来进行研究，这是对传统学术的一个更新和发展。胡适说过："为学要如金字塔，要能广大要能高。"最近，我对胡适说的这句话又有了新的认识。一方面，要有广大的底座，才会有高耸的尖顶，这是说要打好宽博深厚的基础。另一方面，传统文史研究虽然有不同的学科领域之分，正如金字塔基座的各边，但是，各边又本来是连在一起的，是一个整体。我希望用这个比喻，来解释古典学术的整体性。从文史结合、整体观点来看，在南京大学这样的多学科综合研究型大学里，我们往这样一个方向发展，切磋琢磨，转益多师，有得天独厚的条件。

第二点体会，要提倡居今思古，与古为新。居今之世，即使读古书，研究古典学问，总还是现代人。一方面要读古书，另一方面要做现代人，要与古为新。21世纪不可能再抱残守缺，再食古不化。20世纪20年代东南大学的"学衡派"提倡"昌明国粹，融化新知"。我对"国粹"两个字不太喜欢，但是，要昌明中国文化传统、融化新知这种开放性的态度，是与时俱进的，是正确的方向。"学衡派"在1949年以后受到批判，被污名化了。我很喜欢"学衡派"中的"衡"字，我曾经建议我们学科编一套丛书，就叫作"衡学丛书"，把名字倒过来用。我的意思是说，古典学术需要今人的论衡。当今这个时代，理应产生与我们的前辈、与乾嘉学者不一样的学术。我们可以在文献上有新的开掘，在方法上吸取现代各学科的方法而更丰富，在观念上也应该不断更新。

第三点体会，我要再次强调知能并重、学以致用。这个"用"说简单也很简单：也许只是朋友结婚，可以送一副很有喜气的对联；也许只是与女友分别，可以送一首非常浪漫的诗歌。这都是用。稍大一点，如果能为某一重大工程或你的家乡写一篇赋，那还是蛮光荣的。再大一点，就是对传统文本的亲切体认和深入理解，学术研究中要做到"了解之同情"，这是一个重要基础。南京大学有这样一个传统，值得我们发扬光大。文学院历史上有黄侃先生、汪辟疆先生、胡小石先生和吴梅先生，还有程千帆先生。戏剧戏曲文学研究方面也有陈白尘先生、吴白匋先生，现在的戏剧文学系，创作乃至演出也很有特色，取得了很大的成功。我觉得知能并重、学以致用，"能""用"二字要从更开阔、更广义的角度去理解。

第四点体会，今天做古典学术，应该立足中国，对话世界。国际汉学，不论是欧美学者还是其他地区学者的研究，不管他的名气有多大，对于他们的成果、他们的观点，我们都应该批判性吸收，先有批判，再有吸收。整个国际汉学应该成为我们的学术资源，学术研究不分时代，不限国界，也不囿于语言。当今之世，调查和引用学术文献时，不能以 21 世纪为限，不能以中国为限，不能以中文为限，要把国际汉学研究成果作为一种文献资源，善于利用，才能开阔视野，胸怀全局，知己知彼，百战不殆。

回首这过往 30 年，生活安定，国家富强，还能够在南京大学和我的团队环境中实现个人的一些目标，我感到非常幸运。这些年，岁数渐长，马齿徒增，一边回首往昔，一边也有所思考。每个年轻人对自己都有所期待，我年轻的时候也有过。直到今天，我还记得我对自己的那些期待。我时常提醒自己，前面还有很长的路要走。当然，目标与现实往往有距离。目标是理想，很纯粹，现实往往有太多牵扯，怎样摆脱这些牵扯，较好地实现目标，是我现在经常思考的问题。我想，我是有一些有利条件的。首先是南京这个地方的区位优势，南京是适合读书的地方；其次是南京大学的学术环境；最后是我所在的学科团队友好协作和友善竞争的气氛。程先生经常说："你们博士毕业了，我还是要关注你们，要不断地给你们'施加友善的压力'。"我每次去看老师，老师总会问我最近在干什么，跟老师谈正在读的书、正在思考的问题，向老师请教，跟老师讨论，那就是老师最高兴的时候。这就是一种"友善的压力"。老师离开我们已经十几年了，我时刻记得他的"友善的压力"。这种压力还来自另一个方向。在跟我的同事们相处的时候，虽然他们不会像我的老师那样对我耳提面命，但是，他们努力地工作，他们突出的成就，对我而言，也是一种"友善的压力"。

南京大学的校训中，有一句叫作"诚朴雄伟"。我对这四个字的理解是，觉得南京大学的学者应该是特别注重基本功，特别注意真功夫，特别注重综合实力，这叫作"诚朴"。以踏实的基本功、真功夫和综合实力为基础，厚积久发，实现学术可持续发展，日复一日，我们总能够朝着那个崇高的"雄伟"的目标再靠近一步。

（原载《国学季刊》2018 年第 3 期）

 学术中国文丛

策　划：黄红丽　　主　编：张　江

## 文学卷

陈思和：《走在复旦的支路上》
曹顺庆：《中国比较文学话语建构》
吴承学：《近古文章与文体学研究》
王一川：《修辞论美学述略》
张福贵：《走向历史的深处：中国现当代文学学科性
　　　　　与学术逻辑》
陈晓明：《纯文学的困境与拓路》
孙　郁：《新旧文学的话语维度》
王　尧：《如何现实，怎样思想》
袁毓林：《认知科学背景上的汉语语法研究》
程章灿：《走进古典的过程》

## 历史学卷

桑　兵：《历史研究的碎与通》
阎步克：《爵秩品阶：权势金字塔的结构原理》
朱　英：《近代中国商人与商会》
张国刚：《大唐气象：制度、家庭与社会新论》

李剑鸣:《美国社会和政治史管窥》
霍　巍:《吐蕃与高原丝绸之路》
荣新江:《丝绸之路与中古中国》
韩东育:《学理日本》
黄　洋:《古希腊史散论》
包伟民:《两宋社会与读史心路》

**哲学卷**

俞吾金:《思想史视域中的马克思哲学》
吴晓明:《马克思哲学与当代中国》
杨　耕:《多维视野中的马克思》
倪梁康:《意识现象学的理会与践行》
杨国荣:《史与思：面向具体的存在》
万俊人:《他山问石：西方伦理学摄义》
孙周兴:《哲思的迷局：从现代哲学到当代艺术》
朱　菁:《认知、意志与行动》
王中江:《道通万有：本源·本真·本善》
韩水法:《未来之思》